Chiens enragés

Marc Charuel

Chiens enragés

ROMAN

Albin Michel

À Bénédicte et à mes enfants

« S'agit-il de mutation dans l'espèce humaine ? Assistons-nous à l'appariton d'êtres qui nous ressemblent extérieurement et qui sont cependant différents ? »

Louis Pauwels, *Le Matin des magiciens.*

Prologue

Quelque part dans la plaine de Surobi, en Afghanistan, le pick-up Toyota se gara et la porte arrière s'ouvrit. L'émir saoudien en sortit difficilement. Sa faiblesse au genou gauche rendait parfois ses mouvements hasardeux. Il mit à la bretelle son AK 47 et se dirigea vers la villa. Il avait consulté la veille ses plus proches lieutenants et s'était entretenu la nuit entière avec son second, le cheikh égyptien. Il devait repasser à l'offensive. Depuis les attentats contre les ambassades américaines d'Afrique de l'Est, il ne s'était plus rien produit. Il ne devait pas laisser filer une nouvelle année sans intervenir. S'il ne réactivait pas les cellules dormantes constituées en Europe et aux États-Unis, un autre leadership émergerait quelque part, au Pakistan ou en Algérie, et toutes ses années de combat seraient perdues. En Afrique aussi, de nouvelles entités piaillaient pour prendre la direction de la lutte contre l'Occident. Toutes pouvaient mener des actions, certes mineures, mais qui les propulseraient sur le devant de la scène internationale. Cela, l'émir n'en voulait pas.

Sa décision était prise. Al-Qaida frapperait l'Espagne, la France, l'Inde et l'Amérique. On allait commencer par là, d'ailleurs. Par le Grand Satan. Les cibles étaient définies : la Maison-Blanche, le Pentagone et le World Trade Center. En France, ce serait la tour Eiffel et la tour Montparnasse ; en Espagne, la gare de Madrid ; en Inde, la garnison de Chittagong.

Les équipes qui devaient frapper l'Amérique s'entraînaient depuis plusieurs mois. Elles seraient à pied d'œuvre prochainement. Idem pour l'Espagne et la France. Une fois les États-Unis à terre, il ne doutait pas un instant que des centaines de frères voudraient marcher dans les pas des djihadistes lancés contre les infidèles à la solde de George W. Bush. Il n'aurait qu'à se baisser pour trouver ceux dont il avait besoin : tous ces immigrés que les Occidentaux pensaient avoir intégrés, mais qui attendaient leur heure.

L'émir entra dans la petite pièce où était stocké le matériel d'enregistrement et s'assit devant le magnétophone. Il l'alluma et contrôla la puissance du micro, prit à l'intérieur de son kamiz une feuille A4 et commença la lecture de la déclaration de guerre.

Avant l'automne, le monde ne parlerait plus que de lui et d'Al-Qaida. L'Afghanistan deviendrait alors le premier véritable État islamique. Le plus pur. Comme l'antichambre du royaume de Dieu. Et lui, Oussama Ben Laden, le nouveau prophète. Celui qui allait guider les armées d'Allah dans leur conquête du monde.

Au même moment, aux États-Unis, Nawaf Al-Hazmi ramassa ses affaires et quitta les locaux de l'école de pilotage virtuel. Après l'air conditionné de la salle, la rue était une fournaise, mais il avait l'esprit ailleurs. Il venait de tenir une heure durant le manche du 767, il avait viré de bord, rétabli son assiette, grimpé en altitude et entamé plusieurs descentes sans aller vers le décrochage. Il avait eu cette impression grisante que l'avion faisait corps avec lui. Le moniteur avait fait se lever des vents de travers, fait pleuvoir de la grêle, obscurcit l'horizon avec de gros cumulus, Nawaf s'en était accommodé comme un professionnel. C'était une étrange machine à laquelle un homme commandait comme Dieu commandait aux éléments. Grâce à elle, le groupe avait enregistré d'incroyables progrès. Tous ceux qui s'entraînaient dessus pouvaient considérer que la première partie de leur mission était achevée.

Nawaf repensa aux femmes de la veille. Leurs formes et leurs parfums s'incrustèrent un instant dans son cerveau, puis il les chassa. Ça n'avait aucune importance. Ces parenthèses dans son existence ne laisseraient aucune trace. Elles survenaient comme des événements irréels. Il n'avait aucune idée du temps qui le séparait de la mission, mais cela aussi était secondaire car, comme il est écrit dans le Coran, seuls le présent et l'instant de la mort doivent être envisagés. La mort est beaucoup plus forte que la vie. Et réussir sa mort, beaucoup plus important que réussir sa vie.

La mort était quelque part sur son chemin, au bout d'une ligne droite, désormais. Il n'y avait plus rien d'autre, sur cette portion d'existence, que sa volonté de ne pas s'arrêter ni de faire demi-tour.

La mort !

Il bouscula une femme sur le trottoir et s'excusa sans la voir. Il ne perçut que son odeur et le timbre de sa voix.

Il avançait sous l'éclairage radial du soleil en serrant les paupières, les yeux presque clos. Le thermomètre devait grimper comme une fusée. La sueur tombait à grosses gouttes de la racine de ses cheveux, glissait sur son front et s'accumulait dans la broussaille de ses sourcils. Il devait rejoindre l'appartement avant la prière de la mi-journée, mais pour rien au monde il n'aurait pris le bus. Il ne voulait pas sentir contre lui le corps des passagers ni tenir les barres poisseuses de la voiture. Il voulait être seul, encore un peu, inondé de lumière.

La question s'imposa à lui de nouveau : avait-il peur ?

On n'a peur que de l'inconnu, se répéta-t-il. Et la seule chose importante à savoir désormais, il la connaissait depuis longtemps. On ne lui avait pas laissé le choix. On avait pris les siens et mis leur destin entre ses mains. On lui avait dit que la seule peur qu'il pourrait jamais éprouver était de ne pas réussir la mission. Parce que la voie de l'islam est unique et ne permet aucun faux pas. Et cette mission, il en franchissait maintenant les derniers mètres, les derniers obstacles. Comme une météorite lancée sur sa trajectoire terrestre, il serait bientôt dans l'avion filant à une vitesse vertigineuse vers le paradis et ses félicités.

Et les autres ? Les juifs et les voleurs qu'il s'apprêtait à emporter avec lui dans la mort, auraient-ils peur ? Il s'arrêta un instant et considéra l'activité de la rue. Les grosses femmes avec les cartons de fast-food dans leurs mains, les chauffeurs de taxi sirotant leur alcool planqué dans des sacs en papier, les enfants qui se chamaillaient pour des broutilles, les hommes qui desserraient leur cravate, les employés aux mallettes usagées pleines des chiffres qui écrasaient l'économie des pays de ses frères, les gyrophares des voitures de police, le bruit obsédant de la circulation, les accents de musique qui sortaient des bars… Tout cela n'était qu'illusion. Il allait détruire ce monde-là. Ce monde pour lequel il était invisible et qui lui était devenu imperceptible.

À la fin du jour, il sortirait de nouveau dans un club avec ses amis. Ils commanderaient des bouteilles de vin qu'ils offriraient à des femmes qui auraient envie de compagnie. Il ne leur parlerait pas. Il ne les regarderait même pas. Quand elles auraient bu et que Majed, le plus jeune du groupe, leur aurait murmuré à l'oreille des mots de haine, elles repartiraient outrées et ils rentreraient se coucher. Il expliquerait encore à Majed pourquoi il fallait laisser partir les femmes et pourquoi il serait beaucoup mieux récompensé de n'avoir rien tenté ce soir-là. Ils se doucheraient, ils prieraient et ils se coucheraient.

Depuis des mois, les rapports s'accumulaient sur le bureau du colonel Norman Beats, dans la pièce 105 du deuxième étage du site de Langley. La menace d'une action d'envergure envisagée sur le sol américain par Al-Qaida était au cœur des préoccupations de tous les services, le sien y compris. Mais lui n'y croyait pas. Simplement. Les États-Unis étaient bien trop puissants pour se laisser intimider par une bande de fanatiques planqués dans les montagnes afghanes. Les efforts consacrés au renforcement de la sécurité du pays depuis ces dernières années avaient englouti des centaines de millions de dollars. L'Amérique n'était pas Israël. Il n'y avait pas de Palestiniens à ses portes. La communauté musulmane était intégrée. Nombre de ses enfants servaient d'ailleurs honnêtement et bravement dans les rangs de ses forces armées. Et on ne pénétrait pas dans le pays sans montrer patte blanche. Quant à introduire des explosifs dans un avion de ligne, c'était désormais quasi impossible. Le colonel en était persuadé. On s'inquiétait à tort.

Il raccrocha brutalement le téléphone et interpella son adjoint :

– Ne me passez plus cet emmerdeur. La prochaine fois qu'il appellera, dites que je suis absent.

Le militaire acquiesça sans prendre ombrage de la remarque. Il nota sur un post-it en lettres capitales le nom de l'attaché militaire de l'ambassade de France et le raya d'un trait propre et net, puis colla le morceau de papier au-dessus du cadran de son appareil.

– C'est énervant cette habitude des Français à toujours vouloir se mettre en avant, marmonna Beats. À croire qu'ils n'ont que ça à foutre. Et nous, on se tourne les pouces, bien sûr. On attend qu'ils nous apprennent notre job. Vous en pensez quoi, Jeremy ?

L'officier subalterne sourit.

– Vous avez raison, reprit Beats. Ça ne mérite pas d'y passer le réveillon. Assurez-vous simplement que les gars dont il nous a donné les noms sont toujours sous surveillance.

– Nawaf Al-Hazmi et Majed Moqed, monsieur ?

– Oui. Les hommes d'affaires saoudiens ou yéménites, je sais plus.

– J'ai encore reçu un rapport il y a deux heures sur la journée d'hier. RAS. Ils sont allés au cinéma, puis ils ont dîné dans un restaurant en compagnie de femmes.

Le colonel accueillit la nouvelle avec gourmandise.

– Des femmes ? Ah, tiens. Des coreligionnaires ?

– Des Américaines bien de chez nous, platine avec de gros seins.

Le soleil frappait de plein fouet la baie vitrée. Beats se leva pour aller baisser les persiennes.

– Et ces derniers jours, demanda-t-il encore, fréquentation de groupuscules religieux, mosquée ?

– Rien de cela, monsieur.

– Qu'est-ce qu'ils ont commandé au restaurant ?

– Ils se sont fait servir du vin.

– Ils en ont bu ?

– Je n'ai pas ce détail.

– Bon. Après tout, on s'en tape. Ils peuvent bien boire du merlot ou du lait de chèvre, je suis sûr que nos amis français se sont fourvoyés. Maintenez le contact avec les Arabes, mais le minimum. Trouvez-moi plutôt des infos sur Abou Zoubeida[1]. C'est lui qu'il faut gauler.

– On ne passe toujours pas le dossier au FBI ?

– Ni à eux ni à la NSA[2]. Ils nous informent, eux ? Que dalle !

Maintenant que la mort qu'on lui avait imposée était devant lui, Nawaf Al-Hazmi se sentait accablé, triste et amer. Comme à l'époque où il se masturbait encore. Lorsque des images de bouches charnues et rouges et d'yeux cernés de khôl le hantaient dès que le soleil basculait derrière l'Hindou Koush. Ces nuits-là, il sentait la vie lui couler entre les doigts et il ne savait pas pourquoi. Comme si l'obscurité devait tout recouvrir à jamais

1. Bras droit de Ben Laden soupçonné d'être impliqué directement dans plusieurs attentats antiaméricains.

2. Agence pour la Sécurité nationale.

en le laissant seul dans le noir, seul avec ses pensées de fornication. Alors il s'écartait du groupe, parcourait les cinq cents mètres jusqu'au trou qui empestait la merde, creusé dans le sol rocailleux. Il ouvrait sa braguette et astiquait son membre maladroitement, entre douleur et bien-être, jusqu'à l'explosion finale. Les lèvres carminées et les regards incandescents s'estompaient. Il ne restait que sa main poisseuse du sperme répandu dans la nuit. Il s'essuyait avec du sable et revenait vers les autres en se tenant les intestins. Personne ne posait jamais de questions. Le lendemain matin, il avait oublié son moment d'égarement, il démontait et remontait des armes des centaines de fois et perfectionnait sa technique de fabrication de bombes artisanales.

L'émir avait donné ses ordres. L'opération aurait lieu le 11 septembre.

C'était arrivé codé, par porteur, au domicile d'un frère américain. Le groupe devait se diviser en six équipes et agir de manière quasi simultanée. Les quatre premières frapperaient les Tours jumelles, le Pentagone et la Maison-Blanche. Les deux dernières resteraient en réserve. Il allait passer à l'action avec les hommes qu'il détestait le plus sur terre. Majed notamment, le plus jeune, qui voulait se marier avant d'entrer dans le martyre et répétait que les gens qu'ils allaient tuer n'avaient d'autre signification que la tâche qui leur avait été assignée dans leur berceau le jour de leur naissance : remplir aveuglément leur rôle de victime sans aucun droit sur leur propre destin. Il n'y avait que l'utilité de leur mort violente à considérer.

Majed se gargarisait avec les mots, mais c'étaient les mots de l'émir, Nawaf le savait.

« Parmi ces victimes, leur avait répété Oussama, il en sera de nombreuses, juives et mécréantes, sur qui le sang des autres retombera. N'y pensez pas. Ne vous en préoccupez pas. Tuez-en le plus possible. Chaque goutte de ce sang renforcera le vôtre. Faites couler un fleuve de sang pour nourrir les jardins sacrés de l'Islam. »

Nawaf Al-Hazmi avait donc appris la veille qu'il décollerait de l'aéroport international de Dulles, dans la banlieue de Washington DC, à 8 h 20, sur le vol United Airlines 77. Presque au même moment, deux autres groupes s'apprêteraient à prendre l'air sur les vols 11 d'American Airlines et 175 de United Airlines. Environ trois quarts d'heure plus tard, ce serait au tour de la dernière équipe sur la United Airlines 93 en partance de Newark.

Moins d'une heure plus tard, les Tours jumelles du World Trade Center devraient avoir été frappées en leur milieu par les Boeing 767 des vols AA 11 et UA 175. Le plan prévoyait de tuer plusieurs centaines de personnes sur le coup et d'en piéger plusieurs milliers qui ne parviendraient jamais à quitter le brasier. Ensuite, les bâtiments s'effondreraient, entraînant dans la mort les derniers occupants vivants et les secours présents au sol.

Le troisième avion, celui de AA 77, attaquerait le Pentagone. Là aussi l'émir comptait tuer plusieurs centaines de personnes, militaires et personnels civils, le nerf du système militaro-impérialiste des États-Unis.

Le dernier Boeing du vol UA 93 irait s'écraser sur la Maison-Blanche. Sans vraiment espérer supprimer l'homme qui gouvernait la première puissance mondiale, mais il s'agissait cette fois-ci d'une opération symbolique destinée seulement à impressionner les esprits. Après avoir frappé l'économie du pays, puis son système militaire, ce serait le saint des saints politique. Viendrait alors le temps des attentats individuels contre des cibles institutionnelles, police, pompiers, hôpitaux, écoles et universités. Les deux dernières équipes étaient chargées de les organiser dans les semaines suivantes.

Nawaf récita *Salat al-Janazat*, la prière funèbre, et murmura à Allah qu'il maudissait tous Ses serviteurs qui avaient toujours parlé à Sa place. Surtout ceux qui, comme l'émir, n'avaient pas jugé bon d'offrir leur vie, tous les comptables de la mort qui envoyaient vers la lumière les combattants du djihad ou des hommes comme lui en restant eux-mêmes douillettement cachés dans les ténèbres du *Dar al-Harb*.

Encore quelques heures à patienter et il aurait sauvé ses fils. Les frères les relâcheraient et leur diraient que leur père est mort en martyr de l'islam.

Il ferma les yeux. Tout cela n'était qu'illusion. Un cauchemar éveillé.

13 mars 2011
16 heures

Sébastien Verdier avait été condamné à quinze ans pour trafic de stupéfiants et association de malfaiteurs en relation avec une entreprise terroriste. Bouclé au dernier étage de Lannemezan avec les politiques : l'ancien artificier d'Action directe et divers autres gauchistes enfermés pour des faits moins graves que ceux qui avaient envoyé derrière les murs Aubron, Cipriani, Rouillan et Ménigon. Ainsi qu'une poignée d'islamistes convaincus de tentatives d'atteinte à la sûreté de l'État. Sa qualité de terroriste en puissance lui avait conféré une aura certaine auprès des détenus, même auprès des droits-communs. Il n'y avait guère que les Corses, qui vomissaient les islamistes et ceux qui leur étaient affiliés, qui l'avaient rejeté. Les autres le considéraient avec respect. Qu'un ancien cadre commercial français à vingt mille balles par mois ait choisi de tout plaquer pour détruire le système les fascinait.

Verdier n'était pas sorti des ruisseaux de la périphérie des grandes villes. Il était né dans une famille honorable. Certes, pas comme celle de son épouse avec un nom à rallonge et un château dans le Béarn, mais d'honnêtes ouvriers qui, après la galère de la décolonisation algérienne, étaient rentrés en métropole ruinés, mais s'étaient saignés aux quatre veines pour que leur fils passe son bac et entre à l'université. Des gens simples et droits, qui avaient ravalé la honte et la peine du 19 mars 1962 sans jamais se plaindre. Lorsque Verdier avait eu l'âge de raison, ils lui avaient expliqué ce que les extrémistes arabes leur avaient fait, mais n'avaient pas cherché à l'entraîner dans cette colère froide qui les animait du matin au soir et sans laquelle ils se seraient suicidés.

Son éducation tranchait sur l'analphabétisme rampant des autres prisonniers. Il s'exprimait toujours calmement et avait réussi à se fondre dans les codes du monde qui l'entourait, usant seulement quand il le fallait de l'arrogance nécessaire pour traverser certaines situations.

La veille, le juge d'application des peines l'avait convoqué pour lui annoncer sa libération anticipée. Après neuf années et demie d'enfermement, il allait sortir. C'était maintenant une question de semaines. Son dossier était irréprochable. Pas une seule bagarre, pas un seul conflit avec les surveillants. Il avait repris ses études et obtenu un troisième cycle de droit des affaires pour occuper un jour un poste dans une banque islamique comme il en était apparu quelques-unes en France depuis trois ou quatre ans.

Verdier se dit, ce jour-là, que son officier traitant était forcément derrière cette décision de l'administration pénitentiaire et qu'il ne serait pas long à réapparaître.

Dix ans plus tôt

Sa chemise était trempée. Une mauvaise sueur. Depuis qu'il avait repris le métro, l'inquiétude le gagnait. Comment allait-il se débrouiller en rentrant chez lui pour ne pas passer pour le dernier des cons ? C'était impossible de raconter l'entrevue avec le commandant Rateau. Ça ne ferait qu'ajouter à la confusion de l'annonce de son licenciement. D'ailleurs, jamais Lorraine ne croirait un mot de cette histoire de services secrets. Si son idée avait fonctionné, là, il aurait pu cracher le morceau. Lui parler de ce qu'il avait déjà fait, des missions à l'étranger qu'on allait lui confier et du fric.

Or il s'était fait envoyer au bain. Lorraine allait lever les yeux au ciel, le pourrir et ne plus le lâcher jusqu'à ce qu'il aille s'inscrire à l'ANPE et qu'il retrouve un autre boulot de merde.

À cet instant, Verdier se demanda pourquoi il l'avait épousée. Et les quatre gosses, en plus, bordel, il aurait pu réfléchir avant. Qu'est-ce qui lui avait pris de se mettre à la tête d'une famille nombreuse ?

Quand il déboucha sur l'esplanade de l'avenue Charles-de-Gaulle, le 176 était déjà devant l'arrêt de bus. Il piqua un sprint, bouscula une ou deux personnes et présenta du bout des doigts sa carte Orange au chauffeur. Il se fraya un chemin au milieu des passagers et alla s'asseoir au fond. Il était éreinté. Avec un goût amer dans la gorge. Il avait pris un tas de risques dans sa boîte, pour refiler les infos au commandant, et maintenant qu'il était dehors, l'autre avait tergiversé. Quand il le lui avait fait remarquer, l'officier avait protesté qu'on ne l'avait pas licencié à cause de ce qu'il lui avait demandé. Verdier n'avait pas su quoi répondre.

Le bus accéléra sur le pont de Neuilly et prit le virage le ramenant vers les quais sans ralentir. Verdier fut projeté contre la vitre. Il se rétablit, cala ses coudes sur ses cuisses, posa sa tête dans ses mains et ferma les yeux. Putain de journée !

Il lui restait un peu moins d'une heure pour inventer une histoire avant d'affronter sa femme.

Les volets de la maison étaient encore fermés. L'immense façade blanche inondée de soleil tranchait avec le reste de la rue, ses pavillons et ses immeubles en brique. Sur les arbres, les bourgeons laissaient apparaître les premières feuilles. Les camions à eau de la municipalité venaient de passer les trottoirs au jet, et le sol reflétait les nuages qui couraient dans le ciel.

Verdier introduisit sa clé dans la serrure et poussa la porte. Il était presque 13 heures. Le silence indiquait que la famille était encore au lit. Il déposa sa serviette contre la commode de l'entrée et se dirigea vers la cuisine. Le pot de café était toujours sur la table, à côté d'une pile de factures. Il les avait regardées, le matin, avant de s'en aller. Il les connaissait par cœur : le gaz, l'eau, l'EDF, l'assurance de la voiture, le trimestre de l'école catholique des deux filles, le club de sport du cadet... Et celles qui n'allaient pas tarder à tomber : les traites du piano de l'aîné, celles de l'écran plat et de l'ordinateur, et le remboursement des mensualités des vacances que la famille s'était exceptionnellement offertes au ski l'hiver dernier. Quelle connerie ! Et puis, il y aurait les impôts.

Verdier attrapa la liasse de papiers et refit le compte. Pas moins de dix-huit mille balles tout de suite. Et encore quinze mille à refiler au fisc dans un mois. Ils allaient tous devoir se serrer la ceinture. Comment expliquer cela aux petits ? Évidemment, il y avait toujours la possibilité que Lorraine se mette au boulot, mais elle ne savait rien faire. Cette foutue conne n'était bonne qu'à se lamenter et à lui reprocher tout et n'importe quoi. Et elle était encore au lit. Quand il gueulerait, elle lui dirait que c'était mercredi, que les enfants n'allaient pas à l'école et qu'ils pouvaient bien tous se reposer un peu. Se reposer de quoi, bordel ?

Une méchante migraine commençait à lui traverser le crâne. Il sentait maintenant les relents de sa transpiration. Le processus était enclenché. Il devait prendre un cachet tout de suite, faute de quoi il serait bientôt incapable de garder les yeux ouverts. Il ouvrit le tiroir d'un meuble et fouilla derrière une ligne de couverts. Le Paracétamol s'y trouvait d'habitude. Il n'y avait rien. Il plongea la main plus profondément. La boîte n'était plus là.

Il s'assit à la table et se pinça l'arête du nez, entre les deux yeux, en soufflant par à-coups. Son mal de tête s'installait. Il se versa le fond de café froid dans la tasse abandonnée le matin à côté du pot et l'avala d'un trait. Si la crise n'avait pas été si violente, il serait ressorti. La pharmacie était à deux pas. Il devait oublier ça. Plus la force. La lumière lui bouffait le cerveau. Il fallait qu'il s'allonge.

Au moment où il se releva, sa femme apparut dans l'encadrement de la porte.

– Ben, qu'est-ce qui t'arrive ? s'étonna-t-elle. Tu n'es pas au travail ?

Verdier tâtonnait, les yeux mi-clos.

– Tu en fais une tête ! dit-elle encore.

Ce n'était plus possible d'entamer une conversation. Il balaya l'air devant lui d'une main ballante, comme si ce seul geste avait pu la faire disparaître, et se dirigea vers le salon. Le canapé ferait l'affaire. Toutes ses forces venaient de le quitter d'un coup. Monter dans sa chambre n'était simplement pas envisageable. La migraine redoublait de violence.

Il se coucha en chien de fusil, sans même ôter ses chaussures, puis murmura à Lorraine qu'elle tire les rideaux.

– Tu parles d'un cadeau ! maugréa-t-elle.

Il se fit alors la réflexion que les problèmes venaient de commencer. Elle n'allait pas lui foutre la paix. Elle resterait plantée là jusqu'à ce qu'il lui ait dit ce qu'elle avait envie d'entendre.

C'était inconcevable de se sentir seul à ce point. Verdier respirait à peine. Il se concentrait sur le dégoût que lui inspirait sa femme à cet instant pour éloigner la douleur. Elle aurait pu aller lui chercher un gant de toilette humide, ou lui masser la nuque, ou se taire, simplement. Mais non, elle continuait à jacasser. C'était un brouhaha inaudible dont il percevait parfois quelques mots. Un putain de bruit de fond qui l'empêchait de sombrer dans le néant. Jamais ses crises de céphalée n'avaient été si brutales. Puis ce fut le silence.

Quand Lorraine réapparut, elle lui tendit deux gros cachets blancs d'un air dégoûté. Il n'avait pas dormi, mais avait l'impression d'avoir passé des heures à lutter contre la migraine.

– Prends ça et va te mettre sous la douche. Brûlante. Tu ne vas pas rester à la maison toute la journée, tout de même !

– J'ai tout mon temps, maintenant, articula-t-il péniblement.

– Ça veut dire ?

– Ça veut dire que je ne retournerai pas au boulot. Ni aujourd'hui, ni demain.

– Oh, mon Dieu !

Lorraine porta une main à sa bouche.

– Laisse Dieu en dehors de ça.

– Ne me dis pas que…

– Je n'ai pas besoin de te le dire, puisque tu as compris.

– Mais pourquoi ? Que s'est-il passé ?

Sa voix montait dans les aigus, tandis que son visage s'empourprait.

– Compression de personnel. C'est tout. Je suis arrivé et ils m'ont remis leur putain de lettre.

– Tu te rends compte de ce que tu es en train de m'annoncer ?

Verdier retroussa ses lèvres sur ses dents, l'air mauvais.

– On dirait que c'est à toi que c'est arrivé.

– Mais c'est pareil ! Qu'est-ce qu'on va faire ?

– D'abord, tu vas cesser de me crier dans les oreilles. Tu vas te calmer. Tu vas me foutre la paix et on en reparlera plus tard.

– Les enfants…

– Quoi, les mômes ? Ça ne les concerne pas.

– Mais autant que moi. Bien sûr qu'ils sont concernés. Que va-t-on devenir ? Avec tout cet argent qu'on doit…

Verdier mit la main à sa poche.

– Tiens, fit-il en exhibant le chèque. Dépose-le à la banque.

Lorraine regarda aussitôt le montant.

– C'est tout ?

Alors, Verdier éclata :

– Ouais, c'est tout. Ces enculés ne m'ont filé que quatre-vingt mille balles. Pour solde de tout compte. Et encore, il aurait fallu que je dise merci !

– Eh bien, quand on est mis à la porte de son entreprise, il me semble qu'on ne court pas chez soi pour se vautrer sur un canapé. Tu devrais déjà être à l'ANPE. Au lieu de quoi…

Elle n'eut pas le temps de finir sa phrase. Verdier leva la main et elle lut la colère dans son regard, et cela, sans doute, l'empêcha de poursuivre. Ce bon à rien avait fait mine de la frapper, elle n'en revenait pas.

16 mars 2011
18 h 30

La nuit tombait sur la vallée de la Kapisa, un plateau stratégique entouré de sommets culminant à plus de cinq mille mètres, balayé par des tourbillons de poussière l'été et par un vent glacial l'hiver.

Depuis les montagnes, les contours de la base militaire de Nijrab s'estompaient dans l'obscurité. C'est à peine si l'on distinguait encore les miradors des forces gouvernementales. Des accords de guitare se firent entendre, aussitôt couverts par le bruit des groupes électrogènes. Les premières taches de couleur des fanons allumés sous les toiles de tente se mirent à clignoter. Au-dessus du petit groupe de moudjahidin, le ciel s'embrasa de milliers d'étoiles.

La dizaine d'Afghans s'impatientaient. Depuis un quart d'heure, plusieurs VAB[1] tournaient à bas régime à l'entrée du camp. L'unité ennemie n'allait pas tarder à monter vers le col. Les renseignements obtenus des civils travaillant aux cuisines

1. Véhicule de l'avant blindé.

l'avaient confirmé la veille : les parachutistes s'apprêtaient à déclencher une opération nocturne à grande échelle. Sous peu, si la nuit restait claire, les hélicoptères américains quadrilleraient la zone pour reconnaître le terrain. Il était temps de s'esquiver. Le groupe n'était pas de taille à accrocher. Il fallait redescendre vers l'autre vallée et piquer droit vers le nord pour rejoindre le reste des insurgés qui devaient organiser l'exfiltration des trois djihadistes français vers la province du Kunar, dernière étape avant leur passage au Pakistan.

Ces étrangers étaient un fardeau. Jamais d'accord entre eux, et toujours à se plaindre des conditions précaires de la guérilla. Ils avaient toujours faim, toujours soif, toujours froid. Ils pestaient contre la hauteur des montagnes et la raideur des pistes. Ils s'essoufflaient au fil des kilomètres et demandaient continuellement à se reposer. Ils faisaient leurs prières sans conviction et s'inquiétaient dès le moindre mouvement des forces de la coalition. Mais ils pouvaient aussi prendre des risques inconsidérés, se montrer dans les villages où ils auraient dû passer inaperçus ou utiliser leurs moyens de transmission quand on leur demandait le silence radio.

Pour le plus vieux des moudjahidin, ces Français n'auraient jamais dû venir. Les Afghans n'avaient pas besoin d'étrangers sur leur sol, fussent-ils musulmans. Il les aurait bien abandonnés dans la montagne, s'il n'avait reçu l'ordre de les conduire jusqu'au deuxième groupe. Trente kilomètres dans la neige, ils allaient encore en baver. On ne ferait pas de halte, la situation ne le permettait pas.

Il les dévisagea une nouvelle fois. Deux d'entre eux étaient identiques aux soldats qu'il avait tués deux ans et demi plus tôt à Uzbin. La même tête, la même allure. Le troisième, l'Arabe, était arrogant. Il savait tout, commentait tout. Le vieux se fit la promesse de le mettre à l'épreuve à la première occasion. Des tirs se firent entendre en provenance du camp. C'était l'heure à laquelle les soldats se mettaient à arroser les ombres de la montagne quand la peur de la nuit s'emparait d'eux.

Il répéta son ordre de départ en haussant le ton, puis il fit signe à la colonne d'entamer la progression vers la vallée.

18 mars 2011
9 heures

À presque soixante-cinq ans, Norman Beats n'aurait pas pris sa retraite pour un empire. Rendu à la vie civile peu après les attentats du 11 septembre 2001, il avait comme d'autres vécu sa traversée du désert. Après la tragédie, les conseillers du président n'avaient épargné personne. Il avait été viré comme le patron et nombre de ses adjoints. Mais contrairement à beaucoup, il n'avait pas baissé les bras. Jamais il n'aurait envisagé de terminer sa vie à arroser la pelouse de sa grande maison de Floride. La seule idée d'en être réduit à observer les développements de la scène internationale à travers la presse lui collait des sueurs froides. Ce n'était pas ce genre d'homme. À l'inverse d'autres anciens collègues, il n'avait pas renoncé à peser sur les événements. Surtout, il avait été assez fin pour faire son *mea culpa* et analyser les dysfonctionnements qui avaient conduit à cette catastrophe. Il avait fait un jour, devant le monument élevé aux victimes des attentats, le serment de se racheter.

Après avoir repris contact avec des officiers qui lui avaient conservé leur amitié, il avait intégré comme conseiller indépendant un bureau d'enquêtes civil entièrement dévoué à la protection du pays. Il voyageait aux États-Unis et dans le monde, rencontrait beaucoup de gens et contribuait à renforcer les liens entre son gouvernement et divers autres. Des missions discrètes, menées sur la pointe des pieds. Les gens qui l'employaient avaient bien conscience des dégâts commis chez leurs alliés par la raideur d'un George W. Bush. La France leur avait claqué la porte au nez quand il s'était agi de créer l'union sacrée pour faire la guerre en Irak. Les Italiens et les Britanniques avaient fini par se retirer du conflit prématurément. Quant à l'Afghanistan, ce n'était pas brillant. L'ISAF[1] avait plus d'une fois failli voler en éclats. La situation sur le terrain s'enlisait. Le tableau des pertes américaines avait entamé une courbe effrayante. Les talibans n'avaient jamais été aussi forts. Ils avaient reconstitué leurs forces combattantes et mis en place un peu partout à l'étranger des cellules dormantes. Et le Pakistan multipliait les trahisons. Ben Laden avait été localisé par deux fois déjà sans qu'on entreprenne quoi que ce soit pour l'éliminer. Les Français avaient même été empêchés de le faire quelques années plus tôt. Bush n'avait pas donné le feu vert. Pourquoi ? Beats n'avait jamais su y apporter une réponse.

Heureusement, l'arrivée d'Obama à la Maison-Blanche avait changé la donne. Pour un président démocrate ayant fait le vœu d'en finir rapidement avec les opérations extérieures, il dépensait une énergie encore jamais vue à gagner cette guerre. Après avoir réussi à quitter l'Irak en bon ordre et avec les honneurs, il avait repris personnellement le dossier afghan. Sans états d'âme et avec une détermination exemplaire. Jamais autant de responsables d'Al-Qaida n'avaient été éliminés grâce aux frappes des drones. Les terroristes réfugiés dans les *terra incognita* des zones tribales du Waziristan tombaient les uns après les autres. Parfois même à l'intérieur des frontières pakistanaises. Les médias internationaux s'en offusquaient, parfois les gouvernements, mais il tenait bon.

1. International Security Assistance Force.

Il avait une mission et il la remplissait. Les conseillers comme Beats avaient obtenu des moyens décuplés.

L'élection en France du président Sarkozy avait rapproché les deux pays malgré les différends politiques. Sarkozy était un atlantiste convaincu et l'on sentait bien qu'il n'en ferait jamais assez pour donner des gages à l'Amérique. Il avait autour de lui une équipe d'hommes nouveaux avec lesquels les relations étaient au beau fixe. Même si, sur le terrain, beaucoup d'officiers supérieurs français traînaient encore des pieds pour collaborer intelligemment avec Washington, on mesurait jour après jour les progrès.

Le mois précédent, le première classe Clément Chamarier avait été tué par une roquette dans la Kapisa. Le 19 février. C'était le cinquante-quatrième Frenchie à perdre la vie en Afghanistan. L'allocution prononcée par Sarkozy lors de l'hommage rendu au soldat dans la grande cour des Invalides avait été un modèle de patriotisme et de courage de la part du chef des armées d'un pays où l'opinion se posait des questions sur la nécessité de son engagement dans ce conflit. Comme à beaucoup d'Américains, le signe d'amitié et de fidélité envoyé par Sarkozy aux États-Unis lui avait réchauffé le cœur.

Il reprit le dossier ouvert devant lui et en sortit les feuillets à transmettre à Paris. Il avait un besoin urgent d'obtenir le maximum de renseignements sur le groupe de djihadistes français repérés dans la Kapisa.

25 mars 2011
19 h 40

Lorraine Dupont de Chaseule-Verdier aurait tout donné pour que Sébastien moisisse en prison les cinq années qu'il lui restait à tirer. Mais elle ne pouvait pas s'opposer à sa sortie. Il fallait qu'elle se prépare à revivre avec cet homme qui avait gâché sa vie. Il allait revenir et mettre la famille au garde-à-vous, elle ne se faisait aucune illusion. Il faudrait faire avec le dégoût et sa peur de le revoir qu'elle avait nourrie au fil des ans. Pourquoi n'avait-elle pas divorcé ? Pourquoi, mon Dieu, s'était-elle accrochée à ce mariage ? Qu'avait-elle espéré ? La centrale n'avait pas amendé son mari, elle l'avait radicalisé, transformé en bête, elle avait achevé de le pourrir de l'intérieur.

À l'exception de cette idiote d'Amélie, les enfants pensaient comme elle.

Le jour où elle leur avait annoncé sa libération prochaine, Hubert et Adrien s'étaient décomposés. Il n'y avait rien à ajouter. À quatorze et seize ans, c'étaient devenus de vrais petits hommes qui l'épaulaient sans jamais lui faire sentir combien son apathie chronique leur pesait. Ils ne lui avaient jamais reproché sa paresse, la maison sens dessus dessous, le frigo toujours vide, l'électricité régulièrement coupée pour défaut de paiement ni les heures qu'elle passait, comme en catalepsie, devant ses images pieuses. Ils trouvaient toujours des petits boulots pour rapporter quelques centaines d'euros avec lesquels ils assuraient les repas quand elle avait quitté un job et se morfondait des journées et des nuits entières, enfermée dans sa cuisine. Et ils caracolaient en tête de leur classe avec deux ans d'avance sur leurs condisciples. Leurs bulletins de notes ne laissaient pas d'impressionner leurs professeurs. Ils travaillaient avec une idée fixe : être en mesure d'obtenir un travail le jour où le paternel réapparaîtrait pour que personne n'ait de comptes à lui rendre, ni eux ni leur mère.

Lorraine se dit que Sébastien sortirait nécessairement avec un peu d'argent. Et que c'était au moins une raison pour l'accueillir. Les garçons devaient l'accepter. Avec les milliers de prières qu'elle avait adressées au Seigneur, il était inconcevable qu'Il ne fasse pas un geste pour elle. Mais il fallait qu'elle mette toutes les chances de son côté. Elle devait apaiser son mari, le rassurer et lui donner l'envie de repartir de zéro. Sans les enfants, elle n'y parviendrait pas.

La pendule sonna 20 heures. Aussitôt, elle entendit la porte d'entrée s'ouvrir. Elle n'avait pas besoin d'aller voir, elle savait qu'Hubert et Adrien rentraient, ponctuels comme toujours, du lycée où ils finissaient depuis des mois leur journée à l'étude. L'aîné présentait le baccalauréat cette année. Le plus jeune allait entrer en seconde. Elle en était fière. Ils étaient intelligents et motivés. Il lui fallait seulement puiser au fond d'elle-même assez de courage pour leur demander de faire encore un effort. Un de plus. Le plus difficile, mais le plus important.

– Hubert ! appela-t-elle.

Son garçon à la stature d'athlète, déjà, la rejoignit dans la cuisine. Dieu qu'il est beau, pensa-t-elle. Comme son frère, il avait tout pris de son grand-père maternel : des cheveux épais, noirs et bouclés ; de grands yeux verts ; le teint mat et légèrement cuivré et cette musculature presque indécente pour son âge. Mais il avait aussi le sourire ironique de son père, qu'importe ! N'était-ce pas avec ce sourire que Sébastien lui avait fait chavirer le cœur ?

– Hubert, dit-elle doucement, je n'ai plus payé le loyer depuis trois mois…

Son fils s'assit devant elle et poussa les miettes qui salissaient la table.

– Et tu m'annonces cela maintenant ?

– Si tu savais comme j'ai honte ! Je pensais recommencer à travailler. Cela ne s'est pas fait.

– Tu as encore pleuré !

– J'ai peur.

– De quoi, maman ?

– J'ai reçu un courrier recommandé, hier. La banque nous a mis en cessation de paiement et menace de nous expulser dans quelques jours. Si je ne rembourse pas avant la fin de la trêve hivernale.

– C'est impossible.

– Regarde la lettre…

Elle lui tendit la feuille.

– Maman, c'est la deuxième que tu reçois ! Tu n'as rien fait ?

– Je suis désolée, mon petit. Je ne voulais pas vous inquiéter. Je pensais y arriver, mais non ! Je n'ai pas trouvé de solution.

– Tu n'as plus rien ?

– Rien. Juste assez pour une semaine de nourriture.

– À propos, le lycée réclame aussi le montant de la cantine…

Lorraine se cacha le visage dans les mains.

– Vous n'avez pas mérité une mère comme moi !

Hubert se releva et vint l'entourer de ses bras.

– Tais-toi. Nous allons nous en sortir. Je vais appeler grand-père.

– Il ne bougera pas le petit doigt. J'ai déjà essayé. Nous n'existons plus pour lui.

– Je peux aller voir le banquier…

Un rire nerveux secoua Lorraine.

– Mon chéri !

– Avec mes professeurs, maman.

– La seule personne qui pourrait nous tirer de ce mauvais pas, c'est ton père. Il devrait être ici avant la date fixée par la banque. Je ne sais pas ce qu'il a en tête, mais je ne peux pas croire qu'il ne fera pas quelque chose. Encore faut-il lui donner envie de rester. Pour qu'il nous aide, il faut l'aider. Cela dépend de vous, les garçons.

Hubert s'écarta de sa mère.

– Qu'est-ce que tu me demandes, maman ?

– Je dois retourner le voir la semaine prochaine. Pour parler aussi avec le juge des libertés. Je sais qu'il souhaite voir la famille au complet. Ce serait une bonne occasion pour renouer avec votre père… Tu lui expliqueras ce qui se passe. Peut-être pourra-t-il même nous donner de l'argent immédiatement.

La voix du garçon claqua comme un coup de fouet :

– Je ferais beaucoup, mais ça : non.

À aucun moment, Lorraine n'avait envisagé le refus d'Hubert. Des récriminations, des réflexions acerbes, oui, mais pas cette fin de non-recevoir. Elle tenta le tout pour le tout :

– Hubert, je vais te parler d'adulte à adulte. Ton père va se réinstaller avec nous, tu n'y peux rien. D'ici là, nous risquons d'avoir été mis à la porte de cette maison. Je sais ce que tu penses et je le comprends. Mieux : je suis d'accord avec toi. Mais une famille est une famille. Dieu nous a unis, ton père et moi, pour la créer et la faire vivre. Voilà pourquoi je n'ai jamais divorcé et pourquoi je vais accueillir de nouveau mon mari. Tout ce qui s'est passé depuis fait partie des épreuves que nous envoie le Seigneur. Cela Lui appartient et nous n'avons pas à juger. Accompagne-nous à Lannemezan et fais la paix avec ton père.

Hubert remit sa veste dont il rabattit la capuche sur son front.

– Je n'irai pas.

– Tu vas faire un effort.

– La vérité, maman, c'est que je voudrais le voir mort.

La porte claqua. Lorraine s'effondra sur la table. Elle voulut pleurer, mais ses yeux étaient secs.

26 mars 2011
10 h 20

Verdier n'était pas pressé. À sa place, d'autres seraient entrés en transe à l'annonce d'une libération prochaine. Pas lui. Une chose que lui avait enseignée dix ans plus tôt l'imam Abou lui était toujours restée en mémoire : prendre le temps. Il en avait fait une maxime personnelle. À l'époque où ils en avaient parlé, Abou pensait à l'islam, bien entendu. À l'islam et à Dieu. Verdier se foutait pas mal de Dieu et des conneries du style que Dieu était partout et d'abord en prison. Il l'avait vérifié un millier de fois durant les neuf années passées : il ne l'avait jamais croisé, jamais entendu. Pas une ombre, pas un murmure. Que dalle. Rien que le béton, les barreaux, le vacarme continu des clés dans les serrures, les hurlements ou les plaintes des détenus.

Il aurait dû s'exciter à la perspective d'être prochainement dehors, mais l'extérieur ne représentait plus qu'un monde obscur peuplé d'ennemis et d'incertitudes. La société l'avait rejeté. Elle s'apprêtait maintenant à le reprendre uniquement parce que les prisons étaient en sureffectif et qu'elle le croyait enfin brisé.

Il allait rentrer chez lui avec une seule idée en tête : se venger. Par tous les moyens.

Son seul vrai motif d'inquiétude résidait dans l'inconnu des retrouvailles familiales. Ses enfants… Qu'allaient-ils lui dire ? Allaient-ils seulement le reconnaître pour leur père ?

L'idée tournait en boucle depuis des semaines dans sa tête. Parfois, elle propulsait les battements de son cœur au-delà de cent cinquante pulsations par minute. Parfois, elle le terrassait tout simplement. Il s'appuyait sur le bord de sa couchette, puis se laissait glisser au sol. Un froid glacial s'infiltrait dans ses membres et il se mettait à claquer des dents, espérant qu'aucun surveillant n'entre dans sa cellule à cet instant.

Ce matin-là, il regardait les détenus revenir de la salle de gymnastique. Année après année, il les avait vus prendre des pectoraux, des épaules et des biceps. Les plus anciens avaient maintenant des gueules d'acteurs porno sur le retour. Ils se teignaient les cheveux, on se demandait bien par quel miracle. Certains avaient réalisé le tour de force de se faire implanter des dents toutes neuves, et leurs sourires de pub Signal le consternaient. Il savait qu'une fois rendus à la vie civile, ces types partiraient en sucette à coups de tournées sur les zincs de bistrots minables. C'était ce que leur réservait la liberté. Et il se demanda soudain ce qui pourrait le faire chuter, lui.

Un gaillard de plus de deux mètres lui tapa sur l'épaule.

– Tu sembles songeur, Abdelaziz, dit-il doucement à Verdier.

Verdier se retourna. Moktar était l'un des chefs de file de la bande de terroristes qui avait pris le contrôle de la prison, un ancien des GIA tombé à Paris en 1998 pour braquage. Après des années d'enfermement commun, et malgré son rôle de leader incontesté, Verdier se méfiait de lui comme au premier jour. Il tenta un sourire et bafouilla :

– Je vais être libéré et je ne sais pas ce que je ferai.

L'homme le considéra de son regard glacial et cracha par terre.

– Allah le sait, mon frère. Il se prépare de grandes choses et nous allons avoir besoin de toi. Pour le dixième anniversaire du 11 Septembre…

Dix ans plus tôt

La journée s'annonçait radieuse. Ce mardi serait aussi chaud et étouffant que la veille, il n'y avait pas un nuage dans le ciel pour calmer les ardeurs du soleil. Décidément, l'été s'étirait en longueur. Verdier s'assit à la table de jardin et attendit que son thé infuse. Exceptionnellement, la librairie n'ouvrirait pas ses portes ce jour-là et il savourait l'idée de pouvoir rester chez lui. Pour une fois, il se consacrerait aux eucalyptus plantés au début du printemps. Les plantes manquaient d'eau et commençaient à jaunir. Il fallait aussi tondre la pelouse. Après, il s'installerait devant la télévision et n'en décollerait plus de l'après-midi.

Il était heureux. Sa dernière conversation avec les oulémas résonnait encore dans sa tête. On avait enfin décidé de l'envoyer au Pakistan dans une madrasa. Avec un peu de chance, il pourrait, une fois sur place, envisager un détour par l'Afghanistan pour y rencontrer le cheikh Oussama. Il gambergea encore un moment en buvant son thé à petites gorgées. Dieu que la journée était belle !

Loraine traversa le jardin pour aller cueillir un bouquet de lys. Il la suivit un instant du regard, puis se leva pour refaire chauffer de l'eau.

À 14 heures, Verdier se prépara un plat de riz accompagné de sardines à l'huile, puis s'assit enfin devant la télévision. Le jardinage était terminé. Il avait ratissé l'allée de graviers, nettoyé à grande eau la voiture et changé le timbre de la porte d'entrée. Il était éreinté. Il saisit le zappeur et lança LCI. Il avait l'intention d'écouter d'une oreille distraite les nouvelles tout en repensant à son prochain voyage. Il s'était mis à y croire. Une fois dans la madrasa, il lui serait facile d'obtenir d'être transféré dans la zone tribale afghane. Personne ne refuserait d'accéder à sa demande. Le rapport qu'il remettrait à Rateau ferait date dans l'histoire des Services. Jamais les islamistes ne parviendraient à mettre en place les actions dont ils lui rebattaient les oreilles chaque jour. S'il rencontrait Oussama Ben Laden, il deviendrait l'homme providentiel. On ne pourrait plus rien lui refuser.

Il commençait à s'endormir lorsque le programme fut interrompu brusquement. Le visage de la présentatrice, Marianne Kottenhoff, apparut en gros plan, filmé dans les bureaux de la chaîne. Le son avait considérablement augmenté. La journaliste annonça d'une voix grave qu'une catastrophe venait de se produire à New York. Aussitôt après, un immeuble en feu envahit l'écran.

L'une des deux tours du World Trade Center brûlait. Kottenhoff parlait d'un avion qui se serait encastré à l'intérieur. Verdier se gratta la tête. Un putain d'accident, comme seule l'Amérique était capable d'en produire ! Il changea de chaîne. Même image. Il revint sur LCI. Il était 15 heures passées de une ou deux minutes. On apercevait maintenant la tour dans son ensemble. Il faisait dans l'Upper West Side aussi beau qu'à Paris. Une de ces journées claires et ensoleillées comme on n'en voyait qu'à Manhattan. C'est à peine si la fumée épaisse se dégageant des étages supérieurs salissait l'horizon. Puis la voix de la journaliste devint plus forte encore. Marianne Kottenhoff s'exprimait sous le coup de l'émotion : « Oh, mon Dieu ! Un deuxième avion ! Un deuxième avion au-dessus de New York qui vient de virer dans le ciel... Il fonce sur les Twin Towers... »

Verdier se redressa. Lorraine venait de pénétrer dans le salon. Il ne la vit même pas s'avancer jusqu'à un mètre du poste. Pas plus qu'il n'entendit son cri lorsque le gros porteur percuta de plein fouet le deuxième bâtiment. Il avait suivi l'avion du regard, la respiration coupée. Il l'avait vu virer, se rétablir, chercher encore son cap avant de se redresser une dernière fois pour aller s'écraser sur la tour sud. Il cligna des yeux et rentra la tête dans les épaules lorsque la boule de feu se propagea largement au-delà de l'immeuble.

Alors seulement, Lorraine se retourna vers lui.

– Dis-moi que ce n'est pas vrai.

Il ne répondit pas.

– Dis-moi que tes nouveaux amis n'ont pas fait ça.

Verdier ne l'écoutait pas. Il venait de réaliser que les terroristes étaient passés à l'action beaucoup plus tôt que prévu et que tous les plans qu'il avait échafaudés pour obtenir quelque chose des Services français étaient en train de s'effondrer.

2 avril 2011
17 h 10

Georges Chesnier se laissa choir contre un muret en pisé et se massa les mollets. Autour de lui, les soldats du 21e RIMa se dispersaient pour sécuriser le village. Il les regarda bondir pardessus les obstacles et se dit que, décidément, il n'avait plus l'âge de coller au train des militaires. Ses jambes le faisaient souffrir. Sa gourde était vide depuis au moins deux heures. Il était tenaillé par une soif à faire plier un chameau, mais pour rien au monde il n'aurait quémandé de l'eau.

L'unité de craps de la QRF[1] crapahutait depuis le milieu de matinée. Le soleil allait bientôt basculer derrière les crêtes qui bordaient l'horizon sur sa droite. Et tout ça pour rien. Le commandement avait annulé l'ordre d'interception de la petite colonne de moudjahidin que les commandos poursuivaient depuis des heures dans ce décor impressionnant de sauvagerie et de beauté. L'occasion de prendre des Français engagés avec les forces rebelles était reportée *sine die*. Le lieutenant venait de l'en avertir en

---

1. Quick Reaction Force.

lui tendant son paquet de cigarettes, mais n'avait pas donné de raisons.

Chesnier tira une bouffée pour oublier sa soif. Avec la lumière qui bleuissait, l'humidité s'installait dans la vallée. Le froid avec elle. Il retourna sa cigarette et l'enferma dans ses mains pour trouver un peu de chaleur. Bientôt les VAB seraient là pour récupérer la section. Il observa un GV[1], un peu à l'écart, s'octroyer une longue rasade de son camelbak et sentit une profonde déception monter en lui. Dix jours à effectuer des missions de reconnaissance dans des villages ouvertement hostiles du matin au soir sans tirer un seul coup de fusil ni arrêter un seul insurgé. Dix jours à entendre les mêmes récriminations des soldats et les mêmes commentaires lénifiants de l'encadrement. Dix jours à s'épuiser le long des pistes, à crever de chaud ou à se peler le jonc. Dix jours pour rien... Lui qui avait rêvé d'une opération de guerre grandeur nature, il en était pour ses frais. Le matin même encore, lorsque l'ordre avait été donné à la section d'embarquer dans les véhicules et que le convoi s'était rué à la limite de la puissance des moteurs vers le col, il l'avait espérée. Le colonel lui avait conseillé de prendre trois litres d'eau et des vivres pour deux jours. Il avait voulu s'assurer lui-même que le journaliste ne laissait pas derrière lui sa trousse médicale de première urgence. Il avait testé le garrot en caoutchouc et vérifié qu'il le plaçait correctement dans la poche latérale de son pantalon de treillis.

Au moment où Chesnier s'installait à l'arrière du VAB, il avait demandé au colonel :

– Après quoi on court, ce matin ?

– Nous avons localisé trois volontaires français qui accompagnent un petit groupe de talibans.

Derrière Chesnier, le radio lui glissa à l'oreille qu'on allait leur couper les couilles pour en faire des pendentifs. Chesnier sourit

1. Grenadier-voltigeur.

et s'assura qu'il était bien convenu qu'il pourrait être en première ligne. L'avant-veille, les soldats lui avaient imposé de se tenir à l'écart d'un groupe de maisons qu'ils devaient fouiller. Il n'avait pas l'intention de rester aujourd'hui à l'arrière à attendre que la mission soit menée.

– L'ensemble de la section va intervenir, répondit le colonel. Il n'y aura pas d'avant ni d'arrière. Vous allez au contact. On ne sait pas comment les hostilités seront engagées. Personnellement, j'aurais préféré que vous restiez sur la FOB[1].

– Eu égard à mon grand âge ou à l'action elle-même ?

– À cause de la cible, parfaitement. Mais Warehouse[2] a donné son feu vert. Vous êtes donc autorisé à participer à cette manip. Je dois seulement vous préciser que vous allez en baver. Ce ne sera pas une promenade de santé. Il faudra aussi qu'on ait une conversation à votre retour quand le groupe rebelle aura été réduit.

Maintenant les insurgés taillaient la route, Chesnier était épuisé et il ne comprenait pas pourquoi la mission avait été autant de fois différée. Lors de la halte précédente, le lieutenant avait fait le point avec lui sur la katiba qu'ils pourchassaient. Trois Français, dont un d'origine maghrébine, et sept Afghans, dont l'un était recherché depuis l'embuscade d'Uzbin qui avait coûté la vie à dix militaires du 8e RPIMa, trois ans plus tôt.

– Nous savons qu'ils sont assez faiblement armés, avait-il précisé. Ils piquent vers le nord-est. Certainement pour faire jonction avec un autre groupe. Si on ne les tamponne pas avant la nuit, ils sortiront de notre périmètre et il faudra repasser le bébé aux Amerloques.

Mais le lieutenant n'y croyait plus, Chesnier l'avait senti.

– Pourquoi ne leur est-on pas déjà tombé dessus ? questionna-t-il.

– Ce ne sont pas des éléments en ma possession.

1. Forward Operating Base : base opérationnelle avancée.
2. Base de commandement de l'ISAF à Kaboul.

– Merde ! On a quitté la FOB sur les chapeaux de roues pour les intercepter ! Il doit bien y avoir une raison…

– Ce n'est pas mon problème. Je reçois des ordres et j'exécute. Désolé.

– Et ces cons qui n'ont même pas cherché à engager le combat…

– Sont pas fous, les mecs. Qu'est-ce que vous espériez ? Face à mes cinquante commandos, armés comme nous sommes, ils n'auraient aucune chance.

– Mais si vous vous rapprochiez, on pourrait créer l'incident, non ? Après tout, vous êtes seul maître sur le terrain.

Le lieutenant avait haussé les épaules.

Son radio s'approcha de lui, le combiné dans la main :

– Autorité pour vous, mon lieutenant.

Urgent.

L'officier s'écarta pour répondre. Deux minutes plus tard, il rejoignait Chesnier, une expression de colère dans le regard.

– Voilà les dernières nouvelles : notre mission consiste maintenant à escorter ces salopards. Seulement ça. Leur faire quitter notre zone de compétence. Je pense que le commandement a décidé que des Français ne tireraient pas sur des Français. Il faudrait un événement extraordinaire pour que ces pourris prennent l'initiative. Mais j'en doute.

L'obscurité tomba d'un coup sur la vallée. Le village devint une masse sombre, informe, sous le ciel étoilé.

3 avril 2011
9 h 15

Le général Spencer, patron des unités américaines en Afghanistan, relut une fois encore le message codé tombé sur son télescripteur une demi-heure plus tôt. Il n'en croyait pas ses yeux. Comment les Français avaient-ils pu jouer cavaliers seuls sur une affaire de cette importance ? Depuis un an qu'il commandait la task force à Kaboul, jamais on ne lui avait fait un coup pareil. Laisser filer une bande de terroristes étrangers, c'était une première ! Ça ne pouvait pas être une décision du RIMa. Il avait rencontré les hommes de l'unité à plusieurs reprises dans leur base de Nijrab, c'étaient des gens bien, aguerris et motivés. Il avait lui-même présidé une remise de médailles, le mois précédent, pour faits d'armes exceptionnels au cours d'une mission conjointe avec ses boys. Il revoyait les gueules des gars et les poignées de main chaleureuses qu'il avait échangées avec eux. Lors du pot qui avait suivi, il avait amplement eu le loisir d'apprécier leur fierté d'avoir combattu aux côtés des Américains. Quelqu'un d'autre avait pourri la mission.

Après un instant de réflexion, il décrocha son téléphone et composa le numéro du poste de son homologue français. La ligne sonna dans le vide. Il regarda sa montre : 9 h 30. Où pouvait bien se planquer le Frenchie ? Il ne l'avait pas croisé au footing du matin. Il était forcément à son bureau, mais il ne répondait pas.

Spencer appela le cabinet du général français. Sans davantage de succès. Il fixa l'immense carte murale du pays, puis abattit violemment son poing devant lui. Le cendrier valsa, éparpillant des mégots de Craven A. La situation devenait surréaliste. Trois moudjahidin français s'apprêtaient à pénétrer le dispositif américain après avoir opéré tranquillement pendant plus d'une semaine en Kapisa et ses alliés étaient aux abonnés absents ! Spencer asséna un nouveau coup sur sa table et hurla à l'attention de son adjoint :

– Tom, apportez-moi le téléphone crypté !

Il ne restait plus qu'une solution : appeler directement le patron du RIMa à Nijrab. Cela ne manquerait pas de susciter quelques problèmes diplomatiques, mais il n'en avait cure. Puisque son homologue à Kaboul l'évitait, il n'avait pas le choix.

– Commandant Pradier, fit une voix désincarnée. À qui ai-je l'honneur ?

– Spencer. Passez-moi le colonel.

– Mes respects, mon général. Il est à côté, je vous le passe immédiatement.

– Colonel Aragorn. Général Spencer ?

– En personne, mon vieux. Je ne parviens pas à mettre la main sur votre patron. Il ne serait pas chez vous, par hasard ?

– Négatif, mon général.

– Dites-moi, vous avez laissé filer une bande de terroristes, hier. Ils seraient en passe d'entrer sur mon district et il a fallu que ce soit le renseignement américain qui m'en informe. Vous avez une explication ?

Au bout du fil, le silence sembla durer une éternité à Spencer.

– Alors ?

– Je suis confus, mon général, mais nous n'avons pas pu faire autrement.

– C'est une blague ?

– Je ne me permettrais pas, mon général. Mes hommes n'ont pas reçu le feu vert d'Autorité Papa pour les accrocher.

– Mais vous êtes allés sur le terrain, oui ou merde ?

– Affirmatif. Après avoir reçu le renseignement, nous les avons localisés. Puis j'ai lancé une première opération pour les identifier. Ensuite, j'ai envoyé une QRF pour les intercepter. En liaison avec Kaboul. Notre autorité a souhaité prendre la main sur cette mission. La suite, vous la connaissez…

– Non, mon vieux, je ne la connais pas. Pourquoi l'objectif n'a-t-il pas été détruit ?

– Notre autorité a jugé que cela aurait posé des problèmes avec Paris.

– *Avec* ou *à* Paris ?

– Je n'en ai aucune idée, mon général. Nous, nous avons fait notre job. Nous étions prêts. Le reste, ça nous dépasse…

Spencer baissa le ton. Il vociférait depuis deux minutes et avait conscience que son attitude était injuste. Aragorn était un soldat hors pair. Il pouvait en juger depuis des mois. Un excellent militaire et un officier loyal de surcroît.

– Vous avez conscience que la coopération franco-américaine vient d'en prendre un coup, n'est-ce pas ?

– En ce qui nous concerne, je ne dirais pas ça, mon général.

– Merde, Aragorn, ça ne vous ressemble pas ! Pourquoi n'avez-vous pas alerté nos unités d'élite ?

– Nous n'avions pas besoin des Seal pour faire le boulot, mon général…

– Mais l'ordre vous a été donné de décrocher ? Car c'est bien de cela qu'il s'agit, vrai ou pas ?

– Affirmatif, mon général. On m'a demandé de ramener les gars sur la FOB en fin de journée.

– Bien. Et mes forces spéciales ?

– Autorité Papa... Franchement, mon général, je préférerais que vous en discutiez ensemble.

– Ça va, j'ai pigé.

– Autorité Papa m'a demandé de ne rien divulguer de l'opération, s'excusa Aragorn.

– Sur quel itinéraire vous les avez lâchés ?

– Ils se dirigeaient vers le village de Sper Kunday, dans le secteur de Tizin.

Spencer se plaça devant sa carte. Il repéra aussitôt la localité. Située exactement sur le 36e parallèle.

– Ils ont certainement pris la direction du col d'Uzbin pour redescendre vers la vallée de Laghman, reprit le colonel. Selon les informations dont je dispose, le moudjahid qui commandait la colonne connaît parfaitement le secteur. Ce serait l'un des quatre commandants qui ont monté l'embuscade contre nos troupes, le 18 août 2008.

– C'est ça. Et ils sont entrés chez moi et il faut que je vous aie en ligne pour le découvrir. C'est incroyable !

– J'en suis navré, mon général.

– Donc, vous me confirmez que vous auriez pu détruire ce groupe ?

– À quatre ou cinq reprises, sans problème, mon général. Mais Kaboul a décidé de régler la question avec vous. C'est ce qui m'a été dit.

Aragorn se tut à nouveau quelques instants, puis reprit d'une voix anxieuse :

– Je suis très embarrassé par cette conversation, mon général...

– Y a pas de quoi. Elle restera entre nous, mon vieux. Je passerai vous voir un de ces quatre pour faire le point personnellement.

Spencer raccrocha. Il fulminait. Il faudrait qu'il ait rapidement un entretien avec le général français. Il ne savait toujours pas qui étaient les trois terroristes ni ce qu'ils étaient venus faire au milieu des forces de l'ISAF. Le fait qu'ils aient grenouillé aussi longtemps sans chercher à engager le combat ne présageait rien de bon. Il devait coûte que coûte les empêcher de rejoindre le Pakistan.

3 avril 2011
11 h 25

Verdier venait de pousser presque deux tonnes de fonte quand un gardien se présenta dans la salle de sport.

– Allez Abdel, le JAP[1] veut te voir. Le fais pas attendre.

Si Verdier détestait qu'on l'appelle par le diminutif de son prénom musulman, il avait fini par se faire une raison. Il reposa les poids sur la barre d'appui, s'épongea le visage à l'aide de sa serviette et tira sur son short. Ce n'était pas le moment de se présenter au juge les burnes à l'air.

– T'as pris combien de millimètres de tour de biceps ? demanda le gardien, un sourire ironique au coin des lèvres.

– Et vous ? Avec vos litres de Kro, combien de tour de bide ?

L'homme eut une mimique désabusée.

– C'est sûr que t'en bois pas une goutte, toi. Toujours dans tes bondieuseries ?

Verdier préféra se taire.

1. Juge de l'application des peines.

– Un garçon sympathique comme toi. C'est pas malheureux de perdre son temps avec ces conneries !

– Vous ne croyez en rien, chef ?

– En tout cas, pas en un Dieu qui voudrait pas que l'homme jouisse des produits de sa création.

– Vous savez, Dieu n'a pas inventé l'alcool.

Le gardien tourna la tête vers Verdier. Son regard n'avait plus rien d'aimable.

– C'est bien ce que je me disais, t'as pas changé… T'as raconté des conneries au directeur et à ton baveux…

Verdier accusa le coup. Il ne devait surtout pas se laisser entraîner dans ce genre de discussion.

– Si vous saviez comme je m'en fous ! Au fait, ce n'est pas très correct d'aller voir le juge dans cette tenue…

– Pour t'entendre dire que ta conditionnelle est retoquée, c'est pas grave.

Verdier s'arrêta net. Le gardien éclata de rire.

– Bon, tu te magnes ? Il s'en fout le juge de comment t'es habillé. De toute façon, on t'a observé. T'es bien gentil, mais tu vas pas nous la faire. Bref, tant que tu décides pas de nous foutre un avion sur la tour Eiffel, ça va.

– Ce n'est pas drôle.

– Oh, mon garçon, j'me fais aucune illusion. Je suis là depuis bien trop longtemps. Les braqueurs rebraquent, les violeurs reviolent, les dealers redealent, et toi, ma foi, on verra bien ce que tu referas.

– Je n'ai ni violé, ni braqué, ni dealé.

– Non, t'as carrément organisé un réseau d'approvisionnement en stups et tu t'es fourré dans une organisation criminelle liée aux terroristes des tours, chez les Ricains !

– Vous savez que c'est faux. Et quand bien même ? C'est du passé. J'ai payé.

– Pas assez, mon garçon. Quinze piges, c'est pas dix… Ailleurs, on t'aurait pendu pour ce que t'as fait. Cette société n'est pas si mauvaise que tu le penses.

Verdier allongea le pas. Derrière lui, la respiration se fit sifflante.

– C'est pas la peine de courir. Les portes vont pas s'ouvrir plus vite, mon gars.

Dix minutes plus tard, ils arrivèrent dans la salle commune réservée au personnel. Un petit homme entre deux âges, aussi gris que son costume, était attablé devant un bol de café fumant. Verdier le gratifia d'un salut appuyé, mais silencieux. Le juge finit d'engloutir un reste de croissant et le considéra de la tête aux pieds.

– Il faudra que vous continuiez le sport à l'extérieur. C'est excellent pour l'équilibre. Vous m'avez l'air beaucoup plus en forme que sur les photos de votre arrestation.

Verdier sourit sans desserrer les dents. La partie allait se jouer maintenant. Il sentait dans son dos ce gros con de maton prêt à relever la moindre erreur de sa part. Il saisirait la première occasion pour mettre le juge en alerte. D'autres, avant lui, s'étaient fait recaler au même endroit. Le JAP les avait convoqués pour leur annoncer leur libération conditionnelle et ils avaient réintégré leur cellule, gonflés de haine, sans rien d'autre qu'une vague promesse d'un nouveau rendez-vous quelques mois plus tard. À chaque fois, un gardien avait fait basculer la situation. Comme dans un jeu sadique. Le jeu de la carotte et du bâton. Il n'y avait aucune règle.

– Je vous prie d'excuser ma tenue, dit Verdier, je ne voulais pas vous faire attendre.

– Comment pensiez-vous devoir être habillé ?

– J'aurais pu enfiler une veste et des chaussures. Enfin, ce que je ferais à n'importe quel entretien d'embauche…

– Vous me paraissez avoir réfléchi à la question.

– Pas spécialement. C'est une question de respect.

– Bien. Parlons justement de ce que vous ferez une fois dehors. Deux choses conditionnent votre libération : votre retour en famille et l'obtention d'un travail. Où en êtes-vous ?

– Je me réinstalle chez moi, évidemment. Pour le reste, j'avoue que j'ai des pistes, mais rien de concret encore. Mon avocat s'en charge. Je devrais trouver un poste de bibliothécaire.

– C'est ce que vous souhaitez ?

– J'en serais très heureux. Je me suis habitué aux livres, ici. J'ai découvert que j'aimais lire et faire partager mes coups de cœur. Et ensuite, comme je l'ai déjà consigné dans mon dossier, je chercherai un poste dans une banque.

– Une banque ?

– Oui, islamique.

– Ah oui.

Le juge se resservit une tasse de café.

– Vous en voulez une ?

Verdier se tourna vers le gardien pour l'interroger du regard.

– Puisque le juge te le propose, mon gars. Fais comme chez toi…

– Je vais attendre d'être rentré en cellule, répondit Verdier. Je ne voudrais pas vous faire perdre votre temps. Je suis très heureux d'être ici, mais vous devez avoir d'autres chats à fouetter.

– Je ne fouette personne et vous n'êtes pas un chat, Verdier, marmonna le juge. Vous êtes pour moi un détenu encore relativement insondable. Il est vrai que j'ai mis votre dossier sur la pile des libérables, or je m'interroge encore. Le directeur plaide dans ce sens, mais plusieurs personnes de l'encadrement n'y sont pas favorables.

Derrière Verdier, le gardien bougea comme s'il s'ébrouait. Il l'entendit glousser, mais ne réagit pas, continuant de sourire.

– Je sais, monsieur. Deux mondes s'affrontent dans cette prison, ceux qui en ont les clés et ceux qui ne les ont pas. On n'y peut rien. Je suppose que cela a toujours été ainsi. À la place du personnel, je serais dans le même état d'esprit.

– Sans blague ! fit le juge. Expliquez-moi cela.

– J'en serais bien incapable. C'est quelque chose que je ressens, comme quelque chose de naturel. Nous n'avons pas été enfermés pour des broutilles. Il me paraît normal que les gens s'inquiètent.

– Et les erreurs judiciaires ?

– En ce qui me concerne, il n'y a pas eu d'erreur. Malheureusement.

Le juge termina son café et se leva pour se rasseoir aussitôt sur la table. Il était maintenant à un mètre de Verdier. Il sortit de sa poche un paquet de cigarettes et le lui tendit.

– Même si je fumais encore, je n'accepterais pas, monsieur. Nous n'avons pas le droit dans les salles communes.

– Est-ce que vous seriez en train de me dire que je ne peux pas m'en griller une ?

Verdier sentait son maillot se mouiller à nouveau. Comme sous la barre fixe. Cette fois-ci, le gardien avait rigolé ouvertement. Le regard du juge s'était assombri.

– Cela fait longtemps que je ne m'occupe plus de ce que font les autres, monsieur. C'est ça qui est mauvais pour la santé, beaucoup plus que fumer. J'aspire, comment vous dire ? J'aspire à une vie peinarde, où je n'aurai plus de comptes à rendre à personne et où personne n'en aura plus à m'en rendre. Exception faite de mes enfants et de mes employeurs.

– Ah, vos enfants ! Laissez-moi consulter votre dossier… Vous ne les avez pas revus depuis presque huit ans. Vous croyez sincèrement à votre rôle paternel ?

– Le temps fera les choses.

Le juge s'adressa au gardien :

– Il est coriace, votre oiseau…

– Ouais, beaucoup plus malin qu'il laisse paraître. C'est un bon gars, mais c'est pas certain qu'il nous mène pas en bateau.

À nouveau, le juge posa son regard sur Verdier, attendant une réaction de sa part. Puis, devant son silence, il frappa ses deux mains sur ses cuisses.

– Bon, mon garçon, je vous ferai connaître prochainement ma décision.

Le gardien entraîna Verdier à l'extérieur de la pièce. Il avait l'air satisfait.

Quand Verdier se mit sous la douche, il lui sembla que le jet glacé ne parvenait pas à noyer sa colère. Il écarta légèrement les jambes, cambra les reins et croisa les mains derrière la nuque. Il releva la tête. L'eau cinglait son visage. Les mêmes visages dansaient devant ses yeux clos, les mêmes bruits emplissaient ses oreilles. Il bousillerait cet enculé de maton, un jour. Quant au juge, s'il devait ne pas le libérer, ce ne serait que partie remise. Il le retrouverait un de ces quatre. Il l'enfermerait dans une cave et l'égorgerait devant une caméra. Rien que pour lui. Pour se repasser la scène encore et encore jusqu'à ce qu'elle efface les années de taule. Il s'occuperait de tous ces enculés. Les gardiens, le JAP, le juge antiterroristes et Rateau. À celui-là, il réserverait un traitement spécial.

Dix ans plus tôt

Lorsqu'il franchit la double porte vitrée de sa société d'import-export, Sébastien Verdier écumait de rage. Il était 9 h 15. Son affaire avait été pliée en moins d'une heure. À l'américaine. C'est à peine s'il avait eu le temps d'ouvrir son ordinateur.

Il était arrivé un peu en retard, il avait ôté sa veste pour la poser sur le dossier de sa chaise, filé à la machine à café, allumé une cigarette en jetant un coup d'œil à la grande pendule murale, puis avalé son gobelet. Quand il était revenu à son bureau, le téléphone sonnait.

Le DRH lui avait demandé de passer le voir toutes affaires cessantes.

– Il fallait vous y attendre, lui avait-il dit, vos chiffres sont catastrophiques. On vous avait prévenu. En six mois, vous avez reçu deux rappels à l'ordre et une lettre recommandée. On n'a pas constaté d'amélioration. Aucun des engagements que vous avez pris n'a été tenu. Et puis, vous discutez, vous n'arrêtez pas de discuter, on n'a plus confiance. La direction a pris ses dispositions...

À cet instant, Verdier avait blêmi. Il avait serré les poings.

– On ne veut pas de scandale, avait ajouté le DRH. On a fait les choses au mieux. Vous êtes chez nous depuis quatre ans, la direction vous octroie six mois de salaire. De vous à moi, c'est bien payé. Avec l'argent que vous nous avez fait perdre ! Mais on a tenu compte de votre situation familiale. Vos quatre enfants...

Verdier avait ramassé la lettre et le chèque. Puis il avait giflé le DRH. Il en avait encore le bruit dans les oreilles. La claque l'avait soulevé du sol. Comment pouvait-on être aussi malingre avec un boulot pareil ? Verdier s'était posé la question dix fois en dévalant les escaliers. Il aurait pu le tuer d'un seul coup de poing. C'est cette idée qui l'avait empêché de continuer à le corriger. Ce con s'était retrouvé les quatre fers en l'air dans son fauteuil, le visage cramoisi. L'air lui manquait. En une fraction de seconde, il était passé du rouge écarlate au blanc pâle. Il avait serré les mains sur sa poitrine et tenté de dire quelque chose. Verdier s'était rapproché et lui avait murmuré :

– Vous êtes une sombre merde. Vous êtes tout ce que je déteste. Je chie sur cette boîte, je me torche avec ses résultats chaque matin que Dieu fait. Je vaux dix fois mieux que le meilleur de vos lèche-culs.

Puis il avait tourné les talons et regagné son bureau. Il avait récupéré sa veste et jeté au sol son ordinateur. Plusieurs têtes étaient apparues derrière les cloisons vitrées de l'espace de travail et un murmure avait parcouru l'étage. C'était sans importance.

7 avril 2011
16 h 50

Une tempête de neige était arrivée par l'ouest. Les flocons tourbillonnaient méchamment, obscurcissant l'horizon. Le groupe d'insurgés n'avait pas encore quitté la vallée de Laghman, mais déjà la piste menant au col disparaissait dans la blancheur ouatée. Le vieux moudjahid avait encore accéléré l'allure. Il restait deux bonnes heures avant d'espérer atteindre la crête. La nuit allait tomber. Le froid se faisait plus pinçant. Les hommes avançaient maintenant tête baissée pour se protéger des rafales, se guidant aux traces de pas de ceux qui les précédaient. Les doigts commençaient à coller sur le métal des armes. Les trois Français avaient été replacés au milieu de la katiba. Les nouvelles de la dernière vacation radio étaient mauvaises. Deux *platoons* américaines s'étaient lancées à leur poursuite en début d'après-midi. Le rideau de neige les avait sans doute protégés, mais rien ne les empêchait désormais de tomber nez à nez avec les GI's. On n'y voyait plus à cinq mètres. C'est à peine si l'on distinguait encore la masse sombre de la montagne.

– Vite, vite, ordonna le chef de groupe.

Les Afghans allongèrent le pas, butant bientôt sur les Français. À nouveau, la colonne reprit son allure d'escargot. Les hommes étaient à la peine dans cette neige qui leur montait jusqu'aux genoux. À cette allure, ils ne seraient pas sur le col avant trois heures. Il faudrait redescendre. Ensuite, ils enquilleraient la vallée, ils longeraient l'oued dont le lit devait être gelé, puis ce serait encore la montagne, une nouvelle descente et une autre plaine. Avec un peu de chance, ils trouveraient des camions pour les avancer jusqu'à la base de recueil. Chacun avait fait le calcul du temps que cela prendrait. Ils ne seraient pas tirés d'affaire avant vingt-quatre heures.

Vingt-quatre heures de marche sans presque aucun repos. Les Français ne se parlaient plus depuis un moment. La perspective de ce qui leur restait à accomplir les pétrifiait. Ils progressaient dans un état de somnambulisme critique. Chacun ressassait les raisons qui l'avaient conduit ici. Ils n'en étaient plus très fiers. Deux d'entre eux regrettaient leur expédition. Les relations avec les Afghans étaient exécrables. Tout ce qu'on leur avait raconté sur les vaillants moudjahidin se révélait une fable qui aurait été comique si les conditions du voyage avaient été différentes. Ces bergers qui avaient pris le maquis ne leur témoignaient aucune sympathie. Ils avaient en eux ce qui, au fond, manquait cruellement aux Français : la haine de l'autre. Ils seraient allés jusqu'au Pakistan à pied sans boire ni manger ni dormir si la situation l'avait imposé. Ils devaient emmener leurs trois étrangers hors de la zone d'influence de l'ISAF, soit, mais ils remplissaient leur mission comme s'il s'était agi d'un transport de prisonniers. Rien ne les rapprochait. Pas même les prières qu'ils faisaient ensemble. Ils se livraient à d'étranges et interminables conciliabules à leur sujet. Il n'y avait jamais eu aucune parole de réconfort ni même aucun sourire au cours de cette opération. Rien que des ordres et des interdits. Kevin-Mehdi et Alain-Larbi n'en pouvaient plus.

Les premiers coups de feu claquèrent à mi-pente. Trois ou quatre, suivis d'une longue pétarade, coupant instantanément la katiba en deux. Les Français aperçurent leur chef de groupe faire un bon en avant avec trois de ses hommes avant de retourner les tirs contre leurs assaillants, puis ils s'évanouirent dans la soupe neigeuse qui noyait le paysage. Des grenades explosèrent à une distance qu'ils ne purent estimer. Le ronronnement de la tempête avait encore augmenté, empêchant d'apprécier d'où venaient les voix et les détonations. Ils virent les flashes orangés percer une fraction de seconde le rideau blanc, ils entendirent des hurlements, puis le staccato des rafales des armes automatiques couvrit l'ensemble.

Kevin-Mehdi, Alain-Larbi et Farez Ben Yussouf s'étaient jetés au sol avec les trois Afghans qui fermaient la colonne. Des taches de couleur vert sombre bondirent quelques mètres au-dessus d'eux avant de se dissoudre au milieu des bourrasques, laissant traîner derrière elles des bribes de vociférations en anglais. L'accrochage se déplaçait sur la gauche. Trois tirs de roquettes soulevèrent des paquets de neige au départ et à l'arrivée des coups. Alain-Larbi Lecoz se crispa. Il avait envie de se redresser et de lever les bras, de crier aux Américains d'arrêter tout ce bordel, il en aurait pleuré de rage, rien ne se déroulait comme prévu. Il tourna la tête vers la pente, les moudjahidin se laissaient glisser vers le fond du talweg, cherchant à prendre le maximum de distance avec le lieu de l'embuscade. Il était coincé. S'il criait, une balle dans le dos le ferait taire. Peut-être même le tir viendrait-il de ses camarades. À son tour, il rampa pour rejoindre les Afghans, imité par Kevin et Farez.

Quand la pente s'accentua, il se laissa rouler. Il ne respirait plus. Ça cognait dans sa tête et ses poumons le brûlaient. Une roquette fila au-dessus d'eux et s'écrasa dans une gerbe de feu un peu plus bas. Il lui sembla qu'une deuxième mitrailleuse s'était mise à tirer. Son arme était toujours accrochée sur son dos. À aucun moment, il n'avait eu le réflexe de la saisir. Lorsqu'il buta contre un rocher, la douleur l'obligea enfin à sortir de son apnée. Il recommença à respirer, par à-coups, le souffle court, comme une bête traquée. Il écarquilla les yeux et regarda autour de lui. Les Afghans entouraient maintenant Mehdi, recroquevillé sur lui-même, les mains crispées sur son torse. Larbi se rapprocha. Le djihadiste lillois avait les yeux fermés, le visage livide. Sa kalach était enfoncée dans la neige à un mètre de lui. Il avait les genoux remontés vers la poitrine comme s'il avait cherché une position plus confortable. Sa tête oscillait lentement de droite et de gauche. L'un des Afghans fit une moue dubitative et essaya de lui écarter les mains sans y parvenir.

Farez dit quelque chose d'inaudible.

– Quoi ? fit Larbi.

– Il a morflé, répéta le Franco-Algérien.

– Comment ?

– La roquette. Il a ramassé un éclat.

– Ce n'est pas possible. Il n'y a pas de blessure.

– Je l'ai vu.

Un moudjahid leur fit signe de se taire. À nouveau, on entendait les Américains hurler. Même hachées, les voix leur parvenaient distinctement.

– Merde, enragea Farez, on est coincés à une portée de grenade de ces chiens d'infidèles, et ce con qui tourne de l'œil...

– Qu'est-ce qu'on fait ? demanda Larbi.

La panique submergeait le groupe.

– Dans une dizaine de minutes, il fera nuit, continua Farez. On pourra reprendre la descente.

– On ne peut pas retourner à la vallée. Les Américains doivent avoir concentré des moyens lourds. Ils ne sont pas arrivés là par hasard.

– On va trouver un chemin de repli.

– Tu connais le coin, toi ? s'énerva Larbi.

– Fais pas chier, on est avec les Afghans. Ils vont pas nous laisser tomber.

– Tu en es bien sûr ?

Mehdi émit une plainte, aussitôt étouffée par l'un des moudjahidin qui lui appliqua une main sur la bouche. Un petit filet de sang coulait au coin de ses lèvres.

– Tu vois, fit Farez, il a pris un truc sous l'épaule. Il faudrait de la morphine pour calmer la douleur.

Au fond du sac de Larbi, il y avait un kit de première urgence. Mais il savait que s'il le sortait, viendrait un moment où ses compagnons lui demanderaient comment il avait obtenu ce matériel. La trousse ne comportait aucune inscription, mais l'ensemble des produits était français, d'origine militaire, et cela ne se trouvait ni sur le marché de Peshawar ni sur celui de Kaboul. Il y avait le petit téléphone satellite, aussi, avec les codes cryptés. Il était dans une sacrée merde, avec les Américains au-dessus de lui et ce putain de Rebeu qui n'avait jamais pu le blairer. Plus le Lillois qui risquait à tout moment d'ameuter les forces de l'OTAN.

– On n'attend pas la nuit, objecta-t-il. Les Ricains peuvent être sur nous d'une minute à l'autre. On relève Mehdi et on le force à continuer. Les Afghans vont nous aider.

7 avril 2011
16 heures

Le colonel Patrick Rateau maugréa lorsque son correspondant eut raccroché. Cette affaire de djihadistes français perdus aux confins de l'Afghanistan et du Pakistan lui collait la migraine. Il avait d'abord réussi le tour de force d'obtenir que son patron exige que les unités françaises stationnées en Kapisa ne communiquent aucun renseignement aux alliés américains et qu'il soit persuadé, par-dessus le marché, que la décision venait de lui. Mais depuis quelques heures, la situation lui échappait. Le général Spencer le harcelait de coups de fil alors que la manip était classée secret-défense, que le RIMa à Nijrab avait reçu des consignes directement du cabinet du ministre et que même lui n'était au courant de rien. Et il passait pour un con. Ce n'était pas la première fois dans son étonnante carrière à la DGSE, mais il sentait que le vent commençait à tourner et qu'il allait être emporté dans la tourmente. À un an de la retraite, ça faisait désordre.

Il ouvrit un placard et se versa un verre de whisky. La pluie tombait comme chaque après-midi depuis une semaine, et c'était l'heure à laquelle il lui fallait se remonter le moral. Il allait bientôt rendre son uniforme, rejoindre la vie civile avec un grade de général quart de place, et il ne laisserait pas grand-chose derrière lui. En rangeant la bouteille, il jeta un œil aux décorations sur sa veste jaspée. La rouge, la bleue, deux TOE, et quand même une valeur militaire avec trois clous. C'était peu au regard des missions accomplies pour protéger la France. Mais de cela, personne n'en saurait jamais rien. Actions secrètes. Seuls à en connaître la nature et l'importance, les anciens patrons de la boîte avaient cédé leur place à tour de rôle sans en faire la publicité.

Spencer était hors de lui et Rateau n'avait rien trouvé à lui dire pour arrondir les angles, lui demandant à plusieurs reprises de ne pas se mêler des affaires politiques de Paris. L'Américain avait raccroché, fou de rage. Et Rateau se demandait s'il n'avait pas poussé le bouchon un peu loin. Si le commandement général de l'ISAF découvrait que Paris menait en solo des actions parallèles sur le terrain en armant des unités d'insurgés, le scandale serait énorme. Washington n'apprécierait pas. Il y aurait des mesures de rétorsion telles contre la France qu'on chercherait à savoir qui était à l'origine de la manœuvre. Et tout le désignerait lui, Rateau. Il fallait vraiment être stupide pour accepter qu'une des brêles du ministère ait élaboré un plan aussi tordu ! Il avait honte d'avoir marché dans la combine, mais les jeux étaient faits et il n'y avait plus, comme à la roulette, qu'à attendre que la boule termine sa course : pair ou impair, noir ou rouge…

Maintenant que les Américains avaient découvert la présence de la katiba d'Alain-Larbi Lecoz dans leur secteur, c'était d'autant plus absurde de continuer à se taire. S'ils devaient être accrochés par les GI's, jamais les types ne s'en sortiraient. La DGSE perdrait Lecoz et le bénéfice de trois années de travail au sein d'Al-Qaida. On ne saurait jamais ce qu'il avait découvert. Son dernier compte rendu de mission était à faire pâlir un bataillon de Special Forces. À cause de l'entêtement du patron, il lui faudrait peut-être avouer à l'Élysée l'échec de son propre travail et la nature du risque qu'il n'était plus en mesure de juguler. Ça lui promettait un départ à la retraite mouvementé.

Il prit alors une décision. Lorsque Spencer rappellerait, il lui balancerait l'histoire. Pour le moment, il n'avait pas assez d'éléments. Mais dès que Lecoz le contacterait de nouveau, il obtiendrait les pièces manquantes du puzzle. Pourvu qu'il se manifeste avant de se faire dessouder par les Américains ! Avec tout le fric qu'il lui avait versé depuis 2007, il n'allait quand même pas foirer sur le fil !

Rateau vida son verre et alla rechercher la bouteille. Il en tremblait. Cette opération Happy Birthday l'effrayait maintenant à un point qu'il n'aurait pas soupçonné la semaine précédente. Quand tout semblait rouler pour le mieux. Trois ans d'efforts et pas un accroc. Les terroristes pouvaient bien imaginer réitérer l'attaque du 11 Septembre. Ils allaient tomber sur un os. Une quarantaine de réseaux à travers le monde avaient été ciblés. Grâce à son acharnement, Al-Qaida allait être décapité. Des centaines de terroristes seraient arrêtés. Mais encore fallait-il appréhender ceux qui devaient mener l'offensive. Et cela, seul Alain-Larbi Lecoz était en mesure de le révéler.

Le patron avait gardé l'affaire secrète pour que la France tire seule le bénéfice de l'opération. Et c'était peu dire que Rateau avait plaidé pour y associer les Américains. Il avait toujours soutenu que la France n'était pas suffisamment armée pour mener à bien une telle manip. Les dernières heures lui donnaient raison. Il en était mortifié.

Il se resservit un quatrième verre et ouvrit son lit picot. Il n'était plus question de quitter le bureau. Lecoz pouvait chercher à entrer en contact à tout instant. Il réfléchit longuement, puis envoya un câble crypté au colonel commandant la base française de Nijrab.

7 avril 2011
22 h 50

Georges Chesnier enfila son frag, attacha son casque et boucla son sac. La saucisse-purée avalée en catastrophe au mess lui restait sur l'estomac. Le colonel Aragorn lui avait en personne annoncé qu'il prendrait la dernière vacation hélico avec Kaboul. La décision venait de l'état-major. Aucun civil ne devait se trouver à Nijrab à partir de ce soir. Il était rare que les Caracal effectuent ce genre de mission à plus de 23 heures. Il devait y avoir une raison sérieuse pour lui faire quitter la FOB toutes affaires cessantes.

– Vous attendez un assaut des insurgés ? s'étonna-t-il.

Contrairement à son habitude, Aragorn ne moufta pas. Il avait sa gueule des mauvais jours, constata Chesnier. Mais il n'allait pas se laisser éjecter d'un coup de pied au cul sans savoir pourquoi.

– Ce n'est pas très *fair-play*, mon colonel. On se connaît assez pour que vous me disiez ce qui ne va pas. J'ai pris des risques en venant ici aussi, je vous le rappelle. Pourquoi me virez-vous si une action importante se prépare ?

Aragorn soupira.

– Georges, je vous aime bien. Si nous devons être attaqués, je ne le sais pas encore. Je le découvrirai le moment venu. Il ne s'agit pas d'un truc comme ça. Nous avons commis une grosse boulette et nous attendons des autorités qui ne veulent absolument pas rencontrer de journalistes. Elles ne veulent pas prendre le risque non plus que vous appreniez ensuite par la bande ce qui aura pu se dire ici, cette nuit.

– C'est quoi la boulette ?

– Vous êtes cinglé ? Vous pensez sincèrement que je vais vous faire des confidences ?

– Est-ce que je dois vous rappeler notre mission à Sarajevo ? rétorqua Chesnier d'un ton glacial.

– Où voulez-vous en venir ?

– Je pensais que le moment venu, vous m'auriez renvoyé l'ascenseur…

– Que dalle ! Vous ne m'aurez pas par les sentiments. Je vous dois ces dernières années de sursis, mais ça ne m'autorise pas à trahir mes chefs. Même si j'en pense ce que j'en pense…

– Ah ! Vous voyez. Encore un effort.

Au-dessus d'eux, deux puissants projecteurs s'allumèrent. Puis ce fut tout de suite après le vacarme infernal des rotors des Caracal.

– Les hélicos sont là, Chesnier.

Aragorn actionna sa radio et demanda à être prévenu dès que les autorités auraient rejoint le PC.

– Merde, mon colonel. Rien qu'une piste. Je ne publierai rien. Je veux juste comprendre.

Sans lui répondre, le colonel poussa le journaliste à l'intérieur de la cabine, se tourna vers le pilote et lui fit signe de s'arracher du sol.

Chesnier était abasourdi.

Assis à côté du mitrailleur de porte, Chesnier enfila ses gants et remonta sur son visage le col de sa polaire. L'embarquement n'avait pas duré plus de trois minutes. Déjà la machine s'élevait au-dessus de l'héliport de la FOB. Elle fit un bref point fixe, s'orienta vers l'est et entama son vol vers Kaboul. Les feux de sécurité du Caracal qui les précédait clignotaient dans la nuit. À l'intérieur de la cabine plongée dans l'obscurité, seuls les instruments de bord répandaient une lumière vert pâle, à peine visible. Les mitrailleurs se concentraient sur leurs lunettes de visée infrarouges. Le vent s'engouffrait, glacial. Chesnier enfonça sa tête dans les épaules et ferma les yeux. L'image de son fils s'imposa immédiatement derrière ses paupières. Il avait fait son deuil depuis quelques jours d'une belle opération contre un village de trafiquants. L'ISAF ne souhaitait pas réellement croiser le fer avec les talibans qui cultivaient l'opium. C'était juste incroyable. En Europe, des gosses mouraient à cause de cette saloperie. Sur place, les dizaines de millions d'euros que rapportait la culture du pavot servaient aussi à approvisionner en armes les insurgés. Il rentrait en France amer de n'avoir pas vu crever quelques-uns de ces salopards pour venger Grégoire.

8 avril 2011
midi

Profitant de l'absence de sa mère, Amélie était allée chercher dans sa chambre l'album photo de la famille. Elle s'étonna en feuilletant les premières pages qu'elle n'ait pas fini par le mettre à la poubelle. Définitivement. C'était pathétique de constater tout ce que sa mère avait déjà détruit ! Il ne restait pas une image sur trois. Même les légendes, sous les emplacements vides, avaient été rayées, gribouillées furieusement. Tout ce qui concernait les années 2000 et 2001 avait été retiré. Avant ces dates, les photos de son père en solitaire avaient aussi été jetées. Comme celles où il apparaissait au bras de Lorraine ou avec les enfants. De leur mariage, elle n'avait conservé que l'image officielle réalisée sur un prie-dieu, au milieu d'une symphonie florale qui avait dû coûter la peau des fesses.

Dans cette première partie de l'album, apparaissait parfois une sorte de château dans une forêt de pins avec des gens qu'elle ne connaissait pas. Si les photos n'avaient pas été arrachées, un homme, toujours le même si l'on s'en tenait à ses vêtements, avait été masqué à l'aide d'une pastille autocollante. Puis c'était, quelques pages plus loin, une autre maison, imposante et belle, dans un grand jardin avec piscine. On y découvrait rapidement Béatrice dans un couffin, protégée du soleil par un large parasol jaune à bandes bleues. Une nounou africaine aussi, riant aux éclats d'être photographiée le bébé dans les bras. Enfin, elle-même qui avait remplacé sa sœur dans le berceau, et quelques images de ses deux frères. Aucun portrait de sa mère, aucun de son père.

D'autres choses sans importance avaient été immortalisées : une belle américaine sur l'allée en graviers, le bas de la caisse crème et le haut lie-de-vin ; une tondeuse à gazon automatique qui devait être à cette époque une prouesse de technologie ; des bouées dans la piscine ; un plateau sur une table en rotin comportant une bonne vingtaine de verres à apéritif et cinq ou six cigares finissant de se consumer dans un cendrier en argent.

Les dernières photos visibles remontaient à l'arrivée de la famille à Nanterre. L'ambiance avait changé. Amélie fut surprise de constater combien elle, sa sœur et ses frères s'étaient refermés sur eux-mêmes. Ils n'offraient plus le même visage rieur à l'objectif. Le reste avait été supprimé. Béatrice et elle étaient toujours photographiées debout, raides comme des piquets, les mains jointes devant le buste, une expression insondable dans le regard. Hubert et Adrien qui devaient aller sur leurs quatre et cinq ans, si elle comptait bien, ne semblaient pas davantage réjouis.

Il n'y avait plus de fioritures. Plus de piscine ni de bouées, plus de tables de réception, plus de cigares ni d'apéritifs. Simplement plus de réunions festives.

La dernière image visible était un portrait d'Hubert tenant à peine debout, sanglé dans un costume improbable, un missel coincé sous son bras qu'il aurait été bien en mal de lire à son âge. Il regardait fixement l'appareil photo. Sa frimousse était barbouillée de traces noires. Il avait pleuré.

Amélie caressa le visage du bout des doigts. Elle referma l'album et regarda par la fenêtre de la chambre. Les voilages brouillaient l'extérieur saturé de lumière. Le contact chaud de la moquette sur ses jambes aurait dû l'apaiser, mais rien dans cette pièce n'était rassurant. Le lit défait, les vêtements fourrés en boule dans le placard, tout cela était d'une tristesse incommensurable. Hubert n'était pas rentré depuis deux jours et cette absence n'augurait rien de bon.

Son père allait débarquer dans une maison financièrement aux abois. Avec un fils évaporé, un autre pas mieux disposé, une fille indifférente et une femme dépressive. Cela faisait beaucoup pour une réinsertion. On ne l'avait jamais évoqué dans le cercle familial, mais elle avait lu sur le net tout ce qui le concernait. Elle connaissait par cœur ce qu'il avait fait. Elle avait étudié à fond l'histoire du 11 Septembre. Elle se demandait quel genre d'homme allait se réinstaller chez eux. Et si le père idéalisé qu'elle attendait serait réellement au rendez-vous.

Elle replia et rangea tous les vêtements dans l'armoire, ferma la porte, refit le lit et emporta l'album pour le cacher dans le grenier.

Dix ans plus tôt

Verdier détestait et jalousait à la fois la vie dans la cité des Genêts. Dans ce dédale de barres pouilleuses qui concentrait tout ce que Petit-Nanterre comptait comme racailles, il avait vu grandir pas mal de ces déchets de la société. Il avait appris à faire du vélo à certains des gosses. Il leur avait d'abord filé des bonbons pour Halloween, puis quelques pièces pour mettre dans les flippers. Enfin des billets pour s'approvisionner en shit quand l'envie lui prenait de planer. Il avait lâché un paquet de fric et pouvait s'enorgueillir d'être un des rares petits-bourgeois à avoir ses entrées dans les coursives les plus pourries de la cité.

Aucun de ces parasites n'avait jamais travaillé, mais ils avaient tous ce après quoi il avait toujours couru : bagnole dernier cri, télé gigantesque, console de jeux, cuisine équipée de chez Schmitt ou Mobalpa, et des tonnes de bonne bouffe. Pourtant, ils n'auraient jamais leur place dans ce pays. Même lui avait du mal à la trouver. Mais les autres, là, les Blancs comme lui ? Qu'est-ce qu'on leur avait servi comme fadaises pour qu'ils décident un jour de se nipper comme des gardiens de chèvres et passent le plus clair de leur temps dans les garages ou les caves qui servaient de mosquées ?

C'était la question du jour. Le peu de temps qu'il était resté avec lui, le commandant Rateau avait dû la lui poser une demi-douzaine de fois. Puis il avait pianoté du bout des doigts sur la table du bistrot et avait murmuré : « On voudrait savoir s'il y a un lien entre ces mecs et ceux qui s'occupent de la dope. On veut savoir ce que foutent des Gaulois là-dedans. » Verdier avait demandé si c'était important. « Tu parles, avait répondu l'autre. S'ils ont le fric de la came, on ne les contrôlera plus. Ça fout une trouille bleue aux politiques. Essaie de te rencarder. Si tu déniches quelque chose, on finira par faire affaire ensemble. C'est ce que tu attends, non ? »

Quand son ancien chef de section de l'armée l'avait croisé trois ans plus tôt, à quelques dizaines de mètres de son job, Verdier avait tout de suite compris que cette rencontre n'était pas due au hasard. Ils s'étaient revus à plusieurs reprises, au Thermomètre, un café du quartier de la République, et Rateau avait fini par lui demander les noms de ses collègues qui se déplaçaient vers l'Afrique et comment se déroulaient leurs voyages. Jusqu'au jour où il avait réclamé les comptes rendus internes des déplacements.

Il calcula ce que lui avait versé Rateau. C'était bien maigre au regard des services rendus. Ça allait changer maintenant. Il allait se faire intégrer.

Une odeur de shit s'échappait d'une cage d'escalier. Verdier s'approcha. Dans le hall, trois rastas se partageaient un énorme pétard. Le plus petit l'aperçut et lui fit un signe. Il était tout en os et en nerfs, avec une épouvantable choucroute crépue sur la tête et des fringues trois fois trop grandes pour lui. Verdier avait autrefois joué au foot avec lui. Mahmoud paraissait toujours avoir quinze ans, mais devait bien en afficher vingt ou vingt et un au compteur. Il passait maintenant pour un pro de la boxe thaïe à laquelle il s'entraînait chaque matin dans un parking souterrain de la cité.

– Hé *man*, ça fait une paye ! s'exclama Mahmoud.

Il leva le poing et sourit.

– *Give me five.*

Verdier lui rendit la politesse. Ils se tapèrent les mains dans un sens, puis dans l'autre, et Mahmoud lui présenta ses deux acolytes.

– Désiré, le grand, là. Et Moussa, mon sparring-partner à la boxe. C'est lui qu'entraîne le chef, aussi.

– Ce n'est pas toi le chef ? s'étonna Verdier avec un sourire provocateur.

– Non, mon frère, Mustafa.

Le cérémonial de l'entrechoquement des poings se répéta sans que les deux Noirs prononcent un mot. Ils finirent les salutations en se touchant le cœur du plat de la main, puis le dévisagèrent en silence. Mahmoud semblait étonné de le voir.

– T'es pas au taf ?

Verdier haussa les épaules.

– J'ai été viré ce matin.

– Merde alors. T'as un plan ?

– C'est un peu neuf pour y avoir réfléchi.

Mahmoud tira encore une fois sur son pétard et le lui fila.

– Il va te falloir de la fraîche à toi. Ta famille et tout et tout.

Désiré tendit la main.

– Fais tourner, fais tourner, mec.

– Règle numéro un, chez nous, quand on est dans la merde, on partage tout, se marra Mahmoud. File-lui un peu de bien-être.

Verdier passa le mégot au géant.

– Si tu veux de la tune, je t'en passe, ajouta Mahmoud. C'est pas un problème.

– Déconne pas…

– La vérité, mon frère. C'que t'as besoin : dix, quinze mille balles. C'est rien.

– Tu ne vas pas me donner autant !

– En souvenir du bon vieux temps et des parties de foot.

– T'es devenu banquier ?

Les deux potes de Mahmoud éclatèrent de rire.

– J'ai le pognon et la confiance du chef. J'suis le samaritain de la barre. Qu'est-ce tu crois ? Je fais vivre les mères célibataires ici, les vieux qu'ont plus rien et les mecs qui sortent de taule.

Le shit avait commencé à tourner la tête de Verdier. Il fixait l'imposante chaîne en or autour du cou du garçon.

– C'est pas un cadeau. J'te les prête. Tu me les rendras quand tu pourras. Disons cinq six mois.

– Et comment je ferai, moi ?

– Tu l'auras, le pognon.

– Mes indem de chômage ? Ça ira pas chercher loin. Je serai encore plus dans la merde.

– Oublie les pourboires que tu vas toucher ! Tu vas te faire du fric si t'es malin. Si ça se trouve, tu me rendras tout dans quelques semaines. Avec un bon paquet d'intérêts pour toi. Personne a jamais regretté de m'emprunter du blé !

Désiré opina en exhibant son poignet.

– Mate-la, mec. Rolex véritable et pas tombée du camion. Achetée place Vendôme !

Puis le grand Noir s'esclaffa comme s'il avait sorti une bonne vanne.

– C'est mon bras droit, Désiré, expliqua Mahmoud. En trois ans, il a gagné plus que t'aurais peut-être jamais été payé dans ta boîte à la con si on t'avait pas viré. Tu piges ?

– La dope ?

– Le chef t'expliquera. Y a des trucs qu'on a du mal à faire, nous les pauvres Nègres. Un Blanc, c'est toujours mieux. T'es au fond du trou et j'te kiffe, alors j'te fais une avance et on bosse ensemble.

– Faudrait que je réfléchisse un peu.

Mahmoud fit mine de décocher trois petits directs dans le ventre de Verdier.

– C'est ça, réfléchis, *man* ! T'es dans la merde, tu rappliques par chez nous, on se rencontre et je te propose de t'aider. Qui va le faire à part moi ? T'es passé à ta banque, tu leur as dit : « Bonjour, j'ai plus de taf, vous me faites un prêt ? » Non ! Tu sais bien que t'aurais rien. Et t'as Madame et tes gosses qu'ont la dalle, et les crédits de la bagnole et du reste. C'est vrai ou pas ?

Verdier avait remis les mains dans ses poches. Une fois de plus, il serrait les poings. Bien sûr qu'il était en rupture de ban. Tout le monde l'avait lâché. Une belle bande d'enculés !

Mahmoud secoua sa tignasse.

– T'auras une vraie famille avec nous. Fini les embrouilles de tunes. Rien que du plaisir, man. Alors ?

Verdier ne s'attendait pas à infiltrer si rapidement la bande de Nanterre. Tout arrivait trop brutalement. Comme un piège qu'il n'aurait pas soupçonné et qui se refermerait d'un coup.

9 avril 2011
7 h 20

Depuis l'annonce de la libération conditionnelle de son mari, Lorraine avait des douleurs abdominales. Elle essaya d'abord de se persuader que cela venait de ses règles. Mais les jours passèrent et le mal ne reflua pas. L'idée d'une fatigue passagère était de moins en moins probable. Quand elle monta enfin sur la balance de la salle de bains, elle constata qu'elle avait perdu du poids. Ce matin-là, outre sa maigreur effrayante, elle remarqua également la pâleur de son teint, ses yeux cernés de mauve et ses cheveux anormalement gras.

Elle revint s'asseoir au bord du lit et posa ses mains jointes sur ses cuisses. Elle aurait bien prié, mais ne trouva pas la force de le faire. Elle ferma les yeux et laissa son esprit divaguer.

– Ça ne va pas ? demanda Amélie en entrant dans sa chambre.

Lorraine tendit une main vers elle, et Amélie vint se blottir.

– Tu as encore mal, maman ?

– Parfois, des élancements… Ce n'est rien. Sans doute la ménopause, ma grande.

– Je t'ai entendue pleurer, l'autre nuit…

– Tu ne dormais pas ?
– Ça m'a réveillée.
– J'ai dû faire beaucoup de bruit.
– J'ai essayé d'entrer, mais ta porte était fermée à clé.
– Je ne pleurais pas parce que j'avais mal, mais à cause de ton père. J'ai fait un cauchemar, rien de grave.
Amélie releva la tête et chercha le regard de sa mère.
– Les problèmes d'argent, et puis ton père qui va revenir…
– Maman, le retour de papa, c'est merveilleux.
– C'est un étranger qui va se réinstaller chez nous.
– Nous allons l'entourer.
– Tu as pensé à tes frères ?
– Ils s'y feront.
– Dis-moi où s'est sauvé Hubert.
– Il nous fait sa crise d'ado, maman. C'est normal. Il était l'homme, ici, et voilà que son père qu'il ne connaît pas revient. Ça lui passera.
– Que le Seigneur t'entende…
– Arrête un peu avec tes bondieuseries, maman. Tu ne crois pas qu'on en aura notre compte avec celles de papa ?
Lorraine sursauta.
– Comme s'il y avait quelque chose de commun entre ce en quoi je crois, ce en quoi *nous* croyons, et la déviance de ton père.
– Maman, arrête…
– Ton père, c'est le mal, Amélie. Le mal absolu.
– Alors, si tu le penses encore, je ne comprends pas pourquoi tu acceptes son retour.
– Je n'ai pas le choix. Dieu m'a unie à lui.
– Maman, tu m'énerves. Il a fait ce qu'il pouvait pour qu'on ne crève pas de faim quand il a été viré de son boulot. C'est tout.
– Mais il s'est acoquiné avec des terroristes ! La presse en a parlé. Je sais ce que je dis, tout de même !

Lorraine se leva et alla s'installer devant la fenêtre, les mains posées sur le plateau recouvrant le radiateur. La lune n'allait pas tarder à monter au-dessus l'immeuble faisant face à la maison.

– Ce n'est vraiment pas de chance, dit-elle.

– Quoi ?

– Que ton père ne soit pas mort, il y a dix ans On aurait touché quelque chose de l'assurance.

9 avril 2011
8 heures

À 8 heures pétantes, les gardiens ouvrirent les portes des cellules du quartier supérieur. Ils accompagnaient la distribution des petits déjeuners. Il y avait des pilules bleues pour ceux qui le désiraient, histoire de passer une nouvelle journée en abolissant les murs au fond de son cerveau, et du pain, de la confiture, de la viande et des légumes aussi. Le maton sourit à Verdier en poussant vers lui une assiette d'œufs au bacon.

– Toujours pas ?

– Vous savez que je suis devenu végétarien, chef.

– Faut des protéines pour aller à la salle de sport. Tu vas finir par nous faire un arrêt cardiaque. Ça serait dommage.

– J'y penserai le moment venu, répondit Verdier en rendant son sourire au gardien.

Les cellules allaient rester ouvertes jusqu'à 19 heures. Le régime spécial dont bénéficiaient les politiques leur permettait de se réunir les uns chez les autres et d'accéder quasi librement aux salles communes, bibliothèque, cinéma, gymnase et douches. Pourvu qu'ils se tiennent à carreau, l'administration pénitentiaire leur octroyait derrière les barreaux des conditions de semi-liberté. Ils n'étaient pas obligés de travailler dans les ateliers de confection ou de menuiserie. Ils pouvaient gérer leur temps à leur guise à la condition expresse de se tenir à l'écart de toute association ou manifestation liées aux causes qui les avaient conduits en prison.

Verdier en avait pris la mesure depuis longtemps. Il n'avait plus jamais adressé la parole aux divers imams venant assurer un soutien psychologique aux détenus musulmans. Ces connards étaient une vraie plaie. Fabriqués sur le même modèle que les curés. Bons qu'à attirer l'attention de la direction sur ceux qui avaient recours à leurs services. Les vrais prêcheurs étaient dans les murs. Ils étaient comme lui, rasés de près et en jogging et polo ou jean et chemise. Les crétins qui traînaient encore en gandoura et en babouches n'étaient pas près d'obtenir des remises de peine, à moins d'appartenir à une tribu de sauvages africains.

Il s'ingéniait depuis des années à se confectionner une image lisse et acceptable. Hormis deux ou trois gardiens, il avait réussi à duper son monde. Il n'allait plus à la salle de prières depuis longtemps. Il se tenait à l'écart des excités et de tout ce qui pouvait encore le rattacher aux pratiques ostentatoires du culte. Il ne possédait dans sa cellule ni coran ni aucune littérature religieuse. Comme nombre de détenus, il avait affiché sur la porte de son armoire métallique un poster de call-girl dénudée. À la différence des autres, il ne se branlait pas devant. Une fois seul, il s'adressait à elle, les yeux ailleurs, comme s'il s'était agi de Lorraine. Il faisait comme s'ils comptaient les jours ensemble. Il lui murmurait qu'il l'aimait et, chaque fois, lui demandait pardon.

À moins de passer d'une section à l'autre, les détenus pouvaient rester des heures sans voir un gardien. Ils cantinaient et allaient regarder la télévision chez l'un ou l'autre. Le changement de cellule remplaçait le zapping. Une émission ne plaisait pas, on allait voir chez le voisin si c'était mieux.

Verdier y consacrait chaque matin une heure ou deux avant de se rendre à la bibliothèque. Il regardait rarement en entier les films. Il avait seulement besoin de voir bouger les gens et de les entendre parler.

Les détenus qu'ils fréquentaient lui ressemblaient comme des clones. Tous avaient partie liée avec l'islam radical et avaient été assez malins pour ne pas en rajouter en prison. Ils menaient leur entreprise de conversion des esprits discrètement sans jamais se mêler aux agitateurs des sections de droits-communs. Ils avaient une vie carcérale exemplaire. Certains avaient même rencontré des journalistes et leur avaient dit qu'ils regrettaient de s'être compromis avec des groupes terroristes. Ils plaidaient le manque d'éducation, une jeunesse aveugle, une situation familiale compliquée et la promiscuité des cités abandonnées de la République pour expliquer leur dérive. Ils attendaient patiemment le jour de leur sortie. Ces purs et durs passés maîtres dans l'art du double discours œuvraient sans relâche à la cause du *Dar al-Islam*. Ils entretenaient des liens étroits avec leurs frères restés à l'extérieur. Ils préparaient les actions à venir.

– Il va y avoir du grabuge, ce matin, dans la cour de promenade, annonça Moktar à Verdier.

– Quel genre ?

– Les keums du 9-3 avec ceux du 9-2.

– Sérieux ?

– Ils ont décidé de planter le chef de la bande. Il faut que tu évites le coin. N'y va pas. Manquerait plus que tu te fasses coincer dans une baston à quelques jours de ta libération ! Bouge pas de la bibliothèque.

– Le gars du 9-2, on le connaît ?

– Ouais, un jeune con qui se prend pour Al Capone. Il est arrivé la semaine dernière avec cinq piges au compteur. Un gros dealer de Gennevilliers. On pourra jamais rien en faire.

– Et ensuite, s'il se fait effacer, qu'est-ce qui se passera dehors ?

– Les keums de chez nous passeront un accord avec ceux du 9-3. C'est prévu comme ça. Y a des liens religieux. T'inquiète.

Faut se débarrasser de ce voyou et de ses potes. Mais faut se tenir à l'écart.

– Qui a monté le coup ?

– Les frères de Colombes. Faut envoyer un message dans les cités qui nous échappent. On n'a pas eu le temps de s'occuper de ce merdeux dehors, on va le faire maintenant. Ç'aura beaucoup plus d'impact que si on l'avait buté en bas de chez lui.

– On a une idée de l'importance du business ?

– Dans les cinq millions d'euros l'année. Avec une marge de trois et demi.

– Évidemment...

– On a besoin de ce pognon. Les frères sont en train de reprendre la main sur tout le nord et l'ouest de Paris. On peut pas laisser des cités nous échapper. Le keum avait commencé à faire du dumping. Tu vois ? Alors que si on contrôle l'ensemble, on dégagera bientôt plus de vingt millions de bénéf. T'imagines ce qu'on pourra faire avec ?

L'homme s'excitait en parlant. Il secoua un paquet de cigarettes et en offrit une à Verdier.

– Je ne fume plus.

– Vingt bâtons ! T'étais loin de ce chiffre quand tu t'occupais de la came à Nanterre, pas vrai ?

Verdier prit un air confus.

– On remontait le réseau, à l'époque. On démarrait.

– C'est vraiment trop con que tu te sois fait pincer... Et on n'a jamais su ce qu'est devenu le mec qui t'a balancé !

– Ça ne s'est pas passé comme ça. On a commis des erreurs. On n'a pas été assez prudents après le 11 Septembre. Tous les flics étaient sur les dents, en France comme ailleurs. On aurait dû jouer profil bas. Au lieu de ça, on a cru qu'il suffisait de se planquer trois ou quatre semaines avant de redresser la tête. L'imam Abou s'est trompé et on en a payé le prix.

Le voisin de Verdier saisit la télécommande et augmenta le son de la télévision.

– Tu n'as pas le droit de dire ça, Abdel. L'imam ne s'est pas gouré. Vous avez été vendus, point. Si on pouvait mettre un jour la main sur cet enculé, on lui ferait regretter sa race d'être né...

Verdier s'efforça de ne rien laisser paraître. Le Maghrébin n'avait jamais abordé avec lui le démantèlement de la filière islamiste de 2001. Pourquoi le faisait-il maintenant, à quelques jours de sa libération ? Il s'était répété des centaines de fois que sa condamnation le protégeait, comme la foi qu'il affichait au cours des réunions clandestines avec les plus intégristes de ses codétenus. Mais il le savait, rien n'était jamais acquis dans ce monde ténébreux. Certes, il était le plus instruit dans les préceptes de l'islam. Il avait appris par cœur chaque sourate du Coran. Il connaissait sur le bout des doigts la majorité des hadiths les plus importants. Et alors ? Dans l'islam djihadiste, c'étaient les petits commandants illettrés, à l'image de Moktar, qui faisaient la loi. Et cela ne le rassurait pas.

– Vous avez été serrés parce que quelqu'un de chez vous a balancé, insista Moktar. On en est sûrs. Faudra en reparler plus tard. En attendant, fais ce que j'ai dit. Te mêle plus aux détenus. Reste à la bibli ou dans ta piaule.

Dix ans plus tôt

Verdier était défoncé. La tête lui tournait. Il aurait aimé que le son de la radio soit baissé. Au début, il avait, comme les autres, battu la mesure en faisant tourner les joints. Maintenant, les vociférations et les accords stridents du rap agressif d'NTM lui vrillaient les tympans.

Ils étaient une demi-douzaine, affalés sur les vieux matelas jetés dans la cave reconvertie en QG de Mahmoud. Les présentations avaient été rapides, à peine le temps pour Verdier d'enregistrer tous les noms. Les rastas lui avaient donné l'accolade, à la jamaïcaine, avant de se poser dans chaque coin de la pièce.

Mahmoud avait déballé un carton. Ils avaient avalé des pizzas, picolé deux ou trois bouteilles de blanc, commencé à faire fondre des barrettes de shit pour en mélanger la pâte brune au tabac extrait des Marlboro, puis Désiré avait branché la sono.

Des heures que ça durait.

La même merde passait en boucle. C'était infernal. Verdier sentait la migraine le reprendre lentement, mais il était heureux. L'argent était à l'abri, chez lui. Il avait même trouvé le moyen d'apaiser Lorraine et de jouer un peu avec les deux petits. Les aînées ne lui avaient pas posé de questions. Leur mère n'avait rien dit. La vie de famille allait se poursuivre comme si rien n'était arrivé. Il avait du pognon, et seul cela comptait. Au terme de quinze jours de négociations et de mise à l'épreuve, Mahmoud lui avait promis que les choses ne traîneraient plus et qu'il aurait bientôt plus de fric qu'il n'en avait jamais espéré. Et maintenant, il attendait de savoir ce que le rasta avait vraiment en tête. « T'auras pas grand-chose à faire, au début, lui avait-il assuré. Seulement aller voir des mecs et montrer qu'il y a un Blanc dans le circuit. Tu feras quelques voyages tous frais payés, tu diras bonjour et bonsoir. Tu toucheras à rien. » Restait à connaître le détail des opérations. Verdier était curieux. La bande trafiquait depuis un bout de temps et les affaires semblaient juteuses, qu'est-ce qu'il pouvait bien lui apporter de plus ?

Mahmoud ne semblait plus pressé de le mettre au parfum. Des heures qu'il déconnait avec les autres Négros. Il s'était tordu de rire lorsque l'un d'eux, ivre-mort et camé jusqu'aux yeux, avait déclaré qu'un Blanc, ça n'avait quand même pas la même odeur. Verdier n'avait pas pigé tout de suite. Tous les visages s'étaient tournés vers lui et Moussa en avait rajouté :

– Ça coince le cadavre, tout de même.

Là, tout le monde avait pouffé et le mec le plus près de Verdier l'avait poussé du pied.

– Y dit que tu sens, mec.

Mahmoud avait levé les bras au ciel.

– Faites pas chier mon Blanc, tas de connards. Y va vous assurer votre retraite.

– Pour rire ! s'était défendu le petit costaud.

– Ta gueule, avait coupé Mahmoud. Tu lui boufferas dans la main, bientôt, pour ce qu'il te fera gagner.

Les rastas s'étaient calmés. Désiré avait encore monté le volume de la radio, et chacun y était allé d'une suite incohérente de propos sur tout et rien, les flics de la BAC, les bourges des pavillons et les enculés de la RATP.

Il régnait dans la cave une chaleur d'étuve.

Mahmoud fut le premier à ôter son tee-shirt. Verdier découvrit la longue estafilade rosâtre au milieu de son torse, qui tranchait avec le noir ébène de sa peau tendue sur des muscles longilignes.

– Tu t'es fait suriner ?

– Les mecs de la tour Z à Colombes, il y a deux ans. On a tous des coutures, ici. L'examen de passage pour intégrer la bande…

– C'est pas trop mon truc, se défendit Verdier.

– T'inquiète. T'es pas là pour ça. On va pas t'exposer dans le quartier. Ici, tu seras toujours incognito. C'est pas en allant te battre avec la concurrence que tu vas nous faire gagner du fric.

Mahmoud vint s'asseoir près de Verdier.

– On a un nouveau réseau au Maroc. Avec un frère qui s'est fait serrer il y a un an, et renvoyer au bled. Un bon gars, mais qu'on contrôle pas vraiment. Il est en cheville avec un mec qui a le hasch, les bagnoles, les mules. Y nous jure sa mère tout ce qu'on veut, mais faudrait qu'il y ait quelqu'un sur place pour contrôler l'affaire. Un type pas comme nous, tu vois ?

– Pourquoi ?

– Parce qu'on peut pas y aller, nous. Première chose.

– Y a Internet, maintenant, et les téléphones portables. À quoi ça sert d'aller sur place ?

– *Man !* C'est beaucoup d'argent un go-fast. Imagine que le frangin nous roule, on y perd notre culotte. Si tu te déplaces, il comprendra qu'il a beaucoup à gagner à être réglo. Deuxième chose.

Verdier regarda autour de lui. Les autres s'étaient mis à l'aise et discutaient à voix basse. Parfois, un gloussement sortait de la conversation. Il s'appuya sur un coude et demanda à Mahmoud quels risques il encourait.

– Risquer quoi, *man* ? Que dalle. Tu vas te faire payer des vacances à l'œil à Casa. Un week-end, aller-retour. Et quelques jours de plus si tu souhaites faire le touriste. Ça m'irait bien, d'ailleurs. Tu connais le Maroc ?

– Non.

– Un beau pays. Bonne bouffe, bons hôtels et jolies gonzesses. Tu baises là-bas, mon frère. C'est pas l'Algérie.

– Ouais, mais je ferai quoi, au juste ?

– Comme j'ai dit. Tu débarques, tu t'installes à l'hôtel, tu contactes le gars, tu lui racontes ce qu'on attend, tu dresses le planning des exportations avec le volume, il te refile le rencard pour voir le premier chargement et la bagnole, tu me laisses un message et tu t'occupes plus de rien. Tu vis ta vie et quand tu reviens, t'es plus riche de trente mille balles.

– Et si la caisse n'arrive pas ?

– Pas ton problème.

– T'as pourtant dit que c'était ça, le problème.

– L'important, c'est d'être sur place. De se montrer. Et de planifier des deals.

– Et comment tu seras sûr que j'ai fait le taf ?

– Pour deux raisons. La première, c'est que ton intérêt est que ça marche pour toucher ton blé au retour. La seconde, c'est que celui qui nous double est un homme mort. Le chef te l'expliquera quand tu le verras.

Verdier sentait son cœur battre la chamade. Ses pulsations devaient avoir franchi la barre des cent vingt. Autant à cause du shit que de la menace à peine voilée. Mahmoud le fixait de ses yeux injectés de sang. Il ne souriait plus. Son visage était devenu sérieux comme celui d'un juge.

– On a topé, tu te souviens ? demanda Mahmoud.

– Oui. J'aurai de l'argent à transporter ?

– Western Union, t'as entendu parler ? Simple comme bonjour. C'est le chef qui l'enverra. T'auras seulement à donner les codes du retrait au mec sur place. Alors, tu le feras ?

– Je pense que t'as frappé à la bonne porte.

Mahmoud se dérida d'un coup.

– On va fêter ça.

Il se tourna vers Désiré.

– Une petite séance pour notre recrue ? Désiré, j'te cause.

Désiré émergea en écarquillant les yeux, comme s'il cherchait à recouvrer la vue.

– Hé *man*, t'es complètement stone.

– Putain, tu l'as dit.

– T'as qui en ce moment pour une petite tournante ?

– Waouh ! fit le garçon. Tu parles que j'ai ce qui faut. Une Négresse ?

– Les Noires, c'est pour les Noirs, le coupa Mahmoud.

– Une bridée, alors.

– Va pour une Tong. Tu peux la faire venir tout de suite ?

– Juste un coup de fil à passer.

Désiré sortit de sa poche un Motorola et pianota sur le cadran après avoir baissé le son de la radio. Trois minutes plus tard, il annonçait qu'une gamine allait descendre les rejoindre vers 22 heures. Mahmoud consulta sa montre.

Le sang de Verdier gonflait ses veines. Ces mecs allaient lui offrir une fille ! Il n'y croyait pas. Mahmoud avait dit « une tournante ». Il allait tirer une nana au milieu d'une bande de Blacks. Et en plus, on la faisait venir sur un simple coup de téléphone, c'était proprement inimaginable. Elle allait débarquer, se dépoiler, s'allonger, écarter les pattes et se faire mettre par chacun des mecs. On allait la ramoner pendant des plombes. Ce n'est pas son enfoiré de DRH qui pourrait se vanter d'avoir tringlé une gamine dans une cave en compagnie d'une équipe de Négros !

Il se détendit et allongea les jambes. Il n'était pas fier de ce qu'il s'apprêtait à faire, mais la perspective de sauter une petite, ni vu ni connu, l'excitait. Elle acceptait de venir d'elle-même. Il se répéta dix fois que ce ne serait pas un viol.

10 avril 2011
6 h 45

Il semblait à Alain-Larbi que le groupe tournait en rond depuis des heures. Après avoir évacué Mehdi hors de la zone de combats, ils avaient rejoint une piste bordant la vallée du Laghman, puis avaient repris l'ascension de la barre montagneuse plus loin à l'est. Les Afghans avaient obligé le blessé à reprendre la marche et il leur avait fallu la nuit entière pour atteindre le col. Mehdi chutait tous les dix mètres. On le relevait, on lui mettait des claques, et on repartait pour un nouveau saut de puce.

Ils avaient atteint la ligne de crête au moment où les premiers rayons du soleil embrasaient l'horizon. Le moudjahid qui les guidait les avait poussés vers un abri rocheux, leur intimant l'ordre de s'asseoir et de poser leur barda. Puis il s'était enroulé dans sa couverture épaisse comme une feuille de papier à cigarette, aussitôt imité par ses deux acolytes. Les Français avaient compris qu'ils devraient attendre le retour de l'obscurité avant d'entamer la descente vers l'autre vallée.

Mehdi était déjà allongé au fond de la grotte. Il grelottait.

En milieu de journée, lorsque Alain-Larbi émergea d'un sommeil nauséeux, il constata que son camarade délirait. Farez et les talibans semblaient dormir. Il percevait leurs ronflements réguliers. La première chose qu'il fit fut de se rapprocher du blessé. Sa tunique était à peine tachée de sang. Il déboutonna le plastron, écarta la polaire et ouvrit la chemise. Mehdi présentait une minuscule blessure sous la clavicule droite. Un trait fin et noirâtre qui ne devait pas faire plus de quelques millimètres. Ce n'était vraiment rien, il fut exaspéré que le djihadiste en fasse des tonnes. Tout le monde était éreinté. Ils avaient les Américains au cul et le Lillois les foutait grave dans la merde. Puis il ouvrit son sac, fouilla à l'intérieur et saisit le téléphone satellite. Une simple pression sur une touche les localiserait. Il n'aurait ensuite qu'à quitter le refuge pour trouver une autre planque et attendre.

Il déballait ses affaires quand il croisa le regard d'un des Afghans. L'homme s'était assis en tailleur, son arme sur ses cuisses, et le considérait d'un air perplexe. Alain-Larbi se dit qu'il pouvait aussi saisir sa kalach, flinguer les sept connards et vider le reste du chargeur sur Farez.

Le Franco-Algérien se réveilla à ce moment-là.

– Qu'est-ce que tu fous, Larbi ? grogna-t-il en ramassant son Dragonov.

Il pointait le canon vers lui.

– Tu veux faire attention.

– Fais pas chier. Pourquoi tu dors pas ?

– J'ai faim.

– Y te reste un truc à grailler ?

– Rien, justement.

– Alors, recouche-toi. On reprendra pas la descente avant cinq ou six heures, dit-il en regardant sa montre.

– Mehdi a l'air de souffrir.

Farez tendit le cou vers le fond de l'abri.

– T'es allé voir ?

– Oui. Il n'a pas grand-chose, pourtant. J'ai regardé sa blessure. C'est un tout petit truc, mais il délire complètement.

– Il saigne ?

– Non. J'ai l'impression que ça coule à l'intérieur.

Farez haussa les épaules et se recoucha.

– Me pète pas les couilles. Laisse-le se reposer. On verra tout à l'heure.

Peu après 19 heures, le signal du départ fut donné. Alain-Larbi était gelé. Il avait l'impression d'avoir été enfermé dans une glacière. Il se redressa, les mains en appui sur ses genoux. Tout lui faisait mal : le dos, les épaules, la nuque et les jambes. Il serra les sangles de son sac et passa la bandoulière aussitôt. Farez finissait de se préparer. Les Afghans étaient déjà dehors à les attendre.

– Il va falloir encore trimbaler Mehdi, nota Alain-Larbi.

Farez lui décocha un coup de pied.

– Lève-toi, putain. T'as roupillé une journée. On va pas te porter maintenant. Tu vas descendre comme un grand, et on t'aidera en bas.

Le blessé ne bougea pas. Farez fit signe aux Afghans de le prendre en charge. Mehdi fut tiré hors de la grotte et remis sur ses pieds, un moudjahid de chaque côté le tenant sous les aisselles. Un quartier de lune éclairait la scène surréaliste : les quatre hommes isolés sur un promontoire de fortune, essayant de mettre debout le cinquième. Cinq silhouettes enfoncées dans la neige sous le ciel étoilé.

L'écho d'une longue rafale d'arme automatique leur parvint. Ça avait tiré devant eux, loin dans la vallée. Merde, pensa Alain-Larbi, on n'est pas sorti d'affaire. Il ferma les yeux et se dit qu'ils ne passeraient jamais. Si seulement ils parvenaient à la plaine ! Il ne sentait pas la descente avec ce poids mort de Mehdi. Et ensuite, s'ils étaient encore vivants dans la vallée, il y aurait la traversée du glacis entre les postes avancés de la coalition. Avec la lune, ce n'était pas gagné. Après l'accrochage de la veille, l'ISAF devait patrouiller. Les militaires possédaient du matériel de vision nocturne dernier cri, ils seraient faits comme des rats.

Quand il rouvrit les yeux, Mehdi n'avait pas bougé.

– T'avais pas raconté de conneries, concéda Farez, il a pas l'air bien. Il respire à peine. On lui parle et il répond même pas.

Après une palabre interminable avec les mains, Alain-Larbi et Farez comprirent que les Afghans refuseraient de le porter encore une fois. Ils insistaient pour qu'il marche, mimant le geste à l'aide de l'index et du majeur. Ils ne plaisantaient pas. Leur décision était prise.

Farez asséna une violente claque dans le dos de Mehdi en lui criant d'avancer. Le blessé s'effondra dès qu'on le lâcha et disparut en partie dans la poudreuse. Il fut dégagé et remis sur le dos.

– Ben merde, râla Farez. Ce con est mort.

Les talibans n'eurent pas besoin de traduction. Ils jetèrent un coup d'œil au cadavre et firent signe d'entamer la progression.

– On laisse Mehdi ici ? s'indigna Alain-Larbi.

– Tu veux pas qu'on lui dise une messe, des fois ?

– On pourrait au moins le planquer dans la grotte.

10 avril 2011
21 heures

Plus le jour de sa libération approchait, plus Verdier sentait le malaise grandir en lui. Il ne cessait de repenser à la réflexion de Moktar. Pourquoi cet enculé avait-il attendu autant de temps pour lui parler des causes de l'anéantissement de son groupe ? Sans doute était-ce une phrase en l'air, histoire de bavarder, et pour le mettre en garde alors qu'il allait sortir. Mais à la vérité, il n'y croyait pas. Il avait beau se rassurer, imaginer des tas de raisons plus anodines les unes que les autres pour que l'Arabe ait abordé le sujet, ça ne tenait pas.

En repensant à ses années d'incarcération, il se remémorait trois époques. Les premiers mois où tout le monde l'avait laissé cuire dans son jus. Il était comme un poisson hors de l'eau à se tordre de douleur et à chercher de l'oxygène. Personne ne lui adressait la parole. Non pas qu'on se fût méfié de lui, mais il n'intéressait pas vraiment. On observait en silence ce nouveau venu atypique. Les gardiens comme les détenus. Avec quinze ans à tirer, il avait vite compris que, sans un effort de sa part, il terminerait rapidement au bout d'une corde. Chaque mois, un bleubite se suicidait. Il avait besoin de renouer des relations. Dans un sens, c'était facile, il n'avait qu'à se pointer à l'heure de la promenade, harponner le premier Rebeu un peu vénère et lui raconter pourquoi lui aussi allait tourner comme un con des années dans cette foutue cour. En y réfléchissant, c'était l'idée la plus absurde qui soit. Son objectif était de ressortir le plus rapidement possible. Il avait donc décidé de se couler dans le moule carcéral sans faire de vagues. Il était attendu au tournant et il s'en doutait. Il devait donner des gages à l'administration, comme il devait trouver un moyen de renouer avec les membres de son réseau qui avaient échappé à la rafle. C'était le deal passé avec Rateau pour qu'il ne prenne pas perpète et pour que sa détention se transforme en hôtel cinq étoiles. La DGSE voulait avoir un œil à l'intérieur de la centrale.

La deuxième époque fut occupée à atteindre cet objectif. Il s'inscrivit au gymnase, à la bibliothèque et accepta toutes les propositions qui lui furent faites de rencontrer médecins, psychologues et psychiatres. Quand on détermina qu'il ne consommait pas de produits illicites, qu'il regrettait *sincèrement* ses engagements passés et qu'il ne présentait aucun trouble du comportement, il commença à recueillir les fruits de son double jeu. Jour après jour, il faisait d'énormes progrès dans l'art de la manipulation. Il offrait l'image d'un détenu modèle aux surveillants, en même temps qu'il se construisait auprès de quelques fondamentalistes ayant fait la même démarche que lui la stature d'un vrai leader. Ses liens anciens avec le monde souterrain de la révolution islamiste avaient fait de lui l'un des frères les plus importants de Lannemezan. Et il était devenu au fil des années l'une des cartes maîtresses de Rateau dans la subornation des réseaux fondamentalistes qui pullulaient derrière les barreaux.

C'est ce qui lui permit d'aborder la troisième époque de sa détention. Son poste de bibliothécaire l'avait propulsé à un niveau de responsabilités crucial pour sentir le pouls de la centrale. Rien de ce qui se disait et se faisait ne lui échappait. Il donnait ses consignes. On l'écoutait et on le protégeait. Il était devenu le patron occulte. Même les pires des terroristes enfermés avec lui – Moktar, Ahmed ou l'épouvantable Yassine-le-Vérolé – n'avaient pas son emprise sur les autres détenus.

Tout ce que recueillait Verdier comme renseignements aboutissait chez Rateau. Le commandant lui envoyait de temps à autre un oncle de Suisse qui servait de boîte aux lettres. Il transmettait les consignes de la caserne Mortier et repartait avec les informations glanées par Verdier auprès de la mouvance radicale. C'était la plupart du temps un rendez-vous par mois, parfois deux. Exceptionnellement trois. En cas d'urgence, Verdier envoyait un télégramme à son oncle pour lui réclamer de l'argent. L'homme débarquait dans les heures qui suivaient avec un paquet d'euros et repartait avec les confidences de Verdier.

Or la vérité était que depuis le début de son aventure avec les Services, Verdier s'était fait manipuler et rouler dans la farine.

Il s'était compromis dans sa boîte au point de se faire licencier, puis n'avait jamais obtenu ensuite les responsabilités ni l'argent escomptés. Rateau l'avait utilisé autant qu'il avait pu, et lorsque l'affaire avait mal tourné, le juge antiterroriste lui avait expliqué posément qu'il venait ni plus ni moins de se retrouver piégé. Et qu'il allait devoir prendre encore davantage de risques s'il voulait éviter une condamnation à perpète. À aucun moment, Rateau n'avait fait mine de se souvenir de tout le boulot qu'avait abattu Verdier ni des promesses faites au cours de l'instruction. Il s'en tenait à la version arrêtée par son sous-directeur : le converti n'était pas un agent, mais une sorte d'indic. Rien de plus. En tout cas pas quelqu'un en qui l'on pouvait avoir confiance. Et quand Verdier s'était rebellé, au cours des premières semaines de son enfermement, Rateau lui avait fait répondre qu'il pouvait non seulement organiser son maintien en détention *ad vitam eternam*, mais pire encore. Cet enculé avait le bras long. Il aurait pu en claquant des doigts le faire buter n'importe où, n'importe quand, de n'importe quelle manière. Une fois Verdier convaincu, il avait fait ce que Rateau attendait de lui. Pour le reste, le commandant avait en apparence tenu parole : il lui faisait passer suffisamment d'argent pour cantiner et acheter les pires de ses codétenus. De temps à autre, il déposait anonymement de petites sommes sur le compte bancaire de Lorraine pour qu'elle continue à pouvoir joindre les deux bouts et en tenait informé Verdier.

Verdier transmettait des rapports circonstanciés sur Moktar, Ahmed, Yassine et de nombreux autres. La seule chose qui échappait à Rateau était le caractère exhaustif ou non des renseignements. Dès que Verdier levait le pied, le commandant lui envoyait une petite piqûre de rappel sous la forme d'une carte postale de l'oncle suisse. C'étaient toujours quatre ou cinq lignes banales évoquant la pluie ou le beau temps et les problèmes que posaient à la confédération les revendications de la communauté musulmane, la construction de mosquées et la propagation des produits halal dans le Valais où les gens apprécient tant le cochon. L'idée de ces courriers avait fait rire Rateau. Tu verras, lui avait-il dit, si tes potes chopent un jour ces cartes postales, ça te donnera l'occasion de vider tout ton fiel.

Ça ne s'était pas passé ainsi. Un jour de 2007, Moktar lui avait demandé simplement qui était ce fameux tonton suisse.

– Tu lis mes lettres ? s'était étonné Verdier.

L'Algérien lui avait planté son regard noir dans les yeux.

– Tu devrais le savoir, on peut rien cacher, ici. Des cartes postales, mon frère ! Le vaguemestre a fini par les regarder. Il m'a dit… Alors, c'est qui, ce croisé ?

Verdier avait levé les bras au ciel.

– On a la famille qu'on peut, Moktar. Je ne vais pas rompre avec un oncle qui m'envoie des mandats.

Puis il avait changé de sujet. Mais en lui reparlant, plus tard, des conditions dans lesquelles son réseau de Nanterre avait été démantelé, Moktar avait eu une réflexion qui résonnait toujours sous la boîte crânienne de Verdier : « On est souvent donné par les siens. Ça serait intéressant de creuser l'histoire de ton oncle. »

À la première occasion qui lui avait été donnée, Verdier avait rapporté cette conversation à l'oncle suisse. L'homme avait noté quelque chose dans un carnet, puis s'était levé sans laisser d'enveloppe.

Il n'était jamais revenu. Il n'avait jamais répondu à aucun des messages que lui avait adressés Verdier. Il avait disparu et, avec lui, Rateau également.

Depuis la centrale, Verdier n'avait aucun moyen de contacter le commandant. Il avait échafaudé trente-six mille raisons à ce silence sans en retenir une seule de valable. Plus il cogitait, moins il comprenait.

Lorsque le gardien enclencha, ce soir-là, la clé dans la serrure de la porte de sa cellule, Verdier souffla. Il était libéré de Moktar pour quelques heures.

C'étaient quelques heures de sursis.

Il attendit que le plafonnier s'éteigne, puis resta longtemps assis au bord de sa couchette, prostré, le regard naviguant d'une ombre à une autre, en se demandant quel serait le comité d'accueil à sa sortie.

Dix ans plus tôt

La terrasse du Thermomètre était noire de monde. À croire que tout le quartier de la République s'y était donné rendez-vous. Les chaises débordaient de l'espace concédé par la mairie. Touristes ou étudiants, les gens étaient assis en couples. La chaleur qui pesait sur la ville avait, ces derniers jours, considérablement allégé les tenues des filles. Les chemisiers s'étaient échancrés, les jupes raccourcies.

Verdier était en avance sur l'heure du rendez-vous. Il chercha des yeux une place d'où il pourrait discrètement se repaître du spectacle. Les vingt-huit degrés lui faisaient bouillonner le sang. L'envie de sexe ne le quittait pas. Or Mahmoud n'avait plus organisé de petites sauteries dans leur cave depuis son dernier retour du Maroc. Les jours avaient passé et Verdier était resté sur sa faim.

Verdier dénicha une table à côté de deux Japonaises dont le babillage empressé faisait écran avec les autres consommateurs. Il commanda un quart Vittel et commença à réfléchir à ce qu'il allait annoncer au commandant. Maintenant, l'argent coulait à flots et il se demandait ce qu'il pourrait bien lui révéler sans mettre en péril l'entreprise de Mustafa. Si ce dernier venait à être arrêté, adieu les biftons. Ce n'était pas la Piscine qui allait remplacer le manque à gagner. Il fallait mouiller les seconds couteaux : les Mahmoud, les Désiré, toute cette merde. Verdier réfléchit un instant et considéra que donner Mahmoud au commandant serait aussi une connerie. Désiré, c'était parfait. Et un peu plus tard, Abou. Mustafa continuerait son business, et lui continuerait à toucher son pognon. Mais il n'était encore sûr de rien, il ne parvenait pas à se décider. Il lui fallait inventer quelque chose à dire au commandant qui lui permettrait de conserver son job auprès des pourris de la cité des Genêts.

L'homme arriva par-derrière et se laissa tomber sur le siège à côté de Verdier en soufflant.

– Putain de chaleur ! Vous êtes là depuis longtemps ?

– Dix minutes.

– Vous êtes à l'eau minérale ? demanda-t-il en considérant la bouteille sur la table.

– Vous l'avez dit vous-même : la température…

– Une bonne bière, non ?

– Non. Mais allez-y, vous.

Le commandant interpella le serveur et, une fois son demi servi, se rapprocha de Verdier, épaule contre épaule.

– Vous semblez avoir repris du poil de la bête.

– Je ne me plains pas.

Le commandant avala une longue gorgée de bière et posa un instant un regard appuyé sur leurs voisines.

– Vous avez avancé, à ce qu'il paraît. Comment se comportent vos nouveaux amis ?

– Comment pouvez-vous savoir où j'en suis ?

– Faites pas le con avec moi, Verdier. Je sais tout ce qui vous arrive. Je sais quand vous vous levez, ce que vous fumez, même quand vous vous arrêtez de respirer. Vous n'avez pas perdu de temps, dites donc, vos escapades au Maroc, c'était pas prévu...

Verdier accusa le coup. Il se raidit sur sa chaise et déglutit avec l'impression d'avoir avalé du sable.

– Vous imaginez quoi, qu'on monte un spectacle pour dames patronnesses ? On ne joue pas, Verdier. Il en va pour vous comme pour moi. Je passe ma vie à rendre compte à mes chefs de ce que je fais, de qui je vois. Mes coups de fil sont enregistrés, mes relations sont passées au crible. Chaque soir, je tape des rapports longs comme le bras. Alors, si vous pensiez que vous alliez faire cavalier seul, vous vous êtes gouré. J'aurais apprécié d'être informé tout de suite de votre première virée à Casa. Au lieu de cela, ça fait plus de deux mois qu'on s'est vus, vous avez fait plusieurs voyages, vous avez l'air d'avoir déniché une mine d'or et il a fallu que je sollicite moi-même ce rendez-vous !

– C'est que les choses n'étaient pas encore vraiment en place...

– Verdier, ne vous foutez pas de moi. Vous nous avez demandé de travailler pour nous, cela implique un minimum d'engagements de votre part.

– Je n'ai pas l'impression de...

– Si. On vous a confié une mission, il ne faudrait pas croire que vous avez les coudées franches pour monter votre petit business sans contreparties.

Verdier prit un ton condescendant :

– Cela dit, vous semblez parfaitement renseigné.

Le commandant posa sa main sur son bras et lui planta les ongles dans la peau.

– Il s'agit de drogue, Verdier. Vous savez ce que ça coûte devant un tribunal ? Si on n'y retrouve pas nos petits, vous vous prendrez dans les mailles du filet, ça ne fait pas un pli. J'ai les dates de vos séjours à Casa, le nom de votre hôtel, et le pedigree de l'enculé que vous êtes allé rencontrer. La seule inconnue, c'est l'identité des gens qui tirent profit de la came qui rentre en France. Je veux l'organigramme complet du réseau.

– Pourtant, vous avez l'air d'en savoir un bout. Presque autant que moi…

– Négatif, mon bonhomme. Et encore une fois, vous auriez dû rendre compte plus tôt. Au moins nous parler de vos connections ici. Vous nous avez laissés dans le bleu total et ça m'énerve.

– Je voulais prendre le temps. Être sûr avant de vous alerter.

– Écoutez, vous n'êtes pas Malko Linge. On vous a seulement demandé de prendre contact avec ces merdeux et de nous les balancer. Pas de mener votre propre opération. Pour le moment, vous semblez être largement rémunéré par eux, et cela me pose un problème dans la mesure où vous n'avez pas donné signe de vie. Votre Rachid, à Casablanca, c'est un putain d'islamiste. Mouillé jusqu'au cou avec les barbus.

– Comment le connaissez-vous ?

– Ce n'est pas à vous de poser des questions, mais pour votre gouverne, on l'avait logé bien avant de vous repérer sur place. Grâce au mec de la cité de Nanterre qui a été expulsé là-bas l'année dernière. Maintenant, dites-moi où va la came qu'il envoie à Paris.

– La bande de rastas que…

– Je me fous de ces raclures du regroupement familial ! Qui est derrière ?

– Vous pensez sincèrement qu'ils m'ont ouvert leur carnet d'adresses comme ça ? Je suis en train de gagner leur confiance. Ça prend du temps, et si vous considérez que c'est trop long, on peut tout arrêter. On se salue et c'est comme si on s'était jamais vus. Je n'apprécie pas trop la manière dont vous me traitez. Avec ce que je vous ai apporté jusqu'à présent, c'est dégueulasse. J'ai été viré de ma boîte en partie à cause de vous.

Le commandant ne se démonta pas. Il se colla davantage à Verdier et lui murmura :

– Vous avez été lourdé parce que vous n'en foutiez pas une. Pour qui me prenez-vous ? On s'est renseignés sur vous hier comme aujourd'hui. On vous a suivi pas à pas dans votre boîte. On a même tenté de vous sauver la peau, mais votre cas était trop désespéré. Vous êtes un type à problèmes, Verdier. Je ne vais pas continuer longtemps à me mouiller pour vos beaux yeux.

– Alors, pourquoi m'avoir confié cette mission ?

– Contrairement à vous, j'ai de la mémoire, et je n'ai pas oublié le coup de main que vous m'avez donné. Mais faudrait pas pousser mémère dans les orties, non plus. Vous êtes à ma botte. J'attends donc que vous fassiez ce que je veux, où je veux, quand je veux. Il y a des règles, dans les Services, mon garçon. Et maintenant que vous avez mis le doigt dans l'engrenage jusqu'au coude, vous allez obéir.

– C'était mon intention. Vous avez dégagé un budget pour moi ? Il en était question la dernière fois qu'on s'est parlé.

– Toujours le fric ! Il ne vous est jamais venu à l'esprit que vous deviez d'abord faire cela pour votre pays ?

Verdier sursauta.

– Et vous ? Vous travaillez gratuitement peut-être ? Avec quoi je vais nourrir ma famille ?

– En tout cas pas avec l'argent de la dope. Soyez-en certain. Vous allez nous reverser d'ailleurs ce que vous donne la bande de la cité. Les sommes seront consignées et vous toucherez désormais ce que votre entreprise vous payait avant de vous virer. Et encore, à condition de nous refiler des infos intéressantes. Et si nous établissons la preuve d'une relation entre cette came et les milieux intégristes français, on vous rendra votre fric avec une prime en plus. Ensuite, nous aviserons. On vous fera faire autre chose. Mais d'ici là, ça se passera comme je vous le dis.

Verdier goûtait de moins en moins le ton employé par Rateau. Ce fut la raison pour laquelle il décida de ne pas révéler immédiatement l'existence de l'imam Abou. C'était trop tôt.

– Si ça ne marche pas ? fit-il.

– Vous y arriverez. Je sais ce que je fais.

– Vous avez mesuré les risques que je prends ?

– Mais c'est vous, Verdier, qui êtes venu me trouver. C'est vous qui avez demandé à travailler pour nous. Il faut savoir ce qu'on veut dans la vie, Verdier.

Il jeta quelques pièces de monnaie sur la table et ajouta :

– Vous avez un mois pour me livrer les infos que j'attends.

– Bon sang, ce n'est pas une science exacte. Il se peut qu'il ne se passe rien en quatre semaines.

– Je sais que vous avez progressé. Si je vous donne trente jours, c'est juste pour vous laisser le temps d'assurer vos arrières. Si je n'ai pas de résultats d'ici là et que vous refoutez les pattes dans la dope pour votre propre compte, je vous fais arrêter. Je vous en donne ma parole. Vous n'avez pas le choix. Si vous laissez tomber, vous aurez les loulous de banlieue sur le dos et je me suis laissé dire qu'ils sont beaucoup plus méchants qu'ils en ont l'air. Le nabot, le chef de la bande, le dénommé Mustafa je crois, a fait découper il y a quelques mois avec une scie circulaire un mec d'une autre cité qui voulait lui piquer son taf. Remarquez, je vous dis ça, vous en faites ce que vous voulez, Verdier.

– Pourquoi ne l'avez-vous pas fait arrêter ?

– On ne mélange pas les torchons et les serviettes. On n'est pas la police. Et ce n'était pas cette petite merde et sa bande qui nous intéressent. Ce sont les gros poissons au-dessus. Voilà, mon vieux. À vous de jouer.

11 avril 2011
5 h 50

La première chose que firent les Special Forces américaines en atteignant le col fut de s'éparpiller le long de la ligne de crête pour en sécuriser les accès. L'aube venait de se lever. Les premiers rayons du soleil frappaient les pics qui culminaient alentour à plus de sept mille mètres. Les vallées étaient encore plongées dans une obscurité violette, mais déjà les lignes sinueuses des murets des villages émergeaient de l'ombre. La neige allait bientôt réfléchir la lumière. Le spectacle était ahurissant de beauté.

Après avoir contemplé un instant ce panorama unique, le second lieutenant ordonna à trois éclaireurs d'explorer le terrain. Des traces de pas confirmaient le passage d'un petit groupe d'une dizaine d'hommes. Il s'accroupit et fit rouler entre ses doigts des cristaux de neige. Les moudj devaient encore être là deux heures plus tôt. Il prit contact avec le poste américain qui contrôlait la vallée, en bas, puis accorda une pause à ses hommes avant que la *platoon* se remette en chasse.

Les soldats désignés pour fouiller le périmètre se dirigèrent vers la première grotte où les menèrent les empreintes de chaussures.

Ils pénétrèrent, courbés, leur M16 braqué devant eux. L'un d'eux alluma sa lampe frontale. Le rayon frappa de plein fouet une forme allongée, inerte, enroulée dans une mauvaise couverture pachtoune. Tandis que l'éclaireur de tête braquait son arme sur le corps, le suivant lui plaça un petit miroir devant le visage, évitant de le toucher. Quand il fut acquis que le taleb ne respirait plus, les soldats lui accrochèrent une corde aux pieds, puis ressortirent en le tirant hors de l'abri, protégés derrière un rocher. Le cadavre glissa et apparut en pleine clarté.

Kevin-Mehdi Terraud reposait figé, ses yeux bleus grands ouverts, les lèvres tendues comme s'il cherchait encore à respirer, baigné par cette lumière matinale qui embrasait le sommet de la montagne.

– Merde ! fit le lieutenant qui s'était rapproché. On dirait un de ces putains de Français…

Il reprit sa radio et avertit l'unité basée dans la vallée que sa section ne ferait pas mouvement dans l'immédiat. Il fallait faire récupérer le macchabée par un hélico et prévenir Aragorn. Cela allait prendre une ou deux bonnes heures. Les autres devraient se débrouiller pour intercepter seuls le reste du groupe rebelle. On avait trouvé du sang sur le piton. Il se pouvait qu'il y ait des blessés. Ça ne devrait pas être compliqué de coincer les moudj.

– Je les veux vivants, ajouta-t-il. Coûte que coûte.

Le Bell OH 58 Kiowa se présenta à 9 heures par le sud. Un hélicoptère d'appui : ce n'est pas ce qu'il attendait, mais qu'importe, pensa le lieutenant. On trouverait toujours une place pour charger le cadavre. Le pilote se dirigea vers la zone la plus plate du col et posa sa machine, dessinant autour d'elle une piste ronde d'où avait été balayée la neige. Les turbines continuaient à ronfler. Un officier américain et un colonel français sautèrent à terre et rejoignirent aussitôt le groupe qui entourait le mort.

– Vous l'avez fouillé ? demanda Aragorn au chef de section américain.

– Nous n'y avons pas touché.

Aragorn sortit un compact numérique et fit quelques photos. Puis il releva les empreintes digitales et palmaires de Mehdi et dit que ce serait envoyé à Paris dès l'après-midi, lorsqu'il aurait regagné Nijrab. Peut-être avait-il même déjà le casier judiciaire du gars dans ses fichiers de la FOB. Il procéda ensuite à l'examen des poches. Comme il s'y attendait, il ne trouva que des objets sans importance. Pas de passeport, aucun papier.

L'officier américain qui venait de débarquer émıt le doute qu'ils pouvaient avoir affaire, somme toute, à un Afghan.

– Si c'était le cas, répondit Aragorn, les moudjahidin ne l'auraient pas laissé moisir derrière eux. Ils l'auraient emporté ou ils l'auraient enseveli.

– Est-ce l'un des djihadistes que nous recherchons ?

– Comment voulez-vous que je le sache ! Il peut aussi bien s'agir d'un journaliste parti faire un bout de chemin avec les insurgés.

– Donc, les terroristes français sont toujours dans les parages…

– Puisque vos hommes les ont manqués hier, effectivement.

L'Américain ne releva pas la remarque. Il se pencha sur le cadavre et demanda :

– De quoi est-il mort ?

– Hémorragie interne, dit Aragorn en désignant la blessure sous l'épaule. Mais peut-être aussi de froid et d'épuisement. Allez savoir…

Kevin-Mehdi Terraud fut enveloppé dans un sac en plastique et jeté derrière les pieds d'un mitrailleur de porte du Bell. Aragorn s'installa sur son siège en tissu et boucla sa ceinture. L'Américain prit place à côté de lui et posa ses rangers sur la poitrine du cadavre.

L'hélico se souleva, vira vers l'ouest, piqua légèrement du nez, et la puissance de ses turbines le propulsa vers l'azur.

Dix ans plus tôt

À l'automne précédent, l'adjudant Paul Lesquin avait encadré un stage d'officiers de la DGSE à Saint-Astier. Les types étaient venus deux jours assister aux techniques de rétablissement de l'ordre mises en place par les mobiles sur des scénarios d'émeutes urbaines d'un genre nouveau. Cela faisait un moment que la gendarmerie y travaillait, à la demande de la caserne Mortier d'ailleurs. C'était top secret. Il n'était plus question des traditionnels débordements gauchistes ou syndicalistes, mais de groupes communautaristes lourdement armés avec l'intention de créer des situations de guerre civile. On parlait d'éléments religieux politisés à l'extrême pouvant entraîner des foules de femmes et d'enfants contre les forces de l'ordre afin de provoquer chez les militaires et chez les civils le maximum de dégâts pour peser sur le pouvoir politique et entraîner des réactions internationales. Le gouvernement commençait à y réfléchir sérieusement.

Au cours d'un exercice de nuit, un commandant des Services, qui avait pensé pouvoir faire l'économie d'enfiler ses protections ignifugées, avait été touché à l'intérieur d'un abri par un cocktail Molotov et s'était embrasé comme une torche. Si Lesquin ne s'était pas trouvé à proximité, il aurait terminé sa brillante carrière transformé en merguez. L'adjudant s'était jeté sur lui et, à force de le recouvrir de terre, avait réussi à éteindre la combustion. Il avait ensuite chargé l'homme sur son dos et avait couru jusqu'à l'ambulance au milieu des nappes de gaz lacrymogène. Il fallait sacrément bien connaître le camp pour s'extraire aussi rapidement de ce merdier ouaté que les éclairages au sodium ne parvenaient pas à trouer. Trente minutes plus tard, le blessé avait eu droit à sa dose de morphine et, les jambes badigeonnées de Biafine, l'affaire s'était conclue au mess devant deux pintes de bière.

Lesquin lui avait fait remarquer que la morphine et l'alcool, même à cinq degrés, ne faisaient pas bon ménage, mais l'officier avait balayé d'un revers de main ses commentaires.

– Je vous dois une fière chandelle, avait-il dit.

Lesquin avait haussé les épaules sans répondre. Ils avaient fini leurs verres en silence, puis le commandant lui avait posé des questions sur la région, sur la communauté musulmane et sur la présence des tablighs. Il s'inquiétait manifestement de l'emprise des fondamentalistes dans les campagnes.

– À Paris, on est à la ramasse sur ces sujets. C'est le boulot des RG et de la DST, mais on n'a jamais de remontée d'infos. On n'est même pas certains qu'ils s'occupent d'autre chose que des grandes agglomérations. Or on suppute que des réseaux ont commencé à mailler l'ensemble du territoire. Vous nous donneriez des biscuits si vous appreniez quelque chose ?

Lesquin lui avait alors opposé la sacro-sainte voie hiérarchique. Son interlocuteur s'était renfrogné.

– Vous savez, on doit souvent agir dans l'urgence. D'autres de vos collègues l'ont très bien compris et nous aident déjà. Ça reste entre nous, évidemment.

– Évidemment, avait ajouté Lesquin.

– Inutile de vous dire combien j'ai apprécié votre temps de réaction, ce soir. Sans vous, je perdais mes guiboles.

– Pas forcément…

– Si. J'étais mal barré entre mes quatre murs. Et je n'y voyais plus rien dans votre putain de casque. Je me demande d'ailleurs comment vous faites dans les manifs au milieu des gaz avec cet équipement. C'est vraiment 14-18.

– On est habitués.

Ils avaient bu une nouvelle tournée, puis, avant de rejoindre sa chambre en clopinant, l'officier lui avait tendu sa carte de visite.

– C'est ma ligne directe. Vous serez toujours le bienvenu.

Quelques mois plus tard, Lesquin fouilla dans son tiroir et retrouva le bristol. Il inspira une grande goulée d'air et composa le numéro de Rateau sur le clavier de son téléphone personnel.

Cette affaire d'apprentis pilotes saoudiens qui cherchaient à s'entraîner sur un simulateur de vol long-courrier alors qu'ils étaient encore incapables de faire atterrir un simple Cessna ne lui plaisait pas. Si quelqu'un d'autre que le patron de l'aéroclub lui en avait parlé, il n'aurait accordé aucun crédit à l'histoire, mais Gaston Lafine était son pote. Et pas n'importe lequel. Peu de pilotes de chasse pouvaient se vanter actuellement d'avoir sa carrière.

Gaston Lafine était un vieux cascadeur qui avait attrapé ses cheveux blancs au manche de divers avions depuis une cinquantaine d'années dans les endroits les plus pourris de la planète. L'Indo d'abord, à poser les derniers Dakotas sur la piste de Diên Biên Phû sous les tirs viêt-minh. L'Algérie ensuite. L'Afrique au sein des révolutions qui lui avaient redonné du travail. Puis, en fin de parcours, au sein de son aéroclub. Mais certains élèves s'étaient révélés aussi doués pour manier un coucou que des singes pour faire du steeple-chase.

Lafine s'était crashé déjà quatre fois et éjecté en vol une fois. Il pensait avoir tout vu, mais là, il était perplexe. Jamais aucun client n'était venu chez lui avec l'idée de piloter un zinc sans chercher à savoir le faire décoller ou atterrir. Aucun en tout cas comme ces deux Saoudiens. Il avait déjà eu affaire à des hurluberlus, à des fils de famille pas doués, à des recalés de l'aéronavale, à des frimeurs, mais jamais à ce genre de personnages. Et il fallait que ça tombe sur lui !

Il avait réfléchi un peu, puis s'était confié à l'adjudant Paul Lesquin en sentant bien que plus il avançait dans son récit, plus la fente des yeux du gendarme se rétrécissait. Lesquin ne rigolait plus du tout. L'anecdote des deux Saoudiens avait enfiévré son regard et fait naître de petites gouttes de sueur à la racine de ses cheveux.

11 avril 2011
9 h 10

Le coup de fil réveilla Georges Chesnier alors qu'il s'assoupissait devant une série télévisée. Ses quinze jours en Kapisa l'avaient vidé. Il ne parvenait pas à récupérer. Il était seul dans le salon. Son épouse avait dû quitter la pièce quand il avait cessé de répondre à ses questions. Il tendit le bras vers le combiné et demanda d'une voix pâteuse qui était à l'appareil.

– C'est Paulo, Georges. Paul Lesquin. Tu dormais ?

– J'arrive d'Afghanistan. Je suis claqué.

– Ah, tiens.

– Ça t'en bouche un coin, n'est-ce pas ? Tu crois que je n'ai plus l'âge…

– Et moi donc qui fais encore le mariole dans les exercices pyrotechniques à Saint-Astier ! Quand es-tu rentré ?

– Il y a trois jours. J'ai été viré comme un malpropre. On ne m'a même pas expliqué pourquoi. J'ai passé deux semaines à crapahuter derrière les commandos pour que dalle, et au moment où ça a commencé à remuer, on m'a fourré dans un hélico et adieu Berthe. Ça a pris un quart d'heure. Je ne sais toujours pas pourquoi.

– Où étais-tu ?

– En Kapisa, à Nijrab. Avec les mecs du RIMa.

– Eh bien, moi je sais pourquoi tu as été lourdé… C'est la raison pour laquelle je t'appelais. Une des unités de mobiles qu'on entraîne en ce moment à Saint-Astier vient de recevoir l'ordre de faire mouvement sur Lille. On a appris qu'un petit gars du coin, un mauvais garçon avec un casier long comme un accordéon, venait de se faire buter dans les montagnes afghanes. Tes confrères ont eu l'info cet après-midi. Matignon craint que ça dégénère dans la banlieue d'où il était originaire quand ses copains apprendront la nouvelle à la télé.

– Qu'est-ce que ça a à voir avec moi ?

– Je suppose que quand tu t'es fait virer, l'individu avait déjà été flingué ou quelque chose comme ça. Ils étaient plusieurs, apparemment.

Chesnier marqua une pause.

– Pourquoi avoir donné l'info si c'était sensible ? Ils ne m'ont quand même pas renvoyé en France s'ils étaient prêts à ébruiter l'affaire… Je ne pige pas.

– Oh, mais ce n'est pas Paris qui a vendu la mèche. Encore moins tes potes du RIMa.

– Les talibans ?

– Beaucoup plus simple. Les Américains ! Et je ne te dis pas le bordel que ça fout entre le Pentagone et notre ministre !

– Comment tu peux savoir ça, toi ?

– Au poste que j'occupe, je sais tout. Apparemment, les Français ont commis une grosse boulette. La coopération atlantique n'a pas été extraordinaire. Les Américains sont furieux. Et je peux te dire que nos Services également.

– Tu veux que je raconte ça ?

– Bien sûr que non. D'ailleurs, je n'ai rien de précis sur l'histoire. Seulement quelques infos glanées à droite, à gauche. Je me disais que tu serais peut-être intéressé d'aller traîner tes guêtres à Lille…

– Écoute, pas vraiment. Pour voir des connards lancer des boulons sur des flics, pour le coup, j'ai atteint la limite d'âge. Je serais beaucoup plus intéressé d'en apprendre davantage sur le… Comment s'appelait-il, au fait ?

– Kevin Terraud. Vingt-trois ans. Une demi-douzaine d'interpellations avant seize ans pour violences volontaires et insultes à agents. Un an de prison ensuite. Converti officiellement il y a cinq ans. Prénom musulman : Mehdi. Un séjour dans les camps d'entraînement d'Al-Qaida en Afghanistan, en 2007, et un séjour prolongé en Irak en 2009. Soupçonné de trois braquages en Belgique depuis, mais jamais interpellé parce que le gars s'était dissous dans la nature. Il a refait surface il y a deux trois jours. Raide mort.

– Tu peux te rencarder sur la boulette dont tu parlais ?

– Franchement…

– Fais-le. Je manipulerai l'histoire avec des pincettes. Essaie de savoir pourquoi ça a foiré entre les Français et les Ricains.

– Pour ce que j'en sais déjà, c'est un sac de nœuds. Un vrai bâton merdeux. Tu t'exposeras en y fourrant ton nez.

– Tu déconnes !

– Georges, c'est une grosse affaire. Tu n'as pas idée…

11 avril 2011
7 heures

Ce jour-là, à 7 heures exactement, Norman Beats entra dans son bureau avec le ventre noué. Il avait été tiré du lit deux heures plus tôt par l'un de ses meilleurs informateurs au sein de la très controversée ISID, le pendant pakistanais de la CIA. Le lieutenant-colonel Imran Akbar Khan travaillait avec lui depuis plus de dix ans. Ils s'étaient connus à Islamabad lors d'une mission d'information qu'avait menée sur place l'Agence en 1998, après la déclaration de guerre prononcée par Oussama Ben Laden contre les États-Unis. Al-Qaida venait de commettre une série d'attentats contre les intérêts américains en mer Rouge. Washington avait dépêché Beats et son équipe au Pakistan pour tenter d'obtenir l'arrêt des fournitures d'armements aux talibans.

Le général avait trouvé une situation complètement pourrie. Il avait dû patienter deux jours avant de rencontrer le patron de l'ISID. Il avait passé des heures dans son hall d'hôtel à attendre la voiture de son homologue. On l'avait ensuite baladé de bureau en bureau. Des endroits poussiéreux où il régnait une chaleur de four sans que jamais lui soit proposé un verre d'eau. Quand bien même, il n'y aurait pas touché ! Mais il avait parfaitement noté l'hostilité ambiante affichée à son endroit. C'était une fourmilière où officiers et sous-officiers mélangés brassaient mollement des tonnes de papier pelure, regardaient mijoter l'eau des dizaines de théières posées sur les tables de travail, feuilletaient des magazines, se limaient les ongles ou se curaient les oreilles quand ils n'étaient pas occupés à faire de la place dans les bureaux pour se livrer à de bruyantes prières collectives.

Il avait encore attendu des heures, passant d'un banc à une chaise, puis à un fauteuil, notant à chaque étape qu'il se rapprochait du saint des saints, jusqu'à ce qu'un jeune capitaine à l'uniforme impeccable l'invite à le suivre à l'extérieur du bâtiment. À cet instant, Beats avait failli s'énerver et demander à retourner à son ambassade pour émettre une protestation officielle.

Le capitaine s'était arrêté à l'ombre de flamboyants. Il avait ouvert délicatement un paquet de Benson et lui avait proposé une cigarette avec un sourire désabusé.

– Dans certains villages de mon pays, je serais condamné à dix coups de fouet pour ce péché… Est-ce que vous fumez vous-même, général ?

Beats avait accepté la cigarette sans savoir quoi répondre.

– Nous serons mieux ici pour parler, reprit le capitaine. En haut, les murs ont des oreilles.

– Pas grave ! Je n'ai pas eu l'occasion d'en placer une depuis ce matin ! Des heures que j'ère de burlingue en burlingue. Personne ne m'adresse la parole, je transpire comme un bœuf, on ne me file rien à boire, je ne peux même pas me servir de mon téléphone parce que vos locaux sont protégés, je m'apprêtais à repartir vers mon ambassade.

– C'est exactement ce que mon patron espère, général.

– Êtes-vous en train de me dire qu'il ne veut pas me rencontrer ?

Beats venait d'accuser le coup. Comment un Pakos pouvait-il refuser d'honorer un rendez-vous avec l'un des pontes de la CIA ? On ne lui avait encore jamais fait ça.

– Non. Mais il vous traite mal parce qu'il doit donner des gages à certains de ses officiers qui détestent la CIA.

– C'est ahurissant, votre histoire !

– La CIA et les Américains en général, ajouta le capitaine.

– Encore plus incroyable !

– C'est le Directoire interservices du renseignement pakistanais qui est incroyable, général. Le pire endroit où vous pouviez tomber dans le pays. Pourquoi n'avez-vous pas organisé la réunion à l'ambassade ?

Beats s'arracha la cigarette de la bouche et la cassa en deux.

– Je rêve ! Où est le problème ? Alors, comme ça, nous autres Américains ne sommes pas les bienvenus chez vous ? C'est une blague ou quoi ?

– Je ne vous apprends rien, quand même ! Tous vos médias ont déjà publié des dizaines d'articles sur la question. À l'ISID, vous êtes dans un nid de frelons. Vous avez autant de fonctionnaires légalistes et modérés que d'islamistes convaincus et anti-américains. Vous avez également des voyous liés aux barons de l'opium des zones tribales et des talibans. Et pas mal d'opportunistes prêts à basculer dans un camp ou dans l'autre au gré de la situation. Le patron fait partie de ceux-là.

– Qui êtes-vous, capitaine ?

Imran avait tiré une autre cigarette de son paquet.

– J'appartiens à un groupe d'officiers laïcs. Nous traquons les branches pourries et nous les scions.

– Mais encore ?

– Nous les éliminons ou les faisons éliminer par leur propre camp. Autrement dit, je dirige une antenne officieuse qui mène une guerre psychologique. Nous sommes convaincus que le Pakistan doit rester dans le giron occidental. Nous cherchons les gros poissons.

– Où est censée nous conduire cette conversation ?

– Lorsque j'ai appris votre venue, j'ai demandé à faire partie de la délégation que vous deviez rencontrer. Hier, mon nom a été rayé de la liste. On m'a trouvé une mission à cent kilomètres à l'ouest.

– Mais vous êtes là...

– L'hélico a décollé sans moi. Le pilote est un ami.

– On vous a vu dans les locaux de l'ISID, pourtant. Comment allez-vous expliquer que vous étiez ici et là-bas ?

– Les gens qui ont cherché à m'écarter viennent rarement au Directoire. Et si le patron l'apprend, il a tellement de dossiers à traiter qu'il aura oublié. Une mission bidon, ça ne demande pas de feed-back.

– Donc ?

– Je vous propose de vous retrouver ce soir à votre hôtel avec deux de mes camarades. Nous réserverons un salon privé après le dîner. Je vous communiquerai des documents que nous vous commenterons. Si nous sommes sur la même longueur d'ondes, nous pourrons continuer à collaborer en direct.

Les renseignements fournis par le capitaine Imran Akbar Khan s'étaient révélés d'une importance capitale. Ils avaient permis aux Américains de procéder à un tri salutaire au sein des services pakistanais. Nombre d'officiers véreux qui les manipulaient avaient été écartés. Ils avaient débouché sur une rencontre au sommet entre les présidents Clinton et Musharraf. Puis Bush s'était installé à la Maison-Blanche, et le train-train avait repris le dessus.

Quand Imran avait tiré la sonnette d'alarme vers le mois de juin 2001, prévenant de l'imminence d'une action terroriste d'envergure aux États-Unis, Beats avait pensé que son implication très personnelle dans la lutte contre les barbus l'avait fait tourner parano. Ni la DIA, l'agence de renseignement de la défense, ni le NCTC, le centre national de l'antiterrorisme, n'avaient accordé de crédit à ses informations. Quant à lui, Beats était persuadé que les États-Unis ne pouvaient être agressés sur leur propre sol. Malgré les mises en garde répétées de son camarade du FBI, Cecil Forthtrop, dont un informateur affirmait aussi avoir eu connaissance de projets d'attentats contre Boston et New York. Et surtout, malgré les infos livrées par Paris concernant deux kamikazes.

Depuis des mois, l'ensemble des services américains croulait littéralement sous une avalanche de renseignements. Le nombre d'informations avait atteint son plus haut niveau depuis l'alerte du millénaire. Il y avait une véritable inflation des données concernant des menaces à venir contre les intérêts vitaux des États-Unis. Lui-même, Beats, avait, en accord avec le patron du DCI, la direction centrale du renseignement, fait passer au président Bush une douzaine de bulletins relatifs à Ben Laden. Mais rien ne faisait état d'une opération d'envergure dirigée contre le pays lui-même, à l'exception d'un possible attentat au camion piégé sur Pennsylvania Avenue, devant la Maison-Blanche, si toutefois l'artère devait être rouverte à la circulation comme le préconisait Condoleezza Rice, alors conseillère à la Sécurité nationale.

Toutes les notes se focalisaient sur la personne d'Abou Zoubeida, soupçonné de préparer des actions importantes contre Israël, l'Inde ou l'Arabie saoudite. Au final, peu s'intéressaient aux déclarations inquiétantes de Ben Laden dans lesquelles revenaient sans cesses les États-Unis, et dont Zoubeida était l'un des principaux lieutenants, en charge essentiellement du Moyen-Orient.

Pour le Conseil national de sécurité, l'Afghanistan était davantage un pays sponsorisé par le terrorisme qu'un État sponsorisant le terrorisme.

La suite était connue.

Norman Beats, trop honteux de son aveuglement, avait suspendu un temps ses contacts avec le capitaine pakistanais. Lorsqu'il avait rejoint le bureau d'enquêtes civiles, il avait renoué avec ses anciens partenaires étrangers, dont Imran.

Aujourd'hui, Imran Akbar Khan avait le grade de lieutenant-colonel. Il avait quitté l'ISID et servait au sein d'une division de fer, régulièrement engagée à l'ouest du pays contre les talibans et leurs alliés. Il enchaînait les succès. Sa tête était mise à prix dans des centaines de villages des zones tribales, et il savait qu'il pourrait aussi la perdre à Peshawar, à Islamabad ou à Karachi.

Il venait d'apprendre à Beats, ce matin-là, que les djihadistes français allaient être impliqués, dès leur retour en Europe, dans une vaste opération destinée à fêter le dixième anniversaire des attentats du 11 Septembre. Ben Laden en personne en avait préparé les plans. C'était une question de jours avant qu'il ne diffuse son message. On ne savait pas si les équipes de terroristes étaient déjà constituées. Il semblait que les Français seraient chargés de la transmission des consignes de l'émir.

Beats se dit qu'il était temps de convaincre le président Obama de passer à l'action. Oussama Ben Laden était maintenant logé. Il fallait l'éliminer.

14 avril 2011
11 heures

Verdier terminait de classer les bons de sortie des livres de la bibliothèque quand l'interphone installé dans la pièce grésilla. « Matricule G30572 au parloir », annonça la voix chaude du gardien-chef de l'étage. Il regroupa les fiches et les posa sur la petite table qui lui servait de bureau.

De nouveau, l'interphone lui intima l'ordre de rejoindre le parloir. Verdier resta un instant à contempler les petits cartons Bristol sur lesquels il inscrivait de son écriture en pattes de mouche les titres des bouquins, la date à laquelle il les prêtait et les noms de ceux qui les recevaient, puis il se leva.

L'idée qu'il aurait pu finir dans cette tôle, enterré dans le carré des détenus sans famille s'il avait un mauvais jour pris un coup de surin dans l'une des rixes qui opposaient parfois les prisonniers, lui avait souvent traversé l'esprit. Cela faisait des années qu'il s'était convaincu que personne ne viendrait jamais réclamer son corps. Peut-être même pas sa mère, la pauvre vieille ! Un constat froid et détaché. Qui pouvait bien chercher à le rencontrer ? Son avocat s'était perdu dans les méandres de la procédure et ne correspondait avec lui que par courrier. Verdier savait qu'il conservait son dossier sous le coude, mais uniquement parce qu'il espérait encore toucher un jour le solde de ses émoluments. Il n'avait rien fait pour lui depuis longtemps, le juge d'application des peines le lui avait encore répété lors de leur précédente entrevue. Verdier allait être libéré parce que l'administration pénitentiaire avait besoin de place. Les premières demandes présentées par son conseil, son attitude et la surpopulation avaient fini par plaider en sa faveur. Donc, peut-être y avait-il des papiers à signer ? Quelque chose qui aurait conduit l'avocat à revenir ?

Il déroula ses manches et boutonna le col de sa chemise.

Une fois dans le couloir, il pressa le pas et se dirigea vers le premier sas menant à la coursive qui permettait d'accéder à la section ouverte aux visiteurs. Des détenus tournaient en rond, mains dans les poches. Ils lui adressèrent un signe de tête auquel il répondit d'un coup de menton et d'un sourire automatique. Le moindre signe d'indifférence ou d'irrespect pouvait créer derrière les barreaux des problèmes insolubles, Verdier en avait fait l'expérience à ses dépens au début de son enfermement. Il y faisait maintenant attention et ne ratait jamais une occasion de saluer l'un ou l'autre, les Corses aussi quand il lui arrivait de les croiser. Il était arrivé un jour où les conciliabules sur le 11 Septembre s'étaient taris. Il avait, accrochée à son dossier judiciaire, une condamnation de quinze années de réclusion criminelle. Il fallait qu'il se fonde dans l'univers carcéral s'il ne voulait pas devenir fou. Il avait donc fini par épouser les codes des uns et des autres, d'autant plus facilement que les sujets récurrents de conversation entre détenus tournaient invariablement autour des flics, des indics, des stups et des projets d'évasion. Il s'y était mêlé et avait pu noter, dès lors, les progrès de son intégration. Il lui arrivait même de délirer sur l'image obsédante de la femme qu'entretenaient certains de ses codétenus.

– G30572, annonça-t-il dans l'hygiaphone de la guérite.

– Dépêche-toi, répondit la voix du gardien-chef.

Un claquement métallique indiqua que les verrous de la porte blindée avaient été électriquement tirés. Verdier s'avança puis poussa sur le battant. Le couloir qui s'étendait devant lui avait été peint différemment du reste de la prison. La couleur jaune citron laquée des murs réfléchissait la lumière de l'extérieur. Des affiches syndicales avaient été punaisées à hauteur d'homme. Au sol, les marquages de déambulation n'existaient plus. C'était un revêtement de lino rouge brique qui tranchait avec le reste de la décoration. Depuis le temps qu'il n'y était pas venu, cette partie de la centrale avait été rénovée. Verdier se fit la réflexion que c'était très laid, mais que cela n'avait aucune importance.

– Avance jusqu'au deuxième sas. Un gardien va te prendre en charge.

Après une fouille rapide, on le conduisit jusqu'à la zone des visites. L'homme qui l'accompagnait jeta un coup d'œil à une fiche A5 plastifiée.

– Visite exceptionnelle. Tu as quarante-cinq minutes.

Puis il s'effaça devant lui et le laissa entrer dans le parloir individuel. La pièce était composée d'une table fixée au sol avec une chaise d'un côté et trois de l'autre. La grande fenêtre exposée au sud laissait passer un flot de lumière. Verdier plissa les yeux, mais déjà il avait compris. La forme recroquevillée face à lui, avec ses cheveux filasse traînant sur les épaules tombantes, c'était Lorraine. Elle avait la tête penchée et le regardait par en dessous. Aucune expression n'animait ses traits. Il ne se dégageait rien d'elle. Elle était là devant lui, sortie du néant du passé comme quelqu'un qui serait tombé d'une vieille photo.

Autant il avait pu la détester autrefois, autant la retrouver dans cet état de délabrement lui tordait le ventre. Qu'avait-elle dû endurer, la pauvre, pour être devenue si vilaine ! Quant à lui, le temps l'avait aidé : il ne ressentait plus pour elle qu'une compassion vaguement amoureuse comme on pourrait aimer sa grand-mère à l'approche de ses cent ans. Son physique ne le dégoûtait plus.

Dans l'état où elle se trouvait, elle ne pouvait inspirer que de la pitié.

Derrière elle se tenait une jeune fille, restée debout. Elle croisait les mains sur son ventre, comprimant sa poitrine. Sa robe légère mettait en valeur le décolleté. Ce fut la deuxième chose que Verdier regarda. Il se concentra ensuite sur le visage juvénile dont les yeux s'étaient accrochés à lui dès l'instant où il avait franchi le seuil de la pièce. Il chercha dans sa mémoire, mais ne trouva rien. La jeune fille continuait de le dévisager sans bouger. On aurait pu croire qu'elle avait cessé de respirer.

– Ta fille…, murmura Lorraine.

– Béatrice ?

– Amélie ! C'est Amélie, Sébastien. Elle vient d'avoir dix-huit ans.

Verdier ignora sa femme assise devant lui et posa à nouveau son regard sur la poitrine de la jeune fille. Puis il laissa glisser ses yeux le long de la robe à fleurs. Celle-ci cachait à peine la chair des cuisses, elle avait les jambes musclées et des chaussures à hauts talons.

Sa fille ? Verdier n'en croyait pas ses yeux. Il l'avait laissée enfant et la revoilà, huit ans plus tard, déguisée en catin !

Il empoigna sa chaise et s'assit en posant à plat ses mains sur la table. Il savait que le gardien, posté à l'extérieur, pouvait écouter les conversations du parloir. Le micro visible dans un angle du plafond ne lui laissait aucun doute. Cette rencontre était le moment de vérité qui emporterait la décision finale du juge.

Deux jours plus tôt, il avait fait un rêve qui l'avait laissé au petit matin en transpiration sur son lit. Il marchait dans les rues de Nanterre criblées de soleil en direction de la mosquée Okba ibn Nafae. Des hommes fumaient le narguilé sur des pas de porte de maisons blanchies à la chaux, comme à Casablanca. L'appel du muezzin retentissait. Des affiches collées sur les murs représentaient des hommes barbus en djellaba. Les passants le saluaient en lui donnant des titres ronflants d'émir ou de cheikh.

Verdier s'épongea le front avec le revers de sa manche. Il regarda autour de lui et revint à la réalité.

– Pourquoi es-tu venue ? demanda-t-il à Lorraine.

– Tu vas sortir. Tu vas rentrer à la maison…

– Qui t'en a informée ?

– Les policiers sont passés.

– Les flics ?

– Ils ont demandé si nous allions t'accueillir, si nous savions ce que tu allais faire.

– C'est tout ?

– Ils ont visité la maison. Je leur ai montré notre chambre et celles des enfants. Ils ont voulu savoir si je travaillais.

– Tu travailles ?

– Non. Plus maintenant.

– Et puis ?

– Ils ont dit qu'ils allaient transmettre un rapport au juge des libertés. Qu'il n'y aurait pas de problèmes. Parce que tu avais été très bien noté, ici.

Verdier ne fit pas de commentaires. Il sentait la sueur perler sur les paumes de ses mains. Il ne voulait plus regarder Amélie. Mais il ne regardait pas non plus Lorraine. Sa voix mielleuse lui perçait le cerveau. Il eut envie de prendre des nouvelles de ses deux garçons, mais s'abstint. Il les verrait bien assez tôt. Quel âge pouvaient-ils avoir maintenant ? À quoi pouvaient bien ressembler ces ados ? Leur mère les avait-elle préparés à le revoir ? Verdier chassa la question de sa tête et prit une inspiration avant de lâcher :

– Une fois de retour à la maison, nous ne parlerons plus jamais de la prison.

Lorraine tendit une main vers lui, qu'il ne prit pas.

– Nous allons te préparer un nid douillet et accueillant, n'est-ce pas ? dit-elle en se tournant vers leur fille.

Amélie essuya ses yeux. Verdier nota qu'elle pleurait, mais ne dit rien. Il avait hâte qu'elles s'en aillent. Il voulait être seul. Il avait besoin de temps pour réfléchir et se préparer à cette libération qui ne s'annonçait pas comme il se l'était imaginée.

Dix ans plus tôt

En repensant à la tête des deux petits lorsqu'il leur avait offert leurs cadeaux, Verdier sentit le sourire se dessiner sur ses lèvres. Il n'avait pas pu s'en empêcher. Dès le lendemain du jour où Mahmoud lui avait remis la somme d'argent, il avait filé chez JouéClub, boulevard des Italiens, dès l'ouverture du magasin. Deux gros paquets plus tard, il était rentré à Nanterre et avait déboulé dans la chambre des enfants pour poser les boîtes de jeux sur leurs lits. Les garçons sortaient de leur douche et commençaient à se chamailler. La vue des cadeaux avait stoppé net le concert de cris.

Bien entendu, Lorraine s'était égosillée à lui réclamer des explications. D'où venait le fric ? Est-ce qu'il avait gagné au Loto ? Est-ce qu'il était allé s'inscrire à l'ANPE ? Est-ce qu'il n'était pas en train de faire une connerie ? Verdier avait attrapé son vieux blouson militaire sur la patère de l'entrée, vérifié la présence de son portefeuille et claqué la porte derrière lui. Elle faisait chier, Lorraine !

Le soleil envahissait la rue, tirant des ombres au pied des arbres sur le trottoir. L'air sentait le jasmin. Il faisait encore frais, mais la chaleur n'allait pas tarder à emprisonner la ville. C'était le début du printemps et Verdier adorait cette saison. Surtout au crépuscule, quand la touffeur de la journée s'effaçait devant la douceur du soir. Les terrasses de café s'animaient. Les femmes couraient dans tous les sens, jambes et poitrines dénudées. On était dans une compression du temps extraordinaire qui donnait envie de vivre et de se régaler de tout.

Les mains dans les poches, il allongea le pas. Il était heureux et détendu. Lorraine ? Il s'en foutait pas mal. Il avait fait plaisir aux garçons et seul cela comptait. Ce serait bientôt une avalanche de cadeaux. Chaque semaine. Chaque fois qu'il reviendrait en France. Il devait aussi penser aux filles. Même si elles le battaient froid depuis que leur mère leur avait parlé. Tout bien considéré, ces deux microbes lui avaient donné du fil à retordre depuis leur naissance. Une plaie, ces gonzesses !

Il hésitait à aller à pied jusqu'à la cité, quand il entendit le bus freiner. Il tendit le bras, présenta sa carte Orange et s'installa au fond. Dans une dizaine de minutes, il serait aux Genêts.

C'était l'heure à laquelle les petits délinquants pointaient le bout de leur nez en bas des barres. Ils avaient roupillé toute la matinée, et maintenant ils refaisaient surface en se grattant le cul, à peine réveillés, mais déjà en quête d'un mauvais coup. Ils formaient des groupes compacts aux portes des immeubles. Verdier traversa pour faire un détour par le terrain vague qui bordait les premiers bâtiments. Inutile de perdre du temps avec ces gars-là. Mahmoud lui-même lui avait déconseillé de s'en approcher. Les mecs n'étaient bons qu'à se relever une jambe de pantalon sur un mollet et à se dandiner d'un pied sur l'autre en imitant d'hypothétiques instruments pour se faire leur propre rap. C'était pathétique de bêtise. « Sont bons qu'à s'enfiler la came qu'on leur vend et à faire les petits braquages qu'on leur commande, avait expliqué Mahmoud. Discute jamais avec eux. Bonjour, bonsoir, rien de plus. »

S'il leur prenait l'envie de le dépouiller, qu'est-ce qu'il ferait, Verdier ? Il n'allait pas se battre. Il ne pouvait même pas dire qu'il faisait partie de la bande à Mustafa. Mahmoud lui avait bien spécifié que ça resterait secret. Un truc entre eux. Il tâta sa poche intérieure. Les biftons formaient une bosse réconfortante et inquiétante à la fois. L'un des paumés venait de tourner la tête vers lui. Il regarda ailleurs et accéléra.

Ç'aurait été trop idiot de se faire agresser en plein jour. Il inspira profondément. Une furieuse envie de courir s'était emparée de lui. Dans moins de deux minutes, il serait devant la cage d'escalier de Mahmoud. Ensuite, ce serait la fête. Le même rituel. La cave, la putain de musique, l'alcool, le shit, encore l'alcool, des cigarettes à gogo, et une petite pour se détendre. Il avait hâte d'arriver. Bon sang, il n'avait jamais autant tringlé que depuis deux semaines. À chaque rendez-vous, il y en avait une nouvelle. Après l'Asiatique, Mahmoud avait fait venir deux Blanches. Des furies, ces nanas !

Mais surtout, il y aurait la surprise, ce jour-là. On allait lui confier sa première mission. Et lui donner encore du fric. Lorraine pouvait râler, il n'avait jamais autant brassé d'argent. Il savait désormais que les rastas avaient vraiment besoin de lui. S'il ne commettait pas d'erreur, il s'enrichirait rapidement. Et lorsqu'il tiendrait l'histoire qu'attendait le commandant, ce serait le jackpot. En plus du fric de la bande à Mustafa, ce serait une belle revanche. Il ferait regretter à Rateau de s'être foutu de lui.

Il poussa la porte en jetant un regard par-dessus son épaule. Le groupe de mecs qui l'avait dévisagé l'avait déjà oublié. La dernière chose qu'il aperçut avant d'entrer fut une masse de cheveux dodelinant de manière saccadée. Les crétins avaient dû replonger dans leur rap de merde.

La lumière du réduit conduisant à la cave avait encore sauté. Verdier tendit les bras devant lui et progressa à tâtons. La rumeur de l'immeuble lui parvenait étouffée, sans qu'il sache par où. C'était un bruit sourd, feutré, duquel perçait parfois un claquement métallique ou un hurlement aigu. Il se guidait grâce à la gaine de chauffage qui courait le long du mur. La cave n'était pas très loin. Encore deux portes à franchir, puis ce serait le couloir menant droit au local de Mahmoud.

Une main lui attrapa le col de chemise en même temps qu'on posait une lame sur sa gorge. L'attaque s'était produite à une vitesse éclair. Aussitôt, une voix lui demanda :

– T'es qui, toi ?

L'accent habituellement chantant de Désiré n'avait plus rien de cordial. Verdier écarta les mains et essaya de tourner la tête vers l'homme qui accentuait la pression du couteau.

– C'est moi, bordel. Déconne pas.

Désiré le relâcha, lui fit faire un quart de tour, braqua une torche sur son visage et éclata de rire.

– Putain, c'est mon Blanc. J'ai failli égorger mon Blanc. Merde alors !

– Qu'est-ce que tu fous dans le noir avec ton surin, bordel de bordel ?

– On t'attendait plus tôt, mec. On s'est dit qu'il y avait des embrouilles.

Verdier haussa les épaules.

– Et t'aurais fait quoi, grand con, s'il y avait eu un problème ?

Le géant noir sourit dans le faisceau de la lampe.

– J'aurais égorgé le problème, mec.

Un instant plus tard, Verdier s'asseyait avec la bande de rastas. Deux gros paquets enveloppés de toile de jute étaient posés au milieu du cercle des garçons. Désiré avait rapidement rapporté au chef l'accueil qu'il avait réservé à Verdier, déclenchant un concert de rires.

– *Man*, fit Mahmoud, on plaisante pas quand on a la dope avec nous.

– De là à faire la peau à quelqu'un, faut pas exagérer…

– Te goure pas, mon frère, y aura jamais de pitié dans ce business. On est avec nous ou contre nous. Y a trop de pognon en jeu. Tu comprends ?

Verdier acquiesça. Il avait eu peur. Il en transpirait encore.

– Moi, je ferais n'importe quoi pour le pognon, dit-il.

Le grand Désiré s'était allongé sur un matelas constellé de grandes taches sombres et l'observait en se curant les ongles avec sa lame. Un regard d'une intensité incroyable. On ne savait jamais ce qu'il pensait, celui-là. Il fallait qu'il rie pour s'humaniser un peu. Le reste du temps, il était toujours grave et semblait constamment ailleurs. De la bande de voyous de Mahmoud, il était celui dont Verdier se méfiait le plus. Un grand Black agressif et raciste qui ne perdait jamais une occasion de montrer combien il méprisait les autochtones. « C'est comme ça en Guadeloupe, avait dit un jour Mahmoud, mais c'est pas un mauvais bougre. Un jour, il t'acceptera, tu verras. Quand t'auras fait tes preuves. »

– Alors, c'est pour bientôt ? demanda Verdier au petit chef. Je pars quand au Maroc ?

– Demain. C'est réglé. Mustafa veut que tu sois à Casa en fin de matinée. T'iras directement chez Rachid. Tu contrôleras la came et la bagnole, et tu lui donneras le numéro de transfert de Western Union. Ensuite, tu te prendras une piaule dans un petit hôtel, le temps que je te confirme la réception de la marchandise. Après, tu rentreras.

– Et si la caisse n'arrive pas ?

Mahmoud s'assombrit.

– Aucun risque.

– Quand même. Imagine qu'on lui file le blé pour rien. Qu'est-ce que je fais ?

– Dans ce cas, t'iras aux renseignements. Tu retourneras voir Rachid et tu lui demanderas des comptes.

Le cœur de Verdier faillit s'arrêter de battre.

– Je lui dirai quoi ?

– Tu verras bien. Tu lui demanderas où est notre came. En fonction de ce qu'il te dira, tu sauras s'il nous a roulés ou non.

– Si c'est le cas ?

– Tu trouveras un gars sur place pour lui faire chier sa race.

– Et comment je ferai ça, moi ?

– T'auras un contact.

– Pourquoi ce n'est pas lui qui gère toute l'histoire ?

– On mélange pas les torchons et les serviettes. Le gars en question, c'est juste pour cogner. Tu lui remettras dix mille balles et il s'occupera de Rachid. Après ça, il nous mangera dans la main. Mais détends-toi, y aura pas de lézard. Y a trop de blé en jeu. Ton job, c'est de faire comprendre ça à Rachid. Fastoche, non ?

Verdier sourit.

– Ouais.

Mahmoud sortit une enveloppe de sa poche et étala devant lui une liasse de billets et un papier griffonné d'une écriture rédigée en lettres capitales.

– Y a tout ce qu'il te faut là-dedans. Vingt mille balles, l'adresse de Rachid et celle de notre pote, leurs téléphones, le numéro du transfert de pognon. Mustafa l'a effectué ce matin. Pour le reste, l'hôtel, les restos, tu te démerdes. T'apprends tout ça par cœur. Maintenant. Quand tu rentreras, on te filera ta prime comme convenu. Et tout de suite : vingt mille. Ça va ?

Verdier empocha l'argent et commença à lire et relire les indications du papier. Désiré poussa le son de la radio et prépara un joint gros comme un cigare.

Quand Verdier monta dans le bus, il était déçu. Frustré. Lui qui s'attendait à baiser une nouvelle petite, il avait été refait. « Pas de gonzesse ce soir pour le Blanc », avaient scandé ces connards de rastas, allez savoir pourquoi ! Dieu qu'il les méprisait ! Il pensa alors à Lorraine. Depuis quelques jours, dès qu'il l'évoquait, c'était avec une aversion grandissante. Elle allait lui faire la gueule et il faudrait bien qu'il lui dise quelque chose pour expliquer son absence cette semaine. Il n'y avait pas réfléchi. S'il avait eu le temps, il serait allé acheter d'autres cadeaux pour les garçons. C'était trop tard. Il posa la tête sur le dossier du siège et ferma les yeux.

15 avril 2011
11 h 40

Lorsque les F18 avaient piqué sur eux, les tripes d'Alain-Larbi avaient failli lâcher. Heureusement qu'il n'avait dans le ventre que deux biscuits vitaminés de combat français, grignotés en cachette la nuit précédente. Les points noirs, à l'horizon, avaient enflé à une vitesse prodigieuse. Puis ce fut cette impression épouvantable que le ciel lui tombait sur la tête. Sous ses pieds, le sol tremblait. Le raffut des avions était assourdissant. Devant lui, les moudjahidin s'étaient mis à courir, cherchant la protection des grosses roches qui encombraient le wadi.

Farez était couché sur le dos, vidant le chargeur de sa kalachnikov à l'aveuglette. Larbi avait distinctement aperçu le casque du pilote du premier des trois F18, penché vers eux à travers le plexis de son habitacle.

Les jets poursuivirent leur course sur six ou sept cents mètres avant de virer de bord et de revenir en formation d'attaque. Ils avaient encore perdu de l'altitude. À cet instant, Larbi s'était jeté à terre, essayant de se fondre dans le tapis neigeux. Encore quelques secondes et les appareils allaient les mitrailler.

Il n'entendait plus que les battements désordonnés de son cœur. Il pensa à une chose que lui avait dite, avant d'entreprendre la mission, son officier traitant à Paris : « Tu ne trouveras jamais de repos, tu seras constamment pris entre deux feux. Tes amis seront tes ennemis. Ne t'expose pas. Prends le minimum de risques. Un agent mort est un con. Rarement un héros. Dans ton cas, tu n'en seras un pour personne. » La séquence de la fin pitoyable de Kevin-Mehdi Terraud lui revint en mémoire. Des images fragmentaires entrecoupées de coins de ciel bleu qu'il voyait au-dessus de lui. Il devait bien se les geler, à présent, le Lillois ! Tout seul, raide et noir, sur son piton au-dessus de la vallée d'Alasay où ils n'avaient rencontré qu'hostilité de la part des habitants.

Alain-Larbi ne voulait pas mourir. Pas comme cela. S'il en avait été capable, il aurait attaqué le sol avec ses dents pour disparaître.

Les jets se mirent dans l'axe de la piste et lâchèrent une salve de roquettes de 30 millimètres. Au milieu du vrombissement des turbines, il distingua nettement les coups de départ des munitions et s'enfonça plus encore dans la neige, face contre terre.

Il eut l'impression que l'explosion lui emportait les épaules. Il avait été soulevé du sol et se retrouvait maintenant à découvert, ne comprenant pas ce qu'il lui était arrivé. Une douleur au thorax et à la nuque l'empêchait de respirer.

Farez s'était déjà relevé et courait vers les Afghans.

Alain-Larbi se mit à genoux, posa une main devant lui et se redressa. Il ne saignait pas, mais avait l'impression d'avoir été tourné et retourné dans une bétonneuse. Quelques mètres plus loin, son sac à dos était réduit en bouillie, ses effets personnels éparpillés, la radio VHF brisée. Il se précipita et la dissimula sous un amas de neige. Puis il considéra la trousse de secours grise. Un éclat l'avait ouverte comme un melon. Le kit de perfusion et la dose de morphine étaient cassés. Il les écrasa de sa rangers et les recouvrit.

L'assaut des F18 avait duré à peine une minute. Il n'y avait ni morts ni blessés, mais il ne restait rien du matériel reçu à Paris. Il n'avait plus aucun moyen de joindre son correspondant. Rien de ce qui allait se passer dans les jours à venir ne pourrait être rapporté. Objectivement, sa mission était un fiasco. Alain-Larbi sentit monter en lui une onde de découragement. Jamais il ne rentrerait en France. On lui réglerait son compte avant l'aéroport d'Islamabad. Son officier traitant avait été clair. Il lui avait beaucoup donné, mais attendait beaucoup en retour. Il y allait de la sécurité nationale et on ne plaisantait pas sur ce sujet. Lors de leur dernière entrevue, dans un bistrot du VIIe arrondissement, près de l'École militaire, le colonel lui avait montré deux photos. Deux portraits de garçons blonds et barbus, photographiés au téléobjectif à la sortie de la mosquée Omar, rue Jean-Pierre-Timbaud.

Deux convertis dans les années 1990, qui avaient trempé dans les attentats de la bande à Kalkal. Ils étaient partis trois fois en Irak avant d'être retournés par les Services. Deux ans plus tôt, ils étaient allés effectuer une mission dans la région de Kandahar et n'avaient plus jamais refait surface.

– Ils nous ont doublés, avait expliqué Rateau. Nous leur avions trouvé un métier. Une place dans cette société qui les avait soi-disant rejetés. Je ne comprends pas…

Le colonel avait recommandé une bière.

– Ils sont restés là-bas. Pour toujours. Une information opportunément transmise aux talibans les a mis dans l'embarras.

– Ce qui veut dire ?

– Que les mauvais espions finissent toujours de la même manière, mon garçon.

Rateau avait ensuite poussé vers lui deux captures d'écran réalisées sur une vidéo d'un site islamiste pakistanais.

– Regarde bien. On les reconnaît parfaitement.

Leurs têtes tranchées étaient posées entre leurs jambes, sur les corps couchés dans la poussière au milieu d'une assemblée d'hommes barbus et enturbannés brandissant des armes et des exemplaires du Coran.

Voilà ce qu'Alain-Larbi Lecoz avait maintenant devant les yeux. Les expressions grimaçantes des deux blonds, stigmates de la difficulté qu'ils avaient eue à mourir.

Une fraction de seconde, il se dit que la prochaine fois que des avions de l'OTAN se présenteraient, il ne se planquerait plus. Il resterait debout, les bras le long du corps, le regard tourné vers eux, espérant que les balles ou les roquettes le tuent rapidement. Il était encore à plus de trois jours de marche de la frontière pakistanaise. Peut-être aurait-il cette chance.

3 mai 2011
18 heures

Les heures de marche interminables, les nuits glaciales, les bruits de la guerre dans les plaines alentour appartenaient maintenant au passé. Ils avaient abordé, le matin tôt, les premiers contreforts des zones tribales et avaient atteint, en milieu de journée, le camp de base d'Al-Qaida. L'endroit ressemblait à la vallée de Bedraou. Partout, cette même végétation dense qui protégeait les villages et masquait les déplacements des hommes. Dans quelques jours, les arbres allaient fleurir et ce serait un festival de couleurs.

Alain-Larbi se laissa choir sur une caisse de munitions à l'entrée du *compound* et ôta ses chaussures. Un enfant, le pakol enfoncé jusqu'aux yeux, lui apporta un verre de thé. Il le but d'un trait, en réclama un autre, puis passa la bandoulière de son fusil par-dessus sa tête, actionna la culasse pour éjecter la balle de l'intérieur de la chambre et posa l'arme à côté de lui.

Déjà, la lumière rosissait. Dans moins d'une heure, les Afghans serviraient leurs galettes de maïs. Avec un peu de chance, il y trouverait quelques morceaux de chèvre. Il fouilla dans une poche de son pantalon, en sortit un paquet de Marlboro froissé et attrapa la cigarette qui lui semblait la moins déchirée et la moins humide. Puis il saisit son briquet et fit jaillir la longue flamme.

Il inspirait la fumée, les yeux clos, quand Farez lui mit la main sur l'épaule.

– Les chefs nous attendent.

L'intervention de l'Algérien le tira de sa torpeur.

– Déjà ?

– Ils reprennent la route vers le Pakistan tout à l'heure. Pour organiser notre départ. Ils souhaitent faire un débriefing avant.

La case était comme toutes les maisons afghanes, une sorte d'étable puant le mouton, basse de plafond, sombre, avec une ouverture minuscule creusée dans un mur de près d'un mètre d'épaisseur. Au sol, un vieux kilim sur lequel tout un régiment soviétique avait dû frotter ses godasses. Les motifs en étaient presque passés. Des restes de nourriture étaient incrustés par endroits entre les points distendus du tapi.

Dans la pièce, deux hommes les attendaient. Au contraire des autres occupants du camp, ceux-ci étaient vêtus à l'occidentale. Ils étaient assis devant un plateau comportant des jus de fruits et des gâteaux secs. Quand Alain-Larbi et Farez s'avancèrent, ils leur firent signe de prendre place devant eux.

– Vous venez d'effectuer un voyage pénible, fit le plus âgé. Le prochain sera plus dangereux encore.

Alain-Larbi se demandait ce qui pouvait être pire qu'une *platoon* américaine leur bondissant dessus dans la nuit, sur une pente aussi raide que la justice, ou des F18 leur balançant leur cargaison de roquettes sur un glacis ensoleillé. La réflexion le contraria.

– Vous allez acheminer en Europe les dernières volontés du cheikh, Allah bénit son nom. Si vous deviez échouer, ses efforts pour construire le monde islamique dont nous rêvons seraient ruinés à jamais. Nous entrerions de nouveau dans une période d'incertitude.

Les deux Français se regardèrent. Pourquoi l'homme parlait-il du cheikh au passé ? Farez fut le premier à réagir :

– Vous êtes en train de dire qu'Oussama Ben…

L'Afghan l'interrompit en brandissant une main à plat devant lui.

– Dans notre tribu, nous ne prononçons pas le nom des morts au cours du deuil.

– Le cheikh est mort ?

– Vous ne saviez pas ?

– Et comment l'aurions-nous appris ? interrogea Farez.

Ses jambes s'étaient mises à trembler. Comme s'il l'engueulait, il invectiva Alain-Larbi :

– T'as entendu ça ? Notre émir est mort…

– Les Américains sont venus l'assassiner chez lui, expliqua l'homme en costume. Ils ont tué également l'un de ses fils et une de ses épouses. Ils ont massacré ses fidèles d'entre les fidèles. Ils ont pris aussi ses papiers, ses carnets et les disques durs des ordinateurs. Heureusement, le cheikh ne conservait jamais les messages qu'il avait coutume d'adresser aux cellules étrangères. Aucune note, aucun code… rien. Tout ce que les chiens d'Obama ont emporté ne concerne que le passé. Son dernier enregistrement avec ses consignes est en sécurité quelque part sur la frontière. Voilà ce que nous allons vous remettre avec l'adresse où le livrer.

L'homme porta un gâteau à sa bouche, puis il demanda des détails sur les conditions dans lesquelles avait été tué le troisième djihadiste.

Farez rappela le fil des événements.

– C'est embêtant, fit l'homme. L'OTAN a l'habitude d'éliminer tous les combattants étrangers qui pénètrent sur le territoire afghan. Elle frappe n'importe quand et n'importe où. Elle envoie ses drones dans les régions où ses forces terrestres ne peuvent intervenir. Jusqu'au Pakistan, loin en profondeur. Vous allez vous laver, dîner et vous reposer après la dernière prière. Vous reprendrez la route demain matin à l'aube. On vous fournira des papiers avec de faux visas avant d'entrer au Pakistan. Une fois sur place, vous ne serez toujours pas hors d'atteinte de nos ennemis. Vous recevrez de nouvelles consignes et vous pourrez enfin rejoindre l'Europe. *Inch Allah.*

3 mai 2011
13 heures

La retransmission du discours d'Obama prit la centrale de Lannemezan par surprise : « Bonsoir. Je dois faire savoir au peuple américain et au reste du monde que, cette nuit, les États-Unis ont conduit une opération qui a tué Oussama Ben Laden, le chef d'Al-Qaida, le terroriste responsable de la mort de plusieurs milliers d'innocents, hommes, femmes et enfants. »

Ceux qui regardaient la télévision quittèrent leur cellule instantanément. La nouvelle se propagea à l'ensemble des bâtiments comme un incendie de prairie. Il s'ensuivit un tumulte indescriptible. Les surveillants tentèrent de vider la cour, mais ne réussirent qu'à exciter davantage les détenus. Il fallut aller chercher en urgence le directeur pour qu'il fasse une annonce générale au micro, réclamant de ses pensionnaires calme et sens des responsabilités.

– La nouvelle ne nous concerne pas, leur dit-il. C'est une histoire entre Américains et Afghans. Il n'y a ici aucun Américain ni aucun Afghan. Je vous demande de vous maîtriser.

Les prisonniers lui répondirent par des sifflets, des doigts d'honneur, des insultes et des menaces de mort. Au réfectoire, un Corse fut saigné à blanc dans une rixe l'opposant à des Maghrébins. Un gardien perdit un œil en voulant séparer deux détenus. Le directeur était sur le point de réclamer l'aide de la CRS locale quand la situation sembla s'apaiser.

Lannemezan avait frôlé la révolte. L'administration aurait été bien étonnée de découvrir qu'elle devait à quelques détenus islamistes parmi les plus radicaux le retour au calme.

Moktar était entré dans la bibliothèque pour prévenir Verdier.

– L'émir a été assassiné par les forces spéciales américaines.

– Quand ?

– La nuit dernière.

– Où ?

– Dans sa retraite au Pakistan, j'ai oublié le nom du bled. Ils sont venus avec deux hélicos. L'opération a duré moins de quarante minutes. Ils l'ont tué et ils l'ont emporté… Ils ont tué aussi ses fils.

– Tu as entendu ça où ?

– Tout le monde en parle.

– Je n'ai vu personne depuis ce matin.

– Bien. Écoute-moi, les jeunes sont comme des fauves. Ils veulent tout casser. Tu dois intervenir.

À cet instant, les haut-parleurs diffusèrent les appels au calme du directeur.

– Il va y avoir une émeute, reprit Moktar. Les flics vont intervenir et on passera tous au tourniquet. On va nous transférer. Et toi, adieu la sortie. Fais quelque chose.

Verdier était livide.

– File dans les parties communes, parle aux gars. Fais passer le message qu'il faut arrêter le bordel. Je vais rejoindre Yassine et Ahmed dans la cour. On va annuler les dernières prières de la journée.

Au moment de franchir la porte, il se retourna et ajouta :

– Si jamais tu devais rester ici, Abdel, t'es mort.

Un filet de sueur glacée coula le long de la colonne vertébrale de Verdier. Qu'est-ce qu'il sous-entendait encore, cet enculé ? Un mois qu'il ne le lâchait plus d'une semelle. Du matin au soir, il était sur son dos. Il y avait cette opération en cours entre l'Afghanistan et la France qu'il avait évoquée à demi-mot et ses allusions répétées au coup de main qu'il allait devoir donner aux frères. Mais à chaque fois que Verdier posait une question, l'Algérien se fermait. Il le toisait et lui répétait : « Tu dois sortir d'ici. T'as pas le choix. Sinon t'es mort. »

3 mai 2011
17 heures

– Qu'est-ce que tu penses de la mort de Ben Laden ? demanda Mounir Boumaza, récemment promu directeur de la rédaction.

Chesnier attendit autre chose, mais rien ne vint. Autrefois, le bonhomme faisait des phrases. Interminablement. Comme si ses origines algériennes l'obligeaient à toujours se distinguer. Il posait les questions et donnait les réponses en même temps. Ça l'horripilait. Puis Boumaza s'était assagi. Il avait pris du galon et de la bouteille et compris que son journal l'acceptait tel qu'il était : un fils d'immigrés avec un sale caractère mais beaucoup de talent. En fait, ses origines maghrébines n'intéressaient personne. Pour lui, l'ascenseur social avait fonctionné comme une fusée, parce qu'il était intelligent et intégré. Des études brillantes au collège et au lycée l'avaient conduit à Sciences Po, puis à l'École de journalisme de Lille et, tout de suite après, au *Courrier* au service politique.

Depuis un moment, il avait remisé ses grandes idées sur le journalisme et avait fini par accepter d'apprendre des vieux de la vieille. Après l'affaire des tours, ses relations avec Chesnier s'étaient détendues. Ensuite, ce dernier avait publié son enquête sur les réseaux intégristes de la drogue et il avait reçu le prix Albert Londres. À partir de ce moment-là, on peut dire qu'il y avait eu une embellie sérieuse entre eux. Boumaza jubilait à l'idée d'avoir contribué à faire coffrer tous ces salopards qui déshonoraient sa race, selon ses termes. Puis, quand *Marianne* et *L'Express* avaient proposé à Chesnier de rejoindre leur rédaction et qu'il les avait envoyés au bain, expliquant que le fait d'avoir obtenu l'Albert Londres ne l'empêcherait pas de poursuivre son travail dans son quotidien de province, ce fut une amitié sincère qui vit le jour entre les deux hommes.

– Georges, je t'ai demandé ce que tu pensais de la mort de Ben Laden.

– Je suis content.

– Merde, mon vieux, ne me la joue pas comme ça. Tu y crois ?

– Ah, nous y voilà. Pourquoi tu ne me dis pas simplement que tu n'y crois pas ?

– C'est bizarre quand même, non ? À la place des Américains, tu n'aurais pas montré le cadavre ?

– Si.

– Alors ?

– Alors, ce ne sera pas la première connerie qu'ils auront faite dans ce conflit. Bien sûr qu'il y aura des tarés pour prétendre qu'il n'est pas clamsé. Mais ça change quoi, au fond ? Hitler non plus, on n'a pas vu son cadavre. Il est quand même mort et la guerre s'est arrêtée.

– Tu es désabusé.

– C'est une question ?

– Non.

– Je viens d'apprendre par un ami de la magistrature qu'on allait remettre dehors un de tes anciens clients.

Chesnier fit signe qu'il ne comprenait pas.

– Il y a dix ans, tu as suivi le procès Sébastien Verdier. Un ancien cadre commercial viré et converti à l'islam radical, qui a ensuite trempé dans les affaires de stups que tu avais couvertes. Tu te souviens ?

Chesnier plissa les yeux, comme s'il cherchait dans sa mémoire.

– Ça me revient, oui. Un méchant con qui aurait dû prendre vingt ou vingt-cinq ans et qui s'en est tiré, on ne sait pas pourquoi, avec quinze années de réclusion. Alors, comme ça, on le relâche !

– Il sera libéré dans deux ou trois jours. Le temps de faire signer les papelards à la chancellerie. Ce serait bien que tu ailles le voir.

– Qu'est-ce que je vais lui raconter, à ce mec, Mounir ? Je vais lui montrer les articles que j'ai écrits à l'époque et lui dire : « Bonjour, comment ça va ? Vous me remettez ? C'est moi qui ne vous quittais pas des yeux au tribunal. C'est moi qui ai écrit que des types comme vous méritent la mort. » Je pourrais lui montrer également la tribune que j'ai signée sur l'idée du rétablissement partiel de la peine capitale, qu'en penses-tu ?

– Tu m'emmerdes. File à Paris !

– Elle est bien bonne, celle-là…

– Ensuite, tu iras t'installer à Nanterre et tu me feras le truc classique, le porte-à-porte, les voisins, les flics, tout le toutime. Et lui, tu ne le lâcheras pas d'une semelle avant qu'il ait accepté de te parler.

5 mai 2011
7 h 40

Verdier se retrouva son sac à la main sur le parking devant la prison, considérant avec étonnement le paysage gigantesque sans barreaux et le ciel sans filet de sécurité. On lui avait tamponné son dernier formulaire de sortie peu avant 7 heures. Le directeur était venu lui souhaiter bonne chance, puis les portes métalliques avaient glissé sur leurs rails. C'était la dernière fois qu'il entendait claquer les verrous et il en ressentit une allégresse singulière. On avait beau se préparer à quitter une centrale, l'émotion qu'on éprouvait n'était jamais celle attendue. Verdier était triste et heureux à la fois. Il tournait la page sur dix ans de sa vie, sur des rencontres, sur des découvertes qu'il n'aurait jamais faites à l'extérieur, sur des habitudes qui l'avaient façonné et, dans une certaine mesure, sur un sentiment de confort et de protection qui venait de disparaître subitement et le laissait désemparé.

Il se revoyait, cette dernière nuit, sans pouvoir trouver le sommeil, assis sur la cuvette des chiottes en train d'essayer de faire briller avec du papier toilette ses vieilles pompes en cuir rendues par l'administration. Sur un cintre était pendu le costume qu'il avait porté à son procès. Des mites avaient fait des trous dans la veste. La chemise était froissée et la cravate ne devait plus être trop à la mode. En astiquant ses mocassins, il s'inquiétait du lendemain, de la première personne qui l'accueillerait et des premiers mots qu'il échangerait avec elle. Au fil des heures, il s'était reposé cent fois la même question sans trouver de réponse. Il frottait, frottait, sans parvenir à se faire une idée nette de la suite des événements. Il s'était allongé sur son lit, puis s'était relevé, demeurant indécis au milieu de la cellule. Lorsque les premiers bruits s'étaient fait entendre, il avait quitté son jogging et ses baskets pour enfiler la chemise, la veste, le pantalon et les chaussures en cuir, et s'était recouché. Il avait laissé la cravate accrochée à l'espagnolette du vasistas, comme une corde attendant son candidat au suicide. Il était entré ici dix ans plus tôt avec la certitude d'être capable de mettre fin à ses jours, et il allait s'en aller, découvrant au final que l'envie ne l'avait jamais vraiment quitté. Quand ce fut l'heure de la première prière, il ne bougea pas. Il croisa les mains derrière la tête, ferma les yeux et essaya de dormir.

L'aire de stationnement était quasi déserte. Seules, une vingtaine de voitures du personnel de nuit étaient garées près du bâtiment. Le reste des places était vide. Au-delà du grand carré de ciment, une route étroite s'enfonçait en pente douce entre des champs en fleurs. Le premier rideau d'arbres se trouvait à quelques centaines de mètres. C'était un curieux no man's land où n'apparaissait aucune maison. Verdier traversa le parking et se dirigea vers l'arrêt de bus. La première navette passait à 8 h 30.

Un 4 × 4 gris sombre se présenta bientôt au ralenti sur la petite côte et s'arrêta devant lui. Les vitres teintées l'empêchaient de distinguer le conducteur. Verdier n'esquissa pas un geste. Il aurait aimé voir débarquer Lorraine, les quatre gosses derrière elle. L'idée fit germer sur ses lèvres un sourire désenchanté. Les années avaient passé. Lorraine était devenue ce qu'il avait vu.

Amélie pareil. La route serait longue pour recoller les morceaux de vie.

La vitre du 4 × 4 se baissa. Un Maghrébin d'une trentaine d'années attendait, les mains sur le volant, qu'il émerge de sa torpeur.

– Tu tires une mine de condamné à mort, mon frère ! s'exclama-t-il en pouffant de rire.

Verdier se leva sans répondre.

– J'ai roulé toute la nuit pour être là à l'heure. Tu sais qui m'envoie ?

– Non.

– Il t'a rien dit, Moktar ?

Verdier fixa les mains de l'homme. Elles étaient toujours sur le volant. Il ne lisait aucune tension sur ses traits. Sa voix était calme et chaleureuse. Il se détendit et ramassa son sac.

– J'espérais voir ma famille.

– Ta famille, mon frère, c'est moi, maintenant. Ta gonzesse et tes morpions, tu les verras bien assez tôt. Pour ce qu'ils se sont occupés de toi ! On est au courant, tu sais.

– C'est la première et la dernière fois qu'on parlera d'eux. Ils ne m'ont pas abandonné. *J'ai* coupé les ponts. Dorénavant, les choses vont reprendre comme autrefois.

Le chauffeur déverrouilla les portières de la voiture.

– Viens t'asseoir. On a le temps de parler de tout ça. Je m'appelle Karim, au fait.

Très vite, Verdier s'était assoupi. Il rattrapait sa nuit blanche. Après s'être imprégné du paysage en répondant vaguement aux questions de son chauffeur, il avait fini par décrocher. Il luttait contre le retour de ses cauchemars quand la voiture stoppa brusquement. Ils étaient arrêtés dans une station-service. Karim le secoua et lui proposa d'aller boire un café.

– Sinon, tu vas pioncer jusqu'à Paris et on a des tas de trucs à se dire. Il va falloir que tu ouvres bien grandes tes oreilles.

Ils s'installèrent à une table à l'extérieur de la cafétéria avec deux gobelets en plastique. Karim se roula une cigarette avec du tabac qui sentait la fleur d'oranger.

– C'est clair que c'est pas bien, mais on a chacun ses défauts, pas vrai ? Alors, comme ça, ton nom chez nous, c'est Abdelaziz…

Verdier hocha la tête.

– Tu nous arrives à une période cruciale. Tu vas devoir prendre des risques.

– Du genre ?

– Hé ! Du genre, du genre… C'est marrant que Moktar t'ait pas affranchi.

– Il m'a prévenu qu'on m'attendait et que j'aurais du boulot, rien de plus. En fait, le jour où il avait prévu une conversation, il y a eu du bordel dans la taule. À cause de la mort de Ben Laden. Je pensais qu'il serait venu me saluer ce matin…

Karim ricana.

– Tu le reverras dans quelques années, si Allah vous prête vie. L'important, c'est ce que nous allons faire ensemble dans les mois qui viennent. L'émir est mort, mais son travail n'est pas encore accompli. Il a enregistré, il y a quelques semaines, un message qui s'avère être, maintenant qu'on sait ce qui lui est arrivé, ses dernières volontés. Un peu comme son testament. La chose actuellement la plus sacrée. Trois frères ont été choisis pour acheminer en Europe Sa sainte parole. L'un d'eux a été tué par ces chiens d'Américains. Les deux autres vont entrer prochainement au Pakistan. De là, on leur confiera le matériel. Ils viendront avec de faux papiers, mais autant te dire que ça ne va pas les protéger longtemps. Il faut que tu les accueilles et que tu les héberges. Une fois chez toi, un informaticien prendra contact pour décrypter le message de l'émir et le faire passer à qui de droit.

Verdier ajouta du sucre dans sa tasse et continua de touiller machinalement le liquide transparent.

– Pourquoi ce qu'ils transporteront ne serait pas remis tout de suite aux personnes dont tu parles ?

– Parce que trop de gens les observent. Il nous fallait un endroit tranquille pour planquer les Français et s'occuper de ce qu'ils rapportent. Chez quelqu'un de *confiance*, tu piges ?

– Alors que je sors de prison et que les flics peuvent débarquer à l'improviste chez moi…

– Si on t'a libéré, c'est qu'on considère que t'as payé ta dette. Personne va venir te faire chier. Si tu fais tout ce qu'a demandé le juge, y aura aucun problème. Et tu vas faire ce qu'il a demandé, *n'est-ce pas* ?

Karim avait appuyé la fin de sa phrase.

– On dirait que tu es au courant de tout…

– Moktar est au parfum, tu t'en doutes. Tu vas donc reprendre la vie avec bobonne et les gosses. Et puis, on te fournira un boulot pépère. C'est déjà prêt. C'est pas avec ce que t'as économisé en prison que tu vas voir venir. Je me trompe ?

Verdier pensa rapidement à l'argent de Rateau qui dormait sur un compte au CIC. L'équivalent de quinze ou dix-sept mille euros. Combien vaudrait l'info que venait de lui confier le chauffeur ?

– Tu m'écoutes ?

– J'attends que tu me dises de quel travail il s'agit.

– T'as passé tout un tas de diplômes en taule. En plus, tu connais parfaitement le Coran, le licite et l'illicite. Tu vas bosser dans le cadre d'une association de remise à niveau scolaire pour les enfants issus de l'immigration. Tu auras des fiches de salaire. Tu pourras aller les montrer à ton juge. Tu verras qu'il te foutra la paix. Tu seras correctement payé.

Karim lui fit signe de regagner la voiture.

– Vous n'avez trouvé que moi pour abriter ceux qui reviennent d'Afghanistan ? Il y a un truc que je ne m'explique pas.

– Il nous fallait un type pas trop con pour s'en occuper.

– Ah bon ? Y a que des abrutis autour de toi ?

– Nos frères sont déjà débordés. Il fallait quelqu'un d'autre, et tu conviens parfaitement.

– J'ai pas vraiment le type pour gérer…

– Si. Au contraire. On n'allait pas confier le taf à un Arabe. Encore moins à un Négro.

– C'est toi qui dis ça…

– Me casse pas les couilles.

– Qu'est-ce que je vais en faire ?

Karim tourna la clé et démarra la voiture. Il avança lentement jusqu'à la bretelle d'accès à l'autoroute et prit subitement de la vitesse.

– Tu les garderas au chaud quelques semaines, et on les renverra ailleurs ensuite.

– Et ensuite, justement, je ferai quoi ?

– Comme on a dit. Tu t'occuperas des gamins de la cité.

Verdier afficha une mine renfrognée.

– Tu parles d'un programme ! Des gosses mal élevés et deux bouseux qui sont allés en Afghanistan et qui vont faire je sais pas quoi d'extraordinaire. C'est pour ça que j'ai passé dix ans en taule ?

Karim tourna la tête vers lui, quittant du regard le ruban d'asphalte. La voiture commença à tanguer.

– T'es trop curieux. Contente-toi de faire ce qu'on te demande.

– J'ai dit au juge que j'allais occuper un poste de bibliothécaire. C'est ce qui était prévu.

– Eh ben, ça a changé pour le moment. On verra ça plus tard.

– C'est pas cool.

Verdier regarda le véhicule aller tranquillement vers le décor et s'empêcha de fermer les yeux.

– T'as les jetons ? s'amusa Karim.

Après plusieurs minutes de silence, il poursuivit :

– Pour ta gouverne, on va foutre Paris à feu et à sang. Les frères moudjahidin viennent préparer le terrain. Tu vas pas seulement jouer les concierges. Tu vas assurer la logistique, le chouf, tout…

– On va poser des bombes ?

– Mieux. On va balancer des kamikazes dans la nature. Une première dans ce pays de merde !

Verdier retint à peine un éclat de rire.

– Bien sûr… Et on va les recruter où ?

– Mais des volontaires, mon frère, on en a des dizaines. Des Afghans et des Pakistanais à Paris qui brûlent d'envie de se faire sauter pour cramer du roumi, y a qu'à taper dans une poubelle pour en trouver. Les mentalités et les réseaux sont les mêmes que là-bas. Qu'est-ce tu crois ! Y a des putains de milliers de gens qui vomissent ce pays, ici. On n'a que l'embarras du choix. Et le matériel à se procurer.

– Ça va pas se faire en quelques jours.

– Ça ira très vite, t'inquiète pas.

Dix ans plus tôt

En ce printemps 2001, l'aéroport de Casablanca était une fourmilière. Des gens dans tous les sens qui couraient, les bras chargés de valises improbables et de paquets mal ficelés. Verdier se dépêcha de rejoindre la file de taxis à l'extérieur de l'aérogare. Il se jeta dans la première voiture et donna l'adresse au chauffeur.

– Rue Al-Nouar Elfassi à Douar Skwila.

Le chauffeur se retourna, l'air incrédule.

– Vous connaissez ?

Verdier ignora la question et s'enfonça dans son siège en laissant son regard se perdre à travers la vitre. La lumière était aveuglante. Le ciel blanc immaculé semblait vouloir embraser la ville. La voiture prit la direction de l'est et Verdier déplia sur ses genoux un plan de la ville. Le taxi allait bientôt contourner le port et s'enfoncerait ensuite dans le quartier Sidi Moumen. Au-delà, tout devenait trop compliqué. Un vrai labyrinthe. Les noms des rues et des ruelles n'étaient plus portés sur la carte. Il n'était même pas certain qu'elles y soient toutes.

La clim asthmatique de la voiture ne parvenait pas à sécher la sueur sur le visage de Verdier. Il fouilla dans sa poche et en sortit un billet de cent qu'il tendit au chauffeur par-dessus la banquette.

– Prenez déjà ça. Vous me montrerez l'adresse, puis vous me laisserez au premier restaurant à proximité. Je vous redonnerai la même chose quand nous serons arrivés.

Dès que la voiture atteignit le centre, les policiers firent leur apparition. Il y en avait presque à chaque carrefour, pistolet-mitrailleur à la bretelle. Comme si la ville avait été en état de siège. Encore une info que ne lui avait pas donnée Mahmoud. Était-ce la raison pour laquelle il ne souhaitait pas venir lui-même dans ce bled ? C'était tout de même assez étrange qu'il lui fasse confiance de la sorte pour une affaire aussi importante. Il y avait nécessairement un cactus quelque part. Il avait beau dire, Mahmoud, ç'aurait été plus simple qu'il gère lui-même.

La voiture se traînait désormais au milieu d'une circulation de plus en plus dense. La voie était encombrée de carrioles poussées par des portefaix, de charrettes tirées par des ânes, de piétons et de chiens divaguant à la recherche d'ordures. Un vrai bordel. Verdier consulta sa montre. Déjà une heure qu'il suffoquait dans le taxi. La chaleur devenait insupportable. Avec elle, la migraine était revenue. Il sortit de son sac une paire de lunettes de soleil. Il n'avait plus qu'une envie : s'enfermer dans une chambre aux volets clos et s'allonger sur un lit. Mais il savait qu'il ne le ferait pas tout de suite. Il ne pouvait pas prendre le risque de pioncer le reste de la journée sans être allé à la rencontre de Rachid. Mahmoud n'apprécierait pas. Mustafa encore moins. Cela aussi, il le savait.

– Regarde ! À droite, c'est l'adresse que tu m'as indiquée, annonça le chauffeur.

Verdier examina l'immeuble. Un bâtiment de cinq étages décrépi, un peu comme la cité des Genêts, s'étalait sur une cinquantaine de mètres, percé de plusieurs portes d'entrée. Une bonne centaine de paraboles ornaient les fenêtres. Des enfants jouaient au ballon sur le trottoir devant des groupes de jeunes adultes répartis tout le long qui semblaient soutenir les murs.

– On va s'avancer encore un peu, répondit-il.

– Jusqu'où ?

– Jusqu'à la première gargote. Il faut que je prenne un thé et une aspirine.

Le taxi roula encore trois cents mètres, puis stoppa devant un infâme boui-boui duquel provenait une musique orientale assourdissante. Verdier grimaça en serrant les dents.

– Quel crincrin, nom de Dieu ! J'ai les méninges qui vont exploser.

– Prends le médicament et tout ira bien. Ici, c'est l'endroit spécial où ils font la danse du ventre. La vraie, pas celle pour les touristes. C'est pour les hommes des environs. Si tu viens le soir, tu verras les gazelles…

– On verra bien, maugréa Verdier. Combien pour la course ?

– Tu me donnes la même chose que tout à l'heure. Et un pourboire en plus. Et je t'ai jamais vu.

– Pourquoi dites-vous cela ?

Le chauffeur se retourna.

– Ici, c'est pas un endroit pour les Blancs comme toi. Pour les croisés.

– Les quoi ?

– Les chrétiens, mon frère. C'est l'endroit des Frères musulmans. Des vrais croyants. Et puis… de toutes sortes de trafics. Si la police savait que tu es là, elle viendrait te rechercher. Pour ton bien. Pour la sécurité. Jamais les étrangers ils viennent ici.

Une lueur inquiétante dansait dans ses yeux. Verdier le paya, ramassa son sac et quitta le véhicule.

Les mélopées sirupeuses du café lui firent aussitôt tourner la tête. Il s'avança jusqu'au fond de la salle et se laissa choir à une place d'où il pouvait encore observer l'entrée. Le taxi avait disparu. Un serveur famélique se présenta sans un mot pour le saluer. Verdier commanda un thé avec un Doliprane et se mit à se frotter les tempes du bout des doigts. La migraine creusait son chemin insidieusement.

– Pas de médicaments, fit le garçon.

– Alors, apportez-moi de la glace pilée.

Le breuvage qu'on lui servit n'avait de thé que le nom. Verdier trempa les lèvres dans la tasse fumante et se força à boire. C'était épouvantablement sucré. Il s'appliqua à conserver la mixture dans la bouche tout en se frottant le front et la nuque avec la glace. Autour de lui, les conversations s'étaient arrêtées. Les consommateurs le dévisageaient sans se gêner.

Lorsque son mal de crâne donna des signes de relâchement, il rappela le serveur et régla sa consommation puis quitta l'établissement.

La réverbération de la lumière sur le crépi des immeubles était insoutenable. Le goudron des trottoirs collait aux semelles. C'était une chaleur lourde, épuisante, qui montait du sol. Les gamins qu'il avait vus jouer quelques minutes plus tôt avaient regagné les zones d'ombre de la rue. À son tour, il traversa et s'avança vers le garage de Rachid en rasant les bâtiments. Une fois en face de l'endroit, il franchit de nouveau la chaussée et pénétra dans l'atelier de mécanique.

Le garage de Rachid, tout en longueur et relativement spacieux, était d'une propreté déconcertante. Pas une seule tache d'huile au sol, de grands tableaux garnis d'outils impeccablement rangés sur les murs et, pour diffuser la lumière, des verrières qui paraissaient avoir été dépoussiérées la veille. Dans le fond de l'atelier, deux ouvriers s'affairaient autour d'une antiquité installée sur le pont de réparation. C'est à peine s'ils tournèrent la tête lorsque Verdier toussa pour attirer leur attention. Seul le bruit du métal contre le métal venait perturber la quiétude du local.

Verdier s'avança jusqu'à eux et leur demanda s'il était possible de rencontrer Rachid. Les garçons continuaient à fourrager au milieu des câbles débranchés de la guimbarde. Il répéta sa question. L'un des mécanos s'essuya les mains sur son bleu de travail et attrapa un téléphone sur un tabouret. Il marmonna quelques phrases en arabe et se remit à l'ouvrage.

– Alors ?

– Il arrive. Tu attends.

Verdier recula légèrement et détailla les ouvriers. C'étaient des gosses grands et secs à peine sortis de l'adolescence, avec une barbe naissante qui salissait leurs joues. Ils portaient l'un et l'autre un keffieh autour du cou. Ils n'étaient pas hostiles. Seulement indifférents. Le chauffeur de taxi avait dit vrai : il ne devait pas y avoir beaucoup d'Européens qui s'égaraient jusque-là.

Une porte au fond de la pièce s'ouvrit et un type à peine plus âgé apparut. Il se dirigea immédiatement vers Verdier.

– Je suis Rachid. C'est pour quoi ?

Les modalités de la rencontre établies à Nanterre étaient simples. Mahmoud avait prévenu : « Il a vingt-cinq ans, il est petit et un peu enveloppé, toujours tiré à quatre épingles. Tu lui diras que tu viens de la part de Mustafa et tu lui montreras un ticket de métro. »

– Je suis l'associé de Mustafa, expliqua Verdier.

Le visage de Rachid s'éclaira d'un coup.

– Ah, le Seigneur, la paix soit sur lui, t'a guidé jusqu'à nous, mon frère. Bienvenue.

Il lui tendit la main et la porta ensuite à son cœur.

– Tu as fait bon voyage ?

– Sans problèmes.

– Tu as quelque chose pour moi ?

Verdier exhiba le titre de transport qu'il avait conservé dans sa poche. Rachid sourit.

– Bien. Suis-moi, fit-il en regagnant le fond de l'atelier.

Ils traversèrent un bureau quasiment vide à l'exception d'une table de travail sur laquelle trônait un eBook de couleur orange entouré de piles de dossiers, une seconde pièce entièrement carrelée où avaient été jetés de gros coussins brodés de fils d'or et d'argent sous un immense poster d'une vue de La Mecque, puis un couloir aux murs défraîchis menant à une arrière-cour. Deux grosses cylindrées étaient garées sous un dais en osier.

– Deux Mercedes 600, annonça Rachid. Ce qu'on fait de mieux pour nous.

Les voitures étaient neuves.

– Elles sont arrivées de Belgique la semaine dernière. On a changé les plaques et un cousin de la préfecture nous a fourni les cartes grises. C'est propre. On va terminer de préparer la noire, elle partira tout à l'heure avec la cargaison.

– Il faudrait que je contrôle la marchandise. C'est prévu, non ?

Rachid ouvrit une portière arrière.

– On a changé le siège. Il y aura quarante kilos à l'intérieur. Plus quarante autres dans le coffre, dans un double fond qu'on a fini d'aménager hier. Regarde.

Il pressa sur le bouton de commande d'ouverture et désigna l'emplacement.

– Je ne vois rien, dit Verdier.

– Bien sûr tu vois rien, mon frère. C'est du travail nickel. On accède à la cache par le siège. Tout a été doublé par des films poivrés. Si les chiens devaient renifler, ils sentiraient rien. On a même réduit le poids total du véhicule pour compenser ce qu'on va mettre dedans. C'est propre, j'ai dit. Du vrai boulot. On a l'habitude.

– Et la came ?

– Tu vas la voir. Je t'explique déjà comment on bosse.

– Tu fais ça depuis longtemps ?

– On va dire que ça sera la trentième bagnole qui ira en Europe.

– En France ?

– On livre l'Allemagne, l'Espagne et la France.

– Jamais de pépins ?

– S'il y en avait eu, je serais certainement pas là pour te le raconter. C'est pour ça que Mustafa s'est adressé à nous. On a la préfecture dans la poche, donc une partie des flics, ici. Jusqu'au bateau, aucun danger. Après, on sait gérer. On connaît les itinéraires en Espagne et les habitudes des douanes quand on arrive en France. Une fois qu'on y sera, c'est comme si on était déjà à Paris.

– Qui est-ce qui conduit ?

– Un cousin, un vieux, costard-cravate, sérieux, les papiers en règle… Quand il aura livré, il rentrera tranquillement avec quelques pièces détachées pour le garage. Le business, c'est dans les deux sens.

– Tu fais du go-fast avec une seule bagnole ?

Rachid secoua la tête négativement.

– L'inverse. On y va pépère. Rarement l'autoroute. Plutôt les nationales et même les départementales. Mais on bosse quand même pas avec une voiture unique. Tu l'auras, ta came. Pas de soucis.

– Bien. Je la vois quand ?

– Maintenant. Elle est ici. Devant tes yeux.

Verdier fit une moue d'étonnement.

– Devant toi. Dans les fûts d'essence.

Rachid extirpa de sa poche un talkie-walkie et aboya un ordre. Les deux garçons de l'atelier rappliquèrent aussitôt. Il leur désigna les containeurs dont ils dévissèrent les plateaux supérieurs. Verdier s'approcha. Des paquets avaient été empilés à l'intérieur. Des colis conditionnés dans du papier kraft entouré de film plastique. Un sigle en arabe estampillait chacun d'eux.

– Deux kilos par unité, dit Rachid. Y a le compte. Au gramme près. Tu peux avoir confiance, mon frère.

– Il faut que je teste.

Rachid se rembrunit.

– Tu veux fumer ?

– Il faut que je teste.

– Fumer, c'est *haram*, mon frère. Pas chez moi.

– Et pourquoi donc ?

– Le Prophète, la paix soit sur Lui, a dit que c'est illicite. On doit pas consommer.

Verdier eut du mal à réprimer le sourire qui lui montait aux lèvres.

– Tu ne fumes pas, mais tu en vends ?

– J'en fournis aux frères qui en vendent aux *kafirs*.

– Aux quoi ?

– Aux infidèles. À ceux qui connaissent pas encore l'islam. La miséricorde soit sur eux.

– Ah bon ! Je ne savais pas que ça marchait comme cela.

Rachid eut un geste d'exaspération.

– L'islam, mon frère, c'est un chemin.

– Comprends pas !

– C'est compliqué. Il faut lire les textes. Après, tu sais ce que tu peux faire, ce que tu peux pas faire. Mais il faut pas fumer. Pas chez moi. Tu vas choisir un paquet et tu vas ouvrir. Quand tu sentiras, tu sauras que c'est de la bonne. Tu verras la couleur aussi, et la pâte. C'est de la belle résine.

Verdier montra du doigt un colis au hasard. L'un des deux mécanos se pencha pour le récupérer et le lui présenta.

– C'est drôlement bien emmailloté ! s'exclama Verdier.

Rachid lui tendit un canif.

– Vas-y. Déchire un coin.

Aussitôt, une odeur entêtante s'échappa du paquet.

– Alors ? demanda-t-il. C'est le diable, là-dedans. Première qualité. Ça vient de l'Atlas, mon frère. T'auras ça nulle part ailleurs qu'ici. Mes gars vont charger la voiture avant le déjeuner. Ensuite, le cousin viendra la prendre et dans quatre jours, elle sera chez toi. Il nous reste plus qu'à régler nos affaires.

– Dans combien de temps seras-tu en mesure de nous fournir la même quantité ? demanda Verdier.

Rachid lui balança une claque dans le dos.

– La question, c'est pas la quantité. C'est l'argent. Et les voitures. Personnellement, je pourrais t'en donner deux fois plus chaque jour si tu as de quoi acheter. Mais, pour le moment, je ne peux organiser que deux transports par semaine vers l'Europe. Et comme je t'ai dit, j'ai d'autres clients. Mustafa m'a parlé d'une livraison par mois. Ça tient toujours ou vous voulez plus ?

– Quatre-vingts kilos par mois, c'est ça. On s'engage sur un an.

– Presque une tonne, c'est bien mon frère. Ça va donner à manger aux fellahs. Ils crèvent la faim ici, tu sais.

– Au Maroc ?

– Bien sûr au Maroc. Les paysans sont pauvres. Ils abandonnent leurs terres et viennent grossir les bidonvilles de Casa. Juste derrière le quartier, c'est le plus grand dépotoir humain de la ville, Karyan Toma, cent mille personnes qui s'entassent sur des ordures. C'est pas loin, à peine un kilomètre. Des bidonvilles comme celui-là, y en a une vingtaine dans la banlieue de la ville.

Il montra les deux mécanos.

– Nabil et Jaffar, ils viennent de la Petite-Tchétchénie.

– D'où ça ?

– La Petite-Tchétchénie. C'est un de ces ghettos ouverts il y a cinq ans. Les habitants l'ont baptisé ainsi en l'honneur de la résistance de nos frères d'Europe de l'Est aux forces du mal athées. C'est pas drôle tous les jours dans le coin. Heureusement, Nabil et Jaffar, ils ont du boulot chez moi. Ils font vivre vingt-cinq personnes. C'est pas l'endroit où les touristes vont mettre leur nez. Les pétasses blondes, elles vont pas minauder là-bas.

– On ne peut pas y aller ?

– Les Blanches, non. Même toi, tu te ferais égorger, mon frère. Demain, si tu veux, je te montrerai Karyan Toma. Tu comprendras. C'est pas tes cités de merde de la France où les allocs tombent du ciel, où il y a des gymnases, des écoles, des piscines, des jardins et des cafés. Là, y a rien. Que la misère, mon frère. On se débrouille. On survit.

Rachid s'interrompit un instant, continuant de fixer Verdier dans les yeux, puis lui demanda :

– As-tu seulement idée de comment je m'en suis sorti ?

– Dis-moi.

– À huit ans, j'ai quitté l'école pour trier des ordures, ensuite pour vendre des journaux dans la rue. Et puis je suis allé avec des touristes, des hommes. Pour leur faire des pipes et me faire enculer. Certains, je les croisais le matin avec leur femme et leurs enfants… Après, je leur ai vendu de la drogue. J'en ai dénoncé à la police. J'ai volé. J'ai tout fait. Et j'ai eu la chance de rencontrer un saint homme qui m'a fait étudier le Coran à la mosquée. Ma vie a commencé à changer. Plus tard, il m'a aidé à monter mon garage.

– Heureusement que tu n'as pas raccroché complètement, plaisanta Verdier, sinon, comment on aurait fait pour s'approvisionner, nous ?

– Ouais… Je t'ai déjà expliqué. Si on consomme pas, on est pas mécréant. C'est comme dans les restaurants. Si on vend l'alcool mais qu'on boit pas, y a pas de mal.

Verdier hocha la tête. Au fond, il n'en avait rien à faire, mais le discours de Rachid commençait à lui porter sur les nerfs. Pour qui se prenait-il, cet abruti, à faire la leçon ? Comme s'il existait des degrés de responsabilité dans la vente de la came ?

– Et toi, tu fumes ? lui demanda-t-il.

– Moi, c'est le fric qui m'intéresse. J'ai une famille à faire vivre aussi.

– Bon. À propos d'argent, il va falloir me le montrer maintenant, mon frère…

– Prends un papier pour noter.

Ils regagnèrent le bureau et Rachid s'installa derrière la table. Verdier lui donna de mémoire le numéro de la transaction faite auprès de Western Union.

– Tu es sûr de toi ?

– J'ai tout appris par cœur.

– OK. Tu vas aller prendre une piaule à l'hôtel Saada et tu en bougeras pas jusqu'à ce que je te téléphone cet après-midi. Je te confirmerai que nous avons été payés et que la Mercedes est partie.

5 mai 2011
16 h 45

Une brise glaciale soufflait sur le plateau à l'inverse de la direction empruntée par les deux motos. On devinait le soleil derrière l'écran encore mat du ciel. Une lumière sans ombre tombait sur le village dont on apercevait, à quelque trois cents mètres, les premiers *compounds*. Des paysans s'activaient déjà aux abords des maisons. Les guides pilotaient les Yamaha 125 prudemment, évitant les trous sur la piste. Alain-Larbi et Farez Ben Yussouf étaient collés à eux, engourdis par le froid.

Cela faisait une heure qu'ils avaient franchi la frontière avec leurs faux papiers en poche. Personne ne les avait contrôlés. Les motos avaient suivi un oued dans lequel veillaient encore pas mal de mines de l'époque soviétique, mais que connaissaient par cœur les guides, comme s'ils les avaient plantées eux-mêmes. Les soldats ne s'aventuraient pas dans le secteur. Ils restaient calfeutrés dans leurs postes, à se réchauffer autour d'un brasero et à avaler des litres de thé, attendant l'heure de la relève.

Peu avant d'aborder le village, les motos firent un détour pour éviter les débris d'un bâtiment en bois calciné.

– Les paysans l'ont brûlé il y a quelques mois, hurla le pilote de tête à son passager pour se faire entendre par-dessus le bruit du vent.

– C'était quoi ?

– Une église.

Farez se contorsionna sur son siège.

– Ici ? Comment c'est possible ?

– C'était une église clandestine. Un hangar où les impies cachaient des reliques et se réunissaient parfois la nuit pour célébrer leurs offices. Ils avaient mis en commun des outils et des semences, ce qui leur permettait de se rassembler. Ils ont été surpris en train de prier à Noël.

– Arrête-toi, demanda Farez. Fais demi-tour.

Le guide écrasa les poignées de freins, modifiant à peine la vitesse de son engin, puis s'aida du pied pour le remettre dans l'axe des décombres. Farez fit signe à l'homme qui conduisait Alain-Larbi de les rejoindre.

– Tu te rends compte, lui dit-il, il y avait une putain d'église cachée ici ! En pleine zone tribale ! Les mécréants reculent devant rien…

– Il y en a beaucoup d'autres ailleurs, dit son guide. C'est une région sous contrôle gouvernemental. Les chrétiens sont autorisés à célébrer leurs rites.

Il se tourna vers les deux Français avec une lueur mauvaise dans les yeux.

– Sauf quand ils offensent l'islam, continua-t-il. Car y a pas pire crime, n'est-ce pas ? Ceux-là étaient des dissimulateurs et des hypocrites. Ils collectionnaient des images et se livraient à des incantations pour apporter le malheur sur les familles des croyants. Les paysans l'ont découvert, heureusement. Ils ont couru chez nous, de l'autre côté de la frontière, pour nous avertir et réclamer notre aide. Nous avons attendu Noël pour agir. Une vingtaine de nos moudjahidin les ont rejoints dans le village. Ils ont encerclé le hangar et ils y ont mis le feu.

– Ces chiens étaient dedans ? questionna Farez.

– Oui. Nos valeureux ont attendu que le bâtiment soit plein. Tout le monde a été surpris. Ils étaient presque cinquante à se réunir.

– Alors ?

– Alors, je viens de te dire : on a mis le feu et on a regardé l'incendie. Nos moudjahidin ont abattu à coups de kalach ceux qui parvenaient à s'extraire du brasier et les paysans les ont achevés avec des fourches ou des planches. Cela a été un très joyeux Noël pour nous, mon frère.

– Et la police ?

– Quoi, la police ?

– Les policiers sont pas venus, après ?

– La police ici, c'est nous. Les hommes de Karachi se montrent rarement. C'est beaucoup trop dangereux pour eux. Nous en avons décapité deux la semaine dernière, dans un village à quelques kilomètres d'ici.

– Les autres ont pas réagi ?

Le guide eut un geste fataliste.

– Leur commandant touche maintenant leur solde… Pourquoi causerait-il des problèmes ?

– Qui étaient les policiers exécutés ? demanda Alain-Larbi.

– Des espions à la solde d'une unité spéciale. Le chef est en tête sur notre liste noire. Un homme extrêmement puissant qui fait beaucoup de dégâts dans nos rangs.

– Un Afghan ?

– Un Pakistanais. Un ex-officier de l'ISID. Cela fait plus de dix ans qu'il traque nos frères. Il a fait chez nous plus de *shahid*[1] que certaines des meilleures unités de Spetsnaz, à l'époque des Soviétiques. Ses agents rôdent dans la zone en permanence. Nous savons d'ailleurs qu'ils vous cherchent. Des communications radio ont été interceptées il y a quelques jours. Il va falloir redoubler de prudence.

1. Martyr.

Alain-Larbi sentit son cœur s'emballer. Il fallait qu'il mette la main sur cette unité.

Le guide de Farez se baissa et fouilla de la pointe du pied dans les cendres. Par endroits, il mettait au jour des fragments d'os dont la couleur tranchait avec le reste du parterre.

– Ça a flambé pendant toute la nuit, ajouta-t-il. Il reste presque rien…

– Et ceux qui ont été tués à l'extérieur ?

– On les a repoussés dans les flammes. On n'allait pas les enterrer ! La terre d'Islam, c'est pas pour les chrétiens.

Ils reprirent les motos et se dirigèrent vers un *compound* situé au fond du village, bordé par un sentier montant vers le nord.

– Par-là, on rejoint la passe de Khyber, expliqua le guide. En cas de pépin, on pourra toujours s'esquiver par cette piste. On sera rapidement en sécurité. Nous allons nous reposer le reste de la journée ici et nous reprendrons la route ce soir jusqu'à un autre village, dix kilomètres à l'est, si on nous donne le feu vert. Vous y resterez encore une journée et une nuit avant de vous déplacer vers un bourg plus important où vous sera remis ce que vous devez rapporter en Europe.

– Qui doit nous donner le colis ? demanda Farez.

– Une personne très importante. Quelqu'un qui a assuré la sécurité de l'émir toutes ces dernières années. Ce sera pour vous un grand honneur de le rencontrer. Mais il faudra l'oublier aussitôt que vous l'aurez vu.

– Pourquoi il n'envoie pas un émissaire ? Pourquoi tu réceptionnes pas toi-même le paquet ? Nous pouvons attendre quelque part et tu nous le donneras…

– C'est lui qui désire vous voir. Il décidera à ce moment-là si vous faites vraiment l'affaire.

Le visage de Farez s'empourpra.

– Dis donc, on vient de passer trois semaines dans les montagnes afghanes, entre la Kapisa et le Kunar, on s'est battus, on a perdu l'un des nôtres et on conviendrait pas ? C'est quoi, cette plaisanterie ?

À son tour, le guide prit un coup de sang.

– Élève jamais la voix ici, mon frère ! T'es rien qu'un maillon et t'es chez nous ! Les hommes comptent pas. Encore moins les étrangers, sauf dans ce qu'ils mettent en œuvre pour faire avancer notre cause. Aie toujours cela à l'esprit. *Nous* décidons. Si, par exemple, la personne que tu vas rencontrer pensait qu'il serait mieux de faire de toi un *suicide bomber* plutôt qu'un messager, il faudrait l'accepter, t'aurais pas le choix.

La repartie du guide jeta un froid. Il s'était exprimé d'une voix à peine audible, mais avec une assurance que renforçait son regard. Un instant, Alain-Larbi revit le visage du vieux moudjahid, dans l'Hindou Koush. La même indifférence, le même mépris. Qu'est-ce qui pouvait animer ces hommes ? Ils menaient leur guerre de la pire manière qui soit…

– Allez, poursuivit le guide à l'attention de Farez, personne va te demander de te faire sauter. Pas ici, en tout cas. On a une collection de crétins dont on tient les familles. On a des réserves pour le siècle ! Au contraire, on va vous faire la fête, à tous les deux, avant de vous laisser repartir. Il n'empêche que le lieutenant de l'émir souhaite discuter avec vous.

5 mai 2011
22 h 15

Karim dépassa la maison de Verdier et stoppa le 4 × 4 à l'intersection suivante.

– Tu es arrivé chez toi, lui dit-il. Tu as peur ?

– De quoi ?

– Des retrouvailles…

– Ma femme et l'une de mes filles sont déjà venues me rendre visite à Lannemezan, il y a quelques jours.

– Je sais ce que c'est. Vous vous êtes regardés pendant un quart d'heure, la caméra des surveillants fixée sur vous, sans rien trouver à vous dire. Elles t'ont appris qu'elles t'avaient laissé un colis au poste de contrôle, elles ont foutu le camp et tu t'es demandé qui étaient ces deux femelles. Ça fait combien d'années que tu les avais pas vues ?

Verdier n'appréciait ni les manières ni le ton de Karim. Il l'avait saoulé tout le long du trajet. Il se demandait où ce crétin pouvait réellement se situer dans la hiérarchie terroriste, avec ses Ray-Ban, ses fringues Massimo Dutti et ses pompes Cardin.

– Tu vas faire comme moi, lui susurra le Maghrébin. Tu ne vas rien renier, mais tu vas jouer un rôle. Il s'agirait pas que ta famille te rejette ! Faudrait pas non plus que le juge ait envie de fourrer à nouveau son nez dans tes affaires. En fait, tu vas faire comme en taule. Tu vas te poser et laisser venir. Le plus important est que ça se passe bien chez toi. Dans quelques jours, les frères vont arriver.

Depuis qu'ils avaient quitté Lannemezan, Verdier réfléchissait à ce plan. Il était mal à l'aise.

– Qu'est-ce que je vais leur dire à ma femme et à mes gosses quand ils vont voir débarquer deux enturbannés à la maison ?

– Ils ne seront pas comme tu dis…

– Et même, s'ils sont en costard-cravate, comment expliquer chez moi que deux mecs vont s'installer ? Vous ne pouviez pas leur dégoter une piaule ailleurs ?

– Facile à dire ! On a essayé.

– Vous pouviez en louer une…

– De ce côté-là aussi, on a cherché. Impossible. Va trouver une location aujourd'hui, on te demande des tonnes de paperasses.

– Bref, qu'est-ce que je vais raconter ?

– Tu expliqueras que les deux gars sont des sortes d'agents de probation. Qu'ils bossent pour une association qui te suit et que tu les héberges le temps qu'ils aillent se faire pendre ailleurs.

Karim mit trois cents euros dans la main de Verdier.

– Tu les donneras à ta femme. De leur part. Tu verras, ça se passera bien.

– Et dans le cas contraire ?

– S'il y a du grabuge, tu boucles tout le monde dans les piaules, tu nous préviens et on agit en conséquence.

– Ce qui signifie ?

– On accélérera les choses. On se démerdera pour exfiltrer nos frères plus vite que prévu.

– C'est complètement irréaliste.

– Et pourquoi ?

– S'ils sont aussi recherchés que tu l'as dit, on ne pourra pas les évacuer en claquant des doigts.

– C'est notre problème. Pas le tien. Toi, tu vas assurer leur sécurité le temps que l'informaticien passe travailler sur le matériel qu'ils vont rapporter.

– Putain, c'est complètement rocambolesque, cette affaire. Pourquoi le message n'a-t-il pas été envoyé sous forme cryptée ?

– Tu sais pas que l'émir a toujours utilisé des coursiers ? jamais le net ?

– Bon, mais il est mort, aujourd'hui…

– Blasphème pas, mon frère, ça vaut mieux pour tout le monde.

– OK. Quand arriveront-ils, tes deux gars ?

– Qu'est-ce que j'en sais ? Dans une ou deux semaines. Allez, Abdel, rentre chez toi.

Verdier s'extirpa de la voiture et revint sur ses pas. La maison était à une centaine de mètres. Rien ne semblait avoir changé dans la rue, à part, peut-être, les arbres qui avaient grandi. Et il eut, une fraction de seconde, cette impression bizarre de s'être trouvé là la veille. Deux femmes traversèrent devant lui pour s'engouffrer dans une villa de l'autre côté de la chaussée. Il chercha dans sa mémoire. Sans parvenir à se rappeler qui y avait habité. C'était sans importance. Il se retourna, le 4 × 4 de Karim avait disparu.

Machinalement, il posa le doigt sur l'emplacement où se trouvait autrefois le carillon. Un raccord de ciment obstruait l'endroit. Il chercha des yeux une autre sonnette, puis se résolut à frapper à la porte.

Il s'y reprit à quatre ou cinq fois avant que le battant ne s'ouvre. Lorraine était dans l'encadrement. Comme il l'avait revue à Lannemezan, le cheveu filasse et gras, la mine défaite, avec bien plus d'années supplémentaires au compteur qu'il n'en avait passé en prison. Ça faisait pitié.

– Bonjour, Lorraine.

Il l'avait saluée d'une voix douce, sans esquisser un geste, attendant qu'elle l'invite à entrer.

– Oh ! Tu n'as même pas prévenu…

– J'ai appris hier soir.

– Pourquoi n'as-tu pas appelé aujourd'hui ?

– Pas eu le temps.

Lorraine soupira.

– J'ai pensé que si je te faisais la surprise…

Elle le regardait, lèvres entrouvertes, comme si elle retenait déjà ses reproches.

– Tu ne me fais pas entrer ?

Elle jeta un coup d'œil inquiet derrière elle, puis s'effaça pour lui laisser le passage.

– Tu es chez toi.

Il se retrouva au milieu du vestibule et déjà, elle s'appuyait contre le mur, les mains jointes sur la poitrine, dans un mouvement de repli. Il huma un instant l'air ambiant, cherchant une odeur de cuisine, ou quelque chose de familier, puis lui adressa un sourire.

– Cette maison est sombre comme un four. On la croirait inhabitée.

Lorraine ne releva pas. Ses yeux naviguaient de gauche et de droite, sans jamais se poser sur lui.

– Tu en fais une tête !

À nouveau, elle lança un regard inquiet vers le sas qui desservait les autres pièces de la maison. Il se pencha et lui présenta la joue. Elle se replia davantage sur elle-même.

– Tu ne m'embrasses pas ?

Ce fut la remarque qui la fit fondre en larmes. Verdier s'approcha et la serra dans ses bras. Il fallait qu'il respire, lui aussi. Il ne voulait pas craquer. Il avait un rôle à tenir. Il la serra d'abord sans rien dire, cherchant seulement à contenir ses sanglots, à les apaiser, puis il murmura dans son oreille :

– Je te demande pardon.

C'était la question qui l'avait hanté toute la nuit précédente, au cours de son insomnie : qu'allait-il lui dire ? Allait-il s'excuser du malheur qu'il avait introduit chez lui ? Était-ce compatible avec le rôle qu'il aurait à endosser ? Il y avait réfléchi des heures sans trouver de réponse et, à présent, il était plutôt satisfait de ces quatre mots. Il verrait bien ce qui se passerait après.

Lorraine ferma les yeux, mais ne bougea pas.

Il haussa les épaules, se recula, puis considéra son sac qu'il tenait toujours à la main.

– Où dois-je le mettre ?

– Comment ?

– Où je vais m'installer ?

Lorraine eut l'air perdu. Elle décroisa enfin les mains et fit un signe de tête vers l'escalier.

– Dans notre chambre, bien sûr. Tu as dîné ?

Verdier regarda sa montre.

– Pas eu le temps.

– Je vais dresser la table dans le salon.

– Les enfants ?

Elle se raidit à nouveau.

– On parlera tout à l'heure.

– Ils ne sont pas là ?

– Ils vont venir. Mets-toi à l'aise, prends une douche.

Il n'insista pas. La maison plongée dans l'obscurité respirait la désolation

La salle d'eau était au diapason du reste. Des traces de savon coagulées et grisâtres maculaient le lavabo. Le tapis de bain était d'une saleté répugnante. Le rideau de douche ne tenait plus que par quelques crochets. Par endroits, du sang séché souillait le carrelage du sol. C'étaient de petites marques rondes qui avaient bruni, Verdier ne pouvait pas s'y tromper, il en avait vu de semblables plusieurs fois dans des cellules où des codétenus s'étaient coupé les veines.

Il se déshabilla et commença par se raser. Sa barbe de deux jours lui avait déjà sali le visage.

Le bain devenu glacé le réveilla. Il ôta le gant de toilette de sa figure et éternua. Le chauffage était éteint. La seule ampoule allumée du plafonnier jetait dans la pièce un éclairage blafard. Verdier n'était pas revenu dans un château. Il venait de rêver de la prison et était encore surpris d'y avoir ressenti une certaine félicité. Comment pouvait-on avoir vécu dix années privé de liberté et en garder autre chose que de l'aversion ? Il changeait de monde et cela le terrorisait. Celui dans lequel il entrait lui était devenu étranger. Lorraine lui faisait peur. Il était paralysé à l'idée d'avoir à se débattre entre elle, les frères et Rateau qui n'allait sans doute pas tarder à réapparaître.

Cinq assiettes occupaient la table. Au milieu, une casserole contenait des pâtes. Un reste de beurre traînait dans une soucoupe. Il n'y avait ni pain ni Ketchup. Rien d'autre que les coquillettes. Lorraine attendait, déjà assise à sa place, dans la pénombre.

– Où sont les enfants ? demanda Verdier.

– Ils vont venir.

– Il manque une assiette.

– Hubert ne sera pas là.

– Il viendra plus tard ? Il dîne dehors ?

– Il ne viendra pas.

– Tu dis cela comme s'il s'était produit quelque chose…

– Il ne veut pas te revoir.

Verdier accusa le coup.

– Depuis combien de temps est-il parti ?

– Depuis le jour où je lui ai annoncé ta libération.

Hubert avait été le préféré de Verdier. L'enfant chéri, l'enfant roi. Celui qu'il avait couvert de cadeaux. Celui qui lui avait fait envisager le suicide quand les portes de Lannemezan s'étaient refermées derrière lui, la première fois. Puis qui l'avait aidé à tenir, par la suite. Il avait coupé les ponts avec la famille à cause de lui. Il ne voulait pas que le petit grandisse à l'ombre d'un père en prison. Qu'il puisse raconter un jour que ses week-ends se résumaient au parloir d'une centrale. Et ainsi, c'est lui qui l'avait rejeté !

– Qu'est-ce que tu lui as dit pour qu'il décide de fuir la maison ?

– Après ma dernière visite, il y a huit ans, nous n'avons plus jamais évoqué ton nom. J'ai fait ce que tu m'avais demandé. Je les ai tous protégés.

– Pourquoi lui, alors ?

– Il a grandi, il s'est politisé, il a appris pour le 11 Septembre et le reste. Que veux-tu que je te dise ?

– Mais il n'a que quinze ans !

– Je sais. Peut-être faudrait-il aller voir la police…

Il en eut froid dans le dos.

– Nous allons gérer la crise en famille. Il suffirait que le juge ait vent de cette histoire pour qu'il me renvoie directement derrière les barreaux. C'est cela que tu veux ?

– Je voudrais…

Elle ne termina pas sa phrase et éclata en sanglots. Cette fois-ci, Verdier ne réagit pas. Il y avait la table entre eux et il n'avait pas envie de faire un seul pas. Il s'assit en face d'elle et se servit une louche de pâtes, une noix de beurre et un verre d'eau.

Il avait presque terminé son repas quand les enfants apparurent. Verdier tourna la tête vers eux et attendit une réaction de leur part.

– Votre père…, fit Lorraine d'une voix molle.

Ils s'installèrent, chacun à sa place, et se distribuèrent le reste de coquillettes en silence.

– Amélie, il va maintenant falloir que tu t'habilles plus correctement. Ce n'est pas une tenue décente pour une jeune fille.

La remarque de Verdier fit bondir l'aînée.

– Alors comme ça, tu penses que tu peux rappliquer après dix ans et nous dire ce qu'on doit porter…

– Je ne m'adressais pas à toi, Béatrice. Mais à ta petite sœur qui n'est pas encore majeure.

– Là d'où tu viens, tu n'es pas le mieux placé pour nous donner des conseils, continua sa fille.

Lorraine tenta d'intervenir, mais Verdier la fit taire aussitôt d'un geste du menton.

– Nous n'allons pas commencer à nous chamailler sur mon passé, fit-il.

– Tu veux qu'elle se foute un niqab sur la gueule ? s'agaça Béatrice

– Une jupe et un chemisier corrects, ce sera déjà pas mal. Quand elle est assise, on voit ses cuisses et la naissance de sa poitrine. Qu'est-ce que ce sera au printemps !

– T'as qu'à pas regarder.

– Dis donc, ma grande, on ne parle pas à son père sur ce ton.

– Mon père ? Il était où ces dix dernières années ? Ça ne nous a pas empêchés de vivre, que tu moisisses en prison. Pourquoi ça changerait aujourd'hui ?

– Parce que je suis le chef de famille, précisément, et que je reprends mon rôle. Et on ne reparlera plus de la prison. C'est terminé, cette époque.

Le cerveau de Verdier carburait à toute vitesse. La situation était en train de lui échapper. Il n'avait pas prévu une telle réaction. Il regardait le visage de Béatrice, ses grands yeux bleus soulignés de khôl, ses lèvres charnues rehaussées de vermillon et ses pommettes ambrées. Elle était belle et fraîche. Nom d'un chien qu'elle était belle. Il ne pouvait pas continuer à se disputer avec elle. Pas pour ces bêtises. Mais comment lui dire ?

– Je voudrais qu'Amélie fasse attention à elle à l'extérieur de cette maison. Ce n'est pas extraordinaire de demander cela ! Au parloir déjà, quand elle est venue me voir avec votre mère, elle a choqué des surveillants. Et crois-moi, c'étaient de bons *chrétiens*.

– Mais moi, tu t'en fous ?

– Tu es parfaite, Béatrice. Si ce n'est que tu parles mal à ton père…

Puis Verdier se força à rire pour détendre l'atmosphère. Lorraine en profita pour racler le fond de la casserole et le resservir.

– Donne plutôt ce qui reste aux enfants, dit-il.

– Trop sympa, maugréa sa fille aînée. Les coquillettes, on en a par-dessus la tête. Midi et soir depuis des lustres. Ça aussi, tu vas le changer ? Est-ce que tu vas faire un miracle et transformer cette bouffe en festin ?

– Le seul miracle, en islam, c'est la présence de Dieu, ma fille.

– Tu ne crois pas que tu pourrais laisser tomber ? Ça t'a mené où, ces conneries ?

Verdier leva instinctivement la main.

– Vas-y, frappe-moi. Vous n'êtes bons qu'à ça chez Mahomet.

La gifle cueillit Béatrice sur l'oreille. Un silence lourd et détestable se fit dans la salle à manger. Lorraine cacha son visage dans sa serviette. Amélie et Adrien retenaient leur respiration. Béatrice refoula ses larmes sans quitter des yeux son père. Verdier ne s'était pas senti aussi mal à l'aise depuis longtemps. Une irrépressible envie de chialer montait en lui. Aussi incontrôlable que celle de la serrer dans ses bras et de la couvrir de baisers. Plus tard, se dit-il. Il le ferait plus tard. Quand il en aurait terminé avec les frères et avec Rateau. Il lui fallait encore patienter. Ils allaient le haïr quelques jours, quelques semaines, puis il serait enfin en mesure de leur révéler la vérité.

– Ce n'est pas grave, murmura Béatrice. Nous allons prochainement être mis à la porte de cette maison. On ne se verra plus. Tu n'auras plus à me supporter.

– Encore une fois, ma grande, je n'ai rien contre toi. Je n'attends que du respect. Je vais régler vos problèmes, *nos* problèmes. J'ai de l'argent pour payer les traites. Vous verrez, tout rentrera dans l'ordre.

Il attrapa la main de Béatrice et la serra très fort.

– Et tu vas dire à Hubert qu'il revienne. Sa place est ici, parmi nous. On n'a jamais vu un gamin de quinze ans fuguer dans ces conditions ! J'ai besoin de lui comme j'ai besoin de vous quatre. Vous êtes *ma* famille.

Verdier quitta la pièce. Cinq minutes plus tard, la mère et les enfants l'entendirent commencer à prier. Béatrice et Adrien ricanèrent. Lorraine se signa. Personne ne pouvait percevoir qu'il était en train de réciter le Notre Père.

5 mai 2011
17 h 30

Le bleu céruléen du ciel était démenti par un vent désagréable qui balayait la vallée. Le village grossissait lentement au pied des montagnes. Alain-Larbi était transi. La moto roulait à vive allure, essayant de demeurer dans le sillage de celle qui la précédait. Le beau temps n'avait pas duré. Le couvert laiteux revenait.

Le djihadiste en avait soupé de ce bled. Il n'avait plus qu'une idée : rentrer chez lui. D'ici là, il devait s'acquitter de sa mission. La plus périlleuse qu'il lui ait été donné d'effectuer. Il maudit encore une fois ces putains d'Américains qui lui avaient bousillé son sac et ses moyens de communication. Tout aurait pu être déjà réglé. Tout aurait pu être plus simple.

Il se serra davantage contre son chauffeur, essayant de trouver un peu de chaleur. Le garçon n'était vêtu que de son seul kamiz et d'une paire de Cheetahs[1] sans chaussettes, et Alain-Larbi se demandait comment il n'était pas déjà tombé, congelé.

---

1. Chaussures de sport, ressemblant aux Puma, que portent presque tous les talibans.

Les Afghans ne ressentaient rien. Ni le chaud ni le froid. Cela ajoutait au malaise qu'il éprouvait depuis le premier jour où il avait fait la connaissance du groupe de moudjahidin. En dehors du profond mépris qu'ils affichaient pour autrui, il n'y avait rien. C'était cela : rien.

Les motos traversèrent le village et stoppèrent à l'autre extrémité. Le peu qu'il en avait aperçu ne renvoyait pas l'image d'un endroit paisible. Des enfants sales et en haillons. Des hommes à la mine patibulaire errant au milieu des ruelles crasseuses comme des spectres. Et un étonnant silence que déchirait la pétarade des Yamaha.

Les guides crièrent quelque chose et la lourde porte en bois du *compound* s'ouvrit. Farez et Alain-Larbi furent poussés à l'intérieur. Dans la pièce où on les conduisit, une natte avait été étendue au sol, recouverte de galettes, de bols de soupe, de plats de viande et de lanières de poissons séchés. Il y avait également des pots de liquide coloré et des friandises. Ils n'avaient pas vu un tel festin depuis leur dernier séjour à Peshawar.

– C'est en votre honneur, annonça le guide. Nous sommes en sécurité, désormais. Vous allez enfin pouvoir vous reposer et prendre du bon temps. Dans moins d'une heure, votre hôte nous aura rejoints. Nous partagerons le dîner tous ensemble. En attendant, prenez des jus de fruits, des gâteaux secs si le cœur vous en dit. Ensuite, vous pourrez faire vos ablutions et la prière du soir. Après quoi, nous nous retrouverons ici.

En revenant dans la pièce, Farez et son compagnon découvrirent enfin leur hôte mystérieux. C'était un petit homme rondouillard, les joues grises et glabres. Le plus surprenant était sa tenue vert olive et les galons qui y étaient enfilés sur les pattes d'épaules. Ils avaient devant eux un officier des forces armées pakistanaises.

– Le commandant Zardari, leur annonça le guide très respectueusement. Le chef de l'unité 21 pachtoune. La plus importante de la région. Elle comprend trois cents hommes côté afghan et presque quatre cents côté pakistanais. Il est l'un des derniers notables à avoir vu vivant notre émir. Il parle pashto, dari, hindi, mais aussi chinois, arabe, anglais et un peu de français.

L'homme était resté impassible, le temps que le moudjahid le présente. Mais il ne quittait pas des yeux Farez et Alain-Larbi.

– C'est donc à vous qu'échoit l'honneur de porter en Europe le message de notre émir. Je suis très heureux de vous rencontrer.

Puis il désigna de la main les plats sur la natte.

– J'ai fait préparer ce festin à votre intention. Vous avez eu une conduite héroïque chez nos frères afghans. Laissez-moi vous présenter mes condoléances pour votre camarade mort en Kapisa.

Un frisson parcourut la colonne vertébrale d'Alain-Larbi. Tout sonnait faux dans ce que racontait ce bonhomme. Il n'avait rien en commun avec lui. Tous les deux trahissaient leur camp, mais pour des raisons bien différentes. Celui-ci respirait la lâcheté et la mystification. Sa graisse, ses membres courts et ses bagues aux doigts lui inspiraient un dégoût qu'il s'employa immédiatement à dissimuler. Il laissa flotter son regard sur les assiettes de viande et essaya de penser à autre chose. Mais le commandant était en verve. Il n'arrêtait plus de jacasser. Il refit l'historique du combat dans la vallée d'Alasay comme s'il y avait participé lui-même. Expliquant que les Américains étaient de piètres guerriers, qu'il avait eu l'occasion d'en tuer de ses mains après qu'ils avaient été faits prisonniers et qu'ils ne devaient inspirer de crainte à personne. C'était sûr, tuer des Marines ficelés comme des saucisses ne présentait pas beaucoup de danger... C'était autre chose quand on les croisait la nuit, sur une pente enneigée, le ventre vide, avec déjà des dizaines de kilomètres dans les jambes. Il aurait bien voulu l'y voir.

– Après le repas, il y aura une autre fête.

Alain-Larbi ramena son regard vers lui. Le commandant souriait comme s'il leur préparait une bonne blague.

– *La France, c'est le pays de l'amour*, murmura-t-il dans un français hésitant. Peut-être avez-vous envie de femmes ? Ici, dans nos tribus, tout est possible. Nous pouvons vous marier pour la nuit. Les femmes ne sont que des jouets, vous n'avez qu'à en choisir, a dit le calife Amr Ibn al-Ass.

Il s'interrompit un instant pour observer la réaction de ses invités, puis reprit :

– Ne soyez pas timides. C'est le seul cadeau que nous pouvons vous faire. Une femme... Ce n'est rien. Surtout quand elle est chrétienne ! Ce n'est qu'une esclave. C'est comme du bétail. Mais vous pouvez le faire selon le rite musulman. Pour une nuit. Nous arrangerons cela. Mangez d'abord pour prendre des forces, et profitez-en après.

– T'as entendu ça ? demanda Farez. Il va nous refiler des gonzesses ! Putain de sa race, j'aurais jamais cru.

Alain-Larbi ne broncha pas.

6 mai 2011
4 heures

Le 4 × 4 de Karim roulait à tombeau ouvert dans la banlieue Nord noyée sous un déluge de pluie. À présent, l'eau formait des flaques sur la route, par endroits aussi longues que des piscines. La voiture soulevait de part et d'autre de sa trajectoire un véritable mur liquide. Les essuie-glaces fonctionnaient à plein régime.

Le regard de Verdier naviguait du compteur au visage fermé de Karim, illuminé à intervalles réguliers par l'éclairage blafard des lampadaires qui trouait la nuit. Il était furieux de cette balade imprévue. Lorsque le tout-terrain s'élança en accélérant sur l'avenue du Général-de-Gaulle, il demanda encore une fois au chauffeur de se calmer :

– Lève le pied, bordel. On va aller droit dans le décor, ou on va se faire serrer par les flics.

Karim fit comme s'il n'existait pas. Il rétrograda pour tourner rue Henri-Barbusse et reprit aussitôt de la vitesse.

– Tu as entendu, putain de merde ?

– Les flics, je viens de les semer…

Verdier se retourna pour regarder à travers la lunette arrière. Le rideau de pluie empêchait de distinguer quoi que ce soit. C'est à peine si l'on voyait les immeubles de chaque côté. Quelques mètres après les avoir franchis, les feux de signalisation s'évanouissaient instantanément, avalés par l'obscurité. Aucune autre lumière n'apparaissait derrière eux.

– Tu as rêvé, mon frère.

– Pas du tout, ils ne nous ont pas lâchés entre Nanterre et Asnières.

Verdier vérifia une nouvelle fois la fermeture de sa ceinture de sécurité.

– Putain, on va finir sur le toit parce que tu nous développes une parano !

Il ne décolérait pas. D'abord le réveil à 3 heures du matin, ensuite les explications confuses que lui avait servies Karim pour le convaincre de l'accompagner, et maintenant cette course suicidaire à travers la banlieue dévastée par la tempête, il serait bien descendu au premier feu rouge pour rentrer chez lui. Mais la voiture ne marquait jamais l'arrêt. Elle fonçait vers Aubervilliers sans presque ralentir aux carrefours. Trois fois déjà, ils avaient frôlé le carton majeur.

– Ton petit jeu, ça a coûté un genou à l'un de mes potes en 1995 quand il rentrait de Bosnie.

– Tiens donc ! T'étais déjà impliqué à cette époque ? Je savais pas.

La remarque de Karim énerva un peu plus Verdier.

– Parfaitement, un de mes copains se battait depuis trois ans en Yougo. Il est rentré à Paris avec un autre volontaire et ils ont joué au con exactement comme tu le fais. Résultat : un bel accident et une patte folle pour le restant de ses jours. On peut même considérer qu'il a eu de la chance. Lève le pied, je te dis.

Les mains serrées sur son volant, Karim amorça un nouveau virage, jeta un coup d'œil au rétroviseur, puis ralentit enfin.

Il klaxonna deux coups brefs devant la porte d'une usine désaffectée. Les battants s'ouvrirent aussitôt et il rangea le 4 × 4 entre deux grosses Mercedes.

– Où on est ?

– Nulle part.

Verdier aimait de moins en moins la tournure de la nuit. Il défit la boucle de sa ceinture et posa lourdement la main sur l'avant-bras de son chauffeur. Il le dominait d'une tête.

– Qu'est-ce que tu me fais, Karim ? À quoi ça rime, tous ces mystères ?

– Écoute, mon frère, tout va bien. Nous sommes *nulle part* car cet endroit n'existe pas.

– Je ne comprends pas.

– C'est un des multiples lieux de rendez-vous qu'on nous prête quand l'activité ordinaire de la journée a cessé. Inutile d'en faire un fromage. Le nom de la boîte est sur la porte, t'avais qu'à regarder, mais c'est la première et la dernière fois qu'on s'y trouvera. Si les keufs te questionnent un jour, il y aura rien à dire. Ça relie à rien ni à personne de chez nous.

– Qu'est-ce qu'on fout là, alors ?

– On vient voir le nouvel imam. Le chef de la cellule dont on a déjà parlé.

– On avait vraiment besoin de tout ce cinoche pour le rencontrer ?

– On sait jamais. C'est ce qu'on a trouvé de mieux pour que tu puisses lui être présenté tranquillement sans risquer de te faire filer jusqu'à chez lui. On ne pouvait pas t'emmener là où il crèche ni monter ce rendez-vous de jour, c'était impossible. Comme ça, y a pas de lézard.

– Imagine que les flics que tu crois avoir semés planquent devant chez moi ? Qu'est-ce que je leur dirai s'ils m'interrogent ?

– Personne devant ta baraque. On a vérifié. C'est clean.

– Et alors, tout à l'heure ?

– C'était rien. Je voulais tester tes réactions. Voir si t'es aussi calme et déterminé que nous l'a dit Moktar. Quand nos amis arriveront du Pakistan, il s'agira pas de flancher.

Un Maghrébin était assis dans la salle de repos du vigile. Une pièce délabrée dont une porte s'ouvrait sur le parking, et une autre sur un couloir menant vers le fond du bâtiment. L'homme leur fit signe de le suivre dans le corridor au bout duquel un accès direct donnait sur une ruelle bordant l'arrière de l'usine. Sur le trottoir opposé, un bar minable était ouvert malgré l'absence de lumière à l'intérieur.

Karim poussa Verdier.

– Dépêche-toi. Qu'on referme la porte et les rideaux.

Le Maghrébin s'effaça pour les laisser entrer et s'esquiva.

– On est chez le cousin d'un ami, ajouta Karim. On est tranquille ici. L'imam nous attend au-dessus.

– Pourquoi n'est-on pas venus directement ?

– Pour pas se balader dans la rue, mon frère. La vieille usine, c'est une sorte de sas. Personne nous a vus entrer ici. Pareil quand on ressortira. T'es toujours à cran ?

– Je pensais que les choses seraient plus simples.

– La simplicité, ça rime pas avec clandestinité, mon frère.

Au premier étage du bistrot, l'imam était penché sur un ordinateur quand Verdier et Karim entrèrent dans la pièce. C'était un colosse d'une cinquantaine d'années, au crâne rasé avec un duvet noir lui dévorant les joues, habillé simplement comme n'importe quel travailleur immigré du 93.

– Ah ! fit-il en apercevant Verdier. Voilà Abdelaziz. Bienvenue.

Verdier lui rendit son sourire.

– Nous t'attendions avec impatience. Nous avons craint un moment que ta libération soit retardée. Moktar nous avait donné des nouvelles qui allaient dans ce sens. Heureusement, Allah veillait. Un verre de thé ?

Sans se préoccuper de la réponse de Verdier, l'imam remplit trois tasses et en poussa deux devant lui.

– Comment s'est passé ton retour chez toi ?

– Bien…

– Tu n'as pas l'air très convaincu.

– Si. Bien. Comme après dix ans de cabane, j'imagine. Il y a quelques petits problèmes à régler.

– Avec les tiens ?

– Avec ma famille, oui. Les enfants ont grandi, on leur a raconté beaucoup de choses, ils ont vécu tout ce temps sans homme à la maison, il faut leur redonner confiance…

L'imam leva les yeux au ciel.

– Je me doute, je me doute. Mais ce n'est pas plus grave que ça, n'est-ce pas ?

Verdier était partagé entre l'envie de lui brosser un tableau extrêmement noir de la situation et celle de lui dire qu'il en avait le plein contrôle. Il pouvait soit faire en sorte d'être écarté de la mission, soit mettre en confiance l'imam et poursuivre son travail avec la cellule. Dans les deux cas, il était piégé. S'il se défaussait, il ratait sa dernière chance de raccrocher les wagons avec Rateau et c'en était fini des frères et de leur argent. S'il restait dans la boucle, Dieu seul savait où cette histoire le mènerait.

– Que des broutilles, répondit-il. Ma famille a des problèmes de fric. Ma femme et mes enfants n'ont toujours pas admis ma conversion. Pour le moment, je suis perçu comme un étranger.

Il allait parler de la fugue d'Hubert, mais se ravisa.

– Ils attendent tous de voir si je serai capable de les aider financièrement.

– Rien d'autre, vraiment ?

– Non. Disons que je ne suis pas très à l'aise chez moi.

Les yeux de l'imam pétillèrent de malice.

– Tu ne vas pas les brusquer. Tu ne leur parleras plus de religion. Tu vas les mettre en confiance.

– Comment ?

– Avec l'argent, évidemment, fit l'imam en déposant sur la table une liasse d'euros.

– Ils vont penser que j'ai repiqué au trafic de drogue.

– Pas du tout. Tu vas leur expliquer que tu travailles à l'alphabétisation des enfants d'immigrés. Karim t'en a déjà parlé. Tu commenceras bientôt. Il te donnera tout à l'heure toutes les informations nécessaires. C'est dans une cité que tu connais. Tu n'auras qu'à y emmener ta femme ou tes gosses un de ces quatre. Ils verront que tu gagnes honnêtement ta vie. Montre-leur ça et laisse-les tranquilles. Une fois que ta mission avec les frères du Pakistan aura été remplie, tu pourras les reprendre en main. Nous avons le temps. Le plus important, c'est de recevoir nos envoyés avec le message de l'émir. C'est la seule chose qui doit guider tes pas. On a la pression, en Afghanistan. Nos moudjahidin tuent beaucoup de croisés, mais eux, ils meurent par centaines. Lorsque nous aurons accompli ses dernières volontés, nous serons enfin sur la voie de la libération. Nous pourrons alors penser à l'instauration du califat. Des temps meilleurs viendront, mon frère. Grâce à toi. Ce que tu vas faire, c'est peu au regard de ce que nous obtiendrons. Nous interdirons les piscines, l'union libre, l'homosexualité, le jeu, la musique, le tabac, le maquillage, l'alcool, les films et les photos… Nous interdirons tout. Tout !

Après avoir fini son énumération décousue, l'imam passa une main sur son crâne luisant de sueur. Verdier vit qu'elle tremblait.

– Des rivières de sang abreuveront la Seine et d'autres grands fleuves. Il est écrit dans le Livre de ne pas se désoler sur les peuples incroyants. Ceux qui craignent Allah demeureront dans un paisible lieu de séjour, au milieu de jardins et de sources. Ils seront vêtus de satin et de brocart. Ils auront comme épouses des *houris* aux grands yeux. Il y aura là des vierges bonnes et belles. Des jeunes femmes à la poitrine et à la croupe débordantes…

Dix ans plus tôt

Les deux tours flambent. La poussière pulvérisée par les impacts s'est dissoute. On aperçoit maintenant parfaitement les bâtiments. Le zoom de la caméra cadre les quelques étages ravagés par les flammes. Le vent chasse les tourbillons de fumée qui s'en échappent. Les fenêtres et les pans de murs arrachés ont laissé la place à des trous géants. L'image se resserre encore. On a l'impression de n'être qu'à quelques mètres des immeubles. Des hommes et des femmes s'extirpent des décombres pour venir s'accrocher au bord du vide à des morceaux de poutrelles. On les aperçoit se rapprocher encore de la cicatrice laissée par les avions. Ceux de la tour nord sont au premier plan. On voit un jeune Noir en chemise claire avec une cravate sombre et, derrière lui, collée à lui, une femme jeune aussi, en tailleur de couleur. Le soleil qui frappe la tour de plein fouet illumine sa peau laiteuse et sa chevelure rousse. L'image serait muette s'il n'y avait les cris et les rires en fond sonore.

L'un des garçons se leva pour aller jusqu'à la baie vitrée de l'appartement. Il écarta le rideau et regarda à l'extérieur les deux tours de la cité Pablo-Picasso qui se dressaient au sud de Nanterre.

– Elles paraissent pas plus éloignées, dit-il. Putain, si on les avait cartonnées, on serait aux premières loges, pareil.

Puis il revint s'asseoir devant l'écran. À côté de lui, trois autres garçons attendaient de revoir la séquence déjà visionnée plusieurs fois.

Le film était arrivé par avion au cours de la nuit précédente. Trois jours à peine après l'attaque suicide contre le World Trade Center. Ils l'avaient ensuite enregistré en HD sur une dizaine de DVD. Ils avaient prié et remercié Allah pour cette punition infligée à leurs ennemis. Ils avaient loué les noms de Mohammed Atta et des autres, et les avaient enviés d'avoir eu le courage et la force de mener une telle opération. Mais à aucun moment ils ne les avaient plaints, persuadés que les kamikazes profitaient déjà des félicités du paradis des musulmans, de son jardin enchanté et de ses soixante-douze vierges enclines à dispenser à l'infini leurs bienfaits aux martyrs du djihad.

Les DVD attendaient sur une table d'être portés à l'imam Abou. Le temps ne pressait pas. Un rendez-vous avait été fixé en fin de journée. Pour le moment, les garçons voulaient se repaître des images. Ils savaient que le meilleur était encore à venir. Le crash des Boeing, tout le monde l'avait vu. Les employés piégés hurlant leur détresse dans les embrasures de fenêtres arrachées, aussi. Mais ce qui allait suivre, personne d'autre qu'eux en France n'y avait eu accès. Pas encore.

Derrière le Noir cravaté et la rousse en tailleur, d'autres formes apparaissent. Puis d'autres encore, à différents niveaux de la tour. Les mêmes visages tordus par l'épouvante et la souffrance.

Dans le salon du HLM, un éclat de rire général fit écho au son de l'image.

– Allez les juifs, sautez ! hurla le garçon qui s'était levé.

– Ta gueule, le coupa un autre. Ils vont faire le plongeon. Ta gueule. Écoute…

Comme dans un rêve, l'homme se penche. Ses pieds s'approchent du bord. Son bras qui le retenait encore à l'immeuble se détend, puis il bascule.

– Regardez. Le con, il saute avec son attaché-case…

La rousse s'élance aussitôt et, avec elle, trois autres personnes.

Une autre image filmée de beaucoup plus près suit leur chute. Les corps plongent à une vitesse vertigineuse. Le Noir s'est retourné. Il tombe, tête en bas, sa mallette toujours à la main. La femme bat des bras et des jambes. Les trois autres désespérés se sont mis en boule. L'un a perdu une chaussure qui descend presque aussi vite que lui, comme si elle cherchait à retrouver son pied. La caméra les filme de près. Puis une autre, au sol, prend le relais. Elle doit se trouver à une dizaine de mètres de la tour nord. Certainement au ras du sol, posée à même le trottoir.

Les corps explosent sur le bitume à quelques dixièmes de seconde d'intervalle dans une gerbe de sang. Le Noir est décapité en s'écrasant devant l'objectif. Les jambes de la femme s'ouvrent avec une violence inouïe et sont projetées hors champ. Son tailleur est arraché. Les projections de sang et de débris humains masquent en partie l'atterrissage des trois derniers chuteurs. Puis tout retombe en pluie fine et colorée avant de laisser place à une abjection grise et sale où tout est confondu, fragments d'hommes et de femmes, viscères, lambeaux de peau, os et morceaux de matière cérébrale.

Pour chaque impact des corps, le bruit a été épouvantable. Et salué par un tonnerre d'applaudissements dans la pièce. Cinq coups sourds à la suite d'une puissance phénoménale qui ont occulté une fraction de seconde les sirènes des secours, les appels des pompiers, des policiers et des survivants perdus au milieu des décombres.

Les garçons n'arrêtaient plus de frapper dans leurs mains. Ils exultaient. Ils étaient tous d'accord, c'était la meilleure scène de la vidéo. Plus ils la repassaient, plus elle leur plaisait.

Mustafa, resté mutique jusque-là, éteignit le poste et versa du thé dans des verres posés sur la table. Il avala le sien d'un trait et se leva après avoir pris les DVD.

– Un jour, nous ferons nous-mêmes ce genre de film ici, déclara-t-il. Nous dynamiterons la tour Montparnasse ou l'une de celles de La Défense. Nous punirons plus de gens encore que nos frères aux États-Unis. Nous ouvrirons chez nous un front que rien ne pourra refermer. Abou l'a promis. Grâce à ces images, nous allons lever une armée gigantesque.

Les autres ne bronchaient plus. Ils buvaient ses paroles. Ils étaient dans un cocon. Un dar al-Ansar. Dans la main de Dieu. Tout ce qui se disait ici n'était que vérité.

– Et cela arrivera bientôt, car la guerre est déclarée. Portez les DVD à l'imam, et ensuite vous les répandrez dans les cités. Vous êtes les messagers d'Allah.

6 mai 2011
5 heures

Ainsi rien n'a changé, pensa Verdier. L'imam était raide fou, comme l'était Abou. Verdier en fut rapidement convaincu. Il ne lui avait pas fallu un quart d'heure pour s'en rendre compte. Il voulait maintenant quitter cet endroit au plus vite et rentrer chez lui regarder dormir Lorraine et les filles.

– Il n'y aura pas de problème, cheikh.

– La mission avant tout ! hurla l'imam. Si tu craignais la désobéissance des femmes chez toi, il est encore écrit de les reléguer dans des chambres à part et de les frapper… Si elles résistent, tu devras les tuer. Car ce n'est pas pécher de tuer celui ou celle qui s'oppose à l'accomplissement de la parole de Dieu. Sois ferme avec tes garçons, mais ne te préoccupe plus des femmes de ta maison. Elles seront un jour pendues avec un crochet par la langue ou les seins. Mais fais preuve de bonté envers elles dans ce monde pour qu'on puisse parvenir à nos fins. Je vais passer chez toi pour voir comment tu es logé. Ce sera vite fait. Tu feras sortir ta famille le temps que je regarde.

Dans leur chambre commune, Béatrice et Amélie étaient étendues dans de petits lits jumeaux séparés par un espace minuscule. Un croissant de lune répandait à l'intérieur un éclairage pâle et laiteux, légèrement teinté de bleu. Il n'y avait aucun autre bruit que la respiration ténue et régulière des filles.

Verdier entra et s'accroupit entre les deux couches. Amélie dormait sur le dos, les bras le long du corps, le visage tourné vers lui. Béatrice reposait sur le ventre, la couette remontée jusqu'à ses épaules nues. Il se pencha vers l'une et l'autre pour s'imprégner de leur parfum. Il frôla la chevelure d'Amélie et regarda la naissance de sa gorge. Il ne le voyait pas, mais il devinait le sang battre sous la peau fine et délicate. Il tendit la main et arrêta son geste. Il avait rêvé de ses enfants chaque nuit, à Lannemezan. Chaque nuit, il les avait cajolés et avait prononcé leurs prénoms. Curieusement, le temps et l'étude des textes sacrés avaient rendu ses filles plus présentes qu'Hubert et Adrien. Il les avait imaginées grandir et se transformer. Il leur parlait, parfois. Et voilà qu'elles étaient là, ces *oura*[1] qui ne baissaient pas les yeux et montraient leurs appas, devant lui, dans leur nudité outrageante…

Il approcha ses lèvres à la limite de leurs visages et y déposa un baiser dans l'air, pour ne pas les réveiller.

Dix ans plus tôt

Un rayon orangé traversait sa chambre pour exploser sur le mur au-dessus de lui lorsque Verdier se réveilla. Le soir tombait. Il n'en revenait pas d'avoir dormi l'après-midi entier. Un sommeil de plomb de presque quatre heures. Le chant d'un muezzin relayé par un haut-parleur pénétra dans la pièce. Il écouta la mélodie traînante, les yeux fixés au plafond, puis étendit le bras pour

1. Tare, souillure, sexe féminin. Nom pour désigner les femmes impies dans le Coran.

attraper la bouteille d'eau sur la table de chevet. Une méchante soif lui desséchait le palais. Il vida d'un trait le quart de Chaouen et s'assit au bord du lit. Ce connard de Rachid n'avait pas donné signe de vie. Il avait pourtant promis de passer à l'hôtel lui confirmer le départ de la Mercedes et de l'emmener ensuite faire un tour dans Karyan Toma.

Verdier se gratta les cuisses. Son costume complètement froissé formait une deuxième peau. Il se leva et se campa devant le miroir de l'armoire. Il ne ressemblait plus à rien. À moins d'un bon coup de fer, il fallait qu'il se change. Il enfila un jean et un tee-shirt, referma le cadenas de son sac et se mit à cogiter. Il avait débloqué la somme d'argent, il devait maintenant savoir si le Marocain avait bien rempli la dernière partie du contrat. Le mieux était sans doute de retourner directement au garage et de s'assurer que la voiture était partie. Mahmoud attendait des nouvelles. Il n'avait pas droit à la moindre erreur s'il voulait conserver le job. À la réflexion, ç'avait été incroyablement facile jusqu'à présent. Si les Arabes avaient commis une entourloupe, on ne pourrait pas lui en tenir rigueur à condition qu'il en informe Nanterre immédiatement. C'était le deal. Ensuite, il savait quoi faire. Il changerait de quartier, contacterait le deuxième type dont Mustafa avait donné le numéro de téléphone, et il s'en laverait les mains. Certainement que le gros Rachid se retrouverait avec un sourire kabyle au fond d'une ruelle. À partir de ce moment-là, il devrait décamper fissa. Après, on remonterait un business avec quelqu'un d'autre. Nul doute que les rastas avaient d'autres adresses. Le principal pour lui était de rester dans la boucle. Et de continuer à faire du pognon.

Jaffar et Nabil étaient assis devant l'atelier, affairés autour d'un narguilé dont ils se repassaient l'embout après chaque bouffée. Verdier les aperçut de loin. À part eux, la rue était déserte. Il n'y avait plus aucun enfant sur le trottoir. Un à un, les éclairages apparaissaient aux fenêtres des immeubles. C'étaient des lumières blanches dispensées par des néons qui vibraient dans le crépuscule comme si les lampes avaient du mal à s'allumer.

Verdier s'approcha tranquillement et se planta devant eux.

– Alors les gars, vous prenez le frais ?

Les Marocains sortirent de la contemplation extatique de leur pipe à eau et levèrent les yeux vers lui.

– Ah ! Le Francaoui, marmonna Nabil. Ça va comme tu veux ?

– Je n'ai pas vu Rachid, cet après-midi…

– Le patron, il est en ville.

– Et la Mercedes ?

– C'est quoi le problème ?

– À toi de me le dire s'il y a un problème. Elle est partie ?

– C'est Rachid qui doit dire.

– Elle a quitté le garage ou pas ?

Jaffar se pencha vers son camarade et lui murmura quelque chose à l'oreille.

– J'peux pas te répondre, s'excusa Nabil. Tu verras ça avec le patron demain.

– On ne peut pas l'appeler ?

– Non. Quand il est en ville, faut pas le déranger. Il s'occupe de tes affaires. T'inquiète pas.

Le narguilé répandait autour d'eux un parfum de pomme acidulée. Verdier eut envie de demander l'embout pour essayer, mais rien dans l'attitude des mécanos ne l'encourageait à le faire. Ils n'étaient pas hostiles, seulement indifférents. Manifestement, sa présence les dérangeait. Il hocha la tête.

– OK. Je vais retourner au restaurant pour dîner et ensuite à l'hôtel. Dites-le à Rachid. Je l'attendrai dans ma chambre, mais il faut que je le voie demain matin au plus tard.

– C'est ça, laissa tomber Jaffar. Reste dans la piaule. Te balade pas dans le quartier.

– Je n'avais pas l'intention…

– Alors ça va. C'est pas un quartier pour les Blancs. Reste à l'hôtel. C'est des amis. On t'emmerdera pas.

Ensuite, le mécano tira à nouveau sur son embout et fit une série de ronds de fumée, le regard perdu dans les ombres qui envahissaient la rue. Nabil avait fermé les yeux, la tête calée contre le mur du bâtiment. Verdier s'éloigna.

Jamais de son existence, il n'avait ressenti un tel accablement. Cette impression de vide absolu autour de lui et en lui. Tout ce qu'il avait vu de Casablanca, c'est-à-dire presque rien, le laissait de marbre. La saleté, la chaleur, le bruit, la populace… Il n'avait pas imaginé sa première mission ainsi. Heureusement, il y avait l'argent, même si, au fond, ce que lui ristournait Mustafa n'était que des clopinettes au regard de la montagne de fric que son gang allait empocher. Quatre-vingts kilos de résine de cannabis ! Bien sûr, il n'allait pas la refourguer au détail, mais ça ferait quand même un sacré paquet de pognon. Il avait beau y réfléchir, il était incapable d'avancer un chiffre. Des centaines de milliers de francs de bénéfice, c'était sûr. Ce qui était sûr également, c'est que ça ne devait pas être son premier gros coup. Et pourtant, ce connard habitait toujours son HLM pourri de Petit-Nanterre… Qu'est-ce qu'il pouvait bien faire de son argent, Mustafa ? Verdier se répéta plusieurs fois la question. Quand il en parlerait au commandant, l'autre tomberait des nues. Rateau serait époustouflé de découvrir qu'il avait réussi à entrer dans le système aussi rapidement. Resterait à découvrir où filait le blé. Mais il avait le temps de voir. Ce n'était pas la peine de se presser. Il fallait qu'il tire d'abord le maximum de la combine des rastas.

Il se perdait en conjectures lorsqu'il arriva à hauteur du restaurant près de l'hôtel. La terrasse ouverte le matin avait été fermée. Mais derrière la tenture qui masquait les vitres des portes coulissantes, des lumières colorées rouge et bleu clignotaient. Il s'arrêta et écouta. Des éclats de rire et des applaudissements couvraient parfois le son d'une guitare avec laquelle on n'aurait joué que sur trois cordes.

Une main souleva le rideau et la tête du patron apparut dans l'encadrement de la porte qui fut ouverte aussitôt.

– Tiens ! Le touriste. Rentre, mon ami. Viens t'amuser. Viens voir les gazelles.

Le bonhomme lui saisit le bras et le tira vers l'intérieur.

– Tajines et danses du ventre. Les meilleures de Casa.

Sur l'estrade installée au fond de l'établissement se trémoussait une femme d'une trentaine d'années, grasse et vulgaire. Quelque chose comme la danse des sept voiles. Ce n'était ni beau ni sexy. Mais, faute de mieux, Verdier entra et s'assit derrière la scène, le plus loin possible de la sono.

Il commanda un couscous et demanda s'il y avait du vin. Le patron s'excusa :

– Pas d'alcool. De l'eau, du thé…

– Du Coca alors ?

– Le Coca, c'est comme le vin, c'est haram.

– Et pourquoi ça ?

– C'est américain…

Verdier n'insista pas. À quoi bon discuter avec ce péquenot ? Il se tourna sur sa chaise et regarda la femme se déhancher sur l'estrade. Vue de près, elle semblait moins moche. Plus jeune aussi qu'il n'avait cru au premier coup d'œil. C'étaient la couche de fard et sa tenue qui l'enlaidissaient. Elle n'aurait sans doute pas été retenue pour poser dans la double page centrale de *Playboy*, mais elle avait quelque chose.

Lorsque le patron revint avec le plat, Verdier lui fit signe de s'approcher et lui glissa à l'oreille :

– Les femmes chez vous, elles sortent avec les clients ?

Ç'aurait été trop bête de venir au Maroc sans y goûter. Il fallait qu'il ait autre chose à raconter à Mahmoud que sa rencontre avec Rachid. À coup sûr, les rastas lui demanderaient s'il avait baisé. L'homme sourit et tira une chaise à lui pour s'installer face à Verdier.

– Y en a, mais pas celle-là.

– Ça veut dire ?

– Que c'est une danseuse professionnelle. Elle couche pas. Mais si tu cherches, on va trouver. On passe un coup de fil et la gazelle, elle rapplique.

– Et ça va me coûter combien ? demanda-t-il.

– Presque rien pour toi. Cent balles pour la nuit. Plus cent balles pour moi. C'est d'accord ?

Verdier acquiesça.

– J'avale mon couscous d'abord.

Au moment où il pénétra dans son hôtel, la fille se serra contre lui et baissa la tête, comme si elle avait cherché à éviter le regard du réceptionniste. Mais une fois dans l'escalier, elle se détendit et fit tourner son minuscule sac au-dessus de sa tête en éclatant de rire. Verdier put enfin apprécier la finesse de son corps. C'était une fille relativement grande, tout en muscles, à la peau claire, avec de grands cheveux sombres et ondoyants. Elle ne devait pas avoir vingt ans. Ses fesses se trouvaient exactement à hauteur de ses yeux et Verdier se fit la réflexion qu'elle avait été royalement dotée par la nature. Plus belle encore que la première gonzesse offerte par les rastas dans la cave de Nanterre. Beaucoup plus drôle, certainement aussi. Elle n'avait cessé, entre le restaurant et l'hôtel, de lui palper le ventre en poussant de petits cris émerveillés. Il avait effectué le trajet sans s'inquiéter une seconde qu'on ait pu les apercevoir, tout occupé qu'il était à l'imaginer déjà allongée, jambes ouvertes, sur son mauvais lit.

Il lui plaqua une main sur les fesses et la poussa sur ce qui restait de marches à gravir.

– Attends, baby. Attends qu'on soit dans ta chambre. On va faire rougir le Prophète, lui souffla-t-elle en se retournant vers lui.

Son haleine exhalait un discret parfum de menthe. Verdier voulut l'attirer à lui pour l'embrasser dans l'instant, mais elle se déroba.

– Attends, j'ai dit.

– Un avant-goût...

Le rire de la fille se répercuta dans la cage d'escalier.

– Tu vas en avoir pour ton argent. Crains rien.

Il finissait de verrouiller la porte qu'elle faisait déjà rouler son jean sur ses chevilles. Elle avait conservé son tee-shirt. Son minuscule sac avait été balancé dans un coin de la pièce. Elle se débarrassa ensuite de sa culotte et fut bientôt complètement nue.

Verdier tendit une main vers elle, mais elle fit un pas en arrière. Alors, il commença à se déshabiller, mais elle lui envoya un signe négatif de la main.

– Sois pas pressé, mon roumi. On a toute la nuit. Tu vas me caresser d'abord. Tu vas me lécher et me sucer. Tu vas me pincer. Tu vas me mettre des tapes sur les fesses.

La fille respirait maintenant par à-coups. Elle fixait Verdier, mais son regard allait bien au-delà. Une folle ! Il se dit qu'il avait ramassé la dingue du coin, mit la main à sa poche et en sortit un préservatif.

– T'as le temps, dit-elle en roulant sur elle-même.

Du haut des cuisses à la moitié du dos, sa peau était marbrée de zébrures violacées.

– Qu'est-ce que c'est que cette connerie ?

– Vingt coups de fouet, la semaine dernière. J'ai été punie.

La putain se retourna à nouveau et, en même temps qu'elle plongeait une main dans son ventre, lui récita une sorte de chansonnette :

– Et la fornicatrice sera courtisée par un fornicateur, et une associatrice par un associateur, et cela a été interdit aux croyants comme aux croyantes. Mais les imams aiment à forniquer…

C'était comme une comptine à la mélodie simple mais entêtante. Elle la reprenait encore et encore et paraissait s'en amuser beaucoup. Elle s'arrêta brusquement et lui saisit la main.

Verdier agita l'index.

– Tu vas griller en enfer, ma belle.

La fille resserra ses jambes et son visage devint tout à coup sérieux. Son regard brûlait.

– Les religieux m'ont attrapée la semaine dernière quand je rentrais chez moi. Ils étaient une dizaine, ces porcs. La plupart d'entre eux pas plus âgés que moi. Ils m'ont dit que j'étais la honte du Maroc, la honte d'Allah. Ils m'ont insultée, craché dessus. Je leur ai montré mon doigt et je leur ai dit de se le mettre dans le cul. J'ai crié que j'adorais me faire fourrer pour du flouze et que, quand j'en aurais assez, je partirais faire la pute en France. Chez les roumis. Alors, ils m'ont attachée devant tout le quartier et ils m'ont fouettée.

– Tu n'es pas allée à la police ?

– On voit que tu connais pas. Y avait des flics avec eux. Z'étaient là pour le spectacle.

La fille éclata de rire, ferma les jambes, puis les rouvrit et reprit son mouvement tournant sur sa vulve pour finir par lui envoyer un baiser dans l'air.

Elle lui saisit la main et l'attira vers elle.

– Rentre tes doigts dans mon ventre. Pousse à fond. On va faire des trucs que t'as pas idée. T'en redemanderas. Et demain, c'est sûr, tu me diras que je suis la meilleure.

Cette fille était le diable en personne. Verdier n'avait encore rien commencé qu'elle avait déjà effacé tous ses souvenirs de baise. Bon sang que sa femme était loin ! Idem pour les gamines des Genêts. Il se dit qu'il n'avait jamais été aussi verni de sa vie et que cette jeune effrontée était la plus belle chose qui lui était arrivée depuis longtemps.

6 mai 2011
6 heures

Les cris avaient cessé. On n'entendait plus maintenant que le bruit lancinant des bourrasques de neige fouettant le toit de tôle de la pièce et, parfois, les sanglots d'un enfant, tout prêt.

Alain-Larbi se demandait d'où provenaient ces pleurs. Ils avaient commencé dès que la femme s'était tue. Il tendit l'oreille et écouta encore. La tempête redoublait de violence. À son tour, l'enfant avait cessé de se manifester.

Il se rapprocha de l'ouverture pratiquée dans le mur et contempla la portion de vallée que lui permettait d'observer la meurtrière. Le vent pliait les arbustes. C'étaient des figures fantomatiques qui ondoyaient au gré des rafales. Plus loin, l'obscurité noyait tout. C'est à peine si l'on distinguait la ligne de crête de la montagne, entre terre et ciel.

Quand il avait refusé la jeune femme que lui proposait le commandant Zardari, celui-ci s'en était étonné. Il avait insisté. Après un quart d'heure de palabres, et comme Alain-Larbi ne cédait pas, il l'avait examiné de la tête aux pieds d'un air décontenancé. Il lui avait alors demandé s'il préférait les garçons.

– Si le garçon est très jeune, cela se pratique parfois à Kandahar. Des docteurs de la foi l'autorisent. Nous ferons volontiers une exception ici si tel est ton désir. Je veux que vous rentriez chez vous heureux.

Le silence obstiné d'Alain-Larbi avait mis fin à la conversation. Le commandant l'avait abandonné devant les restes du repas et avait quitté la pièce, accompagné des deux guides et de Farez, impatient de découvrir son épouse d'une nuit.

Ensuite, il y avait eu des plaintes retenues, une voix féminine comme un gazouillis d'oiseau qui répondait aux vociférations de plusieurs hommes. Le commandant s'était mis en colère. Seul, Farez manquait à cet échange. Il devait attendre que la fille obéisse aux injonctions de ses tourmenteurs et lui soit livrée avec leur bénédiction pour profiter d'elle.

Alain-Larbi aurait volontiers mis un casque sur ses oreilles pour échapper à cette cacophonie. Quelque chose comme *Songs of Love and Hate* ou *No Need to Argue*. Un peu de musique pour s'envoler de ce petit enfer. Il n'avait pas envie de dormir. La décompression des dernières heures l'avait enfermé dans un état second. Une sale migraine lui raidissait la nuque. La seule position acceptable pour se soustraire à la douleur était la station verticale. Il avait posé son front contre le mur froid de la pièce et laissait, à travers l'ouverture, son regard divaguer dans l'obscurité en espérant que son esprit puisse, lui aussi, s'envoler de ce gourbi.

La nouvelle épouse du Franco-Algérien n'avait pas vingt ans. Elle devait être beaucoup plus jeune, mais ce n'était pas la question qui occupait le djihadiste. Il avait refermé la porte de sa chambre sans prononcer un mot. Il n'aurait jamais envisagé que ce dont il rêvait depuis son adolescence, jouer avec une chrétienne, sans limites, sans risques, puisse se réaliser au bout du monde, dans l'une des régions les plus orthodoxes de l'islam. C'était un sacré cadeau qu'on lui offrait !

Immédiatement, il arracha le sari que portait la fille et découvrit sa poitrine, petite, ronde et sombre. Elle poussa un cri en croisant ses mains sur ses seins. Dans une pièce contiguë, un enfant commença à gémir. Farez avait toujours considéré les gosses comme un emmerdement. Rien d'intéressant. Il en avait égorgé trois lors d'un massacre perpétré dans les Aurès. Tout un village avait été passé au fil de la lame, il s'était occupé personnellement des petits. Sans états d'âme. Celui-ci, qui braillait derrière la cloison, le mit de méchante humeur. Il saisit la fille par les cheveux et lui intima de se taire. Il tenait sa tête à quelques centimètres de la sienne. Son regard glissa le long de son corps. Une gazelle ! Un petit animal qu'il allait falloir dompter. Elle portait une culotte à fleurs en drap léger, derrière laquelle sa toison dessinait un petit triangle foncé. Même dans la quasi-absence de lumière, le renflement de son sexe était visible. Avec cette ligne magique, matérialisée par la fente, où venait se coller le tissu.

Farez déglutit. Il repoussa la fille sur la paillasse installée à même le sol et se débarrassa de son kamiz, de son pull et de son tee-shirt. Son corps tout en muscles dégageait une impression de force brutale. Sur sa poitrine, sur le côté gauche, sous le cœur, était tatoué un verset du Coran : « Tuez-les partout où vous les trouverez. Telle est la récompense des infidèles. »

– On va niquer comme jamais ça t'arrivera plus. Je vais te foutre des coups de ceinture, dit-il en faisant glisser son pantalon de treillis. Tu vas aimer ça, putain de salope. Tu vas me donner du plaisir.

Puis il se dégagea de son caleçon et écarta les jambes, lui présentant sa verge tendue. Il fallait vraiment que ce soit une moins que rien pour qu'il en oublie sa pudeur. Aucune femme ne l'avait jamais vu nu. Pas même les quelques prostituées avec lesquelles il avait forniqué. Ses relations sexuelles se comptaient sur les doigts d'une main. À peine plus. Sa première épouse avait fui le domicile trois jours après les noces. Par dépit et haine des femmes, il avait rejoint le GIA. Il en avait violé trois ou quatre lors d'opérations, puis s'était barricadé dans la religion. Mais pendant toutes ses années d'errance et de frustrations, l'idée du sexe ne l'avait jamais abandonné. Il y pensait le matin au réveil et le soir en s'endormant. Il baisait dans le secret de ses rêves. Le temps passant, il y mettait toujours plus d'acharnement et de violence. Il aimait sentir les femmes se tordre sous lui. Il se construisait des images de corps écartelés et torturés. Il n'y avait jamais de visage. Seulement des regards de panique. Et des cris.

Il ne quittait plus la jeune fille des yeux, à présent. Il ne rêvait plus. Il ne se réveillerait pas, solitaire, dans ses pollutions nocturnes. Il allait enfin donner libre cours à ses fantasmes.

– Regarde bien mon tatouage, pouffiasse, c'est la parole de Dieu. Tu vas l'embrasser.

Dès qu'il se mit à parler, elle lui fit signe qu'elle ne comprenait pas un mot de ce qu'il lui disait, et recommença à se lamenter. Elle suppliait. Elle secouait la tête, les lèvres tremblantes et les yeux rivés au sol.

Farez sentit la sueur l'inonder et la colère monter en lui.

Le premier coup de ceinture la cueillit sur les épaules. La boucle ouvrit une blessure rosâtre dans la peau noire. Les plaintes de la fille se muèrent en hurlements. Un deuxième coup l'atteignit au visage. Puis il frappa sa poitrine comme s'il avait voulu lui faire sauter les tétons. Farez était en transe. Ce n'était plus dans la chambre nuptiale que cris et violence.

– Écarte tes saloperies de guiboles, hurla-t-il en reprenant la correction.

Enfin, il s'interrompit pour regarder son visage défait par la souffrance. Que son sexe soit aussi humide que sa face de chienne et il s'enfoncerait en elle avec délectation !

– Tu crois quoi, putain de conne, que tu vas pas satisfaire un soldat d'Allah ? Ouvre tes guiboles !

Quand il s'allongea sur son corps, le souffle rauque, elle se débattit avec l'énergie du désespoir, comme un insecte cloué sur un bouchon. Mais le poids de l'homme l'immobilisait. Elle répéta qu'elle ne pouvait pas faire ce qu'il lui demandait, qu'elle était chrétienne, qu'elle était vierge, qu'elle voulait un homme pour la vie avec des enfants, et Farez la fit taire d'un coup de poing sur la bouche.

– Discute pas.

La jeune villageoise chrétienne était ressortie de cette épreuve pâle comme une morte. Elle était souillée et savait que sa vie n'irait pas au-delà de la prochaine lune. L'homme partirait et elle serait démariée à l'aube. Ce serait d'abord une quarantaine hostile en attendant que l'une des deux communautés du village décide de la châtier pour avoir été l'objet de cette nuit indigne. Elle se demandait qui lui porterait le coup de grâce et comment la mort viendrait. Douce ou cruelle ?

Le commandant était dans la grande pièce en compagnie des guides et d'Alain-Larbi quand Farez émergea de sa chambre. Il était rhabillé et peigné, pieds nus.

– Tu viens pour la prière, fils ? demanda le Pakistanais.

– Oui.

– Installons-nous.

Personne n'ajouta un mot. Ils orientèrent le tapis vers La Mecque et récitèrent la première sourate.

Cinq minutes plus tard, l'affaire avait été bâclée. Le commandant attira à lui Farez en le prenant par le bras.

– Tu vas me raconter ta nuit, mon frère.

Le Franco-Algérien recula.

– Allons, allons. Jardin des supplices, jardin des délices..., poursuivit Zardari. Ne me fais pas languir. Nous avons tous profité du son, mais nous n'avons pas eu le bénéfice de l'image. Est-ce que tu as bien baisé ?

Farez avait retrouvé sa pudeur. Il ne pouvait pas parler de cela à cet inconnu. Il ne pouvait surtout pas avouer ses appétences particulières. Mais le commandant insistait :

– Un grand érudit musulman contemporain, Abd ar-Rahman al-Gaziri, nous a enseigné que le contrat d'acquisition d'une femme de second ordre accorde le droit de copuler avec elle. L'objectif de ce contrat est uniquement de s'approprier cette fille et de jouir ensuite d'elle sexuellement, si cette femelle est une esclave ou une servante de l'homme. Ta femme de cette nuit est une chrétienne, mon frère. Tu n'as donc commis aucun péché. Allah Lui-même a déclaré à Son Prophète, béni soit Son nom, qu'Il accordait à l'homme le privilège d'avoir un commerce sexuel avec les servantes de façon plus facile que dans le mariage avec une femme libre. Comme tu peux le constater, nous avons respecté à la lettre cette sourate du Coran.

– Mais vous m'avez marié, commandant. Il s'agit de mon épouse.

– Qu'est-ce que tu me chantes ? Un bon musulman ne peut être marié à une descendante de croisés, à moins que celle-ci n'abjure sa foi. T'a-t-elle dit qu'elle renonçait à la croix ? Tu la répudieras sans problème tout à l'heure en lui répétant trois fois de suite : *Anti Tâliq*[1], selon la formule consacrée.

Cette conversation devenait pénible pour Farez.

– Combien de fois l'as-tu honorée ? Dis-nous.

– Je n'ai pas envie de parler de ça, commandant.

– Elle a beaucoup crié. Combien de fois l'as-tu prise ? Ne me laisse pas sur ma faim. Je veux savoir. Tu sembles avoir la vigueur de cent hommes. Tu contenteras tes soixante-douze *houris* au paradis, j'en suis convaincu. Mais fais-moi la faveur de me raconter où tu l'as touchée et comment tu l'as déflorée. Dis-le-moi avant que nous la tuions.

Alain-Larbi décida à cet instant précis de prendre le large. Il se moquait somme toute de ce que Farez avait fait endurer à la chrétienne au cours de la nuit, Mais il ne voulait pas assister à son assassinat. Il ne pouvait pas. Il lui fallait une raison de faire

1. Je te répudie.

intervenir la police, il la tenait. Après, ce serait trop tard. Une fois le matériel de l'émir remis, il serait définitivement sous la coupe du Franco-Algérien et ne pourrait plus communiquer. Il n'avait aucune idée de la suite des événements. Peut-être serait-il même écarté de la fin de mission. Peut-être le commandant le retiendrait-il dans ce putain de village. Personne ne lui avait plus adressé la parole depuis la veille.

Il s'éclipsa alors que l'officier réclamait toujours des détails sur l'orgie sexuelle de Farez Ben Yussouf.

9 mai 2011
midi

Le week-end s'annonçait triste à mourir. Le redoux de la météo n'avait pas duré. Déjà, la pluie recommençait à tomber. Georges Chesnier quitta l'hôtel et se dirigea vers la maison des Verdier. La banlieue sentait le chien mouillé. La rue était déserte. Il s'arrêta devant le porche et chercha la sonnette. Puis il tambourina à la porte.

Il aurait pu téléphoner pour s'annoncer, mais, tout bien pesé, il avait considéré qu'il valait mieux débarquer à l'improviste. Il lissa son veston et remonta les lunettes sur son nez. Avec un peu de chance, ce serait Verdier en personne qui ouvrirait. Quoi qu'il ait pu écrire à l'époque, c'était de la vieille histoire, l'ex-djihadiste ne ferait peut-être pas le lien avec ses anciens articles au vitriol. Pas tout de suite, tout au moins. Il trouverait bien quelque chose à lui dire pour amorcer l'interview. Ensuite, on verrait.

Des pas se firent entendre à l'intérieur. Il n'aurait su dire pourquoi, mais Chesnier ressentait une appréhension cette fois-ci. Il allait se retrouver face à un ex-taulard dont il avait dit qu'il méritait rien moins que l'échafaud. Il s'écarta légèrement de l'entrée et se prépara mentalement.

La porte s'entrebâilla sur un homme vêtu comme lui d'un costume strict. L'absence de barbe et les dix ans qu'il avait pris l'avaient métamorphosé.

– Bonjour. Sébastien Verdier ?

– Lui-même.

– Je suis journaliste au *Courrier picard*. J'ai suivi votre procès autrefois. Je viens d'apprendre la bonne nouvelle vous concernant, j'aimerais faire une interview… Une interview sur vos années d'enfermement, votre libération et vos perspectives de réhabilitation.

Verdier était resté immobile, la main sur la poignée de la porte.

– Pouvons-nous parler un peu pour décider de ce qu'on pourrait faire ensemble ?

– Je ne crois pas.

– Je me doute que ma visite peut vous paraître inopportune, comme ça, mais si nous pouvions discuter trois minutes, nous trouverions certainement un arrangement. Je loge à proximité.

Chesnier lui tendit une carte de visite.

Verdier ne bougea pas.

– Vous vous êtes déplacé pour rien, fit-il.

– Prenez tout de même mon numéro de téléphone. Je ne viens pas pour faire un papier à charge. Je voudrais vous aider. Il y a sans doute des choses que vous aimeriez dire…

– Je n'ai pas le droit de rencontrer les journalistes.

– Nous pourrions alors envisager autre chose qu'une interview. Je ferai ce que vous souhaitez.

– N'insistez pas. Je ne veux rien avoir à faire avec les médias.

Chesnier s'avança et lui fourra sa carte dans la poche.

– Bien. Réfléchissez. Je peux revenir n'importe quand. Amiens, ce n'est pas très loin. Nous pourrions même faire les choses à l'américaine, signer un accord, devant notaire si vous voulez, tout le bordel, comme vous le sentez. Mais ça me paraît vraiment important que cette conversation ait lieu.

Un pâle sourire dérida Verdier.

– À l'américaine… Comme vous y allez ! Si vous saviez ce que je pense des Américains…

– Certainement beaucoup de mal. Peut-être autant que moi, mais on ne peut pas dire qu'ils ne sont pas au top, question contrats.

Verdier le regarda encore un instant, puis secoua la tête négativement. Une femme s'approcha derrière lui. Décomposée, maladive, avec de grands yeux inquiets.

– Qui est-ce ? interrogea-t-elle.

Verdier la repoussa dans la pénombre du vestibule.

– C'est votre épouse ?

– N'insistez pas, vous perdez votre temps et vous me mettez dans l'embarras.

– Je ne vous veux pas de mal. Vous avez un passé, comment dire ? *Extraordinaire.* Ça mérite qu'on s'y arrête. Ben Laden vient d'être buté dans des conditions qui laissent en suspens beaucoup de zones d'ombre. Rien que cela, il faudrait en parler…

– Vous devenez emmerdant, si je puis me permettre.

Chesnier s'adressa à Lorraine, restée à proximité :

– Madame, essayez de convaincre votre… votre mari ? Si vous êtes bien madame Verdier, sachez que je suis là pour vous épauler.

Verdier jeta un regard dans la rue, comme une bête traquée, et poussa de la main Chesnier qui venait de s'avancer.

– Je suis déjà resté trop de temps avec vous. Allez au diable.

La porte claqua.

9 mai 2011
10 heures

Ce n'étaient pas des rues qui parcouraient le gros bourg où s'était arrêté Alain-Larbi, mais des ravines défoncées, criblées de nids-de-poule qui auraient fait caler n'importe quelle jeep. Il avait atteint le bourg après une heure de route avec la moto volée à l'un des guides. La neige, qui s'était remise à tomber, l'avait accompagné tout au long de son périple, sous un ciel uniformément gris. On ne voyait pas à plus de dix mètres. Quand il avait béquillé la Yamaha devant le poste de police, il était entièrement trempé, transi, exténué, mais avec la satisfaction d'avoir en partie sauvé sa mission. Il avait fait une première halte au bureau de poste pour y passer un appel international. Après un quart d'heure d'attente, le message enregistré du portable de Rateau s'était dévidé. Un petit bip à peine audible et Alain-Larbi avait expliqué ce qui était en train de se tramer. Il avait résumé, aussi clairement et aussi vite qu'il avait pu, la mort de Kevin-Mehdi Terraud sur le col de Bedraou, la perte de son téléphone satellite plus tard, son arrivée avec Farez Ben Yussouf au camp de base près de Warcak, puis leur rencontre avec le commandant pakistanais Zardari qui s'apprêtait à leur confier la mission de rapporter en France les dernières volontés enregistrées de Ben Laden : l'attaque terroriste massive planifiée contre les intérêts vitaux français, britanniques, espagnols et américains. Le peu qu'avait lâché l'officier d'Al-Qaida était suffisant pour faire réagir Rateau sans délais. Le laboratoire P4 et la centrale atomique de Fessenheim en France, rien que cela dépassait les pires scénarios sur lesquels travaillaient depuis des années ses agents. Alain-Larbi avait conscience de ne donner qu'une information parcellaire de ce que contenait la clé USB que devait leur remettre le commandant, mais suffisamment alarmante pour que les Services mettent tout en œuvre pour alpaguer ce fils de pute de Farez Ben Yussouf avant qu'il ne pénètre dans l'espace Schengen. L'horreur qui se profilait à l'horizon ne se produirait pas. Les dizaines de milliers de victimes programmées, les centaines peut-être, seraient épargnées. L'officier pakistanais serait arrêté et pendu haut et court. Toutes les forces de l'OTAN seraient lancées dans la bataille, et Ben Laden et ses rêves de destruction massive pourriraient en enfer. Il pouvait logiquement croire qu'après une attaque de cette ampleur, ni les chars, ni les canons, ni les avions, ni les fusées occidentales ne pourraient plus barrer la route à l'avènement du califat mondial. Mais grâce à lui, Alain-Larbi, les choses ne se passeraient pas ainsi.

En arrivant au poste de police, il réfléchissait. Il était satisfait. Bien sûr, il aurait préféré voir les troupes étrangères quitter l'Afghanistan et les autres terres saintes de l'Islam, mais pour rien au monde il n'aurait voulu s'associer à cette entreprise de terrorisme majeure. Même les actions de second ordre le révulsaient. Les bombes dans les trains, les attaques de civils, tous ces innocents qui perdaient la vie, chrétiens, juifs, musulmans aussi…

Il n'attendait pas de médaille. Il espérait seulement que ce qu'il avait fait serve à quelque chose. Dans l'immédiat, il avait une autre préoccupation. Il devait sauver sa peau. À l'heure qu'il était, le Pakistanais devait avoir lancé ses tueurs à ses trousses.

Le sort qu'il lui réserverait le fit frémir. Il poussa la porte du poste de police.

Dans les locaux poussiéreux, un capitaine mélangeant uniforme et vêtements civils finissait d'avaler un verre de thé. Derrière lui, assis en rang d'oignons sur un banc, quatre policiers regardaient les mouches voler. Sur un meuble délabré, une radio hors d'âge crachotait. Des armes étaient cadenassées sur un râtelier. Un tapis de prière était déroulé dans un coin de la pièce. Le capitaine interpella l'un de ses hommes pour qu'il lui refasse chauffer de l'eau.

Le policier esquissa un garde-à-vous maladroit et hâta le pas vers une carafe métallique trônant sur un camping-gaz près de la porte d'entrée. Alain-Larbi considéra la scène et se fit la réflexion que l'ambiance était tendue.

– Vous parlez anglais ? demanda-t-il poliment.

Le capitaine leva vers lui des yeux globuleux.

– Vous êtes un sujet britannique ?

– Non. Je suis français. J'ai des problèmes.

D'un geste las, le chef de poste lui offrit de s'asseoir devant lui. Après l'avoir détaillé des pieds à la tête, il apostropha un autre de ses policiers qui quitta son siège et alla verrouiller la porte.

– Vous êtes ici en sécurité. Que peut-on faire pour vous ?

Alain-Larbi ne savait pas par où commencer. Son histoire était juste incroyable. Les seuls papiers dont il disposait étaient des faux. Il était blond aux yeux bleus, habillé comme un moudjahid afghan et il venait ici relater des faits auxquels ces flics de base n'entendaient probablement rien.

– Je m'appelle Alain Lecoz. Je suis converti à l'islam depuis sept ans. Mon prénom musulman est Larbi.

– Passeport..., l'interrompit le capitaine.

Le Français fouilla dans sa poche.

– Je voyage sous une autre identité. Je viens d'accomplir une mission pour l'OTAN en Afghanistan avec un groupe de rebelles.

– OTAN... Rebelles...

Les yeux exophtalmiques le fixaient

– Une mission d'infiltration au sein d'une katiba liée à Al-Qaida.

– Des preuves ?

– Je ne dispose pas de carte des services secrets occidentaux ! s'excusa en s'amusant Alain-Larbi. Je sais qu'il y a dans la région une unité de contre-espionnage dirigée par un ancien officier de l'ISID. Il faut que vous m'aidiez à rencontrer ses agents. Je détiens des informations capitales pour la sécurité de plusieurs États amis du Pakistan.

Le capitaine l'écoutait, mais ne paraissait pas l'entendre. Rien de ce qu'il venait de dire n'avait modifié l'ambiance du poste. Deux des soldats, sur le banc, venaient de s'assoupir. Les deux autres semblaient se débattre dans leur monde intérieur. Le capitaine, quant à lui, continuait à rouler ses gros yeux.

– Vous avez compris ? lui demanda Alain-Larbi.

– Tout à fait. Vous êtes un agent de la CIA déguisé en moudjahid. Vous avez perdu vos correspondants et vous réclamez mon aide…

– Est-ce que je serais venu jusqu'ici pour vous faire une farce ? À l'heure actuelle, des hommes me poursuivent pour m'assassiner. Parce que je détiens ces informations.

Le capitaine se gratta le devant du crâne.

– Quelles informations ? Quels hommes ?

– Les informations, c'est qu'une personne va prochainement voyager vers l'Europe pour délivrer les dernières consignes d'Oussama Ben Laden concernant une vague d'attentats à mener contre les intérêts occidentaux. Celui dont je parle est un Franco-Algérien d'une quarantaine d'années, ancien du GIA, et il y a un commandant de chez vous qui se fait appeler Zardari et qui dirige un groupe de combat de plusieurs centaines d'hommes ici, lié à Al-Qaida. Je crois qu'il arrive directement d'Abbottabad où il faisait partie des plus proches serviteurs de Ben Laden. C'est lui qui va remettre au Maghrébin les dernières instructions de l'émir. Le commandant pakistanais et ses hommes s'apprêtent en ce moment à exterminer une famille chrétienne du village où j'ai passé la nuit. Je pourrais aussi vous raconter cela, mais ce serait long et inutile. Ils vont tuer certainement aujourd'hui quelques innocents ici, et essayer d'en faire mourir des dizaines de milliers plus tard en Europe et aux États-Unis.

9 mai 2011
2 h 20

Au milieu de la nuit, les gémissements de sa femme réveillèrent Verdier. Elle émettait des petits cris aigus qu'il n'aurait certainement pas entendus si la prison ne lui avait pas rendu le sommeil si léger. Les plaintes de Lorraine lui rappelaient le grincement des clés dans les serrures. Elle tenait son ventre à deux mains. Sa chemise de nuit était trempée d'une sueur acide qui prenait à la gorge. Le mal progresse, pensa-t-il.

Depuis son retour, il la trouvait le matin la mine chiffonnée, mais il ne s'en était jamais préoccupé jusqu'à ce qu'Adrien lui balance au visage qu'il pourrait se vanter de l'avoir tuée à petit feu. N'obtenant rien de plus du garçon, il avait questionné Amélie. Elle lui avait confirmé que sa mère souffrait depuis longtemps, que les douleurs avaient certainement gagné en puissance parce qu'elle l'entendait parfois se lamenter, mais qu'elle ne voulait pas consulter de médecin.

Verdier s'assit dans le lit et enferma la main de Lorraine dans la sienne. Chaque fois que la crise prenait le dessus, il sentait ses ongles labourer sa paume. Puis elle se dégageait et se tenait à nouveau le ventre, en dessous de la ceinture. C'était manifestement un sale truc aux ovaires, et il ne pourrait pas lui en parler. Elle était bien assez grande pour décider toute seule d'aller se faire examiner. Mais encore fallait-il qu'elle le veuille. Le sexe n'avait jamais été brillant entre eux. À présent, c'était au-delà du tabou. Ça n'avait tout simplement plus d'existence.

Il la regarda à la clarté de la lune qui s'était invitée dans la chambre. Le peu qu'il distinguait de ses traits faisait penser à une femme d'une autre génération. Tout en elle était d'un autre âge que le sien. Ses jambes maigrelettes, la peau qui pendait sous ses bras, et les petites touffes de cheveux gris collées au crâne… Elle lui foutait les jetons, comme si la mort s'était glissée dans le lit avec elle.

Il eut envie d'allumer la lampe sur la table de chevet et de la réveiller, mais retint son geste, le doigt sur l'interrupteur. À quoi bon ? Elle ne partirait jamais à l'hôpital au milieu de la nuit. En fait, elle allait se laisser mourir lentement, Verdier en fut tout à coup persuadé et cette découverte l'assomma. Il venait de réaliser que, malgré tous ses écarts, malgré les épreuves, Lorraine serait à jamais la seule vraie femme de sa vie.

Pour la première fois depuis des mois, il repensa à la putain de Casablanca. Son image s'imposa une fraction de seconde, puis s'évanouit dans les ombres de la pièce.

Dix ans plus tôt

Quand on avait cogné à sa porte, la putain était repartie depuis une bonne demi-heure. Verdier n'avait pas dormi une seconde de la nuit. Il avait épuisé ses dernières forces sur la fille. Même les quelques fois où elle avait commencé à s'assoupir, il ne l'avait pas lâchée. Il avait recommencé et recommencé encore. Elle l'avait rendu complètement fou.

Et puis Rachid était arrivé. La Mercedes était déjà en Espagne. Elle devait normalement atteindre la France le lendemain matin. Le Marocain était confiant. Tout s'était déroulé comme prévu.

Ils étaient allés se balader dans le quartier autour de l'hôtel avant d'aller boire un verre au grand café Excelsior pour reparler affaires. Verdier avait encore en tête le contraste entre la pouillerie de Douar Skwila et la splendeur du centre-ville. Ils avaient trouvé deux sièges en rotin un peu à l'écart des groupes d'hommes qui sirotaient leur thé et fait le point sur cette première opération. Rachid semblait pressé d'en monter une seconde. Il ne lui avait pas caché que d'autres clients cherchaient à traiter avec lui.

Le surlendemain, Mustafa avait confirmé la réception de la marchandise et une nouvelle commande avait été passée. Livraison trois semaines plus tard. Ils étaient ensuite tombés d'accord pour que Verdier revienne chaque 25 du mois et il avait repris l'avion pour Paris.

Lorsque l'Airbus se posa, il songea qu'avec ce qu'il allait prendre sur cette opération et la suivante, il pourrait mener une vie de nabab. Ah, nom de nom, tout ce temps qu'il lui fallait encore attendre ! S'il n'y avait pas les petits, il ne serait même pas rentré chez lui. Il serait allé directement voir Mahmoud et Moussa pour se vanter de la manière dont la rencontre avec Rachid s'était déroulée, et il leur aurait demandé une fille. Tout de suite. Il avait encore du stress à évacuer. Il bouillonnait. L'idée de prendre un verre avec d'anciens collègues l'effleura un instant, puis il chassa cette idée grotesque. Il n'avait vraiment plus rien à leur dire. Il avait changé de vie. Il avait changé de monde.

À 10 h 30, le taxi le déposa devant chez lui. Il alla directement à la cuisine boire un grand verre d'eau et découvrit le bordel ambiant. Rien n'avait été rangé. Les assiettes sales s'entassaient sur le plan de travail, des épluchures de légumes traînaient dans un coin, un papier d'emballage d'une plaquette de beurre avait été oublié près de la gazinière et le sol était constellé de taches grasses qui retenaient les semelles. À croire que personne n'avait sorti une éponge de la semaine. Verdier s'assit et considéra la pièce. Il sentait la rage monter en lui.

Un bruit étouffé se fit entendre à l'étage. Puis ce furent des pas dans l'escalier. Sa femme apparut dans l'encadrement de la porte, en robe de chambre, les cheveux ébouriffés, la mine grise de quelqu'un qui se lève à peine.

– Tu aurais pu prévenir, fit-elle.

– De quoi ?

– Tu n'as pas appelé une seule fois.

– Pour dire quoi ?

– Je ne sais même pas où tu étais.

– Pas tes oignons. Et ça aurait changé quoi ? Tu as vu le taudis ?

– J'allais ranger. Les enfants n'étaient pas bien.

– C'est pour cette raison que tu les as fait vivre dans une porcherie ?

– J'ai beaucoup prié.

Verdier frappa du poing sur la table.

– Ne viens pas me gonfler avec tes conneries. Ce n'est pas en discutant avec la Sainte Vierge qu'elle va nettoyer à ta place.

Combien d'années avait-il passées avec Lorraine ? Y réfléchir lui donnait le tournis. C'est toute sa jeunesse qu'il avait brûlée à ses côtés. Toutes ces nuits à l'entendre ronfler, à faire l'auberge du cul tourné pour échapper à son haleine, tous ces samedis et dimanches à s'emmerder, toutes ces soirées à détailler les comptes et à l'entendre se plaindre… Depuis combien de temps n'avaient-ils plus baisé ensemble ? Deux ans ? Trois ans ? Cela faisait bien longtemps qu'il avait cessé de compter. Elle n'avait pas beaucoup d'imagination, elle avait donc d'abord prétexté des migraines, puis des crises de fatigue aiguë. Le temps avait passé, l'abstinence s'était installée, et le désir s'était envolé.

Verdier s'était longtemps persuadé qu'un événement imprévu les réunirait. Rien de cela ne s'était produit. Et ce n'était pas sa mise au chômage qui allait dans le bon sens. Lorraine s'était complètement repliée sur elle-même. Persuadée d'être entrée dans une vie de cauchemar, flanquée d'un bon à rien de mari. Ce n'étaient pas les meilleures conditions pour avoir envie de s'aimer.

Les rastas étaient réunis dans une épave de voiture abandonnée devant leur immeuble lorsqu'il se présenta dans la cité, en milieu d'après-midi. Une radio posée sur le toit crachait le sempiternel rap qu'ils affectionnaient tant. Les sièges avaient été dévissés et réinstallés face à face. La partie de cartes qui les occupait leur fit lever la tête au dernier moment, lorsque l'ombre projetée par Verdier envahit l'habitacle.

– Putain, éructa Mahmoud, c'est notre Blanc.

Verdier les salua en portant rapidement deux doigts à la tempe. Avec le sans-faute qu'il avait commis, il avait décidé de se donner de l'importance, ayant fini par comprendre que tout dans ce monde interlope de la banlieue n'était qu'apparence. Une suite de jeux de rôles. On était ce qu'on avait décidé d'être. Une fois ses preuves faites, on choisissait sa place au sein des bandes et on la tenait.

– T'es content de toi, visiblement, poursuivit Mahmoud.

– Plutôt. À toi de me dire si j'ai des raisons de l'être.

– Cool, mon frère. T'as pas merdé.

Il interrogea les autres :

– On est contents ?

Le sparring-partner se poussa pour faire de la place sur la banquette et invita Verdier à les rejoindre.

– Viens t'asseoir, dit-il. Raconte.

Verdier s'installa entre lui et Désiré.

– Le mec, Rachid, est un véritable caïd.

– On s'en doute.

– Non, je veux dire : un gros bonnet. Vraiment un gros bonnet. Avec des flics et des douaniers dans la poche. Il me l'a joué intermédiaire de seconde zone, mais je sais maintenant que c'est lui qui dirige le réseau de Casablanca.

– Tiens donc ! s'étonna Mahmoud. T'as trouvé ça tout seul ?

– Je l'ai appris par hasard.

Désiré lui envoya une grande claque sur la cuisse.

– Te fous pas de nous. Comment t'as pu être rencardé, toi ? En quatre jours ?

– Laisse-le continuer, s'énerva Mahmoud.

– C'est vrai, on s'en branle, se défendit le grand Noir. L'Arabe fait ce qu'il veut chez lui.

– Vas-y, fit Mahmoud à Verdier.

– Son garage, c'est du vent. Seulement une entreprise de maquillage de voitures volées. J'ai passé mes trois nuits avec une fille à qui j'ai raconté que j'avais laissé à Rachid une caisse à réparer. Elle s'est bien marrée. Elle m'a déballé tout ce qu'elle savait. La filière des voitures et les connections de Rachid avec les grossistes de la cambrousse. Elle a expliqué qu'il était le patron du quartier où on se trouvait. Un putain de sale bled, taudis à perte de vue… Connu comme le loup blanc, Rachid !

– Et on lui fout la paix ? s'étonna Désiré.

– Il allonge les biftons. Aux flics, aux militaires et aux imams.

– Ah… Intéressant, murmura Mahmoud. C'était qui, la meuf ?

– Une tepu. Rencontrée dans un dancing. Très gentille, d'ailleurs. Elle en avait rien à foutre de tout ça.

– Mais elle a craché le morceau ! C'est pas vrai, j'le crois pas !

– On n'a pas fait le marathon du sexe, non plus. On a eu le loisir de parler.

– T'es certain qu'elle bossait pas pour les services secrets ou quelque chose du genre ?

Verdier sentit sa colonne vertébrale se mouiller et ses mains devenir moites.

– À part dans son cul, je ne vois pas où elle aurait pu travailler. Jamais croisé une gamine aussi chaude et aussi bête ! Elle était aussi bête qu'elle était gentille.

– Et toi, t'as dit quoi à la fille ?

– Qu'est-ce que j'aurais pu lui dire à part que ma bagnole était en panne, et qu'elle se mette sur le dos, sur le ventre, qu'elle écarte les jambes ou qu'elle fasse les pieds au mur ? Franchement ? Rien que pour elle, je retournerais à Casa deux fois par semaine, ajouta-t-il sans se douter une seconde qu'il ne reverrait jamais la putain de sa vie, mais apprendrait un jour qu'elle avait tiré sa révérence sur un dépôt d'ordures de Douar Skwila, assassinée à coups de fouet.

– Et Rachid ? demanda Mahmoud.

– Rachid est un mec sérieux et on a de la chance d'être en cheville avec lui.

– Pas de lézard ?

– Vous avez bien réceptionné la came, non ?

– Sans problème. De la pure résine. On s'est envoyé quelques pétards pour tester. On a kiffé grave.

– Alors, ça va. Vous en aurez autant toutes les trois à quatre semaines. Tant que vous allongerez la tune…

Mahmoud opina du chef.

– On fera comme on a dit. Le fric, c'est pas un souci. Ce qu'il faut, c'est qu'il sache qu'ici aussi on est des cadors. Une grosse organisation. C'est pour ça que tu vas y retourner, d'ailleurs. Le Blanc qui vient avec les codes du transfert bancaire, ça en jette. À chaque fois, tu mates un peu la came, t'en demandes un peu plus pour le prochain chargement, tu fais deux trois remarques sur la bagnole, et le tour est joué. Et surtout, tu la boucles sur nous. Mystère complet.

– Ce n'était pas la peine de préciser !

– Si, mon frère. On sait jamais. Le Rachid, il a pas posé de questions ?

– Aucune. Seulement la fréquence de nos commandes.

– Parfait. T'es heureux ?

– Ma foi… J'ai l'impression que je n'ai pas volé l'argent que tu m'as promis.

L'enveloppe apparut dans les mains de Mahmoud.

– Compte, dit-il.

– Pas la peine. On avait dit trente. Ils y sont ?

– Sors le fric et recompte.

Verdier prit les billets et esquissa un sourire. Une grosse liasse de coupures de cent. Presque neuves. Elles craquaient encore sous ses doigts.

– Putain ! Presque deux mois de salaire…

– Justement, fit Mahmoud en faisant signe aux autres de sortir. Faut qu'on cause de ça.

Quand ils furent partis, Mahmoud s'assit à côté de Verdier, coude à coude.

– T'es un mec épatant, dit-il. T'as très bien géré notre affaire. Qu'est-ce que tu dirais de ramasser encore plus de flouze ? Le double à chaque voyage ?

– Tu parles que ça me plairait. Le job n'est pas vraiment compliqué. Si ça les vaut…

– Évidemment, il faudra en faire un peu plus.

– Plus comment ?

Mahmoud tira sur les poils qui pendaient à son menton.

– Qu'est-ce que tu penses de l'islam ?

– Je ne sais pas. Je ne connais pas trop.

– Et des musulmans ?

– C'est différent ?

– Je veux dire : ceux qui pratiquent l'islam.

– Il n'y a pas de problème. On a grandi ensemble, non ?

– Tu dois bien avoir une idée sur la question ?

– Franchement, je m'en fiche. On a joué au foot autrefois, on bosse ensemble aujourd'hui, on s'entend bien… Pourquoi tu me demandes ?

– T'as rien contre ? Les mosquées, par exemple, ça te dérange pas ?

Verdier se redressa légèrement et tourna la tête vers Mahmoud.

– Pas plus que les églises. Tu fréquentes la mosquée, toi ?

– Ça m'arrive.
– Sans blague… !
– Ça t'étonne, hein ?
– Un peu, oui. Qu'est-ce que tu y trouves ?
– Faudrait que tu viennes pour comprendre.
– Arrête de me charrier.
– Sérieux, mon frère… On en reparlera… Alors, ce fric, ça t'intéresse ?
– C'est compliqué ?
– Aussi simple que d'aller chercher du pain.
Verdier considéra le rasta de la tête aux pieds.
– Tu te fous de ma gueule, toi, hein ?
– Que dalle, mec. Sérieux… J'suis sérieux.
– Mais encore ?
– Tu vois, on vend pas que de la came, on aide aussi les frères. Mais je sais vraiment pas comment t'expliquer ça. Pour nous les muslims, c'est pas facile ici. On n'est pas vraiment chez nous. Les filles peuvent pas s'habiller comme elles veulent, les mecs trouvent pas de boulot, les Gaulois nous méprisent… Tout le bordel !
– Qu'est-ce que tu racontes !
– Tu sais très bien. On est potes, mais tout le monde est pas comme toi. Essaye seulement de dire à ta femme que tu passes tes journées avec nous, tu verras le résultat…
Verdier en avait par-dessus la tête du délire du rasta qui devait, bon an mal an, aligner trois fois plus de fric que lui sans refiler ne serait-ce que la moitié d'une tune au percepteur. Il l'aurait bien claqué, mais les conditions n'y étaient pas.
– Fallait pas venir ici, siffla-t-il entre ses dents.
– Et quoi, Ducon ? Tu penses qu'on l'a fait de gaieté de cœur ? On est arrivés ici avec les parents parce qu'on crevait la dalle ailleurs. Et le résultat, c'est qu'on n'a aucun avenir et qu'on peut même pas retourner en arrière. Moi, je me démerde évidemment, mais pour la grande majorité des frères, c'est pas ça. On parlait

de mosquées à l'instant, on n'a même pas le droit d'en avoir. Tu trouves ça normal ?

Verdier haussa les épaules.

– J'y ai jamais réfléchi. Et alors, c'est quoi ton affaire ?

– Faudrait aller chercher des vidéos au Maroc. Tu connais le coin, maintenant, c'est bon…

– Je comprends rien à ton histoire. Tu peux pas te les faire envoyer par la poste, tes films de cul ?

– C'est haram, mon frère, de parler comme ça. C'est des vidéos religieuses, attention…

– Ouais, eh ben, religion ou pas, pourquoi tu me casses les couilles avec ce genre de conneries. T'as pas besoin de moi pour aller chercher des vidéos ! Tu te fous de ma gueule…

– Y a des secrets dedans. Ça peut pas tomber entre les mains des flics. Et nous, si on y va, avec tout le bordel de 1995, c'est risqué.

Verdier regarda autour de lui. La cité était vide. Il se rapprocha de Mahmoud.

– Où est le risque, putain de ta mère ? C'est pas compliqué de planquer des vidéos, bordel ! Y a pas encore de chiens renifleurs dressés à les trouver. Tu me mènes en bateau, Mahmoud. Je n'aime pas ça. Pourquoi vous ne foutez pas les vidéos avec la drogue ?

– On peut pas mélanger les deux.

– Tu vas arrêter de te payer ma fiole.

– Ma parole. Sur le Coran, j'te jure. Si on se fait prendre avec ce matos, c'est tout le réseau qui tombera. Pas seulement ici, mais au Maroc aussi. On a besoin de toi. On te filera beaucoup de fric.

– Qu'est-ce que vous en ferez, de ces vidéos, ensuite ?

Mahmoud émit un gloussement.

– Pour éduquer les jeunes. Pour qu'ils viennent pas tous nous chier dans les bottes à essayer de piquer le business. On veut en faire de bons musulmans.

– Et c'est quoi un bon musulman ?

– Quelqu'un qui applique le Coran.

– J'ai jamais lu, mais j'ai idée que toi, tu risques d'aller direct en enfer…

– L'enfer, mon frère, c'est pour les *kafirs*. Nous, on peut tout faire dès lors que c'est pour le bien de l'islam.

– Ouais… Je suis pas certain. Une mauvaise action reste une mauvaise action. La drogue, le cul… C'est pareil chez nous.

– C'est pas pareil. Nous, nous construisons le royaume de Dieu. Chacun à sa manière. Je te dis tout ça parce que je t'aime bien. Je voudrais t'aider. Je te file l'argent d'abord pour le job, et puis je te ferai rencontrer des gens. Tu vas les kiffer. T'imagines même pas tout ce qu'ils pourront te donner !

– Qu'est-ce que ça va changer pour moi ?

– Tout, mon frère. Tout. T'auras une nouvelle famille, une nouvelle vie, de l'argent, de l'importance.

Verdier repensa à sa dernière conversation avec Rateau. Le petit rasta venait de lui offrir sur un plateau la réponse que cherchait son officier traitant. C'était tellement simple que ça en paraissait idiot. Restait à savoir ce que contenaient les vidéos.

– T'as déjà entendu parler de la *Oumma* ? lui demanda Mahmoud.

– Jamais.

– C'est la communauté des croyants. Notre famille, notre pays à nous.

– Et la France ?

– Ça mon frère, c'est pas notre pays. La *Oumma*, ça dépasse la France, ça dépasse la Belgique, l'Europe… C'est la réunion de tous les bons musulmans qui veulent créer le *Dar al-Islam*.

– Le quoi ?

– La Maison de l'Islam.

Mahmoud s'amusa de la mine perdue de Verdier.

– T'as tout à apprendre, mon frère ! Ça veut dire le monde pour les musulmans, gouverné par les musulmans.

– Et tu y crois à ça ? Ils te pendront haut et court, tes frérots, s'ils arrivent au pouvoir.

– Ce jour-là, béni soit-il, j'arrêterai de vendre de la drogue, parce qu'il n'y aura plus personne à qui en vendre. J'aurai un bon boulot et un poste important.

– Laisse-moi douter…

– Tu changeras d'avis quand tu auras rencontré le boss. On y fera un saut ce soir.

– Mustafa ?

– Lui-même.

9 mai 2011
10 h 25

Le teint du chef du poste de police virait progressivement du vert olivâtre au carmin. Il ne faisait pas si chaud dans le bureau, pourtant. Le poêle en fonte ronronnait doucement. La température ne devait pas excéder les vingt degrés. Il avait la peau sèche comme du vieux parchemin, mais le visage qui rougissait à vue d'œil.

Alain-Larbi finissait de raconter la nuit de Farez Ben Yussouf. Il avait lu quelque part que des unités spéciales avaient été créées dans le pays pour protéger la communauté chrétienne, et il expliquait aux policiers que si ces gens étaient dans l'erreur, le Pakistan s'honorait en leur épargnant des traitements inhumains. Pas de contrainte en religion, avait dit le Prophète. Pour le moins, la jeune fille qui avait partagé la couche du Maghrébin n'y était pas allée de son plein gré. Il l'avait entendue hurler des heures. Il avait nettement perçu le bruit des coups. Et voilà maintenant que ce commandant qui l'avait offerte à Farez proposait de l'assassiner purement et simplement !

– Et avec elle, toute sa famille ! Il faut empêcher ce crime. En y envoyant vos hommes, vous réaliserez en même temps un coup de filet unique dans l'histoire de votre police. Vous deviendrez un héros.

Le capitaine passa derrière Alain-Larbi et lui demanda :

– Aux yeux de qui ?

Le Français se tourna pour regarder l'officier. Il n'aurait pas soupçonné la taille de ce bonhomme. Le policier était gigantesque.

– Un héros pour tous les Pakistanais de bonne volonté…

– Ceux qui trahissent leur pays au nom du Grand Satan ?

La phrase était tombée, brutale, glaciale. Sans intonation spécifique. Il n'y avait ni colère ni facétie. Le capitaine canalisait encore sa fureur. C'était comme un constat. Alain-Larbi frissonna. Cette fois-ci, ce n'était plus à cause de la météo. Il venait de comprendre son erreur. La porte était à moins de cinq mètres. La clé se trouvait encore dans la serrure. Il lui suffisait de bondir, de sauter sur la moto et de la laisser démarrer dans la pente de la rue. Est-ce que les flics auraient le réflexe de le stopper ? Il fallait être le dernier des crétins pour s'être fourré ainsi dans la gueule du loup. Il n'y avait rien à ajouter.

Il pivota lentement sur sa chaise et fut cueilli par une gifle magistrale à l'instant où il essayait de se redresser.

10 mai 2011
22 h 20

Les lumières de la chambre étaient éteintes. Lorraine avait fermé à clé la porte de la salle de bains. Elle ne voulait pas qu'on la voie souffrir.

Ses élancements dans le ventre avaient repris en fin de journée. Elle s'était encore isolée pour palper l'intérieur de son sexe et il lui avait semblé que la boule avait grossi. Elle était ensuite descendue à la cuisine prélever dans le congélateur un glaçon et venait de se le glisser au fond du vagin. C'était la seule chose qui anesthésiait la douleur.

Elle avait conscience de ne pas être à la hauteur des efforts de Sébastien. Elle aurait dû parler à Béatrice et à Adrien. Au contraire, elle se repliait sur elle-même. Les enfants ne se montraient plus en présence de leur père. Depuis le premier dîner, aucun repas n'avait été pris en commun. Cette maison s'enfonçait dans le malheur.

Elle savait pourtant qu'elle détenait l'une des clés de la réconciliation familiale, mais elle demeurait bloquée. Elle n'arrivait pas à sortir de sa coquille. Elle ne pouvait pas se rapprocher de son mari. Elle ne pouvait pas renouer leurs vies. Elle avait trop peur. Ses petites attentions la tétanisaient. Elle l'avait vu la regarder quand elle feignait de dormir, elle l'avait vu embrasser ses filles dans leur sommeil, la veille. Elle l'avait laissé rejoindre le canapé du salon sans broncher. Il multipliait les signes, mais elle voulait rester aveugle. Elle était paniquée à l'idée qu'il puisse essayer de lui faire l'amour.

Un pincement au fond du ventre la plia en deux et elle cessa de respirer un instant. Le glaçon avait fondu. L'eau coulait le long de ses cuisses. Elle serra les mains plus fort contre son menton et demanda à Dieu que les enfants pardonnent enfin à leur père. Elle égrena les prénoms des filles et des garçons plusieurs fois en appuyant sur celui d'Hubert : « Et *Hubert*, mon Dieu, *Hubert.* » Elle demandait seulement que le gamin revienne.

10 mai 2011
1 heure

La cave puait l'urine, la merde et la sueur. Du plafond, pendaient des chaînes. D'autres liens étaient accrochés à des planches posées contre les murs. Des crochets et des tisonniers avaient été regroupés dans un brasero. Dans un angle, une caméra était montée sur un trépied.

Depuis qu'il avait été ficelé à sa chaise, Alain-Larbi avait perdu figure humaine. La notion du temps, également. À chaque coup qu'il recevait, il se disait que ce serait pire si le commandant et Farez venaient à débarquer. C'est ce qui l'étonnait : les policiers n'avaient cherché à joindre personne. Ils l'avaient assommé dans la pièce du haut, puis l'avaient conduit dans ce cul-de-basse-fosse où il lui avait fait passer une combinaison orange. Ensuite, les coups avaient alterné avec les questions.

Quel était son vrai nom ? Quels musulmans connaissait-il en France ? Quelle mosquée fréquentait-il ? Qui étaient ses officiers traitants ? Qui l'avait envoyé en Afghanistan ? Qui l'avait aidé à s'y introduire ? Quel matériel avait-il emporté ? Quels renseignements avait-il communiqués ? Était-il déjà allé aux États-Unis ? en Israël ?

Il n'en pouvait plus. Sa bouche était une bouillie sanglante. Ses yeux étaient fermés par les hématomes. Son genou sur lequel un policier lui avait asséné un coup de marteau lui provoquait des élancements insoutenables. Il s'était mis à supplier.

– Non, avait répondu le capitaine. Tu vas cracher tout ce que je veux savoir.

– J'ai déjà avoué ! brailla Alain-Larbi. Vous savez tout.

Il entendit un outil claquer dans les mains de son tortionnaire. Puis on lui saisit une main pour en écarter les doigts.

– Je vais te reposer les questions auxquelles tu as mal répondu, continua le capitaine. Si tu t'entêtes, je t'arrache les ongles un à un. Jusqu'à la racine, et je te les fais bouffer, fils de chien.

L'instrument se rapprocha et il sentit la morsure sur la pulpe de son index.

– Dites à mon correspondant à Paris que vous me détenez. Demandez ce que vous voulez, vous l'obtiendrez, mais arrêtez ça…

– Tu crois vraiment qu'il y a quelque chose à négocier, petit Français ? Alors, nous allons téléphoner aux croisés qui t'emploient, et dans l'heure qui suivra, ils nous enverront leurs drones… Tu voudrais nous emmener dans ta mort ? C'est ça ?

La pince lui arracha l'ongle et le bout du doigt. Alain-Larbi poussa un hurlement de bête à l'agonie. Il réalisait maintenant que tout espoir était vain. Mais Dieu que la mort était longue à venir. Le capitaine lui cria encore quelque chose qu'il ne comprit pas. La pince s'attaqua au majeur, à l'annulaire, et il s'évanouit.

– Regarde, chien de ta race ! Regarde !

Le policier lui écartait les paupières, pressant sous ses globes oculaires comme s'il avait tenté de les faire sauter des orbites.

– Regarde !

La lumière rouge de la caméra indiquait que celle-ci tournait. L'un des policiers s'approchait, un long couteau de boucher à la main.

– Nous allons faire une belle vidéo de ton égorgement, lui souffla à la figure le capitaine. Elle sera en ligne sur Internet ce soir. Envoie-nous une carte postale depuis l'enfer.

11 mai 2011
14 heures

Pourquoi fallait-il toujours que les Américains compliquent tout ? La dernière réunion de l'état-major à la caserne Mortier avait été houleuse. Alors qu'on touchait au but, les emmerdeurs de la CIA voulaient tout foutre par terre.

En relevant la messagerie dans un petit appartement de la rue Brongniart qui servait de boîte aux lettres, Rateau venait d'avoir la confirmation que son équipe était enfin arrivée dans la zone tribale pakistanaise et ces salopards de Langley projetaient maintenant d'envoyer leurs drones. L'information était tombée une heure plus tôt sur le télescripteur du patron. Avant la fin de la journée, le groupe des djihadistes allait être pulvérisé et les renseignements détenus par Farez Ben Yussouf seraient perdus à jamais.

– Vous allez rappeler Spencer à Kaboul, dit le sous-directeur à Rateau. Vous n'avez pas rompu le contact ?

– Négatif, monsieur. On se parle encore quand il daigne me prendre en ligne.

– Crachez-lui le morceau. Dites-lui que nous avons un homme à nous sur place.

– Il va très mal le prendre.

Le sous-directeur s'empourpra.

– Vous avez foiré cette opération depuis le début, mon vieux. Et j'ai eu tort de vous écouter. Il fallait mettre les Américains dans la confidence. Résultat, ils ont fait leur job, ils ont coursé votre commando et ils y ont laissé des plumes. Combien de KIA, déjà ?

Rateau regarda ses chaussures.

– Je vous ai posé une question. Combien ont-ils perdu d'hommes dans l'accrochage à Alasay ?

– Quatre, monsieur.

– Il faudra bien un jour que vous envoyiez des fleurs à leurs veuves ou à leurs mamans, Rateau. Ces petits gars sont morts à cause de vous.

– Spencer sera furieux. Tel que je le connais, cette révélation ne va pas l'arrêter.

– Vous avez intérêt à ce que les drones ne décollent pas. Vous allez lui présenter vos plus plates excuses et inventer un truc pour qu'il se tienne tranquille.

– Je ne vois pas, monsieur.

– Vous allez faire un effort, Rateau, ou je vous mets au rancart.

Un officier suggéra qu'on propose à Spencer que l'agent français remette le Franco-Algérien aux Américains à Karachi ou à Islamabad.

– On peut tenter le coup, dit-il. On l'assure que notre homme livrera pieds et poings liés la cible à l'ambassade ou à une quelconque antenne américaine sur place. Ensuite, on gagnera du temps. On pourra toujours prétendre que le type a été plus rapide et qu'il s'est envolé pour Paris. On promettra de l'extrader une fois en France.

Le sous-directeur réprima un geste d'énervement.

– Vous les prenez pour des cons ? Ils savent pertinemment que nous n'extradons pas nos nationaux s'il y a un risque pour leur vie.

– On pourra toujours promettre de faire une exception avec des garanties.

– Que dalle ! poursuivit son patron. Ça compliquerait un peu plus nos relations. On va s'en tenir à la première partie du plan.

Il se tourna vers Rateau.

– Vous dites à Spencer que nous avons déjà envoyé sur place les gens chargés d'intercepter les deux djihadistes et que nous n'apprécierions pas qu'ils soient tués par ses drones. Vous l'assurez également qu'on les leur livrera après les avoir débriefés. Et vous ferez en sorte que le rescapé réussisse à s'envoler pour Paris sans dommage. Après, on gérera.

De son côté, Spencer s'attendait à recevoir un coup de fil de Paris. Mais il était loin d'imaginer ce que l'agent de la DGSE allait lui expliquer. Rateau avait dû insister pour que le commandant en chef des forces américaines en Afghanistan daigne décrocher. La procédure d'urgence mise en place entre les deux pays avait fini par le faire caler. Il aboya au téléphone :

– Vous nous avez mis dans un pétrin invraisemblable, mon vieux.

– Nous ne pensions pas que vos Marines allaient donner la chasse au groupe.

– Vous pensez que nous faisons de la figuration sur le terrain ?

– Il n'était pas prévu que ces hommes croisent vos soldats. Ils s'avançaient sur un itinéraire hors zone d'action.

La colère de Spencer monta d'un cran :

– Depuis quand y aurait-il des sanctuaires dans ce foutu pays ? Nous intervenons partout où une menace se présente. Nous sommes habilités à frapper là où bon nous semble. Dois-je vous rappeler les règles établies ?

– Général, ce n'est pas ce que je veux dire. Nous étions persuadés que vous n'aviez pas d'informations sur la présence des djihadistes.

– Nous faisons notre boulot. Vous auriez fait le vôtre, ces terroristes seraient interceptés à l'heure qu'il est et mes soldats n'auraient pas été tués. Maintenant, les choses se compliquent. Nous sommes encore obligés d'intervenir en territoire pakistanais. Avec toutes les conséquences que vous savez.

– Je vous demande très officiellement de n'en rien faire.

Spencer ricana.

– Elle est bien bonne, celle-là ! Les drones sont déjà sur les rampes, mon vieux. On règle les derniers détails des tirs.

– Vous allez flinguer nos agents…

Dans son bureau, Spencer se releva de sa chaise et se cramponna au combiné.

– Parce que vous avez des hommes sur place ? Vous me prenez pour un enfant de chœur ?

– Affirmatif. Nous avons des gens. Depuis ce matin…

– Personne ne peut s'aventurer dans les zones tribales.

– Sauf à venir de l'Afghanistan. Nous avons des gens sur place. Ils viennent de prendre contact avec nous. Nous savons donc qu'ils sont sur la zone de tir. Si vous envoyez vos drones, ils seront réduits en poussière. Vous tuerez des agents français et vous ruinerez notre opération.

– De quelle opération me parlez-vous, bon sang de merde ?

– Depuis des mois, nous avons noyauté plusieurs réseaux français qui organisent le passage de djihadistes en Afghanistan. Nous avions besoin d'éléments tangibles pour nos magistrats. Pour obliger les politiques à faire bouger les lignes. Ce groupe est l'un des plus importants parmi ceux impliqués dans la guérilla anti-occidentale. Nous devons impérativement mettre la main sur le chef, le débriefer et le traduire en justice, et renforcer notre législation contre le terrorisme.

– Vous parlez du Franco-Algérien ?

– Exactement.

– On ne prendra pas ce risque.

– Quitte à tuer nos hommes ?

– Fallait y penser avant.

Cette fois-ci, ce fut Rateau qui perdit ses nerfs.

– Si vous faites cela, général, je vous jure que nous le ferons savoir. Ce sera un énorme scandale. Je ne donnerai pas cher sur la suite de votre carrière. Ni sur celle de votre ami Beats. En revanche, je peux m'engager sur une chose.

– Laquelle ? demanda Spencer d'une voix sépulcrale.

– On vous livrera l'Arabe le temps que vous le fassiez parler. Ensuite, on le rapatriera, ficelé comme un porc.

– Vous vous y engagez ?

– Personnellement.

– Bon. Je retiens les drones. Mais si jamais je n'ai pas satisfaction, je vous le ferai payer.

– Tout ce que vous voulez, général. Cela dit, je suis tranquille. Je veux dire que vous n'avez pas beaucoup de prise sur moi. Il faut cesser de se raconter des histoires. Je ne suis pas un supplétif des Américains. On travaille ensemble, point barre.

– Mais vos marsouins ont besoin de nous sur le terrain. Ne l'oubliez pas. Ils sont bien contents de trouver parfois l'appui de nos chasseurs, de nos hélicos et de nos canons.

– Vous allez trop loin, là…

– Non. Je veux que les choses soient claires entre nous. Ne me faites pas d'enfant dans le dos. Ou je m'en souviendrai. Notre collaboration a un prix. Ce n'est pas votre con de ministre qui y changera quelque chose.

– Laissez le ministre en dehors de cette affaire.

– Il devrait s'occuper de ses chevaux. Et cesser de foutre la pagaille.

– C'est nous qui gérons cette affaire. *Nous* et l'Élysée.

– Ne me faites pas d'enfant dans le dos…

11 mai 2011
17 heures

L'hôtel était minable, mais il avait le privilège de se trouver à une centaine de mètres de la maison de Sébastien Verdier. La chambre donnait directement sur la rue. Les premières feuilles des arbres permettaient encore d'exercer une surveillance sur le porche. Dans une quinzaine de jours, ce ne serait plus possible.

Assis près de la fenêtre, Chesnier désespérait. L'après-midi s'était étiré sans qu'il se passe rien. La pluie avait fini de laver le bitume. C'étaient maintenant des trombes d'eau qui s'abattaient sur la région parisienne. Il n'était même pas sûr d'obtenir des photos convenables avec le petit numérique qu'il avait vissé sur un trépied face à la maison du converti. Et quand bien même ! Le patron lui avait demandé une interview, pas une planque dont il ne saurait que faire des images. Mais les vieux réflexes avaient repris le dessus. Il suffisait qu'un barbu se présente chez Verdier pour relancer l'histoire du réseau terroriste. Pourquoi pas ?

Or la nuit allait tomber. Personne ne s'était montré. Chesnier jura et enfila son manteau. Il voulait faire ce qui avait manqué à son enquête dix ans plus tôt, la tournée des commerces de proximité de la famille Verdier : le boulanger, le boucher, le primeur. Bref, tous ceux où l'on devait avoir suivi au quotidien la dérive du père. Ils auraient beaucoup à dire. C'était un bon angle pour un papier sur sa libération. S'ils ne l'avaient pas encore rencontré depuis sa sortie de taule, et c'était certainement le cas, ils devaient voir souvent son épouse, la petite chose maladive entraperçue le matin à la porte de la maison. Elle avait dû se confier. Avec un peu de doigté, il leur tirerait les vers du nez.

Deux heures plus tard, quand il revint à l'hôtel complètement trempé, son moral avait encore chuté. Ainsi qu'il s'en doutait, Verdier ne s'était pas montré depuis son retour, mais surtout, personne n'avait plus jamais revu sa femme ou ses enfants depuis des années. À croire qu'ils étaient partis habiter ailleurs. Seul le boulanger se souvenait encore de l'histoire. Il proféra deux ou trois banalités sur le 11 Septembre, les musulmans et les connards comme Verdier qui les avaient rejoints, mais rien de plus. Il était pressé de fermer sa boutique pour aller se détendre devant la télévision. Les autres avaient perdu jusqu'au souvenir qu'un de leur voisin avait été impliqué dans une affaire de terrorisme international. Chesnier n'en revenait pas.

Il secoua ses chaussures sur la grille de l'entrée et se dirigea vers le comptoir avec l'intention de se payer un remontant. Sa chambre ne disposait pas de minibar et il n'avait même pas pensé à s'acheter une bouteille.

Le patron était un sexagénaire élégant, mince et élancé, à la peau très mate, avec une épaisse chevelure rousse bouclée et d'étonnants yeux verts mis en valeur par des cils noirs. La seule fausse note dans son allure était son torchon jeté par-dessus une épaule et qui semblait ne jamais le quitter. Chesnier l'avait remarqué le matin. Il le portait encore en fin de journée.

– Vous avez l'air en pétard, mon ami, lui dit-il.

Chesnier se débarrassa de son manteau et s'accouda au zinc.

– Vous parlez d'une météo ! Je vais attraper la crève. Vous pourriez me servir un grog ? Bien corsé.

L'homme lui prépara le verre et se servit un whisky.

– Je vous accompagne.

– Je vous aurais plutôt vu au jus de fruits, fit Chesnier avec un clin d'œil.

– Ah oui, parce que l'hôtel s'appelle le Bab-el-Oued ?

– Vous êtes d'Alger ?

Le patron soupira.

– Ma défunte épouse, oui. Moi, je viens de Kabylie.

– Vous êtes chrétien ?

Le rire explosa avant de se perdre au fond du verre.

– Les Français, vous voyez tous les musulmans comme des fanatiques du Coran ! Non, monsieur. Je vais à la mosquée parfois et je fais le ramadan. Mais je suis moderne. Malgré mes soixante-dix ans.

– Soixante-dix ! Vous ne les faites pas.

– Je suis arrivé en 1962, grâce à mon ancien capitaine. Trois ans dans un camp dans le Sud, et il m'a trouvé un boulot chez Renault, à Poissy.

– Vous avez fait la guerre ?

– Harki, monsieur.

Chesnier recommanda un grog.

– Et vous-même, monsieur, vous faites quoi dans la vie ? Voyageur de commerce ?

– J'en ai l'air ?

Le Kabyle plissa les yeux.

– Pas vraiment… Mais je serais incapable de dire. Les Français qui descendent chez moi, c'est curieux. D'habitude, ce sont des familles qui arrivent du bled. Elles viennent visiter les cousins quelques jours et elles repartent.

– Ah ! C'est une clientèle essentiellement arabe ? Enfin, je veux dire…

– Si, beaucoup d'Arabes et de Berbères, des Algériens, des Marocains… La semaine dernière, j'ai eu une famille de Libyens, à cause des événements que vous savez. Et avant des Égyptiens. Ceux-là, je les ai mis à la porte vite fait, bien fait.

– Pourquoi ?

– Des barbus. Je suis peut-être vieux, mais je sais à qui j'ai affaire. Je ne veux pas d'histoires avec la police.

Il passa un coup de chiffon sur le comptoir et ajouta :

– Vous en êtes ?

– De la police ?

Il haussa les épaules.

– Si on m'avait dit que je ressemblerais un jour à un flic ! s'amusa Chesnier. C'est la première fois en quarante ans de métier. Je suis journaliste. Au *Courrier picard*. Un quotidien de province.

– J'aime mieux ça. Vous savez, avec tout le bordel depuis quelque temps, quand on a une tête d'Arabe, on a toujours du souci à se faire.

– Avec les flics ?

– Je suis sur mes gardes. Vous comprenez, le Printemps arabe de l'autre côté de la Méditerranée, ça a foutu le boxon ici. On voit des gars qui sont pas aussi démocrates qu'ils disent. Les Égyptiens dont je vous parlais, saloperies ! Au fait, vous êtes là pour quoi ?

– Pour ça.

– Vous enquêtez sur les frérots ?

– Je voulais rencontrer votre voisin, celui qui habite la grande maison blanche au bout de la rue. C'est un Français qui s'est converti il y a une dizaine d'années et qui a été mouillé avec un groupe lié aux attentats à New York. Il s'est retrouvé en cabane et on vient de lui accorder une remise de peine. Je pensais faire un papier sur lui. Je me suis présenté ce matin et il m'a mis à la porte. J'ai ensuite cherché des tuyaux auprès des commerçants du quartier, mais personne n'a pu me rencarder.

Le Kabyle baissa la voix :

– Les gens ont peur, ici.

– Vous me charriez !

– Non. Ils savent ce qui se passe dans les cités, à côté. Ils sont pas tranquilles. Il y a du racket, des menaces. Vous êtes allé voir le boucher ?

– Effectivement.

– Il a dit quelque chose ?

– Rien.

– Vous auriez pu lui demander pourquoi il ne vend plus de porc. Il est pas musulman, que je sache. Toute sa viande est halal. Il se sert depuis des années dans une coopérative tenue par des Frères musulmans.

– Pour quelles raisons ?

– Allez lui demander.

– Et c'est vous qui dites cela. C'est marrant…

L'homme frappa le zinc violemment.

– Moi, je crois à la République française laïque. Je vomis tous ces voyous fanatiques. Ils sont pas chez eux ici, mais ils font comme si *vous* étiez les étrangers. Essayez donc de vous balader dans leurs ghettos. Je vous conseille pas d'y aller à pied. Vous verrez l'ambiance, les types fringués comme des Afghans, les femmes entièrement voilées, les gamins qui chouffent… Et il y a de plus en plus de Blancs, là-dedans.

– Bon, fit Chesnier en levant les deux mains pour détendre l'atmosphère, des Blancs se convertissent à l'islam et des musulmans embrassent le christianisme…

Le Kabyle s'emporta à nouveau :

– Vous êtes journaliste et vous croyez à ces conneries ? *Un* musulman se convertit en France tous les cinq ans. Et il est instantanément condamné à mort par les barbus. Essayez donc d'en trouver un seul et de le faire parler, je vous souhaite bonne chance. Ces gars déménagent après, ils se planquent et ils changent de nom. Je suis très au courant, mon fils aîné s'est fait baptiser. Il y a deux ans. Je n'ai plus jamais eu de ses nouvelles.

– Comme ça !

– Non. On a d'abord eu des coups de téléphone, des injures, puis ç'a été menace de mort sur menace de mort. Des lettres, des mails, des coups de fil. Une nuit, l'hôtel a été incendié. On a failli tous y rester. Au petit matin, mon fils a fait sa valise.

– Vous avez porté plainte ?

– Plusieurs fois. Ce sont les policiers qui lui ont conseillé de s'en aller. À moi aussi, ils m'ont dit que je devais vendre l'hôtel.

– Et depuis ?

– Depuis, j'ai un fusil de chasse sous le comptoir. J'attends le moment. S'ils reviennent pour tenter de m'extorquer de l'argent…

– Ça vous avancera à quoi ?

– Ça me fera du bien. Pour venger mon fils.

– Il n'est pas mort…

L'homme ne chercha pas à dissimuler les larmes qui lui montaient aux yeux.

– *Inch Allah !* Mais je n'y crois plus. Deux ans ! Il y a quelques mois, ces saloperies de barbus sont venus parader devant chez moi. Ça a duré plusieurs jours. Ils tournaient avec leurs bagnoles sur mon parking, ils klaxonnaient. J'ai fini par comprendre. À la première occasion je vous dis, à la première… je les massacre.

– Mais vous n'avez aucune preuve de la mort de votre fils.

– La preuve, elle coule dans mes veines. La chair de ma chair… Vous savez ce que ça fait de perdre son fils unique ?

Chesnier s'abîma dans ses souvenirs. Grégoire commençait à s'animer derrière ses paupières closes. C'étaient des séquences de vie tronquées, disparates. Le petit sur le chemin de l'école, son cartable neuf sur le dos ; ses yeux pétillant de bonheur derrière les bougies d'un gâteau d'anniversaire ; ses premières brasses sans bouée dans l'eau glacée de Bretagne ; le timbre de sa voix, si clair, au milieu de la chorale de l'école ; puis la tristesse de son regard, le lendemain de sa fugue quand les gendarmes l'avaient ramené à la maison. Chesnier fut saisi de tremblements. Il luttait pour reprendre pied, mais savait d'expérience qu'il devait boire le calice jusqu'à la lie. Il rouvrit les yeux et ne vit rien d'autre que les flots d'images que charriait sa mémoire. Grégoire apparaissait soudain livide, jeté au bas de son lit. Sa mère hurlait. C'était ensuite comme un gros plan sur l'aiguille restée fichée dans le bras du petit. Puis le cortège qui pénétrait dans le cimetière. Le cercueil posé sur les tréteaux, sous un soleil de plomb. Et l'obscurité du trou qui attendait son fils.

– Vous avez raison, murmura-t-il. On ne se remet jamais de la perte d'un enfant.

Le visage de Chesnier était gonflé de larmes. Le Kabyle n'insista pas. Il s'excusa et resservit une tournée.

– Vous êtes ici chez vous, mon ami. Si je peux vous être utile…

Chesnier s'essuya avec sa manche.

– Je vais aller me reposer. J'emporterais bien la bouteille de whisky avec moi.

12 mai 2011
21 heures

La lune venait de se lever quand l'émissaire du commissariat de police parvint en vue des premières bâtisses du village. La végétation se confondait avec le sol, bistre et opaque, comme un coup de lavis tiré sur une page grise. Les collines semblaient avoir pris de la hauteur. Des chiens aboyèrent alentour. Un coup de fusil claqua, sec et étouffé. Les aboiements redoublèrent. Venue de nulle part, la voix d'un paysan engueula les bêtes. Puis à nouveau, rien d'autre que le ronronnement du moteur qui tournait à présent au ralenti et le bruit du vent qui, avec l'arrivée de la nuit, s'engouffrait dans la vallée.

L'homme gara son pick-up et se retourna vers l'arrière du véhicule après avoir allumé la veilleuse. Il étouffa un juron, le carton avait transpiré. Une tache sombre s'élargissait sur le siège. Si le capitaine avait correctement emballé le colis, ça n'aurait pas coulé, pensa-t-il.

La maison où étaient logés le commandant et le djihadiste étranger était la seule encore éclairée. Il récupéra le paquet en prenant soin de le tenir loin de sa veste et s'avança vers l'entrée du *compound.* Deux gardes étaient assis devant, kalachnikov entre les jambes, occupés à décortiquer des graines de pavot.

– Le commandant ? fit-il.

L'un des moudjahidin désigna du pouce l'intérieur du bâtiment.

– Il attend. Dépêche-toi.

Le messager se courba pour passer la voûte et pénétra dans la cour. Des vieillards se réchauffaient autour d'un feu de bois. Ils le saluèrent et lui indiquèrent la pièce où se tenait la réunion. L'air embaumait l'agneau rôti et le safran.

L'officier pakistanais se tenait dans un angle de la pièce en compagnie de Farez Ben Yussouf, observé par une quinzaine de paysans silencieux assis face à eux. Tous faits sur le même modèle, grands, maigres, dépenaillés, les mains noueuses et le visage mangé par une barbe épaisse, avec le regard noir et fixe. Comme si rien ne devait jamais les atteindre. C'est à peine s'ils levèrent les yeux vers l'homme quand il entra, son carton toujours porté à bout de bras. Le commandant interrompit son conciliabule et jura :

– *Abdullah !* Tu nous amènes enfin le traître…

Le colis fut déposé par terre et le commandant se précipita pour l'ouvrir. Il sectionna les ficelles et fendit les morceaux de scotch, puis dégagea les rabats du couvercle. À l'intérieur, enveloppé sommairement dans un plastique sale, la tête d'Alain-Larbi conservait encore sur ses traits figés l'effroi qui avait accompagné sa mise à mort.

Il la saisit par les cheveux et la leva au-dessus de lui en hurlant sa colère de n'avoir pu tuer ce porc de ses propres mains. Un murmure parcourut l'assistance. Les premiers rires fusèrent, puis quelqu'un applaudit et un autre se leva pour cracher sur le masque grimaçant de la tête tranchée.

Tout se passa ensuite très vite. Le commandant ne voulait pas laisser derrière lui de témoins gênants. En milieu de journée, des paysans étaient venus l'avertir que la famille de la jeune fille donnée en pâture à Farez avait tenté de fuir le village. Elle avait été rattrapée sur une piste menant vers le sud et enfermée dans une étable. Le bruit avait ensuite couru qu'un des djihadistes avait déserté et trahi au profit de l'ennemi occidental. Un jour ou l'autre, toute cette histoire finirait par lui retomber dessus. Le commandant apostropha l'un des guides des Français et lui ordonna d'aller chercher les chrétiens.

Il finissait de réunir les hommes du village quand la fille offerte à Farez, ses parents et ses deux frères furent poussés sur un terre-plein à l'extérieur du village, ligotés les uns aux autres par une longue corde. L'épouse qui avait si mal accepté sa nuit de noces avec le moudjahid arabe fut détachée du reste du groupe et enterrée jusqu'à mi-poitrine. Puis des cailloux furent distribués à l'assistance. Le cercle des tortionnaires se resserra autour de la femme dont on distinguait à peine le voile blanc jeté sur sa tête. La gangue de terre l'empêchait de respirer normalement. Elle cherchait l'air par petites inspirations saccadées et bruyantes.

Farez était fasciné par le spectacle. Une lapidation ! La punition religieuse ! Il ne pensait pas avoir un jour l'occasion d'y assister. Il transpirait malgré la température glaciale. Les rafales de vent qui s'engouffraient dans la vallée semblaient le contourner. Il n'avait d'yeux que pour cette forme à demi ensevelie et pour les hommes qui s'excitaient autour de lui.

Après une harangue rapide et enflammée, le commandant se baissa, ramassa un éclat de roche et le jeta sur la condamnée pour donner le signal du carnage. Aussitôt, les pierres volèrent de toutes parts. Les assassins criaient et s'invectivaient quand les coups étaient trop forts. On ne lapidait pas souvent. Ce n'était pas tous les jours la fête au village. Il fallait faire durer le supplice. Ils voulaient entendre la victime souffrir et supplier.

Un projectile arracha le carré de tissu dont elle avait été recouverte, et son visage à la peau sombre apparut dans un rayon de lune. Son cuir chevelu était déjà entamé, du sang ruisselait sur ses joues. Ses lèvres étaient éclatées. On pouvait voir, par endroits, la brillance de l'ivoire de ses dents.

De son seul œil encore ouvert, la fille cherchait le regard de ses bourreaux. Sa respiration avait faibli, mais elle s'accrochait à la vie. Au milieu des vociférations des tortionnaires, une voix surgit et l'implora :

– Oh, meurs ! S'il te plaît, meurs !

Sa mère frappa le sol de sa tête et lui hurla de se laisser partir :

– Meurs, ma chérie !

Le coup de grâce arriva au bout d'un quart d'heure.

Aussitôt après, une clameur monta de la famille chrétienne. Le commandant ordonna aux villageois de s'écarter. Il pointa son arme et vida son chargeur sur les quatre prisonniers. Deux hommes tassèrent à coups de pelle le cadavre de la petite martyre et le recouvrirent de terre. D'autres emportèrent les quatre fusillés pour les jeter plus loin dans un ravin avec la tête d'Alain-Larbi. Les oiseaux auraient tôt fait de les mettre en charpie.

Le commandant frotta ses mains grassouillettes l'une contre l'autre et invita Farez à le suivre à l'intérieur de la maison.

– Voilà, lui dit-il en lui tendant un paquet minuscule de la taille d'une moitié de chewing-gum. C'est la clé USB qui contient les dernières consignes de notre émir, béni soit son nom. Ce n'est pas épais, tu vois ? Ton guide va te tailler une poche dans la peau de ta jambe.

Farez sursauta.

– Il va me découper ? Je le crois pas ! C'est pas la peine…

– Tu vas emporter ce que nous avons de plus précieux. Il ne s'agirait pas que tu l'égares.

– Mais ça va me faire un mal de chien ! Ça va s'infecter.

– C'est l'hiver, mon frère. Le froid va arranger tout ça. Tu badigeonneras aussi régulièrement la cicatrice avec de la Bétadine. On va t'en donner une fiole. Dans quelques jours, il n'y paraîtra plus. Quand tu seras parvenu au terme de ton voyage, tu n'auras qu'à inciser le dessus de la peau. Tu récupéreras la clé sans difficulté.

L'intervention effectuée, Farez fut rassuré. Les moudjahidin l'avaient insensibilisé avant de le charcuter. Il n'avait presque rien senti, lui qui détestait souffrir. Il attacha avec un velcro le bandage autour de sa cuisse et rejoignit le commandant.

– C'est fait ? demanda ce dernier.

– La clé USB est en place.

– C'est parfait. En ce qui me concerne, ma mission est terminée. C'est à toi de jouer. C'est la partie de l'opération la plus délicate. Tu es seul désormais, il n'y aura personne pour t'épauler. Tu vas entreprendre un long périple. Je t'ai préparé les billets de car jusqu'à Islamabad et les billets d'avion pour rejoindre l'Europe. Tu te poseras à Berlin, mais auparavant, tu voyageras jusqu'à Moscou. Puis jusqu'en Lituanie. De là, tu prendras un vol pour Stockholm, et un pour l'Allemagne. Tu rejoindras Paris par la route. Tu as également une liste d'hôtels où il te faudra séjourner car il n'y aura pas de correspondances directes. Tu vas l'apprendre par cœur. Tu quitteras le village quand tu seras capable de tout me réciter de tête. Tu partiras avec cinq mille dollars. Tu es grand et fort, tu es aguerri, il ne t'arrivera rien.

Le commandant lui tendit une pochette avec les tickets, l'argent et les informations relatives au voyage. Farez étala les dollars devant lui.

– C'est beaucoup…

– Juste ce qu'il faut. En cas de pépin. Pour te permettre de te retourner. Tu vas aussi dissimuler les billets. Tu te mettras deux ou trois mille dans l'anus. Et encore mille dans tes chaussures.

– Et une fois en France ?

– J'y viens. Tu arriveras par Strasbourg. Tu iras t'acheter des vêtements neufs et tu effectueras la dernière partie du voyage en autocar. À Paris, tu feras une fois de plus les vérifications d'usage pour être sûr de ne pas avoir été suivi. Tu sais comment casser une filature, n'est-ce pas ? Et tu monteras dans un bus pour aller à Nanterre. Chez une personne du nom de Sébastien Verdier. Je vais te donner l'adresse.

– Un Français ?

– Un converti. Sébastien-Abdelaziz Verdier. Il vient de sortir de prison après dix ans pour avoir travaillé avec un de nos groupes impliqués dans les attentats de 2001. Il t'attend. Une fois chez lui, tu n'auras rien d'autre à faire que veiller à ce que la clé USB soit bien remise à un autre frère qui viendra la décoder. Elle a été enregistrée avec un algorithme asymétrique très complexe qui interdit toute tentative de décryptage sauvage. Le message qu'elle contient est illisible tel quel, sauf par le destinataire final.

Le commandant sourit avant de continuer :

– Si tu te fais prendre ou tuer en chemin, personne n'aura accès à ces informations. Il nous restera à monter une nouvelle opération. Autant te dire que ça nous poserait un problème. Mais si tu échoues et que tu restes vivant, mon frère…

Le Pakistanais passa le dos de son pouce sur sa gorge.

– On ne te le pardonnera pas. On te pourchassera nuit et jour jusqu'au bout du monde pour te faire payer ta trahison et t'envoyer brûler en enfer pour l'éternité.

Farez s'emporta :

– Ce n'est pas la peine de me menacer. Je n'ai jamais démérité.

– Je sais bien. C'est pour cela que la Base[1] t'a choisi, mon frère.

– Et ensuite ?

– Ensuite, tu partiras en Libye. C'est le réseau de Francfort qui s'en occupera. On te remettra la somme d'argent prévue.

– Deux cent mille dollars ?

– Oui, deux cent mille. Tu te procureras les armes dont tu as besoin et nos frères tunisiens te prendront en charge. Ce sont eux qui t'aideront à rejoindre le Sud algérien.

– Je n'ai besoin de personne pour rentrer chez moi.

– La situation a changé depuis ton dernier séjour. À cause du gaz et du Printemps arabe. Et de l'agitation des Touaregs.

1. Al-Qaida.

– Je connais le terrain comme ma poche.

– Non, mon frère. Ce n'est plus pareil. Tu ne retrouveras pas des maquis unifiés comme à l'époque des GSPC[1]. Tu vas devoir composer avec les frères de Libye, de Tunisie et même avec les Nègres du Sahel.

Farez Ben Yussouf cracha par terre.

Dix ans plus tôt

Au bout de l'avenue de la République, la mosquée Okba ibn Nafae rosissait dans les derniers rayons du couchant. Détaillant les rares passants, des groupes d'hommes discutaient sur le parvis. Mustafa s'approcha, serra quelques mains sans présenter Verdier, puis lui indiqua d'un geste un bâtiment isolé à une cinquantaine de mètres.

– On va à l'annexe.

C'était une sorte d'entrepôt délabré dont le volet métallique baissé était fermé par un cadenas accroché à un arceau planté dans le sol.

– On entre par-derrière.

Il cogna deux fois deux coups à la porte et quelqu'un tira un judas avant d'ouvrir. Un garçon d'une vingtaine d'années portant djellaba et babouches les invita aussitôt à entrer. Au lieu de prendre le couloir, il écarta un rideau et s'effaça devant un escalier plongeant vers le sous-sol.

– Suis-moi, dit Mustafa. Tiens-toi à la rampe.

Seul un lumignon rougeâtre éclairait les premières marches. La suite se perdait dans une quasi-obscurité.

– C'est pire que la cave de Mahmoud, avança Verdier.

Mustafa se retourna d'un coup.

– Ne parle jamais de cet endroit. À personne.

1. Groupe salafiste pour la prédication et le combat.

– Ici ?

– Cette maison et la cave, bien sûr.

– Tu penses bien que je vais pas claironner sur tous les toits où on se retrouve ! Mais ici, tu m'as dit que c'était l'annexe...

– Ici, pareil. Ça regarde personne.

Mustafa poussa un autre rideau au bas de la volée de marches et tâtonna pour trouver l'interrupteur. La lumière blanche d'un néon éclaira un nouveau couloir qui parut à Verdier beaucoup plus long que l'ensemble de la maison. Un mauvais boyau en ciment brut qui paraissait encore s'enfoncer dans les entrailles de la terre. Au bout, un casier empli de livres et de cartons avait été tourné contre le mur, libérant un petit espace menant à ce qu'on devinait être une pièce plus large. On entendait maintenant le ronronnement d'une soufflerie. Une fois à l'intérieur, ils se trouvèrent face à une porte blindée. Mustafa répéta sa manœuvre : deux fois deux coups légers.

La salle était vaste et voûtée sans aucune décoration. Il y régnait une température fraîche qui contrastait avec la chaleur du dehors. Trois hommes étaient assis sur le sol recouvert de lino, vêtus de la même manière : un long kamiz beige enfilé sur un jogging, des chaussures de sport et un bonnet blanc sur la tête. Ils arboraient tous une énorme barbe poivre et sel.

D'un bref coup de menton, le plus âgé fit signe à Verdier de s'asseoir face à eux. Mustafa s'installa à côté de lui. Le plus impressionnant sans doute était l'immobilité et l'air absent de leurs hôtes. Verdier replia ses jambes en tailleur et attendit. Deux des hommes tenaient, posé sur leurs cuisses, un gros livre écrit en arabe. Celui qui avait ouvert la porte gardait le sien dans ses mains. Un silence pesant s'installa entre eux. Les musulmans lui lançaient des coups d'œil à la dérobée. Verdier fut certain à ce moment-là qu'ils analysaient chaque vêtement, chaque élément de sa personne, même si leur regard semblait le traverser comme s'il scrutait autre chose, beaucoup plus loin. Mustafa était assis comme lui, les mains sur les genoux. Jamais il n'avait paru si calme.

Le même homme remplit une tasse de thé et la tendit à Verdier.

– Ainsi, c'est toi qui es allé au Maroc, dit-il d'une voix monocorde.

Mustafa répondit à sa place :

– Il a fait de l'excellent travail. Il s'occupera très bien du reste.

La conversation se poursuivit quelques minutes en arabe. Verdier se demandait si les barbus allaient lui parler de la drogue ou des vidéos. Leur allure de paysans de l'Atlas mal dégrossis ne l'impressionnait pas. Il commençait à se laisser bercer par la musique de leur langue lorsque Mustafa s'adressa à lui en désignant son voisin :

– C'est pour l'imam Abou que tu vas rapporter les cassettes.

– Je les lui remettrai ?

– Non. Tu me les donneras, et c'est moi qui te paierai.

– Pourquoi est-on venus, alors ?

– C'est normal, mon frère. Il voulait te voir, il fallait que je te présente. Tout ce qui se fait ici, c'est avec son accord. Il voit tout, il sait tout. Je vais remonter et il va te poser des questions. Tu verras.

Puis Mustafa se releva, salua les trois hommes et disparut par le sas.

L'imam patienta le temps que le bruit des pas décroisse dans le corridor, et il considéra Verdier avec un large sourire. De nouveau le silence. Ses deux acolytes n'avaient toujours pas prononcé un mot. Enfin, le vieux parla :

– Mustafa est un brave garçon. Tu as de la chance de l'avoir rencontré. Il nous a expliqué que tu avais perdu ton travail...

– J'ai été viré en moins de temps qu'il ne faut pour le dire.

– Cette société est ingrate, mon garçon. Matérialiste et ingrate. Elle est aux ordres des banques et des mécréants. Elle fabrique de la misère chaque jour. Elle fait couler dans les veines des gens un poison qui les éloigne de l'essentiel. Les hommes se désintéressent de leur famille, ils perdent leur autorité, leurs femmes et leur fille s'émancipent. Les mécréants veulent bâtir un monde qui offense Dieu. Ils ne vivent que pour leurs misérables satisfactions, leurs petits plaisirs du jour et leurs petites jouissances nocturnes, alors que s'ils suivaient la voie de Dieu, ils connaîtraient le vrai bonheur. Es-tu croyant ?

Avant de répondre, Verdier regarda l'homme reprendre son souffle. Il avait un regard halluciné.

– Oui..., s'entendit dire Verdier, comme si quelqu'un d'autre s'exprimait au fond de lui-même.

– Je comprends à la manière dont tu réponds que tu dois te poser bien des questions, n'est-ce pas ?

– Pour dire vrai, mes préoccupations aujourd'hui sont relativement terre à terre. Il faut que je fasse vivre ma famille.

– Comme tout le monde, mon garçon, mais tu peux le faire pour le meilleur ou pour le pire.

– Évidemment. Mais je fais dans l'urgence, plutôt.

– L'urgence pour toi, c'est l'argent. C'est réglé grâce à Mustafa. Il faut maintenant que tu penses à faire le bien autour de toi.

Verdier avait envie de lui demander en quoi la came pouvait y contribuer, mais il s'abstint. Manifestement, Abou avait une idée derrière la tête et le mieux était de le laisser venir.

– Est-ce que tu bois de l'alcool ?

– Comme tous les Français, ma foi.

– Moi aussi, je suis français et, Dieu m'est témoin, je n'en consomme pas. « Ô croyants ! Le vin et le jeu de hasard ne sont qu'une abomination, œuvre du diable. Écartez-vous-en », dit le Coran. Et la drogue ? Est-ce que tu en consommes ?

– Non.

– Voilà pourquoi tu es déjà sur le chemin de la vérité. Même si rien n'a été formellement préconisé en matière de haschich, nous savons que cette plante est source d'excès. Mais Dieu l'a créée pour nous aider à imposer sa volonté auprès des faibles et des infidèles. C'est une chance que tu as su saisir. Tu participes à l'affaiblissement des ennemis de Dieu. Tu es marié, donc. Dis-moi s'il t'arrive parfois de tromper ta femme ?

L'œil de l'imam venait de s'éclairer. Il lissait sa barbe en l'observant la tête penchée, un petit sourire au coin des lèvres.

– Ne crains rien, mon garçon, reprit-il. C'est un vieux sage qui te pose la question Je me doute que la jeunesse bouillonne dans ton cœur…

– Ça m'est arrivé. La vie de couple…

– Ce n'est pas grave puisque la vérité ne t'a pas encore été révélée. C'est normal qu'un homme ait plusieurs femmes dans sa vie. Encore faut-il le faire dans les règles. Et si tu connaissais ces règles, tu serais émerveillé !

Le monologue du vieux commençait à taper sur les nerfs de Verdier. Où voulait-il en venir ? C'était une bien étrange leçon de morale qu'il lui donnait.

– Le mariage, continua Abou, c'est l'obligation de tout homme. Mais il doit se marier et se marier encore. Pas avoir des maîtresses. Pas faire la *khalwa*[1]. Dieu a fait les choses pour lui. Il suffit de les connaître et de les appliquer, et tu vivras dans le bonheur.

– Sauf qu'en France, rien de tout ça n'est permis…

– La France, c'est un mot sur un papier, mon garçon. Dont l'encre se ternit au fil du temps. Il n'y a de vrai pays que la communauté des croyants.

– Reste qu'on se marie à la mairie. Et une seule fois.

– Je sais bien. Mais la mairie, c'est la république qui fait la guerre à Dieu depuis un siècle. Ce n'est rien. Seule compte la *Oumma* et ses règles édictées par Dieu.

Le vieil homme feuilleta son livre et suivit du doigt quelques lignes du texte.

– « Quiconque croit en Allah et au Jour dernier, qu'il ne soit pas seul avec une femme qui n'a pas avec elle un parent masculin qu'elle ne peut pas épouser. Cette personne serait al-Shaytan. »

---

1. Réunion en privé entre un homme et une femme non mariés.

– C'est-à-dire ?

– Le diable, mon garçon. Mais je sais aussi que cette société le permet. C'est difficile d'appliquer ces principes. Il faut les connaître et essayer de s'y conformer le plus souvent possible. C'est pour cette raison que Dieu a offert à l'homme la possibilité d'épouser plusieurs femmes. Pas besoin d'aller voir le maire pour ça.

Il y eut un instant de silence, puis Abou demanda à Verdier s'il connaissait des juifs. Sa voix s'était faite plus sourde.

– Ah, ça, j'ai dû en rencontrer, oui !

– Est-ce que tu as des amis juifs ?

– Pas à ma connaissance.

– Peut-être ne le sais-tu pas ?

– Il faut dire qu'ils ne portent plus l'étoile jaune depuis un moment !

Les trois hommes éclatèrent de rire face à Verdier.

– Voilà un petit bonheur que t'a sans doute inspiré le Tout-Puissant, mon garçon. Peut-être est-ce un juif qui t'a fait perdre ton travail. Tu devrais te renseigner.

– Je ne sais pas. Je suppose qu'il y en a des mauvais comme partout, comme dans toute communauté, et des bons. Non ?

– Non. Ils sont solidaires. Ils veulent gouverner le monde en imposant leurs mensonges. Ils ont volé nos terres en Palestine et continuent de proclamer que Uzayr est fils de Dieu ! Telles sont les paroles qui sortent de leurs bouches, répétant ainsi ce que les négateurs disaient avant eux. Puisse Dieu les maudire pour s'être ainsi écartés de la Vérité ! La main de Dieu est entravée, affirment-ils. Entravées soient leurs propres mains, et maudits soient-ils eux-mêmes pour ce blasphème ! Bien au contraire, les deux mains de Dieu sont largement ouvertes et Il dispense Ses dons comme Il l'entend. Mais Ses révélations n'ont fait qu'accroître, chez eux, leur esprit de révolte et leur impiété. Alors, nous avons suscité parmi eux l'inimitié et la haine, et il en sera ainsi jusqu'au jour du Jugement dernier. Chaque fois qu'ils allument le feu de la guerre, Dieu l'éteint aussitôt. Ils répandent la corruption sur la Terre, alors que Dieu n'aime pas les corrupteurs.

– Excusez-moi, mais je ne comprends pas.

– C'est Dieu Lui-même qui l'a dit. Je t'enseignerai ses paroles. Tu comprendras et tu pourras travailler avec nous. Tu retourneras au Maroc pour faire ce que Mustafa t'a demandé et tu seras comblé.

– Qu'est-ce que les juifs ont à voir là-dedans ?

Abou tourna encore quelques pages et lut :

– « Quiconque parmi vous les prend pour alliés sera des leurs. Dieu ne guide pas les traîtres. »

Il toussa et poursuivit :

– Si tu accédais à leurs désirs après la science que tu recevras, tu te trouverais devant Dieu sans défense ni secours. Mais tu es un garçon intelligent. Tu vas savoir très vite où est ton intérêt. C'est une chance que nous nous soyons rencontrés. Une occasion divine d'aider à l'édification de la paix sur terre.

L'imam enfila encore trois ou quatre affirmations sur la mainmise des juifs dans les affaires du monde et invita Verdier à rejoindre Mustafa.

Verdier allait franchir la porte quand sa voix le rattrapa sur le seuil :

– Réfléchis, mon garçon. Réfléchis à cette chance que tu as de te venger des juifs.

13 mai 2011
18 h 15

La cité des Genêts n'avait pas fait peau neuve. Le terrain vague qui la ceinturait autrefois s'était élargi. Les rares espaces de gazon dont se souvenait Verdier étaient à présent occupés par des tas d'ordures à ciel ouvert. Les anciennes carcasses de voitures volées avaient été remplacées par de nouvelles. Les dernières plaques de crépi qui subsistaient dix ans plus tôt sur les façades des bâtiments avaient fini par tomber.

Il regarda au loin la cage d'escalier où il avait renoué avec Mahmoud. D'autres adolescents occupaient les marches. En y repensant, il ne lui revenait que des images de sales gosses jouant dans la lumière d'un printemps précoce. Du soleil et de la chaleur. Rien à voir avec cette pluie qui lui rinçait la tête ce jour-là. Et Mustafa était mort. Désiré également. Moussa croupissait aux Beaumettes pour encore au moins douze ans. L'imam Abou avait disparu dans la tourmente qui avait suivi les attentats du 11 Septembre. Peut-être avait-il refait surface quelque part sous un autre patronyme ? Peut-être était-il encore en France ? Verdier secoua la tête. Il ratiocinait. Non, Abou avait dû croiser sur sa route le bras vengeur de la République. Il pourrissait, enterré dans une forêt quelconque ou immergé en rade de Marseille ou d'ailleurs. Les Services avaient fait le grand ménage. Il était bien placé pour le savoir. Quelle étrange aventure il avait vécue ! pourrait-il dire s'il n'y avait pas eu à la clé ses dix années de taule. Cela, il ne l'admettrait jamais. Il se vengerait.

Il fut tenté, un instant, de pousser jusqu'aux gamins, mais obliqua sur sa droite et franchit la porte du local où il était attendu.

Une demi-douzaine d'enfants étaient assis sur un banc face à un tableau noir. À côté d'eux, une femme vêtue à l'occidentale, mais sobrement, triait des fiches. Elle se leva quand elle perçut la présence de Verdier et le salua sans lui tendre la main.

– Voici nos jeunes. Je vous ai préparé des petites notes sur chacun d'eux. Les raisons de leur échec scolaire. Leurs problèmes de famille. Leurs motivations ou leur *absence* de motivations… Vous verrez tout ça. Comme il vous a été dit, les cours auront lieu tous les mercredis après-midi de deux à quatre, et les samedis de onze à douze. Vous commencerez donc demain.

Puis elle consulta un autre document et marmonna entre ses dents comme si cela seul avait un intérêt pour elle :

– Pour trois heures par semaine, on a été généreux avec vous ! C'est bien la première fois que je vois cela.

– Vous avez oublié l'entraînement au foot du dimanche, se défendit Verdier. Ça rajoute quatre heures.

– Oui, ça vous fait quand même un tarif horaire de ministre…

Verdier n'insista pas. Karim l'avait prévenu que l'assistante sociale était une conne. Mais pourquoi avait-il fallu qu'elle soit au courant des conditions financières accordées par l'association ? C'était stupide. Il la remercia d'être venue l'accueillir et considéra les gosses. Aucun ne le regardait. Aucun n'avait même prêté attention à l'échange entre l'assistante sociale et lui.

14 mai 2011
12 h 45

Le patron de l'hôtel ne s'était pas trompé en lui conseillant d'aller faire un tour sur l'esplanade nord du centre commercial Leclerc. Après avoir patienté pare-chocs contre pare-chocs dans les encombrements liés aux travaux de construction de la ligne de tram, Georges Chesnier avait fini par apercevoir l'enseigne du magasin. Il avait quitté le bus à l'arrêt suivant et avait remonté le boulevard Charles-de-Gaulle à pied.

C'était une sorte de cour des miracles version XXIe siècle. Dans la grisaille qui enfermait ce morceau de banlieue, il eut le sentiment d'avoir été projeté brutalement au milieu d'une terre étrangère. Des hommes vêtus à l'afghane étaient plantés au milieu de la place, affairés dans d'interminables conciliabules. Ils étaient des dizaines, jeunes et moins jeunes. Les quelques femmes présentes, dissimulées sous des abayas noires, suivaient des maris, des frères ou des fils. C'était un étrange spectacle comme il n'en avait vu nulle part, pas même à Kaboul, pas même à Sanaa.

Chesnier traversa le boulevard pour se diriger vers le cimetière de la Cerisaie. Il en aurait ensuite pour une bonne demi-heure de marche avant d'atteindre la rue de l'Agriculture. Les cités dont lui avait parlé le Kabyle se trouvaient à proximité. Parmi les adresses qu'il avait en poche, une au moins méritait le détour : celle d'une tante d'un petit voyou qui avait autrefois traîné avec la bande de Verdier et dont on avait définitivement perdu la trace quelques jours avant les attentats de 2001, un certain Désiré Obleni. Selon le patron de l'hôtel, la femme connaissait sur le bout des doigts l'histoire du groupe d'apprentis terroristes. Elle avait vécu longtemps après les événements recluse dans son F2, puis elle avait déménagé.

14 mai 2011
même heure

Verdier réfléchissait à sa journée de la veille. Les gosses n'étaient pas de mauvais bougres. À croire qu'ils avaient été triés sur le volet par Karim. Il n'avait jamais eu à élever la voix. On l'avait écouté sans faire d'histoires. La moitié de ses élèves avaient au moins compris qu'on ne tutoyait pas les adultes sans les connaître, que dire merci à quelqu'un n'était pas déchoir, et que l'école pouvait leur apporter beaucoup plus que la rue à condition de ne pas considérer tous les professeurs comme des ennemis. C'était inespéré. Le plus âgé avait même demandé à Verdier s'il allait vraiment revenir et lui avait serré la main au moment de s'en aller.

Verdier était satisfait. Au fond de sa poche, le paquet d'euros, qu'il venait de toucher, faisait une bosse. Trois mille d'avance, Karim ne s'était pas moqué de lui. Il avait hâte d'annoncer la bonne nouvelle à Lorraine et aux filles.

Des années durant, il s'était demandé comment sa famille l'accueillerait à sa sortie de prison. On pouvait dire que cela aurait pu se présenter plus mal. Quant aux frères, il était inutile de se raconter des histoires : l'existence pépère qu'ils lui avaient organisée ne durerait pas. D'une manière ou d'une autre, sa vie basculerait à nouveau.

Le vrai problème, c'était Rateau. Pourquoi ne se manifestait-il plus ? Les moudj français allaient se pointer chez lui et rien n'aurait été préparé pour les coincer. Il ne comprenait pas. Ils se dirigeaient droit vers une catastrophe majeure. Ce serait un véritable désastre et lui risquait encore de payer le prix fort. Il y avait aussi cet enfoiré de journaleux qui avait sonné à sa porte, ça n'augurait rien de bon.

Plus de trois ans que Rateau n'avait pas fait signe !

Verdier laissa passer le bus et décida de finir le chemin à pied. Est-ce que Rateau, seulement, était encore en activité ? Peut-être qu'il avait cassé sa pipe quelque part ou qu'il avait été mis à la retraite, et lui était sorti des tablettes de la caserne Mortier et se trouvait désormais livré à lui-même, totalement entre les mains des fous de Dieu, impliqué dans une action qui se profilait comme plus dévastatrice encore que celle menée dix ans plus tôt contre les intérêts américains.

Il se rappela soudain une remarque de Rateau à cette époque, alors qu'ils faisaient le point sur le degré d'implication de la bande de Mustafa dans les projets terroristes de l'imam Abou. Rateau avait réfléchi un long moment et lui avait dit quelque chose comme : « Un jour ou l'autre, la situation deviendra intenable et on devra en apparence couper les ponts. On ne pourra pas continuer à se voir régulièrement comme on le fait en ce moment. On ne pourra plus communiquer non plus. Trop dangereux. Il faudra que tu endosses complètement la panoplie du salaud qui attend, terré dans un coin, que ses mentors lui disent d'agir. Mais ne panique pas, il y aura toujours quelqu'un derrière toi pas loin. Il y aura des jours où tu désespéreras, mais on sera là. »

Il s'assit sur un banc pour réfléchir. Rien de ce qu'il avait imaginé les derniers jours à Lannemezan ne se réalisait. En toute logique, les hommes des Services auraient déjà dû se manifester. La situation se tendait d'heure en heure et personne n'intervenait, c'était proprement incroyable ! Et il ressentait cette désagréable impression d'être comme un rat s'épuisant sur la roue de sa cage.

14 mai 2011
15 h 50

La tante de Désiré n'habitait effectivement plus à la première adresse fournie à Georges Chesnier par le patron de l'hôtel Bab-el-Oued, mais l'une des deux autres personnes dont il lui avait donné les noms fut d'une aide précieuse.

Il s'agissait d'un ancien chauffeur-livreur qui avait travaillé plusieurs années pour Ikea à Franconville. À ce titre, il connaissait presque tous les locataires des barres d'immeubles de la cité des Genêts. Il avait vu grandir les enfants et assisté à la montée de la délinquance. Puis à la propagation de l'islam radical. Son passé militaire, qui lui avait autrefois valu l'admiration des petits, s'était retourné contre lui. Ses camions avaient été pillés de plus en plus régulièrement jusqu'au jour où un chargement entier avait été incendié. Ikea l'avait licencié. Depuis 2007, il survivait avec le RSA, dans l'impossibilité de se reloger, condamné à rester dans un environnement hostile.

Il avait ouvert la porte à Chesnier, une batte de base-ball à la main.

– C'est pour quoi ? J'ai besoin de rien.

– Je viens vous voir de la part d'un ami.

– Un ami ! Vous vous foutez de ma gueule ?

Chesnier regarda le corps maigre dans le maillot de corps. L'homme était couvert de cicatrices et de tatouages. Sous l'épaule gauche, une main stylisée émergeant d'une aile tenait un glaive. C'était grossier, et l'encre bleue avait terni avec le temps.

– Régiment des chasseurs parachutistes ? demanda Chesnier.

L'autre reposa la batte et ouvrit plus largement la porte.

– Qu'est-ce que je peux faire pour vous ?

Une heure plus tard, Chesnier avait bu cinq ou six pastis, parlé du bon vieux temps de l'armée et refait le monde. Son hôte lui avait brossé un tableau effroyable de la cité et des barbus qui en avaient pris le contrôle. Il lui avait indiqué les appartements où, selon lui, les islamistes se réunissaient et les caves où ils stockaient des quantités impressionnantes d'armes. En attendant le grand soir.

– Pourquoi n'allez-vous pas voir la police ?

– Les flics ? éructa l'homme. Et qu'est-ce que je vais y gagner, moi ? Ils ont passé leur temps à me faire chier quand je travaillais, à me verbaliser. Ils n'ont jamais répondu présents pour protéger mes livraisons. J'ai fini par être viré et ils m'ont rigolé au nez quand je suis allé les voir. Ils m'ont fait convoquer deux fois chez le juge pour outrage. Parce que je leur reprochais de ne pas faire leur boulot ici. Ça m'a coûté des centaines d'euros alors que j'en touche même pas cinq cents par mois ! Du coup, maintenant, faut plus compter sur moi. Un jour, je les fumerai tous et la messe sera dite.

Il sortit d'une armoire un *shot gun* de calibre 12 et montra une caisse remplie de munitions.

– J'ai mille cinq cents chevrotines là-dedans. Ça fera un super feu d'artifice, croyez-moi. Du bougnoule, y en aura plein les murs, mais des keufs aussi.

Chesnier se sentait très mal à l'aise. La tête lui tournait. L'homme s'agitait de plus en plus et devenait incontrôlable. Il venait de grailler huit cartouches dans son arme et s'était rapproché de la fenêtre, pointant des cibles invisibles.

– Regardez-moi toutes ces connasses avec leur chiffon sur la gueule. Pareil ! Je les plomberai. Elles arrêteront de faire des mômes qui grandissent pour nous pourrir la vie.

Il est temps de battre en retraite, se dit Chesnier. Il demanda à l'homme s'il savait ce qu'était devenue la tante de Désiré.

– On m'a dit que c'était une bonne personne, expliqua-t-il, qu'elle avait beaucoup souffert ici et qu'elle avait fini par déménager…

L'ex-livreur posa son fusil et souleva son maillot pour se gratter le ventre

– Putain, oui ! C'était bien la seule de la tribu qui vaille plus qu'un pet de lapin. C'était ma copine. On s'entendait bien. J'aurais dû la marier, mais j'ai été trop con !

– Elle n'était pas musulmane ?

– Si, mais qu'est-ce ça change ? Elle était normale, elle ! Pas comme ces tarés. On a fini par se disputer, on s'est plus adressé la parole et puis elle s'est barrée.

– Vous connaissez son adresse ?

– Pas très loin d'ici, dans une bicoque située contre l'A86. Je l'ai juste entendu, je peux pas vous dire où exactement. Mais c'est à côté d'une bretelle d'accès. Ça doit pas être compliqué à trouver. Elle s'appelle Naïma Obleni. Obleni, comme l'autre grand con qu'a disparu un jour, le Désiré.

– Mort ?

– Ça fait dix ans qu'il a pas refait surface, alors on va dire que oui…

Dix ans plus tôt

Ils s'étaient enfoncés dans le troisième sous-sol de la cité. Des caisses éventrées et des carcasses de scooters encombraient les couloirs. Pour rien au monde, les locataires n'auraient osé s'y aventurer. Pas même le gardien de l'immeuble qui avait depuis longtemps renoncé à y faire des rondes. Il s'était un jour laissé dépouiller des clés d'accès par la bande de Mustafa et n'avait jamais plus rapporté un seul incident au bailleur social. C'était, comme dans d'autres barres de HLM, un havre de paix pour les jeunes impliqués dans le trafic des stups ou des armes. La zone de non-droit parfaite où était entreposé tout ce qui devait échapper aux autorités. Et où se réglaient les plus graves des épisodes qui émaillaient la vie des clans.

Mustafa précédait le groupe, une torche à la main. Derrière lui, avançaient l'imam Abou avec sa respiration sifflante, puis Désiré, les mains attachées dans le dos, poussé par le sparring-partner qui portait un gros sac à l'épaule. Le rayon de la Maglite dansait au milieu des détritus sur le sol en ciment.

– C'est encore loin ? demanda le vieil homme.

– Encore deux couloirs, répondit Mustafa.

– C'est infernal, cette puanteur.

Un juron couvrit les derniers mots de l'imam. Moussa venait de piquer les reins de Désiré avec son cran d'arrêt.

– Avance, connard, et ferme ta gueule.

Le garçon se retourna brusquement.

– Mais tu m'as blessé, putain de con. Arrêtez votre cinoche, bordel. J'ai rien à foutre ici. Vous vous gourez...

– Ta gueule.

Le boxeur lui envoya une manchette sur le nez et le remit dans le sens de la marche en empoignant l'arrière de sa chemise.

– On arrive, dit Mustafa. Laisse-le brailler, on s'en fout. Personne l'entendra.

– Allez, allez, qu'on en finisse, les exhorta Abou. Nous avons pas beaucoup de temps.

Désiré se mit à sangloter, son grand corps secoué comme dans un shaker.

– Mustafa, merde, pourquoi tu me fais ça ? On t'a raconté des conneries. Pourquoi on vient ici ? J'ai toujours fait ce que tu m'as demandé. Je veux pas…

Un nouveau coup asséné sur le crâne le fit taire.

– Garde tes forces pour tout à l'heure, siffla Moussa. Avance et boucle-la.

Mustafa s'arrêta devant une porte fermée par trois verrous à code. Il coinça la torche entre ses dents et commença à faire rouler les molettes.

– Vite, fit l'imam. Il faut en finir.

Leur prisonnier pleurait maintenant sans discontinuer, le menton sur sa poitrine. Les liens qui entravaient ses poignets lui faisaient un mal de chien. Jamais les flics ne l'avaient serré avec autant de brutalité. Ses mains avaient gonflé. Il ne sentait plus ses doigts. Seulement cette impression de brûlure qui remontait le long de ses avant-bras. Son nez devait être cassé, aussi. Le sang lui coulait dans la bouche. Et puis cette blessure dans le bas du dos. Il comprima son bas-ventre autant qu'il put, mais ne parvint pas à s'empêcher de pisser. Sa vessie se vida d'un coup.

– Allez, allez, fit encore l'imam.

Le groupe entra dans la cave et Mustafa craqua une allumette près d'une lampe à pétrole accrochée au plafond. Une lumière blanche inonda aussitôt la pièce, révélant un espace d'une douzaine de mètres carrés, vide à l'exception d'une chaise en bois fixée au sol et d'une petite table sur laquelle étaient disposés divers outils.

– Assieds-le et attache-le, dit Mustafa au sparring-partner.

Abou l'encouragea d'un geste rapide. Moussa plia Désiré d'une bourrade et lui fixa les chevilles à l'aide de lanières déjà accrochées au bas des pieds de la chaise. Puis ses coudes furent immobilisés contre le dossier. Le bruit caractéristique du goutte-à-goutte d'une fuite d'eau lui parvint faiblement aux oreilles. Les trois hommes le dévisageaient. Il essaya de soutenir les regards, mais y renonça rapidement. Celui de l'imam était le plus terrible.

Il y avait dans les yeux du vieux un appétit de violence qu'il n'avait jamais rencontré nulle part, pas même dans les vidéos arrivées du Pakistan. Abou, avec sa barbe crasseuse, ses mains potelées aux ongles rongés et son fumet aigre, lui collait une trouille qui lui dévorait les tripes. Il tourna la tête vers Mustafa et le supplia une fois encore :

– Pourquoi tu me fais ça, mon frère ? Je n'ai pas de relations avec la police.

– On t'a vu, putain de ta race.

Désiré agita la tête de gauche à droite. C'était impossible. Il avait fait bien trop attention pour qu'on puisse le suivre. La seule personne qui avait pu l'apercevoir, c'était Verdier lui-même. Dans quel merdier il s'était foutu ! Il n'aurait jamais dû filer Verdier. Cette face de craie l'avait piégé. C'était une connerie d'essayer de le faire tomber sans en parler aux autres avant.

– C'est pas ce que vous croyez. Je voulais nous protéger...

Moussa le gifla.

Il fallait tout déballer. Pourquoi les frères lui embrouillaient-ils le chou de cette manière ? S'ils l'avaient vu, ils avaient vu Verdier. Mais peut-être qu'ils s'en étaient déjà occupés. Il devait le charger. Tout lui mettre sur le dos. Leur dire le double jeu que jouait ce cochon gratté. Il plissa les yeux et cria :

– C'est Verdier. Verdier. Cet enculé de Blanc !

– On te parle pas de lui.

– Mais c'est lui qui discute avec les flics.

– Et toi, gros malin ? Avec qui tu discutais ?

– Le mec m'a branché. J'y peux rien, c'était pas prévu comme ça.

– Sans blague ! Et qu'est-ce que t'avais imaginé ?

– Juste savoir où allait Verdier et qui il rencontrait.

Un deuxième coup lui ouvrit la lèvre supérieure.

– Tu nous prends pour des cons. Qu'est-ce que tu foutais à République ?

– Verdier...

La troisième gifle le sonna à moitié.

– On te demande de quoi t'as causé avec le keuf au bistrot.

C'était comme dans un cauchemar. Désiré se sentait s'enfoncer, il allait bientôt ne plus pouvoir respirer. Les cris augmentaient autour de lui. Moussa s'était encore rapproché. Il avait mis des clés entre ses doigts.

– Déconne pas, mon frère, supplia Désiré.

– Alors ? aboya Abou.

Comment leur avouer qu'il savait tout sans trahir sa relation avec le flic ? Il était bien incapable d'avoir filé Verdier et entendu ses conversations sans se faire repérer. Jamais ils ne goberaient ça. Il eut envie de pleurer.

– Verdier, il a téléphoné à un mec qu'il a appelé « commandant ». Plusieurs fois. Et il a dit oui pour un rendez-vous.

– C'était quand ?

– La semaine dernière.

– Comment t'as su pour le rencart ?

– Parce qu'il a répété deux fois le jour et l'adresse.

– T'aurais dû nous avertir avant, murmura Mustafa.

– J'étais pas sûr. Je voulais vérifier.

Abou lui écrasa le nez d'un coup de poing. Sa grosse bague lui déchira une narine.

– Je voulais savoir pour Verdier...

Mustafa sortit de sa poche un cutter et fit briller la lame dans la lumière de la lampe.

– T'es vraiment un crétin, Désiré. On te suit depuis deux semaines. Tu as revu ton mec trois fois.

– Ouais. Mais je savais pas qui c'était. Il voulait juste qu'on s'échange des meufs. Des connasses de la cité qu'on fait tourner.

– Pourquoi tu l'as pas fait ?

– Il donnait pas assez d'argent.

– Alors, pourquoi t'as gardé le contact ?

– C'est lui. C'est lui qui m'a rappelé.

Mustafa posa sa lame sur son oreille et l'enfonça dans la chair. Désiré hurla.

– Tu te fous de nous, Désiré ! Tu vas nous expliquer dans le détail ce que tu lui as raconté, au mec.

D'un coup sec, Mustafa lui trancha le lobe. Les yeux du supplicié se révulsèrent.

– Écoute-moi bien, sale petit hypocrite, lui souffla Abou, on sait que tu as trahi la katiba. C'est Verdier lui-même qui t'a piégé. Il n'y a pas de pardon pour le crime que tu as commis. On va en finir avec toi, mais on peut encore le faire proprement. Si tu craches le morceau. Avoue tout ce que tu as raconté au flic. Donne-nous son nom. Dis-nous s'il y a un nouveau rendez-vous.

Désiré respirait comme si on lui avait appliqué un linge mouillé sur le visage. La douleur lui enserrait la tête dans un étau. Il ne voulait toujours pas croire qu'il ne ressortirait pas vivant de la cave, on ne pouvait pas le tuer ici, dans les profondeurs de l'immeuble. Ils ne pourraient pas se débarrasser de son cadavre. Ils allaient encore jouer avec lui, puis ils le remonteraient. Il fallait qu'il gagne du temps. Comment Verdier avait-il pu le dénoncer, puisqu'il n'était même pas sur place ? Désiré essaya de réfléchir. Il y avait eu la première engueulade entre eux, et une autre encore, et ce rendez-vous donné par Verdier pour faire la paix et la proposition de tournantes pour un bourge avec l'énorme paquet de pognon à la clé, et puis le mec au café de Répu. Pourquoi Verdier n'était-il plus là ? Tout s'était fait en son absence. Quand il lui avait conseillé de laisser tomber le mec du café, c'était trop tard. Il était ferré.

– Je veux voir Verdier, supplia Désiré.

L'imam s'impatienta.

– Le flic, comment il s'appelle ? Où il travaille ?

À cet instant, Désiré eut la conviction que la katiba avait déjà assassiné Verdier. Pourquoi s'acharnaient-ils sur lui alors qu'il aurait été si simple d'obtenir les informations de la part de cette face de craie ? Ils avaient menti. Verdier ne l'avait pas balancé. Il s'était passé autre chose.

– Je sais pas, sanglota Désiré. C'est lui qui m'appelait. C'est pas un keuf.

Mustafa se tourna vers son sparring-partner et lui désigna le sac à ses pieds.

– Installe la caméra.

Le garçon sortit le trépied et y vissa la Sony DCR PC110-E achetée la veille.

– Vite, ordonna Abou. Je vais réciter la sourate sur les apostats et vous ferez votre œuvre.

– Pourquoi vous voulez me filmer ? couina Désiré. Je suis innocent. Sur ma mère je le jure. Sur le Prophète…

L'imam bondit et lui porta un nouveau coup qui lui ferma un œil.

– Ne prononce pas le nom du saint Prophète, salopard. Tu as noué des liens avec la police des croisés. Tu as reçu de l'argent. Tu as vendu tes frères. Nous le savons. Dis-moi si tu as parlé de moi. Dis-le-moi ou tu vas endurer pour l'éternité les tourments qu'on va t'infliger ici.

Il le frappa encore et recula en faisant signe à Moussa d'allumer la vidéo. Mustafa passa derrière, le couteau à la main.

– Tu vois pas mon visage ? demanda-t-il.

– Je cadre que Désiré.

– Bien.

Il saisit Désiré par les cheveux et lui renversa la tête.

– Je vais te décapiter. Le châtiment infligé aux traîtres. Ensuite, tu iras pourrir sur une décharge. Ta mort servira d'exemple. Tu aurais dû comprendre qu'on jouait pas.

De son œil valide, Désiré tenta d'accrocher le regard de Mustafa. Il essaya de lui dire quelque chose, mais ce dernier tira plus fort sur ses cheveux. Sa bouche s'ouvrit sans qu'aucun son puisse en sortir.

Quand le couteau pénétra ses tendons, sa vessie laissa filer ce qui lui restait de pisse dans le ventre. Il venait enfin de comprendre. Ce n'était pas un jeu sadique. L'islam radical n'était pas un jeu. Son corps chercha à se détendre comme une corde cassée de violon, mais la poigne de Mustafa le maintenait.

De ses poumons s'échappa un hurlement qui couvrit la récitation de l'imam, puis la lame trancha les cordes vocales et ce fut le silence.

14 mai 2011
16 h 40

Chesnier trouva le pavillon rue de Sartrouville. Une maison aux ouvertures murées au rez-de-chaussée, comme avait fini par le préciser le livreur à la retraite. Un volet s'était entrouvert à l'étage supérieur quand il avait sonné.

– Madame Obleni, je viens de la part de l'hôtel Bab-el-Oued. Il faut que je vous parle. Ne craignez rien.

Elle avait refermé le battant et Chesnier pensa que l'entrevue en resterait là, mais des pas s'étaient fait entendre dans un escalier quelques minutes plus tard.

Une petite femme d'environ cinquante ans, emmitouflée dans un nombre impressionnant de couches de tissu colorées, lui faisait face. Il répéta sa question :

– Madame Obleni ?

Elle scruta la rue derrière lui.

– C'est Mouloud qui vous envoie ?

Chesnier réalisa qu'il ne savait pas comment s'appelait le taulier de son hôtel. Comment pouvaient-ils avoir discuté aussi longtemps sans s'être présentés ? À part lui avoir dit lui-même qu'il travaillait au *Courrier*, il ne lui avait pas davantage donné son nom. Qu'importe…

– Il m'a vivement conseillé de venir vous voir.

– Ah… Je ne savais pas qu'il connaissait mon adresse. La nouvelle, je veux dire.

– En fait, c'est un autre de ses amis qui me l'a donnée. Quelqu'un avec qui vous avez été autrefois assez liée, l'ancien employé d'Ikea.

La femme soupira et invita Chesnier à rentrer chez elle.

– Alors, ne restez pas dans les courants d'air, vous allez attraper la mort. Qu'est-ce que vous me voulez ?

Chesnier attendit que la porte fût refermée.

– Je fais partie des gens qui débarquent un jour dans la vie des autres pour leur casser les pieds, mais mon intention n'est pas mauvaise.

Naïma Obleni ne parut pas effarouchée.

– Au moins, vous n'êtes pas de la police… Sinon, vous ne m'auriez pas abordée de cette façon. Vous n'avez pas l'air non plus de travailler pour les Emmaüs…

– Je suis journaliste, madame. Pour un quotidien de province. J'enquête sur une personne qui a fréquenté, autrefois, votre neveu.

– Désiré ?

– C'est cela.

– Je ne vois pas l'intérêt. Tous ces gars-là sont morts aujourd'hui.

– Pas l'un d'eux. La personne en question a passé dix années en prison. On vient de la libérer sur parole. Un certain Verdier, un Blanc.

Instinctivement, elle plaça une main devant sa bouche.

– Celui-là ? C'était le pire de tous. Une racaille venue des beaux quartiers qui a apporté le malheur dans la cité. Une de ces saloperies qui se servent du Coran pour détruire les jeunes. Pourquoi voulez-vous écrire sur lui ?

– Justement parce qu'il est revenu. J'aimerais savoir s'il a changé.

Elle étouffa un rire caverneux.

– Pourquoi vous ne lui demandez pas à lui ?

– J'ai bien essayé. Il m'a aussitôt mis à la porte.

Elle lui indiqua un énorme sofa en tissu délavé qui occupait pratiquement tout l'espace du salon. Chesnier examina la pièce. C'était d'une pauvreté déconcertante. À part le canapé, une table basse en bois blanc et une petite télévision hors d'âge, une large tapisserie très kitsch représentant La Mecque faisait office d'unique décoration. Le lino du sol était troué en divers endroits. Une ampoule sans abat-jour pendait au centre de la pièce. Une odeur de ragoût de mouton écœurante flottait dans l'espace confiné.

– Je vais vous servir du thé.

Naïma Obleni réapparut, la théière à la main, et vint se coller à côté de Chesnier. Elle lui remplit une tasse et demanda :

– Vous êtes vraiment journaliste ?

Chesnier exhiba sa carte de presse. Elle fit tourner le carré de plastique entre ses doigts et le lui rendit.

– De toute façon, tout le monde sait ce que je pense ! Mon neveu a été assassiné et ce… Verdier en est responsable.

Son visage venait de se décolorer. Elle porta sa tasse à ses lèvres d'une main tremblante. Chesnier s'était tu. Il ne voulait pas la brusquer. Elle semblait déboussolée, et il fallait la laisser reprendre confiance. C'était quitte ou double, mais il n'avait pas le choix.

– C'est la première fois que vous venez à Nanterre ? demanda-t-elle.

– Lorsque la bande de Verdier a été arrêtée, j'ai suivi son procès sans jamais mettre les pieds ici, dans les cités. C'était inutile puisqu'il n'y avait plus rien.

À nouveau, elle soupira.

– Vous êtes tous les mêmes !

– Je ne comprends pas.

– Tout a continué comme avant. Avec d'autres gens qui sont sortis de l'ombre quand les premiers ont été mis hors d'état de nuire. Vous croyez vraiment qu'on peut stopper un réseau comme celui de Verdier ?

– C'est ce qu'a prétendu la police.

La remarque de Chesnier ne fit que renforcer son trouble. Elle ouvrit un coffret en métal argenté posé sur la table et prit une cigarette.

– Autrefois, je ne fumais pas. Maintenant, il m'arrive même de boire… J'ai dû m'enfuir de mon appartement pour me reloger dans ce trou à rats. Je ressasse tout le temps ce gâchis. Je ne peux même pas retourner au bled. Je survis grâce à une association de femmes maghrébines de Colombes.

– Pourquoi êtes-vous partie ?

– À cause de Désiré et du Blanc.

Elle fouilla dans sa poche, en sortit une boîte d'allumettes familiale et en craqua nerveusement plusieurs avant de parvenir à faire jaillir une flamme. Elle tira longuement sur la cigarette à plusieurs reprises et continua :

– Nous savions tous dans la cité ce qui se préparait. Pas exactement les attentats qui ont frappé New York, mais nous savions que certains complotaient pour un très gros coup. Depuis des mois, la drogue arrivait par camions, les armes aussi. Il y avait des imams très durs qui intervenaient dans des mosquées clandestines et on ne pouvait plus faire un pas sans avoir des comptes à rendre à des bandes de voyous déguisés en moudjahidin.

– Mais votre neveu était avec eux…

– Pas pour la religion. Ça, non. C'était un garçon extrêmement gentil, mais un bon à rien, c'est vrai. Les seules choses qui l'intéressaient, c'étaient le cannabis et les filles. Il chouffait pour les frères, il faisait la nourrice…

– Pardon ?

– Il planquait des colis et il organisait des choses vraiment moches avec des gamines des cités alentour pour piéger les gosses convoités par la bande. Un soir, il est venu chez moi, il était paniqué. Il m'a expliqué que le Blanc…

– Verdier ?

– Oui. Désiré m'a raconté que ce Verdier n'était pas clair. Il répétait ça sans arrêt. Puis il a dit qu'il allait apporter le malheur dans la cité. Il était décomposé. Il ne savait plus quoi faire. Il disait aussi que l'autre l'avait piégé. La suite, vous la connaissez : il a disparu. Et moi, j'ai appris plus tard qu'il avait été supprimé sur ordre de Verdier qui travaillait pour la police ou quelque chose comme ça. C'était un agent infiltré et un provocateur.

– Mais Verdier a écopé de quinze années de taule…

– Et on vient de le libérer ! Vous me l'avez dit. Allez savoir s'il était vraiment en prison.

– Mais comment avez-vous appris que Verdier aurait été de la police ?

– C'est Désiré lui-même qui a fini par me le dire. La veille de sa disparition.

Cette femme mélange le vrai et le faux, se dit Chesnier.

– Avez-vous déjà parlé de cela avec d'autres ?

– Avec mon ancien voisin que vous avez vu. Mais ça ne l'a pas du tout intéressé. Pour lui, Désiré était un salaud qui avait eu ce qu'il méritait. Et il m'a dit que si les services secrets avaient mis leur nez dans cette foutue histoire, jamais les tours auraient sauté à New York. On s'est fâchés.

Elle en eut les larmes aux yeux. Son tremblement avait repris de plus belle.

– Après, j'ai tiré un trait sur cette affaire, c'est tout.

– Mais moi, j'ai besoin d'en savoir davantage. Car si ce que vous dites est exact, on n'a pas libéré Verdier pour rien. On attend quelque chose de lui. J'aimerais découvrir qui et quoi.

Naïma Obleni enfouit son visage dans ses mains.

– Ça ne me concerne plus, à présent.

Un silence pesant s'installa. Chesnier se demanda ce qu'il pouvait dire pour capter à nouveau son attention.

– En tout cas, les islamistes ont perdu la guerre, ici…

La femme se redressa et son regard chavira.

– Mon pauvre monsieur ! Ils ne se cachent même plus, aujourd'hui. Ils sont partout au nord de Paris. Il n'y a jamais eu autant de barbus et de filles voilées. Autant de drogue et d'armes. Vous savez, on ne parle que d'une chose, ici, depuis des mois : l'anniversaire des attentats.

16 mai 2011
20 h 40

Chaque soir, Rateau effectuait une veille informatique de sites islamistes avant de quitter son bureau. C'était une heure de travail supplémentaire qu'il s'imposait, mais souvent pour un résultat intéressant. Il repérait des activistes dont il donnait les pseudos et les adresses IP à la cellule chargée du décryptage et il peaufinait sa carte de l'islam radical en Europe qu'il tenait scrupuleusement à jour. Les cas les plus inquiétants étaient repassés à la DCRI qui prenait le relais. Cela lui permettait également de prendre le pouls de la nébuleuse terroriste à l'échelle mondiale. Il n'était jamais déçu de ce qu'il trouvait.

Il appela chez lui pour prévenir qu'il avait pris du retard. Il avait prévu de surfer ce soir-là sur la dizaine de sites pakistanais qu'il avait repérés comme étant affiliés à la mouvance d'Al-Qaida. C'était toujours un casse-tête de les retrouver parce que leurs informaticiens leur attribuaient en permanence des identifiants tournants.

Les deux premiers visités avaient mis en ligne des scènes d'attaque contre la coalition perpétrées les jours précédents dans la province afghane du Helmand. Les insurgés avaient détruit des blindés américains à l'aide d'explosifs. Le troisième montrait une colonne de ravitaillement entièrement anéantie près de la passe de Khyber. Camions incendiés et corps carbonisés. Le suivant démarrait par un plan fixe sur un drapeau noir rehaussé de versets du Coran calligraphiés en lettres argentées. En fond sonore, un discours en pashto. Rateau mit les mains dans les poches et s'étira sur sa chaise. La scène ressemblait à un préparatif d'exécution. Il en avait visionné des centaines, mais s'efforçait de regarder chaque nouvelle production en espérant toujours glaner des informations inédites sur les méthodes terroristes ou les gens impliqués dans ces boucheries. Même s'ils apparaissaient souvent masqués, les logiciels hyper-puissants de retraitement des images du Service permettaient parfois de les identifier. Les outils de reconnaissance se fondaient sur la taille, le poids approximatif, la forme des mains, les voix. Rateau s'était toujours demandé comment les techniciens s'y prenaient, mais le résultat était là.

Il enclencha l'enregistrement et se prépara au pire. L'angle de prise de vue s'élargit. Des policiers apparurent de dos. La scène était filmée dans ce qui ressemblait à une cave. Le captif était assis, attaché, sur une chaise métallique. Déjà, un de ses tortionnaires avait dégainé un long poignard tribal comme il s'en utilisait dans les zones pachtounes. Le discours de présentation de la vidéo était terminé. Le chef de la katiba s'adressa à son prisonnier dans un mauvais anglais. Le son était exécrable. Quand l'homme releva la tête une fraction de seconde, la respiration de Rateau se bloqua. Il bondit et s'approcha de l'écran en figeant l'image.

– Putain de putain ! s'exclama-t-il.

Malgré les coups qui avaient déformé le visage, il venait de reconnaître son agent. Alain-Larbi Lecoz. Il ne pouvait pas se tromper.

Il relança la vidéo. Il voulait voir la suite, même s'il en connaissait l'issue. Le policier passa derrière Lecoz pour lui empoigner les cheveux, et son agent commença à hurler une phrase qui s'interrompit net lorsque la lame pénétra dans sa gorge. À cet instant, Rateau assombrit l'image, laissant l'enregistrement se poursuivre.

Il récupéra en tremblant son paquet de cigarettes sur le bureau et se tourna vers la fenêtre. Les sodiums de la cour venaient de s'éteindre, écrasant la caserne sous la lumière blafarde de la lune. Il devait déjà faire jour au Pakistan. Dieu seul savait où, à cette heure-ci, les restes du corps supplicié de Lecoz pouvaient se trouver. Peut-être naviguaient-ils déjà par la poste vers l'ambassade de France à Karachi.

Rateau tira la poubelle à lui et vomit. S'en était fini du deal passé avec les Américains. Personne n'allait maintenant leur livrer le Franco-Algérien. Ou bien Lecoz avait commis une erreur fatale après lui avoir déposé le message sur la boîte vocale, ou bien Farez Ben Yussouf l'avait démasqué et avait monté un piège. À destination de Paris. Mais quelle sorte de piège ? Rateau était circonspect. Il hésita un instant à rappeler Spencer pour lui révéler le pot aux roses et accepter le principe d'une frappe de drones, puis décida de n'en rien faire. Il allait passer pour le roi des amateurs et il détestait cela. Avec un peu de chance, le cadavre de son agent croupissait déjà dans un cul-de-basse-fosse. Il fallait gagner du temps et réfléchir à une histoire à raconter aux Américains. À coup sûr, ils seraient furieux, et ça ne serait ni la première ni la dernière fois. Mais que pouvaient faire sérieusement les États-Unis contre un allié comme la France ?

16 mai 2011
21 heures

Les billets de banque étaient étalés en arc de cercle sur la table de la cuisine, à la manière d'un jeu de cartes. Verdier s'était assis et attendait.

La maison était silencieuse. Même le martèlement de la pluie était étouffé par les doubles vitrages. Les euros faisaient une tache multicolore. Pendant dix années, ça n'avait été que claquements de grilles, nuit et jour. Il lui semblait enfin s'être débarrassé d'une sorte de maladie qui avait lentement évolué à l'intérieur de son cerveau. Ce genre d'affection qui ne vous laisse jamais en paix, qui contrôle vos humeurs et vos pensées. Sur la paillasse, des pommes de terre attendaient dans une casserole d'eau d'être mises sur le feu. Lorraine finirait bien par se montrer.

Elle entra dans la pièce et son regard se posa sur l'argent. Elle resserra le col de son manteau sur sa gorge.

– C'est à toi ?

Verdier acquiesça et enchaîna :

– Tu allais sortir ?

– J'ai froid. Combien y a-t-il ?

– De quoi payer les dernières traites en retard.

– Où as-tu trouvé ça ?

– C'est une avance sur salaire. Tu sais bien que j'ai commencé à travailler…

Sa femme palpa rapidement les billets pendant qu'elle en faisait le compte.

– Ne me prends pas pour une idiote ! Trois mille euros qui tombent du ciel au bout de ta première journée, tu penses faire croire ça à qui ?

Elle s'était exprimée doucement, sans élever la voix. Autrefois, elle se serait emportée. Elle aurait fait voler le fric au milieu de la cuisine et aurait exigé des explications. Verdier la considéra, silencieux. Ses cheveux filasse encadraient un masque mortuaire. Elle semblait avoir encore maigri. Il tendit la main, mais elle se garda de faire un pas vers lui.

– Dis-moi pourquoi on te rétribue si généreusement.

– Lorraine, des gens ont une dette envers moi depuis toutes ces années. Je suppose qu'ils ont décidé de s'en acquitter.

– Tu es en train de sous-entendre que tu as renoué avec ceux qui t'ont envoyé en prison…

– Ne me pose pas de questions. L'important, c'est cet argent. Il est gagné honnêtement. J'ai un contrat d'une association d'aide à l'enfance, j'aurai bientôt des bulletins de salaire, qu'est-ce que tu veux de plus ?

– Tes associations, elles utilisent d'ordinaire des bénévoles. Je ne suis pas tombée de la dernière pluie.

– Eh bien, tu te trompes. On va me donner presque 1 500 euros pour les quelques heures que je vais consacrer par mois à ce travail. Je sais comme toi que c'est quatre fois ce que je devrais toucher, mais dix ans en prison, ça a aussi un prix. Je ne peux pas t'en dire davantage. Il va falloir me faire confiance. La vérité, c'est que je vais gagner beaucoup plus. Dans pas longtemps. Toi et les enfants serez fiers de moi.

Lorraine commençait à s'agiter. Elle était toujours aussi livide, mais ses gestes devenaient brusques. Verdier sentait poindre la crise de nerfs.

– Tu vas ramasser ce paquet de fric et le porter demain à la banque, lui dit-il. Et puis nous ne reviendrons plus jamais sur le sujet. Dans quelques jours, nous allons recevoir deux personnes qu'il faudra loger une petite semaine. Grâce à ça, je serai bientôt enfin tranquille.

– Chez nous !

– Parfaitement. C'est lié à la prison. C'est pour en finir avec cette période.

– Et on a besoin de les avoir avec nous ? Tu me racontes n'importe quoi !

– Ces gens vont venir m'évaluer. Observer comment on vit. Ça se passe toujours comme ça. En attendant, tu vas faire le maximum pour qu'Hubert revienne.

– Je ne sais même pas où il est…

– Débrouille-toi. Je veux tout le monde ici, et pas de vagues. Ensuite, tout rentrera dans l'ordre.

– Pourquoi tu ne m'en as pas parlé plus tôt ?

– Qu'est-ce que ça aurait changé ? Et puis j'ai été prévenu aujourd'hui.

– Par qui ?

– Mais bon sang, par l'association qui m'emploie.

– Qu'est-ce qu'elle a à voir avec ces gens ?

– C'est lié, Lorraine. Ce sont les mêmes circuits, merde ! Arrête de faire des histoires. Tu veux qu'on s'en sorte, ou pas ?

– Je vais appeler la prison, je vais demander. Je vais…

– Tu es folle !

Verdier avait crié. Sa femme recula, comme s'il pouvait la frapper. Sa réaction lui planta un pieu dans le cœur. Il se rendait compte, à présent, de ce qui les séparait, elle et lui. Quoi qu'il fasse, quoi qu'il dise, il ne regagnerait jamais sa confiance. Un mensonge s'était installé entre eux. Il était ficelé. Qu'est-ce qu'il fallait, bon sang, pour calmer cette furie ? Se foutre une croix autour du cou, réciter le chapelet ?

Il avait beau retourner le problème dans tous les sens, c'était sans issue. Lorraine, la famille, pouvaient à chaque instant contrarier ses plans et provoquer une catastrophe. Tout était maudit dans cette foutue baraque. Les islamistes allaient débarquer, Rateau devait être tapi dans l'ombre, les enfants attendaient qu'il trébuche et disparaisse à nouveau, et lui ne savait plus quoi faire.

Il empilait les billets quand Amélie entra.

– Regarde, fit sa mère, ton père a trouvé un nouveau filon. Et puis, demain, la police va débarquer. Et tout va recommencer.

– Lorraine, arrête…

– Tu as fait quelque chose de mal, papa ?

Il attira sa fille contre lui.

– Non, mon cœur. Tout ce que je fais, c'est pour vous.

Dix ans plus tôt

Verdier pénétra dans la cité, les tripes en capilotade. Il était furieux. Rien n'allait comme il l'espérait. Il n'avait rien obtenu de sa dernière escapade à Casablanca qu'il puisse donner au commandant. Il n'avait pas revu non plus les oulémas que lui avait présentés Mustafa. Il n'avait aucune autre information sur le circuit de la came. La seule chose dont il était sûr, c'est qu'il se compromettait chaque jour un peu plus avec la bande de Petit-Nanterre. Le temps lui filait entre les doigts et il se doutait bien que le commandant allait réagir. Méchamment. La perspective de se faire coffrer l'épouvantait.

Il passa devant les groupes d'ados sans y prêter attention. Cela faisait un bail que les gamins ne l'inquiétaient plus. Ils pouvaient bien adopter leurs poses de durs et se foutre sur la gueule leurs capuches à la con par vingt-huit degrés à l'ombre, il les plaignait. C'était l'écume de l'immigration, rien d'autre que des desperados de banlieue pour faire flipper les bourgeois. Ils se poussaient, maintenant, quand il arrivait. Verdier avait conscience d'avoir pris du galon. Sans doute était-il aussi accepté au milieu des barres parce qu'il faisait maintenant partie du paysage.

La multitude d'antennes paraboliques réfléchissait la lumière du crépuscule. Il s'arrêta pour regarder des femmes en abaya courir après des petits dans la poussière qui tourbillonnait au sol. L'une criait en français, l'autre en arabe, et cela le fit sourire. Un peu plus loin, deux vieux assis sur des bidons rouillés terminaient une partie de cartes. Quand il s'approcha, l'un des hommes lui fit un signe amical.

Mahmoud, qui jouait au ballon avec le sparring-partner devant la cage d'escalier, l'appela dès qu'il l'aperçut.

– T'en fais une tête ! s'amusa-t-il aussitôt. On dirait que t'as planché sur un problème de maths toute la journée.

– J'ai des embrouilles à la maison.

– Un gosse malade ?

– Plaise à Dieu, non. Ma femme…

– Qu'est-ce qui lui arrive à ta femme ?

– Des conneries, tu sais, elle est sur mon dos pour un oui, pour un non. J'ai beau rapporter de l'argent, elle ne me lâche pas.

Mahmoud ricana.

– Honore ta femme chaque jour, mon frère, après elle te mangera dans la main.

– Je n'ai plus de désir. Plus envie de rien avec elle. Jusqu'à son odeur qui me dégoûte…

– Fais un effort. Honore-la pour la famille. Il est écrit que tu dois le faire au moins une fois pendant son cycle. Prends-la sans penser à elle.

– On voit que tu ne la connais pas.

– La seule chose qui compte, mon frère, c'est le bien-être du chef de famille. Avant, ça pouvait te paraître compliqué de divorcer, mais maintenant ? As-tu lu les livres qu'on t'a donnés ?

– Pas encore.

– Tout c'que t'as besoin se trouve à l'intérieur. Quand tu les auras lus, ton problème sera en partie réglé. Et tu sais qu'on t'aidera.

Mahmoud avança la main vers lui.

– Je sais que c'est pas facile, mais fais les choses plus rapidement. On a besoin de toi. Il y a un travail considérable et on compte sur toi. Mais tu peux pas être à la fois dehors et dedans. On va arrêter le Maroc le temps que tu réfléchisses. On te demande pas d'apprendre le Livre par cœur, mais lis-le. On t'enseignera alors beaucoup d'autres choses très intéressantes et on reprendra le travail. Tu verras, quelque chose de passionnant. D'autres Français sont passés par là. Ils vivent comme des nababs désormais. On t'en présentera. Tu seras étonné.

Verdier lui sourit.

– Combien de temps me donnes-tu ?

– Deux semaines. Ce serait bien. Il t'en faut pas plus pour te préparer avant de revoir les anciens.

Quinze jours, c'était parfait. Le commandant les lui avait aussi donnés. Il saurait à ce moment-là s'il était en mesure de continuer à jouer sur les deux tableaux.

– Compte sur moi, dit-il. Ce n'est pas l'ANPE qui m'occupera.

– Ah bon ? Tu as fini par t'y inscrire ?

Verdier s'esclaffa :

– Pour conserver le bénéfice de l'assurance maladie, il fallait bien. Mes deux derniers sont d'une santé délicate.

– T'as raison. Profite du système. Tu crois qu'on fait autrement, nous ? Tout y passe : l'assurance maladie, les allocs, les aides au logement, les subventions culturelles, tout… Bravo, mon frère. L'argent de la came achète les cœurs et celui de l'État la paix sociale. On sait faire. Te gêne pas.

17 mai 2011
18 h 20

Ce soir-là, dans l'épanouissement du crépuscule, le soleil projetait derrière les hommes des ombres longues et minces qui tranchaient avec le terrain caressé par les derniers rayons. Les tours de guet installées aux quatre points cardinaux du camp se dressaient vers les premières étoiles qui commençaient à clignoter. Il avait cessé de neiger depuis trois jours, mais chaque nuit la température chutait à nouveau. La section se positionna devant les VAB en frissonnant. C'était sa quatrième sortie depuis le matin et tout le monde en avait plein les bottes. Dans le meilleur des cas, personne ne serait couché avant 2 heures. Mais il ne serait venu à aucun des militaires l'idée de se plaindre. Ils étaient conscients de l'importance de chacune de leurs missions. Depuis quelques jours, des renseignements fournis par les Forces spéciales faisaient état de mouvements suspects à l'entrée de la vallée. Ils allaient s'installer en bouclage de la zone quelques heures, contrôler deux ou trois maisons du village avec les policiers afghans qui embarquaient avec eux ce soir-là, et ils rentreraient se coucher.

La routine.

L'officier se présenta, son frag encore à la main. C'était un jeune lieutenant originaire de Versailles que les soldats appréciaient. Il enfila le pare-balles, ferma les velcros, vérifia l'alimentation de son Famas, les piles de sa radio et son camelbak. Puis il déplia une carte d'état-major devant les hommes pour donner ses dernières consignes.

Les sept VAB s'ébranlèrent dans un concert de pistons heurtés. Le soleil avait basculé derrière l'horizon quand la colonne s'engagea sur la piste à vitesse réduite, avec pour seul éclairage celui des veilleuses. Juste après avoir franchi le dernier périmètre de sécurité de la FOB, le véhicule de tête mit en marche ses moyens de détection anti-engins explosifs. À demi sorti de sa tourelle, le mitrailleur se vissa aussitôt ses bouchons dans les oreilles. Le boucan des antennes était infernal.

17 mai 2011
21 h 50

À l'exception de la veilleuse de la salle d'eau, Chesnier avait éteint toutes les lampes de la chambre. Il attendait, vautré dans le fauteuil près de la fenêtre, un gant humide sur les yeux. Seul l'éclairage bleuté de son écran d'ordinateur jetait dans la pièce une lumière ténue. C'était à la limite de ce qu'il pouvait supporter. La barre qui appuyait sur ses yeux s'alourdissait. Il s'assoupit et le cauchemar le prit instantanément.

Les Twin Towers se rapprochaient à une vitesse vertigineuse. Il était cramponné aux accoudoirs de son siège, le visage littéralement collé au hublot. De sa place, il apercevait le bâtiment nord déjà en flammes qui grossissait dans son champ de vision. Puis la scène se répétait. Le Boeing virait à nouveau au-dessus de Manhattan et rétablissait brusquement son assiette. Le cœur de Chesnier s'enfonçait dans son estomac. La bombe volante reprenait son axe et tout recommençait.

Il se réveilla en sursaut.

Après deux Doliprane 1 000 avalés avec un demi-litre d'eau, il se fit monter un double café et la céphalée disparut comme elle était venue. Chesnier reprit sa faction derrière la fenêtre. Les révélations de Naïma Obleni avaient donné une dimension nouvelle à son sujet. Comment cette femme pouvait-elle avoir gardé pour elle ces informations si longtemps ? Il fallait vraiment que la cité pèse sur elle pour qu'elle s'enferme de la sorte dans le silence. Cette femme aux abois, désespérée, pouvait-elle avoir tout inventé ? Chesnier considéra un moment la question, le regard perdu sur le boulevard, sans trouver de réponse. Le moment venu, il faudrait qu'il en parle à Lesquin pour lui demander conseil. Le major aurait certainement une idée. Ce serait bien le diable s'il ne pouvait pas l'aider à avancer dans ce monde de merde.

Son attention fut attirée par un 4 × 4 qui se gara à proximité de l'hôtel. Puis une femme et des enfants sortirent de la maison des Verdier. Lorsque la famille eut disparu, la porte arrière du 4 × 4 s'ouvrit et un homme s'avança jusqu'au porche et s'engouffra à l'intérieur de la villa.

Moins de dix minutes plus tard, l'homme ressortit pour rejoindre la voiture. Il se dépêchait, visage baissé. Quand il entra dans la zone de lumière du réverbère installé devant le Bab-el-Oued, Chesnier déclencha son numérique. Trois photos, pas davantage. Le temps qu'il fallut au passager pour se rasseoir dans le 4 × 4.

Le véhicule quitta son créneau, accéléra et tourna au premier carrefour.

17 mai 2011
23 h 45

Les VAB resserrèrent les distances pour pénétrer dans le village. Sanchez, le mitrailleur du véhicule de tête, leva les yeux vers le ciel. Les étoiles filantes pleuvaient par dizaines. Il se signa et fit un vœu. Puis un deuxième, puis un troisième. Et il se mit à rire. Jamais il n'aurait assez de souhaits à exaucer. C'était un garçon engagé depuis deux ans, un peu superstitieux, toujours à rigoler. Le pitre de la section, mais bon soldat, déjà décoré plusieurs fois, en Afrique et en Afghanistan lors d'un précédent séjour.

Il redescendit à l'intérieur de l'habitacle devant le regard médusé de ses compagnons.

– Qu'est-ce tu branles, Sanchez ? le houspilla le caporal-chef. Pourquoi tu quittes ton poste ?

– Deux secondes seulement, chef. Y a des étoiles filantes à plus savoir qu'en faire. Elles bombardent comme jamais vous avez vu. Faites des vœux.

Remonte sur ton perchoir, connard.

– Est-ce qu'on pourrait fermer les antennes dans le bled. Ça me grille les neurones, bordel.

– Ta gueule. Remonte.

Le convoi contourna la place du marché et s'engagea sur une mauvaise piste menant à l'entrée nord du village. Les maisons s'espaçaient. Par radio, le lieutenant demanda aux trois blindés de tête de se positionner à une centaine de mètres après les premiers vergers et d'attendre que les éléments de queue vérifient les baraques suspectes.

Ils continuèrent leur progression, dépassèrent les champs couverts de neige et coupèrent les moteurs après s'être alignés le long d'un muret de terre séchée. Les soldats débarquèrent pour mettre en place le périmètre de sécurité autour des véhicules, et ce furent des bruits mêlés de rangers raclant le sol, de culasses de fusils se verrouillant, de jurons et d'ordres étouffés.

En contrebas du chemin poudreux, s'étendait un glacis parsemé de grosses roches et traversé en son milieu par un cours d'eau. L'eau de la rivière gelée brillait sous la lune. Au-delà, c'était la masse sombre et compacte d'une ligne d'arbres fruitiers.

Le chef de bord du VAB le plus éloigné pianota sur son ordinateur, créant un îlot de lumière rougeâtre dans l'habitacle. Il vérifia le GPS, puis descendit à son tour en s'étirant.

– Tu aurais pu rester pioncer au camp, glissa-t-il à l'interprète.

L'homme eut un geste évasif. Une mission supplémentaire, c'était toujours un peu plus d'argent pour sa famille.

Il allait répondre quand un premier sifflement traversa le ciel. Des soldats rentrèrent instinctivement la tête dans les épaules et un mortier éclata derrière eux, éclairant une fraction de seconde le terrain désolé. Trois autres coups encadrèrent aussitôt le groupe, puis une longue rafale déchira la nuit, suivie d'autres détonations, et l'embuscade se transforma en un feu roulant rythmé par des explosions assourdissantes et de longues traînées phosphorescentes. Les tirs provenaient de la lisière face aux hommes, mais aussi d'un talus, sur leur droite, surplombant leur dispositif, tandis que des déflagrations se faisaient entendre dans le village.

Passé l'effet de surprise, les militaires ripostèrent, mais à l'aveugle. En l'espace de quelques minutes, ils furent fixés au sol. Les coups redoublaient. Des éclats hachaient la végétation et des pluies de balles cinglaient le blindage des véhicules. Dans les rares périodes d'accalmie, le vent poussait vers eux des bribes de voix surgies, comme de nulle part, du dispositif adverse. La position était encerclée par plusieurs dizaines d'insurgés.

Depuis un moment, la 12,7 du mitrailleur ne tirait plus. Sanchez était cassé en deux, couché sur le flanc, le casque arraché. Au pied du VAB, deux autres soldats avaient été fauchés par la roquette qui avait tué leur camarade.

Dans le village, la vingtaine d'hommes restés avec le lieutenant étaient également accrochés. Autour d'eux, des silhouettes rampaient, s'évanouissaient, revenaient, précédées d'un mur de feu. Le fracas de la bataille était ponctué de clameurs et d'invectives. Aux cris de haine des talibans, répondaient les insultes des Français. Déjà un mort et trois blessés de ce côté.

Lorsque le responsable du groupe rendit compte de ses pertes, le lieutenant essaya une nouvelle fois d'obtenir l'appui aérien qu'il réclamait depuis le début de l'engagement.

– Ici, Papa Lima. Qu'est-ce qu'ils foutent les hélicos, bordel de merde ? Les talibans sont en train de percer nos lignes. Nous avons plusieurs morts et je ne sais combien de blessés. Nous sommes presque à court de munitions. Je vous redonne les coordonnées…

À Nijrab également, le commandement français avait relayé les appels au secours de la section auprès de la base américaine de Bagram. La réponse finit par arriver : aucun moyen aérien disponible. Toutes les forces du Pentagone étaient employées ailleurs. Et c'était une vraie misère, car seuls leurs hélicoptères d'attaque étaient en mesure d'intervenir sur ce type d'accrochage.

Le lieutenant rappela son second :

– On n'aura rien depuis les airs. Des renforts blindés font route vers nous. Tenez bon.

17 mai 2011
23 h 35

Quand Georges Chesnier eut fini de transférer les photos sur son ordinateur, il cliqua sur FotoStation et attendit que le logiciel charge les images. Plusieurs de la rue déserte, un gros plan de l'entrée de la maison des Verdier, puis trois de l'homme qui en était ressorti et, enfin, une dizaine d'autres du 4 × 4 quand celui-ci était reparti.

La rue n'offrait aucun intérêt. Pas davantage la porte du domicile. En revanche, une des trois photos du visiteur était parfaitement lisible. Il s'agissait d'un homme entre deux âges, les joues couvertes d'une barbe taillée court, et dont on devinait sous le bonnet le crâne rasé. Qui c'est ce pèlerin ? marmotta Chesnier à mi-voix.

L'avant-dernière prise de vue permettait de lire convenablement la plaque de la grosse voiture.

Il brancha son téléphone mobile sur l'ordinateur et copia les deux clichés les plus pertinents. C'était la poisse que l'hôtel ne dispose pas d'Internet, Chesnier aurait bien fait l'économie de cette manipulation. Les fichiers étaient lourds. Il n'était pas dit qu'ils puissent passer avec la 3G.

Il transmit le portrait de l'homme par MMS et composa le numéro de son patron. Il inscrivit seulement : « Connu ou pas ? » Puis il reprit sa veille derrière la fenêtre.

Le téléphone retentit largement après minuit. « Putain ! » s'exclama Chesnier. Il savait d'expérience que le service de documentation de son canard était performant, mais à ce point, il ne l'aurait pas juré.

La réponse tenait en quelques lignes : « Sauf erreur, Nourredine Saif al Hassine. Islamiste radical d'origine algérienne, expulsé de Londres en 2002 pour avoir critiqué l'intervention en Afghanistan. Interdit de séjour en France depuis 2005. Suspecté d'être l'un des représentants d'Al-Qaida en Europe. »

18 mai 2011
5 h 30

Les VAB montèrent la rampe d'accès au camp Morales-Frazier à la puissance maximale de leurs moteurs. L'aube se glissait déjà dans le ciel. Un jour diaphane se levait sur la FOB. À l'image des pentes enneigées de l'Hindou Koush, la lumière froide semblait figée, comme si le jour ne devait jamais apparaître. Les véhicules se garèrent en arc de cercle. Les soldats sautèrent au sol et se précipitèrent vers un blindé dont les portes étaient restées fermées.

Aligné sur deux colonnes devant le parking, le reste de la compagnie était rassemblé. Au garde-à-vous. Les hommes, hébétés, regardèrent leurs camarades extraire du véhicule les sacs à viande contenant les dépouilles des leurs tués au cours de la nuit. Puis ce fut au tour des blessés.

Le bilan de la dernière mission était catastrophique : cinq tués et sept amputés ou poly-criblés. Les rescapés étaient hagards.

Le lieutenant boitait, un garrot de fortune lui comprimant une jambe.

– Les enculés ! brailla-t-il en balançant son casque de rage devant lui. Les putains d'enculés de leurs mères !

Aragorn lui posa la main sur l'épaule. Le colonel avait les yeux humides. L'épuisement se lisait sur son visage, tout autant que sur les traits des soldats revenant de l'embuscade.

– Vous avez fait votre travail, lui dit-il doucement. Vous n'avez rien à vous reprocher.

– Je m'étais juré de ramener tous les gars vivants à la maison et… Oh, bordel !

– C'est un miracle qu'il n'y ait pas eu plus de casse. Je viens de parler avec les renforts qui terminent le nettoyage du terrain. Vous aviez en face de vous trois groupes d'insurgés. Cent à cent cinquante gus, vraisemblablement.

Le lieutenant ramassa son casque et se planta devant Aragorn.

– Pourquoi les Américains ne sont pas intervenus, putain de bordel ? Ils pouvaient se pointer dans les vingt minutes après le début de l'accrochage ! Il n'y aurait eu ni morts ni blessés chez nous ! Et les connards, en face, se seraient fait ratatiner.

Aragorn posa un doigt sur ses lèvres pour le faire taire.

– Écoute, fils, on ne va pas épiloguer. La question est d'ores et déjà entre les mains de l'état-major. Pour le moment, tu vas aller te reposer avec tes hommes. On va s'occuper de tes blessés et de tes morts. Les sorties sont gelées jusqu'à ce qu'on se soit expliqués avec les Américains. Jusque-là, plus aucune patrouille ne quittera la FOB.

18 mai 2011
6 h 40

C'est le froid qui avait réveillé Chesnier. La vieille fenêtre laissait filtrer un courant d'air glacé. Il régnait encore dans la chambre une pénombre épaisse. Chesnier frissonna sous la mauvaise couverture. Il se tourna et consulta son réveil sans parvenir immédiatement à déchiffrer le cadran. Il alluma la lampe de chevet et la lumière lui piqua les yeux. Il n'était pas encore 7 heures. Il se leva et enfila le manteau qu'il avait jeté la veille au pied de son lit, puis alla jusqu'à la fenêtre. La rue était déserte. De gros nuages sombres avançaient mollement dans le ciel. Les immeubles émergeaient à peine de l'obscurité.

Chesnier passa dans le cabinet de toilette en grelottant. Le reflet que lui renvoya le miroir lui fit peur. Il frotta une main sur sa barbe et regarda les poches sous ses yeux. Il lui semblait avoir pris dix ans au cours de la nuit. Le sommier qui grinçait, le matelas mou et la température de banquise de la chambre l'avaient achevé. Puis le message reçu la veille de son journal lui revint en mémoire. Il fit couler l'eau de la douche et attendit qu'elle fût brûlante pour se déshabiller. Il avait besoin de chaleur pour se vider l'esprit et affronter la journée qui s'annonçait.

Quand la porte de la maison s'ouvrit, le visage de Verdier se décomposa. La présence de Chesnier devant chez lui semblait le terrifier. Il essaya de refermer le battant violemment, mais n'en eut pas le temps. Chesnier venait de placer son pied dans l'encoignure.

– Pas deux fois de suite ! Vous n'allez pas me claquer la lourde au nez comme ça. Je détiens maintenant une info qu'il faut que vous m'expliquiez.

– Je n'ai rien à vous dire, protesta Verdier en tentant de libérer le seuil de la porte.

– Juste une chose. Expliquez-moi la présence chez vous, hier soir, du dénommé Nourredine Saif al Hassine.

Chesnier avait parlé très vite, puis s'était reculé. Verdier le dépassait d'une tête. Il n'avait pas envie de prendre un mauvais coup.

– Alors, insista-t-il devant Verdier médusé, j'ai eu des visions ou vous avez effectivement reçu chez vous ce bonhomme ?

– Je ne connais pas de Nourredine... Comment l'appelez-vous ?

À le voir, l'homme qui se tenait devant lui réfléchissait à la vitesse de la lumière. Chesnier se dit que le moment de l'apaiser était venu.

– Je ne vous veux pas de mal, monsieur Verdier. Je souhaite seulement discuter un peu. Je vous promets que rien de ce que vous me direz ne paraîtra sans votre consentement.

Verdier ouvrit plus largement la porte et l'attira dans le vestibule. Mais ce ne fut pas ce qu'espérait Chesnier.

– Si ce que vous dites est vrai, il faut me laisser du temps.

– Soyez sérieux, je ne vais pas attendre que vous me filiez entre les doigts. Dites-moi ce que ce Nourredine Saif al Hassine est venu faire ici, alors qu'il est interdit de séjour en France. Vous alliez me mettre à la porte. Et quand je vous parle de lui, vous me faites entrer en me demandant du temps pour me parler. Je ne vois pas pourquoi nous reporterions à plus tard ce que nous pouvons faire maintenant.

Verdier lui fit signe de baisser la voix.

– J'ai des problèmes avec ma famille. J'ai des problèmes avec mes anciens amis. J'ai besoin d'un peu de temps pour les régler. Vous pouvez comprendre ça ?

– Puisque je vous dis que rien ne sera publié sans votre accord…

– Si je vous disais la vérité, votre proposition, vous vous torcheriez avec, mon vieux. Je ne vais pas prendre le risque.

– Vous en avez déjà trop dit…

– J'ai toujours votre carte de visite. Je vous promets de vous appeler dans quelques jours. D'ici là, oubliez ce que vous avez vu. À moins que vous ne soyez venu pour me nuire…

– Nullement. Plutôt le contraire.

– Alors, faites ce que je vous demande. Vous l'aurez, votre putain de scoop.

– J'avais l'intention de parler de 2001, de la prison et de votre libération. C'est vous qui ouvrez de nouvelles perspectives.

– Peut-être, mais c'est vous qui avez cru reconnaître quelqu'un chez moi.

– Vous démentez toujours ?

– Je ne connais pas ce nom. S'il s'agit de l'homme qui m'a été présenté hier, je ne sais pas ce qu'il a fait. Je ne peux pas vous dire mieux maintenant.

– Vous semblez avoir peur. Je me trompe ?

– Peur de vous ?

– Non. Des autres.

– J'ai peur pour ma famille, effectivement.

18 mai 2011
16 h 25

Rateau s'était fourvoyé sur toute la ligne. L'assassinat d'Alain-Larbi Lecoz avait été rapidement connu des services de renseignement américains. Ils n'avaient pas catapulté les drones vers le village où les djihadistes avaient bivouaqué, mais ils avaient pris deux décisions.

La première : envoyer une équipe en France sur les traces du Franco-Algérien dès qu'ils auraient obtenu les informations nécessaires pour le loger après son retour. Une centaine d'experts travaillaient désormais sur le dossier, aux États-Unis, au Pakistan, en Bosnie, en Allemagne, en Belgique et à Paris même. Ils savaient désormais que le terroriste se faisait appeler Farez Ben Yussouf et qu'il allait regagner Paris pour y accomplir une mission d'importance en rapport avec les dernières consignes de Ben Laden.

La seconde consistait à donner une leçon aux Français. C'était fait et Beats jubilait. Comme les drones, les hélicos de soutien réclamés à cor et à cri par les soldats du RIMa étaient restés au sol à Bagram. Ils déploraient cinq morts après leur opération nocturne foirée en Kapisa. Après tout, c'était le hasard des chiffres, on en était à cinq contre cinq. Le nombre exact des Marines tués dans la vallée d'Alasay lors de l'accrochage avec la katiba de l'Arabe puisqu'un de leurs blessés était passé de vie à trépas la veille, au bloc chirurgical de l'hôpital de Landstuhl[1].

Norman Beats s'en foutait comme de sa première paire de rangers. Paris avait voulu jouer perso et en payait le prix. Si ses politiques n'avaient pas compris qu'il leur était impossible de s'affranchir de la tutelle des États-Unis, c'était tant pis pour eux. Ils seraient à l'avenir certainement mieux disposés à suivre les consignes de Washington. Et si tel n'était pas le cas, alors les punitions continueraient à pleuvoir et Beats se débrouillerait seul. Il savait faire. Il l'avait déjà prouvé un peu partout. L'élimination de Ben Laden en était le meilleur exemple. Le chef d'Al-Qaida avait été ratatiné sans que les Pakistanais soient associés à l'opération et maintenant, Islamabad devait gérer le problème avec sa rue et ses foules de va-nu-pieds fondamentalistes.

Il remplit à ras bord son verre de whisky, puis envoya un message à Rateau. C'était simple et direct. Il exigeait désormais d'être tenu au courant de tout ce qui concernait le djihadiste franco-algérien. Il s'excusait à peine pour les *désagréments* causés aux marsouins français lors de la nuit tragique qui avait coûté la vie à cinq des leurs.

Il relut le texte en souriant. Rateau n'était pas un imbécile. Il était inutile d'en rajouter.

Beats vida son Famous Grouse Black Label et appela le colonel Imran Khan.

– *Yes ?*

– Norman.

– Ah ! Vous tombez bien.

– Du nouveau ?

---

1. Hôpital militaire de l'OTAN en Allemagne recevant les blessés d'Irak et d'Afghanistan.

– L'espion français a été décapité par de vrais policiers. Ce n'était pas une mise en scène.

– Alors, c'est complètement vérolé, votre bled…

– C'est comme d'habitude. Ni plus ni moins. Cette fois-ci, ces gens ont commis une erreur. Fatale.

– Où en êtes-vous ?

– On les a arrêtés. On les a fait parler.

– Déjà ?

– Nos méthodes, mon cher…

– Et donc ?

– Nous connaissons maintenant l'indicatif du patron. Il vient d'être identifié. C'est un colonel de la police qui répond au nom de Zardari. Un petit gros qu'on croyait seulement lâche et vénal. Il s'avère être beaucoup plus que cela.

– Il ne va pas vous attendre.

– Il n'a quasiment aucune position de repli et il ne sait pas encore que nous l'avons découvert.

– Vous allez faire le boulot ?

– Je préférerais que vous vous y colliez. Je vous communiquerai toutes les informations utiles. Ce sera beaucoup plus facile que pour Ben Laden. Des scouts pourraient s'en occuper.

– Vous êtes sûr ?

– Oui. Je préfère ne pas engager mes gars dans cette province.

– Concernant le djihadiste franco-algérien ?

– Rien. Mais vous obtiendrez certainement tous les renseignements que vous attendez dans la mallette que ce foireux de Zardari transporte toujours avec lui. Le mieux serait de le faire parler, mais vous n'en aurez sans doute ni le temps ni la possibilité. Alors, trouvez cette mallette.

19 mai 2011
11 h 10

Karim téléphona à Verdier le lendemain et prononça la phrase convenue. Une étrange sensation s'empara de Verdier. Le rendez-vous était maintenant fixé. Les frères d'Afghanistan arriveraient chez lui dans trois jours. Verdier respira un grand coup et se dit que le moment était venu d'essayer de recontacter Rateau, comme de réfléchir à la manière de renouer avec les Services si d'aventure le commandant était hors jeu. Il ne pouvait continuer plus longtemps à jouer les agents dormants alors que se tramait à partir de chez lui une manip terroriste dont on lui avait assuré que le 11 Septembre serait de la pisse de chat en comparaison. Les grandes théories de Rateau étaient de la foutaise. Agent dormant, peut-être, mais il semblait bien que personne ne s'était mis en tête de venir le réveiller.

Il sentit un sourire presque involontaire lui étirer les lèvres. Sa décision était prise : il allait se pointer directement à la caserne Mortier et tout déballer. Et quand les deux connards arriveraient chez lui, ils seraient arrêtés avec Karim et l'informaticien de la cellule. Également l'imam de Londres. Puis ils iraient pourrir un paquet d'années en taule, et lui changerait de vie. Les Services lui offriraient une nouvelle identité. Il pourrait revendre la maison et emmener Lorraine et les enfants loin de cette banlieue merdique.

Il gambergeait à la suite des événements quand la voix de Karim résonna plus fort dans le combiné :

– Tu entends ce que je te dis ?

– Il n'y aura pas de difficultés. La famille ne fera aucune complication.

– Putain, je suis en train de te demander qui est le mec qui s'est pointé chez toi ?

– Quoi ?

– Le mec, hier, c'était qui ?

L'euphorie de Verdier s'évapora comme un glaçon sur un radiateur. Si l'Arabe avait pu le voir, il lui aurait été facile de mesurer à quel point l'angoisse s'était emparée de son interlocuteur. Verdier ouvrit la bouche pour chercher de l'air. Il tâtonna un instant et ramena une chaise contre lui. Ses jambes ne le portaient plus. Il ferma les yeux, inspira du plus profond qu'il put, réfléchit à peine et répondit en se forçant à rester maître de sa voix :

– Ah oui, le mec… J'allais t'en parler.

– Alors, c'est qui ?

– C'est un type qui a couvert mon procès il y a dix ans, qui a eu connaissance de ma libération et qui voulait faire un papier sur moi aujourd'hui. Évidemment, je l'ai foutu à la porte.

Il y eut un long silence au bout du fil, puis la voix de Karim se fit entendre à nouveau, glaciale :

– Comment cet enculé t'a retrouvé ?

– Qu'est-ce que j'en sais ? Ses réseaux, ses contacts… Ce n'est franchement pas important.

– C'est la merde, oui. Tu te rends pas compte du bordel !

– Puisque je t'ai dit que je l'ai mis dehors. Il voulait qu'on parle de la prison, je lui ai répondu que je n'avais pas le droit de fréquenter les médias. Ce n'est pas un foudre de guerre, le mec. Tout juste un petit scribouillard de province. Il a pleurniché que son patron ne serait pas content et il a replié ses gaules. De quoi tu t'inquiètes ?

– T'es certain qu'il est reparti chez lui ?

– Qu'est-ce que tu veux que je te dise ? Je ne suis pas Madame Soleil. Mais une chose est sûre : il ne viendra plus m'emmerder.

– *Inch Allah*, mon frère, *Inch Allah*…

19 mai 2011
11 h 30

Il régnait dans la salle de conférences une ambiance de plomb. Rateau savait désormais que les derniers soldats français tombés en Afghanistan devaient leur mort aux Américains et que ceux-ci leur avaient refusé le soutien aérien nécessaire à cause de lui. Il savait également que le grand patron était au courant et que ses jours étaient comptés. La DGSE n'était pas la Loubianka, on n'allait pas le précipiter dans un hachoir géant au fond d'une cave. Mais on pouvait le muter dans un régiment du Train ou de soutien logistique, à compter des rouleaux de papier toilette jusqu'à sa retraite. Ekard Corbin Demangoux avait la réputation d'un homme dur et intraitable. Il le lui ferait payer.

Rateau n'était pas tombé de la dernière pluie, les mines embarrassées de ses officiers ce matin-là lui indiquaient manifestement que sa note de gueule était en chute libre. Sa principale erreur était de ne pas avoir pris au sérieux les menaces de Beats et de Spencer. La réunion était purement formelle. Une autre, beaucoup plus importante, se tenait au moment même au premier étage dans le bureau du directeur avec les chefs de cabinet des ministres de la Défense et de l'Intérieur. Avant la fin de la journée, on lui collerait sur le dos le fiasco de l'opération Happy Birthday. Et on le rendrait responsable des pertes subies par les troupes en Kapisa.

Or ce n'était pas le pire. Ce n'était pas ce qui préoccupait Rateau à cette heure. Il était consterné à l'idée de devoir assister à la cérémonie aux Invalides. La simple perspective d'affronter le regard des officiels américains devant les cercueils contenant les dépouilles des militaires le mettait en fureur. Il y aurait ensuite une réunion bipartite et il lui faudrait baisser son pantalon. Il se ferait encore sermonner par ses chefs et n'aurait d'autre alternative que de faire la danse du ventre devant les Rambos du Pentagone. Comme fin de carrière, il y avait mieux. Restait à déterminer ce qu'ils mijotaient. Et s'il y avait encore des coups à prendre. Lui qui avait espéré être élevé à la prochaine promotion au grade d'officier dans l'ordre de la Légion d'honneur, il pouvait se mettre sa rosette sous le bras. Le boss ne le lâcherait pas d'une semelle. Il allait exiger des rapports deux fois par jour sur tout et sur tout le monde. Il les éplucherait en cherchant la faille. C'en était fini pour un moment des plans hasardeux et des zones grises. Tout ce qu'affectionnait Rateau devait être rangé dans un tiroir jusqu'à nouvel ordre. Ce n'était pas de cette manière qu'on travaillait dans les Services, mais la nouvelle direction était bornée. Et les derniers revers ne plaidaient pas dans son sens.

La rage au ventre, il fit un dernier point rapide avec ses officiers et les congédia. Puis il prit le dossier Verdier et le feuilleta. Toutes ces années à investir dans ce type, à l'entretenir en taule sur ses propres deniers, à réussir à le garder à sa botte malgré la condamnation à quinze piges, à faire ensuite mine de couper les ponts pour observer comment il se débrouillerait tout en conservant un œil sur lui… Et tout ça pour ça ? C'était un beau gâchis ! Il y avait consacré des milliers d'heures. Des dizaines de milliers d'euros. Il avait réussi à façonner l'agent double idéal. Indétectable. Convaincu par ce qu'il faisait à la fois avec les uns et les autres. Un cas unique dans l'histoire de l'espionnage. Et au bout du compte, un connard bardé d'une autorité politique venait lui casser son jouet.

Rateau se tourna vers la fenêtre. Dans la cour, les quelques personnes avançaient d'un pas rapide comme si leur temps était compté. La boîte avait bien changé depuis l'arrivée du nouveau sous-directeur. Il ne la reconnaissait plus. Jamais on n'avait encore exigé de lui de se conduire ainsi avec l'une de ses sources.

Bon sang, il n'aimait pas ce qu'il était en train de faire ! Verdier devait toujours attendre un signe de sa part. Mais la priorité était maintenant de coincer Farez Ben Yussouf, et s'il y avait eu une quelconque urgence à Nanterre, Verdier le lui aurait fait savoir.

Il ne serait pas le premier agent abandonné en rase campagne. Ni le dernier

19 mai 2011
même heure

Chesnier avait tout imaginé, sauf cet accueil. Quand il sonna chez Naïma et qu'elle apparut à la fenêtre du premier étage de son gourbi, c'est comme s'il avait apporté avec lui le soleil dans ce lieu de désolation absolu. Un sourire éclaira instantanément son visage, elle se recoiffa d'un geste rapide, puis lui fit signe de patienter.

Les voitures qui roulaient sur l'A86 faisaient trop de bruit pour leur permettre de se parler. Elle referma les rideaux et, quelques secondes plus tard, elle ouvrit la porte en grand dans une invitation à se dépêcher d'entrer. Elle prit son manteau et le poussa vers la pièce qu'il connaissait déjà, sans même lui demander l'objet de sa visite. Elle lui désigna le canapé défoncé et s'excusa en disparaissant dans la cuisine, théière à la main.

Chesnier avait dans sa poche un tirage format 13 × 18 de Nourredine Saif al Hassine qu'il venait de faire imprimer au magasin photo du Leclerc. Sa tentative d'aller parler avec les barbus de la mosquée du coin s'était soldée par un échec. C'était stupide, de toute manière. Comme s'ils avaient pu avoir envie de discuter avec lui ! Il s'était fait insulter, c'était bien le minimum. Encore une connerie comme ça et il finirait par ramasser un coup de boule ou un coup de rasoir.

Il rit intérieurement en repensant au sprint qu'il avait effectué, il s'était fait une belle trouille. Le thé lui ferait du bien, il avait la gorge en feu.

Naïma revint avec un pot fumant et s'immobilisa devant sa mine réjouie.

– Vous avez l'air de quelqu'un qui a fait une bonne blague.

Chesnier hocha la tête.

– En fait, je suis en train de me moquer de moi-même.

– En tout cas, vous semblez heureux d'être là. Nous sommes deux !

– Votre maison est un sanctuaire, chère madame…

Des rides apparurent sur le front de la femme. Elle ne comprenait manifestement rien à ce que disait Chesnier.

– Je suis encore allé taquiner vos coreligionnaires, je n'aurais pas dû.

– Vous êtes toujours sur votre enquête ?

– Vous me voyez griller mes RTT à Nanterre, franchement ?

Elle posa enfin son regard sur lui.

– Dans quoi vous vous êtes fourré ?

– Je suis allé à l'annexe de la mosquée. L'espèce de garage… Je n'ai même pas eu le temps de dire ouf que les mecs qui squattent devant m'ont chassé *manu militari.*

– N'attendez rien de ces voyous.

– Vous vous rendez compte ? On ne peut même pas leur parler !

– Vous me faites bien rire ! Vous vous pointez avec vos certitudes et vous vous étonnez que ça ne fonctionne pas. À qui croyez-vous avoir affaire ? Ces gens-là vous ont rejeté depuis longtemps. Vous représentez le mal pour eux. Vous êtes l'ennemi.

– Parce que je suis journaliste ?

– Parce que vous êtes français. Parce que vous êtes blanc. En plus, journaliste, c'est une circonstance aggravante, je ne vais pas vous faire un dessin. Qu'est-ce que vous leur vouliez, à ces ayatollahs ?

Chesnier posa la photo sur la table basse devant elle.

– Où vous avez trouvé ça ? demanda-t-elle, affolée.

– Je l'ai prise hier. Pas loin d'ici. J'ai une vague idée de qui est ce gus, mais je cherche une confirmation.

Naïma alla à la fenêtre et regarda à l'extérieur en restant à l'abri des rideaux. Elle fut soudain prise de tremblements. Quand elle se retourna enfin vers lui, il se leva d'un bond.

– Vous vous sentez mal ?

Elle ramena ses cheveux en arrière et posa le dessus de sa main sur son front comme pour s'assurer qu'elle n'avait pas de fièvre.

– Si vous cherchez après cet homme-là, vous devriez rentrer chez vous. C'est le diable !

– Rôde-t-il dans le coin ?

Elle secoua lentement la tête comme si elle avait affaire à un demeuré.

– L'avez-vous déjà croisé ? Où peut-on le trouver ? insista-t-il.

– Mais tout le monde ici sait qui est ce porc. Il a vécu longtemps à Nanterre. Quand il apparaît quelque part, c'est qu'il va y avoir une catastrophe.

– On ne doit pas parler de la même personne. L'homme de la photo est interdit de séjour en France…

– Qu'est-ce que vous croyez ! Il est protégé. Je sais très bien ce qu'il a fait. C'est un de ces imams arriérés qui rêvent de mettre ce pays à feu et à sang. Et ici, il a toujours fait la pluie et le beau temps. Tout le monde lui mange dans la main. Vous avez tort de lui courir après. Vous allez au-devant de gros problèmes.

– Pourquoi le craignez-vous autant, madame Obleni ?

– Parce que lui et ses collègues m'ont détruite ! hurla-t-elle. Parce que rien ne l'arrêtera ! Ni vous ni vos journaux. Ni ceux qui nous gouvernent. Vous êtes tous aveuglés par vos bons sentiments. Le Printemps arabe, la démocratie, les droits de l'homme… Quoi encore ? Les femmes, la liberté des femmes. Les jeunes, leur irresponsabilité. On insulte, on vole, on viole, ça n'a pas d'importance. On le cache, on le nie…

Sa voix était à présent secouée de sanglots. Campée devant Chesnier, elle le fixait de ses yeux humides. Des tressaillements agitaient son corps lourd. Jamais il n'avait soutenu un tel regard, comme si les pupilles de cette femme ouvraient directement une porte sur le fond de son âme. Elle enchaînait imprécations et propos incohérents, prenait une respiration et repartait de plus belle. Quand elle se fut enfin calmée, elle se laissa tomber sur le pouf placé devant la table basse, enfouit son visage dans ses mains et se vida de toutes les larmes accumulées. Puis, d'une voix redevenue douce et presque indiscernable, elle lui révéla comment Nourredine Saif al Hassine avait fait du quartier une plate-forme intégriste à la fin des années 1990. Le trafic des stups, des armes, l'embrigadement des hommes et des femmes aussi, la collecte de l'impôt révolutionnaire… Un vaste maillage mafieux auquel personne ne pouvait se soustraire.

– Tout le monde, ici, sait de quoi il est capable. La police l'a raté en 2001 et on connaît la suite, les horreurs qu'il a commises en Russie et en Angleterre. S'il est revenu, c'est qu'il se prépare quelque chose d'épouvantable.

20 mai 2011
midi

Dans l'arrière-salle du bar Les Vieux-Colombiens, Karim jouait avec la rondelle de citron de son verre de limonade. Cela faisait plus de trois minutes qu'il l'écrasait consciencieusement avec sa petite cuillère. Depuis qu'il avait fait son rapport à l'imam, aucune autre parole n'avait été échangée. Saif al Hassine réfléchissait, les yeux dans le vide. Il n'avait pas touché à son chocolat chaud. C'est à peine si sa poitrine se soulevait. On aurait dit une statue de sel. Dieu seul savait où il pouvait s'être perdu. Son regard n'exprimait plus rien. Comme un regard mort. Il n'y avait plus qu'à patienter. Arriverait bien un moment où il referait surface dans la réalité. Karim savait à quoi s'en tenir. Le principal était fait. Il l'avait informé de ce qui se tramait dans l'ombre d'Abdelaziz Verdier : la voiture aux vitres teintées qui avait stationné devant chez lui la nuit précédente, et l'homme qui avait sonné à sa porte le lendemain en se faisant passer pour un journaliste. L'imam ne s'était jamais trompé. La décision qu'il prendrait serait la bonne. Ne resterait plus qu'à l'appliquer.

Karim termina son verre et se tourna sur sa chaise pour s'adosser contre le mur de façon à apercevoir l'entrée de la salle. Puis il baissa la tête et fixa son attention sur les inscriptions gravées dans le bois de la table.

– Tu as noté le numéro de la plaque d'immatriculation ? interrogea l'imam subitement sorti de sa rêverie.

– Oui.

– Communique-le aux gamins pour qu'ils essayent de retrouver la bagnole dans le secteur. Il faudra qu'ils cherchent aussi du côté des commissariats et autour de la Criminelle.

– Dans l'île de la Cité ?

– Bien sûr, là-bas. Il s'agit peut-être d'une voiture de flics.

– Et si c'est le cas ?

– Alors on avisera. Nous avons une solution de repli.

– Chez la vieille ?

– Oui.

– Et l'homme qui dit être journaliste ?

– Est-ce que tu as au moins son nom ?

– Ni le nom ni l'adresse où il crèche.

– Bon. S'il est toujours dans les parages, il faudra s'en débarrasser. Sans témoin, sans bruit. Fais d'abord le tour de ceux qu'il a approchés. Après l'incident à la mosquée, il a dû aller ailleurs. Renseigne-toi. Je veux que cette affaire soit réglée avant la fin de la semaine. On doit s'occuper de ce fouille-merde avant qu'il revienne chez Abdel.

24 mai 2011
23 h 15

Le camion freina et le chauffeur cogna le nombre de coups déterminé à l'avance contre la carlingue. Les Seal soulevèrent la bâche et sautèrent du plateau arrière. Leur guide indiqua la maison plantée au milieu d'un désert de sable à trois cents mètres.

– Combien de personnes ? demanda le chef de groupe à l'homme.

– Ce qu'on a dit : le commandant, sa femme et une servante.

– Pas de garde du corps ?

– Jamais le mardi.

– Pourquoi ?

– On ne sait pas. C'est comme ça. Vous avez moins d'une demi-heure. Je ne pourrai pas vous attendre davantage.

– Si on a besoin de plus de temps, tu ne vas pas te barrer… ?

Le chauffeur dévisagea l'Américain.

– Dans trente minutes, je redémarre. Vous rentrerez à pied si vous n'êtes pas revenus.

Le commando se mit en marche. Devant, la maison ressemblait à une excroissance rocheuse au milieu de la plaine. Le sentier dessinait dans l'obscurité une ligne sinueuse et grise. Le vent étouffait le bruit des pas des Seal.

Ils franchirent le mur surmonté de barbelés et se réceptionnèrent en douceur dans la cour. Le molosse qui sommeillait dans sa niche avait déjà été abattu avec l'arbalète du groupe. Les volets blindés furent ouverts à l'aide d'un chalumeau. Dix minutes plus tard, ils s'introduisaient dans une pièce du rez-de-chaussée. La porte donnait sur un hall où brûlait une veilleuse fixée à une prise de la plinthe. Des ronflements leur parvinrent de l'étage. Ils s'avancèrent jusqu'à l'escalier et firent une première pause.

La servante dormait, allongée sur un bat-flanc. La deuxième flèche tirée lui traversa la gorge pour se ficher dans les vertèbres cervicales. L'action avait duré à peine deux secondes. Les hommes reprirent leur progression jusqu'à la pièce d'où provenaient les ronflements. Ils poussèrent à peine la porte et introduisirent leur caméra thermique. L'écran révéla deux formes couchées côte à côte. L'arbalétrier pénétra le premier. Il se planta au-dessus du lit et visa les dormeurs. Le second Seal s'approcha pour égorger la femme, consulta sa montre, constata que les minutes filaient à toute allure, et il poignarda le commandant.

La première phase de l'opération terminée, les commandos américains se mirent à la recherche de la mallette dont avait parlé Imran Akbar Khan. Il avait assuré que l'officier de l'ISID ne s'en séparait jamais, même au lit. Un instant plus tard, ils la découvraient glissée sous le sommier avec, à l'intérieur, une masse de documents.

– On est juste dans les temps, chuchota le chef de groupe à son coéquipier. Récupère tes flèches et on regagne le camion.

La blessure de la servante fut camouflée par une large entaille à l'aide d'un poignard. Celle du chien par plusieurs coups, comme s'il avait fallu se battre avec lui. Puis les Seal repartirent comme ils étaient venus.

L'hélicoptère les récupéra vingt kilomètres plus loin. Deux heures plus tard, ils prenaient un café dans la base de Bagram après avoir remis au correspondant local de la CIA la précieuse valise du commandant Zardari.

Avant que le jour se lève, Beats fut averti du succès de l'opération.

24 mai 2011
23 h 40

La maison des Verdier bruissait d'une agitation hors du commun. Hubert venait de réapparaître après trois semaines de fugue. Son père lui avait fait un petit signe de la main pour l'accueillir, sans poser de questions. Puis il avait préparé du café et fait griller des tartines pour tout le monde. Ensuite, il s'était isolé une bonne demi-heure dans la salle de bains pour sa toilette. Il en était ressorti rasé de frais, vêtu d'un pantalon de tergal et d'une chemise blanche avec une cravate nouée autour du cou, et il avait rejoint sa famille dans la cuisine pour refaire du café après avoir allumé France Info.

Les enfants riaient et même leur mère, avec sa mine de cancéreuse en fin de course, plaisantait avec eux. Une belle journée s'annonçait. Le soleil illuminait la pièce. Des taches de couleur dansaient sur les murs, poursuivies par les reflets que leur envoyait Adrien à l'aide du dos d'une cuillère.

Verdier posa furtivement la main sur l'épaule de son fils aîné avant de s'asseoir à la table.

– On s'est beaucoup inquiétés, fit-il en appuyant sur *beaucoup*.

Sans lui laisser le temps de répondre, il envoya un sourire à la cantonade et demanda qui voulait un jus d'orange.

Hubert ne bougea pas.

– Tu es rentré. C'est le plus important, ajouta son père. Nous allons fêter ça. Je vous emmène dîner au restaurant ce soir.

– Faudrait pas te forcer, rétorqua son fils.

Verdier ne releva pas la remarque.

– Nous avons beaucoup de choses à nous dire. Ce sera l'occasion.

– Je suis épuisée, murmura Lorraine.

– Ça te fera du bien, tu verras.

– On n'a pas les moyens, tu sais.

– Si, on les a, maintenant. Tu ne vas plus t'occuper de rien.

Verdier s'attendait à ce que sa femme se lamente et reprenne leur ancienne conversation, mais ce fut le silence. Elle était tassée sur sa chaise et renvoyait une mimique aux enfants comme si leur père venait de proférer une ânerie, mais qu'elle n'y pouvait rien. Béatrice la gratifia d'un regard entendu sans en rajouter.

Plusieurs secondes s'écoulèrent avant que les garçons opinent du chef et déclarent qu'ils allaient sauter le déjeuner pour s'en mettre plein la lampe au resto.

Verdier approuva. Il n'avait encore aucune idée de la soirée qu'il s'apprêtait à vivre ni de comment il annoncerait à sa famille qu'ils auraient tous déménagé avant la fin de la semaine. La seule chose qui lui importait était de se montrer à l'extérieur en leur compagnie et de faire bonne figure. Il ne fallait surtout pas que les enfants aient l'idée de se tirer avant le soir. Il reposa délicatement son mug, l'anse tournée sur la droite, ramassa les miettes de pain au creux de sa main et expliqua qu'il devait s'absenter pour la journée. Il passerait au restaurant réserver une table pour 20 heures.

25 mai 2011
16 h 05

Les premiers renseignements collectés parmi les documents du commandant de l'ISID récupérés par les Seal étaient effrayants. C'était à croire que la presque totalité des Services pakistanais était gangrenée. Une centaine de chefs de secteur œuvrant comme agents doubles avaient déjà été identifiés. Ils couvraient l'ensemble du pays. Certains travaillaient au quotidien avec les Américains.

Norman Beats termina de lire le rapport et tapa du poing sur la table. Moins à cause de ce qu'il venait d'apprendre que parce qu'il savait désormais que le djihadiste franco-algérien leur avait bel et bien filé entre les pattes. Le terroriste s'était déjà envolé. La preuve résidait dans un petit carnet de comptes trouvé dans la mallette où avaient été consignés le numéro du vol et le prix d'achat du billet. Il avait pris l'avion deux jours plus tôt à Islamabad en direction de Moscou. Un deuxième billet avait été acheté à un nom différent pour Vilnius. Et un troisième sous une nouvelle identité pour Stockholm. Contrairement à ce qu'il avait cru, ça n'allait pas être facile de le récupérer.

À l'évidence, il s'agissait du même passager, mais Beats savait d'expérience qu'il convenait de se méfier des situations trop faciles. Et il n'avait pas le temps de mettre en place une filature sur les deux derniers vols. Il disposait tout juste de quelques heures pour envoyer quelqu'un en Suède. Mais sans photo du dénommé Farez Ben Yussouf, les chances de le repérer étaient plus que minces. Cette situation le mettait d'une humeur massacrante.

Il devait rappeler Rateau. Peut-être le Français aurait-il plus d'informations. La question était de savoir comment s'y prendre. Paris et Washington étaient maintenant engagés dans un jeu pervers de poker menteur. Il fallait obtenir de l'autre le maximum de renseignements en en donnant le minimum.

Beats trouva Rateau à la fin de son déjeuner.

– Des nouvelles de notre homme ? demanda-t-il.

– Aucune pour l'instant.

– Qu'est-ce que fait votre ambassade au Pakistan ?

– Tout le monde est sur le pont. Vous serez averti dès qu'on en saura davantage.

– Ce n'est pas une réponse. Savez-vous où est le terro ?

– Nous avons des indications comme quoi il aurait pris un vol pour l'Europe.

– Pour aller où ?

– Pour rentrer chez nous, bien sûr.

– Un vol direct pour Paris ?

– Je ne crois pas.

– Bon sang, Rateau, il faudrait que vous commenciez à nous tenir au courant !

– Je n'ai rien de sûr. Il se pourrait qu'il ait embarqué pour l'Europe de l'Est. Sans garantie.

– Vers où ?

– Je vous le dirai bientôt.

– Vous le pistez ?

– Non. Nous l'avons seulement repéré à Islamabad.

– Pourquoi n'avons-nous pas été prévenus ?

– Trop rapide…
– Vous auriez pu m'avertir depuis.
– Attendez qu'on ait des éléments sérieux. On vous les communiquera. De toute façon, s'il est parti pour Prague ou Budapest, vous n'allez pas intervenir là-bas, que je sache.
– Nous voulons le suivre pas à pas. Pourquoi est-ce si difficile à comprendre ?
Rateau prit un ton exaspéré :
– Avec ce que vous venez de nous faire, on réfléchit.
– Ne soyez pas con, cher ami. L'enjeu est capital.
– Je le sais.
– Alors ?
– Je vais vous rencarder, mais seulement quand je serai certain de ce que je pourrai vous donner. Et vous, du nouveau ?
Beats toussa.
– Rien. Pour le moment on se contente de gérer l'anniversaire du 11 Septembre. On sécurise les cibles les plus exposées.
– Chez vous ?
– En France également.
– On s'en occupe aussi. L'Intérieur discute avec votre ambassade. La cellule Renseignement de la Direction générale de la gendarmerie est sur le pont.
– Pourrais-je avoir accès aux notes de gestion de crise ?
– Ça ne vous avancera pas.
– J'insiste.
– Votre ambassade vous transmettra ce que nous lui aurons fourni. Je ne ferai rien en direct sauf à mettre la main sur notre homme.
Beats était encore plus en colère. L'incompréhension entre eux s'épaississait au fil des jours. Plus le temps passait, plus on approchait de la phase critique de l'opération et plus il lui semblait qu'il allait devoir gérer seul la crise. Ce n'était pas forcément une bonne idée d'avoir planté les Français en Kapisa. Eux aussi avaient peut-être décidé de donner une leçon à leur allié américain.

25 mai 2011
17 heures

Le taxi déposa Farez Ben Yussouf dans le quartier turc. Le peu qu'il avait entrevu de Berlin à travers les vitres embuées de la voiture lui semblait décadent à l'extrême. Encore une de ces villes de roumis qu'il faudrait un jour raser.

Au fond de lui, il détestait les Turcs. Ils croupissaient au milieu de cette merde et ne faisaient rien pour changer les choses. Les seuls à bouger un peu étaient ces salopards de Kurdes qui se battaient encore pour le communisme. Ils manifestaient avec leurs banderoles à la con et le portrait de leur gros poussah d'Öcalan. Il arriverait bien un jour où la confrontation avec ces suppôts de Satan serait inévitable. Mais ce qui déplaisait par-dessus tout à Farez était la perspective de passer les vingt autres heures qui lui restaient à patienter au milieu de cette communauté, avant de prendre le car pour Paris. C'était une idée stupide de l'avoir envoyé là. Il avait essayé d'expliquer au commandant pakistanais que les Arabes n'avaient aucun point commun avec ces gens, mais le bonhomme devait avoir ses raisons. Il n'avait rien voulu entendre. Et maintenant qu'il s'apprêtait à rejoindre la pension dont on lui avait donné l'adresse, Farez se dit que le voyage était loin d'être terminé. N'importe quoi pouvait encore arriver.

Il tâta sa cuisse pour s'assurer de la présence de la clé USB. C'est à peine s'il sentait une minuscule protubérance. Heureusement, quoi qu'il se produise ici, le message de l'émir était en sécurité. À moins de lui arracher la jambe, personne ne mettrait jamais la main dessus.

Il jeta sur le siège à côté du chauffeur un billet de cinquante euros, ramassa son sac et claqua la portière.

Sa chambre avait été réservée. Le réceptionniste lui fit remarquer que l'habitude voulait d'ordinaire que plusieurs clients partagent la même pièce et qu'il était le premier depuis longtemps à avoir expressément réclamé d'être seul. Farez marmotta une réponse incompréhensible et ouvrit la main, attendant que l'autre y place la clé. Il refusa la bière et les sandwiches qu'on lui proposait et se dirigea vers l'escalier.

Sur le palier, plusieurs hommes fumaient des cigarettes. D'autres transportaient des paniers pleins de linge humide d'une pièce à une autre. Quand les portes s'ouvraient, des relents de cuisine et des bruits de radio envahissaient l'espace. Il baissa la tête, se concentrant sur la clé, pour franchir les groupes de locataires sans avoir à leur adresser la parole.

Quand il fut enfin dans sa chambre, après avoir verrouillé la serrure, il resta un moment à contempler son reflet dans le miroir du lavabo tandis que le brouhaha de l'hôtel entrait progressivement dans son crâne. Son menton tremblait. Il claquait des dents. La pire des opérations menées en Algérie ou en Afghanistan ne l'avait pas éprouvé à ce point. Il était rincé.

Il avait encore vingt heures à tenir avant de gagner Paris, ça lui semblait tout à coup plus difficile que tout ce qu'il avait déjà effectué.

25 mai 2011
19 h 45

Ils auraient pu changer carrément de quartier, mais Verdier n'avait pas souhaité s'aventurer trop loin. Un restaurant à une demi-heure de marche de la maison serait parfait. Il ne pleuvait plus depuis la veille et ça valait le coup de faire une petite promenade avant le dîner. Et une seconde, digestive, une fois que tout le monde aurait l'estomac plein.

Contrairement à ce qu'il avait cru, il fut le seul à apprécier la balade. Les premiers à renâcler furent les garçons, que l'idée de courir jusqu'à la Garenne-Colombes n'amusa pas du tout. Les filles ne dirent rien, mais il était facile de se rendre compte qu'elles aussi auraient souhaité se débarrasser de cette formalité

C'est quand ils dépassèrent la place de Belgique que Verdier comprit son erreur. Lorraine se traînait, les deux mains crispées sur son ventre.

– Tu es fatiguée ? lui demanda-t-il.

– Ça va.

– Encore cinq minutes et on y est. Après, on se tape la cloche.

Mais deux cents mètres plus loin, sa femme réclama une halte. Elle avait le souffle court et des gouttes de sueur perlaient sur son front.

– Maman est crevée, réattaqua Hubert, aussitôt soutenu par Béatrice.

– Ne vous occupez pas de moi, mes enfants, dit-elle. Je n'ai plus trop l'habitude de marcher aussi loin. On est presque arrivés. Ce ne sera rien.

Verdier s'excusa. Il dit qu'il n'avait réfléchi qu'au restaurant et qu'il aurait dû tenir compte de la santé fragile de Lorraine.

– On prendra un taxi au retour, conclut-il.

La table qui leur avait été réservée était située au milieu de la salle. Toutes les autres étaient déjà occupées par des couples sans enfant. Le restaurateur les installa et leur communiqua les menus sans attendre. Puis il s'approcha de Verdier et lui demanda :

– Et pour la boisson ? J'ai une réserve du Sud-Ouest excellente. Un petit rouge fruité et léger…

Lorraine et les enfants le regardèrent. Verdier n'avait pas pensé à ce détail. Il avait promis la fête à sa famille, mais il ne se voyait pas commander de l'alcool. Connaissant les frères, il n'était pas impossible que l'un d'eux les ait suivis et qu'il passe une tête dans l'établissement pour peaufiner son rapport alors que les Afghans étaient sur le point de débarquer. Comment expliquerait-il ça, ensuite ? Depuis sa sortie de Lannemezan, il s'évertuait à ne pas faire un pas de côté. Un simple quart de vin pouvait ruiner tous ses efforts.

– Vous allez me faire plaisir, dit-il en s'adressant aux siens, on va oublier le vin, le cochon et tout ce qui n'est pas conforme à mes principes. Soyez gentils. Nous sommes vendredi, nous allons en profiter pour faire un repas de poissons. Vous pourrez boire tout ce que vous voudrez, mais il n'y aura pas d'alcool sur cette table.

Il s'était exprimé en fixant son assiette, conscient de l'absurdité de la situation. Il devenait parano et stupide. Il aurait pu au moins fixer les règles du dîner à la maison, mais il n'y avait pas pensé une seconde. La vérité est qu'il éprouvait un sentiment d'angoisse croissant. Depuis des jours, il vivait persuadé que chacun de ses gestes était épié. Il y avait ce journaliste qui lui tournait autour. Karim qui savait ce qu'il faisait et qui il voyait. Et ce qu'on lui avait appris l'après-midi même : les problèmes rencontrés au Pakistan par l'équipe qu'il attendait. L'un des gars avait été éliminé après qu'on avait découvert qu'il renseignait les services occidentaux. Un seul viendrait donc chez lui et il était clair que la situation devenait explosive. Karim et l'imam renforçaient leur pression. Rateau ne s'était pas manifesté. Il fallait qu'il gère sa femme et ses gosses. Qu'il accueille le djihadiste et qu'il trouve une solution pour s'en sortir à peu de frais.

Karim n'avait pas du tout apprécié l'idée de ce repas en famille au restaurant quand il lui en avait parlé. Pour la première fois depuis qu'ils se connaissaient, l'Arabe avait élevé le ton, exigeant que plus personne ne quitte la maison jusqu'à ce que le travail soit achevé. Verdier avait eu toutes les peines du monde à lui expliquer qu'on n'agissait pas ainsi avec des adolescents. Une de ses filles était déjà majeure et il n'avait pas ce genre de rapport avec sa femme. Heureusement, ce petit voyou était moins versé dans la religion que dans l'aspect organisationnel de la cellule islamiste. Il avait râlé pour la forme et rappelé à Verdier l'importance de la mission. Puis ils étaient convenus qu'il bouclerait sa famille une fois le djihadiste chez lui, le temps que l'informaticien récupère le message et le décrypte. Deux jours tout au plus. Verdier avait accepté et il devait maintenant préparer psychologiquement Lorraine et les enfants. Il fallait qu'il y aille en douceur. Mais il ne pouvait pas non plus se payer le luxe de fantaisies gastronomiques qui déclencheraient un esclandre chez les frères s'ils venaient à le découvrir. Tout cela était absurde.

– Mon père ne boit pas de vin parce qu'il est musulman, déclara Béatrice au restaurateur d'un air atterré.

L'homme éclata de rire.

– Sérieux, insista-t-elle. Nous, nous sommes catholiques, mais lui non. Il s'est converti.

– Béatrice ! siffla Verdier. Nous avons prévu de passer un bon moment ensemble. Tu peux arrêter, s'il te plaît. Ça n'intéresse pas monsieur.

– Un bon dîner en France, ça se passe avec du pinard. Que tu n'en boives pas, c'est une chose, mais pourquoi Hubert, maman et moi, on ne pourrait pas ?

Lorraine posa la main sur le bras de sa fille.

– Laisse, ma chérie, lui dit-elle. On ne va pas commencer à se chamailler pour du vin. Je n'en ai pas envie. Je suis barbouillée et tu n'en bois pas toi-même d'habitude. Hubert non plus, d'ailleurs.

Elle saisit ensuite Béatrice par l'arrière du cou et l'attira vers elle jusqu'à se trouver front contre front.

– Ne fais pas d'histoires. Ne gâche pas la soirée.

Aux tables environnantes, les conversations s'étaient arrêtées. Les clients leur jetaient des coups d'œil furtifs. Verdier commanda des salades et les poissons et dit qu'on verrait plus tard pour les desserts. Il avait hâte d'évacuer sa corvée. Il fallait qu'il leur dise, mais le courage lui manquait subitement. Le dîner s'était mal engagé. Un instant, il pensa remettre à la fin de soirée l'annonce de l'arrivée de leur invité, mais considéra que cela paraîtrait plus bizarre encore dans la mesure où il avait prévenu la famille qu'il avait une déclaration à lui faire.

Quand les enfants commencèrent à se battre avec les feuilles de laitue, il se jeta à l'eau :

– La personne que nous devons héberger à la maison arrivera probablement demain. Une seule personne contrairement à ce qui était prévu. Je souhaite que l'on soit le plus discrets possible sur sa présence.

La fourchette de Béatrice resta figée en l'air. Elle pencha la tête et il vit bien qu'elle se préparait à lui sortir une saloperie.

– Il y en a pour deux jours. Trois, tout au plus. Je l'installerai dans la chambre d'Adrien, et vous, les garçons, vous dormirez ensemble.

– On va avoir le droit à un autre repris de justice ? demanda sa fille.

– Ce que tu dis est idiot. Il s'agit d'un travailleur social.

– Et si tu arrêtais de mentir, ce serait plus facile pour tout le monde.

Verdier repoussa son assiette et fit voler les miettes de pain d'un revers de main.

– Tu vas t'adresser à moi correctement, articula-t-il entre ses dents.

– Tu ne vas pas me menacer, en plus…

Lorraine fondit en larmes. Les garçons fusillèrent leur père du regard. Il faillit leur ordonner de baisser les yeux, mais préféra les ignorer. Il s'adressa à sa femme :

– Quoi que je dise, quoi que je fasse, ce sera toujours pareil. J'aurai toujours tort. Je ne suis plus rien dans cette baraque. Je ne peux même plus offrir l'hospitalité à un type quelques jours.

– C'est qui, ce visiteur surprise ? insista Béatrice.

Verdier essuya les yeux de Lorraine avec sa serviette et se tourna vers sa fille.

– Tu verras bien. J'ai déjà tout expliqué à ta mère. C'est quelqu'un qui va venir m'évaluer, moi, et évaluer mes chances de réinsertion. Un truc banal. Ça se passe toujours comme ça. Personne d'autre que moi n'aura à lui parler. Il ne dérangera personne.

– Te fatigue pas, soupira Béatrice. Tu mens très mal. Tu es en train de nous parler d'évaluation, de réinsertion, et ça se ferait sans nous ?

– Bien entendu qu'il vous posera peut-être des questions, j'en sais rien. Mais a priori, il devrait se contenter d'observer la maison et de rencontrer les gens qui me font travailler. Quand il sera reparti…

Verdier s'interrompit. Il était en pleine confusion. Des images dansaient dans sa tête : la police investissant la maison, les islamistes retranchés, les enfants pris en otages… Il voyait la prison, à nouveau. Un frisson le parcourut de la nuque jusqu'au bas des reins. S'il avait eu une once de courage, il aurait ordonné à tout le monde de se lever et de filer par le premier train à l'autre bout de la France. Il allait le faire quand le serveur s'approcha pour proposer d'apporter les poissons. Il leva les yeux vers lui, hagard.

– Ça va, monsieur ? s'inquiéta le garçon.

– Ouais. Donnez-nous la suite. Et l'addition.

Il venait encore d'avoir une idée à la con. Comment imaginait-il se tirer séance tenante avec toute la smala sous le bras ? Les frères pouvaient être en embuscade autour du resto. Il était toujours sans nouvelles de Rateau. C'était à croire qu'il était mort. Mort sans transmettre le dossier. Peut-être avait-on même effacé son nom à lui des archives de Mortier. Peut-être était-il à présent complètement seul face à son problème. Sans plus aucun moyen de stopper la machine Al-Qaida. Dans ces conditions, la prison serait une conséquence mineure de ce dans quoi il s'était laissé embarquer. Est-ce que la cellule de Nanterre pouvait lui foutre la paix après une histoire pareille ? Qui était ce djihadiste éliminé au Pakistan ? D'où venait-il et avec qui travaillait-il réellement ? Karim n'avait rien voulu révéler. Rien d'autre que les sempiternelles imprécations contre les traîtres et les hypocrites. Et puis cette vidéo de la décapitation montrée sur son smartphone… Dix ans qu'il n'avait pas regardé une telle abomination ! La lame qui avait tranché les tendons de la victime s'était enfoncée dans son propre cou. Verdier en frissonna encore.

– Allez, on parle d'autre chose, dit-il en s'efforçant de sourire.

Après un long moment de silence, Adrien lui demanda s'il acceptait qu'il fasse les Beaux-Arts.

– Tiens ! Voilà enfin quelque chose d'intéressant.

– Tu n'as rien contre ?

– Pourquoi refuserais-je ? Je ne te savais pas artiste.

– Ils le sont tous un peu, tu sais, chuchota Lorraine. Nous n'avons pas eu beaucoup le temps d'en parler depuis ton retour.

– Et qu'est-ce qui te branche ? demanda Verdier au plus jeune.

– La sculpture.

– Pas mal. Et les autres ?

– Hubert voudrait faire de la musique et Béatrice de la mode, expliqua Lorraine. Ils n'osaient pas t'en parler.

– Pourquoi ?

– C'est un peu éloigné de tes centres d'intérêt…

Verdier eut un geste évasif.

Hubert secoua ses dreadlocks et les cheveux balayèrent son assiette.

– On dirait Bob Marley, finit par dire son père.

– Ça te dégoûte ?

– Pas le moins du monde, mon fils.

– Et que Béatrice veuille dessiner des robes plutôt que des burqas ?

– Décidément, il y a un fossé entre nous…

– Tu ne me réponds pas.

– Elle est parfaite comme elle est. Vous êtes tous très bien.

– Il y aurait donc encore un avenir ? Un avenir pour nous tous ?

– Tu en doutais ?

Hubert attaqua son steak de thon, pensif.

– Les prochains jours nous le diront.

– Quoi ?

– Si j'ai raison de penser que nous n'avons pas beaucoup d'avenir à cause de ce que tu as fait.

25 mai 2011
20 h 25

Le patron verrouilla l'entrée du Bab-el-Oued et baissa les stores métalliques. Puis il éteignit le plafonnier en ne laissant allumées que les veilleuses colorées de la vitrine aux alcools. Le bar de l'hôtel était désormais à peine plus éclairé qu'une boîte de nuit. Les fauteuils et les tables basses disparaissaient dans une ombre épaisse.

Il remplit les verres de glaçons et y versa deux doses de whisky. Chesnier finit de consulter ses mails sur son iPhone et posa un billet de vingt euros devant lui.

– C'est quoi, cette merde, mon ami ? s'insurgea le grand Berbère.

– Je vous invite…

– Range tes sous. C'est moi qui invite. Soirée spéciale…

– En quel honneur ?

– En l'honneur du bon vieux temps. Quand la France et l'Algérie ne faisaient qu'une. Quand tous les pouilleux n'étaient même pas encore dans le ventre de leur mère. Quand nos filles pouvaient encore montrer leurs jambes sans se faire caillasser.

– Eh ben !

– Je vais vendre l'affaire. Je supporte plus.

– Vous voulez céder l'hôtel ?

– À quoi bon s'entêter ? Y a plus de clients. Qui viendrait se perdre dans cette banlieue pourrie, sans blague ? Même les clochards ne louent plus de chambres depuis des années. Autrefois, j'en avais quelques-uns, parfois. Les barbus les ont chassés du quartier.

– Pour quelles raisons ?

– À cause de leur mode de vie, saucisson-pinard. Ça a commencé par des insultes, puis il y a eu des coups de pied au cul et des menaces. Ces pauvres gars, que vouliez-vous qu'ils fassent ? Plus personne ne leur faisait l'aumône. Ils ont refranchi le périphérique.

– Et vous, ça vous convenait, cette clientèle ?

– J'ai jamais eu des people chez moi. Ils étaient gentils, mes clodos. Propres. Discrets. Ils venaient deux ou trois fois par mois pour se faire une bonne nuit et se récurer. Ils avaient toujours un petit cadeau, une bouteille de rouge ou un panier de fruits. Des légumes parfois. Certains m'aidaient à la cuisine quand il y avait d'autres locataires, ou ils faisaient le ménage. Bref, c'était comme une famille.

Chesnier porta le verre à ses lèvres.

– Ce n'est pas du JB, votre truc.

– C'est la cuvée du patron, mon ami. Vous avez progressé dans votre enquête ?

– Un peu. Presque rien. Nourredine Saif al Hassine, ça vous inspire quelque chose ?

– Oh, miséricorde ! Il est revenu, celui-là ?

– Tenez, fit Chesnier en sortant de sa poche le tirage qu'il avait montré à Naïma Obleni.

Son hôte jeta un coup d'œil au cliché sans y toucher, comme si l'idée même de le faire lui soulevait le cœur. Il rapprocha son fauteuil de Chesnier et lui murmura à l'oreille :

– Je vais vous raconter toute l'histoire du réseau de Nanterre. Mais sachez une chose : le jour où vous publierez ça, vous pourrez compter les jours qui vous resteront à vivre.

26 mai 2011
3 heures

Verdier fut réveillé brutalement. Depuis le canapé du salon sur lequel il dormait, il aperçut d'abord une ombre se profiler devant la fenêtre. On toqua au carreau. Il ne fit pas un geste, mais se demanda pourquoi ce bruit si infime avait perturbé son sommeil. Puis il entendit son téléphone vibrer. Il le sentit, plutôt. Cela devait faire un moment que l'appareil tremblait le long de sa cuisse. À l'intérieur du duvet, le cadran dispensait un rond de lumière bleutée. Aucun numéro ne s'affichait. Qui d'autre que Karim aurait pu l'appeler à cette heure ? Il lui avait fourni lui-même le mobile, personne d'autre n'en connaissait l'existence. Il consulta par réflexe le téléphone. Le numéro d'appel était masqué.

Quand il ouvrit la fenêtre, Karim avait retraversé la rue et attendait dans l'encoignure de la porte d'un immeuble muré faisant face à la maison.

Le Maghrébin s'introduisit chez lui le doigt sur la bouche, lui intimant le silence.

– C'est le milieu de la nuit, bordel ! s'insurgea Verdier. Qu'est-ce qu'il y a ?

– Tout le monde pionce chez toi ?
– Évidemment.
– Ta femme s'est pas réveillée ?
– J'étais dans le salon.
– Allons dans un endroit où on ne peut pas nous entendre.

Ils s'installèrent dans le jardin sous une tonnelle protégée des fenêtres des chambres de l'étage.

– Le frère arrivera demain chez toi, dit Karim.
– Je le sais déjà.
– J'ai reçu des instructions. Ni ta femme ni tes enfants ne devront voir notre homme. À aucun moment et sous aucun prétexte. Est-ce que tu as un moyen de me le garantir ?
– C'est quoi, cette histoire ? Tu n'as plus confiance ?

Karim lui saisit les poignets.

– J'ai l'impression que tu ne mesures pas l'importance de cette rencontre.
– Si, parfaitement.
– Non. Tu es en bout de chaîne d'une opération décidée au plus haut niveau des instances dirigeantes de la *Oumma*. Tu portes sur tes épaules une responsabilité primordiale. Tu dois tout mettre en œuvre pour réussir. Et… ta femme et tes gosses risquent de nous gêner.

Karim avait détaché les derniers mots de sa phrase. Le ton était devenu menaçant. Verdier se libéra de l'emprise de ses mains et se redressa comme un animal acculé.

– Tu ne pouvais pas le dire plus tôt ? Fallait y réfléchir avant, bordel de merde !
– On peut pas penser à tout à chaque fois.
– Tu parles d'une connerie !
– Bon, c'est fait. Maintenant, tu fais comme j'ai dit.
– Et tu suggères quoi, mon pote, que je les fasse disparaître d'un coup de baguette magique ?
– Parle-moi autrement, *Abdelaziz* ! dit-il en insistant sur le prénom de converti de Verdier. Je joue pas. Je radine pas ma fraise

à trois plombes du mat chez toi pour faire la conversation. Tu vas faire exactement ce qu'on te dit. L'imam ne veut aucun contact entre notre djihadiste, l'informaticien et ta famille, tu vas enfermer tout ton petit monde le temps qu'on règle nos problèmes.

– Je n'aime pas vraiment ce mot-là, tu sais.

– Ouais, mais tu vas quand même les boucler dans leurs piaules et dans trois jours max, ce sera terminé. Personne ne quittera la maison d'ici là. Toi pareil.

– Mais c'est dingo, ton affaire, Karim. Les enfants vont à l'école. Lorraine doit aller à l'hôpital demain, on a pris rendez-vous en rentrant du resto.

– Ce soir ? Tu te fous de ma gueule ?

– Non. Il y a un service de nuit. On a obtenu une consultation à 11 heures.

– Et qu'est-ce qu'elle a, ta bonne femme, pour que ce soit si urgent ?

La manière dont l'Arabe posa la question irrita Verdier. Cet enculé commençait à le chauffer. Sa moue dédaigneuse et son regard torve étaient de trop.

– Lorraine va très mal, il faut qu'elle consulte. Et les enfants doivent suivre leurs cours. C'est plutôt ton protégé que je vais enfermer. Je lui installerai un pieu dans le grenier et on n'en parlera plus. Quand ton informaticien se présentera, je m'arrangerai pour que Lorraine ne le croise pas. Les enfants seront au bahut. Ça ne posera pas de problèmes et…

– Ta gueule, Abdel. Je suis pas venu discuter de ce qu'on va faire, mais te dire ce que *tu* dois faire. C'est un ordre de l'imam !

– Mais comment veux-tu que j'explique à ma famille que je dois l'enfermer !

– Un bon musulman fait la loi chez lui. Il n'a pas à se justifier. Tu ne serais pas un bon musulman, *Abdelaziz* ?

Une fois de plus, Karim venait d'insister sur son nouveau prénom et Verdier pouvait sentir le malaise apparu entre eux. L'Arabe faisait rouler ses muscles sous son pull, et cela se voyait malgré l'épaisseur du tissu. Il avait regroupé ses jambes, tel un animal prêt à bondir. Il tenait sa chaise d'une main. L'autre était à moitié ouverte, devant son ventre.

– Tu vas annuler le rendez-vous à l'hosto. Et le reporter à plus tard. On va dire la semaine prochaine. Et tu vas écrire un mot pour les responsables des établissements scolaires de tes gosses. Raconte-leur que vous avez dû vous absenter pour quelques jours. Je posterai les lettres tout à l'heure.

– Mais ça paraît absurde, ton affaire ! Je leur passerai un coup de fil demain.

– Non. Parce que tu vas aussi suspendre les abonnements téléphoniques. Immédiatement. La ligne fixe et les portables.

Verdier était accablé. Il n'avait absolument pas envisagé que la situation puisse dérailler de cette manière.

– Tu veux nous isoler du monde extérieur ?

– Vous protéger !

– Tu parles ! Des conneries, oui. Ça va foutre le bordel. On pouvait s'y prendre autrement. Si seulement tu m'avais expliqué plus tôt…

– Tu te plaindras à l'imam quand tu le verras. Maintenant, c'est trop tard. Appelle ton opérateur et écris les lettres.

26 mai 2011
8 h 50

Chesnier s'agitait dans ses draps trempés de sueur quand on frappa à la porte. Il venait de replonger dans son cauchemar après s'être levé pour pisser et faisait des efforts désespérés pour s'extraire du monde parallèle où il s'était laissé enfermer. Il courait sur une route poudreuse criblée de lumière. Derrière lui, le martèlement des pas s'amplifiait. Il entendait la respiration de ses poursuivants armés de bâtons. Et leurs vociférations dans une langue inconnue. Il étouffait littéralement. Où était passé son fils ? Les premiers coups s'abattaient sur lui.

Il se réveilla en sursaut. La route avait fait place à un large rai de lumière courant depuis le haut de la fenêtre sur le plafond. Les fantômes s'étaient dissous dans l'obscurité de la chambre, mais la peur était toujours là. Et avec elle, la sensation des chocs sur la tête. Ça cognait à l'intérieur de son crâne avec une violence inhabituelle.

De nouveau, on frappa à la porte de la chambre, et la voix du patron finit de dissiper les brumes qui lui noyaient l'esprit.

– Monsieur Georges, il est presque 9 heures, cria-t-il à travers le battant.

Chesnier fit pivoter lentement son poignet et regarda sa montre. Il avait roupillé presque le tour du cadran, il avait une épouvantable migraine et se promit de ne plus jamais toucher une goutte du whisky du Bab-el-Oued. Putain, où est-il allé dénicher une mixture pareille ? se demanda-t-il. Il s'assit sur le bord du lit et, immédiatement, la sensation de filer sur des montagnes russes le reprit. Il referma les yeux et ce fut pire. Les rouvrit mais les quelques misérables meubles de la piaule semblaient vouloir s'envoler. Son estomac lui remontait dans la gorge et ce n'était plus qu'une question de secondes avant qu'il dégueule l'intégralité de sa cuite. Un étau brûlant lui serrait les tempes. La salive s'accumulait dans sa bouche et c'est quand il voulut répondre que le flot de bile s'échappa sur le lino.

– Ah, merde ! gémit-il.

– Monsieur Georges ?

Le patron ouvrit avec son passe et resta interdit devant le champ de bataille. La petite table était par terre, la chaise retournée dessus. L'édredon aussi était sur le sol, éclaboussé par les déjections de Chesnier, dont les vêtements se trouvaient éparpillés aux quatre coins de la pièce. Lui était nu, la lèvre pendante, grelottant comme un paludéen. Il avait dû marcher sur son téléphone portable la veille, le cadran était en étoile.

– C'est de ma faute, hein ?

– Bon Dieu, je tiens une de ces caisses ! Comment faites-vous pour être debout ? Vous avez bu aussi, je ne me trompe pas ?

Le Berbère tendit à Chesnier une serviette pour se couvrir, puis alla faire couler la douche. Il lui dit de laisser le bordel dans la chambre, qu'il s'en occuperait, et lui proposa de descendre prendre un bon café corsé quand il se serait rafraîchi.

Il avait préparé un petit déjeuner pantagruélique lorsque Chesnier apparut. Les stores de l'entrée étaient à moitié levés, mais les portes toujours fermées à clé.

– Vous n'ouvrez pas ? demanda Chesnier.

– Saif al Hassine, l'imam… Je l'ai aperçu. Il faisait encore nuit. Il était devant l'hôtel avec deux lascars. Le genre sales gueules, vous voyez ? Ils sont allés vers la maison de votre converti, puis ils sont revenus rôder devant chez moi. Ils ont longuement regardé les fenêtres du premier étage.

– Qu'est-ce que vous avez fait ?

– Justement : j'ai laissé l'établissement fermé. Je voulais sortir la poubelle, mais je m'en suis bien gardé. J'aime pas du tout cette histoire. Faudrait prévenir les flics.

La migraine carabinée de Chesnier l'empêchait de réfléchir, mais l'incident ne l'inquiétait pas. Cela confirmait simplement que Saif al Hassine n'en avait pas terminé avec Verdier. Quelque chose se préparait.

– Vous vous faites du mouron pour pas grand-chose. Vous n'avez aucune activité qui les dérange, que je sache. Pourquoi s'en prendraient-ils à vous, tout à coup ?

– C'est peut-être à cause de vous, rétorqua le patron.

– Mais personne ne sait que je suis descendu chez vous !

– Ouais ? Eh ben, j'aimerais en être sûr.

– Et quand bien même ?

– Je vous le dis, moi, cet imam n'est pas revenu pour rien. Il est là à tourner autour de votre ancien taulard avec ses gros bras, ça pue.

Chesnier avala d'un trait une grande tasse de café pour s'éclaircir les méninges, et la dernière conversation avec Naïma Obleni et la frayeur qui l'avait saisie lui revinrent en mémoire. Ses larmes et ses cris. Il était évident qu'elle ne lui avait pas tout dit. Elle n'avait pas franchi les limites de sa peur. Il aurait dû insister. Elle avait commencé à raconter la mainmise de Saif al Hassine sur le quartier, ses trafics et l'embrigadement des jeunes, puis elle s'était d'un coup murée dans le silence. Au moment précis où elle reparlait de la disparition de son neveu. L'imam pouvait-il en être responsable ? Il semblait à Chesnier que d'autres extrémistes tenaient le quartier à l'époque des faits.

– Ce Nourredine Saif al Hassine, quand est-il apparu pour la première fois dans le coin ? demanda-t-il au patron.

– Quand il a fui l'Algérie, en 1991. Aussitôt après l'annulation des élections et l'arrestation des membres du FIS. Il est resté quelque temps, puis il est reparti dans les maquis plusieurs années. Ensuite, il serait d'abord allé en Tchétchénie, puis en Russie, avant de revenir en France vers 1998. Puis il s'est installé à Londres. La suite, apparemment, vous la connaissez.

– Vous m'avez l'air parfaitement au courant…

– J'ai toujours de la famille au bled. On sait tout ce qui se passe, surtout concernant ce genre d'individu.

– Il est si dangereux que ça ?

– Vous étiez peut-être déjà trop saoul pour avoir noté ce que je vous ai dit, hier soir.

– Et qu'est-ce que vous m'avez dit ?

– Que quand vous publierez cette histoire, vos jours seront comptés. Vous vous en souvenez ou pas ?

L'homme était maintenant penché au-dessus de lui. Chesnier pouvait sentir son parfum à la fleur d'oranger mélangé à celui de l'after-shave. Il regarda à la dérobée ses mains puissantes. C'était curieux qu'une telle force de la nature panique pour un rien.

– Très bien, dit-il. Mais je n'en crois pas un mot. J'ai déjà écrit sur des groupes islamistes particulièrement dangereux. Certains ont même été arrêtés, suite à mes articles, et je suis toujours là, en chair et en os.

– *Hafidhaka lah !* Que Dieu vous entende ! Ils vous retrouveront un jour, ici ou ailleurs. Ils ont le temps pour eux.

26 mai 2011
9 h 15

Amélie était en proie à une panique totale. En voulant aller préparer le petit déjeuner, elle avait buté sur la porte de la chambre verrouillée. Après avoir secoué Béatrice et lui avoir demandé pourquoi elle les avait enfermées à clé, elle avait réalisé que sa sœur n'y était pour rien. Béatrice s'était rendormie en geignant, et Amélie avait attendu, guettant le moindre bruit.

Un affreux silence pesait sur la maison. Elle regarda sa montre, il allait être bientôt 10 heures. Cela faisait un bail que personne n'avait fait la grasse matinée si tard. Même un dimanche. Était-ce le retour d'Hubert ? Mais pourquoi le père ne se manifestait-il pas non plus ?

Elle ouvrit le tiroir de sa table de chevet et récupéra son portable. Ce qu'elle s'apprêtait à faire était idiot, elle en convenait. Cela lui arracha même un sourire. Elle jeta un coup d'œil à sa sœur pour la tenir au courant de l'idée lumineuse qu'elle venait d'avoir, mais y renonça tout de suite. C'était vraiment crétin. Mais que faire d'autre qu'appeler la ligne fixe pour réveiller la maisonnée et dire : « Si vous pouviez avoir la bonté de venir nous ouvrir la porte… »

Elle pianota sur les touches. Une voix métallique l'informa que la ligne était coupée.

27 mai 2011
10 heures

La température dans la *War room* devenait insupportable. Beats avait dénoué sa cravate et ouvert son col de chemise. Et comme les ennuis n'arrivent jamais seuls, la fontaine d'eau était vide. Il apostropha l'un de ses adjoints et lui demanda de trouver des Coca-Cola. Puis il relut les dernières notes établies par le bureau des synthèses. Comme souvent, il y avait une bonne et une mauvaise nouvelles.

La bonne était que Farez Ben Yussouf avait enfin été repéré. À Berlin dans une pension de famille du quartier turc. L'équipe présente sur le terrain avait fait du bon boulot. Restait que les hommes, sur place, n'avaient aucun moyen d'intervenir. Le groupe de choc était à Paris et on allait devoir attendre que le Franco-Algérien arrive en France pour agir. Avec la possibilité qu'il s'évapore dans la nature en chemin. Même projetés en Allemagne, les Seal risquaient d'arriver trop tard. Mais surtout, il paraissait complètement impossible de liquider le terroriste dans l'hôtel. Les informations transmises par l'équipe de veille faisaient état d'un véritable nid de vipères. Tout ce que comptait la ville de malfrats, de clandestins et de militants intégristes semblait réuni là-bas.

Dans la capitale française, le niveau d'alerte était passé en code rouge. La mauvaise nouvelle était là. Pour Norman Beats, cela signifiait que les Services de Rateau avaient obtenu des renseignements qui lui avaient été dissimulés. Depuis quelques jours, le Français n'avait pas repris contact.

Il attrapa la canette de Coca et la décapsula. Le liquide était tiède. Il engueula son adjoint et lui ordonna d'aller trouver quelque chose de frais. Puis il arpenta la pièce sous le regard des officiers qu'il venait de convoquer.

– Nous allons prochainement passer à la phase quatre du plan, annonça-t-il. Je vous donne six heures pour régler les derniers détails. Pas une de plus.

27 mai 2011
13 heures

Depuis deux heures qu'ils étaient sur elle à la tabasser, les deux garçons n'obtenaient rien de Naïma Obleni. Elle avait d'abord crié, puis supplié. Maintenant que les coups pleuvaient de manière régulière, elle fermait les yeux et se murait dans un silence obstiné. Ils n'allaient pas pouvoir rester bien longtemps à continuer de la frapper sans rien tirer d'elle.

Ce n'était pas le genre de gars qu'elle avait vus à l'œuvre, autrefois, à l'époque de Mustafa et d'Abou. Ces petits voyous ne devaient pas avoir à leur actif plus que quelques chaînes en or arrachées dans le métro, quelques scooters volés aussi et peut-être quelques viols de pauvres filles croisées sur des terrains vagues, la nuit.

– Mes enfants, qu'est-ce que vous faites ? Vous n'avez donc pas de maman ?

– Ta gueule, la vieille ! fit le plus grand des deux, un échalas maigre comme un consommateur de crack. Dis-nous plutôt où loge l'enculé qui est venu chez toi.

– Je ne sais pas. Je vous l'ai répété cent fois.

Le garçon en avait plein le dos de mettre des tartes à cette bonne femme. Ça ne le faisait même pas bander. L'heure tournait et Karim allait être furieux quand il lui avouerait qu'ils n'avaient rien appris. Rien, ni l'adresse ni même le nom du kafir. Il prit le téléphone de Naïma et composa un numéro. À l'autre bout du fil, la voix de Karim lui répondit :

– Oui ?

– Elle veut rien baver.

– T'as pas mis la gomme…

– Deux plombes qu'on lui colle des claques.

– Coupe-la.

– Tu veux dire…

– Charcute-la. Vas-y à fond.

– Si on fait ça, on…

– Fais pas chier. T'as pas le droit de te planter. On veut les infos.

– Va y avoir du *blood* partout, *man* !

– Mets la gomme, bordel. On veut savoir où crèche ce connard. On n'a plus le temps.

La communication fut brutalement interrompue. Karim avait raccroché. Le garçon reposa le combiné et s'adressa à son compère :

– Arrache-lui ses fringues.

Naïma eut un sursaut d'indignation. Elle hurla, mais un chiffon enfoncé dans sa bouche la fit taire.

– On va rigoler un peu ? fit le second.

– Fous-la à poil pendant que je vais voir dans la baraque s'il y a des trucs pour la faire jacqueter.

Le corps gras de la femme s'offrait à présent dans toute sa nudité indécente. Naïma était allongée sur le canapé devant le miroir, les bras ficelés dans le dos. Les voyous lui avaient ouvert les jambes, attachant les pieds à l'aide de ceintures nouées entre elles et passées derrière le dossier. Elle se dit qu'aucun homme ne l'avait jamais vue ainsi. Elle-même n'avait jamais osé regarder son propre sexe. Elle en éprouvait une honte incommensurable.

– Vise-moi ça, vieille pute ! lui lança le grand en exhibant un objet qu'il avait rapporté de la chambre.

Elle l'avait entendu fouiller les meubles de la cuisine d'abord, puis ceux de la chambre ensuite. Il était revenu en déposant ses trouvailles sur la table derrière elle, puis il avait brandi son vieux fer à boucler acheté quinze ans plus tôt dans une foir'fouille à Argenteuil. Dans un premier temps, elle se demanda ce qu'il allait faire du Babyliss qu'il tenait à la main.

– Quand je t'aurai cramé la plante des pieds, je te le foutrai dans le con, salope. Tu vas nous dire comment s'appelle le journaleux qui est venu chez toi et où on peut le trouver.

Naïma ne comprit pas. C'est à peine si elle avait entendu ce que lui avait hurlé au visage le garçon. Toutes ses pensées étaient concentrées sur l'image qu'elle devait donner d'elle, ligotée comme une bête, les jambes écartées.

Elle ne s'inquiétait pas de ce qu'ils allaient lui faire, elle ne le concevait simplement pas. Elle avait reçu déjà tellement de taloches qu'elle ne s'alarmait pas de la suite. Quand ils en auraient assez de la cogner, ils l'abandonneraient et elle parviendrait certainement à se libérer.

Le garçon débrancha le lampadaire du salon et connecta le Babyliss.

– C'est trop court, grogna-t-il.

Il poussa le canapé vers la prise et redemanda à Naïma :

– Balance le mec, connasse. C'est la dernière fois que je te pose la question.

Naïma se contracta, s'attendant à recevoir une volée de coups avec l'objet. Elle pensa à ce monsieur Chesnier, si gentil, qui allait peut-être enfin délivrer le quartier de cette bande de fous furieux et secoua la tête. Non, elle n'allait pas leur donner son nom. Encore moins leur révéler qu'il avait pris une chambre au Bab-el-Oued chez le Berbère. Ils auraient été capables d'aller mettre le feu à l'hôtel. Elle ne pouvait pas faire ça. Il finirait bien par revenir chez elle, et elle crierait quand elle entendrait la sonnette. Elle serait enfin délivrée.

La sensation de la brosse sur la plante de ses pieds l'étonna. Ce n'était pas désagréable. Puis le garçon la remonta vers le haut de ses cuisses en appuyant à peine sur sa peau. La chaleur venait doucement. Quand le rouleau effleura ses petites lèvres, il était encore tiède, et l'impression de bien-être qui traversa son corps la surprit. Au-dessus d'elle, le garçon haletait. L'autre s'était reculé à l'autre bout de la pièce. Elle ne distinguait plus que sa masse trapue en contre-jour devant la fenêtre.

– Son nom ?

Naïma ferma les yeux en se laissant aller au plaisir qui s'emparait d'elle. Elle le sentait enfler au fond de son ventre. Elle transpirait. C'était indigne. Elle n'avait pas le droit de s'abandonner. Pas avec ces racailles qui avaient l'âge d'être ses fils.

D'un coup, la douleur l'enveloppa. Elle se cassa en deux. Le Babyliss était fiché entre ses cuisses comme une barre incandescente.

Indifférents aux hurlements, les deux tortionnaires s'interrompirent un instant pour se faire une pipe de crack.

27 mai 2011
14 heures

Après ce que lui avait raconté le patron de l'hôtel, Chesnier ne pouvait rester les bras ballants à attendre un improbable retournement de situation en continuant à planquer derrière sa fenêtre. Il devait pousser Verdier dans ses retranchements. Leur dernière entrevue n'avait pas duré trois minutes, le converti lui avait paru aux abois. C'était évidemment lié à la présence de Saif al Hassine, même si Verdier s'était entêté à affirmer ne rien savoir de lui. Il crevait de trouille et sans doute était-ce la meilleure raison pour le faire céder.

Lui expliquer, par exemple, que les flics risquaient de débarquer chez lui dans les prochaines heures devrait lui permettre d'obtenir quelque chose. Verdier ne pourrait pas lui claquer la porte au nez une nouvelle fois. Il serait forcé de lui parler.

Chesnier observa un instant le boulevard. Hormis quelques véhicules garés, l'endroit était désert. Il s'avança sur le trottoir opposé à la maison et traversa quand il fut en face. Malgré l'heure déjà avancée, les volets étaient clos. Il regarda encore à droite et à gauche, puis se dirigea vers la porte et cogna à plusieurs reprises sur le battant avant de tambouriner sur les volets du rez-de-chaussée.

À une centaine de mètres de là, un pick-up sortit de son créneau pour démarrer au ralenti vers lui avant de tourner à la première intersection au moment où une voiture de police s'arrêtait devant la maison. La vitre arrière du véhicule s'ouvrit sur un fonctionnaire antillais à l'air vaguement soupçonneux.

– Vous voulez foutre la baraque par terre ou quoi ? Il y a un problème, monsieur ?

Chesnier fut surpris comme un voleur pris la main dans le sac. Puis il vit les uniformes et s'avança vers la voiture.

– La sonnette ne fonctionne pas… C'est toujours pareil, c'est la croix et la bannière pour les contacter. Ils n'entendent jamais quand on tape à la porte.

Le policier l'examina et, rassuré, porta deux doigts à sa tempe en signe de salut, puis fit signe au conducteur de reprendre la patrouille. Chesnier regarda le véhicule s'éloigner et retourna vers l'entrée de la maison.

Alors qu'il s'échinait à cogner de nouveau sur la porte, il lui sembla distinguer des appels à l'intérieur. C'étaient des cris qui lui parvenaient, étouffés par l'épaisseur des murs. Comme des protestations. Il colla son oreille sur le lourd vantail ouvragé et écouta. Plusieurs voix braillaient et se répondaient, sans qu'il parvienne toutefois à en saisir le sens. Seulement des cris d'enfants qui libéraient leur colère.

Le verre de son portable était cassé, mais l'appareil fonctionnait encore. Chesnier cliqua sur le numéro qu'il avait enregistré en quittant l'hôtel. Si la famille ne percevait pas le raffut qu'il faisait à sa porte, peut-être entendrait-elle le téléphone de la maison.

Il n'y eut aucune sonnerie. Seulement le message préenregistré de l'opérateur informant que la ligne était suspendue.

Chesnier était dubitatif. Ces voix entendues là-dedans, n'étaient-elles pas dans sa tête ?

28 mai 2011
7 heures

On avait dit à Farez Ben Yussouf qu'il y avait de l'autre côté de la maison, au bout du jardin, un espace donnant sur la cour d'un garage désaffecté. Il suffisait de remonter sur une cinquantaine de mètres la rue perpendiculaire au boulevard, le bâtiment était là. La grille avait été forcée depuis belle lurette par les jeunes du quartier. À une époque, l'endroit avait hébergé quelques rave-parties. C'était un jeu d'enfant de s'y glisser. Ensuite, la villa cossue était facilement repérable. Elle était la seule à posséder un jardin aussi vaste, entouré de gros massifs de bambous. Verdier était prévenu. La petite porte serait ouverte. Il pourrait entrer discrètement.

Il avait donné au chauffeur une adresse située de l'autre côté du pâté de maisons. La voiture n'aurait même pas à emprunter le boulevard. Au cas où la police aurait exercé encore une surveillance devant le domicile des Verdier, le taxi ne passerait même pas devant.

Le trajet entre la gare routière et Nanterre n'avait pas pris quarante minutes. Ça roulait comme un jour de fête. Farez avait déjà préparé un billet de vingt euros. Il n'aurait qu'à le refiler à l'Africain et à quitter la voiture sans un mot pour l'homme dont il avait évité le regard dans le rétroviseur tout au long de la course. C'était un voyageur sans bagages. Sa valise vide était restée à Berlin. Personne n'aurait pu se douter qu'il arrivait de l'étranger.

Il passa sa main sur sa cuisse pour sentir la présence de la clé USB sous sa peau. Le fait de devoir rouvrir la plaie l'indifférait. Son corps n'était que cicatrices. S'il avait dû compter, cela aurait bien fait une trentaine d'éclats de grenade ou de mortier. Entre les maquis algériens, l'Irak et l'Afghanistan, il en avait ramassé plus qu'aucun combattant ne l'aurait jamais souhaité. Et si on avait converti ses blessures en médailles, il en aurait été couvert comme un vieux général soviétique. Certes, il était douillet, mais il savait que rouvrir la plaie serait indolore.

Farez sourit tout seul et fit arrêter le taxi. Il touchait enfin au but. La seule inconnue était cet Abdelaziz Verdier. Le dernier message reçu en Allemagne ne lui plaisait pas. On l'avait mis en garde sans beaucoup plus de précisions. Sa famille posait problème et présentait assez de zones d'ombre pour inquiéter les frères. Alors, pourquoi le dispositif avait-il été maintenu ? Farez n'avait cessé d'y penser entre Berlin et Paris.

Il savait une chose : la moindre défaillance de son hôte devrait être sanctionnée à la hauteur des intérêts en jeu. Son sourire se transforma en rictus. Il n'avait jamais aimé les fils de croisés entrés en islam. Il ne leur avait jamais fait confiance. La dernière expérience avec Alain-Larbi Lecoz le confirmait. Il regrettait de ne pas l'avoir décapité lui-même. Il s'en voulait surtout de ne pas avoir su déceler le traître qu'il était. Maintenant qu'il repassait le film des derniers mois, cela lui paraissait évident que cet hypocrite préparait un mauvais coup. Le soir où le commandant pakistanais lui avait livré la chrétienne, tous les signaux étaient au rouge, mais il s'était laissé aveugler par son envie de consommer le mariage forcé.

Les cris de la femme et son corps offert lui revinrent en mémoire. Heureusement, ils apaisèrent ses regrets.

Il se fit le serment de ne plus commettre une telle erreur de jugement. Il quitta le taxi en tournant le dos au chauffeur et se dirigea sans se presser vers le garage dont il apercevait déjà l'enseigne délabrée, attendant que la voiture s'éloigne pour entrer.

28 mai 2011
9 heures

Les ors de la République l'avaient toujours impressionné. Rateau allait rarement boulevard Saint-Germain. Il s'était toujours appliqué à éviter le ministère, persuadé qu'il n'y avait que de mauvais coups à prendre. Mais cette fois-ci, il lui avait été impossible de se défiler. La convocation était arrivée par motard. Ça sentait la remontée de bretelles. Et une foule d'emmerdes à la clé.

Il présenta sa lettre à l'accueil, laissa une pièce d'identité et suivit l'huissier jusqu'au bureau du directeur de cabinet du ministre. L'épaisse moquette absorbait le bruit de ses pas. Il aurait pu loger tout son service dans le moindre recoin des couloirs. Les fenêtres étaient aussi hautes que deux étages de son bâtiment à Mortier. Quand l'huissier poussa la porte du bureau, il se dit qu'il était presque plus grand que l'entrée de sa caserne.

Il lissa rapidement les revers de sa veste et pénétra dans la pièce. Le directeur de cabinet était déjà installé autour d'une table, en conversation avec un conseiller. L'homme lui jeta un regard glacial et l'invita à prendre place avec eux d'un coup de menton.

– Vous avez sept minutes de retard, lui dit-il d'un ton monocorde.

Rateau ne fit aucun commentaire et ouvrit son porte-documents.

– Le ministre est mécontent, reprit son interlocuteur.

– J'en suis navré.

– Il tient à procéder en personne avec vous à quelques éclaircissements concernant l'opération afghane.

Rateau sortit de sa serviette deux feuilles couvertes de notes et hocha la tête.

– J'ai des nouvelles fraîches.

– C'est ce que nous allons voir.

Puis l'homme congédia son conseiller et se leva pour aller sonner à une porte capitonnée. Quelques instants plus tard, le ministre entrait dans la pièce. Il regarda à peine Rateau et attaqua aussitôt :

– C'est vous le responsable de tout ce bordel avec les Américains ?

– Je ne dirais pas cela, monsieur le ministre.

– Ah bon ? Et comment présenteriez-vous les choses ?

– Nos alliés n'entendent pas que nous puissions travailler hors de leur contrôle. Les ennuis ont commencé lorsqu'ils ont appris que nous menions une opération secrète sur le terrain. Ils l'ont très mal vécu et ont cherché ensuite à nous mettre constamment des bâtons dans les roues.

– C'est le moins qu'on puisse dire.

– Je ne pouvais pas prévoir qu'ils iraient si loin.

– Pourquoi ne pas les avoir informés de ce que vous prépariez ?

– Parce qu'ils auraient essayé de nous coiffer immédiatement avec le risque de compromettre notre agent.

– Résultat, votre gars a été décapité et le poisson que vous aviez ciblé est aujourd'hui dans la nature.

– Ils sont très précisément responsables de ce problème. Le général Spencer a pourri notre mission. Sciemment. Et jusqu'à la fin. Je crois savoir que notre agent est tombé dans un piège à cause de la pression américaine. Il a été obligé de se découvrir et il a frappé à la mauvaise porte.

– Si vous aviez travaillé avec Spencer depuis le début, ça ne se serait pas produit !

– Non. Ses troupes auraient tenté d'intercepter la katiba dès le départ et nous aurions perdu le bénéfice de relier le djihadiste en chef avec ses réseaux chez nous.

Le ministre frappa le sol du talon.

– Mais, bordel, c'est pourtant ce qui s'est passé !

– Encore une fois, si les Américains n'étaient pas intervenus, nous n'en serions pas là. Cela dit, je crois me souvenir que la décision de ne pas coopérer avec les Américains émane de la direction générale de nos Services. Et cela sur instructions de la hiérarchie.

– Je ne vous saisis pas.

– C'est pourtant clair, monsieur le ministre.

– Non, ça ne l'est pas. Quoi d'autre ?

– Nous avons remis la main sur le dénommé Farez Ben Youssouf, le terroriste que nous suivions.

– Vous savez où il se trouve ?

– Il a embarqué pour l'Europe centrale.

– Je croyais qu'il devait revenir en France.

– Il effectue un périple de diversion.

– Où est-il ?

– Il s'est envolé pour Moscou avec un billet pour Stockholm.

– Et ensuite ?

– Nous y travaillons.

– Ça veut dire quoi ?

– Nous avons des agents sur place qui seront bientôt en mesure d'examiner les listes de passagers. C'est une question d'heures.

Rateau transpirait. Il avait conscience de l'énormité du mensonge qu'il venait de proférer, mais espérait que cela ne se verrait pas. La vérité était que Farez Ben Yussouf avait corps et biens disparu et que toutes les recherches effectuées à ce jour se perdaient dans la capitale suédoise. Les Américains le pourchassaient de leur côté, l'opération qui venait d'avoir lieu à la frontière du Waziristan le confirmait. Mais rien d'intéressant n'avait filtré. Ses relais à Washington étaient restés bouche cousue. Quant à Beats, ce n'est pas lui qui lui fournirait des éléments. Le djihadiste risquait de réapparaître en France là où on l'attendrait le moins, muni d'une nouvelle identité. Rateau ne pouvait désormais compter que sur le facteur chance.

– Est-ce que vous savez au moins ce qu'il prépare ? demanda le ministre.

– Nous savons qu'il est dépositaire du testament de Ben Laden.

– Vous n'allez pas me répéter dix fois la même chose. Je suis au courant. L'histoire de ce testament, c'est des conneries. Je veux des informations concrètes !

– En ce qui le concerne, nous aurons des biscuits quand il sera entre nos mains. Mais la cellule Renseignement de la Direction générale de la gendarmerie suit en priorité les dossiers liés à l'agitation islamique.

– Qu'est-ce que ça donne ?

– Il va y avoir du bordel dans plusieurs banlieues.

– Pourquoi ?

– À cause de la mort du moudjahid français. Comme vous le savez, les médias n'ont pas su tenir leur langue.

– Grave ?

– Peut-être. On s'attend à des violences à Roubaix, Lille, Grenoble et Vénissieux.

– Pourquoi est-ce que je découvre ça maintenant, moi ?

– Les gendarmes sont en train de réunir les éléments. Jusqu'à présent, ils n'étaient pas classés au niveau cinq de priorité.

– J'aimerais qu'on m'explique pourquoi.

– Les événements se sont emballés ces dernières vingt-quatre heures. Vous aurez certainement une note avant la mi-journée.

Vous m'avez cité pas mal d'endroits pourris, mais vous n'avez pas parlé de la banlieue parisienne. Il ne se passe rien autour de la capitale ?

– C'est calme.

– Eh bien, vous allez concentrer vos efforts à cet endroit. On a sûrement affaire à des mouvements de diversion, là aussi.

– Mais on ne relâche pas la surveillance des milieux intégristes, monsieur le ministre. On connaît notre boulot.

– À votre place, je n'en rajouterais pas.

– Je suis personnellement l'évolution de la situation. Nous n'avons à ce jour aucune menace d'attentat identifiée, mais il se pourrait qu'on ait à faire face à des attaques ponctuelles si la rue s'enflamme.

– Quel genre d'attaques ?

– Des agressions contre des juifs, par exemple. Des personnes ou des biens de la communauté israélite.

– Vous déconnez !

– Les Américains viennent de monter une opération au fin fond du Pakistan contre le groupe de recueil des djihadistes français. Ils ont tapé le responsable et commencé à décrypter le matériel trouvé en sa possession. Il semblerait qu'ils aient mis la main sur une note qui confirme cette hypothèse.

– Pourquoi les Pakistanais viendraient-ils emmerder nos juifs ?

– Mon informateur m'a dit que les nettoyeurs avaient trouvé un carnet appartenant à notre homme, ce Farez Ben Yussouf. Avec des éléments probants sur le sujet.

Le ministre s'emporta à nouveau :

– Et vous me dites ça maintenant ! Vous n'êtes pas sérieux ?

– Je ne sais rien de plus. Il n'y a pas d'objectifs précis. J'allais néanmoins vous faire passer un mémo quand vous m'avez convoqué.

– Qu'est-ce qu'on fait ?

– On a déclenché l'alerte rouge, et on attend que les Américains nous communiquent d'autres infos. De mon côté, je continue à traquer la cible. On finira par l'avoir. Mes agents sont sur le pont nuit et jour. J'ai des relais dans nos principaux aéroports et nos gares parisiennes de l'Est et du Nord. Il ne passera pas entre les mailles du filet.

– Imaginez qu'il arrive par la route…

Rateau se crispa.

– Non. Trop long et trop hasardeux.

– Réfléchissez-y quand même.

– Si c'était le cas, monsieur le ministre, on serait dans la merde, si je puis me permettre.

– Alors, vous avez intérêt à prier pour qu'il monte dans un avion. Car ce n'est pas moi qui ferai partie des dommages collatéraux. Si vous me foirez cette opération, vous serez liquidé. Suis-je clair ?

– Il n'y aura pas d'attentat sur le sol français, si c'est cela que vous voulez entendre.

– Je veux que vous m'arrêtiez ce type et que vous le passiez à la question. Une fois qu'il aura craché le morceau, vous le ferez disparaître et la police prendra le relais pour gauler tous ses potes. Me suis-je bien fait comprendre ?

– Parfaitement.

28 mai 2011
même heure

Verdier se tenait au même endroit que la nuit précédente, sous la véranda ouvrant sur le jardin. Mais l'homme qu'il avait face à lui était autrement plus impressionnant que Karim. Plus âgé également. Une force de la nature à la peau tannée sous le soleil, la quarantaine bien entamée, et des coutures multiples criblant son visage et ses bras qu'on voyait maintenant qu'il avait retiré son polo. Le froid qui pinçait ce matin malgré le soleil ne semblait pas le déranger. Mais le plus troublant était ses yeux ébène comme soulignés de khôl, sans cesse en mouvement, fouillant la moindre parcelle de ce qui s'offrait à son regard. Depuis des semaines, Verdier s'était demandé à quoi ressemblerait l'émissaire d'Al-Qaida. Il était renseigné : un chien de guerre.

– J'ai failli me casser la gueule en entrant chez toi, fit-il en désignant une tranchée ouverte derrière le parking du garage. Tu construis un tunnel ou quoi ?

– C'est ma femme qui s'est mis en tête de replanter des bambous.

– C'était pas la peine de faire un trou aussi profond…

– Si. Il faut que les racines soient largement en dessous du mur. C'est une vraie saloperie, ces trucs-là. Ça peut soulever le revêtement d'une route.

Après des minutes interminables de silence, Farez désigna la maison dans son dos et demanda d'une voix neutre :

– Est-ce que je risque de rencontrer quelqu'un ?

– Non. Pas si tu restes le temps qu'on m'a dit.

– Je resterai le temps qu'il faudra.

La réponse était tombée comme la question, monocorde. Verdier aurait bien voulu ajouter quelque chose, mais il cala. Il réalisa que, dès les premiers instants, l'homme avait pris le dessus. Et chaque seconde qui passait alourdissait l'atmosphère. Qui pouvait entrer chez autrui et rester assis face à lui sans desserrer les dents ? Quel genre de brute était-ce donc ?

Les heures qui se profilaient à l'horizon promettaient d'être difficiles. Verdier hocha la tête et décida de se taire. On verrait bien qui craquerait le premier. Il déplaça sa chaise de manière à ne plus se trouver face à l'homme, croisa les jambes et fixa un rosier planté au coin de la maison. Les premières fleurs avaient éclos la veille. Il s'appliqua à faire abstraction du reste, et il n'y eut bientôt plus que des taches de couleur qui dansaient devant ses yeux.

– On m'a dit que tu étais allé en prison.

Verdier hésita, puis répondit :

– Dix ans.

– Pour quelle raison ?

– Pour association de malfaiteurs et liens avec une entreprise terroriste.

– Rien que ça ?

– Ça te semble étranger à la façon dont tu me perçois ?

Farez grogna et le silence retomba entre eux.

– Tu comptes m'emmerder comme ça tout le temps que tu vas passer chez moi ? finit par lâcher Verdier.

– Tu as tort de me parler ainsi, murmura Farez. Je suis l'élu de la Base. Je suis là pour exécuter les dernières volontés de l'émir, et au cours des jours que nous allons vivre ensemble, tu n'existeras que pour me servir.

Verdier bouillait. Il venait d'entendre l'un de ses fils hurler. Comment avait-il pu accepter d'enfermer tout le monde ? Pour permettre à ce taré de venir musarder chez lui ? La colère dominait sa peur, à présent. Il n'allait pas autoriser ce type à faire la loi dans sa maison. Il allait le nourrir, lui filer un pieu, le laisser poser son cul dans son salon et ses grands pieds dégueulasses sur sa moquette. Merde, il y avait un équilibre à trouver !

– Et toi, tu crois quoi ? s'insurgea-t-il. Que t'arrives dans une maison d'hôtes ? Mais, bordel, tu es ici chez moi, parce que les frères n'ont pas trouvé de meilleure solution. Je me fous pas mal de tes états de service. J'ai croupi dix ans en taule parce que j'ai fait mes preuves, aussi. À ma façon.

Farez ne se démonta pas.

– Moi, tu vois, j'ai passé autant de temps dans les maquis que chez moi. Et puis plus de quatre ans en Irak et presque autant en Afghanistan. J'ai tué plus d'une centaine de kafirs, j'ai posé des bombes, j'ai recruté des moudjahidin, j'ai été blessé six fois et... Et je rapporte le testament de l'émir.

Tout à coup, il se pencha vers Verdier comme s'il allait l'embrasser.

– Tu peux en dire autant ? Tes dix ans de taule, tu veux savoir ce que j'en pense ?

Verdier contracta ses muscles comme s'il allait recevoir un coup de poing.

– C'est pas cher payé au regard de ce qu'on te reprochait, continua Farez. Tu me suis ?

– Pas du tout.

– T'as pas rencontré des frères qui en avaient fait moins que ça et qui avaient pris perpète ?

– Ce qui veut dire ?

– Que t'es peut-être pas celui que tu prétends.

Farez le dévorait maintenant du regard. Il attendit un peu avant de poursuivre :

– Que l'acte d'accusation n'était peut-être pas aussi sévère que tu le dis…

Puis il partit d'un long rire de gorge.

– Fais taire ta smala, dit-il en indiquant la maison. Je vais pas supporter longtemps les cris et les pleurs. La maison est isolée, mais va quand même falloir mettre de l'ordre dans tout ça.

– Ça ne durera pas, affirma Verdier. Les enfants n'ont jamais été traités de cette manière. Il faut les comprendre.

– C'est ton problème, mon frère. Règle-le rapidement si tu veux pas t'exposer à des déconvenues.

– Je vais leur expliquer que dans trois jours au plus, ils pourront sortir à nouveau.

– Non. Cela va prendre plus de temps.

– On m'a affirmé que l'informaticien entrerait en contact avec toi tout de suite…

– Exact. Mais après, il faudra que je prépare autre chose.

– Après ça, tu pars…

– Non, mon frère. Après, nous mettrons en œuvre la première phase de notre opération. J'aurai besoin de rester chez toi encore un moment.

– Impossible !

– Nous allons commencer à frapper ici. Les intérêts américains. On te l'a pas dit ?

Verdier sentit la pointe d'ironie dans la question.

– Et alors quoi ? On va rester enfermés jusqu'à quand ? Et après ?

– T'aimes pas les Américains, dis-moi ?

– C'est con, cette question.

– Donc, tu vas nous aider.

– Pourquoi ne s'en tient-on pas au message de l'émir ?

– Tu le connais, ce message, toi ?

– Et toi ? Tu en parles comme si tu savais déjà ce qu'il contient.

– Écoute, mon frère, l'émir est mort. Bien sûr que nous allons étudier son testament, mais d'autres l'ont déjà remplacé. Ils ont aussi leur idée sur ce que nous devons faire.

– Et où dois-je intervenir ?

– Tu achèteras des produits pour confectionner des bombes.

– Je n'ai jamais fait ça.

– Tu les achèteras, c'est tout. D'autres les confectionneront. D'autres les poseront.

– Ici ?

– On dirait que ça te pose un problème.

– Pourquoi en France ?

Farez sourit.

– Nous allons attaquer les intérêts américains ici parce que c'est plus facile dans un premier temps.

– Il va y avoir des morts civils.

– Beaucoup !

Verdier secoua la tête d'effarement.

– Et tu penses vraiment que les Américains ne se sont pas protégés ?

– Tu poses trop de questions, mon frère. Tu as peur, je le sens. Je me demande pourquoi. Les Américains sont stupides. Ils l'ont prouvé en 2001 quand on a abattu ce chien de Massoud. Ils n'ont rien vu venir. Et ils n'ont pas fait de progrès, je peux te l'affirmer. Ils nous ont pistés pour rien. On leur a toujours échappé. On a même massacré un de leurs agents. Un converti comme toi…

Verdier était anéanti. Il venait de comprendre que Moktar et le groupe de Nanterre l'avaient piégé. On comptait sur lui pour acheter des produits, parfait. Il serait donc encore un peu libre de ses mouvements. Il devait en profiter pour donner l'alerte.

Il ferma les yeux et se concentra sur ses enfants. Des images anciennes lui vinrent à l'esprit : le baptême des filles, les garçons devant la maison de sa mère, les vacances sur le bassin d'Arcachon, les premières rentrées des classes, les vieilles séances de photos quand Lorraine était encore jeune et pleine de vie… Et il maudit cet Arabe devant lui. Lui et tous ses coreligionnaires.

29 mai 2011
dans l'après-midi

C'est Lesquin qui apprit à Rateau que l'homme qu'il traquait depuis des semaines avait vécu plusieurs années en clandestin dans la banlieue Nord de Paris. Une première fois lorsque le pouvoir à Alger avait mis sa tête à prix après l'annulation des élections en 1991. Puis une seconde quand il avait quitté les maquis du GIA en 1996 ou 1997. Le major était de fait beaucoup plus compétent que lui pour s'informer de ce qui relevait de la sécurité intérieure. Les activités de Farez Ben Yussouf avaient rapidement alerté les anciens RG, puis la DST. Lorsque le président Sarkozy avait refondu les services de renseignement, la DCRI avait repris le dossier et l'avait partagé avec la Direction générale de la gendarmerie nationale. Le savoir-faire de Lesquin avait fait le reste. Il ne lui avait pas fallu longtemps pour accéder aux fiches du terroriste franco-algérien.

Rateau était persuadé jusque-là que le djihadiste chercherait à rejoindre Strasbourg dont il était originaire. Les nouveaux éléments communiqués la veille par le gendarme ouvraient d'autres portes. Farez Ben Yussouf semblait ne jamais être retourné chez lui. Il s'était terré à Argenteuil, Gennevilliers et Nanterre avec le soutien des réseaux islamiques salafistes montés par les mosquées locales. Il avait été repéré à maintes reprises avant de disparaître à nouveau après le 11 septembre 2001. Rateau découvrait subitement qu'il s'était trompé sur toute la ligne. Alain-Larbi Lecoz avait été manipulé par les islamistes depuis le début de l'opération afghane. Maintenant qu'il avait été assassiné, on ne pouvait guère lui en vouloir, mais il était à parier que son élimination avait été planifiée depuis longtemps par le groupe de Farez Ben Yussouf. Il était clair que le Franco-Algérien l'avait utilisé pour opérer tranquillement le plus longtemps possible. Rien de ce que Lecoz avait transmis à Rateau ne tenait plus la route. Logiquement, Farez Ben Yussouf allait revenir sur le terrain qu'il connaissait et Rateau n'avait rien prévu. Comment avait-il pu se laisser enfumer aussi longtemps ? Si les hommes de la DST qui avaient suivi le dossier à l'époque avaient encore été en poste, il se serait fait un plaisir de les mouiller, mais ces connards étaient à la retraite ou au cimetière. Il était inutile de se lamenter sur les erreurs du passé. Il devait trouver une solution et il manquait de temps.

Il ouvrit son agenda et chercha les coordonnées de Sébastien Verdier. Malgré l'interdiction qu'il avait de le faire, le moment était venu de le réactiver. En attendant des nouvelles des Américains.

Il avait parfaitement conscience de prendre un gros risque personnel, mais au regard de ce qui se tramait en banlieue parisienne, c'était peu.

1er juin 2011
8 h 15

Les Américains, qui n'avaient plus lâché d'une semelle Farez Ben Yussouf depuis son identification à Berlin, avaient embarqué avec lui à bord du car à destination de Paris. Discrètement. Deux hommes et une femme répartis à l'intérieur derrière la place occupée par le terroriste. Dans la capitale française, sept autres personnes attendaient à proximité immédiate de la gare routière. Avec motos et voitures. L'équipe de Seal se tenait en retrait, disséminée dans trois hôtels voisins avec armes et bagages, prête à intervenir dès que le feu vert serait donné par leur autorité supérieure.

Norman Beats suivait en temps réel le voyage du djihadiste franco-algérien tout en consultant les dépêches qui tombaient encore du Pakistan. Le matériel récupéré chez Zardari livrait peu à peu ses secrets. Outre le fait d'avoir rapporté en France le testament de Ben Laden, Farez Ben Yussouf avait été programmé pour déclencher une campagne d'attentats contre des centres américains. Étaient visés l'École protestante du VIIe arrondissement, la Cité universitaire dans le XIVe et le bureau d'Associated Press.

Ces actions étaient décrites dans les documents saisis comme secondaires, destinées à libérer la voie à d'autres. Lesquelles ? Sur le sujet, Beats restait sur sa faim, mais comprenait qu'il ne pouvait s'agir que de la mise en œuvre du plan démoniaque élaboré dans le cerveau malade d'Oussama Ben Laden. Les dernières volontés du terroriste saoudien que transportait avec lui Farez Ben Yussouf.

Il était à la fois excité et effrayé par ce qu'il détenait. Plus les heures filaient, plus on se rapprochait de l'issue fatale. Un esprit borné aurait pu croire que les islamistes lanceraient leurs attaques pour l'anniversaire du 11 Septembre. Lui pensait au contraire qu'ils passeraient à l'action dans les plus brefs délais. Ils n'attendraient pas la fin de l'été. Leur plan était d'ores et déjà à moitié éventé. Ils allaient agir rapidement. Beats en était convaincu.

Il prit dans sa poche une paire de dés qu'il lança sur son bureau. Deux six… Beats, qui croyait aux signes, respira un grand coup et regarda ses médailles dans leur cadre.

Dix ans plus tôt

L'imam avait réuni sa garde rapprochée dans l'annexe de la mosquée. Il était tendu de manière inhabituelle. Pour la première fois, lui et ses acolytes avaient remplacé la djellaba par des costumes à la coupe improbable, Mustafa s'en fit la remarque. Abou transpirait plus qu'à l'accoutumée. Sa mèche, d'ordinaire rejetée en arrière, collait à son front. Il avait croisé les doigts sous son ventre comme s'il voulait empêcher ses mains de trembler. Exceptionnellement, il ne s'était pas déchaussé et le chef du gang apprécia la situation. Mais il ne tenait pas en place, il arpentait la pièce de long en large, le visage parcouru de tics.

– Abou…, tenta Mustafa.

L'imam leva une main vers lui sans le regarder. L'un des religieux fit signe à Mustafa de se taire. Puis Abou se retourna et s'approcha de lui. Il posa ses mains sur ses épaules.

– Le grand jour va éclairer la terre, fils. Enfin ! La tempête va s'abattre sur nos ennemis de l'autre côté de l'Océan. Mais l'onde de choc se propagera jusqu'ici. Nous allons devoir entrer bientôt en clandestinité. Tu partiras prochainement avec nous dans l'une de nos bases arrière avec le Français. Puis tu l'enverras au Pakistan. De là, il rejoindra l'Afghanistan. Je veux qu'il porte un message à l'émir. Puis qu'il suive une formation armée. Penses-tu que nous puissions compter sur lui ?

– Il a toujours rendu tous les services que nous attendions…

– Mais comment réagira-t-il si beaucoup d'Occidentaux sont tués ?

– Tu parles de New York ou de Paris ?

– Je parle des deux. De notre combat global. Pourrons-nous compter sur lui ?

– Il est des nôtres, maintenant. Mais tu ne me dis pas ce que nous allons faire ici…

– Je ne peux pas, fils. En dehors de ce que tu sais déjà sur les États-Unis, je ne peux pas. Je peux simplement te dire que la guerre sainte s'étendra bientôt dans ce pays et que nos vies vont basculer. Je veux être sûr que le Français ne nous trahira pas.

– J'en réponds.

L'imam se figea et joignit les deux mains, paumes tournées vers le ciel.

– Nous allons réciter la prière des martyrs.

1er juin 2011
20 h 50

La journée s'étirait avec une lenteur effrayante.

Farez avait pris ses quartiers dans le salon. « Toi, tu vas aller au grenier, avait-il dit à Verdier. Mais d'abord, prépare de la bouffe pour trois jours, tu en feras passer à tes rejetons et à ta femme, et tu me foutras la paix là-haut. » Fin de la conversation.

Verdier avait cuisiné deux kilos de riz mélangé à des morceaux de tomates, il avait ajouté des lanières de dinde halal après que le terroriste eut examiné le paquet, puis avait fait chauffer une pleine bouilloire de thé.

Quand il fut certain que les garçons s'étaient rendormis, il leur avait laissé le plateau-repas à l'entrée de leur chambre. Peut-être faisaient-ils semblant de somnoler, malgré leur respiration régulière. Verdier avait rédigé à la hâte un mot qu'il avait déposé sur leur bureau : « Je vous aime. » Cela avait été moins facile avec les filles qu'il avait trouvées réunies dans le même lit, prostrées, la mine défaite. Béatrice l'avait traité de salaud. Il les aurait bien embrassées, mais une force intérieure lui interdisait de franchir les trois ou quatre mètres le séparant du lit. À peine avait-il esquissé le geste qu'elles avaient baissé la tête, se réfugiant l'une contre l'autre. « Ça va aller », avait-il murmuré. Il avait abandonné le riz sur une commode et tourné les talons. En verrouillant la porte, il s'était détesté. Le bruit de la clé dans la serrure venait de le renvoyer à Lannemezan. C'était lui le maton, à présent. Des années à rêver d'une vie sans cadenas et il enfermait ceux qu'il aimait ! Cela aussi, il le ferait payer aux frères.

Lorraine ne l'entendit même pas pénétrer dans leur chambre. Elle reposait sous la couette, recroquevillée comme un animal mort. C'est à peine si l'on distinguait les formes de son corps. Ses cheveux étaient collés par la transpiration. On ne voyait que les mèches émergeant de l'édredon. Une odeur aigre planait dans la pièce. Un relent de maladie qui imprégnait le moindre recoin. Verdier tira un peu sur le tissu pour libérer le visage. Il fut horrifié par ce qu'il vit. Lorraine dormait les yeux mi-clos, la bouche ouverte. Des traces de larmes souillaient ses joues et accentuaient les cernes sous ses yeux. Il se pencha et lui déposa un baiser sur la tempe. Elle ne cilla pas. Sans doute était-elle déjà loin, cherchant l'entrée de son tunnel de lumière. Si elle devait mourir dans ces conditions, il n'y aurait peut-être même pas de procès. Pas de Rateau, pas d'arrestations, pas de prison, il ferait justice lui-même.

Il quitta la chambre avec cette idée en tête et monta au grenier s'allonger sur son lit de camp. Dans la pénombre, les objets prenaient des formes confuses. Il croisa les mains derrière la nuque et commença à égrener les minutes.

Tard en fin d'après-midi, il avait passé en revue le contenu des cantines qui rouillaient dans un coin et avait extrait de la dernière une pile de journaux. Quelques-uns relataient les circonstances de son arrestation. Les papiers tombaient en miettes, bouffés par l'humidité et la vermine, mais certains articles étaient encore déchiffrables.

Tous les journalistes racontaient l'histoire du réseau de trafic de stups de la cité des Genêts, ses liens avec les cellules islamistes marocaines et son emprise sur des communautés musulmanes de la banlieue Nord et du XVIIIe arrondissement de Paris. L'un avait même reconstitué les fiches signalétiques des membres du groupe de Mustafa. L'une le concernait, mais, contrairement aux autres, elle apparaissait sans photo. Verdier la parcourut rapidement. Il était question de son licenciement, de sa conversion à la mosquée Okba ibn Nafae, de son emploi dans des librairies salafistes et de ses relations particulières avec le chef de la cellule, un certain imam Abou. On évoquait brièvement ses séjours à Casablanca et le choix qu'il avait fait, peu avant son arrestation, de partir pour l'Afghanistan. Il n'y avait rien d'extrêmement original, tout cela avait été dit lors du procès.

Il continua de fouiller les quotidiens et les magazines. Jusqu'à ce qu'il tombe sur un titre qu'il ne connaissait pas. Un mensuel qui datait de février 2003. Plus d'un an et demi après les événements du 11 Septembre. Cela correspondait à l'époque où Lorraine avait cessé ses visites en prison. Contrairement aux autres, il avait été placé dans une pochette plastique, comme pour le protéger des mauvaises conditions de stockage du grenier.

Il consulta le sommaire et découvrit que la rédaction avait consacré un reportage d'une trentaine de pages à l'affaire de Nanterre. Dont une demi-douzaine à son propre cas. Sa femme y donnait une interview. Suivait un portrait de lui, nourri par les révélations des policiers qui l'avaient interpellé et par celles des magistrats qui avaient instruit son dossier. Ce qu'avait raconté Lorraine ne présentait pas grand intérêt. En revanche, les magistrats faisaient état à demi-mot de pressions qu'ils auraient reçues pour atténuer les charges contre lui, et il commença à se sentir mal. Il s'épongea le front et relut attentivement le papier. Le juge d'instruction s'en prenait aux officines parallèles qui avaient travaillé sur l'affaire, leur reprochant d'avoir joué aux apprentis sorciers avec des informateurs sortis de nulle part pour en arriver au résultat qu'on connaissait : une dizaine de morts, trois gendarmes, cinq islamistes et deux enfants tués dans la dernière fusillade déclenchée entre le chef de bande Mustafa et les forces de l'ordre à Argenteuil.

Plus loin, le magazine consacrait une double page à une rencontre avec l'un des patrons des Services français. La personne n'était évidemment pas nommée. Elle était photographiée de dos, en ombre chinoise, devant un bistrot. Mais il aurait fallu que Verdier soit devenu idiot pour ne pas reconnaître le commandant Rateau. Mêmes épaules, même coupe en brosse. Jusqu'à l'endroit qui était manifestement la terrasse du Thermomètre, son quartier général quand il donnait des rendez-vous. Il y était allé assez souvent pour ne pas se tromper.

Quand il eut terminé la lecture de l'article, il se dit que les révélations des magistrats n'étaient rien. Sauf à relier leurs propos avec ceux de son officier traitant de la DGSE. Rateau confiait que ce genre d'opérations était souvent conduit avec l'aide de supplétifs trouvés dans les milieux ciblés et que tout le problème était ensuite de leur épargner des condamnations trop lourdes. Il fallait également assurer leur sécurité en détention et s'occuper d'eux à leur libération. Il n'évoquait pas Nanterre, il se livrait à des considérations d'ordre général. Il avait bien insisté sur ce point, mais qui se serait laissé prendre à cette grossière ficelle ? Rateau avait également déclaré que ce *modus operandi* n'était pas trop prisé de leurs alliés. Des Américains surtout, qui ne toléraient pas les agents à double casquette. C'était, disait-il, l'une des difficultés majeures auxquelles les Services français étaient confrontés. Il l'avait expérimenté à plusieurs reprises au cours de missions conduites en Europe ou d'autres en Afghanistan. En fait, soulignait-il, Washington s'ingéniait systématiquement à contrecarrer ces montages, quitte à éliminer des agents. Et tant pis pour les relations entre les agences de renseignement. Ils voulaient avoir la main sur tout.

Rateau était devenu fou. Fou à lier. Avait-il voulu faire passer un message à ses alter ego d'outre-Atlantique ? Réglait-il des comptes ? La dernière fois qu'il avait eu de ses nouvelles, vers

2006-2007, il ne lui avait jamais parlé de cet article. S'ils avaient bien évoqué ensemble les perspectives de collaboration nouvelles pour Verdier à sa sortie de Lannemezan, force était de constater qu'il n'était jamais réapparu depuis. Il ne pouvait pas ignorer non plus sa situation, ou alors c'était à désespérer du Renseignement. Pourquoi ne refaisait-il pas surface, cet enculé de sa race ?

Verdier rangea le journal dans son étui en plastique et le cacha au fond d'une malle pleine de fripes. En imaginant que le djihadiste tombe dessus, cela équivaudrait à une condamnation à mort immédiate et sans appel. Il en tremblait. Autant de peur que de dépit.

Il grimpa sur une chaise et ouvrit le vasistas donnant sur la rue. On n'apercevait que les toits des immeubles en face de la maison. Aucun son ne montait jusqu'à lui. Ni une voix ni un bruit de moteur. Comme si le quartier avait été évacué. Mais peut-être les hommes de la caserne Mortier étaient-ils déjà en place, peut-être était-il déjà cerné par les forces de l'ordre ?

Verdier resta un moment à regarder le jour décliner. Des langues dorées embrasaient le ciel. Il pensa aux photos qu'il avait vues, autrefois, de la campagne afghane lorsqu'il avait été question qu'il y aille. Le décor des montagnes sombres collé à la voûte céleste d'un bleu électrique, et les étoiles suspendues au-dessus comme des lampes qui clignotaient. Ici aussi, les premières apparaissaient. Faiblement. Jamais elles ne brilleraient comme là-bas. Les bâtiments de Nanterre n'étaient pas l'Hindou Koush. Il en aurait ri si la situation n'avait pas été aussi pathétique.

Il hésita à descendre ouvrir le réfrigérateur, puis attrapa la gamelle de riz. Il avala cinq ou six cuillères en pensant aux enfants et se coucha.

2 juin 2011
2 h 40

Depuis la prison, Verdier avait le sommeil léger. Un rien le réveillait. Il passait ensuite de longs moments à essayer de retrouver la torpeur de la nuit. Il se tournait et se retournait sur sa couche. Il enfouissait la tête sous l'oreiller et comptait lentement jusqu'à cent. Parfois deux ou trois cents. Parfois plus encore.

Le bruit lui fit ouvrir les yeux. L'obscurité était complète dans le grenier. Il ne distinguait rien. Il tendit l'oreille.

Au rez-de-chaussée, des éclats de verre jonchaient le sol de la pièce contiguë au salon. La porte-fenêtre donnant sur le jardin venait d'être ouverte. Les hommes se glissèrent à la suite dans le hall. Leur équipement de vision nocturne leur permettait de se déplacer facilement. Ils se séparèrent aussitôt, l'un se dirigeant vers la droite, les autres vers l'escalier dont on apercevait les premières marches quelques mètres plus loin, derrière un bahut.

Verdier avait commencé à égrener son décompte personnel quand une sorte de rugissement le fit se redresser sur son lit. Il ouvrit les yeux en grand et attendit. Il en était sûr : on avait crié.

Ce n'était pas un rêve, il ne s'était pas rendormi, il l'aurait juré. Il en était à trente-cinq ou trente-sept. Il comptait toujours quand il avait été surpris par l'éclat de voix. Il se recroquevilla et se donna cinq minutes avant de descendre voir de quoi il retournait. Sur la caisse où il l'avait posé, son réveil indiquait 2 h 40. Les enfants et Lorraine devaient forcément dormir. C'était cet enculé de moudjahid qui avait dû se ramasser un coin de meuble en allant pisser. Verdier fixa au-dessus de lui le plafond qui laissait filtrer au travers des tuiles mal jointes quelques points lumineux, pâles comme des étoiles en fin de vie.

Farez Ben Yussouf gisait au pied du canapé, le poignard dont il s'était servi encore enfermé dans sa main. L'homme palpa sa cuisse. Le drap de son pantalon était imprégné de sang. La lame avait certainement pénétré de plusieurs centimètres. Il se pencha sur le cadavre et regarda son visage. La lumière verte de ses lunettes lui conférait une allure irréelle. Avec ses yeux fermés et sa bouche pincée, il ressemblait à n'importe qui.

Il sortit un appareil photo d'une de ses poches et tira le portrait au cadavre.

Le deuxième membre du commando revint vers lui. Il présenta son pouce en l'air, puis vers le bas, attendant une réponse. Son coéquipier lui fit signe de repartir vers l'escalier pour rejoindre leur camarade.

Dans la chambre des garçons, Hubert était dressé sur son lit. Il avait, comme son père, entendu le raffut au rez-de-chaussée, mais, contrairement à lui, il avait compris tout de suite que quelque chose de pas naturel était en train de se produire dans la maison.

Lorsque la porte s'ouvrit, il jeta aussitôt sa radio au visage de l'homme. Le coup de feu l'atteignit en plein visage et le projeta en arrière. Il ne sentit pas les deux autres coups lui ouvrir la mâchoire et lui percer la poitrine. Il n'entendit pas non plus les autres tirs tuer son petit frère couché à côté de lui. Le silencieux avait atténué le bruit des détonations, mais pas celui des balles s'encastrant dans les murs et les meubles.

Verdier s'était relevé. Il allait prendre l'escalier principal quand il se ravisa. Maintenant, il avait la conviction que son invité n'était plus le seul responsable de ce qu'il entendait. Il repartit à tâtons vers le fond du grenier et dégagea la caisse qui obstruait l'échelle de meunier plongeant droit sur le garage. Le moudjahid avait fait entrer des gens chez lui. Il n'aimait pas du tout cette situation. Il lui semblait qu'il venait de se produire une altercation. Peut-être avec l'imam ou avec Karim. On aurait dit qu'un meuble venait d'être renversé.

Les deux autres hommes entrèrent dans la chambre des garçons pour constater le carnage. Derrière les appareils de visée, leurs visages se figèrent. Leur équipier venait d'abattre des enfants. L'un des corps était cassé en deux comme s'il avait été projeté par une main géante contre le mur. Le deuxième n'avait pas bougé. Une tache sombre s'élargissait sur sa poitrine. Ses lèvres étaient tirées par un rictus qui commençait à se résorber lentement, mais ses yeux morts portaient encore en eux l'expression d'une terreur absolue. Le chef de groupe asséna un coup de poing sur l'épaule du tueur avant de lui chuchoter à l'oreille :

– Pourquoi t'as fait ça ?

– Pas le choix.

– Celui-là, tu l'as égorgé !

– La munition n'a rien fait…

– Tu vas terminer le boulot toi-même, putain d'enculeur de ta mère.

– Non, on se tire.

– J'ai dit : tu termines ce que tu as commencé ! Après, on fera le ménage.

Le garage donnait sur la cuisine. Verdier écarta la tenture masquant l'escalier et s'approcha de la porte pour écouter. La maison semblait avoir retrouvé son calme. Il traversa la pièce sur la pointe des pieds et aperçut immédiatement Farez Ben Yussouf par terre. Même l'obscurité ne pouvait cacher que le Franco-Algérien était mort. La tête du cadavre faisait un angle insolite avec le reste du corps. La peur paralysa Verdier. Il avait tout à coup l'impression de se tenir au-dessus du vide avec des jambes en coton. On était entré chez lui pour assassiner l'émissaire d'Afghanistan et le tueur était maintenant à l'étage. C'était le bruit qu'il venait d'entendre. Il ne pouvait pas se tromper. Heureusement, la personne allait trouver les portes des chambres des enfants et de sa femme verrouillées, mais elle allait le chercher, lui, plus haut. Quand elle aurait compris qu'il ne se trouvait plus au grenier, elle redescendrait. Combien de temps lui faudrait-il ? Cinq minutes ? deux minutes ?

Verdier était en proie à la panique. La même sensation que celle qu'il avait ressentie le jour où les grilles de la maison d'arrêt s'étaient refermées sur lui.

La clé tourna dans la serrure de la chambre de Lorraine. Il y eut deux ploufs assourdis, puis les hommes bougèrent sur le palier.

De l'endroit où il se trouvait, Verdier n'entendit pas les tirs. Seulement les pas feutrés prouvant la présence de plusieurs personnes au-dessus de lui. Heureusement que les enfants dormaient. Il attrapa un manteau et sortit dans le jardin. Cinq secondes plus tard, il franchissait la clôture séparant la maison du parking du garage à l'abandon. Au moment même où le tueur pénétrait dans la chambre d'Aurélie et de Béatrice.

3 juin 2011
dans la matinée

À l'école Sainte-Marie de Colombes où étaient scolarisées les deux filles Verdier, la directrice venait d'ouvrir le courrier et restait dubitative devant la lettre envoyée par le père. Comme chacun ici, elle connaissait son parcours et avait appris sa libération. Mais elle ne se souvenait pas qu'il ait jamais écrit quoi que ce fût ou se soit investi dans la vie scolaire de ses enfants depuis que les petites avaient été inscrites chez elle, une douzaine d'années plus tôt. C'est la maman qui signait les bulletins de notes, les carnets de correspondance, et venait voir les professeurs.

Elle n'aimait pas du tout ce qu'elle venait de lire. Cette histoire d'escapade familiale à l'étranger était incongrue. Amélie s'apprêtait à passer son bac comme sa sœur qui avait un an de retard. Jamais Lorraine Verdier de Chaseule n'aurait accepté que ses filles manquent les cours à une période si importante pour elles. Elle serait au moins venue en discuter avec la direction du lycée.

La lettre ne précisait pas où la famille était partie. Elle ne mentionnait rien d'autre qu'un vague projet d'installation hors d'Europe et la nécessité d'aller repérer les lieux et de trouver un logement. C'était absurde.

Elle alla voir l'aumônier qui faisait parfois office de confesseur à la mère et lui montra le courrier. Le prêtre tomba des nues.

– Madame Verdier de Chaseule ne vous avait donc pas avertie ?

– Bien sûr que non.

– Peut-être avait-elle évoqué une possibilité de travail à l'étranger pour son mari ?

– Rien de cela. La dernière fois que nous nous sommes rencontrés remonte à dix ou quinze jours. Elle était...

L'aumônier eut l'air gêné.

– Parlez, pour l'amour de Dieu, mon père. Elle était quoi ?

– Embarrassée. C'est cela. Je sentais qu'elle aurait souhaité me dire certaines choses, mais elle n'y parvenait pas.

– Vous l'entendiez en confession.

– Ah, non. Si cela avait été le cas, je ne vous en parlerais même pas.

– Évidemment. Bon, Vous l'avez vue, et alors ?

– Elle avait quelque chose sur le cœur dont elle n'arrivait pas à se libérer.

– Mais vous la connaissez. Vous n'êtes pas parvenu à l'accoucher ?

Les mots firent sursauter le prêtre.

– Le temps presse, mon père. Aidez-moi. Que vous a-t-elle dit d'autre ?

– Elle s'est mise à parler de choses et d'autres, sans queue ni tête. Elle m'a par exemple demandé ce que je pensais des enfants fugueurs.

– Répétez-moi ça.

– Oui... Les gosses qui font des fugues. Elle se demandait comment les parents devaient agir en de pareilles circonstances. Notez qu'elle a tout de suite précisé que cela ne la concernait pas.

La directrice se dit que ce curé était fichtrement stupide.

– Elle vous a demandé cela ?

– Cela même.

Un quart d'heure plus tard, la directrice avait alerté l'assistante sociale et plaidé pour que celle-ci appelle le commissariat afin de signaler une disparition inquiétante de mineurs.

4 juin 2011
11 h 30

Quand Chesnier se présenta à l'école, ainsi qu'il avait prévu de le faire deux jours plus tôt, il fut reçu comme un chien dans un jeu de quilles, c'est peu de le dire. La directrice lui asséna dans un premier temps qu'elle n'avait pas l'habitude de s'adresser aux médias. Il insista en expliquant qu'il était relativement inquiet que plus personne chez les Verdier ne réponde depuis presque trois jours, et elle consentit enfin à l'écouter. Peut-être possédait-il lui-même des informations intéressantes.

– Vous êtes venu pour savoir ce que mijote le père ?

– J'ai suivi son procès autrefois. Je voulais boucler la boucle.

– Vous l'avez harcelé ?

Chesnier décida alors de mentir. Cette petite bonne femme sèche ne lui inspirait rien qui vaille avec sa gueule d'araignée, mais elle représentait la dernière piste qu'il pouvait explorer pour apprendre quelque chose sur Verdier et sa famille. Le patron du Bab-el-Oued était complètement sec sur le sujet. Quant à Naïma Obleni, elle avait décroché depuis longtemps avec ces histoires-là.

– Nous nous sommes parlé deux fois la semaine passée et nous étions convenus de nous revoir chez lui, avant-hier. Il voulait me présenter ses enfants. La suite, je viens de vous l'expliquer. Je tambourine régulièrement à sa porte en pure perte. Et le téléphone a été coupé.

La femme enregistra ce qu'il venait de dire en essayant de se maîtriser. Ainsi, les Verdier avaient vraiment plié bagages. C'était juste inconcevable. À deux mois du bac des petites ! Elle pressentait là-dessous une sale histoire d'exil vers les nouvelles terres d'élection du père. Les filles allaient être voilées, mariées de force à d'immondes vieux barbus, leur mère mourrait de chagrin, Dieu seul savait par quelles misères passerait encore cette famille. Elle décida de faire un saut elle-même chez le commissaire de police. Cela renforcerait la plainte déposée par l'assistante sociale. Peut-être n'était-il pas trop tard pour empêcher la famille de quitter le territoire national…

Elle fixa droit dans les yeux Chesnier et lui dit :

– Vous manquez de chance, ils sont partis pour l'étranger hier. Ils ne reviendront pas avant plusieurs semaines.

Elle le salua et le planta devant la grille de l'école pour rejoindre son bureau.

5 juin 2011
9 h 40

– Vous avez appris ?

– Quoi ?

– Vous n'avez donc pas entendu la radio.

Le Berbère faisait les cent pas dans le hall de son hôtel, visiblement très ému. Chesnier s'arrêta sur la première marche des escaliers.

– Je ne me promène pas avec un transistor sur les oreilles. Je suis crevé, j'en ai marre, je monte faire mes bagages. J'ai assez perdu de temps comme ça.

– Madame Obleni a été assassinée cette nuit.

La phrase frappa Chesnier de plein fouet.

– C'est France Info qui vient de l'annoncer, reprit le patron. Un crime odieux. Vos confrères n'ont pas donné trop de détails, mais ils parlaient d'actes de torture *avérés*. Comme ils croient tout savoir, ces gens-là, ils ont dit qu'une bande de junkies avait certainement essayé de lui faire avouer où elle avait caché ses économies. Mais vous et moi, on sait bien que c'est autre chose.

– Qu'est-ce qu'on lui a fait ?

– Je viens de vous le dire : elle a été horriblement torturée.

Chesnier alla s'adosser au bar.

– Mais comment peut-on déjà savoir qu'elle a été tuée ?

– Il paraît que c'est un épicier qui venait la ravitailler régulièrement qui a trouvé la scène de crime.

– Personne n'entrait jamais chez elle…

L'hôtelier hésita un instant. Chesnier le questionna de ses yeux grands ouverts.

– Il n'a pas eu besoin. La tête était dans le jardin, devant la maison.

– Oh, putain de merde ! Ils ont dit ça à la radio ?

– Très exactement. Pourquoi vouliez-vous partir, au fait ?

– Parce que les Verdier se sont évaporés dans la nature. Je viens de l'apprendre en allant au lycée. Il n'y a plus personne dans la baraque. Mais évidemment, avec le meurtre de cette femme, ça change tout.

– Ça veut dire que vous avez décidé de rester ?

– Vous feriez quoi à ma place ?

– J'ai assez d'être à la mienne, mon ami. En ce qui me concerne, j'avais également l'intention de lever les voiles.

– Pour aller où ?

– Me mettre un peu au vert. J'ai une parente qui habite le Sud.

Chesnier hocha la tête.

– Je comprends. Je vais aller jusqu'à la maison de Naïma Obleni et on reparlera de tout ça à mon retour.

– Franchement, j'aimerais mieux que vous régliez votre note maintenant et que vous trouviez une autre solution si vraiment vous voulez rester dans ce patelin de fous.

– Allons ! Il n'y a pas le feu. Accordez-moi deux ou trois heures. Ça ne vous intéresse pas de savoir ce qui s'est passé ?

L'homme fouilla dans sa poche, en sortit un paquet de cigarettes et s'en alluma une avec des gestes saccadés qui n'échappèrent pas à Chesnier.

– Vous devriez vous en aller comme vous en aviez l'intention.

Chesnier n'écouta pas la suite et quitta l'hôtel.

5 juin 2011
11 heures

À six cents mètres de là, dans un entrepôt frappé d'un permis de démolition coincé derrière l'hôtel de l'Étoile, dans le quartier de la place de Belgique en pleine rénovation, l'imam Saif al Hassine se rongeait les ongles.

Il avait enfin le nom et l'adresse du fouille-merde qui harcelait Abdelaziz Verdier depuis des jours. Son élimination n'était plus qu'une question d'heures. Il allait enfin avoir la paix pour terminer la mission. Le message de l'émir d'abord, puis les premiers attentats planifiés par le groupe de Londres. Dans moins de deux semaines, il pourrait quitter cet endroit qu'il exécrait et retourner en Allemagne pour superviser la suite des opérations. Ensuite, il rejoindrait l'Égypte où il aurait énormément de travail à abattre s'il voulait accéder à la place qu'il convoitait au sein d'Al-Qaida. Il ne doutait pas une seconde que ce qu'il allait faire le propulserait dans les instances dirigeantes de l'organisation.

Son pouce saignait maintenant. Il émergea de sa rêverie en jurant.

Sa montre indiquait 11 heures. L'informaticien n'allait plus tarder. Il s'adressa à Karim brutalement, d'un coup de menton :

– Je veux que le journaliste soit exécuté avant ce soir.

– C'est pas facile, dans la journée.

– Discute pas ! Une fois qu'il aura été éliminé, y aura plus de problèmes. Farez gère la famille d'Abdel. Tout est calme de ce côté-là.

– La police ?

– Quoi, la police ? hurla Nourredine Saif al Hassine. Je crois qu'elle est assez occupée avec les conneries faites par tes crétins de fils de croisés.

– Il fallait agir vite.

– Tu me l'as déjà dit ! Est-ce qu'ils avaient besoin de la décapiter et de laisser la tête devant chez elle ? On s'occupera de ces deux connards après.

Il fit signe à Karim de dégager d'un revers de la main, ramena ses jambes en tailleur et se mit à égrener son chapelet en se balançant, les yeux fermés et la lèvre inférieure agitée de tressaillements.

Karim vérifia ses poches. Le couteau et le Smith & Wesson deux pouces s'y trouvaient toujours. Il allait devoir faire le ménage lui-même et il détestait cela.

5 juin 2011
11 h 05

Le commissaire divisionnaire alpagua son adjoint sur le palier de l'imposant escalier de l'hôtel de police. Datant de l'époque à laquelle Colombes et Asnières avaient eu le vent en poupe pour concevoir les carrosseries des voitures de luxe, l'ancienne demeure bourgeoise avait été l'une des plus belles de la rue. Autre époque, autres mœurs, les pièces autrefois spacieuses étaient aujourd'hui divisées en une kyrielle de bureaux minuscules. Celui du patron n'avait pas dérogé à la règle. Il n'y recevait jamais ses fonctionnaires, préférant les communs qui avaient conservé un peu de la splendeur d'antan.

– Est-ce que vous avez fini par taper la bande de dealers à Petit-Colombes ?

– Les voitures ne sont pas encore rentrées, répondit le commandant.

– Faudrait quand même pas traîner. Le maire me harcèle au téléphone.

– On a logé les jeunes, mais on manque d'effectifs pour pénétrer dans la cité.

– Et où sont-ils ? Je croyais qu'il n'y avait ni récup ni RTT cette semaine…

– On a été sollicités pour envoyer deux équipes en renfort sur l'affaire de la femme décapitée.

– C'est pas encore terminé, ça ?

– Négatif. On en a pour la journée.

– Bien. Qu'est-ce que t'as décidé pour Petit-Colombes ?

– On recueille les témoignages qu'on peut et on distribue des convocations pour des auditions ultérieures.

– Ça va pas faire avancer le schmilblick, tout ça.

– Je sais, mais on a trente-six mille autres affaires à traiter. Moi aussi, je suis assailli de coups de fil. On dirait que tout le monde s'est donné le mot pour nous emmerder. Rien que la directrice de l'école Sainte-Marie, elle vient encore de téléphoner pour savoir si on avait fait quelque chose.

– À propos de quoi ?

– La plainte pour disparitions inquiétantes. Tu sais, les gosses du mec sorti de taule récemment.

Le commissaire s'emporta :

– Elle va encore nous faire chier longtemps, cette bigote ?

– L'assistante sociale insiste également.

– Tu les envoies au diable si elles rappellent.

L'adjoint tiqua :

– Ce sont quand même deux personnalités influentes de la ville…

– Avec l'ancienne équipe municipale, peut-être. Mais c'est fini tout ça.

– Elles ont toujours le bras long. Faudrait pas qu'elles se plaignent auprès du ministère.

– Écoute-moi bien. On ne va pas déranger les collègues de Nanterre avec ce qui vient de leur tomber sur le dos. Ils sont assez occupés avec le macchabée découpé en rondelles. Si elles rappellent, tu leur expliques tout ça.

– C'est très gênant. On a juste à transmettre le dossier…

– Tu l'as préparé, toi, ce putain de dossier ?

– Pas vraiment eu le temps.

– Alors, tu fais comme je te dis : tu les envoies promener. On s'occupera de leurs ouailles plus tard si elles reviennent encore à la charge.

– Quand ?

– Dans trois ou quatre jours. Les gosses auront peut-être réapparu…

5 juin 2011
11 h 20

La chance de Chesnier fut de retrouver dans le jardin de Naïma Obleni l'un des chefs d'équipe de l'IJ avec lequel il avait effectué plusieurs reportages.

Le fonctionnaire de police était le seul à ne pas porter la combinaison blanche et le masque. Il se tenait à l'écart de ses subordonnés accroupis en rond comme s'ils avaient été en train de jouer aux cartes. Il prenait à voix basse des notes dans un dictaphone.

Chesnier lui fit un signe et patienta à la barrière. De l'endroit où il était placé, il ne pouvait rien voir du travail des inspecteurs, mais il savait déjà ce qui les occupait.

Le capitaine l'aperçut et s'approcha.

– T'as pas perdu de temps.

– Il y a eu ce flash diffusé à la radio, et comme j'étais dans le coin…

– T'as une autorisation du juge pour entrer ?

Chesnier prit un air contrit.

– Alors là, mon pote, je peux rien pour toi. C'est énorme ce qu'il y a ici.

– Merde, Jean-Claude, on a déjà bossé ensemble. Je ne t'ai jamais fourré. Laisse-moi passer.

– Je crois que tu ne te rends pas bien compte du bordel… C'est pas une simple affaire de violences. C'est un meurtre, genre rituel. Y a toute la Crim du secteur en haut. Je vais leur raconter quoi, moi aux collègues, quand tu vas débarquer la gueule enfarinée ? Reste dans la rue, et déjà tu verras ce que font mes gars. Ils terminent avec la tête. Dans deux minutes, tu pourras même la voir !

– Si je peux l'éviter, ce serait mieux, mais il faut que je monte.

Le capitaine rangea son dictaphone et pointa Chesnier de l'index.

– N'insiste pas, je n'ai pas autorité pour te laisser entrer. Si t'avais encore une bonne raison…

– Oui. J'en ai une. Il faut que je parle avec les mecs de la Criminelle.

– Ça pourra attendre.

– Écoute-moi bien, Jean-Claude, tu vas te secouer les puces et leur dire que je suis certainement la dernière personne à avoir vu madame Naïma Obleni vivante ! Ici même, hier. Est-ce que c'est une bonne raison ?

– Tu déconnes !

– J'en ai l'air ? Elle m'aidait sur une enquête. Ça devrait intéresser tes collègues, mais il faut impérativement que j'entre.

Le capitaine s'éclipsa au moment où les techniciens se relevaient. Le visage figé de Naïma apparut entre leurs jambes. La tête avait été tranchée juste sous le menton. Elle avait conservé les yeux ouverts. Chesnier détourna le regard.

Le temps qu'il avait fallu au capitaine pour gravir les marches quatre à quatre, dire deux mots à la Crim, il revenait déjà, flanqué d'un commandant en uniforme.

– Je te présente Georges Chesnier, du *Courrier picard*, un vieux pote à moi, lui dit-il avant de s'écarter.

Le commandant apostropha Chesnier :

– Suivez-moi.

Une odeur fade planait à l'intérieur de la maison. Les policiers avaient refermé les volets et allumé les lampes. Ils étaient une dizaine à s'affairer autour du canapé du salon. Même les fonctionnaires de la Crim avaient revêtu la tenue blanche protectrice.

Le commandant fit signe à Chesnier de s'arrêter sur le seuil de la pièce.

– Attention où vous mettez les pieds. Vous allez m'enfiler des protège-chaussures et une combinaison avant d'entrer. Ensuite, on fera le tour de l'appartement ensemble, vous me direz si vous remarquez quelque chose d'anormal avant que vous me racontiez dans le détail ce que vous êtes venu faire ici.

Il s'interrompit et piqua un fou rire.

– Vous me direz s'il y a autre chose d'anormal que le cadavre, évidemment.

Pour le moment, Chesnier n'apercevait de Naïma qu'un pied brûlé émergeant de façon bizarre de la masse blanche et compacte des enquêteurs. Il n'avait pas envie de s'approcher. Il fallait pourtant qu'il le fasse. Seule la manière dont était morte madame Obleni pouvait dévoiler les raisons de son assassinat.

Les policiers avaient laissé le Babyliss fiché dans l'intimité de Naïma, se contentant de le débrancher. L'appareil, resté des heures dans le ventre, avait ravagé jusqu'à l'épiderme de la victime. C'était une chance que le corps n'ait pas pris feu.

Les jambes étaient marbrées de traces de brûlures. Les orteils de l'un des pieds étaient gonflés et rougis, aussi. La *rigor mortis* du cadavre donnait l'impression que la femme se contractait encore, comme elle avait dû le faire dans l'imminence de chaque nouveau coup. Deux techniciens de l'IJ mitraillaient la morte à l'aide de leur Nikon F90. Elle était photographiée sous toutes les coutures. Chaque parcelle de peau, chaque contusion, chaque blessure…

– Finissons le tour de la maison et racontez-moi ce que vous savez, lui dit le commandant.

5 juin 2011
11 h 40

La directrice de l'école Sainte-Marie reposa violemment le combiné. Pour qui se prenait-il, ce crétin de commissaire ? Dix fois qu'elle appelait ! Comment pouvait-il refuser de simplement transmettre sa plainte ? À croire qu'il se sentait pousser des ailes depuis que la municipalité avait viré à gauche. On voyait bien que les enfants des cours privés ne pesaient pas lourd dans cette société. Ce policier préférait perdre son temps à jouer aux Indiens et aux cow-boys avec les voyous des quartiers Nord. Elle leva les yeux vers le crucifix et récita mentalement une courte prière. Que le Seigneur lui vienne en aide ! Où pouvaient bien se trouver Amélie et Béatrice à l'heure actuelle ? Et leur maman ? Et les garçons ?

Cette histoire de femme décapitée près de l'A86 était une horreur, elle en convenait, mais cela justifiait-il qu'on ne fasse rien pour les Verdier ? C'était bien une idée de fonctionnaires de vouloir attendre des jours avant de se décider à lever le petit doigt. D'ici là, Dieu seul savait où seraient les enfants. Chaque minute comptait, une voix intérieure le lui susurrait.

Elle tourna les pages de son carnet à la recherche d'une personne qui pourrait intervenir en sa faveur. Les noms défilaient, mais ne lui inspiraient rien. Des parents d'élèves, des prêtres, d'anciens élèves, des amis d'enfance…

Alors qu'elle refermait le carnet, elle se revit à la grille de la cour, discutant avec l'homme venu lui demander des renseignements sur le papa des enfants Verdier.

Le journaliste !

Comment n'y avait-elle pas pensé plus tôt ? Et dire qu'elle l'avait éconduit ! Elle n'avait même pas pris la carte qu'il lui tendait. Comment s'appelait-il déjà ? Elle faisait des efforts, mais le nom ne lui revenait pas. Chapier ? Charrières ? Chélier ? Elle ne savait plus. Seulement le prénom : Georges. Cela, elle en était certaine. Oui, Georges. Mais Georges quoi ? Il lui avait dit travailler pour… pour un quotidien de province. Le… le *Courrier…* Cela, elle s'en souvenait.

Elle alluma l'ordinateur et tapa sur Google « Courrier », « presse », « France » et « quotidien ». La réponse arriva en une nanoseconde : *Le Courrier picard.* Puis elle envoya une nouvelle requête : « Chélier », « reporter » et « Georges ». Et obtint une trentaine de réponses. Elle cliqua sur l'onglet des images et attendit.

C'était un fatras de tout et de rien, des objets, des couvertures de livres, des jaquettes de DVD, des photos d'immeubles et, en tout petit, sur la troisième page, le portrait de l'homme venu la solliciter. En passant la souris sur l'image, le nom du journaliste apparut en filigrane : Georges Chesnier. Voilà ! Elle était particulièrement fière de ce qu'elle venait d'accomplir. Ainsi, c'était vraiment facile de remonter la piste d'une personne, si l'on avait un tant soit peu de jugeote. Elle en frissonna d'aise.

Cinq minutes plus tard, elle raccrochait d'avec le standard du journal. La secrétaire lui avait donné le numéro de portable du reporter. Elle le composa et pria pour qu'il ne soit pas sur messagerie.

La voix un peu bourrue de Chesnier se fit entendre :

– Oui…

– Monsieur Chesnier, c'est la directrice de l'école des enfants Verdier. Vous êtes toujours à Colombes ?

– Pas loin, madame.

Chesnier venait de quitter le salon de Naïma Obleni pour prendre la communication, laissant derrière lui les hommes en blanc s'affairer autour du corps martyrisé. Il descendit au rez-de-chaussée et s'assit sur le perron de la maison. Le jardin était vide maintenant. La première équipe de l'IJ était déjà repartie avec la tête de Naïma. Il ne restait du drame que le cavalier posé là où l'effrayante découverte avait été faite.

À cet instant, Chesnier ne se posa pas la question de savoir pourquoi cette femme odieuse prenait la peine de l'appeler. Il était heureux d'avoir trouvé un moyen de fuir la maison. Il avait vu bien des horreurs dans son existence, mais celle-là dépassait l'entendement. Il était surtout convaincu que Naïma Obleni était morte à cause de lui. On n'était pas venu la voler. France Info avait raconté n'importe quoi. La Crim n'avait pas mis longtemps avant de trouver dans un tiroir de la chambre le portefeuille de la morte et les trois cents euros qu'il contenait. Tout comme la montre encore au poignet du cadavre. Un malfrat n'aurait jamais laissé ces objets derrière lui. On était venu la faire parler, et vu les sévices qui lui avaient été infligés, elle n'avait pas collaboré aisément.

Encore une croix qu'il lui faudrait porter.

– J'ai des révélations à vous faire concernant les Verdier, monsieur. Si cela vous intéresse toujours.

La directrice semblait survoltée. Chesnier déglutit avant de répondre :

– Je suis à Nanterre. Avec la police. Chez la personne retrouvée décapitée.

– Oh !

– Et je sais que le meurtre a un lien avec les gens dont vous me parlez.

À son tour, son interlocutrice observa un long silence. Jamais la directrice n'aurait imaginé cela. Mais le ton du journaliste était sans appel. Ce qu'elle avait pris le temps de lire de lui sur Google le décrivait comme un vieux routard de la presse, sérieux, courageux, à l'opposé du sensationnalisme prôné par certains de ses confrères. Il avait voyagé partout dans le monde, couvert une dizaine de conflits et les plus importantes affaires sociétales françaises de ces dernières années. Notamment l'arrestation de Sébastien Verdier au lendemain des attentats de New York.

Ce qu'il venait de lui dire lui avait assis un éléphant sur l'estomac. L'air n'entrait plus dans ses poumons. Verdier mêlé à cet épouvantable fait divers…

– Vous êtes sûr de ce que vous affirmez ?

– Malheureusement. Que vouliez-vous me dire sur la famille ?

La perspective de pouvoir retrouver les enfants avant qu'ils ne quittent le territoire venait de passer au second plan. La directrice était désormais consciente qu'un malheur avait certainement frappé leur maison.

Dix minutes plus tard, elle avait donné assez d'éléments à Chesnier pour qu'il oblige les pouvoirs publics à ouvrir une enquête officielle.

5 juin 2011
17 h 30

La première chose qui surprit Chesnier fut le silence de l'hôtel et la réception vide, comme abandonnée dans l'urgence après un cataclysme. De la lumière filtrait au bout du couloir par la porte entrebâillée donnant sur l'arrière-cour. Puis il remarqua l'escabeau renversé derrière le comptoir. Une bouteille avait également été brisée. Le liquide s'était répandu au sol.

Il allait appeler le patron, mais se ravisa aussitôt. Son fusil de chasse avait disparu.

Il s'engageait prudemment dans le couloir quand il vit une traînée rougeâtre sur le mur. Le sang avait à peine séché.

Il sentit des fourmillements aux extrémités de ses membres. Il connaissait par cœur les manifestations de la peur chez lui. Ça commençait par des démangeaisons dans les mains et les pieds, puis les jets d'adrénaline se répandaient dans son ventre et ses jambes, et toute possibilité de se mouvoir lui était interdite. Cela durait quelques minutes, parfois plus.

Il revint dans le hall de l'hôtel. La rue était à cinq mètres, la porte grande ouverte. Dehors, le soleil couchant caressait les façades des immeubles.

Une boule enflait au fond de sa gorge. L'image de Naïma céda la place à celle de sa femme. Elle devait l'attendre, enfermée dans sa tristesse chronique. Elle n'avait que lui. Que ferait-elle s'il ne revenait pas ?

Un craquement se fit entendre à l'étage. Chesnier sursauta. Quelqu'un marchait au-dessus de lui. Devant, à l'autre extrémité du couloir, la porte était restée entrouverte sur la cour. Ce n'était pas le patron de l'hôtel au premier étage. Ce n'était pas sa façon de marcher.

La peur reflua d'un coup. Comme toujours. Qu'est-ce qu'il avait à récupérer dans la chambre ? À part sa petite valise, le pantalon maculé du vomi de son lendemain de cuite avec le Berbère, sa trousse de toilette et un carnet avec des notes sans importance ? Il avait tout dans la tête. Son ordinateur était dans son sac, à l'épaule.

Il se rua à l'extérieur et piqua un sprint comme cela ne lui était pas arrivé depuis très longtemps.

Dix ans plus tôt

Mustafa débarqua chez Verdier le lendemain de l'attentat, un peu avant 7 heures, fagoté dans un costume bleu marine, une cravate sombre nouée autour du cou. Verdier ne l'avait jamais vu dans un tel accoutrement.

– Qu'est-ce qui t'arrive ? lui demanda-t-il.

– Tu viens avec moi.

– J'allais partir pour la librairie.

– Oublie ça. Faut plus y mettre les pieds. On a fait le ménage dans la nuit et on a fermé.

– Un problème ?

– Tu sais, mon gars, l'attaque aux États-Unis n'est pas passée inaperçue…

– Ne me charrie pas. On est à l'abri, ici.

Mustafa secoua la tête avec un mauvais rictus sur les lèvres.

– Que tu crois ! Les flics ont été plus malins et plus rapides qu'on pensait.

– C'est dingue, ton histoire. Ils vont intervenir ? Je croyais notre position sécurisée. Abou avait…

– Laisse l'imam tranquille, le coupa sèchement Mustafa. Fais ce que je te dis. Amène-toi.

Verdier passa dans la buanderie et en ressortit avec un kamiz repassé.

– Non, fit Mustafa. Tu vas remettre tes fringues de ton ancien boulot. Pas la peine d'exciter les flics.

– Qu'est-ce qui se passe, bordel ?

– On rentre dans la clandestinité. Depuis hier, les RG campent devant la mosquée et rue Jean-Pierre-Timbaud aussi. On les a repérés. On va aller chez un frère. Faut qu'on discute.

Mustafa n'était pas dans son état habituel. Il était tendu, attentif au moindre bruit dans la rue. Ses yeux naviguaient d'un bord à l'autre de ses orbites. Il s'exprimait par phrases courtes en respirant par à-coups.

– Ta femme est là ?

– Au pieu. Elle va réveiller les gosses dans quelques minutes.

– Faut pas qu'elle me voie. Je vais aller attendre à l'arrêt de bus le temps que tu te prépares. Prends ton passeport.

– Je ne vais pas revenir ?

– J'en sais rien. Est-ce que ta femme a de l'argent ?

– Elle a de quoi voir venir, oui.

– Il faut qu'elle ait assez de pognon pour tenir un ou deux mois.

Un instant, Verdier avait cru que le jour du grand départ était arrivé. Mais un ou deux mois, ça ne menait pas en Afghanistan. Certainement pas. Où devait-il aller ?

– Je prends une valise ?

– Non. Enfile une veste et une cravate, c'est tout. L'intendance suivra après. Et rase-toi.

– Comment ?

– Coupe ta barbe.

Mustafa jeta un coup d'œil à la rue par la fenêtre de l'entrée, puis se glissa à l'extérieur. Verdier l'aperçut traverser d'un pas pressé, tourner à droite, et il disparut de son champ de vision. Il passa une main lentement sur son kamiz et haussa les épaules. Depuis vingt-quatre heures, seuls les médias étaient en ébullition. Les gens vaquaient de nouveau à leurs occupations comme si rien ne s'était produit outre-Atlantique.

Il plia le kamiz, le rangea au fond du dressing et tira d'une housse en plastique le costume qu'il n'avait plus porté depuis plusieurs mois. Il s'habilla et regarda encore une fois dans la rue : Mustafa restait invisible. Alors, Verdier décrocha le téléphone et composa le numéro de Rateau.

5 juin 2011
17 h 45

Malgré ce que lui avaient fourni les Services allemands, Rateau était obligé de convenir qu'il s'était laissé distancer. Farez Ben Yussouf s'était encore volatilisé. Il ne comprenait pas comment une telle malchance pouvait lui coller aux fesses. Les ténors du Bundesnachrichtendienst[1] avaient bien localisé le terroriste à Berlin. Ils avaient dit qu'il devait se rendre à Brême, mais ils avaient ensuite perdu sa trace. L'homme n'était jamais allé dans la mosquée salafiste en question. Et pour cause ! Qu'est-ce qu'il serait allé foutre dans un endroit surveillé par l'ensemble du contre-espionnage occidental ?

Verdier était injoignable. Rateau avait essayé dix fois de le contacter en vain. Lesquin n'avait rien pour lui. Quant à la DCRI, il était inutile de lui demander de l'aide. La dernière solution était de rappeler Beats et ça ne l'enchantait pas. L'idée d'avouer qu'il avait paumé définitivement le Franco-Algérien lui donnait la nausée. Il allait avoir droit au laïus habituel sur l'incompétence crasse des Français et tout le reste.

1. Service fédéral de renseignement extérieur.

Mais Norman Beats fut beaucoup plus aimable qu'il ne l'avait imaginé.

– C'est normal que vous l'ayez perdu, concéda-t-il à Rateau. Il a rejoint un groupe en Tchétchénie.

– Première nouvelle. Depuis quand ? Il était encore il y a trois jours à Berlin.

– Ça vient de se faire. On l'a appris des Russes. Un type à nous chez eux… Notre salopard est allé se faire mettre là-bas. On va laisser les Russes gérer la situation. Affaire classée.

Rateau raccrocha avec l'impression d'être mené en bateau. C'était trop facile. Logiquement, tel qu'il le connaissait, Beats aurait dû le pourrir. Il tapa sur Google « Berlin-Paris » et jura lorsque la réponse s'afficha. C'était normal qu'on ait perdu la trace de Farez Ben Yussouf dans les aéroports et dans les gares puisqu'il pouvait rejoindre la France en bus. Comme n'importe quelle mule soucieuse d'éviter les contrôles.

5 juin 2011
23 h 15

Saif al Hassine s'approcha de la fenêtre en faisant attention de ne pas bouger les cartons qui avaient été placés sur les carreaux. Le toit de la station Speedy l'empêchait de bien distinguer les abords du boulevard Charles-de-Gaulle. L'entrée de l'immeuble désaffecté se trouvait derrière, rue Colbert, mais si la police devait intervenir, elle le ferait à coup sûr par l'artère principale. Saif al Hassine en était persuadé. Rien n'indiquait vraiment qu'il y ait une menace, mais il se faisait un sang d'encre depuis le matin. Depuis qu'il avait entendu le flash de France Info.

Un bruit de poubelle renversée se fit entendre au rez-de-chaussée. L'imam porta aussitôt la main à son blouson. Il arracha son Glock 34 du holster et alluma la visée laser. Le point lumineux dansa devant lui, cherchant de l'autre côté de la pièce la porte donnant accès au palier. Puis la voix de Karim le tranquillisa.

– C'est fait ? demanda-t-il abruptement quand le jeune homme fut en face de lui.

– Malheureusement non. Nous l'avons raté de quelques secondes.

– T'as encore merdé !

– Nous avons eu le temps d'éliminer l'hôtelier.

– C'était pas la priorité ! s'emporta Saif al Hassine.

– On n'aurait pas pu agir contre le journaliste si l'autre avait été encore vivant. Il a flairé le coup en rentrant à l'hôtel. C'est pas de chance.

– Tu dis toujours ça. Comme pour la vieille que tes deux abrutis ont trucidée chez elle. Qu'est-ce qu'il leur a pris à ceux-là de balancer sa tête dehors ? On a toute la poulaille sur Nanterre maintenant. On devait les tuer pour calmer le jeu. Résultat : un bataillon de flics chez la femme, à deux pas d'ici, et un journaliste dans la nature parfaitement renseigné sur nos intentions !

Karim était devenu livide.

– L'avenir d'Al-Qaida se joue à quelques pâtés de maisons d'ici, Karim. Qu'est-ce qu'on fera si les flics débarquent chez Verdier ?

– Y a aucune raison.

– Sombre crétin ! Tu crois qu'ils vont pas relier toutes les affaires quand le journaliste sera allé leur baver ce qu'il sait ?

– Qu'est-ce qu'il sait ?

– Mais tout. La bonne femme et l'hôtelier, tu me l'as dit toi-même. Qu'est-ce que vous avez fait du Berbère, d'ailleurs ?

– On n'en retrouvera pas une miette.

– Et son hôtel ?

– Après la fuite du journaliste, on a tout refermé. Personne se doutera de rien. Pas avant un bout de temps. Quant à la baraque de Verdier, c'est calme. Ça bouge pas. Je suis passé voir. C'est comme si elle était vide. Y a pas un rideau qui remue, on n'entend pas un bruit. Le moudjahid gère la situation au poil.

Saif al Hassine replaça son arme dans l'étui.

– Je te le souhaite, Karim. On est sous le regard de la *Oumma* en entier. On n'a pas le droit à l'erreur. Que penses-tu qui arriverait au responsable d'un échec si tel était le cas ?

Les yeux de l'imam étaient injectés de sang. Il posa le pouce sur sa gorge et fit mine de la trancher.

– Ce serait le minimum, Karim. Le minimum.

6 juin 2011
10 heures

– Tu comprends, fit Chesnier à son directeur de rédaction, je tourne et retourne les derniers événements dans ma tête.

– Cette Naïma, elle est morte à cause de toi ? Tu es sérieux quand tu dis ça ? s'inquiéta Mounir Boumaza.

– Ce qui est étonnant, c'est que l'assassinat de madame Obleni a eu lieu après la disparition des Verdier. Comme celui du patron du Bab-el-Oued…

– Réponds-moi.

Chesnier redressa la tête, surpris.

– Pourquoi t'insistes ?

– Juste pour déterminer quel angle on va donner à ton papier.

– On ne va quand même pas écrire ça !

– Non. Mais que les témoins de l'affaire disparaissent l'un après l'autre, devant toi… Tu feras monter la sauce. Tu expliqueras comment tu as toi-même réchappé de peu à une tentative d'élimination.

Boumaza se resservit un verre de jus d'orange et versa un nouveau whisky à Chesnier avant de pousser vers lui le bol de glaçons.

– Cette histoire va faire un tabac du diable. D'un côté, un repris de justice, Français de souche converti à l'islam, qui s'évanouit dans la nature avec toute sa famille après avoir rencontré chez lui un imam intégriste interdit de séjour chez nous. Le mec était lié – de près ou de loin, on ne saura jamais – aux terroristes du 11 septembre 2001, il venait d'être libéré après dix ans de taule et t'avait confié qu'il pétait de trouille. Ce n'est pas banal ! De l'autre, une vieille Maghrébine genre féministe antireligieuse torturée à mort et un patron d'hôtel berbère de tendance laïque extrémiste qui disparaît au même moment. Et comme par hasard, son bouge se trouve presque en face de chez le converti ! On rajoute que la femme et l'homme connaissaient ce dernier et l'imam.

– Ça ne te gêne pas, tout ça ?

– Quoi ?

– Qu'il n'y ait que des musulmans dans cette affaire…

Le visage de Boumaza s'éclaira d'un sourire énigmatique.

– La femme et le cafetier étaient certainement des musulmans… acceptables, mais les autres : non. Faut pas dire qu'ils sont musulmans, Georges ! Pas eux. Pas cette vermine.

– J'entends bien, mais pour le commun des mortels, ça reste des musulmans… Tu le sais, et ça ne te dérange pas ?

– Non.

– Tu es toujours musulman, que je sache…

– Je suis d'abord républicain, Georges. Ne commence pas à me chercher des poux dans la tête.

Chesnier haussa les épaules et ferma les yeux. Il ressentait une impression de vertige, à présent.

– Je crois que la clé de tout ce mystère est chez Verdier, bredouilla-t-il.

– Qu'est-ce que ça change ?

– Je me demande si nous ne devrions pas attendre de le revoir avant de publier.

– Tu plaisantes ?

Chesnier avala le reste de son verre d'un trait et se passa la main dans les cheveux avant de soupirer :

– Il ne s'est encore rien produit d'extraordinaire avec lui, on n'est pas pressés.

– J'aimerais que la bonne femme qui a été refroidie t'entende…

– Merde, tu me vois écrire que Naïma est morte à cause de moi ? Mais je vais passer pour quoi, moi ? Au mieux pour un bouffon mégalo, au pire pour un salaud irresponsable ! Les confrères ne font jamais de cadeaux.

Boumaza lui tapota la cuisse avant de se lever et de lui dire :

– Au fait, comment va ta femme ?

– Comme à son habitude, déprimée.

– Tu lui as raconté ?

– Nanterre ?

– Oui…

– Pour qu'elle se flingue, certainement pas ! Mon séjour en Afghanistan l'a déjà foutue complètement par terre. Si je lui explique que j'ai les barbus aux trousses, je ne suis pas sûr de notre avenir.

– Alors, pourquoi fais-tu tout ça ?

Chesnier se remplit d'autorité un troisième verre.

– La drogue, mon vieux. Tous ces enculés qui font du pognon avec cette saloperie et qui voudraient en plus s'en servir pour nous détruire. Je nourris la même détestation que toi de ces gens.

– Ta petite guerre perso ne fera pas revenir ton fils…

Chesnier faillit s'emporter, mais préféra laisser passer l'orage qu'il sentait gronder au fond de lui en remuant les glaçons du bout de son doigt.

– Tu sais, dit-il, cela fait presque trois mois que je rêve de Grégoire chaque nuit. Il ne me quitte pas. J'entends sa voix, je sens même son odeur. Et quand je me réveille à côté de ma femme, je sais qu'il occupe chacune de ses pensées. Je me suis fait le serment de le venger et de buter ces salopards qui lui ont filé la merde qui l'a tué. Tu ferais quoi, à ma place ? Je n'ai pas dit mon dernier mot sur l'affaire de Nanterre, je n'y suis pas allé pour rien si c'est cela qui te préoccupe.

– Je suis tranquille. Je sais que tu vas nous pondre un papier d'enfer.

– Je veux seulement encore un peu de temps. Nous ne sommes pas vraiment pressés. Il n'y a personne d'autre sur le coup.

– On n'attend quand même pas la réapparition de la famille Verdier, n'est-ce pas ?

– Laisse-moi du temps.

8 juin 2011
4 heures

Quand les réverbères s'éteignirent, les hommes qui attendaient depuis des heures dans leur sous-marin[1] se glissèrent hors de la camionnette équipée pour la surveillance. Cela faisait un moment que plus personne n'avait remonté la rue. L'un d'eux s'avança jusqu'à la maison de Verdier, tandis que ses collègues se déployaient en éventail, prêts à bondir à l'intérieur de la villa dès que la porte aurait été ouverte.

Le boss avait pris la décision en fin d'après-midi, quand l'information arrivée du Pakistan avait été enfin confirmée par l'analyse de divers extraits vidéo de caméras de surveillance. Les premiers consultés, ceux de la gare routière, avaient permis de repérer à la descente des bus en provenance de Berlin cinq personnes qui auraient pu ressembler au djihadiste que cherchait Rateau.

L'un s'était immédiatement engouffré dans le métro. On perdait sa trace tout de suite. Un autre était parti à pied avant de se dissoudre dans la foule de la Porte de Bagnolet. Le troisième

1. Camionnette banalisée équipée pour la surveillance de l'environnement.

avait retiré, devant la gare, de l'argent à un distributeur. Il avait été facile de l'écarter de la liste des suspects. Les deux derniers, en revanche, avaient chacun pris un taxi. Les plaques minéralogiques avaient été filmées. Après un rapide contrôle auprès des sociétés de transport, il s'était avéré que le premier véhicule avait déchargé son client à la cité universitaire du XIVe arrondissement. La seconde voiture avait effectué une course jusqu'à Nanterre. L'adresse donnée au chauffeur se trouvait à moins de trois cents mètres du domicile de Verdier. Il y avait à l'angle de deux petites rues une agence bancaire également équipée de caméras. L'agent des Services, venu en début d'après-midi en contrôler les bandes, avait formellement reconnu le terroriste algérien qui se faisait appeler Farez Ben Yussouf. Il l'avait vu forcer la grille du garage. Ensuite, un examen des cartes de Google Earth n'avait laissé aucun doute à Rateau. La cour du garage longeait le fond du jardin des Verdier.

Rateau attendait maintenant dans son bureau du boulevard Mortier qu'on lui confirme le succès de l'opération de la cellule d'intervention, une boule à l'estomac. Jamais il n'aurait dû laisser choir Sébastien Verdier. Il avait constamment repoussé au lendemain l'intention de le réactiver à sa sortie de prison, et il le retrouvait au centre d'une des plus importantes opérations d'Al-Qaida de ces dernières années. Le fait que Verdier n'ait pas tenté lui-même d'envoyer des signaux le plongeait dans un abîme de réflexion. De deux choses l'une : soit il n'avait rien compris à ce garçon et il s'était fait embobiner par lui de manière magistrale sans se rendre compte qu'il s'était définitivement rangé du côté des islamistes, soit Verdier avait été empêché de se manifester. Dans les deux cas, cela ne présageait rien de bon. Si seulement il n'avait pas obtempéré aux ordres du boss, le djihadiste aurait été interpellé depuis belle lurette ! Il en avait une conscience aiguë et cela lui faisait mal.

Rateau venait de relire le rapport consacré à Farez Ben Yussouf. Dire que le RIMa l'avait pisté des jours durant dans les montagnes de l'Hindou Koush sans chercher à l'anéantir, c'était confondant ! Il comprenait mieux désormais la colère piquée par les Américains lorsqu'ils avaient découvert que les soldats français n'avaient rien fait parce que leurs autorités politiques le leur avaient interdit. Pour ne pas avoir à gérer socialement l'annonce de la mort de citoyens français d'origine beur. Rateau se dit que le jour où ces connards de politicards et d'énarques se feraient sauter le cul serait vraiment un beau jour. C'était tout le problème de la droite en France, elle n'assumait jamais les conséquences de ses engagements politiques. Il n'y en avait que pour la gueule. Et quand les choses tournaient au vinaigre, on venait chercher des gens comme lui.

Il consulta sa montre. L'opération avait été déclenchée. Il rejeta lentement l'air de ses poumons jusqu'à parvenir au bord de l'asphyxie et se fit la réflexion que s'il avait eu la foi, cela aurait été le moment de demander l'aide de Dieu. Il avait entière confiance dans l'équipe fournie par Cercotte[1], mais la partie qui se jouait n'était pas facile. Ce n'était pas une simple manip d'élimination, il fallait se débarrasser du corps du terroriste, ramener Verdier, l'interroger et exfiltrer aussi toute sa famille. Il n'était pas question qu'elle paie pour le père.

Vers 2 heures du matin, son portable vibra. L'écran affichait un numéro qu'il connaissait par cœur. Il établit la communication et attendit sans prononcer une parole.

– Bon anniversaire ! fit une voix grave.

– Tu t'es trompé d'une journée, répondit-il.

Les mots de passe reconnus, la conversation s'engagea sur la ligne cryptée.

– Chou blanc, reprit la voix.

– Comment ça, bordel de merde ?

– Tout le monde s'est cassé. La baraque est vide.

– Et la famille ?

1. Division action de la DGSE.

– Plus personne. On a ratissé de la cave au grenier.

– Il y a des traces de vie, au moins ?

– Rien. Des armoires ouvertes et vides, plus de valises, le frigo comme neuf, ça sent le grand départ.

Rateau tapota sur son bureau du bout des doigts. Il n'avait pas prévu ce cas de figure.

– Est-ce qu'il y aurait des traces de lutte, quelque chose ? demanda-t-il.

– On n'a rien remarqué de tel. Tout a l'air propre et bien rangé. On a aussi trouvé sur la boîte aux lettres une note étrange à l'intention du facteur.

– Du genre ?

– Un truc rédigé comme ça : « Courrier à retourner à les expéditeurs. »

– Tu peux parler français !

– C'est comme je dis : écrit en petit-nègre. On s'arrache.

– OK. Débriefing ici dans une heure.

10 juin 2011
début de matinée

Le major Lesquin réveilla Chesnier vers 9 heures.

– Je pensais te trouver déjà au bureau, lui dit-il.

– J'avais des heures de sommeil à rattraper. Et quelques émotions à évacuer aussi.

– À cause de Nanterre ?

– On va dire ça…

– Ça ne s'est pas bien passé ?

Chesnier sortit une jambe du lit et jeta un coup d'œil à sa femme, dont la respiration régulière indiquait qu'elle dormait encore profondément.

– Je n'ai rien obtenu de très palpitant.

– Tu as rencontré ton converti ?

– En coup de vent. Je me suis fait jeter.

– T'as vraiment rien gratté, alors ?

Chesnier sentit que le gendarme était déçu. Il l'avait manifestement appelé avec une idée derrière la tête.

– Pourquoi tu t'intéresses à lui, tout à coup ?

– Je viens d'apprendre que ton type s'est volatilisé.

– Ah ! La police s'est enfin remuée. Et comment ça se fait que tu sois au courant ?

– Et toi, tu l'étais ?

– Oui. Il s'est barré du jour au lendemain. Je l'ai appris par la directrice de l'école des enfants. Et toi, alors ?

Lesquin toussa à l'autre bout du fil.

– Tu vas me promettre de ne rien écrire de ce que je vais te dire.

– On se connaît assez…

– Je l'ai appris cette nuit par mon pote de la caserne Mortier. Affaire d'État. J'ai un rôle à jouer. Et j'ai besoin d'infos supplémentaires. Il va falloir qu'on se voie.

Chesnier était à présent complètement réveillé. Il alla s'asseoir dans le salon.

– Qu'est-ce que les Services secrets ont à voir avec cette histoire de converti sorti de prison ?

– Ils ont monté cette nuit une intervention chez le mec et découvert le départ précipité de la famille. Plus deux ou trois autres trucs bizarres.

– Tu crois que la présence chez Verdier d'un imam interdit de séjour en France aurait motivé une opé des Services ?

Lesquin toussa à nouveau.

– Pardon ? fit-il.

– Alors ? plastronna Chesnier. T'étais pas au courant de ça, n'est-ce pas ?

– Plaisante pas, mon gars. Ton affaire, c'était pas prévu au programme. Ça change tout.

– Ah bon ? Mais tu voulais quoi, au juste ?

– Faudrait penser à rencontrer le colonel ensemble, finit par lâcher le major d'une voix mal assurée.

– Ton pote ?

– Oui. Je crois que tu t'es fourré au milieu d'une très grosse histoire. Tu dois bouger ces jours-ci ?

– Non.

– Je te recontacte très vite. Mais fais-moi une faveur d'ici là.

– Dis toujours…

– Tu retires le capuchon sur ton stylo et tu écris un papier sur la disparition du converti et de toute sa famille.

– Ça va nous avancer à quoi ?

– T'occupe. C'est très important ! Tu vas évoquer ses fréquentations avec le milieu islamiste en restant dans le vague. Tu ne parles surtout pas de ton histoire d'imam recherché. Tu reviens sur l'origine de la condamnation de Verdier et tu expliques qu'il a foutu le camp de chez lui comme un voleur. Tu laisses planer le doute sur le fait qu'il pourrait avoir eu envie de fuir la police, que sais-je, tu trouveras bien quelque chose. De notre côté, on fera en sorte que ton article soit relayé par les grands médias nationaux.

– On va le foutre dans la merde.

– Non.

– Alors, qu'est-ce que tu cherches ?

– Je peux compter sur toi ?

– J'espère que tu ne me fais pas faire une connerie.

– C'est un service *personnel* que je te demande. Tu n'auras pas à le regretter. Ni toi ni personne.

11 juin 2011
8 h 30

Karim se demanda s'il devait montrer à Nourredine Saif al Hassine le numéro du *Courrier picard* récupéré au kiosque des Champs-Élysées. Il avait été assez malin pour lire le journal chaque jour depuis qu'il avait identifié Chesnier. Ce que ce dernier venait de publier lui avait fait l'effet d'une grenade dégoupillée fourrée dans sa poche.

Il fallait qu'il réfléchisse avant d'affronter la colère de l'imam.

L'avenue était encore quasi déserte à cette heure. Il déambula un moment, hagard, hésitant sur la terrasse où il pourrait s'asseoir le temps de rassembler ses idées. Ce que racontait ce salopard sur la prétendue disparition de la famille d'Abdel allait sérieusement compliquer la suite de l'opération. Une escouade de flics pouvait à tout moment sonner à la porte de la maison où était retranché Farez Ben Yussouf. Certes, ils tomberaient sur Verdier et découvriraient que le journaliste avait écrit n'importe quoi, mais ils pourraient aussi demander à voir la famille. Que se passerait-il alors ?

Karim s'assit au Georges-V près du bar, commanda une limonade et se mit à peser le pour et le contre.

Il n'eut pas à cogiter longtemps. Même si le bistrot diffusait sa musique en sourdine, il entendit parfaitement le gingle des actualités de RTL. Le journal de 9 heures s'ouvrit sur les informations révélées par Chesnier. L'affaire prenait des proportions considérables. Karim ne pouvait plus reculer.

Il trouva Nourredine en prière. L'imam avait déroulé dans la direction de La Mecque son petit tapis afghan décoré de chars soviétiques détruits. Il était au milieu de la pièce délabrée, le Glock posé à côté de lui.

Il s'accroupit à son tour et prit la prière en cours, mais jamais il n'avait été si peu concentré. Une bouffée de haine pour le journaliste l'emplissait tout entier. À cause de lui, il s'apprêtait à vivre le pire moment de son existence. Il se demanda comment aborder le sujet avec l'imam. Les mots se télescopaient derrière son front. De quoi devait-il parler en premier ? De Chesnier, de Verdier, de l'article, de la police ? Il en aurait pleuré s'il n'avait pas été totalement paralysé par la rage de ne pas avoir réussi à tuer Chesnier le jour où il l'avait eu à portée de main, dans l'hôtel. Il s'en était fallu de quelques mètres, de quelques secondes.

– Quelles sont les nouvelles ? demanda Saif al Hassine.

– Mauvaises.

L'imam se tourna vers lui.

– Qu'est-ce que tu vas encore m'annoncer ?

– Vous avez écouté la radio ?

– Ça, c'est ton boulot. Qu'est-ce que t'as appris ?

– Le journaliste qui est venu traîner ici vient de publier un article à sensation sur Abdelaziz où il raconte qu'il était toujours en cheville avec nos frères. Il prétend qu'il a disparu avec toute sa famille, que l'école de ses enfants a contacté le commissariat de police et qu'il y a lieu de s'inquiéter pour la sécurité de la famille. Bref, il vient de foutre la merde. Son papier était repris par RTL.

Karim avait parlé d'une traite, sans quitter des yeux ses mains dont les paumes étaient encore tournées vers le ciel. Il n'osait pas regarder l'imam. Autour de lui, les murs de la pièce s'étaient mis en mouvement. Les cloisons se resserraient sur lui comme dans un mauvais rêve. Il vit l'imam se baisser pour ramasser son automatique et il rentra la tête dans les épaules.

Il se demanda s'il entendrait le coup de feu, s'il sentirait la balle lui percer le crâne. Au fond, il était prêt à mourir, tant il avait commis d'erreurs, mais pas de cette manière. Pas comme un traître expédié dans un local abandonné dont on retrouverait un jour les restes putréfiés. Sans sépulture.

– Tout est de ma faute, affirma-t-il en relevant la tête.

Saif al Hassine braquait son arme sur sa tempe.

– Je suis prêt à payer, poursuivit Karim, mais je peux encore faire beaucoup. Il faut me laisser une dernière chance. Après, j'irai me faire sauter où vous voudrez.

L'imam avait l'index sur la queue de détente. Sa main tremblait. À l'inverse, Karim était redevenu très calme. Les dés étaient jetés, il n'y avait plus rien à faire d'autre qu'attendre la décision du chef. Mais surtout pas le supplier. Il devait rester neutre et détaché comme un candidat au martyre conscient de ses faiblesses, mais décidé à les offrir à la cause. Plus tard, il verrait bien ce qu'il ferait. Si l'occasion lui en était donnée, il écraserait Nourredine. Ou il ferait comme des centaines d'autres avant lui : il se laisserait cadenasser une bombe autour des reins et irait se faire exploser là où il espérerait faire le maximum de victimes.

Une seule chose l'effrayait vraiment. S'il devait mourir comme un chien dans ce hangar, jamais il ne connaîtrait la félicité d'ordonner lui-même la mort de centaines de Français. Il ne connaîtrait pas les plans concoctés par l'émir pour mettre à genoux l'Occident et cela le contrariait plus qu'il ne l'aurait imaginé.

– Tu viens de sauver ta vie, sale con, gronda l'imam. Nous en reparlerons ultérieurement.

Surtout pas remercier non plus. Karim resta de marbre, attentif à ce qu'allait lui dire Saif al Hassine.

– L'informaticien sera là en fin de journée. Nous allons être obligés de déplacer Farez Ben Yussouf. Tu vas aller le chercher à la maison d'Abdelaziz. Vous roulerez sur l'autoroute de l'Ouest jusqu'à ce soir. Quand la nuit sera tombée, vous rejoindrez Gennevilliers. La deuxième planque. Et nous verrons sur place. *Inch Allah !*

– Vous vouliez pas qu'il aille là-bas…

– Tu ne me laisses pas le choix ! hurla l'imam.

– Et la famille de Verdier ? Une fois Farez parti, plus personne empêchera les enfants de parler…

Nourredine Saif al Hassine le gratifia d'un mauvais regard.

– Tu t'en occuperas.

– La femme, les enfants ?

– Tu ne laisseras personne vivant derrière notre frère.

– Et Abdelaziz Verdier ?

– Pareil. Il nous a assez causé de problèmes. On n'a plus besoin de lui.

11 juin 2011
11 heures

Beats était étonné. Rateau était plus malin qu'il ne l'avait supposé. Ainsi, malgré son opération de manipulation, le Français avait fini par retrouver l'adresse où s'était planqué Farez Ben Yussouf. Et en un temps record ! Il n'avait pas gobé l'histoire de la Tchétchénie, c'était tout à son honneur. Mais c'était une très mauvaise nouvelle. Le fait que les agents de Rateau aient constaté qu'il n'y avait plus personne chez Sébastien Verdier était une chose, Beats était certain d'avoir maintenant le colonel des Services français sur le dos en toutes circonstances. Il aurait du mal à se défaire des hommes de la caserne Mortier. Avec ce que venait de publier le journaliste de province, il pouvait s'attendre à des répercussions en chaîne. Jamais il n'aurait imaginé qu'un plumitif ait pu remonter avant tout le monde la piste de ce réseau terroriste de Nanterre. C'était évidemment un hasard, mais le hasard était le pire qui pouvait arriver dans son métier, il en savait quelque chose. L'affaire du Watergate, celle du Panama, les ventes d'armes à l'Iran et le 11 Septembre…, toutes avaient empoisonné son pays et toutes avaient été déclenchées à cause d'un élément mineur venu se coincer dans les rouages bien huilés de la politique américaine.

Beats avait mal aux doigts à force de se ronger les ongles. C'était décidément une très mauvaise journée qui s'annonçait. Le coup de fil de Rateau, puis la lecture du pdf de l'article du *Courrier picard* l'avaient mis à genoux.

Il mit la main dans sa poche, toucha les deux cubes d'ivoire et soupira. À quoi bon interroger le sort, puisque les dés étaient déjà jetés ? Ses hommes avaient merdé à un point qu'il n'aurait jamais pu imaginer. Il avait l'impression d'être assis sur une bombe dont la mèche était déjà allumée. Tout ça risquait de lui péter à la figure avant qu'il ait le temps de réparer les dégâts.

Le mieux aurait été de récupérer les corps dans la maison de Verdier, mais cela relevait du roman de fiction. Il posa une feuille blanche devant lui, traça des colonnes et commença à rédiger les scénarios qui pouvaient encore lui sauver la mise.

Au bout d'une demi-heure, après avoir retourné la situation dans tous les sens, il convint que la seule solution était de faire porter le chapeau au propriétaire de la maison. Un drame familial comme la presse de faits divers en recelait parfois d'incroyables. Pour l'heure, le père de famille était en fuite. C'était une bonne chose. Restait à manipuler les médias après avoir fait en sorte que le carnage familial – et exclusivement familial – soit mis au jour. Si ce que lui avaient affirmé les Seal était exact, Farez Ben Yussouf n'était pas près d'être retrouvé ! Puis il faudrait récupérer ce Sébastien Verdier et organiser son suicide. Quant à Rateau, restait à le convaincre rapidement que le terroriste qu'il cherchait était cette fois-ci réellement reparti vers d'autres horizons. Si le journaliste qui venait de publier son enquête avait tiré toutes ses cartouches, cela ne poserait pas de problème. Mais si tel n'était pas le cas, il faudrait aussi s'occuper de lui.

Beats but une gorgée de café et la recracha aussitôt. Il avait l'estomac totalement noué. Il relut pour la dixième fois la fiche de Chesnier et se demanda de quelle manière faire taire ce type sans en arriver au point de non-retour.

11 juin 2011
14 h 40

Les quatre fonctionnaires regardaient dans le local de l'IJ, quai de l'Horloge, un enregistrement de *L'amour est dans le pré*. Depuis quelque temps, l'émission avait détrôné les mythiques *Experts* et même la série *Engrenages*. Un jour, l'Antillaise préposée aux plans avait décrété qu'elle avait envie d'un peu d'humanité dans ce monde de brutes. Ses collègues l'avaient charriée, puis avaient fini par obtempérer.

La télévision fonctionnait toujours aussi mal. Elle était donc arrivée un matin avec une collection de DVD. Et c'était devenu un rituel, dans les périodes de calme, de s'installer après le déjeuner devant l'écran.

Son téléphone sonna à peine dix minutes après le lancement du programme.

– Hé, c'est raté ! fit-elle après avoir raccroché. On part sur Nanterre.

– Encore ? râla son adjoint. L'autre équipe en revient à peine. Ils ont zigouillé qui cette fois-ci ?

Noémie s'adressa au commandant :

– On n'en aura pas pour longtemps. Une disparition inquiétante chez un particulier.

– Un gosse ?

– La famille entière. Le commissaire est sur place. On est requis pour relever des empreintes et mettre un coup de Bluestar. On devrait être de retour avant 17 heures.

– Y a des témoins ?

– Deux plaintes. D'une assistante sociale et d'une directrice d'école.

– C'est tout ?

– Le commissaire n'a rien dit d'autre.

Les policiers sortirent du placard leur matériel et leurs armes. Cinq minutes plus tard, ils étaient assis dans la grosse cylindrée flambant neuve récupérée auprès des domaines après une saisie dans une affaire de stups. Le conducteur afficha l'adresse sur son GPS, franchit le poste de garde et multiplia les manœuvres en pestant contre l'abruti qui avait garé son car police secours comme un sagouin.

La voiture fila le long du quai et prit la direction du nord.

11 juin 2011
21 heures

La porte de la demeure des Verdier avait été laissée ouverte, un véhicule sérigraphié stationné devant sur le trottoir avec un fonctionnaire pour interdire l'accès à d'éventuels curieux.

Les techniciens de l'IJ se garèrent à côté et entrèrent aussitôt dans la maison. Ils furent surpris par la propreté de l'endroit.

Le hall baignait dans une lumière douce dispensée par les fentes des volets de la pièce donnant sur le jardin. Le sol dallé avait été nettoyé depuis peu. Le commandant passa un doigt sur la commode sans trouver une once de poussière. À l'exception d'une photo encadrée représentant la famille, le plateau de marbre était vide.

La cuisine semblait également avoir été lavée à grande eau. La vaisselle avait été faite, les assiettes et les couverts posés à côté de l'évier dans un panier en plastique.

L'équipe pénétra dans le salon et fit un rapide examen des lieux. Des draps avaient été jetés sur les canapés et la télévision. Un magazine datant de quinze jours était resté ouvert à la page des programmes sur la table basse.

– On perd notre temps, dit Noémie. Regardez autour de vous. Ces gens ont fait le ménage et ils ont même recouvert leurs meubles. Ils sont partis en vacances…

– Noémie, sors ton matos et commence à tracer les plans. Les autres : branle-bas de combat. Photos, empreintes, la routine. Je monte voir les collègues.

Le commissaire se tenait dans ce qui devait être la chambre parentale en compagnie d'un adjoint.

– Vous voilà enfin, dit-il au commandant. Où sont vos hommes ?

– En bas. Ils commencent les relevés dans le salon.

– Dites-leur de monter tout de suite. Il y a quelque chose qui me chiffonne ici.

Sans lui laisser le temps de développer son idée, le commandant fit remarquer que tout ce qu'il avait vu au rez-de-chaussée ressemblait bougre bien à un départ en vacances.

– À part les plaintes que vous avez reçues, qu'est-ce qui a motivé cette intervention ? demanda-t-il.

– Visiblement, vous n'avez pas eu entre les mains l'article du *Courrier picard*…

Le commandant ouvrit des yeux ronds.

– Vous n'avez pas écouté la radio non plus ! poursuivit le commissaire.

– J'ai manifestement raté un truc…

– Nous sommes dans la maison d'un musulman converti, lié à l'islam radical. Sorti de prison il y a quelques semaines. Et des problèmes avec sa famille. Le gars s'est fourré dans une opération dont on ne m'a pas donné le détail, mais qui inquiète en haut lieu. Alors, il s'est peut-être barré en vacances, mais reste à savoir où et pourquoi. J'ai idée que la réponse est ici.

Le commandant jeta un coup d'œil circulaire à la chambre.

– Tout ça semble parfaitement normal.

– Oui, comme toujours. Mais vous allez demander à votre équipe de sortir ses produits miracles et on va voir.

– Vous me disiez à l'instant que quelque chose vous semblait anormal…

– Regardez le bas de l'armoire, à côté du lit.

Un petit panneau d'acajou avait été arraché. En ouvrant la porte, on pouvait constater qu'une des lames du fond du meuble avait subi le même sort.

– Bon, et alors ?

– Je suis pratiquement tombé sur la même chose dans une des autres chambres. La porte coulissante d'une bibliothèque placée à la tête d'un lit. Retirée. Avec un gros trou dans le mur, derrière. Comme si on avait voulu masquer quelque chose.

– À quoi vous pensez ?

Le commissaire prit un air indécis.

– C'est vous le technicien.

– Moi, je ne ferai jamais qu'avec ce que j'ai sous la main. Je ne peux pas vous expliquer pourquoi il manque des éléments des meubles de cette baraque.

– Dans un intérieur aussi propret… ?

– Peut-être que tout ça se trouve chez un ébéniste.

– Peut-être… Peut-être qu'il y a aussi des choses à trouver autour.

– Vous croyez ?

– Cette maison est beaucoup trop bien rangée… Il y a quelque chose qui cloche, ici. Dans la dernière chambre, il y a un lit sans matelas. Si je fais le compte de tous ceux qu'on a dans la maison, il en manque un. Cinq personnes et quatre matelas… Bizarre, non ? Il n'y a pas d'oreillers non plus. Bref, ça pue la disparition de pièces à conviction. Allez, à vous de jouer.

Les techniciens s'équipèrent des combinaisons et des masques respiratoires avant de procéder à la dispersion du Bluestar dans la chambre de Lorraine. La réponse fut quasi immédiate, la chimie mettant en évidence des traces de sang. Des projections avaient sali le sol, le bas de l'armoire et le mur à proximité.

Dans la chambre des garçons, ce qui restait de la bibliothèque était maculé d'éclaboussures. Le sol, entre les deux lits, avait été largement souillé.

C'était pire dans celle des filles. Le test révéla la présence d'une flaque d'un bon mètre carré sur le parquet. L'un des murs de la pièce avait été aspergé d'hémoglobine presque jusqu'au plafond. Au-dessus du lit dont le matelas avait été retiré.

Quand, en milieu d'après-midi, le commandant montra au commissaire les images réalisées par son photographe, celui-ci émit un long sifflement.

– Putain de putain de putain ! Combien de victimes ?

– Je ne peux rien affirmer. Mais je dirais cinq ou six.

– Vous avez examiné les autres pièces, salle de bains, cuisine, salon ?

– On a également trouvé des indices sérieux dans la cuisine. Autour de l'évier. On y a nettoyé des objets. La cuve a été remplie de sang, mais de là à vous dire de quelle quantité, impossible. C'est parti dans la bouche d'évacuation. Tout ce que je sais, c'est qu'on aurait pu y égorger un porc, ça n'aurait pas fait moins de bordel.

Le commissaire était retourné à sa voiture demander le renfort de la Crim.

– Putain, jamais vu ça en vingt ans de carrière ! Une femme décapitée en début de semaine et un véritable carnage maintenant. On n'est pas couchés.

– À part les traces, on n'a rien, protesta le commandant.

– Qu'est-ce que tu crois ? Qu'on va en rester là ? On ne va pas attendre demain pour trouver les victimes.

– Je n'ai pas dit ça, mais à part le sang, la maison est vide.

– T'as examiné la cave ?

– Entièrement bétonnée. Ça ne date pas d'hier.

– Alors il reste le jardin.

– Ouais. Il fait au moins cinq cents mètres carrés… Et cela mis à part, ça ne doit pas être une mince affaire de planquer autant de cadavres.

– Il y a forcément une explication. Je vais faire intervenir la brigade canine.

– La nuit ne va pas tarder à tomber…

– Si les chiens flairent un truc, on travaillera aux projecteurs. Je suis désolé pour tes gars, mais je ne vais pas changer d'équipe technique maintenant. Explique-leur qu'il faut qu'ils s'attendent à bosser toute la nuit.

Une fois la Crim arrivée sur place, les inspecteurs déroulèrent devant la maison les cordons de protection noir et jaune, puis s'engouffrèrent à l'intérieur. Le commissaire et le commandant étaient assis là où Verdier et Farez Ben Yussouf s'étaient tenus, quelques jours plus tôt, sous la véranda. Le patron regarda le ciel en faisant la moue. Le soleil avait déjà basculé derrière les immeubles. Une fraîcheur humide montait du sol. Dans quelques minutes, le jardin serait englouti dans les ombres du crépuscule. Il chuchota au commandant :

– Si tu avais refroidi toi-même la famille, où est-ce que tu serais allé planquer les corps ?

Le commandant considéra la parcelle de terrain. Il y avait les restes d'un bac à sable, des massifs de fleurs pourris, un grand cerisier et des pommiers, et deux grandes étendues recouvertes de cailloux de part et d'autre d'un gazon en friche. Un amas de tuiles était déposé contre un appentis servant de remise pour les outils. Plus loin, plusieurs piles de bois mort avaient été entreposées. Elles occupaient un linéaire relativement important au fond du jardin, ainsi qu'un autre endroit à l'arrière de la maison, contre un cabanon en partie effondré. Au centre de la surface, les restes d'un puits avaient été protégés par un échafaudage de tôles. C'était un jardin banal, mal entretenu, comme on en trouvait des centaines dans le coin.

– Moi ? J'aurais chargé les macchabées dans mon coffre et je les aurais balancés dans la Seine. Je ne me serais pas improvisé terrassier pour les enterrer chez moi. Tu te rends compte du boulot ?

– Pas con. On peut toujours prévenir la Brigade fluviale. Reste que personnellement, je n'aurais pas pris le risque de trimbaler des cadavres dans ma bagnole. Impensable. Ils sont forcément ici. Quelque part à côté de nous.

Le commandant sourit.

– Les clébards vont nous dire tout ça.

Les chiens firent le tour du jardin, la truffe au ras du sol, se fixèrent devant le tas de bois entreposé contre le mur mitoyen au garage et n'en bougèrent plus.

– On dirait que les toutous ont une piste, commenta Noémie.

– Les cadavres ne sont tout de même pas au milieu des bûches, on les aurait sentis, dit un collègue.

– En dessous. Ils ont été enterrés en dessous. J'ai idée qu'on ne va pas rentrer chez nous de sitôt s'il faut chercher des indices sur chacune d'elles.

Le commandant l'entendit se plaindre.

– Vous allez me photographier ce tas de bois et numéroter les éléments au fur et à mesure qu'on démontera l'ensemble. On examinera les rondins plus tard s'il y a lieu de le faire.

Quand le terrain fut dégagé par l'équipe technique, les chiens se mirent à gratter et à gémir. Les projecteurs furent allumés et trois des policiers venus en renfort du commissariat commencèrent à creuser.

Très vite, une pelle rebondit sur le premier corps qui reposait sur le ventre. La lame avait touché la masse du fessier. En quelques coups de brosse, le fonctionnaire mit au jour le dos et l'arrière de la tête de la victime.

Après une série de photos, le cadavre fut étendu sur une bâche. La balle qui lui avait emporté une partie du crâne avait épargné son visage. Il s'agissait d'une femme d'âge mûr. Malgré la puanteur tenace, la température de ce début de printemps n'avait pas encore laissé la putréfaction trop gonfler les chairs. Elle paraissait d'une maigreur effrayante dans sa chemise de nuit salie par la terre.

La deuxième victime reposait à côté, tuée comme elle d'un tir dans la tête.

– Le légiste le confirmera, dit le commandant, mais on dirait du 22. Du 22 expansif.

– Une aussi petite munition ? commenta le commissaire. Ça penche pour le drame familial.

Les policiers excavèrent le deuxième corps et l'allongèrent contre le premier. La balle était entrée au-dessus de l'arcade sourcilière droite pour ressortir au niveau de l'occiput. Comme la première femme, celle-ci aussi a été surprise dans son sommeil, pensa le commandant. Béatrice était en pyjama. Il la voyait désormais parfaitement, étendue sur son lit, la tête contre le panneau coulissant de la petite bibliothèque. Tout se mettait en place.

Le troisième corps, celui d'Adrien, se trouvait plus profondément enfoui. Quand les policiers le remontèrent, sa tête manqua de se détacher. La gorge avait été ouverte d'une oreille à l'autre. Avec un impact de balle sous la clavicule droite. La munition n'était pas ressortie de la poitrine pour ce qu'ils pouvaient voir. Il avait conservé les yeux grands ouverts, avec sur le visage une expression de détresse absolue. Noémie sentit ses yeux se mouiller. Des cadavres, elle en avait vu des centaines, mais celui-ci était de trop. Le bruit des pelles de ses collègues tapait dans sa boîte crânienne comme si on avait creusé à l'intérieur d'elle-même. Elle luttait à présent contre un épouvantable dégoût qui la paralysait.

Les policiers continuaient de remuer la terre. Plus personne ne prononçait un mot. Chacun savait qu'il n'avait pas encore touché le fond de l'horreur.

Puis ce fut le tour des deux derniers, les corps d'Hubert et d'Amélie.

Ils avaient été ensevelis l'un sur l'autre, juste à côté des trois premiers corps. Eux aussi en pyjama et en chemise de nuit.

Comme Béatrice et sa mère, l'adolescente avait été assassinée d'une simple balle dans la tête. Son frère, en revanche, avait reçu plusieurs projectiles. Dans les jambes et dans un bras, et une dernière rafale à même le visage. Voilà peut-être l'explication du matelas manquant, à moins que ce ne soit à cause de celui qui a été égorgé, se dit le commandant.

Le matelas fut extrait de la terre cinq minutes plus tard. Le sang avait laissé d'énormes taches brunâtres des deux côtés.

Quand les premiers rayons de soleil illuminèrent sur la toile de plastique les cinq corps suppliciés, les policiers avaient ouvert une tranchée de dix mètres de long sur deux de profondeur.

Seul manquait le père.

– L'enculé de sa race maudite ! marmonna le commissaire. Faudrait rétablir la guillotine pour les enfoirés de cette espèce. S'il croit qu'il va courir longtemps, il se goure. On va lui foutre aux basques une armada de flics dont il n'a pas idée.

– C'est un peu vite dit, non ? interrogea le commandant d'une voix lasse.

– Quoi ?

– Je me méfie du genre coupable idéal.

– Tu verras bien la réaction du proc. Le mec annonce le départ de sa famille pour l'étranger et on la découvre en train de pourrir au fond de son jardin, mais lui, que dalle. Il ne fait pas partie des macchabées. Dans n'importe quelle école de police, ce serait bouclé en moins de temps qu'il faut pour le dire.

– On n'a fouillé qu'une trentaine de mètres carrés…

– Eh ben, c'est assez. On va pas retourner tout le jardin. On y serait encore après-demain. Pourquoi ? Franchement pour quelle raison voudrais-tu que le père ait été buté et enterré ailleurs ? Et buté par qui ? Qui aurait bien pu vouloir assassiner toute cette famille ? Ça tient pas debout.

– J'entends bien, mais je déteste les explications trop simples. Je n'y peux rien. Je pense au contraire que l'enquête ne fait que commencer. Tu me disais tout à l'heure qu'il avait hébergé un djihadiste. Où il est celui-là ?

Le commissaire leva les bras au ciel.

– Envolé…

– Quoi ?

– C'est toi le spécialiste des traces. Tu vas nous faire parler tout ça. Tu as du pain sur la planche. Mais mon idée, c'est que le converti a décidé de mettre les voiles avec le terroriste. Il y a eu une embrouille avec la famille et il a buté tout le monde.

Il appela les pompes funèbres pour réquisitionner un convoi, donna ses dernières consignes et s'apprêta à rejoindre sa voiture.

– Je vais me changer. Je passe ensuite à la cellule presse du ministère et on se revoit tout à l'heure chez le légiste.

12 juin 2011
8 heures

Une fois de plus, Georges Chesnier avait réglé son radio-réveil relativement tard. Il n'avait toujours pas envie de se remettre au travail. Sa femme pleurait une partie de la soirée, se couchait de plus en plus tard et mettait des heures à s'endormir. Il faisait le maximum pour la consoler. Il la prenait dans ses bras, lui promettait de ne plus repartir en reportage, lui parlait de vacances au soleil, mais ne parvenait à rien d'autre qu'à gonfler la tristesse qui la dévorait. Elle prononçait le nom de leur fils et fondait en larmes. Chesnier restait étendu à côté d'elle dans l'obscurité et, chaque nuit, le chagrin qui écrasait son épouse coulait dans ses veines comme si elle avait été placée sous perfusion diabolique. Il chavirait dans une mauvaise torpeur à l'aube aussi brutalement qu'on peut s'éteindre d'une balle en plein cœur, puis restait suspendu entre deux mondes à lutter contre les fantômes qui hantaient sa vie depuis des années.

Le flash des infos pénétra dans ses méninges comme la mèche d'une chignole. Le journaliste annonça immédiatement le quintuple meurtre :

« *C'est le papier de notre confrère Georges Chesnier, publié hier dans le* Courrier picard, *qui a été à l'origine de l'intervention des forces de police dans la maison de cet ancien converti à l'islam...* »

Chesnier essaya de trouver une autre station pour en apprendre davantage. Il était à présent tout à fait réveillé.

La sonnerie du téléphone retentit. Allons bon, les confrères ou la police…, pensa-t-il, en décrochant.

– Monsieur Georges Chesnier ?

– Lui-même.

– C'est la directrice de Sainte-Marie. Vous êtes au courant ?

– Depuis cinq minutes.

La femme se mit à vociférer dans le combiné. Elle ne maîtrisait pas sa colère. Elle hurlait et sanglotait à la fois :

– Les enfants, il a tué ses enfants ! Il a assassiné ces petits anges ! Comment le Seigneur a-t-Il pu laisser faire une abomination pareille ? Dites-moi… Vous, vous l'avez vu, ce monstre !

– Je n'en sais pas plus que vous. Je n'ai même pas entendu les infos en entier.

– Qu'avez-vous besoin de savoir de plus pour le faire arrêter ? Sa femme, ses deux filles, ses deux fils… Il les a massacrés et il a pris la fuite. Vous allez l'écrire dans votre journal, n'est-ce pas ? Il faut organiser une campagne de presse pour le faire arrêter.

– Pourquoi affirmez-vous qu'il est le meurtrier ? Quels éléments ont donnés les radios ?

À l'autre bout du fil, la directrice cria plus fort :

– Il n'aurait jamais dû sortir de prison ! Voilà la vérité. Vous me sembliez vous intéresser aux enfants quand on s'est vus. Je veux qu'on leur rende justice, monsieur. Justice !

Chesnier se sentait emporté par ce déluge verbal. Il bredouilla encore quelques banalités et mit fin à la communication. Il comprenait le désarroi de cette femme, mais ses certitudes sur la culpabilité de Verdier, que tout accusait, avaient fait naître en lui une impression de malaise. Cela ne ressemblait pas au souvenir de sa dernière rencontre avec le converti. Quand celui-ci lui avait avoué qu'il crevait de trouille pour les siens. Peut-on tuer ceux qu'on aime ? Sauf à être désespéré ou à vouloir faire souffrir quelqu'un, cela ne s'était jamais vu. Verdier était-il à ce point au bout du rouleau ? Dans ce cas, il se serait suicidé. Et qui l'assassinat de sa femme et de ses quatre enfants pouvait-il punir ?

S'il y avait un papier intelligent à écrire tout de suite sur cette affaire, c'était en posant ces questions. Parce que la curée allait commencer, il n'en doutait pas une seconde. Nombre de ses confrères qui ne connaissaient pas la veille encore l'existence de Verdier allaient le clouer au pilori. Parce que c'était dans l'ordre des choses pour des gens peu informés et soucieux de se situer dans la surenchère.

12 juin 2011
11 heures

Rateau détestait l'Institut médico-légal. Sous la lumière aveuglante des scialytiques, les cinq victimes de la tuerie de Nanterre attendaient les découpeurs, quatre encore dans leur housse mortuaire et la cinquième déjà dénudée sur sa table en inox. Le commissaire de la Crim et son adjoint patientaient à l'écart en compagnie du commandant de l'IJ. Le photographe mitraillait déjà le premier corps préparé pour la dissection.

– La directrice de l'IML est en route, lui dit le commissaire. Elle a tenu à procéder elle-même aux examens. Elle souhaitait également vous rencontrer.

Rateau se serait bien passé de ces mondanités. Une seule chose l'intéressait : savoir si Sébastien Verdier faisait ou non partie des dépouilles. Le commissaire avait annoncé à la presse qu'il était l'auteur du massacre sans aucun élément sérieux pour accréditer cette thèse. Il s'en était excusé au téléphone en reconnaissant qu'au moins un des corps n'avait pu être identifié dans le jardin de la maison.

Rateau se foutait de la manière dont les flics orienteraient leur enquête, mais que Verdier puisse se trouver parmi les victimes du carnage annoncerait des lendemains terribles. Cela signifierait que Farez Ben Yussouf était bien l'auteur de ce bain de sang, qu'un des enfants en avait réchappé et qu'on en aurait des nouvelles en même temps qu'un épouvantable scandale militaro-politique. Mais Verdier pouvait-il réellement avoir flingué sa famille ? Pour quelle raison ? Et où se trouvait alors le djihadiste ? Ça ne tenait pas debout. En revanche, Farez Ben Yussouf pouvait avoir commencé à massacrer la femme et les gosses avant de se faire buter par Verdier. Cela, c'était plausible. Il se pouvait aussi que les policiers soient passés à côté du cadavre du converti au cours des fouilles. Auquel cas, il ne resterait que le problème du Franco-Algérien à régler. Mais quel que soit le résultat des courses, il fallait absolument que le djihadiste ne refasse jamais surface. Jamais. Ni dans le cimetière de la maison Verdier, ni ailleurs.

Rateau fit alors une prière muette pour que tous les gamins aient été flingués, que Verdier ait massacré tout le monde, y compris Ben Yussouf. S'il courait toujours, le pays vivrait prochainement des heures difficiles. Lui, surtout.

Il s'arrêta à deux mètres de la table. Il ne l'avait jamais vue, mais comprit instantanément qu'il avait affaire à Lorraine Verdier.

– J'aurais préféré qu'on commence par la personne défigurée, bougonna-t-il.

Le commissaire fit un signe à l'un des médecins.

Hubert fut extrait du sac à viande et placé à côté de celui de sa mère. Rateau s'approcha. Le visage avait été réduit à l'état de bouillie. La putréfaction commençait à dégrader les chairs. Les tissus étaient cyanosés. À plusieurs endroits, la peau présentait des excoriations et des ecchymoses. Il tenta d'imaginer un homme de quarante-cinq ans, mais renonça. Il fallait attendre les résultats de l'autopsie. Le légiste n'était pas enclin à se perdre en hypothèses.

Il se pencha néanmoins sur la face détruite du cadavre pour essayer de se rappeler un détail de Verdier, et la pestilence entra d'un coup dans ses narines. Il avait déjà vu des morts abîmés par des séjours prolongés sous terre ou dans l'eau, mais rarement dans l'univers glacial et déshumanisé d'un Institut médico-légal. La puanteur le surprit. Ce n'était pas celle d'une vieille charogne, c'était autre chose. Beaucoup plus subtil, comme un parfum qui aurait tourné et aurait dégagé des effluves rances et sucrés. Le commencement de la transformation des tissus. Quelque chose de sournois et répugnant, souligné par un changement de couleur et de formes. Presque rien. Juste assez pour effrayer la vie.

Le commissaire remarqua sa réaction et lui tendit une petite fiole.

– Pommade Vicks Vaporub. Vous en voulez ? Il y a du thym, du camphre et de l'eucalyptus.

Rateau l'ignora. Non seulement il avait déjà vu des macchabées, mais il avait aussi personnellement refroidi plus d'un mec. Pouvait-il en dire autant, ce rond-de-cuir ?

Le médecin-chef entra dans la salle. Elle portait une combinaison blanche, un tablier en caoutchouc, un bonnet et une paire de lunettes aussi large que des Ray-Ban des années 1970. Elle s'adressa aussitôt à Rateau :

– Vous êtes la personne du ministère de la Défense ?

Il fit un signe affirmatif.

– Vous souhaitez assister aux cinq autopsies ? Il y en a pour des heures…

– Je veux seulement connaître l'âge de celui-là, répondit-il en désignant Hubert.

– Bien. Nous allons nous mettre au travail. Vous tiendrez le coup ?

La question irrita Rateau. Ils s'étaient décidément tous donné le mot.

– Parce que si vous continuez à bloquer votre respiration, vous allez vous retrouver sur une de ces tables rapidement. Je n'aimerais pas avoir à vous présenter à ma collection de scalpels. Vous êtes plutôt bel homme. Le plus tard sera le mieux, n'est-ce pas ?

Rateau ne put se retenir de rire. Cette bonne femme était moins désagréable que sa réputation le prétendait. À nouveau, la puanteur du cadavre l'agressa. Il s'excusa en portant un mouchoir à son visage.

– Ne vous en faites pas, s'amusa le médecin. Personne ne s'y habitue. Heureusement d'ailleurs. On prend seulement ses précautions. Après plus de dix mille autopsies, j'arrive toujours le nez chargé comme une cocaïnomane. Bon, je vais procéder tout de suite à l'ablation du plastron sterno-costal puisqu'il n'y a pas de traces de projectile dans la poitrine. Ça ira ?

Rateau sentait le sang se vider de ses joues. Qu'est-ce qu'on avait bien pu lui raconter ? Un ponte des Services secrets, tout le bla-bla… Elle le mettait à l'épreuve.

– Vous connaissiez ces gens ? demanda-t-elle.

– Négatif.

– Alors, pourquoi êtes-vous ici, si je puis me permettre ?

– Parce qu'il en reste apparemment encore un à tuer, fit-il négligemment. Il faut que je sache lequel.

– OK, siffla-t-elle entre ses dents. Je vais essayer de vous dire rapidement ce que vous voulez savoir. Et surtout, si vous tournez de l'œil, n'allez pas vous évanouir sur mon patient. Mes outils sont tranchants.

Une heure plus tard, elle avait vidé la cage thoracique, retiré le massif facial, pesé chaque organe, curé les ongles et planté des tiges d'aluminium dans les blessures. Elle ne lui avait rien épargné.

Rateau rongeait son frein en silence, pensant qu'elle devait déjà connaître depuis longtemps la réponse à sa question.

– Je dirais entre quinze et dix-sept ans ! déclara-t-elle subitement.

Rateau la salua d'un vague signe de tête et quitta la salle sans un regard pour l'équipe de policiers restée à l'écart.

Dix ans plus tôt

Plus d'une heure qu'il patientait dans l'antichambre du bureau du patron. La clim ne fonctionnait pas. Il avait soif. À part l'eau du vase avec les fleurs, il n'y avait rien à boire. Il considéra un instant ses chaussures poussiéreuses et en frotta les pointes sur ses bas de pantalon. Le commandant Rateau fouilla ensuite dans sa poche et relut la note trouvée en début d'après-midi dans son courrier. C'était le genre de convocation qu'il n'aimait pas. Pas une seule formule de politesse. Seulement un horaire et cette précision : « Avec le dossier Verdier. »

Cinq minutes plus tard, la porte capitonnée s'ouvrit sur le directeur délégué. Comme à son habitude, le bonhomme avait le teint chiffonné. Avec quelque chose en plus, peut-être, les mâchoires crispées et les lèvres pincées. Rateau se leva, mais ne s'avança pas pour éviter de le dominer avec les quinze centimètres qu'il lui rendait.

– Vous avez apporté les documents ?

– Oui, monsieur.

– Suivez-moi.

Rateau salua respectueusement et s'avança dans le bureau.

– J'ai lu votre dernier rapport, mon vieux. C'est complètement fumeux.

Rateau attendit la suite.

– Vous n'avez rien à dire ?

– Je réfléchis, monsieur. Je me demande ce qui ne vous a pas plu.

– Mais toute cette histoire, mon vieux. Comment se fait-il que ce Verdier ne soit plus dans sa boîte ?

– S'il s'agit de cela, c'est complètement indépendant de notre volonté. Il a été viré, on n'y peut rien.

– Ce n'est pas le propos. Je me doute bien que vous n'alliez pas dire à son DRH : « Ah, ce garçon nous livrait des infos sur ce que fait votre entreprise à l'étranger, il faudrait voir à le réintégrer... » Vous me prenez pour un demeuré ?

Le commandant écarta les bras en signe d'impuissance.

– On ne sait pas pourquoi il a perdu son emploi. Or c'est l'information numéro un que vous auriez dû consigner dans son dossier.

– Autant que je sache, raisons économiques, monsieur.

– Sa boîte a-t-elle eu vent de quelque chose ?

Rateau déplia ses jambes pour se donner une contenance. Et pour calmer la colère qu'il sentait monter. Un jour, il emplafonnerait ce type. Il lui écraserait la gueule sur son bureau. Ou dans sa tasse de camomille. La soif le taraudait maintenant et il lorgnait sur la théière qui fumait devant le petit bonhomme. L'autre ne lui avait rien proposé à boire et il allait bientôt s'enfiler une rasade de liquide, l'auriculaire dressé comme les bonnes femmes dans les salons, ça le mettait en pétard. Que pouvait-il bien répondre à cet âne bâté ?

– Il a toujours fait ce qu'on lui a demandé. Discrètement. En vrai pro. Il nous a beaucoup aidés. Une excellente recrue.

– Arrêtez votre baratin, mon vieux. Vous lui avez confié une mission complètement absurde. Je vous assure que si la DST l'apprend, vous en entendrez parler.

– Cela ne relève pas de ce service.

– Ah bon ? Les stups, les cités, ce n'est pas de la compétence de la Sécurité du territoire ? Et depuis quand ?

– Il remonte un réseau au Maroc. Ce n'est pas la DST qui va le faire.

– Mais vous êtes totalement irresponsable, mon vieux ! Depuis quand on confie ce genre de boulot à un pékin dont on ne sait rien ?

– Mais je le connais comme si je l'avais fait. C'est moi qui l'ai formé. Je n'ai toujours eu qu'à me louer de ses services.

– Oui, quand il était dans son entreprise.

– Négatif. Depuis son service militaire.

– Et maintenant, vous le lâchez dans la nature en attendant qu'il vous débite toutes les conneries qui lui passeront par la tête ! Vous le payez combien ?

– Je lui ai donné une provision de huit mille francs.

– Rien que ça pour une histoire de dope !

– La dope, monsieur, c'est le nerf de la guerre de la bande que Verdier a infiltrée. En soi, ça n'aurait pas d'importance pour nous, j'en conviens, si ce n'était relié à un réseau islamiste. Le bureau est au courant depuis le début de la manip. Je vous en avais touché un mot moi-même, il y a quelques semaines.

Le regard du patron transperça Rateau.

– Je le découvre.

– Pourtant…

– Non, je ne savais pas que vous aviez mis un indic civil sur ce coup. Vous ne me l'aviez pas clairement expliqué. Vous allez laisser tomber ce Verdier et reprendre l'affaire avec nos équipes habituelles.

– Verdier est déjà au centre du dispositif…

– Foutaises ! J'exige que ce type soit écarté. Vos anciennes méthodes, c'est terminé.

– Sans vouloir vous contredire, monsieur, nous avons déjà bien avancé grâce à lui. Nous collons aux fesses d'une bande décidée à mener des actions violentes contre le pays et contre les États-Unis. Bientôt, nous obtiendrons l'organigramme complet du réseau avec les têtes pensantes et les donneurs d'ordre. Si nous écartons Verdier, nous devrons tout reprendre à partir de zéro. Je vous demande encore une quinzaine de jours.

– Pas une heure. Vous démontez votre dispositif. Vous coupez les ponts avec votre informateur.

– Mais je me suis engagé et il a pris des risques.

– Vous laissez tomber, Rateau. C'est un ordre. Quant à votre histoire de réseau islamiste, vous allez me pondre un rapport circonstancié. Tout passe par la sous-direction, désormais. Certains de vos collègues l'ont compris. Je me demande pourquoi vous traînez toujours des pieds pour appliquer les nouvelles consignes. C'est irritant, à la fin.

– Monsieur, cet informateur risque de prendre cher si nous le lâchons.

– C'est-à-dire ?

– S'il ne se trouve plus sous la protection des Services lorsque l'opération sera déclenchée par les forces de police, il sera pris dans les mailles du filet au même titre que les terroristes qu'il poursuivait. Les magistrats ne lui feront aucun cadeau. C'est cela que vous voulez ?

– Dites-moi, Rateau, votre protégé, il a supervisé des go-fast, n'est-ce pas ?

– Cela a fait partie de sa couverture.

– Il a dû palper pas mal d'argent ?

Rateau s'épongea le front.

– Il a toujours été convenu que ces sommes seraient reversées aux Services.

– Je vois, je vois, murmura le directeur délégué en plissant les yeux.

Puis il éleva le ton :

– Eh bien, vous allez me laisser tomber ce type. Je vous le confirme et je ne reviendrai pas dessus. Ce sera comme je dis ou vous prendrez la porte avec un paquet de jours d'arrêt. Je me fous de ce qui pourra arriver à votre pseudo-informateur. C'est fini l'époque des opérations parallèles, Rateau !

14 juin 2011
10 heures

L'imam Saif al Hassine était plongé dans un abîme de perplexité. La colère, qui l'étouffait encore la veille, l'avait quitté. Depuis qu'il avait appris à lire le Coran, c'était la première fois qu'il manquait les deuxième et troisième prières de la journée. Il était avachi derrière la fenêtre de l'appartement témoin d'une barre d'immeubles de Gennevilliers. C'était une solution provisoire, le temps lui filait entre les doigts, il angoissait, rien n'avait fonctionné comme il l'avait planifié.

Il fixait depuis des heures le clocher de la vieille église du XIVe siècle, essayant de comprendre ce qui avait pu se produire en maudissant ce satané pays de croisés.

Karim préparait des litres de thé et en approvisionnait régulièrement la théière posée devant lui.

Assis sur le sofa en tissu multicolore, l'informaticien attendait que le patron retrouve ses esprits et décide de la marche à suivre. Ni lui ni Karim n'avaient jamais vu l'imam dans un tel état d'abattement. La nouvelle du quintuple meurtre l'avait ébranlé aussi sûrement que l'aurait fait une compagnie de CRS encerclant sa tanière.

– Pourquoi Abdelaziz a-t-il fait ça ? se lamenta-t-il.

Karim s'approcha respectueusement.

– Vous ne devriez pas rester devant la fenêtre.

– Et où est Farez ?

Karim préféra garder le silence.

– Tu penses qu'il a pu exécuter les roumis ? s'inquiéta Saif al Hassine.

– Je n'en ai pas la moindre idée.

– Il doit bien y avoir une raison à ce massacre. Farez ou Abdel aurait dû nous contacter.

– Peut-être que c'est la police qui…

L'imam balaya cette hypothèse d'un revers de main rageur.

– Absurde !

– Dégâts collatéraux…

– On aurait retrouvé le père ou notre messager parmi les victimes. Dans ce cas, il y aurait eu aussi des morts parmi les assaillants. Ça ne tient pas la route.

Saif al Hassine recommençait à s'énerver. Karim jeta un coup d'œil anxieux à l'informaticien.

– Les médias ont dit la vérité. C'est le père qui a pété les plombs. Mais ça n'explique pas pourquoi Farez a foutu le camp avec le message de l'émir. Il s'est même pas pointé à la buvette pakistanaise devant la mosquée. C'étaient les consignes en cas de problème ; il le savait. Et après tout, il connaît par cœur le coin. *Nardin.*

L'imam se saisit de la théière et la fracassa contre un mur. Karim se précipita, affolé.

– Les voisins vont nous entendre !

– Cette opération que je prépare depuis des mois est en train de tourner au fiasco, reprit Saif al Hassine en cherchant à contrôler sa rage. Les frères égyptiens ne nous feront plus confiance. Ils vont nous couper les financements.

– Il reste nos propres réseaux.

– Avec tout ce bordel, c'est fini. Pour longtemps.

Nourredine Saif al Hassine était catastrophé à l'idée que les nouveaux chefs d'Al-Qaida puissent découvrir son échec.

– Comment vais-je expliquer que nous avons perdu le testament d'Oussama ?

– Il faut reprendre contact avec le commandant pakistanais, avança Karim.

– J'ai essayé depuis ce matin. Ça répond plus. Ni commandant, ni messagerie.

– Il est certainement dans une zone non couverte.

Saif al Hassine leva vers lui des yeux presque implorants.

– Tu crois ?

– J'en suis sûr. Il doit être en mission. Nous reprendrons contact dans quelques heures, voire quelques jours.

– Nous pouvons rester ici une semaine. Pas plus. Après, le bureau des ventes va rouvrir.

– Peut-être devrions-nous aller là-bas, suggéra tout à coup l'informaticien.

Saif al Hassine plissa les yeux et sembla réfléchir.

– Bien sûr. Faut aller chercher une copie du message, dit-il en regardant Karim.

– Ça nous avancera à rien. On peut décider nous-mêmes de la campagne de terreur à mener. On n'a pas besoin de cette foutue clé USB.

– Cette clé est capitale.

– Moi, je peux trouver dix connards demain et les envoyer se faire exploser n'importe où.

– Tu es plus malin que tout le monde, Karim. Nous le savons…

– J'ai pas dit ça.

– Si, tu l'as dit. Tu nous as clairement indiqué que le message de l'émir ne t'intéresse pas. En fait, tu voudrais décider à sa place…

Le garçon se figea. Le teint de son visage vira au gris.

– Tu as déjà commis des erreurs qui auraient dû te coûter la vie, et tu as le front de me défier…

Karim bredouilla :

– Je voulais aider, c'est tout. Nous n'avons pas le temps matériel d'aller au Pakistan, de récupérer la clé et de revenir la traiter ici. En ce qui me concerne, j'ai plus de passeport. Et vous…

– Il y a sur cette clé les codes d'un compte en banque dont nous avons besoin pour organiser la vague d'attentats, foutu crétin, rétorqua l'imam. Donc, il faut retourner là-bas et faire vite au cas où Farez aurait eu la mauvaise idée d'essayer de décrypter la clé de son côté.

L'informaticien se leva du sofa et ramassa son sac.

– Impossible.

– Tu en es certain ? demanda Saif al Hassine.

– C'est *im-pos-sible.*

– Alors, comment fait-on ?

– J'irai, moi. Je décrypterai sur place. On aurait dû commencer par là.

C'était la pire des solutions pour l'imam. Mais, tout bien pesé, il n'en voyait pas d'autre. Il lui resterait à inventer une explication à donner aux Pakistanais et, ensuite, aux Égyptiens. Pour ne pas se laisser marginaliser et les persuader qu'il conservait la direction des opérations à venir.

– Il parle comme un sage, dit-il à Karim en montrant du pouce l'informaticien.

Puis, se tournant vers celui-ci :

– Tu vas me préparer un nouveau programme de décodage. Quand tu auras décrypté le message sur place, tu l'encoderas à nouveau pour me le transmettre. Tu peux faire ça ?

– J'en ai pour deux ou trois heures de travail.

– Il faut que tu puisses me retransmettre le message de l'émir absolument sans risque.

– Le mail suivra un chemin compliqué avant d'accéder à ta boîte personnelle. Le transfert lui fera parcourir de nombreux détours par des serveurs de redirection installés dans différents pays. J'ai l'habitude. Il sera impossible de l'intercepter. Même pas de le suivre.

Saif al Hassine lissa son bouc.

– Je ne tolérerai aucune erreur.

– Je sais. Je n'en ferai pas.

– Parfait. Quand t'auras terminé ton programme, je t'expliquerai où t'iras et comment tu entreras en relation avec le commandant. Ce sera un jeu d'enfant. Ensuite, tu fileras à l'aéroport pour acheter au comptoir le billet d'avion. Tu obtiendras un visa directement à l'arrivée à Islamabad.

Saif al Hassine se frotta les mains. Bientôt, cette histoire ne serait plus qu'un mauvais souvenir. Il serait en possession du testament de l'émir et de l'argent du compte d'Al-Qaida. D'ici là, il réfléchirait à la manière de perpétrer les attentats dont Farez devait s'occuper. Karim allait lever une armée de *shahid* qui se feraient sauter sur les objectifs choisis. On commencerait par les deux crétins qui avaient décapité la femme à Nanterre. Et il y en aurait beaucoup d'autres.

Dix ans plus tôt

Le modeste pavillon était situé au fond d'un jardin où la végétation avait poussé en liberté. Cela donnait à l'endroit un aspect mystérieux qui plut à Verdier. Un chemin serpentait entre des massifs de fleurs, des bosquets hirsutes et, par endroits, des bouquets de sorbiers. Des arbres fruitiers avaient été plantés sans ordre au milieu de cette débauche de verdure. Certains portaient encore leurs fruits. Les murs extérieurs étaient masqués par d'immenses bambous.

Mustafa pressa la sonnette d'un interphone à la porte d'entrée, et une voix interrogea :

– C'est pour quoi ?

– Mustafa.

Un mécanisme électrique libéra le verrou. Verdier entra derrière Mustafa. Après avoir franchi le hall, ils traversèrent une enfilade de pièces. L'intérieur était d'une simplicité confondante. Un vieux carrelage sans couleur au sol, rien sur les murs. Ni papier peint, ni peinture, seulement le plâtre. Pas de meubles. Une porte entrouverte donnait sur la dernière salle du rez-de-chaussée où deux énormes canapés en tissu bariolé encadraient une table basse. Rien d'autre. Abou était assis en compagnie d'un Européen d'une trentaine d'années au visage quelconque, vêtu sobrement.

– *Salam Aleikoum !* dit Verdier.

Les deux hommes le saluèrent à leur tour et l'invitèrent à s'asseoir. Le Blanc lui fit une place à côté de lui sans dire un mot.

– Nous avons un problème, annonça immédiatement l'imam. Je suppose que tu as vu comme nous tous comment les frères ont frappé le Grand Satan.

Verdier ne répondit pas.

– Le chef de cette mafia vient de prononcer un discours. L'Amérique est en guerre. Bush avait avec lui les plus grands criminels de son pays, les Cheney, Powell, Rumsfeld et Mueller. Tu n'as pas vu ?

– Non.

– Plusieurs capitales étrangères lui ont apporté leur total soutien : Londres, Rome, Bonn, Ottawa, Tokyo... et Paris. Et nous sommes visés. Dès hier soir, j'ai eu vent d'informations alarmantes. La police pourrait procéder dans les heures qui viennent à une gigantesque rafle dans nos milieux. Inutile de dire qu'on ne va pas l'attendre sans bouger.

– Nous allons faire quelque chose ?

Abou sourit en plissant les yeux.

– Serais-tu impatient d'en découdre ?

– Je ne sais pas. Je demande, c'est tout. Je ferai ce qu'on me commandera.

– C'est bien. Mais ce n'est pas à l'ordre du jour. Plus tard, sans doute, lorsque l'émir nous l'ordonnera. Dans l'immédiat, nous devons quitter nos retraites habituelles et nous regrouper dans des sanctuaires que nous avons organisés de longue date. Nous ne pouvons plus utiliser l'annexe de la mosquée de Nanterre ni la librairie parisienne. Et plusieurs de nos frères ont déjà quitté leur domicile. Comme toi que Mustafa est venu chercher ce matin. Nous allons traverser une période difficile. La coalition des croisés et des juifs voudra nous faire payer notre attaque contre New York. Beaucoup de gens vont être emprisonnés, beaucoup d'autres vont mourir.

– Puis-je poser une question ? demanda Verdier.

– Nulle contrainte en religion, car le vrai chemin s'est distingué de l'égarement. Dis-moi ce qui te préoccupe.

– Était-ce le bon endroit et le bon moment pour se venger des États-Unis si tant des nôtres doivent mourir ensuite ?

– Je comprends tes inquiétudes, mais nous n'avons pas le temps de discuter de cela. Sois sûr que si Ben Laden l'a décidé, c'est que Dieu le souhaitait assurément. L'heure de la création d'un grand califat islamique a sonné. Nous ne pouvions pas patienter davantage. Reste qu'ici, nous devons nous protéger. Tu vas retourner à Casablanca dans un premier temps. Nos frères du Groupe islamiste combattant marocain t'accueilleront.

– Je pars avec Mustafa ?

– Non, tu partiras seul. Lui a encore une mission à remplir ici.

– Comment je vais faire ?

– Comme d'habitude, intervint Mustafa. Tu contacteras Rachid. Il est au courant de tout.

– Ensuite, continua Abou, dès que cela sera possible, tu rejoindras la terre d'élection de notre émir.

– L'Afghanistan ?

– Oui. Tu y seras en sécurité pour recevoir un complément de formation. Après quoi, tu reviendras. Tu parles allemand, espagnol et anglais, nous verrons où tu nous seras le plus utile. Es-tu heureux ?

Verdier bafouilla trois ou quatre mots inaudibles. Abou poursuivit :

– Nous venons de remporter une victoire éclatante. Bush a comparé notre attaque à Pearl Harbor ! Pourtant, nous ne disposions pas de trois cent cinquante avions, nous n'en avions que quatre. Et dix-neuf combattants seulement. Mais nous avons tué plus d'infidèles que les Japonais le 7 décembre 1941 ! Et lorsque le temps sera venu de frapper les pays à la solde du Grand Satan, nous ferons plus de morts encore. Nous pulvériserons les trains, nous ferons tomber d'autres avions, nous abattrons la tour Eiffel, nous empoisonnerons l'eau s'il le faut… Nous sommes déterminés, donc nous gagnerons. Le drapeau vert de l'islam flottera sur toutes les capitales européennes, *Inch Allah* ! Ce qui est sûr maintenant, c'est que nous n'attendrons pas de dominer l'Occident grâce aux ventres de nos épouses. C'est par le sabre que nous vaincrons. L'Amérique est en guerre ? Très bien. Nous, nous avons déclenché le djihad. Ceux qui font la guerre à Dieu et à son messager et qui cherchent le désordre sur terre, leur salaire sera d'être tués ou crucifiés ou d'avoir une main et le pied opposé coupés ou d'être bannis du pays. Ce sera leur honte en cette vie et ils connaîtront les affres de la punition divine. Et ceux qui n'iront pas au combat, Dieu les frappera d'un affreux tourment et les remplacera par un autre peuple. On ne saurait nuire à Dieu, car Dieu peut tout. *Ma'a salâma*, mon fils.

16 juin 2011
18 h 15

Le message arriva sur l'ordinateur de l'attaché militaire de l'ambassade américaine à Paris en fin de journée. L'informateur d'Air France faisait décidément de l'excellent boulot. Les dollars n'étaient pas dépensés inutilement. La jeune femme avait fait un sans-faute depuis son recrutement, un an plus tôt. Ses dons de physionomiste dépassaient l'entendement. Il lui avait suffi à plusieurs reprises d'une photo d'identité ou d'un simple portrait-robot pour repérer les personnes à risques de la liste établie par ses services.

Elle l'avertissait de l'embarquement d'un certain Pierre Fitoussi sur le vol de la Thaïe à destination d'Islamabad, prévu à 20 heures. La personne correspondait à l'indice FR202 du fichier. Elle avait acheté son billet en liquide au comptoir de la compagnie et voyageait seule, sans bagage à mettre en soute.

L'officier rédigea aussitôt un mail sur la ligne réservée à l'intention du quartier général de Langley, et alluma une cigarette.

Trente minutes plus tard, son correspondant de la CIA accusait réception du message. L'attaché militaire n'avait plus qu'à attendre confirmation de l'embarquement de la cible. Il écrasa sa dernière cigarette à peine entamée, se déshabilla pour enfiler une tenue de sport, appela son chauffeur et lui demanda de l'emmener au bois de Boulogne. Il avait envie de courir. Trois ou quatre tours du lac lui calmeraient les nerfs. Cela faisait six mois qu'il pistait l'homme qui allait s'envoler pour le Pakistan. Jérôme Divier, Ariel Fishbach, Gabriel Lançon ou Pierre Fitoussi…, c'était le même salopard que celui qui avait craqué la protection du faux système informatique de l'ambassade. Le leurre avait fonctionné à merveille, mais il avait fallu des milliers d'heures de travail pour remonter jusqu'à lui. Il avait jusqu'à présent échappé à toutes les tentatives d'interception, changeant de nom et d'adresse aussi vite que s'il avait eu le diable aux fesses.

Et il venait de commettre une erreur magistrale. Il quittait la France pour rejoindre une zone de non-droit. Il serait allé ailleurs en Europe, on aurait pu envisager de le serrer à Roissy. Mais ce voyage au Pakistan laissait entrevoir à l'officier américain d'autres implications du bonhomme qu'il convenait d'examiner de près.

17 juin 2011
9 heures

Moins d'une semaine après la découverte des cinq cadavres, la presse avait pris son parti de l'affaire, qualifiée du pire fait divers depuis Petiot. La dimension politique du drame était totalement passée à la trappe. C'était à croire que l'ensemble des journalistes avait lu en diagonale le premier papier de Chesnier. Il n'était plus question des relations de Verdier avec les milieux salafistes. On évoquait à peine son passé. Il était présenté comme un paumé qui avait trempé dans des affaires de trafic de stups organisées par des islamistes de la banlieue Nord. Nulle part, il n'avait été question du 11 Septembre. Ni de Casablanca, ni de l'Afghanistan.

En reposant les canards dans la salle de documentation du *Courrier*, Chesnier se retint d'éclater de rire. C'était un cas d'école de manipulation de l'information comme il n'en avait encore jamais vu. L'Intérieur avait bombardé de notes l'ensemble des rédactions. Son porte-parole s'était mis en quatre pour rencontrer tous les confrères qui l'avaient souhaité. De son côté, la police n'avait pas été en retrait. Le commissaire de Nanterre avait multiplié les conférences de presse. Idem pour le patron de l'IJ.

Même le médecin-chef de l'IML, connue pour ses préventions à l'égard des journalistes, avait organisé un point presse afin de détailler la manière dont la famille Verdier avait été assassinée. Selon elle, le calibre utilisé – du 22 long rifle, une munition de « père de famille » – accréditait la thèse selon laquelle Sébastien Verdier était le meurtrier. Restait à savoir ce qui avait déclenché ce coup de folie. Mais ce n'était plus ses oignons, avait-elle ajouté. Le juge en charge de l'affaire saurait l'expliquer une fois qu'on aurait arrêté Verdier.

Un journaliste du *Parisien* avait d'ailleurs sorti le premier scoop de cette histoire : une source de la gendarmerie des Landes affirmait que l'assassin en cavale avait été repéré par la caméra d'un distributeur bancaire dans la région de Bordeaux. La chasse à l'homme était ouverte.

Plusieurs sondages effectués auprès des lecteurs faisaient état d'un basculement subit de l'opinion. 65 % des personnes interrogées plaidaient pour le rétablissement de la peine de mort. En tout cas pour ce genre d'individu. Les crimes de Sébastien Verdier étaient inexcusables, inamendables. Quant à ceux qui n'envisageaient pas le retour de la guillotine, ils espéraient que les forces de l'ordre le tireraient à vue.

Le drame avait d'ailleurs débordé des frontières hexagonales. En Belgique, en Allemagne, en Espagne et en Italie, l'affaire occupait les manchettes des principaux journaux. Le sentiment des populations était, peu ou prou, le même qu'en France.

– Tu voudrais qu'on le raccourcisse, toi ? demanda Chesnier à Marie, la documentaliste.

– Je préférerais qu'on lui coupe les couilles d'abord.

– Il n'a violé personne…

– M'en fous ! Faut qu'il souffre.

– Et s'il n'était pas coupable… ?

La fille le considéra d'un air offusqué.

– T'es tombé sur la tête, mon pauvre Georges !

– Tu n'as pas lu mon papier ?

– Bien sûr que je l'ai lu. Je l'ai décortiqué et rentré dans la base des archives. Et ça change quoi toutes tes conneries ?

– Le fait qu'il adorait sa famille, qu'il cherchait à la protéger…

– De quoi ?

– Je ne sais pas. Mais c'est ainsi. Et tous les mecs bizarres qui tournaient autour de lui, ça ne t'interpelle pas ?

– Pas vraiment.

Chesnier courba l'échine et s'esquiva. Il était inutile de discuter. Lui-même ne savait plus trop quoi en penser.

17 juin 2011
19 h 30

Lesquin ne fut pas long à se rappeler au bon souvenir de Chesnier. Mais le plus extraordinaire est qu'il fit l'effort de se déplacer jusqu'à Amiens. Il n'alla pas au journal. Il se planta devant son immeuble et attendit son retour de la rédaction.

Quand il le vit arriver, il baissa la vitre de la voiture et l'interpella :

– Georges !

– Qu'est-ce que tu fous là ?

– Monte, Georges !

Le major avait déjà ouvert la porte, côté passager.

– Ça pue l'embuscade, lui dit Chesnier.

– C'est notre affaire qui pue. Je déteste ce que je viens faire, mais j'agis sur ordres.

Chesnier s'installa et souffla dans ses mains. À Amiens, le thermomètre était retombé d'un coup, frôlant des températures hivernales.

– Je vais te donner deux ou trois infos *en exclusivité*, Georges, mais j'exige un retour de ta part.

– Tu m'as déjà fait le coup, et je passe pour un con.

– Pas du tout. Tu peux te vanter d'avoir lancé l'affaire.

– Tu parles ! Tout ça est enterré aujourd'hui. Après les trois ou quatre reprises de mon papier, le matin de sa parution, les choses ont bien changé.

– Je ne comprends pas…

– Ne fais pas l'idiot. Aujourd'hui, tout le monde a déjà condamné Verdier. Ce n'est plus qu'un abominable fait divers. Tout le reste a été passé sous silence.

– Ah oui, qu'est-ce que j'y peux ? dit le major en faisant un signe d'impuissance.

Chesnier rouvrit la portière.

– Dans ces conditions, nous n'avons rien à nous dire.

Lesquin le rattrapa par le pan de la veste.

– Écoute, l'affaire est grave au point que mon pote des Services est allé assister aux autopsies de la famille. Pour s'assurer que le père ne se trouvait pas parmi les victimes. Mais la vérité, c'est qu'il voulait savoir s'il n'y avait pas quelqu'un d'autre.

– Qui ?

– Désolé, il est resté mutique quand je le lui ai demandé. On est allés bouffer ensuite, on a picolé comme des Polonais, et il m'a fait une déclaration étonnante.

– Vas-y.

– Il m'a confié qu'il s'en voulait d'avoir laissé tomber Verdier. Que tout ce qui était arrivé était de sa faute.

– Ils se connaissaient ?

– Depuis une vingtaine d'années. Depuis l'armée. Verdier travaillait pour lui. Dans sa boîte, d'abord. Puis ensuite, quand il est passé de l'autre côté du miroir.

– Les islamistes ?

– Oui. Il y a eu des hauts et des bas, d'ailleurs. L'arrestation et l'emprisonnement de Verdier n'étaient pas prévus. Mon pote a fait le maximum pour que sa peine soit écourtée et il a lâché l'affaire progressivement. Selon lui, à la demande de sa hiérarchie. C'est ça qu'il ne se pardonne…

Chesnier lui coupa la parole :

– Est-ce que tu crois à la culpabilité de Verdier ?

– Pourquoi tu poses la question ?

– Réponds. Sincèrement.

– Je n'ai aucun élément. Mais si je considère ma dernière conversation avec mon pote, la réponse est plus complexe que ce qu'on a fait dire à tes confrères.

– Tu es d'accord qu'ils ont tous été manipulés ?

– C'est plus subtil, Georges. On colle sur le dos de Verdier un crime familial épouvantable pour que certaines personnes l'oublient et qu'on ait une chance de le récupérer vivant.

– Mais mon pauvre ami ! Avec ce qu'on dit de lui, ce mec va se faire sauter le caisson.

– C'est un risque.

– Qui sont les personnes dont tu parles ?

– Imagine un billard à trois bandes. D'un côté, les islamistes. Des deux autres, les Français et les Américains.

– Les Services ?

– Oui.

– Pourquoi les Américains foutraient-ils leur nez dans cette pétaudière ?

– Le terrorisme, ça les concerne un peu, non ?

– Tu m'en dis trop ou pas assez.

– Je t'ai raconté déjà pas mal de choses. Et y aura une suite. Promets-moi de capitaliser tout ça et de le publier quand je te le dirai. D'ici là, mène ta propre enquête et tiens-moi au courant. Je te garantis que le jour où ton canard sortira, ce sera le scoop de l'année. De la décennie…

– Dis-moi au moins pourquoi les Américains sont sur le coup ?

Lesquin hésita, puis reprit d'une voix à peine audible :

– Ils pistaient un djihadiste de chez nous en Afghanistan. Ça te rappelle quelque chose ? C'est la manip à laquelle tu as été associé, là-bas, avec le RIMa. Bref, les Ricains ont pris le relais des Français, mais le type leur a filé entre les doigts et il s'est barré en direction de l'Europe. On pense que nos alliés ne l'ont pas lâché d'une semelle, et il semble que la chasse ait continué chez nous. De notre côté, quand nous avons appris que le type était originaire de Nanterre, nous avons fait le lien avec Verdier. Comment ? Probablement à cause de l'histoire de l'imam. Trop tard aussi, rapport aux événements que tu connais. Ça vaut ce que ça vaut, mais on se pose des questions. En tout cas, si Verdier sait quelque chose, raison de plus pour essayer de l'avoir vivant. On doit le protéger de nos ennemis autant que de nos amis. Tu saisis ?

– Pas vraiment. Cela ressemble bel et bien à un sacré merdier.

– C'en est un. À part ton imam, tu n'as vu personne d'autre chez Verdier ?

– Tu le saurais déjà si c'était le cas.

17 juin 2011
20 heures

Une enveloppe « E.V. » avait été glissée dans la boîte aux lettres de Chesnier. Il la fit tourner entre l'index, le majeur et l'annulaire, puis se décida à l'ouvrir. Le texte avait été tapé à l'ordinateur :

« Vous êtes allé chez Abdelaziz Sébastien Verdier. Nous le savons. Aujourd'hui, toute sa famille et lui ont disparu. Les journaux disent qu'il s'est échappé et qu'il est le coupable. Mais il y avait une autre personne chez lui, la nuit des meurtres. Un frère rentré d'Afghanistan qui se reposait. Lui aussi a été tué et on n'a pas retrouvé ses restes. C'est la police française qui a exécuté tout le monde et qui a caché Abdelaziz Verdier pour lui faire porter le chapeau. Si vous voulez plus de détails, vous attendrez demain soir devant chez la femme qui a été assassinée par des voyous dans sa maison le long de la voie express A86. Vous venez seul. »

Chesnier se retourna pour vérifier qu'il n'avait pas été suivi, puis se rua chez lui. Il était inutile de lui faire un dessin. L'auteur de la lettre appartenait à la tribu qui l'avait pourchassé à Nanterre. Ces enfoirés l'avaient retrouvé et ils avaient eu le culot de venir jusqu'à Amiens. Mais pourquoi ce mot ? Pourquoi ne lui étaient-ils pas tombés dessus entre le journal et son domicile ?

Il trouva, comme à son habitude, sa femme prostrée dans le fauteuil du salon.

– Ça va ? lui demanda-t-il. Quelqu'un est venu aujourd'hui ?

– Personne, dit-elle en refermant les yeux.

Chesnier mit son smartphone sous tension pour appeler Lesquin, mais se ravisa. Il avait le temps de lui reparler de l'invité surprise de Verdier.

Il avait la nuit pour décider s'il se rendrait ou non le lendemain à ce rendez-vous qui ressemblait à s'y méprendre à une embuscade.

19 juin 2011
10 heures

À la demande de Rateau, le major Lesquin communiqua au journaliste de *Sud-Ouest* rattaché à l'affaire Verdier une info inédite. Le gendarme était descendu dans les landes examiner la bande-vidéo de la banque où il se disait que Verdier était venu retirer de l'argent. Puis il avait fait un crochet par le journal. Il connaissait de fond en comble le groupe de presse pour avoir longtemps travaillé dans la région. Il ne s'annonça même pas. Il entra dans le bureau et proposa au reporter d'aller boire un coup.

Ils s'installèrent au café de la Mairie et la conversation roula immédiatement sur le carnage de Nanterre.

– Tu savais que Verdier avait eu autrefois une maîtresse dans les environs ? demanda Lesquin.

Le journaliste était ferré. Après quelques verres, l'adjudant consentit à en dire plus. Il lui révéla que la femme avait disparu et que sa sœur l'avait signalé au groupement local de gendarmerie. Il lui donna le nom et l'adresse et insista sur le fait qu'il lui faisait un beau cadeau. La contrepartie était qu'il ne cite pas sa source. Sauf à prendre le risque de ne plus rien obtenir.

Le lendemain, *Sud-Ouest* faisait sa une avec l'interview de la sœur.

19 juin 2011
minuit

L'informaticien descendit de l'autobus, les reins cassés. Les vingt-quatre heures de voyage pour rejoindre le Nord lui avaient ruiné le dos.

Des lampes hésitantes clignotaient dans le village plongé dans la touffeur de la nuit. Il regarda autour de lui. Pas un arbre, pas une fleur pour égayer ce lieu de perdition où tout n'était que cailloux, terre et poussière. Les derniers passagers du bus s'étaient évanouis dans l'obscurité. Y compris les quatre touristes européens qui avaient roupillé tout le long du trajet. C'était une chance qu'ils n'aient pas tenté de lui adresser la parole. Ils étaient allés pisser comme lui, manger un morceau à côté de lui, s'étirer aux postes à essence avec lui, mais ils étaient restés mutiques et n'avaient pas cessé de pioncer le reste du temps.

Il se dit que c'était une idée vraiment conne de venir se balader dans ce coin pourri, mais avec les babas cool, on pouvait s'attendre à tout. Peut-être voulaient-ils se rendre dans les zones tribales ? Auquel cas, bon courage ! L'informaticien se marra intérieurement. Leurs proches ne tarderaient pas à avoir des nouvelles d'eux par vidéos. D'abord ces connards pleurnichant, encore enrobés de leur lard, puis l'ombre d'eux-mêmes, et des mois plus tard, les têtes séparées des corps.

Le QG du commandant, si ses infos étaient correctes, devait se trouver au bout de la rue. Il passa la bretelle de son sac à l'épaule et se mit en route. La lune scintillait dans les flaques laissées par la mousson précoce. Un chien aboya sur ses talons et il allongea le pas.

Il se demandait comment il serait reçu. Si l'imam était parvenu à joindre le commandant, il n'y aurait pas de problème. Il était le seul à être en mesure de décrypter le message de Ben Laden, ce serait la fête. Si, en revanche, personne ne l'avait annoncé, ce serait plus difficile. Il nourrissait une méfiance toute personnelle envers les Pakos. Il n'avait jamais beaucoup aimé ces rastaquouères. Il s'était proposé de venir parce qu'il y avait le cachet des trente mille euros, mais franchement, il aurait bien fait l'économie de cette mission.

Depuis qu'il bossait pour l'imam, il avait engrangé une petite fortune. Sans prendre de risques. Sans jamais quitter le triangle France-Belgique-Allemagne. Et il se retrouvait au milieu de nulle part à ramer pour récupérer le matériel. Une fois de plus, il maudit l'Arabe de Nanterre évaporé avec la clé USB.

La première chose qu'il aperçut fut les néons jaunes et verts qui couraient le long du bâtiment à deux étages. Un drapeau pakistanais pendait lamentablement au fronton. La guérite accolée au mur était quasiment invisible si ce n'est la pointe incandescente d'une cigarette qui rougeoyait faiblement quand la sentinelle tirait dessus.

– *Hi !* fit-il. *The boss, please.*

Le soldat le regarda comme une apparition sortie d'un des contes maléfiques du Ramayana.

– Dépêche-toi, bordel, j'ai pas que ça à foutre. *You bring me to the commander ? I'm in a hurry. Big story.*

Le crevard agrippa un combiné datant de l'Armée des Indes et ce fut un déluge verbal. Quel charabia de connards, pensa l'informaticien, à croire qu'il n'y a pas une seule consonne dans leur foutue langue.

La sentinelle se raidit dans un garde-à-vous approximatif et lui fit signe d'entrer. L'intérieur du poste puait la vieille semoule et les épices. Le hall était éteint. La lumière provenait de l'étage. Après avoir constaté que la sentinelle était restée dans sa guérite, il se décida à monter.

Deux militaires sanglés dans des uniformes en mauvais drap l'attendaient en haut des marches. Les mêmes têtes de tueurs et des galons à revendre sur les manches et les épaules. Ils le regardèrent monter et lui firent un signe du menton pour qu'il les suive.

Ils poussèrent la porte d'une pièce et lui indiquèrent un siège. Une gigantesque carte d'état-major couvrait presque entièrement l'une des cloisons. Des fanions de régiments en décoraient une autre. La troisième était recouverte d'une galerie de portraits, petits formats, ressemblant à s'y méprendre à une collection de personnes recherchées. Certaines, têtes nues, la plupart portant pakol ou turban pachtou. Toutes arboraient une barbe impressionnante. Toutes avaient planté leurs yeux dans l'objectif du photographe. Des regards durs et farouches. Un concentré de sauvagerie et de haine qui ébranla l'informaticien. Ces types devaient posséder un curriculum vitae à la hauteur de la sévérité de leur image. On pouvait aisément parier qu'aucun d'eux ne ressortirait vivant des pattes des Services secrets pakistanais ou de ces chiens d'Américains s'ils venaient à être capturés.

– *So, you'd like to meet commander Zardari ?*

– *I've got something for him.*

– *Commander Zardari very busy…*

– Tu vas bouger ton cul, connard ! *I insist. It's very important.*

– *But it's late. What's your name ?*

L'imam Saif al Hassine avait confié à l'informaticien, au moment de son départ, un coran en langue anglaise avec, à l'intérieur, une image d'un Boeing 767, le même que celui qui avait frappé les Tours jumelles à New York. Il lui avait dit : « Le Livre et l'avion, c'est notre signe de reconnaissance depuis dix ans. Tu les montreras, ça suffira. »

L'informaticien fouilla dans son sac, en extirpa le coran et le poussa sur la table en direction de l'officier.

– *You give him. With the picture inside.*

L'homme feuilleta l'objet et sourcilla devant la photo du Boeing.

– *I see, I see…*

Il dégaina alors son automatique ACP 45 et pointa sur le mur un portrait perdu au milieu de la centaine d'autres. Même myope comme il l'était, l'informaticien ne pouvait pas ne pas se reconnaître. La qualité du tirage était mauvaise, mais c'était lui.

– *You are Mr. Pierre Fitoussi, right ?*

L'informaticien sentit subitement ses cuisses coller au siège. La sueur dégoulinait aussi le long de son torse.

– *Yes,* fit-il en cherchant son passeport dans sa poche.

– *And Jérôme Divier and Ariel Fishbach ?*

L'officier avait élevé la voix. Comme s'il avait voulu être entendu à l'extérieur de la pièce. Il fit monter une balle dans la chambre du pistolet et son visage se fendit d'un large sourire.

– *Welcome.*

À cet instant, les quatre touristes du bus pénétrèrent dans la pièce.

– *Son of a bitch !* éructa le premier en écrasant son poing sur la face consternée de l'informaticien.

21 juin 2011
10 heures

Le train freina en gare de Bordeaux sous une pluie battante. Chesnier rouvrit les yeux en bâillant. Il enjamba les resquilleurs entassés sur la plate-forme, se dirigea vers la sortie et rentra aussitôt la tête dans les épaules. Il n'arriverait pas très bien repassé, mais qu'importe. Pour ce qu'il avait à faire, ça suffirait.

Trente minutes plus tard, son taxi se garait devant un pavillon Phénix construit sur une ridicule parcelle encombrée de dizaines de nains de jardin.

Chesnier se précipita sous la véranda et actionna la sonnette. Une grande rousse couperosée, cigarette à la main, ouvrit la porte.

– C'est vous mon rendez-vous ? fit-elle, davantage sur le mode de l'affirmation que de la question.

– Georges Chesnier, du *Courrier picard.*

– Oh, j'y pige que dalle à tous ces canards. Venez. Entrez et faites comme chez vous. Je vous sers un truc à boire ?

Chesnier déclina l'offre et s'avança jusqu'au living. La pièce suintait la misère. Presque aussi triste que chez Naïma Obleni. Des cendriers emplis jusqu'à ras bord encombraient les meubles, une table à pieds métalliques couverte de reliquats de repas, un bahut poussiéreux et une sorte de secrétaire dont l'abattant était absent. Une armée de peluches avachies, sûrement gagnées dans des fêtes foraines, trônait autour de deux gros poufs sans couleur faisant office de sièges.

– Pose tes fesses là, mon bijou, intima la femme en allumant une cigarette avec la précédente. Tu veux vraiment pas un verre ?

– Merci. C'est un peu tôt…

– Faut se donner du courage. C'est une sale histoire qui nous arrive là.

On allait échapper à la pluie. Manifestement, elle n'en avait cure. La serpillière n'avait pas été passée depuis une éternité sur le carrelage qui retenait les semelles à chaque pas.

– Vous n'avez toujours pas eu de nouvelles de votre sœur ?

– Je lui avais dit, à la frangine, que le mec était un vrai foireux.

– Verdier ?

– Le mec qui a zigouillé tout le monde. Comment vous l'appelez ?

– Verdier.

– C'est ça. Un putain d'enculé. Vous pouvez pas imaginer ce qu'il lui a piqué comme fric !

– À quelle occasion ?

– Autrefois, quand elle est devenue sa maîtresse. Ça a bien duré deux ans. Ensuite, il s'est retrouvé au trou. Il l'a harcelée pour qu'elle raque. Pour cantiner, comme il disait. Elle lui a filé au moins trente mille balles. J'ai des lettres. Vous voulez voir les lettres ?

Elle retira du secrétaire une liasse de feuilles A4.

– Tiens ! s'étonna Chesnier. Il les a écrites à l'ordinateur…

– Qu'est-ce vous croyez ? Les taules, c'est trois étoiles, aujourd'hui ! Ordi, télé, salle de sport, magazines porno, viande à chaque repas, ils ont tout, les mecs ! Faut pas qu'il s'en tire, celui-là

Chesnier n'était pas là depuis un quart d'heure et elle le saoulait déjà. Il regarda rapidement le courrier. Promesses d'argent, promesses de mariage à sa sortie de prison, bref, que des conneries. Nulle part, il n'était question de la propre famille de Verdier ni de sa conversion. Il s'adressait à elle comme si elle avait été la seule femme de sa vie. Mais sans passion. Seulement ces demandes d'argent.

– Quand votre sœur a-t-elle disparu exactement ?

– Il l'a tuée, vous savez. Il est revenu dans le coin et il l'a tuée.

– Depuis quand n'avez-vous plus de nouvelles ?

– Il l'avait déjà menacée. Elle me l'avait dit.

– Dites-moi quand vous avez décidé d'alerter la gendarmerie.

Elle se leva et passa dans la cuisine. Chesnier l'entendit déboucher une bouteille. Elle revint avec un verre plein de rouge et répéta que Verdier avait tué sa sœur.

– Vous étiez proches ?

– Ouais, ouais. Comme des jumelles. Vous allez écrire que ce salaud l'a butée ?

– Encore faudrait-il en être sûr. On ne publie pas ce genre de choses comme ça.

– Mais je l'ai déjà dit à plein d'autres journalistes. Ils vont l'écrire.

– Je vous repose la question : quand a-t-elle cessé de vous donner des nouvelles ? Et que s'est-il passé juste avant ? Vous avait-elle dit qu'elle allait revoir Verdier ?

– Ah, c'est vraiment trop con, ça. Qu'est-ce qu'on en a à branler ? Elle me faisait pas ce genre de confidences.

– Pourtant, vous avez les lettres de Verdier…

Elle hésita.

– Parce que c'est du passé. Elle les a oubliées un jour chez moi.

– Vous m'assuriez également que vous étiez comme des jumelles…

– Et alors ?

– Alors, elle aurait dû vous faire des confidences.

– La seule chose importante, c'est de savoir que cet enculé a ratiboisé toute sa maison et ma frangine avec. Après. Si vous voulez, je peux vous donner des lettres qu'il lui avait envoyées.

– Et une photo de votre sœur ?

– Ça non. J'en ai pas.

Chesnier fulminait. À son âge, il était tombé dans le panneau de Lesquin ! Il remercia la rousse pour la conversation et ressortit sous la pluie. Le vent s'était levé. D'énormes cumulus gris sombre filaient d'ouest en est. Il marcha jusqu'à un arrêt de bus et, seulement là, appela un taxi.

En y réfléchissant, il n'avait pas perdu tant que cela sa journée. Il était au moins convaincu d'une chose : Verdier était *officiellement* le coupable. Lesquin ou les gens qui l'employaient feraient n'importe quoi pour accréditer la thèse. Nul doute que la sœur de la rousse devait à l'heure actuelle se prélasser quelque part, dans un hôtel discret, aux frais de la République. Le temps qu'on serre Verdier ou qu'on puisse prouver sa mort.

Toute cette machine s'était-elle mise en marche à cause de la prétendue présence chez Verdier d'un moudjahid français revenu d'Afghanistan ? Chesnier n'avait pas évoqué avec Lesquin le mot anonyme trouvé dans sa boîte aux lettres l'autre soir. Évidemment, il n'était pas allé au mystérieux rendez-vous. Mais à y repenser, tout était foireux dans cette histoire. Pourquoi les islamistes auraient-ils souhaité le rencontrer ? Et s'il s'agissait d'une autre manip du gendarme pour le tester ? Tout était possible.

Il ne pensait pas sérieusement risquer grand-chose du côté des Français, mais avec ce genre d'officines, on ne savait jamais vraiment. Dès lors que la raison d'État était engagée, les serviteurs obscurs de la République pouvaient perdre leurs nerfs facilement. Il était depuis assez longtemps dans le métier pour le savoir. Les exemples de pauvres bougres dont on avait perdu la trace sur des affaires sensibles ne relevaient pas d'une fumeuse théorie conspirationniste. Les dernières personnes à avoir disparu dans des conditions troublantes – le juge à Djibouti et le journaliste de RFI en Côte d'Ivoire – en apportaient la preuve. Et même s'il était établi que la responsabilité en incombait à des éléments étrangers, Paris n'avait jamais rien fait pour aider les parties civiles dans leurs démarches. Les familles s'étaient continuellement heurtées au sacro-saint confidentiel-défense.

Ça laissait rêveur. En tout cas, Chesnier n'avait pas envie de mettre le doigt dans l'engrenage. Il fallait qu'il en rediscute avec son patron.

Une réflexion que lui avait faite son ancien directeur de la rédaction, en 1995, alors qu'il bossait sur l'épineux dossier de vente de chars Leclerc aux Émirats arabes unis, lui revint en mémoire : « Il y a des sujets qu'il vaut mieux éviter de traiter à chaud. » Cette enquête lui avait pourri la vie : coups de fil anonymes, cambriolages à répétition chez lui, lettres de menaces, passage à tabac un matin à l'heure du laitier...

Et puis un jour, cette convocation chez le directeur de cabinet du ministre de la Défense pour s'entendre dire qu'on ne s'en prenait pas à la raison d'État sans dommages. Chesnier avait fait une moue dubitative et demandé des précisions. Son interlocuteur avait déplié son immense carcasse de son fauteuil Louis XV pour lui murmurer à l'oreille que s'il tenait à la vie et à celle des siens, il convenait de tout arrêter immédiatement. Chesnier était déjà excédé par ce qu'il lui arrivait, la petite réflexion malveillante avait été la menace de trop. À son tour, il avait adressé un ultimatum au haut fonctionnaire : « Touchez seulement à un cheveu de ma femme ou de mon fils et vous ne verrez jamais la fin de ce septennat. » Le directeur de cabinet avait ri. « Vous ne pensez tout de même pas que je suis en train de vous dire que nous pourrions envisager une action contre vous ! Non, je vous mettais en garde contre les gens du Golfe. Avec eux, on peut s'attendre à tout malheureusement. Vous les gênez. Tenez-le-vous pour dit », lui avait-il rétorqué.

Puis son fils était mort quelques semaines plus tard. Lui avait vieilli de dix ans et sa femme du double. Et il n'avait plus jamais écrit une ligne sur l'affaire du GIAT.

Il s'était longtemps plu à croire qu'il avait laissé tomber à cause de l'overdose de son fils, mais au fond, il avait bien compris qu'il n'était pas de taille à lutter. C'était cela, la vérité. Il avait rendu les armes parce qu'il avait eu peur. Pour sa femme, pour lui, sans parvenir à se faire une idée véritable de ce qui avait pu emporter Grégoire, et c'était certainement cela le pire. Il avait tourné la page de ce scandale d'État, parce que, en plus de n'être pas soutenu par sa rédaction, il n'avait pas eu envie de s'exposer davantage. Pour quel bénéfice ? Après avoir ruminé pendant quelques jours que son fils était peut-être mort à cause de son enquête, il s'était convaincu qu'il tournait parano et avait passé des heures, des jours, des semaines… à essayer de persuader sa femme qu'aucun bras vengeur de la République ou des EAU n'avait enfoncé la seringue dans le bras du petit.

Chesnier n'appartenait pas à cette catégorie de journalistes persuadés d'être investis de la mission de réformer la société. Il était beaucoup moins prétentieux que cela. Il s'intéressait aux faits. Il aimait en être le témoin. Mais quand ceux-ci le dépassaient, il acceptait volontiers de s'effacer.

23 juin 2011
16 heures

Le haut de la tour de TF1 disparaissait dans la couche nuageuse. C'était rare que le plafond fût si bas sur Paris. La Seine, qui reflétait le ciel, semblait avoir été transformée en un torrent de goudron. Sur la gauche, à quelques centaines de mètres, derrière le pont Garigliano, les bâtiments de France Télévisions se dissolvaient dans l'ambiance brumeuse. Rateau dit au major Lesquin :

– J'aime ce putain de temps. Je rêve qu'on en arrive un jour à la nuit australe. Vingt heures d'obscurité... C'est bon pour les affaires.

Le gendarme acquiesça, l'air peu convaincu, et en vint immédiatement à la question qui le préoccupait :

– Il faut que tu rencontres le reporter du *Courrier picard.*

– C'est bien une idée de pandore ! Et je lui fais visiter la caserne Mortier, aussi, à ton journaliste ?

– C'est un mec bien.

– Justement ! Laissons-le faire son job de son côté. Donne-lui les infos qui nous intéressent au compte-gouttes et basta. Pas besoin d'organiser un rendez-vous.

– Il aurait certainement beaucoup à t'apprendre. Il détient des éléments exceptionnels.

– Traite-le toi-même. Vous vous connaissez bien, il est sous contrôle, ça suffit.

– Négatif. Il a très vite compris mon rôle dans cette affaire. Il ne me dit plus rien. Il serait… honoré d'être reçu par toi !

Rateau soupira.

– Tu ne te rends pas compte de la gravité de la situation. Je ne peux pas prendre ce risque. Il t'a déjà tout révélé sur son expédition à Nanterre. Pour le reste, il fera comme ses collègues. C'est à toi de veiller au grain.

– Je sais maintenant qu'il joue en franc-tireur. Il n'y a que toi qui puisses le raisonner.

– C'est non. Qu'est-ce qui te fait croire que tu n'as plus la main ?

– La bonne femme de Bordeaux m'a rendu compte de leur entrevue. Il n'a rien gobé de ce qu'elle lui a dit.

– C'est tout ?

Lesquin se racla la gorge. Il venait de s'appuyer au parapet et regardait la Seine moutonner quelques mètres sous eux.

– Le soir où je l'attendais en bas de chez lui, j'ai vu un gazier franchement pas catholique lui déposer une enveloppe dans sa boîte aux lettres. Je suis convaincu que c'est en rapport avec notre affaire.

– T'as pas cherché à la récupérer ?

– Pas eu le temps.

– Pourquoi affirmes-tu que c'est lié aux événements ?

– Parce que le type qui a déposé l'enveloppe n'est pas un inconnu. J'ai vérifié. Domicilié à Nanterre, trafic de stups, outrages à agents, propagande islamiste, j'en passe… Il a un casier long comme le bras. Tranquille depuis un moment. Son dernier séjour derrière les barreaux remonte à cinq ans. Quelques mois pour une histoire d'implication dans une filière chargée d'envoyer des moudjahidin français en Irak. Les juges ont retenu très peu d'éléments et lui ont donné le minimum.

– Comment t'as fait pour reconnaître le type ?

– Un coup de bol. J'ai mémorisé sa sale gueule. Ensuite, j'ai cherché et j'ai trouvé.

– Tu m'étonneras toujours.

– C'est le b.a.ba pour un gendarme…

– Mais comment as-tu eu accès à ces renseignements ?

– Le plus simplement du monde. Par le commissariat de Nanterre. Les bleus, là-bas, connaissent bien leurs ouailles. Ils n'entretiennent pas non plus de guéguerre police-gendarmerie. Ils m'ont déballé tout ce que j'ai demandé. Et je l'ai reconnu.

Rateau chercha une cigarette et pesta de ne trouver qu'un paquet vide.

– Merde ! Il va falloir le filer, celui-là.

– J'y ai pensé. Il n'habite plus à l'adresse indiquée dans son dossier. Tu comprends pourquoi je pense qu'il faut que tu discutes avec Chesnier ?

Rateau remit les mains dans ses poches.

– Non seulement je ne vais pas le voir, mais tu vas te démerder pour qu'il abandonne l'affaire.

Lesquin sursauta.

– Et comment je m'y prends ?

– C'est ton problème. Si je m'en mêle, il y aura du grabuge. Tu dois absolument écarter ce type de l'enquête. Sauf si tu arrives à le persuader que l'affaire Verdier n'est pas politique. J'ai les Américains sur le dos jour et nuit. Ça ne va pas tarder à remonter plus haut. Ils ont été très clairs sur le sujet : pas de publicité autour des réseaux islamistes !

– On fait quand même ce qu'on veut chez nous !

– Non, mon gars. Ils sont complètement à cran depuis qu'on a laissé filer nos djihadistes en Afghanistan. Ils ne me lâchent plus. Mes homologues des différentes agences, leur attaché militaire à

Paris… Tout le monde. J'ai d'ailleurs dans l'idée qu'ils cherchent à nous doubler sur ce coup.

– Pourquoi ?

– Quand je viens moi-même aux infos, ils éludent en prétextant que l'affaire est réglée, mais je sais qu'ils travaillent de leur côté. Y a toujours un type pour m'emmerder et me poser des tas de questions sur cette bande de nases, les Verdier et consorts…

– Encore aujourd'hui ?

– Maintenant, c'est différent. Ils insistent pour que le sujet soit clos. Et je te parle pas de nos politiques…

23 juin 2011
18 heures

Norman Beats jubilait. Son équipe envoyée au Pakistan avait travaillé rapidement et efficacement. L'informaticien qu'il pistait depuis si longtemps avait enfin été arrêté. Cet imbécile s'était jeté dans la gueule du loup ! Après quoi, le lieutenant-colonel Imran Khan, à qui ses hommes l'avaient confié, avait utilisé ses propres méthodes. Le mercenaire d'Al-Qaida avait livré tout ce qu'il savait. Y compris la dernière planque en date de l'imam Nourredine Saif al Hassine en banlieue parisienne !

Mais Beats hésitait encore sur la conduite à tenir. La précédente opération montée sur place avait été un tel fiasco qu'il se demandait s'il ne convenait pas mieux de refiler le bébé aux Services français. Si ses alliés devaient un jour découvrir l'horrible vérité, c'en serait fini de la coopération pour un bout de temps. Lui pourrait aller arroser sa pelouse jusqu'à la fin de ses jours et l'Agence ne s'en relèverait pas de sitôt. On oublierait sa mission à Abbottabad. Ce serait inadmissible que les Seal qui avaient éliminé Ben Laden puissent être traduits devant un tribunal civil !

Il était indécis. Communiquer les infos à Rateau le dédouanerait du reste, mais sans aucune garantie sur la suite des opérations. Il connaissait trop les Français et leurs problèmes droits-de-l'hommiques. Ils allaient vouloir intervenir dans les règles. D'autant plus que Saif al Hassine n'avait pas trouvé refuge dans le XVIe arrondissement. Il était en pleine jungle arabo-musulmane. Tout ça ne plaidait pas pour un coup de main efficace… L'imam prendrait une fois de plus la clé des champs et tout serait à refaire.

Beats sourit en pensant à l'informaticien et à ce que lui avait fait endurer Imran. En voilà un qui avait rejoint le pays des soixante-douze vierges. Même si le lieutenant-colonel ne l'avait pas laissé s'en aller avec de quoi les satisfaire. Un foutu barbare, cet Imram Akbar Khan !

Il éteignit son ordinateur, vérifia le chargement de la batterie de son BlackBerry et quitta son bureau. Il verrait quoi faire le lendemain.

24 juin 2011
18 heures

Dans son premier article, Georges Chesnier ne s'était pas mis en scène. Il avait passé sous silence ses allées et venues chez Naïma Obleni, ses longues discussions avec son hôtelier et son empoignade avec Verdier. Il s'était contenté des faits.

Mais ce qui parut dans *Le Courrier picard*, ce vendredi-là, fit l'effet d'un coup de tonnerre au sein des rédactions parisiennes qui avaient pris l'habitude de le consulter en début de journée. Simultanément, les deux pages de Chesnier furent reprises sur France Info, RTL, France Inter et Chérie FM.

Pour la première fois depuis des jours, le fait divers de Nanterre se transformait en imbroglio politico-religieux. Tout y était raconté. Jusqu'à cette incroyable thèse de la présence chez Verdier d'un moudjahid français revenu d'Afghanistan pour mettre au point une série d'attentats majeurs contre des objectifs civils, et de la possible bavure d'une équipe chargée de l'intercepter.

Chesnier insistait sur le fait que Verdier avait tout fait pour protéger sa famille au cours de ses années d'incarcération, le directeur de Lannemezan le lui avait confirmé. Il avait expliqué au journaliste comment son détenu avait tenu sa femme et ses enfants à l'écart à partir de 2003 pour qu'ils puissent mener une vie normale sans être pénalisés par ses propres erreurs, et avait livré son sentiment : un homme de cette trempe était incapable d'assassiner les siens aussi froidement. Ce n'était qu'une théorie, mais examinée à l'aune de ce qu'avait appris le reporter à Nanterre, elle devenait crédible. Même le restaurateur chez lequel la famille avait dîné la veille du quintuple meurtre avait plaidé dans le même sens. Pour ce qu'il en avait vu, Verdier s'était comporté en père et en époux particulièrement attentionné. Il se souvenait parfaitement, par exemple, de la manière dont il avait insisté pour que sa femme, en apparence très malade, se fasse soigner. Il l'avait embrassée à plusieurs reprises au cours du dîner. Comme il avait plusieurs fois pris la main de ses enfants pardessus la table. Étaient-ce les réactions d'un homme s'apprêtant à massacrer sa famille ?

À moins de considérer que tout était maudit dans cette histoire, même les preuves d'amour, il convenait de chercher la vérité ailleurs que dans le portrait au vitriol qui avait été brossé à la hâte du coupable présumé.

Chesnier racontait également de manière sobre et argumentée que Naïma Obleni avait été torturée à mort à cause de lui par les hommes de main d'un imam intégriste dont les pouvoirs publics ne pouvaient pas ignorer le rôle dans l'histoire. L'épisode de son retour à l'hôtel Bab-el-Oued, le dernier jour, avec la constatation de la disparition du patron, noircissait encore le trait de son reportage. Enfin, il se disait persuadé qu'une vaste entreprise de manipulation était à l'œuvre pour étouffer l'affaire. Pour preuve, sa rencontre avec la sœur de l'ancienne maîtresse de Verdier et la fable apprise par cœur qu'elle avait servie aux médias convoqués chez elle.

C'était un article sérieux, étayé, rageur, qui posait nombre de questions embarrassantes. Les confrères de Chesnier ne s'y étaient pas trompés. Le matin de sa publication, les radios l'avaient largement repris. Ensuite, les quotidiens du soir.

Chesnier avait passé sa journée à donner des interviews.

24 juin 2011
23 h 40

Norman Beats venait de renverser son verre de whisky et se mit à proférer des jurons à la chaîne. Le liquide se répandit sur le feuillet qu'on venait de lui transmettre sans qu'il fît un geste pour égoutter le papier. Son euphorie avait été de courte durée. Les accusations en demi-teinte portées par le journaliste français feraient bientôt l'effet d'un tsunami. Il ne se donnait pas une heure avant que la DGSE réagisse et commence à réfléchir vraiment. Tout ce que rapportait ce Chesnier était argumenté et foutrement bien vu. Rateau n'allait pas porter le chapeau de l'échec de l'opération sans broncher. Ce n'était pas le genre.

Il fixa son téléphone, s'attendant à ce qu'il sonne dans la minute.

Pour une fin de carrière, elle promettait d'être mouvementée ! Il était consterné. Comment les meilleurs agents des Services américains avaient-ils pu commettre une telle erreur ? Eux qui avaient réussi à dézinguer Ben Laden au fond de son terrier dans un sans-faute ? Ils avaient perdu un hélicoptère dans la bagarre, d'accord, mais pour le reste, la mission avait été un succès digne des plus grands faits d'armes américains ! Ils avaient vengé les ratages de l'ambassade en Iran et de l'opération en Somalie. Comment avaient-ils pu échouer aussi lamentablement en France ? Dans un tel environnement ? C'était à pleurer.

Beats attrapa la bouteille et but au goulot. Une longue rasade.

Il sursauta quand le téléphone bourdonna. Sur le cadran, les diodes phosphorescentes affichaient un code qu'il connaissait par cœur. Ce n'était pas Paris, mais ce n'était guère plus encourageant. Lorsque le grand patron de la CIA l'appelait à plus d'heure, les mauvaises nouvelles étaient en général au rendez-vous.

Il décrocha en posant les deux coudes sur le bureau, cassé en deux, la tête dans les mains.

– Beats ! fit-il à mi-voix.

– Vous avez lu le dernier rapport ?

– La traduction de la presse française, Sir ?

– Évidemment, mon vieux.

– Je l'ai sous les yeux.

– Vous n'avez rien contrôlé du tout ! Cette affaire va nous péter à la gueule.

– Nos hommes ont fait le ménage.

– Ils ont semé une satanée merde, oui !

– Ils ont rencontré un problème de dernière minute, Sir.

L'homme de la CIA explosa :

– Arrêtez de dire des conneries ! Il reste des témoins en pagaille. Que disent les Français ?

– Les Services ?

– Pas les journalistes, bien sûr, putain de bordel !

– Pour le moment, rien, Sir. Je suppose qu'ils ont commencé à cogiter après le papier du journaliste. Ils vont probablement lancer des coups de filet.

– Vous avez logé le reste de la bande ?

– Affirmatif.

– Alors, vous me les dégommez. Priorité absolue. Je veux que l'affaire soit réglée ce soir, heure de Paris.

– L'imam ?

– Lui, et tout ce qui sera avec lui. Et vous faites ça proprement.

– Je n'ai pas d'autre équipe que la première, Sir.

– On n'a pas le temps d'en changer. Vous allez me briefer correctement les gars sur l'objectif. Je ne veux ni cris ni éclaboussures.

– Nous prenons un risque majeur.

Il y eut un bruit de déglutition à l'autre bout du fil et le grand patron reprit :

– Avez-vous une idée pour incriminer les Israéliens ?

Beats crut avoir mal entendu.

– Pardon, Sir ?

– C'est clair ? Je voudrais que vous réfléchissiez à un moyen de mouiller nos amis israéliens.

– Je ne vois pas ce que je pourrais faire dans ce sens-là.

– Vous ne voyez pas ou vous ne voulez pas voir ?

– Franchement, j'ai dépassé ce stade, Sir. Le problème, c'est que cette idée, si vous m'autorisez, est juste irréalisable.

– Alors, vous allez vous y coller avec vos *boys* le plus rapidement possible, et sans faire de dégâts.

– Il va falloir y réfléchir sérieusement.

– Mais nous n'avons plus le temps ! Sur quel ton faut-il que je vous le dise ?

– Si, nous avons du temps, Sir. Au moins quarante-huit heures avant que les Français s'agitent.

– Dans quarante-huit heures, c'est l'autre que vous devrez avoir éliminé, le converti. Vous m'entendez bien ? *Tous* les protagonistes de cette affaire devront être liquidés. Tous !

De sa main libre, Beats se frotta le crâne.

– Même le journaliste, Sir ?

Le correspondant de Beats fit une pause.

– Celui-là, vous me le surveillez de près. Si votre homologue français n'arrive pas à le calmer, vous passez à l'action.

– Je vous ai bien compris, n'est-ce pas, Sir ?

– Faut que je vous fasse un dessin ? Il faudra que ça ait l'air d'un accident. Savez-vous où il se trouve, d'ailleurs ?

– Chez lui. Enfin, dans son patelin.

– Pourquoi n'a-t-il pas mordu à l'histoire de la maîtresse de… Comment s'appelle-t-il, déjà ?

– Verdier.

– Pourquoi ça n'a pas marché ?

– Il est plus malin que les autres. Il avait quelques longueurs d'avance aussi.

– Qu'en dit votre gendarme ?

– Il fait ce qu'il peut pour calmer le jeu.

– Il va devoir en faire plus encore.

– Il prend beaucoup de risques…

– Avec ce qu'on le paie, ça ne sera jamais assez.

– Je crois qu'il est arrivé au bout de ses limites, Sır.

– Eh bien, il va devoir les dépasser, mon vieux. Vous allez lui demander de s'occuper lui-même du journaliste, le cas échéant.

– Sir…

– Ai-je été assez clair ?

– Jamais il n'acceptera cette mission.

– Il est mouillé jusqu'au cou, votre agent double. On ne lui demande pas de nous procurer les codes nucléaires de la France ! Seulement de jouer la voiture-balai dans cette histoire où vous avez totalement merdé. C'est votre responsabilité, maintenant. Vous avez conservé les enregistrements des conversations avec le gendarme ?

– Bien sûr, toutes.

– Alors, ça ne posera pas de problèmes.

– Mais il nous a rendu de très grands services, toutes ces années.

– Inutile de revenir sur le sujet. Il est en fin de carrière. Dans quelques mois, il sera aussi inutile que les couilles du pape.

– C'est grâce à lui que nous avons retrouvé le djihadiste.

– Il a été payé pour ça. Comme pour le reste. Vos états d'âme m'inquiètent, mon vieux.

– Je crois, Sir, qu'on peut encore obtenir beaucoup de sa part, mais pas lui demander d'assassiner quelqu'un. Ce n'est pas un tueur.

Beats entendit à l'autre bout de la ligne comme le bruit d'un crayon tapé nerveusement sur le placage d'un bureau. Puis la voix du patron de la CIA se fit cassante :

– Je peux aussi m'occuper de vous, si vous insistez.

26 juin 2011
11 h 15

Le directeur de Lannemezan avait tenu parole. La veille, Chesnier avait reçu par fax le nom et l'adresse de la mère de Sébastien Verdier. Avec quelques conseils pour l'approcher sans risquer de se faire mettre à la porte. C'était bien la seule personne à être demeurée proche de son fils au cours de ses années de détention. L'administration pénitentiaire lui avait accordé toutes sortes de passe-droits. Elle avait même été logée à plusieurs reprises dans l'annexe réservée au personnel pour profiter le plus largement possible de ses visites. Parfois, du vendredi au lundi. Le directeur l'avait même invitée à sa table à l'occasion des fêtes. Parce qu'il avait eu pitié de cette mamie complètement désemparée, qui s'accrochait à la vie dans l'espoir de revoir un jour son fils dehors et de le ramener dans le giron de l'Église. Peut-être aussi parce que sa passion pour la musique l'avait ému. Elle arrivait en fredonnant des airs d'opéra, battant inlassablement la mesure de ses mains tordues d'arthrose. Elle ne se plaignait jamais. Elle faisait des efforts considérables pour masquer la tristesse qui l'accablait. Elle trimbalait des tonnes de livres consacrés aux grands compositeurs qu'elle abandonnait invariablement à la bibliothèque où travaillait Verdier en disant qu'ils apporteraient un peu d'humanité dans cet univers de désolation. Les surveillants en avaient fait leur mascotte. Et son fils avait retrouvé le chemin de la raison grâce à elle.

Chesnier jeta un coup d'œil aux CD qu'il avait achetés pour elle. D'excellentes interprétations avec Di Stefano, Bastianini et Simionato, puis il les reposa sur le siège passager de la voiture de location. Ça devrait plaire à la vieille dame.

Il atteignit Le Canon et se gara sur le parking de l'ancienne poste. La maison de la mère de Verdier se trouvait derrière, au milieu du village d'ostréiculteurs. Une cabane, lui avait dit le directeur de Lannemezan qui y était passé une fois, plusieurs années auparavant à l'occasion de vacances sur le Bassin. Vingt-cinq mètres carrés où s'étaient entassés pendant quinze ans le père, sa femme et Sébastien Verdier, avant que ce dernier rencontre son épouse et change de vie.

En été, l'endroit devait être agréable, mais ce jour-là, avec cette météo catastrophique dominée par un ciel gris qui rasait les toits, le village était lugubre. Chesnier repéra facilement la cabane avec ses anciens plants de tomates fanés qui grimpaient le long des cloisons défraîchies et le grand christ jaune vissé sur l'une d'elles. Il sonna et colla son oreille contre la porte. Elle s'ouvrit presque aussitôt. Il n'y avait eu aucun bruit. La vieille dame se déplaçait comme une plume l'aurait fait dans l'air. Elle était encore plus menue et transparente que le journaliste l'avait imaginée. Elle leva vers lui des yeux translucides, un pâle sourire figé sur ses lèvres, et l'interrogea du regard.

Chesnier lui tendit les CD.

– Je viens vous déranger, madame, j'en suis navré, mais je ne viens pas les mains vides.

– Un colporteur ! s'exclama-t-elle. Il y a bien longtemps que j'ai vu passer le dernier. Qu'est-ce que vous vendez, jeune homme ?

– Rien, madame. Je viens vous parler de Sébastien. De la part du directeur de la centrale où il a été enfermé. La musique, c'est un cadeau. J'ai pensé que ce serait mieux que des roses. Je suis Georges Chesnier, journaliste au *Courrier picard*. Je connais votre fils. Je voudrais l'aider.

La femme se retourna et lui désigna un siège dans la minuscule pièce, entre un lit et une table en bois blanc. Pour ainsi dire, le seul mobilier de ce qui ressemblait à une cellule de moine. Un petit évier occupait le fond de la cabane. Sous l'unique fenêtre, un bibus rempli de livres était surmonté d'une grosse radio dont le serpentin du fil électrique rejoignait une prise en faïence posée certainement au début du siècle précédent.

– Asseyez-vous, puisque vous êtes là. Voulez-vous une tasse de chocolat ?

Chesnier accepta et s'installa après avoir déposé les CD sur la table, puis décida d'attendre avant de se lancer. Il n'était pas pressé. Chaque minute qui passait le rapprochait de la femme affairée maintenant au-dessus de la gazinière. Il entendait sa respiration sifflante. Elle faisait de petits gestes mesurés.

Elle servit la collation et s'assit sur le lit, tenant sa tasse à deux mains comme pour se réchauffer.

– Ainsi, vous venez de si loin pour me parler de Sébastien.

Son visage n'exprimait rien. Ni étonnement ni douleur. Était-il possible qu'elle n'ait pas eu connaissance des nouvelles ? Ou qu'elle ait déjà oublié le drame ? Peut-être n'avait-elle plus toute sa tête. Chesnier se demandait comment aborder le sujet quand elle extirpa d'une bible posée sur l'édredon une photo et la lui tendit.

L'image avait jauni au fil des années. On y voyait la famille de Verdier, sa femme et ses quatre enfants, jeunes, devant l'église algérienne de la plage de l'Herbe.

– Nous nous sommes installés ici, chuchota-t-elle, avec mon mari après 1962, quand il nous a fallu revenir en métropole après l'indépendance. Ça nous plaisait bien, cet endroit. Il y avait à cette époque une magnifique demeure mauresque devant le Bassin, à côté de l'église, que les promoteurs ont ensuite détruite. Quel dommage ! Sébastien est venu nous voir une fois pour baptiser le dernier de ses petits et nous avons fait cette photo. Ensuite, je suis devenue veuve et il n'a jamais refait le voyage. Il a gagné beaucoup d'argent et mené une vie de patachon jusqu'à... enfin, vous savez ! Je n'ai jamais revu mes petits-enfants.

Elle hésita à poursuivre, puis haussa les épaules.

– Les brouilles de famille, ça ne s'explique pas. Plus tard, j'ai appris par les journaux son emprisonnement, puis il m'a écrit une lettre. C'est comme ça que je l'ai revu. Quand il était au fond du trou. Quel calvaire !

Elle essuya ses yeux à l'aide d'un mouchoir brodé et sourit à nouveau à Chesnier.

– Vous-même, avez-vous des enfants ?

– J'ai perdu mon fils quand il avait quinze ans.

Il s'installa un long silence, puis elle replongea dans sa tasse de chocolat.

– Il est froid, maintenant, dit-elle.

Chesnier vida la sienne et rapprocha sa chaise du lit.

– Êtes-vous au courant de ce qui s'est passé ? demanda-t-il d'une voix éteinte.

Elle poussa une mèche de cheveux qui lui tombait sur les yeux et redressa la tête.

– Je sais tout.

À cet instant, Chesnier se demanda si la vieille dame avait vraiment toute sa raison. Elle avait prononcé la phrase d'une manière péremptoire, un éclair de défi brillant au fond de ses yeux.

– Je sais surtout qu'il n'a pas commis ce dont on l'accuse. Je sais aussi que sa conversion à la religion mahométane n'était qu'un rideau de fumée. Mon garçon n'est pas l'homme qu'on a présenté. Il a toujours été un bon catholique. Enfant de chœur, autrefois. Et touché par la grâce, vous savez. Il a été, il y a très longtemps, lorsque nous allions à Lourdes pour le pèlerinage du

15 août, témoin d'un miracle. Sa foi en avait été renforcée. C'est ce qui lui a permis, plus tard, de se faire remarquer de Lorraine. En dehors de leur appétence pour la chose religieuse, ils n'avaient rien en commun. Rien pour se rencontrer et moins encore pour faire leur vie ensemble. Elle était laide et immensément riche, et lui beau comme Alain Delon et très pauvre. Heureusement, il était travailleur. Bonnes études. Quand ils se sont mariés, la famille de Lorraine a coupé les ponts. Mais elle avait déjà un peu d'argent, sa dot, puis il a rapidement gagné sa vie. C'est ce qu'il disait. Je sais aujourd'hui qu'il mentait. Il était payé normalement, mais il empruntait. Aux banques et aux particuliers. Pour assurer à ses enfants le train de vie dont il avait toujours rêvé. Il m'a tout avoué en prison. Tout ce qu'il a fait, il l'a fait pour eux. Lorsque les premières lettres recommandées des banques sont arrivées chez lui, il a trouvé autre chose pour faire de l'argent. Il s'était lié d'amitié à l'armée avec un cadre qui, par la suite, lui a confié des missions bien rémunérées. Pour la France.

Chesnier leva une main pour interrompre le monologue de la vieille dame.

– Il vous a dit cela ?

– Oui.

– Le nom de son ami, aussi ?

– Je l'ai oublié. Quelque chose comme un outil de jardin... Un espion qui l'a entraîné dans cette aventure qui a si mal fini. Il a d'abord été licencié à cause de ce qu'on lui demandait de faire, puis il y a eu la suite, ses voyages, sa pseudo-conversion à l'islam et son arrestation.

Elle se tamponna à nouveau les yeux.

– Mon fils a beaucoup de défauts, mais ce n'est pas un assassin. Certainement pas celui de sa famille. Ses enfants étaient toute sa vie. Il me le répétait chaque fois que je lui rendais visite au parloir. Jamais il n'aurait levé la main sur eux.

– Avez-vous entendu parler de cette histoire d'ancienne maîtresse ?

La mère de Verdier soupira.

– Je connais même la femme. Une espèce de folle ! Elle avait tenté de le séduire autrefois. Elle est originaire de Lège, à côté d'ici. Ils ont passé une partie de leurs vacances ensemble. Elle l'a relancé quand il a été emprisonné. Sébastien m'a montré les lettres. Elle était persuadée qu'il avait caché un magot, l'argent de la drogue, et elle le menaçait de porter plainte pour viol s'il n'acceptait pas de refaire sa vie avec elle.

– Mais il était enfermé…

– À sa sortie. Elle voulait qu'il divorce pour l'épouser.

– Vous pensez qu'il aurait pu la revoir depuis qu'il est en cavale ?

– Non.

– Pour lui demander son aide…

– Non, je vous dis.

– Vous êtes bien affirmative.

– Parce que c'est moi qui l'ai aidé.

Elle se recroquevilla et se mit à sangloter.

– Si vous écrivez cela, on va m'arrêter. Et il n'y aura plus personne pour Sébastien quand il aura besoin. Mais il n'a tué personne. Il se cache maintenant. Il attend que la vérité jaillisse.

– Où est-il ?

La question fit sursauter la grand-mère.

– Ce n'est pas en sachant où il est que vous l'aiderez.

– Je désire autant la vérité que lui et vous.

– Je peux vous montrer quelque chose…

Elle feuilleta de nouveau les pages de sa bible et en sortit une feuille pliée en quatre.

– C'est la dernière lettre que j'ai reçue de lui. Il y a deux semaines.

Chesnier l'ouvrit et lut. Verdier revenait sur une promesse qu'il avait faite à sa mère de venir la voir avec les enfants et s'excusait de devoir différer sa visite. Il lui expliquait succinctement qu'on l'obligeait à héberger chez lui une personne qui se cachait de la police et que cela allait peut-être lui occasionner de nouveaux problèmes. Il s'excusait de la peine qu'il risquait encore de lui faire.

– Sébastien est passé chez moi en coup de vent il y a une semaine, dit-elle. Il m'a dit qu'on avait essayé de le tuer chez lui la nuit précédente et m'a demandé de monter à Paris pour aller voir sa famille. Il était désemparé sans pratiquement un sou en poche. Je lui ai demandé pourquoi il n'avait pas sollicité la protection de la police, mais il tenait des propos incohérents. Il insistait pour que j'aille voir ses enfants. Je l'ai installé chez moi et j'y suis allée.

– Vous avez fait le trajet ?

– J'y suis arrivée en fin de journée. J'ai trouvé la maison vide et je suis rentrée par le dernier train. Sébastien dormait quand je suis revenue chez moi. Je lui ai expliqué que je n'avais trouvé personne chez lui, que la maison était vide comme une maison qu'on quitte pour longtemps, et il a fondu en larmes. Je ne pouvais plus l'arrêter. Il pleurait comme quand il était petit. Puis il m'a tout raconté. Pour la première fois. Ses relations avec les Services secrets français et ce qu'il avait fait pour eux, c'est-à-dire son infiltration dans les milieux musulmans radicaux. Il était décomposé par la peur. J'ai encore insisté pour qu'il aille parler avec la police, il a réfléchi longuement, puis il m'a promis qu'il le ferait le lendemain.

– Il y est allé ?

– Non. Le lendemain, nous sommes partis à la poste pour téléphoner. Il espérait obtenir des nouvelles des siens. Il a appelé plusieurs numéros en se faisant passer pour un oncle de la famille. On lui a chaque fois répété que personne n'avait vu les enfants. Il a même téléphoné au médecin de sa femme. C'est comme ça que j'ai appris qu'elle était gravement malade. Bref, tout le monde s'était volatilisé. Nous sommes revenus à la cabane, puis on s'est couchés. Le jour d'après, il ne s'est pas levé. Il dormait sur un matelas au pied de mon lit, persuadé que les petits allaient débarquer chez moi. Et, le lendemain, j'ai entendu l'épouvantable nouvelle à la radio. Je n'ai jamais vu Sébastien dans cet état. Il mordait la couverture en hurlant. Il se cognait la tête sur le sol. Rien ne pouvait l'apaiser. Il s'était enfin décidé à aller à la police quand on a entendu au journal qu'il était accusé du carnage. Il m'a demandé de lui donner le vieux pistolet qui avait appartenu à mon mari, tout l'argent liquide dont je disposais, puis il est parti avec deux bouteilles d'eau et des gâteaux secs.

– Vous ne voulez toujours pas me dire où il est ?

La mère de Verdier secoua la tête tristement.

– Je pense qu'il vaut mieux que vous ne sachiez pas.

Une grimace d'incompréhension traversa le visage de Chesnier.

– Vous m'en avez trop dit ou pas assez.

– Vous en savez suffisamment pour aider à rétablir la vérité. Il ne faudrait pas vous mettre en danger, non plus. Pour le reste, il faut laisser faire mon fils, maintenant.

Chesnier lui demanda si elle acceptait de lui répéter ce qu'elle venait de lui révéler devant le micro de son enregistreur. La vieille dame ferma les yeux et lui fit signe qu'elle était d'accord.

– Celui qui a assassiné la famille de Sébastien et tenté de le tuer lui-même essayera de vous faire taire aussi, murmura-t-elle. Vous l'avez compris ?

Chesnier ne répondit pas et appuya sur la touche d'enregistrement de son appareil.

27 juin 2011
8 h 50

Le major Lesquin posa en évidence son Glock 17 sur la table en Formica de son bureau. Il accrocha sa veste à une patère, ajusta son pull et remit du chauffage. Il était frigorifié malgré les quelque vingt degrés de la pièce et cherchait à ne pas le laisser paraître. Chesnier se tenait devant lui avec un air qui ne lui plaisait pas du tout. Il avait eu un mal fou à le faire venir jusqu'à la brigade, mais il tenait à cette entrevue dans les locaux de la gendarmerie tout en sachant que la partie qui allait se jouer entre eux serait difficile. Ce n'était pas le genre de bonhomme à se laisser impressionner facilement, mais ce qu'il avait à lui dire ne pouvait se faire qu'ici.

– Tu ne ranges pas ton flingue ? demanda Chesnier.

Lesquin ignora la question.

– Tu nous fous dans une merde noire, attaqua-t-il aussitôt. Pourquoi prends-tu systématiquement le contre-pied des infos que je te refile ?

– Tes infos ?

– Ne fais pas le con avec moi ! T'avais besoin d'écrire que l'histoire de l'ancienne maîtresse de Verdier disparue est bidon ?

– Ce n'est pas le cas ?

– Qu'est-ce que t'en sais, toi, bougre d'imbécile ? Le papier que tu as pondu est un tissu de conneries.

– Pourquoi avoir patienté trente-six heures pour me le dire ?

– Mais putain, je te cherche depuis avant-hier matin ! J'ai tout le monde sur le dos ! Tu as foutu une pagaille dont les échos retentissent jusqu'à l'Élysée. Tu parles de manipulation ? Tu oses sous-entendre que ce salopard de Verdier aurait été victime d'une opération d'interception qui aurait mal tourné ? Tu te rends compte de la portée de tes propos ?

– Chaque mot, chaque virgule a été pesé.

– Mon cul, ouais ! Tu t'es conduit comme le dernier des crétins. Au lieu de m'en parler avant…

– Qu'est-ce que cela aurait changé ?

Le major botta en touche.

– On est en présence d'un enculé de converti à l'islam qui a trempé dans le trafic de stups et dans le terrorisme international, qui a fait dix ans de cabane et qui se tire de chez lui en laissant cinq cadavres dans son jardin, et tu cherches encore le coupable…

– Ce n'est pas lui.

– Mais, bon Dieu, ouvre les yeux. Qui d'autre ?

– Même le directeur de la centrale a raconté combien il aimait sa famille…

– Eh bien, celui-là, ça m'étonnerait qu'il se fasse piéger une seconde fois. Lis la presse ce soir, et tu verras qu'il a changé de discours.

– Il a été menacé…

– Évidemment ! Par qui ?

– Par toi, sans doute. Comme tu le fais avec moi en ce moment.

Lesquin posa la main sur le pistolet automatique.

– Tu vas me buter dans ton bureau ? demanda Chesnier.

– Tu vas faire amende honorable et réécrire un papier dans le sens qui convient.

– Ne compte pas sur moi pour hurler avec la meute. Parce que Verdier n'est pas coupable de ce dont on l'accuse. J'ai des billes, tu sais.

– Tu ne sais rien.

– Oh ! Beaucoup plus que tu ne l'imagines. Comment se fait-il que tu ne parles pas de la personne qui se trouvait chez lui ?

– Qui ?

– Allons ! Le djihadiste.

– Encore une de tes foutaises.

– J'ai la preuve de sa présence chez Verdier.

– Et quand bien même ?

– Ça change tout. Ça accrédite la thèse d'une opération sur la maison.

– Tu lis trop de romans, mon pauvre Georges. Tu vas finir par avoir de sérieux ennuis. Si tu ne veux pas écrire l'article que je te demande, jure-moi que tu t'en tiendras là.

Le regard que lui lança Chesnier lui fit comprendre qu'il n'obtiendrait pas gain de cause.

– Dis-moi, demanda le journaliste, pourquoi cette affaire qui semble si importante est traitée par toi, sauf ton respect ?

– Pardon ?

– Oui, tu me fais venir dans ton petit bureau pour m'expliquer tout cela. Vu l'importance de l'affaire, je suis en droit de penser que j'aurais pu être convoqué plus haut dans la hiérarchie.

– Mais je me tue à t'expliquer qu'il n'y a pas d'affaire !

– Pourtant, tu viens de me dire toi-même que mon papier a dérangé jusqu'à l'Élysée…

– Tu es en train de créer le scandale, bordel de merde. Personne n'a envie de ça. On va pas en plus te donner un rendez-vous !

– Tu m'as dit toi-même que les Services étaient sur le coup. Ton pote… Comment s'appelle-t-il ?

– Oublie-le.

Chesnier sortit une cigarette qu'il alluma sans demander l'autorisation.

– Est-ce qu'il n'aurait pas un nom, ou un pseudo, comme un outil de jardin ou quelque chose comme ça ?

Lesquin se figea. Il réintroduisit le Glock dans son holster, posa ses pieds sur le bureau et considéra Chesnier comme s'il regardait la victime d'une scène de crime.

– Ta femme s'en sortira jamais toute seule, lui dit-il d'un ton neutre. Tu joues avec le feu et tu vas bientôt te brûler.

30 juin 2011
21 heures

La fraîcheur du soir montait du sol. L'eau du Bassin avait pris une teinte mauve, annonçant l'été, mais la température était encore celle de l'hiver. Verdier regarda la masse uniforme de la rive qui s'enfonçait dans l'obscurité. On ne distinguait déjà plus les cabanes des villages d'ostréiculteurs. Quelque part sur sa gauche, sa pauvre mère devait se morfondre sur son lit, l'oreille collée à la radio. Voilà ce qu'il aurait dû emporter, et il n'y avait même pas pensé ! Le crépuscule absorba bientôt les derniers nuages gris et ce fut la nuit. Et le silence. Seul le ressac, au pied des baraques tchanquées, lui parvenait de temps à autre de manière diffuse et incertaine.

Il s'allongea sur le plancher vermoulu et éternua. Le froid l'enserrait comme une camisole de force. Les visages des enfants dansaient derrière ses paupières closes. Parfois, ils riaient au fond de lui. Pourquoi n'était-il pas mort avec eux ? Pourquoi ne pouvait-il pas mourir ici, d'un coup ? Il se remit à sangloter et serra l'automatique dans sa poche. Mais il ne pouvait pas partir en laissant de lui l'image d'un père qui aurait tué toute sa famille.

C'était juste inenvisageable. Celui qui les avait massacrés devait être lancé à ses trousses. Il devait d'abord faire justice lui-même.

Il sortit l'arme, ôta le chargeur, puis les munitions. Il les fit rouler entre ses doigts, réapprovisionna, replaça le chargeur dans la crosse et fit monter une balle dans le canon.

Il s'assoupit, le MAC50 sur le ventre, en se disant qu'il ne pouvait pas rester indéfiniment sur l'île aux oiseaux. Sa dernière bouteille d'eau était largement entamée. Il devait regagner la terre, aller jusqu'à la Teich, dans la réserve naturelle. Là-bas, il serait en sécurité et trouverait de l'eau potable. La barque volée devait être repérable, attachée au pilotis de la cabane. Il fallait qu'il se décide à traverser le Bassin dans le noir.

Dix ans plus tôt

Mustafa avait allumé une télévision accrochée au mur ainsi qu'un lecteur vidéo posé sur un meuble. L'ouléma inséra la cassette et appuya sur la touche de lecture.

Ce fut d'abord une scène de paysage aride, une vallée blanche comme du sable inondée de soleil et, à l'horizon, une ligne de crête mangée par la lumière. Un chant monotone et triste servait de fond sonore. La caméra tourna lentement, dévoilant un village de maisons en torchis dans le lointain, puis une foule de civils regroupés à gauche de l'image. La mélopée était d'une beauté confondante. Le chanteur faisait vibrer ses cordes vocales, appuyant sur certains mots : moudjahid, *shahid*, islam. Verdier les distinguait parfaitement et en fut assez fier. À la deuxième ou troisième minute, le groupe s'écarta pour laisser passer deux hommes à la poitrine ceinte de cartouchières, poussant devant eux un prisonnier. Il devait avoir une quarantaine d'années. Rien ne le distinguait des autres civils, si ce n'est ses bras liés dans le dos. Il portait le même kamiz couleur crème, le même pakol sur la tête, et une barbe tout aussi fournie que celle des plus vieux membres de l'assistance. On le fit asseoir au premier plan et l'un des hommes armés commença à haranguer la foule, couvrant de sa voix les notes du chant. Puis un garçon apparut sur la droite de l'image. Un adolescent. À peine. Douze ou treize ans, pas plus. Il s'arrêta, regarda la caméra et sourit. Derrière lui, l'homme armé continuait son discours.

Enfin, celui qui semblait être le maître de cérémonie rejoignit le garçon et lui tendit un poignard. La caméra zooma dessus avant d'englober à nouveau l'ensemble de la scène. Verdier vit un manche orné de pierres de couleur et une immense lame recourbée qui étincelait dans la lumière. L'enfant hissa le couteau au-dessus de lui avant de le ramener au niveau de son torse. À moins de deux mètres de lui, le prisonnier avait fermé les yeux. Ses lèvres bougeaient presque imperceptiblement comme il l'aurait fait durant la prière. Le deuxième homme armé arriva dans son dos et le renversa sur le côté. Ses jambes décrivirent un arc de cercle, puis il essaya de les regrouper le plus haut qu'il put sur sa poitrine. Derrière, les villageois s'ébrouèrent et se rapprochèrent. La caméra serra davantage le plan. On entendit à nouveau le chant, après, tout alla très vite. Le petit bourreau attrapa le prisonnier par les cheveux pour lui faire redresser la tête de manière à ce qu'elle soit visible à l'image. Il empoigna ensuite la barbe de l'homme pour offrir sa gorge au couteau et planta la lame à l'arrière du cou. Les jambes du supplicié se détendirent avec une violence inouïe. Une sandale vola et sortit du champ. Les pieds raclèrent le sol, puis s'agitèrent de nouveau avant que l'un des deux hommes se couche en travers de façon à permettre à la caméra d'enregistrer le reste de la mise à mort. Quand la lame s'enfonça plus profondément et entama la veine jugulaire, un flot de sang s'en échappa qui monta vers le ciel en un jet puissant. Sous le ventre de l'aide-bourreau, les jambes continuaient de plus belle leurs soubresauts. Lentement, la tête se décrochait avec toujours plus de sang. Maintenant, la bouche du malheureux cherchait de l'air. Ou peut-être essayait-elle de hurler sa douleur et sa peur ? Il sembla à Verdier que la séquence durait au-delà du possible. Comment un homme égorgé pouvait-il se débattre aussi longtemps ? L'enfant s'appliquait à faire durer la punition. La lame passa bientôt sous la glotte, et le corps, jusque-là cambré, retomba. Comme une masse. Son calvaire était terminé, mais la scène continuait. Le poignard rentra plus profondément dans les chairs et l'image saisit l'éclat blanc des os de la colonne vertébrale. L'enfant avait de petits bras et de petits poignets. La tête résistait. Il l'agitait sur le pivot de la lame sans parvenir à la séparer du tronc. La foule se mit à scander des encouragements. Le bourreau cria de rage en secouant dans tous les sens cette tête dont les yeux étaient restés ouverts. Enfin, il la brandit aux villageois massés derrière lui et ce fut une longue clameur. La tête fut posée entre les jambes du mort, et la foule repartit vers le village. L'image devint noire, et un verset en lettres d'or apparut à l'écran.

Mustafa éteignit la télévision, sortit la cassette pour la rendre à Abou et se tourna vers Verdier, que tout le monde regardait à présent.

– Te voilà initié, lui dit l'imam laconiquement. Tu as vu ce que nous ne montrons qu'à nos plus fidèles serviteurs.

Verdier s'essuya le front avec sa manche, sans parvenir à apprécier si le choc qu'il avait reçu devant le film était responsable de la sueur qui l'inondait.

– Il n'est pas pire crime en islam que la trahison, reprit l'un des oulémas. Le mécréant dont tu as regardé l'exécution était un paysan qui renseignait les forces de police pakistanaises sur les implantations des bases militaires de nos frères dans les zones tribales. As-tu des questions ?

L'imam Abou lissait machinalement ses poils de barbe, attendant un mot de sa part, et, pour la première fois depuis des mois, une crainte sourde s'instilla en Verdier. Il venait de comprendre qu'il n'y aurait jamais de retour en arrière possible. Abou, Mustafa, les autres vieux et la bande de rastas étaient un ramassis d'assassins dégénérés qui le tenaient désormais en laisse.

Ses compagnons continuaient de le fixer.

– Il n'y a de Dieu que Dieu, finit-il par dire en se redressant.

Le visage de l'ouléma s'éclaira.

– Bien sûr ! Mais n'y a-t-il rien que tu veuilles demander ?

– Pourquoi est-ce un enfant qui a exécuté le traître ?

Les religieux s'esclaffèrent.

– Tu es encore imprégné de la culture occidentale, tu crois encore en certaines valeurs erronées. Tu as regardé un enfant accomplir la vengeance d'Allah, mais pour nous, il n'y a pas d'enfants. Pas au sens où on l'entend ici. Nous n'avons pas la même échelle d'appréciations. Sais-tu que le Prophète, béni soit-Il, a épousé l'une de ses femmes quand elle avait six ans ? En islam, il y a des créatures de Dieu qui grandissent sur le chemin de la vie. Elles seront tout au long de leur existence entre les mains de leurs tuteurs. Seuls, leurs tuteurs peuvent décider de ce qu'elles sont capables de faire ou non. Ce n'est pas une question d'âge, mais de circonstances. Le garçon que tu as vu avait à l'époque des faits onze ans. Il était orphelin de père depuis quelques mois et il était devenu le chef de famille chez lui, mais sous la responsabilité de son oncle, chef tribal au village et responsable religieux. Lui avoir offert ce couteau et la possibilité d'accomplir le sacrifice était un rite pour lui permettre d'entrer pleinement dans la communauté des croyants et d'en devenir l'un des membres prometteurs.

– Mais cela ne l'a pas choqué ?

– Choqué ? De quoi ? Comment peut-on être choqué quand on est le bras d'Allah ?

– Certes, mais pour tuer une personne, n'aurait-il pas été préférable de s'adresser à un homme plus âgé, à un combattant, par exemple ?

– Je t'ai dit : c'est une question de circonstances. Et d'aptitudes. Son père a été assassiné par la police, il demandait vengeance tous les jours. Comme on avait déjà remarqué qu'il égorgeait parfaitement les moutons, il était naturel de lui offrir cette chance. Quelle est la différence entre abattre une bête ou un homme ? Il n'y en a pas lorsque cela est fait dans les règles fixées par Dieu. Et puis c'est en Afghanistan, une terre sacrée où se prépare l'assaut contre les idolâtres, les mécréants et les apostats. Ce n'est pas une terre ordinaire. C'est un peu notre laboratoire où se préparent nos outils pour sortir le monde des ténèbres. Tout est bon pour parvenir à nos fins. Tu vois, là-bas, dans les vallées profondes, nos paysans cultivent le haschich et le pavot. Ils fabriquent une drogue qui est illicite pour les bons musulmans, mais le faire pour la répandre dans cet Occident que nous abhorrons est licite. Tu l'as compris, toi qui es allé superviser nos activités au Maroc ? Nous as-tu déjà vus consommer de cette substance ?

– Non.

– Et tout l'argent que nous rapporte cette drogue, c'est pour l'œuvre d'Allah. Pour combattre l'Occident. Peut-être un jour iras-tu toi-même en Afghanistan…

L'imam Abou désigna Mustafa.

– Lui est allé en Bosnie, par exemple. Il s'est entraîné et a combattu avec une brigade islamique plusieurs mois, dans le centre du pays. Il a fait un excellent travail contre les communistes serbes et auprès de la jeunesse des villages où il a séjourné. Il les a confortés dans leur foi et dans la haine des oppresseurs. Il a aussi beaucoup appris des armées occidentales présentes sur le terrain.

Mustafa opina sobrement.

– Au fait, demanda Verdier, on ne voit plus Désiré. Où est-il allé se faire pendre, ce chien ?

Une lueur mauvaise s'alluma dans le regard d'Abou.

– Comme sur la vidéo que tu as visionnée, fils. Et grâce à toi !

Verdier fronça les sourcils.

– Il n'a quand même pas été décapité !

Les oulémas et Mustafa éclatèrent de rire ensemble comme quatre pantins désarticulés.

Verdier sentit le sang refluer de ses membres. Il essaya de le dissimuler, mais la voix d'Abou le cueillit comme un uppercut :

– C'est toi qui l'as tué. N'en doute pas une seule seconde. Mais il n'y a que toi et nous qui le savons. T'inquiète pas.

1er juillet 2011
3 h 05

Karim n'entendit pas la porte de l'appartement s'ouvrir. Pas davantage qu'il n'avait été alerté par le crissement de la petite caméra thermique lorsque celle-ci avait été introduite dans la pièce par la bouche d'aération. Il dormait profondément, allongé sur l'un des deux divans du salon. En face de lui, Nourredine Saif al Hassine ronflait depuis deux bonnes heures.

Trois des Seal avaient sécurisé le bas de l'immeuble. Trois autres étaient montés jusqu'à la planque des fondamentalistes. Après avoir vérifié la tranquillité de la cage d'escalier et l'absence d'activité dans l'appartement témoin, l'un d'eux était resté en recueil immédiat sur le palier. Les deux autres crochetèrent la porte et pénétrèrent à l'intérieur du logement, équipés de dispositifs de vision nocturne.

L'image verdâtre leur renvoya aussitôt le moindre détail de la pièce : les corps des dormeurs, les armes posées au pied des divans et les boîtes de pizzas halal vides empilées sous la fenêtre.

Ils connaissaient par cœur les visages des islamistes qu'ils venaient tuer.

En trois enjambées, ils furent sur eux, leur placèrent sous la gorge le canon de leurs armes et pressèrent la détente. Les munitions de 38 spécial creuses à faible charge traversèrent à presque deux cents mètres seconde leur menton, leur langue, leur palais et s'ouvrirent comme des pétales de fleur en métal au centre de leur cerveau sans ressortir de la boîte crânienne. Il n'y eut ni cris ni projections sanguinolentes. Du travail rapide et propre.

Les cadavres furent ensuite emballés dans des sacs de plastique et descendus jusqu'au combi stationné sur le parking de l'immeuble.

Le dernier des Seal à évacuer l'endroit vérifia l'étanchéité des rideaux de la pièce et alluma la lumière avant de fouiller de fond en comble l'appartement pour emporter les dernières traces de la présence des salafistes dans l'HLM de Gennevilliers.

Hormi les emballages des pizzas, il ne restait rien.

6 juillet 2011
13 h 50

Chaque parole de Lesquin s'était inscrite durablement dans le cerveau de Chesnier. Il y repensait en permanence depuis deux jours. Le major avait franchi une étape supplémentaire. Des conseils éclairés aux injonctions, il était passé aux menaces. La question qui tourmentait maintenant Chesnier était de savoir qui le pilotait vraiment. Pour qui pouvait bien rouler ce vieux cheval ? Quelle officine obscure se tenait derrière lui ? Après y avoir réfléchi longtemps, il avait du mal à croire que la DGSE puisse l'avoir mandaté pour effectuer ce genre de mission. Il aurait été tellement plus simple de le convoquer boulevard Mortier et de passer un arrangement avec lui... À moins que le contact de Lesquin ne soit lui-même impliqué dans une opération parallèle ? Avec qui ?

Chesnier avait beau retourner le problème dans tous les sens, il avait désormais l'impression d'errer à l'aveugle sur des sables mouvants.

Il s'arrêta brusquement et opéra un quart de tour. Personne ne semblait le suivre. L'entrée de la rue Bayard était vide. Il repartit et accéléra le pas jusqu'au parvis de RTL. Il grimpa les marches trois par trois, salua l'hôtesse et s'installa sous la verrière de l'accueil.

Son patron avait refusé la veille de publier son dernier papier. Il n'avait rien voulu entendre de ses explications. Il était clair que des pressions avaient été exercées sur la rédaction du quotidien, mais de celles-ci, personne n'avait accepté d'en parler à Chesnier. Il s'était entendu dix fois répéter que ses prétendues informations allaient compromettre pour longtemps les relations du journal avec la magistrature, que tout accusait Verdier et que celui-ci finirait par se suicider. « On retrouvera quelque part son cadavre à l'ouverture de la chasse », lui avait dit Mounir Boumaza. Dans une affaire aussi grave que celle-là, il considérait que le fait d'être allé voir la mère du fugitif et de vouloir publier ses déclarations sans avoir auparavant sollicité l'avis du juge d'instruction était une faute professionnelle. Chesnier avait argumenté une heure durant, mais ne l'avait pas convaincu. Puis la sentence était tombée : il n'y aurait plus de papier avant que l'enquête produise elle-même un élément nouveau.

Or Chesnier avait fait de l'affaire Verdier une affaire personnelle. Il avait non seulement conscience de détenir des éléments essentiels de la vérité – et il n'entendait pas à moins de deux ans de la retraite rater une telle histoire –, mais il y avait aussi le sort de Verdier, cela lui paraissait impossible de ne pas lui venir en aide.

Chesnier s'était donc décidé la veille au soir à appeler RTL. La station avait repris son dernier article en des termes très élogieux. Elle y avait consacré plus de dix minutes d'antenne.

Quand Jacques Pradel avait décroché, Chesnier ne lui avait rien dissimulé des problèmes qu'il rencontrait dans son enquête. Le spécialiste du fait divers l'avait écouté sans l'interrompre et lui avait fait la proposition suivante :

« On va ménager la susceptibilité de votre employeur. On va faire une émission dans laquelle vous interviendrez avec deux autres confrères qui suivent l'affaire. Ce sera une interview. Personne ne pourra vous reprocher de venir faire la promotion à Paris de votre journal.

– Il faudrait que ce soit du direct.

– Je vous propose de passer demain matin pour préparer avec moi l'émission, et on se retrouvera ensuite à 14 heures pour *L'Heure du crime* avec les autres invités. »

Chesnier sortit un calepin de sa serviette et se mit à écrire nerveusement. Comme toujours, il avait besoin d'être pressé par le temps pour mettre ses idées en place et commencer à rédiger. Toute la nuit, il avait repassé le fil des événements, mais n'avait rien réussi d'autre qu'à revoir dix fois les mêmes scènes sans en tirer autre chose qu'un sentiment de gâchis. À ses côtés, le souffle d'oiseau tombé du nid de sa femme le ramenait constamment à la réalité de leur chambre triste et surchauffée. Il était resté des heures assis au bord du lit, le carnet et le stylo dans la main, sans parvenir à ébaucher le début du plan de son intervention. Les images du corps supplicié de Naïma Obleni, du visage de Verdier, de la silhouette de Nourredine Saif al Hassine et du sourire chaleureux du patron du Bab-el-Oued flottaient autour de lui dans la chambre. Comme s'il s'était trouvé au centre d'un manège infernal.

Vers 4 heures du matin, il rendit les armes et s'allongea.

Mais maintenant, après un litre et demi de café avalé dans le train, tout se mettait en place avec une facilité déconcertante. L'histoire était redevenue d'une simplicité à toute épreuve. Sa main courait sur les pages du carnet. Il allait faire exploser une bombe médiatique. Ensuite, il retournerait voir la mère de Verdier. Elle ne pourrait plus refuser de l'aider à le rencontrer. Le temps était compté, d'ailleurs. Il n'avait que moyennement confiance dans son patron. Histoire de se faire mousser et de s'attirer les bonnes grâces des autorités, il n'était pas impossible qu'il raconte que son journaliste était entré en contact avec elle. Dès lors, ce serait une course contre la montre. La vieille dame risquait fort d'être éloignée comme témoin protégé. Et sans elle, Chesnier n'avait aucune chance de retrouver son fils.

6 juillet 2011
20 h 30

Norman Beats regarda par la fenêtre le soleil percer sous la couche de nuages laiteux. La journée promettait d'être magnifique. Il ouvrit son BlackBerry et envoya un message codé. Trois mots : « bleu, blanc, rouge ». L'interview du journaliste français sur RTL, transmise une heure plus tôt sur ondes courtes par le major Lesquin, ne lui laissait plus aucune marge de manœuvre. Ce Chesnier devenait incontrôlable. Il était obligé de prendre une décision qui le répugnait.

Il jeta encore un regard à son dossier et relut la fiche rédigée en 2004, après que le journaliste français avait effectué un reportage de trois semaines avec les Marines dans la région de Jalalabad :

Le haut commandement des forces américaines engagées à l'est de l'Afghanistan atteste que le reporter français Georges Chesnier, né le 18 avril 1954 à Amiens, titulaire de la carte de presse 34 804, a suivi les activités offensives des Marines dans la province frontalière avec les zones tribales entre le 2 avril et le 23 avril 2004, et s'est distingué par son professionnalisme et son courage. Le 12 avril, sous des tirs d'éléments insurgés, il a posé un garrot sur la jambe d'un soldat américain blessé par éclats de roquette et a organisé le retour de l'équipe médicale pour le prendre en charge. Le 19 avril, il a récupéré sous le feu ennemi un lance-grenades M79 perdu par son servant après que celui-ci eut été blessé. Pour ces raisons et à titre exceptionnel, Georges Chesnier est fait Marine d'honneur première classe de cette unité de la *22nd Marine Expeditionary Unit.*

Ce Chesnier avait cinquante ans lorsqu'il était retourné sur le terrain, dans la vallée du Laghman, un putain de merdier ! Et il avait trouvé le moyen de se distinguer de façon magistrale ; Beats n'en revenait pas. Les lignes de la note dansaient devant ses yeux. Cet animal avait une volonté et un courage de fer. La pile de témoignages recueillis auprès des soldats de l'unité qui l'avait embarqué l'attestait.

Il attrapa la photo qui avait été jointe au dossier et l'observa longuement. Le gars respirait la bonté. Beats se mit à transpirer. Dans les minutes qui suivirent, il reçut l'accusé-réception de son message. Lesquin avait compris. Les dés étaient jetés. C'était maintenant une question d'heures avant que le journaliste soit réduit au silence. Définitivement.

Beats s'installa devant son ordinateur et cliqua sur un site de conversation directe pour entrer en contact avec son équipe de Seal présente en France. La liaison, relayée par une dizaine de stations disséminées dans autant de pays, lui permettait de s'exprimer en clair. Les risques de ciblage de la connexion étaient quasi nuls. Il informa ses agents des dernières décisions prises par leur autorité supérieure. La réponse lui parvint presque immédiatement : « Confirmez demande. »

L'Américain tapa deux lignes de texte : « Suivez le poisson pilote français. Assurez-vous qu'il se sépare de l'appât et abordez la cible. »

Le chef des Seal lui demanda le mode opératoire. « Définitif », précisa Beats. Puis il ajouta : « Idem pour le poisson pilote. Il doit être mis à l'eau. Sans possibilité de remonter. »

« Et la cible ? » interrogea son correspondant.

Chesnier avait précisé dans son interview que la seule arme qu'avait jamais possédée Verdier lui avait été confiée plusieurs jours après le massacre de sa famille par sa mère. Une arme de service ayant appartenu à son père en Algérie. Beats savait de quoi il s'agissait : forcément un MAC50. Ses hommes devaient donc utiliser la même munition, du 9 mm. Et l'abattre de manière à ce que l'exécution ressemble à un suicide. Cela ne devait laisser aucune incertitude lorsque la médecine légale se pencherait sur le cadavre du fugitif. Le principal était qu'on ne puisse jamais relier cette mort et celles de la maison de Nanterre.

Beats se pencha à nouveau sur le clavier de son ordinateur. Il rédigea une réponse la plus précise possible : « La cible sera opérée à bout touchant. Sans récupération possible de l'élément de destruction. » Il alluma une cigarette, consulta pour la forme la grande carte murale de l'Europe accrochée devant ses yeux et envoya ses dernières consignes : « Changez de véhicule à la frontière italienne. Vous rendrez le suivant à Milan et vous prendrez le train jusqu'à la base d'Aviano où vous serez à nouveau briefés. Terminé. »

Norman Beats posa ses coudes sur le bureau et mit sa tête dans les mains. Il venait de vivre les quatre-vingt-dix jours les plus pénibles de sa carrière. Les prochaines heures seraient pires encore. L'ordre qu'il venait de donner le glaçait littéralement. Il n'aurait jamais cru que la raison d'État ferait un jour de lui un assassin. Il lui faudrait vivre avec cette idée le reste de son existence. Qu'importe que le grand patron ait pris la décision, il n'en restait pas moins le premier maillon de la chaîne des exécuteurs. La police et la presse française n'y verraient que du feu, mais lui aurait ce poids sur la conscience des années durant. Le gendarme Lesquin s'était laissé intoxiquer et balader comme un bleu. Comme dans un manuel de guerre psychologique. C'était presque un cas d'école. Mais Beats le savait, tout ce qu'avait fait ce gars, à la fois par idéal et aussi pour assurer le confort de sa famille, n'était que du vent. À cette heure, son compte en banque *offshore* devait être déjà fermé et les dizaines de milliers de dollars avaient été récupérés par la Centrale. Sa veuve et ses mômes ne toucheraient jamais le fruit de sa collaboration. Il n'y aurait même pas une médaille à la clé pour honorer le travail du major, parce que rien de ce qu'il avait fait n'avait jamais existé. Lesquin aurait simplement disparu. L'enquête interne s'enliserait rapidement. Et ce n'était pas le colonel Rateau qui irait réclamer une décoration posthume. Il se douterait peut-être de quelque chose en apprenant la disparition du journaliste, mais il fermerait sa gueule. Que pouvait-il faire d'autre ?

Rien de cela ne serait arrivé si les Seal ne s'étaient pas plantés à Nanterre.

Beats étouffa une bouffée de rage. Il écrasa sa cigarette et en alluma une autre immédiatement. Il restait désormais à régler la problématique du commando. Promotions, décorations, *one way mission*... Il se demandait quel sort serait celui de ces hommes, mais au fond il s'en moquait. La décision serait prise dans quelques jours. En dehors de lui. Pour l'instant, seul l'épilogue de cette foutue mission comptait. L'intervention aurait lieu le lendemain en tout état de cause. Avant quarante-huit heures, il ne resterait plus d'autres témoins vivants de l'opération Moudjahid que lui-même, les Seal et le grand patron de la CIA. Ce serait une affaire américaine. Comme son pays savait les enterrer.

7 juillet 2011
7 h 30

Les oyats qui obscurcissaient la rive obligèrent Verdier à pagayer encore quelques dizaines de mètres avant de trouver un endroit pour amarrer la barque. L'odeur des lichens et des mousses saturait l'atmosphère.

La brise tiède qui avait dissous la brume ne parvenait pas encore à effacer les relents de la pourriture de la végétation. On devinait le soleil derrière l'écran du ciel. Une lumière sans ombre s'installait doucement. Verdier cacha le youyou sous les herbes, retira ses chaussures et son pantalon et sauta à l'eau. « Dix degrés ! » s'exclama-t-il. Le froid ne l'avait pas quitté de la nuit dans la baraque tchanquée. La traversée du Bassin avait fini de l'achever. Il claquait des dents et grelottait comme s'il avait été plongé, nu, dans un bac de glace.

Il escalada la butte de sable et s'enfonça dans la réserve au milieu des piaillements des aigrettes. La forêt de Nézer était derrière, à moins de deux kilomètres. Là-bas, si ce que lui avait dit sa mère était exact, il trouverait les cabanes des résiniers au bord de la rivière et de quoi se réchauffer, s'alimenter et boire. Après, il prendrait le temps de réfléchir. Il pouvait rejoindre l'Espagne en huit ou dix jours sans prendre de risques. Il pouvait aussi voler une voiture et avaler les kilomètres jusqu'à la frontière. En passant à proximité de Pau, il serait rapidement dans les Pyrénées. Une fois dans le pays Basque, il n'aurait plus rien à redouter. Il pourrait se tenir au courant des nouvelles de son affaire et décider ce qu'il convenait de faire. L'idée de s'enfuir au Maroc lui traversa l'esprit. Si certains de ses anciens contacts étaient toujours en place, ce serait un jeu d'enfant de débarquer à Tanger. Il inventerait bien quelque chose pour obtenir leur aide. Il leur avait fait gagner assez d'argent.

Il entra sous le couvert des pins en continuant à gamberger, puis les regards de ses enfants le fixèrent. Il s'arrêta de marcher et s'assit sur une souche. Sous les arbres, le jour ne s'était pas encore levé. Il considéra, autour de lui, la forêt qui disparaissait progressivement dans l'obscurité plate de l'aube et poussa une plainte qui se perdit aussitôt dans le ronflement du vent. À quoi servait de dépenser tant d'énergie alors que sa vie n'avait plus de sens ?

En se relevant, le poids de l'arme dans sa poche lui rappela la promesse qu'il s'était faite la veille. Quoi qu'il ait à endurer, cela ne pouvait pas se terminer avant qu'il ne venge sa famille. Il pouvait avoir faim, soif et froid des semaines encore, il lui fallait la peau de l'assassin. Ensuite, ensuite seulement, il baisserait les bras. Il raconterait la nuit infernale, il demanderait pourquoi Rateau l'avait abandonné, il expliquerait tout et accepterait n'importe quelle peine. Après, quand il aurait payé à la société son dû, il s'enfermerait dans un monastère, dans l'endroit le plus reculé qui soit, et finirait sa vie en priant pour le repos des siens.

Vers 10 heures, il trouva enfin le premier abri qui ne soit pas entièrement délabré et fit sauter le cadenas. Un lit picot sur lequel était roulé un sac de couchage trônait au milieu de la pièce. Sur une étagère, des boîtes de maïs et de sardines étaient alignées à côté de bouteilles d'eau minérale, un couteau suisse posé à côté. Il referma la porte, la cala avec une pierre et s'allongea.

Un premier rayon de soleil perça la couche de poussière du vasistas et le frappa en plein visage. Il ne bougea pas, laissant la chaleur l'inonder doucement. Et il se mit à parler à voix basse à ses enfants.

Dix ans plus tôt

Verdier était d'excellente humeur. Le grand jour était arrivé. Il allait revêtir pour la première fois de sa vie le kamiz blanc immaculé que lui avait offert Mustafa. Dans moins de deux heures, il serait accueilli à la mosquée par l'imam devant lequel il confirmerait son engagement à suivre jusqu'à sa mort les préceptes du Prophète. Il les avait tous bien baisés ! Comme il avait baisé ce connard de Désiré. Au moins, celui-là ne lui poserait plus de problèmes. À l'heure qu'il était, il avait dû prendre la raclée du siècle. Il n'était pas près de revenir fouiner autour de lui.

La maison était silencieuse. Lorraine ne se lèverait pas avant 8 heures. Les enfants prendraient leur petit déjeuner une demi-heure plus tard. Quand il rentrerait de la mosquée, ce serait une nouvelle étape dans la vie de la famille. Bientôt, on lui procurerait une place dans une librairie de la rue Jean-Pierre-Timbaud pour assurer sa couverture et un minimum d'argent entre de nouvelles missions plus rémunératrices. Il avait le temps de voir venir.

Il décrocha le téléphone et appela un taxi. Non pas que la mosquée où on l'attendait fût loin, mais il ne se sentait pas encore la force de traverser tout Nanterre, habillé comme il l'était.

Un étrange tapis de prière avait été installé devant l'estrade réservée à l'imam. Il brillait comme seule la soie naturelle peut le faire. C'était une scène de guerre avec, au premier plan, des chars qui brûlaient et, au-dessus, des vallées verdoyantes encadrées par des motifs de grenades et de bombes.

– C'est très beau, fit Verdier. Ça vient d'où ?

– D'Afghanistan, répondit Mustafa. De l'époque de la résistance contre les Soviétiques. Il a été tissé par les femmes des *shahid* dans les montagnes de l'Indou Koush. L'un de nos moudjahidin en a rapporté quelques-uns dans les années 1980. Celui-ci te sera offert après la cérémonie.

Verdier afficha un air ravi.

– Sans déconner !

– Ça te fait vraiment plaisir ?

– Pour tout te dire, on ne m'a pas fait beaucoup de cadeaux depuis des années ! Et celui-là, c'est… c'est fantastique, l'Afghanistan, le travail des épouses des martyrs, et il est splendide.

– Disons qu'il est particulier. C'est pas un de ces tapis pouilleux comme en vendent les Pakis. Il représente quelque chose. Chaque fois que tu t'agenouilleras dessus, il t'aidera à penser à nos frères qui ont mis leur peau au bout de leur foi.

– L'Afghanistan…

– Tu iras peut-être toi-même un jour, qui sait ?

– Tu parles sérieusement ?

– On verra. Si on juge que c'est bon pour toi, pourquoi pas ? T'aimerais y aller ?

– Évidemment, mais qu'est-ce que j'y ferais ?

– Comme les autres, étudier et t'entraîner. Pour que tu saches de quoi tu parles quand tu prêcheras. Pour que tu puisses t'imposer et clouer le bec aux ennemis de l'islam. On a le temps d'en reparler, mon frère. Dans l'immédiat, tu vas prononcer la *chahada*, tu iras travailler à Paris, puis on verra. Il n'y a pas d'urgence dans l'action. Allah ne compte pas les heures ou les années, tu sais ?

– J'ai compris cela, mais l'idée de pouvoir partir là-bas un jour… Je me sens bizarre.

– Et moi, je suis heureux de t'avoir rencontré. Au fait, tu as pensé à prendre un prénom musulman ?
– Je croyais qu'on allait m'en choisir un.
– Sauf si tu as déjà une idée.
– J'aimerais bien Abdelaziz.
– Ah ! Pas mal. Pourquoi celui-là ?
– C'est le serviteur du Tout-Puissant, non ?
– Décidément, tu es fait pour réaliser de grandes choses.

7 juillet 2011
11 h 20

L'employé de France Télécom fit entrer Lesquin dans ses locaux du XIIe arrondissement par la porte de service. Le major était en civil comme à son habitude lorsqu'il venait lui réclamer son aide sans commission rogatoire. Depuis qu'ils avaient sympathisé à une université d'été de leur parti politique, il avait effectué pour lui tant d'écoutes illégales qu'il aurait été dans l'impossibilité d'en faire le compte. Il avait installé des branchements sauvages sur des postes de particuliers, dérivé des lignes téléphoniques d'entreprises ; chaque opération lui rapportait un billet. Au final, cela faisait quelques milliers d'euros qui sommeillaient sur son livret A. Pas le Pérou, mais juste ce qu'il fallait pour ne pas éveiller les soupçons du fisc et encore moins de sa hiérarchie si d'aventure celle-ci venait à le découvrir.

Lesquin lui communiqua le numéro de portable de Chesnier.

– Je veux tracer ce mec, lui dit-il.

– Sur quelle période ?

– Ces trois derniers jours.

Une demi-heure plus tard, l'employé tendit au major une fiche comportant une série de chiffres divisée en autant de créneaux horaires. Lesquin connaissait par cœur le processus, mais il lui fallait encore convertir les numéros des relais téléphoniques en zones géographiques.

– Je suis pressé, fit-il.

Son contact serra les mâchoires en plissant les lèvres et le nez pour marquer son embarras.

– Si je rentre les codes dans l'ordinateur, il restera une trace…

– Tu m'avais assuré que tu pourrais faire ça depuis un PC perso !

– C'est un énorme boulot de récupérer cette putain de grille. Comme si je devais mémoriser toutes les combinaisons gagnantes du Loto depuis sa création.

– T'en es où ?

– Je dispose de l'Île-de-France et de la moitié sud du territoire. Également le grand Bruxelles et…

– Ça va. Je traque pas un gars qui met son fric à gauche. Essaie avec ce que t'as et on verra.

Lesquin le regarda faire et attendit. Au fil des manipulations, les déplacements de Chesnier s'affichaient comme s'il avait été suivi sur Google Map.

– Mes premières infos datent d'hier, dit l'homme en pointant son écran. On le capte sur une ligne de train. À 7 h 45, il arrive à Paris, gare du Nord. Il file ensuite dans le VIIIe arrondissement. Il y reste jusqu'à midi. On le retrouve après gare Montparnasse. Et puis, c'est encore le train. Le TGV. Les relais passent à toute vitesse. À 15 h 30, il s'arrête à Bordeaux. À 17 heures, il est dans un petit bled. Le Canon. Il a fait le trajet d'une traite. À 18 h 20, il est au Cap Ferret. Et une heure plus tard, il est à Arcachon. Il y est toujours.

– On peut savoir où il est descendu, exactement ?

– Difficile à dire. On a un rayon de transmission d'environ deux cents mètres. Mais… un instant. Ce matin, son signal indique qu'il se trouve à la frontière de deux antennes. À moins qu'il ne soit chez des connaissances à lui, on pourrait regarder quels hôtels sont à proximité.

– T'as une carte ?

– On va voir ça sur Google.

La réponse ne fut pas longue à obtenir. Un seul hôtel correspondait à la zone de recherche.

– Parfait, fit Lesquin. Tu vas continuer à le suivre. Je t'appellerai cet après-midi. Tu me diras si tu as du nouveau.

– C'est qui ?

Lesquin le regarda de haut.

– Tu connais la réponse.

– Juste pour avoir une idée de la valeur du pognon que tu vas me filer…

– Moins t'en sais, mieux c'est. Comme d'hab'. Je te passerai le fric en rentrant. Si tu termines le travail correctement.

– Tu vas à Arcachon ?

Lesquin le fixa sans répondre, puis se dirigea vers la sortie de l'immeuble et se mit aussitôt en quête d'un taxi.

Il ne remarqua pas l'Audi aux vitres teintées qui stationnait sur le trottoir opposé. Quand il eut enfin trouvé la voiture qu'il cherchait, il donna l'adresse de la gare Montparnasse.

L'Audi s'engagea derrière lui.

8 juillet 2011
9 h 10

La chambre du Nautic était sombre comme une grotte. La fenêtre, coincée dans un retrait du mur, laissait entrer un filet de lumière qui venait mourir aussitôt sans même atteindre le fond de la pièce.

Chesnier en venait presque à regretter le Bab-el-Oued. Il avait dormi d'un mauvais sommeil, entrecoupé des images récurrentes de ses cauchemars et des dernières révélations que lui avait faites la veille la mère de Verdier. Comment cette femme pouvait-elle prendre de façon si naturelle ce que lui avait confié son fils ? Il fallait vraiment qu'elle ait la foi pour espérer encore une issue heureuse à la cavale de son gamin, comme elle l'appelait. Ainsi, Verdier avait été rémunéré des années par la DGSE. Tout ce qu'il avait entrepris – la droguc, sa conversion, ses relations avec les fondamentalistes – l'aurait été sur ordre. C'était ridicule. Rien ne tenait la route. Depuis quand les Services envoyaient-ils pourrir leurs agents dix ans dans une prison ? Et pourquoi n'avaient-ils pas été là pour protéger Verdier à sa sortie ? La vieille débloquait complètement. Son fils s'était foutu d'elle pour lui soutirer ses derniers billets.

L'eau du lavabo giclait par saccades du robinet avec un bruit d'enfer. Chesnier contempla son image chiffonnée dans le miroir et ouvrit son tube de mousse à raser.

Le plus extraordinaire dans cette histoire était le mélange du vrai et du faux. Certes, Verdier n'avait pas assassiné sa femme et ses enfants. Il en était maintenant convaincu, mais quelle erreur avait-il commise pour précipiter ce carnage ? Et pourquoi Lesquin, qui se vantait de travailler pour la caserne Mortier, l'avait-il menacé, lui, Chesnier ? Et Naïma Obleni, elle n'avait pas été décapitée par des agents français, tout de même ? Et l'hôtelier du Bab-el-Oued, où avait-il disparu, celui-là ? Car il avait disparu corps et biens. Chesnier avait essayé de le recontacter pendant des jours, ça sonnait toujours dans le vide. Et l'invité mystère de Verdier, personne n'avait jamais eu de nouvelles de lui. « Vous aurez les réponses à ces dernières questions quand vous retrouverez mon gamin », lui avait dit la vieille dame. Il avait fallu l'émission sur RTL pour qu'elle se décide enfin à lui confier où se cachait Verdier. « Il est poursuivi par des voyous islamistes, avait-elle tranché. Ceux qui ont tué les siens. Il est dans la réserve naturelle, de l'autre côté du Bassin. J'ai beaucoup réfléchi depuis que je vous ai entendu chez monsieur Pradel. Vous êtes le seul à pouvoir faire éclater la vérité. J'allais vous téléphoner et vous voilà ! Dirigez-vous vers les cabanes des ornithologues. Vous y trouverez mon gamin. Dieu seul sait ce qui doit lui traverser l'esprit en ce moment ! Ce n'est pas le genre à se suicider, mais avec le malheur qui l'a frappé, allez savoir ! »

Chesnier lui avait demandé pourquoi elle ne se décidait pas à alerter la police. « Parce que je n'ai plus confiance qu'en vous », avait-elle murmuré. Puis elle avait pris ses mains dans les siennes et lui avait fait jurer de retrouver son fils et de le protéger. « Je sais qu'il envisage de passer en Espagne. Vous parlez d'un projet, dans son cas ! Mais vous pouvez l'aider. Une fois là-bas, quand il vous aura tout dit, il sera en sécurité. »

Elle avait encore rédigé un mot à remettre à son fils, et Chesnier avait pris congé. À 18 h 40, il avait attrapé la navette maritime pour rejoindre Arcachon après avoir passé un coup de fil à sa femme.

Il se coupa la lèvre supérieure avec la lame du rasoir et jura. On n'y voyait rien dans ce putain de miroir. L'unique ampoule, qui pendait au bout du fil, était dans son dos. Il s'essuya le visage et rangea sa trousse de toilette en se promettant d'acheter un nouveau Gillette.

Les croissants étaient rassis et le café froid. Il engloutit machinalement son petit déjeuner en jetant un œil au quotidien du matin. Il n'y avait plus une ligne sur l'affaire Verdier. Après tout, c'était bon signe. Peut-être la police s'était-elle donné du temps pour le récupérer. En refaisant le compte de ce qu'il savait, il se dit qu'il avait plusieurs longueurs d'avance. Le Teich et le parc régional des Landes de Gascogne étaient à quelques kilomètres. Il ne lui restait plus qu'à louer une voiture et à faire un premier repérage dans la réserve. Ensuite, il devrait compter sur le facteur chance. Verdier ne se laisserait certainement pas approcher, mais il savait où il avait trouvé refuge. À proximité de l'Eyre. Les cabanes étaient disséminées sur quelques centaines d'hectares, mais ce ne serait pas la mer à boire d'en faire le tour. Il planquerait des petits mots sous les portes et repasserait pour les relever. Puisqu'il était envoyé par sa mère, Verdier devrait se montrer rapidement.

Il réclama au réceptionniste une carte de la réserve. Le garçon posa sur le comptoir une photocopie en couleur format A3 de Le Teich et lui assura que la saison était idéale pour observer les oiseaux migrateurs.

– Il y a beaucoup de touristes ?

– En fait, beaucoup plus que l'été en temps normal, sauf que cette année la météo a fait fuir les plus téméraires d'entre eux ces derniers jours. Vous venez pour ça ?

– Oui.

– Vous connaissez déjà ?

– Eh non, justement.

– Alors, faites attention aux marécages. Ne sortez pas des sentiers balisés. On a déjà eu des noyades. Certains promeneurs n'ont jamais réapparu.

– En fait, je voudrais voir les vieilles cabanes des résiniers. Vous pourriez me les indiquer sur la carte ?

– Ça, c'est surtout à La Teste-de-Buch. Au Teich, vous n'en trouverez que quatre ou cinq. Et quelques abris pour les ornithologues. Près de l'eau. C'est difficile de s'y rendre. Et il n'en reste pratiquement rien.

– Vous pouvez me montrer ?

Le doigt du réceptionniste se promena sur le papier.

– Par ici. Et dans ce coin, aussi.

– Elles sont habitées ?

– Quand vous verrez l'endroit, vous comprendrez pourquoi elles ne le sont plus. C'est très sauvage.

– On ne peut donc pas y vivre ?

Le garçon leva un instant les yeux, effaré.

– Franchement, vous êtes mieux à l'hôtel, même si c'est pas Versailles !

– Ce n'est pas ce que je voulais dire. C'était une question comme ça.

– Eh ben, non ! Les ornithologues en ont une ou deux avec des réserves de nourriture pour quand ils veulent travailler la nuit. Mais ils n'y restent jamais très longtemps.

– En ce moment ?

– Plutôt à l'automne.

Chesnier le remercia et remonta dans sa chambre se brosser les dents. Il vérifia que la lettre de la mère de Verdier était bien dans sa poche, laissa son téléphone sur la table de nuit et sortit pour aller jusqu'à la gare louer une voiture. S'il parvenait à mettre la main sur Verdier, autant ne pas être trahi par le portable. Surtout s'il accompagnait le fugitif en Espagne.

Les bureaux de Hertz se trouvaient à trois cents mètres. Il longea les cafés du boulevard du Général-Leclerc dont les terrasses étaient déjà ouvertes. Et il se fit la promesse qu'une fois l'affaire Verdier réglée, il ferait valoir ses droits à la préretraite. Cela arrangerait tout le monde qu'il décampe du journal. Il déménagerait et emmènerait sa femme au soleil, quelque part au sud. Peut-être même au Maroc, les maisons étaient vraiment bon marché.

Derrière lui, une Fiat Panda le suivait à bonne distance. Lesquin avait attendu toute la nuit devant la porte de l'hôtel. Il avait les pieds congelés sur les pédales et était trop occupé à ne pas perdre le journaliste de vue pour se rendre compte que les Seal de Norman Beats, à leur tour, lui avaient emboîté le pas.

8 juillet 2011
10 h 30

Chesnier se dit que la première chose qu'il ferait en rentrant chez lui serait de serrer sa femme dans ses bras. Il avait quitté Paris en l'abandonnant à sa peine dans le lit. Il n'avait pas prononcé une phrase. Une fois de plus, il n'avait pas pris le temps de lui murmurer combien il l'aimait. Quelques mots, pourtant, auraient pu apaiser sa douleur. Elle n'attendait que cela : une simple étreinte, un sourire et un peu de chaleur. Et la promesse qu'ils ne se sépareraient jamais plus. Depuis deux ans déjà, il lui disait qu'ils allaient déménager pour le Sud. Qu'il quitterait prochainement son boulot. Qu'ils tireraient ensemble un trait sur le passé. Et il s'enferrait à courir après ses fantômes. Que pouvait-elle comprendre ?

Les branches basses des thuyas lui cinglaient les mollets. L'odeur âcre des lichens et des mousses montait dans l'air qui tiédissait lentement. Des taches de lumière dorée commençaient à percer le mur de la forêt. Chesnier avançait à un train d'enfer. Dès qu'il aurait retrouvé Verdier, il le ferait passer en Espagne, recueillerait son interview, publierait le plus important papier de sa carrière, puis laisserait tout tomber. Il quitterait le métier par la grande porte. Et il se consacrerait enfin à la femme de sa vie. Il lui ferait remonter la pente.

Une vague d'euphorie le submergea. Quand ils reparleraient de leur enfant, tous les deux, ce serait pour évoquer les années de bonheur. Il ne serait plus jamais question de drogue et d'overdose. Peut-être adopteraient-ils un gosse des rues de Sao Paulo ou d'ailleurs. Ils auraient de nouveau l'envie de vivre et de partager leurs joies. Elle se rétablirait doucement. Chesnier sentait le sang battre contre ses tempes. Il se réchauffait. L'envie le prit d'appeler sa femme pour entendre sa voix, mais son téléphone était resté à l'hôtel. Il consulta rapidement la carte du Teich et accéléra encore l'allure.

Les rayons du soleil le frappaient en plein visage. Quelle heure était-il ? Il regarda sa montre. Autrefois, à cette heure-là son fils se réveillait à peine. C'était le moment magique de la journée où il s'apprêtait à se pencher sur son lit pour le tirer doucement de son sommeil. Parfois, sa femme était à ses côtés. Ils le regardaient encore dormir un peu. Elle repoussait une mèche sur son front pour dégager son visage et, dans la pénombre de la chambre, ils s'extasiaient devant sa beauté. Elle se serrait contre lui et lui murmurait à l'oreille combien elle était fière d'avoir fait ce garçon. Alors, il mettait un genou au sol, entourait le petit de ses bras et le couvrait de baisers. Le rituel était toujours le même.

Entre les arbres, la forme diaphane de Grégoire s'éleva lentement. Chesnier tendit une main vers elle. « Ah ! Te voilà, toi… » Le spectre était en suspension dans l'air. Son visage était brouillé, mais, son père n'en douta pas une seconde, il s'agissait de lui. Comme dans tous les moments difficiles de son existence, son garçon était au rendez-vous, immobile, comme une sentinelle arrêtée au bord du chemin pour le protéger et lui donner la force de progresser.

Chesnier secoua la tête et émergea de son rêve. Le boyau qu'il suivait avait encore rétréci. Le tapis de fougères assourdissait ses pas. Derrière lui, il percevait le bruit d'une cavalcade. Les animaux étaient sortis de leurs tanières.

Subitement, la lumière baissa et les premiers coups de tonnerre éclatèrent au-dessus de la frondaison. Un orage se préparait. Chesnier leva les yeux et aperçut les nuages noirs qui couraient dans le ciel.

Les cabanes ne devaient plus être très loin. Il dévalait la pente qui le séparait du dernier mouvement de terrain à franchir avant d'atteindre le fond de la réserve. Le rideau de pluie s'approchait. Il n'entendait plus que le bruit de sa course effrénée et de sa respiration qui s'accélérait.

Le major Lesquin n'avait plus couru autant depuis des années. Ce satané journaliste faisait preuve d'une forme qui l'épatait. À trois reprises, il avait cru le rattraper, pourtant Chesnier continuait de le distancer. Il n'y avait guère qu'une centaine de mètres entre eux, mais les ronces, le sol glissant et les fondrières le gênaient. Ses chaussures de ville manquaient, à chaque pas, de rester dans la gadoue. Il tanguait, bras écartés, comme un patineur déséquilibré sur la glace.

Il s'arrêta, les mains sur sa poitrine, en jurant, et appela Chesnier. Il lui sembla que le son de sa voix ne franchissait pas le premier coude de la piste. Il n'avait pas prévu cette balade en forêt. Cette journée se présente extrêmement mal, songea-t-il. L'envie de faire demi-tour et de téléphoner à Rateau pour lui avouer tout ce qu'il savait lui effleura un instant l'esprit. Mais comment lui expliquer qu'il l'avait doublé depuis le début de l'affaire ? C'était certain, il le prendrait très mal. Il lui ferait porter le chapeau pour l'ensemble des échecs accumulés et exigerait le grand déballage. Lesquin n'y échapperait pas. Il savait que si l'on tirait le début du fil, le reste de la pelote se déviderait. On découvrirait rapidement les autres opérations dans lesquelles il avait trempé aux côtés de Beats. Cela portait un nom. C'était ni plus ni moins de la trahison au profit d'une puissance étrangère. Que ce fût les États-Unis, cela ne changerait rien à la donne. Trop de gens seraient heureux de se servir de cette histoire pour régler leurs comptes avec leurs amis américains.

La perspective de jouer le rôle du fusible était impensable. Il serait dégradé, traduit en justice, jeté en pâture aux médias, avec, sans doute à la clé, la prison. Il dégagea ses pieds de la ventouse du sol et reprit sa course.

8 juillet 2011
10 h 45

L'équipe de Beats, qui avait vite compris que l'épilogue de l'affaire de Nanterre se jouerait ce matin-là, avait laissé un homme derrière le gendarme. Un autre progressait en parallèle à hauteur de Chesnier. Le troisième avait pris les devants.

L'homme se déplaçait aussi facilement que s'il avait évolué sur la moquette d'un salon. Après une heure de course, il avait distancé le groupe des poursuivants de plusieurs centaines de mètres. Il zigzaguait pour couvrir le maximum de terrain, explorant la moindre cache où un fugitif aurait pu chercher à s'abriter : les huttes des ornithologues, les barques retournées, les miradors des chasseurs…, tout ce qui pouvait permettre à quelqu'un de souffler un peu.

Son arme était déjà dans ses mains. Il avait troqué son 22 long rifle contre un 9 mm parabellum. Il se concentrait sur les traits du visage de Verdier qu'il avait mémorisés. Si, par chance, il venait à lui mettre la main dessus, l'action devait être instantanée. Son coup de feu alerterait ses coéquipiers qui savaient ce qu'ils auraient alors à faire.

Au bout d'une sente serpentant au milieu de fougères géantes, apparut la masse sombre d'une cabane. Le Seal coupa aussitôt à travers bois pour l'aborder par l'arrière.

Verdier se tenait sur le pas de la porte quand il entendit, sur sa droite, un froissement dans la végétation. Il se retourna et se trouva face à face avec un homme d'une trentaine d'années, vêtu d'un pantalon de survêtement et d'un K-way noirs, qui semblait sortir de nulle part. Il ne remarqua pas la main qu'il tenait dans son dos et se demanda ce qui pouvait bien pousser des gars à traverser la forêt par ce temps de chien. La veille, il avait aperçu deux joggers remonter le sentier, coude à coude, à vive allure. Il s'était caché. Cette fois-ci, le randonneur était devant lui, transpirant mais souriant. Certainement un de ces fondus de course d'orientation. Il songea qu'il allait devoir s'enfoncer davantage dans la forêt. Il y avait d'autres cabanes, plus loin, vers les marais. Il n'y serait pas dérangé. Il pourrait y passer la nuit avant de prendre la route de la frontière. Il ne savait plus ce qu'il devait faire. Il avait besoin d'être encore un peu seul pour penser à sa famille et pour prier. Ensuite, il prendrait le large. Il reviendrait plus tard quand il saurait qui avait assassiné ses enfants et sa femme.

L'homme lui fit un signe de tête et s'approcha sans que son sourire ait quitté ses lèvres. Verdier aurait bien tourné les talons pour éviter d'avoir à lui parler, mais il jugea que cette réaction aurait été idiote. Cet emmerdeur allait lui demander la direction de la nationale ou de la rivière, ou quelque chose comme ça. Ensuite, il foutrait le camp, et lui aurait la paix. Cela aurait été stupide de se montrer désagréable avec cet inconnu. Autant qu'il reparte et l'oublie le plus vite possible. Il porta deux doigts jusqu'à sa tempe pour lui rendre son salut en regardant ses bottes qui ne ressemblaient pas à des chaussures de coureur.

Quand il releva les yeux, l'homme tenait au bout de son bras une arme de poing. Verdier n'eut pas le temps de se poser de questions. Une flamme orange entoura le canon du pistolet. Il n'entendit pas l'explosion de la munition. La balle pénétra dans son cerveau à côté de l'arcade sourcilière et ressortit au-dessus de l'oreille opposée, emportant une partie du crâne comme s'il s'était tiré lui-même le coup dans la tête.

8 juillet 2011
11 h 05

La détonation surprit Chesnier à l'instant où Lesquin parvenait enfin à le rejoindre après s'être accordé quelques secondes de pause. L'apparition du major au milieu de la forêt eut pour effet de lui couper définitivement le souffle. Il le considéra, incapable de prononcer un mot. Au fond de lui, l'adrénaline se déversait à jets continus dans ses muscles. Il sentait ses jambes l'abandonner. Ses bras s'alourdirent et ses mains commencèrent à trembler. Pourquoi Lesquin était-il là ? À une vitesse fulgurante, les dernières pièces du puzzle de l'affaire Verdier se mettaient en place comme s'il voyait le cours de sa vie défiler devant lui.

Il voulut parler, mais aucun son ne sortit de sa bouche.

– Je crois que nous touchons au but, fit laconiquement son ami.

Chesnier se laissa tomber à terre et serra les pans de sa veste sur sa poitrine.

– Il va falloir que tu m'expliques, parvint-il à articuler.

Lesquin s'était rapproché et le dominait. Chesnier remarqua qu'il tremblait presque autant que lui.

– Vas-y, dit-il. Qu'est-ce que tu fous là ?

– Tu m'as roulé dans la farine, Georges. C'est con d'avoir fait ça. Pourquoi ne m'as-tu pas fait confiance ?

– Je te considérais comme un ami, et tu m'as trompé. Tu m'as pris pour un crétin qui goberait tout ce que tu voudrais lui faire avaler.

– Tu aurais dû t'en tenir à la version officielle. Ça n'aurait rien changé. Ton protégé vient de se faire sauter le caisson. Te voilà bien avancé !

– Tu as l'air sûr de toi...

– Pas toi ? T'étais pas ici à la cueillette aux champignons, que je sache. Et la chasse est fermée. Alors, le coup de feu... à ton avis, c'est quoi d'autre ?

Chesnier tourna la tête vers l'endroit d'où ils avaient entendu la détonation.

– C'est très con, reprit Lesquin sans conviction, à quelques minutes près, on le prenait vivant.

– Tu ne crois pas un mot de ce que tu dis.

Le major éclata de rire.

– Ah, Georges, Georges ! Tu me déçois. Tu es beaucoup trop intelligent pour faire ce genre de boulot. Dis-moi une chose...

– Quoi, encore ?

– Si je te balance toute l'histoire, est-ce que je peux compter sur toi pour fermer ta gueule ? Autrement dit, est-ce que tu accepteras de tenir ta langue si je te raconte ce que je t'ai fait faire et ce qui s'est vraiment passé ?

– Tu me manipules depuis le début, c'est ça ?

– Si ça peut te consoler, Georges, j'en manipule d'autres aussi, autrement plus importants que toi.

– Tu es un beau salopard.

– Arrêtons là les amabilités. Je te livre un scoop, mais tu promets de ne rien sortir. Ce qui t'intéresse, après tout, c'est la vérité, n'est-ce pas ? T'as besoin de savoir. Mais t'as passé le cap d'avoir besoin de publier tes coups... Ne me dis pas que ça te fait encore bander ! Je te révèle tout et on tire un trait.

Lesquin lui fit signe de se lever.

– On va aller au résultat et tu m'aideras à faire le ménage. Comme ça, je serai tranquille. Je t'implique dans l'opération et ça sera ta manière de me donner des gages.

Chesnier se mit debout. Il recula aussitôt pour s'éloigner de Lesquin.

– Tu vas pas te sauver, quand même ?

– Tu me menaces ?

– C'est marrant, c'est pas la première fois que tu me poses la question.

– Réponds-moi.

Le major sortit de sa poche un Glock17 et caressa l'opercule indiquant la présence d'une balle dans le canon.

– Putain, Georges, j'essaie de nous trouver une porte de sortie à tous les deux. J'ai reçu des ordres te concernant. Et c'est pas joli, joli. T'as mis un coup de pied dans une fourmilière qu'il aurait mieux valu que tu ne croises jamais sur ta route.

– Ton pote des Services ?

– S'il n'y avait que lui ! Non, mon gars, il y a beaucoup plus dangereux et moins arrangeant.

Chesnier s'écarta encore un peu.

– Reste là, ordonna Lesquin. Si tu te tires, de toute façon tu signes ton arrêt de mort. On te pêchera à Amiens ou ailleurs, qu'importe. Et tu ne sauras jamais la vérité.

Chesnier fixa le pistolet dans la main du major.

– Bordel, qu'est-ce que j'ai fait pour mériter ça ?

– Tu es entré par effraction dans ce qu'on appelle la raison d'État. Et pas d'un seul pays, par-dessus le marché. C'est pas de ta faute, c'est comme ça. Mais si tu fais exactement ce que je te dis, on peut encore sauver les meubles.

– Donc, tu me laisserais partir ?

– Georges, grâce à moi, tu peux résoudre la plus grosse énigme de ta carrière, mais ne me mets pas, moi aussi, en péril. Suis-moi. Allons voir comment monsieur Sébastien Verdier a mis fin à ses jours.

De grosses gouttes d'eau traversèrent le plafond de la forêt, puis ce fut le déluge. La luminosité baissa encore. Les feuillages prirent une teinte grise. Le vent s'engouffra dans la ravine et les deux hommes furent obligés de se courber pour avancer. Encore quelques secondes et il leur sembla que la nuit était tombée. Chesnier faisait fonctionner ses méninges à grande vitesse. Ainsi Verdier était sans doute mort. Pourquoi le major voulait-il absolument l'emmener là-bas ? Quel avait été précisément son rôle dans cette histoire pourrie ? Et quelles étaient les huiles dont il avait parlé ? Les islamistes ? Pouvait-il avoir manipulé le groupe de Nanterre ? Étaient-ce ces gens-là qui avaient tué la famille Verdier ? Pour le compte de qui ou de quoi ?

Chesnier réfléchissait. Si tel était le cas, pourquoi avoir tenté de faire porter le chapeau au père ? Rien ne tenait la route. Lesquin se foutait de lui. Qu'avait-il vraiment à gagner à lui révéler toute l'affaire ? Il regarda le bout de la piste et se demanda ce qui pouvait bien se trouver là-bas, avec l'impression d'être au centre d'un énorme mensonge. Il essuya l'eau qui dégoulinait sur son visage. La pluie brouillait tout alentour. Il lui suffisait de s'écarter de quelques mètres et de courir vers le Bassin. Il pourrait se cacher dans les marais. Ensuite, il trouverait un moyen de rejoindre Arcachon et il aviserait. Il était psychologiquement épuisé. Au fond, contrairement à ce que pensait le major, il se moquait pas mal de connaître les dessous de cette énigme. À cet instant, la seule chose qui lui importait était de se mettre enfin au vert. De tout oublier. De s'installer quelque part au soleil avec sa femme. Cette idée le hantait. Et ce serait merveilleux de rentrer chez lui avec une solution toute faite, une maison déjà achetée… Cela voulait dire quoi ? Arcachon, Bordeaux, l'avion pour le Sud-Est et la visite des quelques endroits qu'il avait déjà repérés sur les sites des agences immobilières…

– Allez, lui souffla le major sur la nuque, on n'en a plus pour longtemps. Encore cent ou cent cinquante mètres.

Derrière eux, les Seal qui bouclaient le périmètre s'étaient rapprochés. La distance qui les séparait de Lesquin et Chesnier n'était plus que de quelques dizaines de mètres.

Chesnier réunit ses dernières forces et détala dans la direction opposée à celle où voulait l'entraîner le major.

ÉPILOGUE

Trois semaines plus tard, *Le Courrier picard* informa ses lecteurs que son reporter Georges Chesnier avait probablement eu un accident. Deux jours après son départ pour la réserve du Teich, le groupement de gendarmerie fut alerté de l'absence anormale d'un client de l'hôtel Nautic. On retrouva dans la chambre la valise et le portable du journaliste. Les dernières nouvelles qu'on avait de lui remontaient à sa prestation sur les ondes de RTL. Depuis, plus rien. Le directeur de la publication remua ciel et terre pour obtenir un signe de vie. Tous ses contacts, en France, en Espagne et au Maroc, avaient été sollicités. En vain. On fouilla les hôpitaux et les morgues. Les recherches engagées conclurent à une disparition inquiétante et l'affaire retomba jusqu'à ce que la femme de Chesnier se pende dans son salon. On la découvrit au bout de plusieurs jours. L'avis de décès parut dans les colonnes du quotidien, mais, contrairement aux attentes de son ami Mounir Boumaza, Chesnier ne se manifesta jamais. Pendant quelques jours, le patron avait espéré revoir Georges, mais rien de tel ne s'était produit. Ni l'annonce du décès de son épouse à la rubrique nécrologique du journal ni l'enterrement ne l'avaient fait revenir. Pendant des semaines, des mois, on crut l'apercevoir à chaque coin de rue, on l'entendit dans de nombreuses arrière-salles de bistrots, mais tout ça n'était que du vent. Aussi glacial que celui qui soufflait sur la Picardie.

La vérité, c'est que Georges était devenu un mystère.

Un mystère à lui seul.

Puis on finit par l'oublier.

Lesquin, qui ne s'était pas représenté à son poste, ne fit l'objet d'aucune publicité. Sa hiérarchie constata son absence prolongée et ouvrit une enquête interne frappée du sceau confidentiel défense. À la demande de son ami Beats, Rateau y veilla.

À Gennevilliers, l'appartement témoin de la cité HLM reçut les candidats à un emménagement dans le quartier de la commune en pleine transformation sans que personne soupçonne que les derniers petits soldats d'Al-Qaida de cette année 2011 y avaient rencontré leur destin. Chaque nuit, les voitures de la BAC et les camions de la BST continuaient à tourner dans le secteur pour contrôler les voyous des barres de la cité du Luth. Les fonctionnaires de police se demandaient lequel de ces gamins en rupture sociale prendrait, le premier, le chemin des mosquées clandestines qui pullulaient dans les caves. Les barbes poussaient sur les visages à peine sortis de l'adolescence, et les tuniques afghanes remplaçaient au fil des semaines les jeans et les sweet-shirts. Mais ainsi que l'avaient décidé les politiques, la situation était sous contrôle. On commençait à peine à prendre en compte les blessures d'après-guerre qui frappaient les soldats de retour des vallées afghanes. Les vétérans rentraient au pays en proie au syndrome de stress post-traumatique. Ils cognaient leurs enfants et leurs femmes, ils ne dormaient plus, ils avaient des hallucinations et un mal-être qui les faisait fondre en larmes à la moindre contrariété, mais on ne faisait pas de politique à l'armée.

La maison des Verdier fut enfin vendue. L'agence immobilière n'avait fait aucune publicité. Elle avait utilisé son fichier d'acheteurs potentiels. La transaction avait été conduite en toute discrétion avec le concours des Domaines. Les nouveaux occupants décidèrent de réaménager le jardin. La tranchée ouverte par la police technique et scientifique, lors de la recherche des corps, n'avait pas été refermée. Ils la rebouchèrent et plantèrent de nouveaux massifs de bambous. Un peu plus loin, un bac à sable dessinait une tache inélégante au milieu de la verdure. Ils appelèrent des amis et proposèrent une séance jardinage contre un bon dîner sur la terrasse.

Le week-end suivant, les deux couples retroussèrent leurs manches et commencèrent à pelleter. Une bâche avait été disposée pour recueillir le sable. À côté, environ cinq mètres cubes de bonne terre attendaient avec des plants d'arbres fruitiers. Le pépiniériste avait conseillé des pommiers, assurant qu'ils avaient toujours donné de beaux fruits à Nanterre.

Le travail commença en début d'après-midi.

Le couple de propriétaires avait, bien sûr, entendu parler du drame qui s'était abattu sur la maison, presque un an plus tôt. Mais ils ne croyaient pas aux fantômes. Ils n'avaient pas l'impression de s'être laissé embarquer dans un mauvais remake d'*Amityville*. Pas dans la banlieue de Paris ! En fait, la décote de la villa les avait convaincus immédiatement que cet achat représentait l'affaire de leur vie. Ils s'offraient deux cents mètres carrés de surface habitable avec un jardin immense pour le prix d'un vilain F4. Ils auraient le temps de penser à faire des enfants et, le moment venu, ils trouveraient une solution pour recréer un espace de jeux dédié à leur progéniture. Mais pas cet horrible tas de sable qui ressemblait à ce qu'ils avaient toujours détesté dans les parcs publics.

Deux heures plus tard, les coups de pelles s'étaient faits moins énergiques. Les verres de vin et la cochonnaille qui émaillaient les travaux de force ralentissaient la fougue des apprentis terrassiers.

Quand la lumière chavira brusquement, on alluma les lampes du jardin. La lame tranchante de l'outil que tenait l'une des femmes sectionna quelque chose dans l'ombre du trou.

– J'ai tranché une racine.

– Ne t'arrête pas, lui souffla son mari. Il faut terminer avant le dîner.

– C'est mou sous mes pieds.

– Normal, plaisanta l'un des garçons. C'est un cimetière, ici...

– T'es con !

Elle pelleta à nouveau et buta contre une sorte de grosse boule.

– Apportez une lampe, fit-elle.

Lorsque la lumière blanche éclaira la cavité, un crâne s'offrit au regard des couples. Un crâne humain avec des lambeaux de peau relativement bien conservés. Personne ne pouvait s'y tromper. On apercevait des dents en or sur la mâchoire inférieure. Puis il y eut un craquement sous les pieds de la femme. Elle s'enfonça et un morceau de tissu cartonneux apparut. Elle poussa un cri, lâcha la pelle et s'agrippa aux bords du trou pour remonter. Dans son affolement et sa précipitation, elle racla le sol et dégagea une partie de la poitrine du cadavre.

Déjà, son mari avait composé le 17 sur son portable. Tout le monde avait compris. Les maléfices de la maison venaient de les rattraper. Vingt minutes plus tard, les sirènes des véhicules de police emplirent la rue. Les voitures de la Crim se présentèrent en même temps.

Les deux couples étaient réfugiés sous la tonnelle. Au fond du jardin, l'excavation pratiquée dans le tas de sable était en partie éclairée par la lampe laissée à terre.

Les policiers s'avancèrent. La première chose que vit le capitaine fut le torse momifié de Farez Ben Yussouf. Et le verset du Coran tatoué sur sa poitrine.

Il pianota sur son portable. Une demi-heure plus tard, le colonel Rateau arrivait discrètement. Il jeta un coup d'œil au cadavre et invita les propriétaires de la maison à le suivre.

Peu de temps après, Norman Beats décrocha son cadre avec ses médailles et le posa délicatement sur le dessus du carton qu'il s'apprêtait à fermer.

Le bureau était vidé. La journée touchait à sa fin. Mais la télévision de l'administration ronronnait encore. Une habitude. Histoire de capter les toutes dernières nouvelles avant de quitter la pièce.

Beats pouvait partir à la retraite l'esprit tranquille. Ce qui venait d'être découvert en France ne le concernait plus. Comme prévu, des chasseurs avaient fini par trouver les restes du cadavre de Verdier. La confirmation de son suicide n'avait pas fait couler beaucoup d'encre. À peine un écho dans la presse régionale. Quant à Farez Ben Yussouf, silence total. Rateau avait fait son job.

Lui aussi, Norman Beats, avait fait son boulot dans cette affaire. Ni le gendarme ni le journaliste n'emmerderaient plus personne. Et, réflexion faite, il en était fier. Ouais, plutôt fier.

Les journaux français s'intéressaient maintenant à l'attentat qui venait de décapiter en Afghanistan l'antenne de la CIA. Huit morts. Mais sans imaginer une seconde que parmi les victimes figuraient les trois Seal qui, quelques mois auparavant, avaient mené en France l'une des missions les plus secrètes de l'Oncle Sam.

Beats éteignit la télévision, enfila son manteau et ses gants, et claqua la porte derrière lui en sifflotant.

En s'installant au volant de sa Pontiac, son regard fut attiré par un vieux journal chiffonné dans le vide-poches de sa portière. Il avança la main. C'était une connerie d'avoir conservé cette putain de feuille de chou. Ce qui était fait était fait. On ne reviendrait jamais en arrière. Les morts devaient enterrer les morts.

Il ouvrit la fenêtre et jeta par-dessus bord le numéro du *Courrier picard* arrivé au printemps par la valise diplomatique. Il mit le contact et quitta le parking.

La voiture roula sur les portraits des quatre enfants Verdier et de leur mère, puis elle accéléra sur la rampe de sortie. Beats se promit que la première chose qu'il ferait chez lui serait de se verser une bonne rasade de whisky.

REMERCIEMENTS

Mon premier va naturellement à Francis Esménard pour l'attention toute particulière qu'il a accordée à ce texte et pour ce si sympathique et amusant déjeuner à l'occasion duquel nous en avons discuté. Le second, bien sûr, à mon éditrice Maëlle Guillaud qui n'a toujours pas renoncé à faire de moi un écrivain ! Mille mercis encore à l'équipe d'Albin Michel : Florence Godfernaux, Marie Dormann, Sandrine Labrevois pour leur indéfectible soutien. Merci aussi à ceux qui m'encouragent régulièrement en s'inquiétant de la santé de mes assassins : Stéphanie des Horts, Michel De Jaeghere, Bruno de Cessole, Jacques Tiano, Frédéric Pons, Francisque Oeschger et Monique Carras, Éric et Chantal, Martine et Olivier. Également, une mention particulière à tous mes avocats : Alexis Brezet, Jean-Christophe Buisson, Nicolas Ungemuth, Jérôme Leroy, Thierry Gandillot, Benjamin Locoge, Jacques Pradel, Serge Didier, Cédric Flament, Philippe Degouy, Alfred Eibel, Frédérick Rapilly, Georges Charrières, Gérard Thomas, Laurent Thévenin, Raphaël Stainville, Danielle Attali, Christine Calmeau, Michel Puech. Et sans oublier ceux qui m'ont ouvert les portes de cette incroyable histoire : mon ancien « vorace » et ami Denis, juste avant qu'il ne décède ; les militaires que j'ai accompagnés sur le terrain en Afghanistan ; et les fonctionnaires de police des BAC, BSQ et BST opérant sur Gennevilliers, Asnières, Colombes et Nanterre, qui m'ont donné les clés de quelques-uns de ces quartiers en guerre contre la République.

DU MÊME AUTEUR

Aux Éditions Albin Michel

LE JOUR OÙ TU DOIS MOURIR, 2011.

LES SOLDATS DE PAPIER, 2012.

Chez d'autres éditeurs

L'AFFAIRE BOUDAREL, Le Rocher, 1991.

PUTAIN DE GUERRE, Le Rocher, 1993.

LES CERCUEILS DE TOILE, Le Rocher, 1998.

AFGHANISTAN, LES SOLDATS DE LA LIBERTÉ, Valmonde, 2008.

CHAMBRES DE REPORTAGES, Valmonde, 2013.

Composition : Nord Compo
Impression : CPI Firmin Didot en février 2014
Éditions Albin Michel
22, rue Huyghens, 75014 Paris
www.albin-michel.fr
ISBN : 978-2-226-25599-0
N° d'édition : 21174/01 – N° d'impression : 121404
Dépôt légal : mars 2014
Imprimé en France